O Grande Amigo de Deus

TAYLOR CALDWELL

O Grande Amigo de Deus

A *história de São Paulo*

Tradução de
Octávio Alves Velho
e José Sanz

45ª edição

EDITORA RECORD
RIO DE JANEIRO • SÃO PAULO

2025

EDITORA-EXECUTIVA
Renata Pettengill

SUBGERENTE EDITORIAL
Mariana Ferreira

ASSISTENTE EDITORIAL
Pedro de Lima

AUXILIAR EDITORIAL
Juliana Brandt

REVISÃO
Ana Lucia Ribeiro

CAPA
Letícia Quintilhano

DIAGRAMAÇÃO
Beatriz Carvalho

TÍTULO ORIGINAL
Great Lion of God

CIP-BRASIL. CATALOGAÇÃO-NA-FONTE
SINDICATO NACIONAL DOS EDITORES DE LIVROS, RJ.

Caldwell, Taylor, 1900-1985

C152g   O grande amigo de Deus / Taylor Caldwell; tradução de Octávio Alves Velho,
45ª ed   José Sanz. – 45ª ed. – Rio de Janeiro: Record, 2025.

Tradução de: Great Lion of God
ISBN 978-85-01-11983-4

1. Ficção inglesa. 2. Paulo, Apóstolo, Santo - Ficção. I. Velho, Octávio Alves.
II. Sanz, José. III. Título.

CDD: 823
20-64173   CDU: 82-31(410.1)

Leandra Felix da Cruz Candido – Bibliotecária – CRB-7/6135

Título em inglês:
GREAT LION OF GOD

Direitos exclusivos de publicação em língua portuguesa somente para o Brasil adquiridos pela
EDITORA RECORD LTDA.
Rua Argentina, 171 – Rio de Janeiro, RJ – 20921-380 – Tel.: (21) 2585-2000, que se reserva a propriedade literária desta tradução.

Impresso no Brasil

ISBN 978-85-01-11983-4

*Para o juiz Edward L. Robinson
e sua esposa Janet,
com afeto*

*Qualquer semelhança entre o mundo de
São Paulo de Tarso e o mundo de hoje é
puramente histórica.*

◆ ◆ ◆

Prefácio

Muitos anos de estudo intensivo foram dedicados a este romance sobre um dos mais apaixonados, inteligentes, urbanos e dedicados apóstolos do cristianismo primitivo, Saul de Tarshish, ou, como os romanos o chamavam, Paulo de Tarso, o intelectual, advogado e teólogo fariseu e, por fim, Apóstolo dos Gentios.

Saul exerceu mais influência no mundo ocidental e na cristandade do que a maioria de nós conhecemos, pois o judeu-cristianismo, que ele diligentemente espalhou pelo mundo, é o alicerce da jurisprudência, moral e filosofia modernas do Ocidente, e que, graças a seu vigor espiritual e mental, esforço e justiça, praticamente nos últimos 2.000 anos criou na verdade uma nova sociedade e fomentou a causa da liberdade. Como todos sabemos, foi Moisés quem bradou: "Proclamai a liberdade por todo o país, aos habitantes dali!" Foi a primeira vez na história humana que tal proclamação foi pronunciada e Saul de Tarshish proclamou-a de novo e veemente. A liberdade, acima de tudo, tem sido o mais profundo ideal do judeu-cristianismo, liberdade da mente, da alma e do corpo, um novo conceito entre os homens. Não é de admirar, pois, que os inimigos da liberdade ataquem primeiro a religião, que liberou a humanidade.

Pode alegrar a muitos — e deprimir outros — dar-se conta de que o homem nunca muda realmente e que os problemas do mundo de Saul são os mesmíssimos com que nos defrontamos hoje. Alegrar por ter o homem um meio destemido de sobreviver a seus governos e seus tiranos, sobrepujando-os, e deprimir pelo fato dele nunca aprender através da própria experiência. Como disse Aristóteles muito antes de Cristo, um povo que não aprende com a história está fadado a repeti-la. É óbvio que a estamos repetindo hoje em dia.

Salomão afirmou: "Nada há de novo sob o sol." O Império romano declinava no tempo de Saul de Tarshish, tal como a República americana está declinando em nossos dias — e exatamente pelas mesmas razões: permissividade social, imoralidade, o descaso com o bem-estar do povo, guerras infindáveis, elevada taxa de confisco, a destruição brutal da classe média; desprezo cínico pelas virtudes, princípios e ética humanas consagradas; busca da riqueza materialista, abandono da religião, políticos venais que lisonjeiam as massas em troca de votos, inflação, deterioração do sistema monetário, suborno, criminalidade, distúrbio, atividades incendiárias, manifestações de rua; libertação de criminosos a fim de gerar caos e terror, conduzindo a uma ditadura "em nome da emergência"; perda da firmeza masculina e feminização do povo, escândalo nos cargos públicos, pilhagem do erário, endividamento, a atitude de "vale--tudo", tolerância diante da injustiça e da exploração, burocracias e burocratas baixando "regulamentos" perversos quase que semanalmente, centralização do governo, desprezo do público pelos homens bons e honrados e, acima de tudo, a filosofia de que "Deus está morto" e o homem reina soberano.

Tudo isso Saul de Tarshish enfrentou em seu próprio mundo, onde a palavra "moderno" era muito apreciada. Existe uma falácia comum, segundo a qual a Igreja primitiva era uma só, amorosa, fervorosa, devota e sem disputa nem controvérsia, unida e dedicada. Pelo contrário! Mal tinham-se passado dois anos desde a ressurreição de Cristo quando dissensão, protesto e desacordo destroçaram a jovem Igreja, quase atirando-a ao esquecimento. Conforme disse Saul: "Não há um único obscuro e minúsculo bispo ou diácono em alguma aldeiazinha poeirenta que não tenha sua interpretação própria." Esses homenzinhos também possuíam uma multidão de seguidores que discordavam entusiasticamente de outros cristãos — a quem combatiam — e o rancor era intenso. Por muitos anos esse rancor foi vigoroso entre São Pedro e São Paulo e quase destruiu a Igreja. Como os dois se reconciliaram é por si só uma divertida história — mas nunca realmente se amaram! Em suma, eram demasiadamente humanos e todos podemos entendê-los e, na medida em que a humanidade se julga merecedora de amor, podemos achar esses dois ardentes e determinados contendores também amoráveis.

Há ainda uma outra ideia errônea de que todos os cristãos eram "santos mártires" num mundo travesso e tão puros e conformados quanto um cordeiro. Uma vez mais, pelo contrário! Com frequência, eram intolerantes e impacientes em face do mundo que os rodeava e deliberadamente provocavam "os pagãos", tornando-se de um modo geral odiosos. Não foram perseguidos, como há muito se vem presumindo, "por sua fé", pois o mundo romano era cínico e completamente tolerante com todas as religiões, não se dedicando a nenhuma. Mas os primeiros cristãos atraíram perigosamente a atenção das autoridades romanas e de Israel dominado por Roma, com suas objeções públicas e ruidosas a praticamente tudo, incluindo os templos "pagãos". Foram culpados também de invadir esses templos durante cerimônias religiosas aos gritos de "Maldição!", derrubando estátuas e subindo aos púlpitos para denunciar autoridades e o Sistema — e onde é que, desde então, se ouviu falar desse jeito? Pelo contrário, a Fé progrediu não graças a esses militantes que pensavam que Nosso Senhor voltaria na próxima hora ou no dia seguinte para instalá-los gloriosamente como governantes absolutos do mundo, mas sim a homens quietos, devotados, inteligentes e pacíficos, que trabalhavam frequentemente em solidão e prece. Os cristãos militantes — que quase destruíram a Igreja incipiente com suas divergências, protestos e beligerância — já tinham esquecido que Nosso Senhor dissera "Não sou um divisor de homens. Meu Reino não é deste mundo" e "Dai a César o que é de César e a Deus o que lhe pertence". Ai de mim, como tantos milhões de nós hoje vivos, eles achavam que a instauração do Reino de Deus significaria opulência material — para si próprios, assim como poder. É curioso que os militantes raramente sejam espirituais e se preocupem única e egoistamente com vantagens mundanas e a "punição" dos "inimigos".

Há um pensamento animador que emerge daí: a Igreja sobreviveu aos inimigos externos — que foram os menos importantes — e seus inimigos internos, que foram os mais desastrosos e poderosos. Portanto, assim como a Igreja está hoje dilacerada por veementes "inovadores", "dissensões" e "modernismo", para angústia e às vezes desespero dos verdadeiramente fiéis, também o foi no passado, e por seus inimigos internos em vez dos externos. Tal como a Igreja sobreviveu então, assim sobreviverá agora, finalmente purgada dos "dissidentes" que nunca foram de fato cônscios de sua Fé e nunca, em seus corações, a aceitaram totalmente. (Quando falo da Igreja, está claro que me refiro a todas as igrejas cristãs.)

Há igualmente a reflexão deprimente: nunca aprendemos com o passado.

O judeu-cristianismo defronta-se nestes dias com a maior provação de sua história, pois de forma extensa e terrível tornou-se secular e prega o "Evangelho Social" ao invés do Evangelho de Cristo. Cristo não estava interessado neste mundo, que agora tanto fascina aos que alegam ser Seus seguidores e afirmam reiteradamente que Ele "criaria um mundo novo". *Ele*, reparem, não *nós*. Ele não estava preocupado com "problemas sociais" e injustiças. Constantemente pregou que justiça e misericórdia brotariam de um coração transformado, assim como o amor, e não devido a leis e regulamentos humanos.

A natureza do homem não pode ser modificada em qualquer pormenor — salvo pelo poder de Deus e pela religião. Toda "educação" em instituições seculares e todas as exortações seculares jamais conseguiram civilizar o homem. Conforme disse Cristo: "Quem, discorrendo, pode acrescentar um palmo à sua estatura?" Ninguém, é claro.

Neste romance, grafei com letra maiúscula o pronome da Divindade quando quem fala se refere a Deus e Nosso Senhor com fé e aceitação, e mantive-o em minúscula quando o orador ou autor é cético, não convencido ou incréu. Muitos romances e livros acerca de São Paulo contaram com maravilhosas minúcias o que ele *fez* e realizou na vida e nas viagens missionárias. Estou interessada no que ele *foi*, um homem como nós, com seus próprios desesperos, dúvidas, ansiedades, raivas e intolerâncias, e "apetites de carne". Muitas obras preocuparam-se apenas com o Apóstolo. Estou preocupada com o homem, o ser humano, tanto quanto com o intimorato santo. Estou igualmente preocupada com aquilo que o influenciou na infância e no início da vida como cidadão e advogado romano, tanto quanto como judeu fariseu de grande saber e enorme inteligência, além de fé duradoura. Por isso é que parei em sua última partida da amada pátria, Israel. Todos conhecemos suas viagens posteriores e seu martírio em Roma, porém a última visão de seu querido país, espero, conclui o romance com uma nota pungente. A morte não comove o homem mais do que a visão derradeira da terra natal e de seu povo, que ele está deixando para sempre.

Se com este livro eu puder influir apenas sobre dez pessoas para seguirem o conselho de Nosso Senhor a fim de "estudar as Escrituras", tanto o Antigo quanto o Novo Testamento, sentirei que venci. Por isso, dedico este livro *"Urbi et Orbi"*.

TAYLOR CALDWELL

Parte Um

Pois ele foi um verdadeiro leão, um leão vermelho, o grande leão de Deus.

— Santo Agostinho

Capítulo 1

— Ele é muito feio — disse a mãe. — Meus irmãos são todos bonitos, minha mãe foi famosa por sua beleza e eu mesma não sou pouco atraente. Como é possível ter dado à luz uma criança tão repulsiva?

— Seja grata por termos um filho — disse-lhe o marido. — Você não pariu antes meninas mortas? Temos um filho.

— Você fala como judeu — disse a mãe da criança, com um movimento rápido da mão alva e delicada. — Mas também somos cidadãos romanos e nossa conversa se processa em grego e não no bárbaro aramaico.

Ela contemplou a criança no berço com crescente melancolia e certa aversão, pois tinha pretensões helênicas e escrevera alguma poesia em pentâmetros gregos. Os amigos do pai dela comentaram seu bom gosto e mencionaram Safo. O pai, ele próprio um erudito, ficara encantado.

— Ainda somos judeus — disse Hillel ben Borush.

Ele afagou a barba e espiou o filho. Um filho era um filho, embora nada tivesse de belo. Ademais, o que era a beleza aos olhos de Deus, bendito seja Seu Nome, pelo menos a beleza física? Havia considerável controvérsia, especialmente nestes dias, quanto ao homem ter ou não uma alma, mas não houvera sempre essa controvérsia, mesmo entre os devotos? O papel do homem era glorificar a Deus e ele possuir ou não uma alma era irrelevante. Hillel notou que esperava que seu filho recém-nascido tivesse uma linda alma, pois certamente sua aparência não provocava nenhum enlevo nas amas. Mas o que era um corpo? Pó, estrume, urina, coceiras. Era a luz interior que importava e não era significante se essa luz perdurava após a morte, ou se a alma ficava eternamente emparedada na interminável noite da carne após o último suspiro. Deixemos que os velhos fiquem matutando, intranquilos, e tenham esperanças.

Débora suspirou. Seu belo cabelo castanho-avermelhado estava apenas parcialmente coberto pelo véu, que era da mais leve e transparente seda. Seus rasgados olhos azuis, tão vívidos quanto qualquer céu grego, tinham uma expressão ao mesmo tempo inocente e descontente, inquisitiva e desassossegada, piscando com as espessas pestanas avermelhadas. Todos, menos seu marido, consideravam-na muito culta e uma matrona esplêndida. Hillel ben Borush era um homem de sorte, diziam os amigos dele, pois Débora bas Shebua tinha-lhe trazido um magnífico dote — e ele sendo apenas um erudito pobre, sua esposa era famosa pela graça, sorriso cativante, saber e elegância, educada por professores particulares em Jerusalém, e era a menina dos olhos do pai. Alta e cativante, tinha um adorável busto e mãos e pés de uma estátua grega; as vestes caíam em torno de suas formas como se estivessem gratas pela esplêndida oportunidade. Tinha dezenove anos e dera à luz três crianças: as duas primeiras, mortas, eram meninas e o terceiro, sobrevivente, um varão, agora no berço.

Débora tinha o rosto pálido e oval, a pele parecia mármore e a boca era uma rosa fechada, o queixo firme e com uma covinha, o nariz elegantemente talhado. Sua túnica, arrumada à moda romana, era azul com bordados dourados e os pés estavam calçados com sandálias de couro também douradas. Parecia levar em torno de si uma verdadeira aura de beleza, uma luminosidade. Um jovem romano de família ilustre e de linhagem antiga e rica buscara obter sua mão em casamento, e ela também o desejara. Contudo, superstições e preconceitos abomináveis acabaram interferindo, e ela fora concedida a Hillel ben Borush, um pobre jovem famoso por sua piedade e cultura e de uma estirpe antiga e respeitada.

Ai de mim, pensou Débora, até seu pai cosmopolita deixara que prevalecessem tradições já extintas. Que infelicidade para os jovens! Os velhos recusam-se a acreditar que o mundo se transforma e os deuses bolorentos morrem, os templos desabam, convertidos em entulho, e os altares são derrubados, com os nomes neles inscritos sendo apagados e os adoradores sumindo. Ela própria era uma vítima de tradições e ideias arcaicas já rejeitadas. Nascera antes de sua época. Mas era possível que seu filho vivesse num novo mundo de risadas e esclarecimentos polidos, num ambiente onde estivesse consagrada a preeminência exclusiva do homem na criação, como os gregos cultos agora asseveraram. A própria ideia de um Deus era maçante e absurda, além de constrangedora, nesses dias sofisticados. Isso não combinava com os fenômenos objetivos. Ela, Débora, estava decidida a que a mente do filho não seria toldada por superstições, como um velho espelho enevoado pela poeira antiga e lambuzado por mãos mal lavadas.

— Saul — disse Hillel ben Borush.

— Irra! — exclamou Débora. — Saul não é um nome distinto para nossos amigos.

— Saul — replicou Hillel. — Ele é um leão de Deus.

Débora refletiu, com as sobrancelhas avermelhadas quase unidas. Descontraiu-as prontamente, pois franzi-las formaria rugas, que nem mel com farinha de amêndoas poderiam remover. Ela era uma senhora e senhoras não discutem violentamente com os maridos. Por maiores que sejam as tolices deles.

— Paulo — falou ela. — Certamente não pode haver objeção, meu marido. Paulo é a tradução romana.

— Saul ben Hillel — disse o pai.

— Paulo — insistiu Débora, sorrindo divertida. O som era aristocrático. Grego tanto quanto romano.

— Saul de Tarshish — falou Hillel.

— Paulo de Tarso — disse Débora. — Só bárbaros chamam Tarso de Tarshish.

Hillel sorriu e seu sorriso foi gentil e cativante, mesmo para sua jovem esposa, pois estava cheio de ternura, do jeito de quem acha graça. Pôs a mão no ombro de Débora. Era preciso ser indulgente com as mulheres.

— É a mesma coisa — falou.

Ele achava Débora encantadora. Mas também a considerava burra. Isso, porém, devia-se a ela ter nascido de pais saduceus, que eram muito superficiais e ignorantes sobre os assuntos que agradavam a Deus, e agradar a Deus era a única razão pela qual um homem nascia, vivia e existia. Não havia mais ninguém. Muitas vezes ele se apiedava dos saduceus, cujas vidas estavam firmemente apegadas a um mundo secular e nada aceitavam que não pudesse ser provado por seus cinco sentidos e que confundiam mero saber com inteligência e tagarelice rebuscada com conhecimento. Deve ser, pensava ele, como um homem que nasce sem ser capaz de perceber as infinitas cores, matizes e tons do mundo, e por isso foi privado do mistério, encanto e infinita alegria da conjectura e meditação, assim como da majestade do espanto. Com frequência ele se maravilhava de como certos homens podiam aguentar um mundo sem Deus. Esse mundo era povoado apenas por animais, cujas vidas não tinham sentido.

— Em que você está pensando? — indagou Débora, desconfiada, pois não gostava da expressão do marido quando se comunicava consigo mesmo. Isso deixava-a inquieta e por demais cônscia de sua mocidade em comparação com os trinta anos dele.

— Sou um fariseu — replicou ele — e acreditamos em reencarnação. Por isso, medita·a sobre as existências anteriores de nosso filho, de onde ele veio e por que está agora aqui conosco.

Débora arqueou as lindas sobrancelhas em atitude desdenhosa.

— Isso é tolice — falou. — Ele é carne de nossa carne, osso de nossos ossos e espírito de nosso espírito. E não houve ninguém igual antes, como tampouco jamais haverá outro.

— Verdade — retrucou Hillel ben Borush. — Deus nunca Se repete, não, nem mesmo em uma folha. Todas as almas desde o início são ímpares, porém isso não nega que se são eternas, como afirmamos, suas vidas também tenham que o ser, mudando de um corpo para outro. A aquisição de conhecimentos nunca termina: é imperioso que ela não acabe no túmulo.

Débora bocejou. No dia seguinte tinha de ir ao Templo para apresentação do filho e essa lembrança aborreceu-a. Verdade que os saduceus também obedeciam à lei antiga, mas riam-se dela em segredo, conquanto a honrassem como tradição. Como poderia ela explicar a cerimônia a seus amigos gregos e romanos em Tarso? Eles achariam engraçado. Descontente, alisou uma dobra na estola e olhou com um certo ressentimento para o filho.

Hillel sabia por que ela lhe fora concedida. Os saduceus talvez não acreditassem em vida eterna, ou mesmo em um Deus, e fossem exclusivamente seculares e mundanos, mas frequentemente insistiam em casar as filhas com um homem piedoso. Eram como gente que com moderação investisse naquilo que timidamente julgavam poder afinal mostrar-se como um bom investimento. Ou davam suas filhas como reféns para Deus, em Quem não acreditavam, mas que poderia espantosamente existir — e que constava ser colérico.

Hillel possuía olhos castanhos, grandes e tremeluzentes, rosto branco e ascético, nariz proeminente como os hititas, barba dourada assim como as sobrancelhas, e uma testa arredondada da qual se erguia o penacho dourado dos cabelos, em parte coberto agora pelo barrete que exasperava Débora. Ele tinha ombros largos, mãos brancas bem como pernas robustas, mas não era tão alto quanto a esposa. Isso também a deixava descontente. Até um cavalheiro grego reverenciou-a citando Homero: "Filha dos deuses, divinamente alta e quase divinamente loura!" Hillel também usava aqueles cachos idiotas adiante das orelhas e invariavelmente o manto de orações — ou pelo menos assim se afigurava à jovem Débora —, pois ele vivia rezando constantemente. As cerimônias da vida judaica eram profundamente desconcertantes para ela, assim como desconhecidas quase que inteiramente. Os tempos mudavam, o mundo se movia, as verdades de ontem eram a gargalhada de hoje. Deus era uma hipótese exótica, intercambiável com os deuses da Grécia e de Roma, com um ligeiro sabor a Babilônia e Egito. Era sereno e alegre o ambiente doméstico em Jerusalém no qual Débora nascera, uma casa cosmopolita. Ela se arrependia de tê-la deixado por esta casa onde fariseus se movimentavam e debatiam sério, encarando-a com reprovação dissimulada e olhares de soslaio, quase como se ela pertencesse às cortesãs jônicas, como Aspásia.

Uma vez Débora perguntara ao marido: "Você me considera uma nova Aspásia?" Nunca entendeu por que ele estourou numa gargalhada estrondosa, como nunca ouvira antes, e a seguir abraçou-a ternamente, dizendo: "Não, minha querida. Nunca chamarei você de Aspásia."

Um pavão pupilou furiosamente lá fora. Ele sentia muito ciúme dos cisnes-negros no laguinho alimentado pela fonte existente no jardim, pois sabia serem eles bastante admirados. Hillel estremeceu; tinha o ouvido sensível. Disse, com grande sentimento de cautela:

— Esse animal parece uma mulher de mau gênio! Acordou a criança.

Débora sentiu um arrepio de indelicadeza para com o marido devido a essa observação, pois difamava seu sexo. Ergueu a cabeça com arrogância e falou:

— Então, afastarei também minha presença perturbadora, para você não ser lembrado da existência de mulheres.

— Débora — falou Hillel, mas ela sabia andar como uma criança e num instante desaparecera pelo meio das luzes e sombras das colunas lá fora, que protegiam o pórtico. Hillel suspirou e sorriu. Estava sempre ofendendo Débora, que era uma adorável mocinha — nunca a imaginara como uma mulher adulta. Ouvira de seu livreiro que um pouco conhecido manuscrito de uma das primeiras obras de Filo de Larissa fora descoberto fazia cerca de um ano e eram esperadas cópias em Tarso. Mandaria buscar uma amanhã; isso agradaria a Débora e, ai de mim, a lisonjearia. Ela não compreenderia uma única palavra, pobre linda menina. Por outro lado, ela admirara um colar de opalas cor de fogo que vira na loja de seu joalheiro, embora prudentemente discutisse o preço. O que iria ser? Filo de Larissa ou as opalas? Hillel, por compaixão, optou pela joia. Dois navios pesadamente carregados haviam conseguido ir da Cilícia até Roma, sem encontrar os entusiásticos e onipresentes piratas cilicianos — que não tinham sido destruídos totalmente por Júlio César e seus sucessores — e Hillel havia investido maciçamente naquelas embarcações e em sua carga. Obtivera um lucro considerável. Portanto, Débora teria suas belas opalas.

O pavão pupilou de novo e a criança no berço de marfim e ébano choramingou. O quarto da criança estava impregnado do perfume recém-avivado dos jasmins que floresciam à noite, conquanto o sol ainda não se tivesse posto e sua luz avermelhada batesse na parede de mármore branco e no chão de mármore branco e preto. A sombra de uma palmeira projetou-se na parede próxima da criancinha e esta virou a cabeça para espiá-la, e Hillel ficou pasmo. Uma criança tão jovem, tão recém-nascida, e já via! Dizia-se que um bebê na realidade nada via a não ser luz e sombra antes de completar dois meses de vida, mas por certo essa criança não só via como compreendia. Hillel não ficou de modo algum prosa e afetuoso ao inclinar-se sobre o berço e sussurrou em voz bem suave: "Saul? Saul?"

O garoto ainda não recebera nome no Templo, mas antes disso um homem já tinha no coração o nome do filho. Hillel e o bebê estavam a sós no quarto amplo e claro. O rosto e a barba de Hillel brilhavam como se a luz do espírito dele próprio os iluminasse. Sentiu um amor intenso e imediatamente murmurou uma oração, pois acima de tudo tem-se de amar a Deus com todo o coração, mente e alma; e esse amor deve superar qualquer amor humano por qualquer criatura humana. Hillel esperou nesse momento não haver ofendido a Deus onipresente nem incorrido em Sua ira, que poderia recair naquele pedacinho de carne no berço.

A criancinha virou a cabeça rapidamente e fitou o pai, que estava debruçado sobre ela. Como Débora dissera, não era bonito: era quase feio. Menor do que um bebê comum, mesmo daquela idade, possuía, no entanto, um corpo vigoroso e largo, coberto parcialmente com um pano, e esse corpo não era claro como os dos pais, mas de matiz ligeiramente ebúrneo, como se tivesse estado exposto ao sol. As amas haviam-se referido a um jovem Hércules, o que agradara a Débora, mas Hillel pensou em Davi, o rei guerreiro. Os músculos do peitinho eram fortes e perceptíveis debaixo da pele suada, como minúsculas placas de blindagem, e os braços eram como os de um soldado. As pernas, igualmente robustas, eram encurvadas como as de quem montou a cavalo desde cedo. Os dedos dobravam-se vigorosamente e com uma espécie de ritmo, tanto das mãos quanto dos pés. Pareciam mover-se deliberadamente, pensou Hillel.

Ele possuía uma cabeça redonda, viril e compacta, mas demasiado grande para o corpo, e imensas orelhas coradas. Infelizmente o cabelo, denso e áspero, era vermelho, não de uma tonalidade agradável como a dos cabelos de Débora. Era aquele tipo especial de coloração rude e atrevida que geralmente suscitava desconfiança entre judeus supersticiosos. Ademais, vinha até bem baixo no amplo e possante penhasco que era a testa do menino, dando-lhe a aparência belicosa como a de um romano zangado.

O efeito de irritabilidade era acentuado pelos olhos assaz estranhos. Eram redondos, enormes e dominadores, sob sobrancelhas ruivas — que quase se encontravam por cima de um nariz ainda mais sugestivo de um hitita do que o de Hillel. (Pelo menos, pensou Hillel, não é uma cerejinha de nariz como o de um campônio.) A impressão mais surpreendente dos olhos, entretanto, residia na cor, um azul curiosamente metálico, como o brilho de uma adaga polida. O azul era tão concentrado quanto vivo e as pestanas ruivas, compridas e cintilantes não o abrandavam. Havia tenacidade e força nos olhos nada infantis, não de todo inocentes — e ele agora matutava como tinha feito muitas vezes ultimamente. Os olhos de Saul não eram os de um bebê. Encaravam os dele, estava seguro, com indícios de conjectura e reconhecimento.

— Quem é você, meu filho? — sussurrou, intranquilo. — De onde você veio? Qual é o seu destino?

A criança fitou-o, mas não com um olhar vazio. A boca, a ampla boca estreita como a de um homem exasperado, mexeu-se sem deixar sair qualquer som. Aí, cerrou-se com força e a criança virou os olhos para outro lado, contemplando a dança de intensa luz e sombra entre as colunas de mármore.

Parecia estar refletindo. Hillel sentiu-se um pouco assustado. O que se passava naquele cérebro infantil, que pensamentos, que sonhos, que determinações, que lembranças? O pequeno queixo, firme, pujante e com covinhas, parecia contrair-se com resolução. Saul recolhera-se.

Gaia, a pequena ama-seca grega que era a única criada de Débora, atravessou depressa a porta de bronze mais afastada, entrando no quarto da criança, as sandálias estrondeando na pedra. Ela era pouco mais do que uma criança, mas muito competente, com ondulantes cabelos castanho-claros, olhos claros, rosto prazenteiro e passos leves e graciosos. Trajava uma comprida túnica fina de tecido cor-de-rosa, presa por fitas azuis em torno da delgada cintura. Inclinou--se diante de Hillel. Ele ergueu a mão numa bênção automática, conquanto a jovem fosse uma pagã, e cumprimentou-a delicadamente.

— A ama de leite aguarda o nenê, senhor.

Hillel tivera a visão de Débora amamentando o filho, mas ela resolvera do contrário. Nenhuma dama grega ou romana amamentava os filhos então, nem tampouco damas judias esclarecidas com deveres e responsabilidades para além das meras exigências corporais. Hillel se desapontara tremendamente. Pensava que a imagem de uma mãe amamentando o bebê era a mais bela do mundo. Certamente a mãe dele próprio amamentara os filhos e lembrava-se do calor e ternura no quarto das crianças, o cantarolar e a luz da noite refletindo-se nos cabelos da mãe, bem como o nítido frescor matutino do corpo dela. Ele não se queixara a Débora, que a essa hora estava polindo o intelecto na biblioteca, pois era um homem por demais delicado e suave. Ele sabia disso e o deplorava. Os antigos patriarcas haviam sido mantidos em temor respeitoso por suas mulheres e filhas no passado, mas — irra! — Hillel não era um patriarca.

Assim, sem uma palavra, observou a pequena Gaia suspender o bebê nos braços e ouviu-a comentar a respeito do estado do guardanapo dele, de que a outra ama esquecera evidentemente de cuidar, enrolou-o destramente no lençol de linho e levou-o embora. Logo que a moça alcançou a porta o garoto subita-mente soltou um estranho grito forte, não um gemido ou lamúria infantil, mas um berro humilhado e desgostoso. Parecia quase estar dizendo: "Detesto minha situação de fraqueza atual e não vou mais aguentá-la!"

Sou fantasista, como todo pai novo e prosa, imaginou Hillel, e saiu para o pórtico lá fora, daí descendo para os jardins. Estava na hora das orações vesper-tinas no cálido e perfumado silêncio. Como um judeu piedoso, sabia que essas orações deveriam ser rezadas em uma sinagoga, mas ele e Débora moravam na casa que o pai dela lhes comprara nos subúrbios mais afastados de Tarso. ("Minha filha tem constituição delicada.") Não havia sinagoga a menos de uma caminhada rápida de uma hora e Hillel estava se recuperando da malária que deixara suas robustas pernas um tanto fracas e o coração palpitava com o esforço.

Ele não era um cavaleiro e detestava as liteiras para doentes e, apesar de ter uma carruagem grande e um coche pequeno, ainda gostava menos deles do que das liteiras. O homem foi feito para caminhar. Não rejeitaria um humilde asno, mas isso Débora não suportaria e Hillel era um homem de paz. Os homens podiam falar a respeito dos inflexíveis patriarcas, porém maridos não eram tão valentes.

Hillel olhou em torno nesse anoitecer calmo e luminoso. Sua casa, nos arredores de Tarso, era conservada em constante silêncio, uma quietude tranquila, ainda quando os escravos e outros criados trabalhavam atarefados ou riam e cantavam — pois era uma casa feliz. Mesmo os gritos dissonantes dos pavões, cisnes e aves de rapina soavam musicalmente ali, parte do murmurante fundo de palmeiras, cidreiras, carobas e sicômoros e arbustos aromáticos, e uma suave benignidade parecia impregnar tudo durante os temporais quentes da primavera, assim como o barulho das trovoadas de verão. A casa e os terrenos amplos e lindos pareciam protegidos e isso era comentado pelos amigos gregos e romanos que, debaixo de risadas, asseveravam encontrar-se Hillel sob a amável guarda de deidades da floresta e de ninfas e faunos. Por certo, a casa ficava numa verdejante depressão, alimentada por fontes e pequenos regatos mesmo durante a estação mais seca, no fértil e luxuriante vale do Isso, aquela vasta área da Cilícia anexada à Síria e Fenícia por Júlio César.

A propriedade rural estendia-se por suaves ondulações verdes ao redor da casa, coroada por capões densos de árvores cor de esmeralda, formando refúgios arejados nos dias mais quentes, deitando sombras sobre a densa grama e os canteiros regulares de flores, assim como sobre as pequenas trilhas vermelhas ou pistas de cascalho. Ali, fontes de cor amarelada brilhante à luz do sol sibilavam e gorgolejavam, águas iluminadas escoando de alegres mãos, cornucópias ou até bocas de exóticas pequenas feras, tudo de mármore. (Houvera uma estatueta de menino em uma das fontes, de onde a água saía em arco, mas Hillel ordenara que a retirassem, fiel em sua maneira farisaica de julgar o que era obsceno, para contrariedade de Débora.) Hillel, em obediência aos Dez Mandamentos, teria mandado remover as "imagens esculpidas" das fontes e do terreno — imagens erguidas pelo antigo proprietário romano — mas aí Débora, aos prantos e veemente, prevaleceu, pois ficou tão agitada que Hillel, sempre conciliador, cedeu. Ele também transigiu em não olhar para as graciosas estátuas nas grutas artificiais, árvores e fontes, e em evitar defrontar-se diretamente com seus rostos clássicos e belos, mas às vezes seu olhar naturalmente perceptivo e apreciador vagueava por elas involuntariamente. Quando repreendido com severidade pelos amigos mais rigidamente religiosos, ria-se e mudava de assunto. Ao contrário dos homens pacíficos, ele sabia infundir um tom de autoridade serena na voz, que silenciava até o mais rebelde ou colérico, e seus olhos castanhos reluziam com frieza fixa e firme. Uma vez interrompido assim, o implicante nunca mais sustentaria seus pontos de vista, nem refutaria ou criticaria seu anfitrião ou mestre, mas dali em diante olharia para Hillel não só com respeito como até com certo receio.

Um grande lago natural ficava exatamente no centro do terreno, refulgindo em tons azuis e arroxeados ao sol e transformando-se num escudo de prata à luz do luar. Ali flutuavam os arrogantes cisnes-brancos e negros, bem como os curiosos e intensamente coloridos patos chineses, aparentemente feitos de madeira angulosa pintada, que ocasionalmente disputavam com os cisnes o domínio na água. Durante os períodos de migração das cegonhas-brancas-de-pernas-vermelhas, vindas da África ou para lá voltando, estas amiúde detinham-se no lago para devorar os peixes com que era constantemente abastecido, assim como os sapos cantores e nuvens de insetos. Os pavões suntuosos bebiam ali e faziam troça dos cisnes, tal e qual os pequenos habitantes da região. Alimentado por fontes cristalinas, e escoando através de córregos e regatos — que refrescavam a terra —, o lago estava sempre límpido e puro, com as pequenas paredes rochosas onde flores azuis, douradas e carmesim, e até samambaias, cresciam em colorido abandono. Às vezes, escravos vadeavam o lago em noites cálidas, para indignação dos habitantes em geral briguentos, apanhando peixes iridescentes com as mãos jovens e em seguida soltando-os, debaixo de risadas. O antigo dono, que visitara o Oriente, erguera uma ponte arqueada, muito enfeitada e complicada, sobre a parte mais estreita do lago (em forma de pera) e isso dava um toque de exotismo a um panorama de outro modo por demais cerimonioso. Havia figuras de dragões, serpentes e trepadeiras entrançadas, combinadas na teca de que era feita a ponte; as formas animais tinham olhos de prata ou lápis-lazúli e os pequenos frutos das trepadeiras eram delicadamente feitos de jade ou pedra amarela. Os escravos mais moços muitas vezes deitavam-se no arco da ponte para examinar tudo com espanto e encantamento, a toda hora descobrindo novas complicações da obra do artista e maravilhando-se com as incrustações de marfim esculpido.

Havia pequenos abrigos para repouso sob as grossas árvores, cobertos por toldos listrados de azul, vermelho ou verde, e Hillel ia para lá a fim de meditar, após sentir uma pontada na consciência por ter estado admirando o belo. Débora podia também recolher-se ali com amigos da cidade e de propriedades próximas, para comportadamente bebericar vinho condimentado ou perfumado e compartilhar bolinhos e frutas. Quando Hillel ouvia as vozes altas e álacres escapulia, apesar de mais tarde Débora falar de sua descortesia e dos deveres de anfitrião. Hillel tinha um método sábio para esquivar-se das mulheres.

A propriedade custara ao pai de Débora uma apreciável fortuna, o que ele não desgostava de abordar em conversas com Hillel, e a equipara com escravos e outros servidores, tendo mandado uma de suas melhores cozinheiras para atender a filha. "É preciso ter em mente que minha menina, minha única e doce filha, está acostumada a refinamento e conforto e não poderia suportar privações." Isso era acompanhado por uma olhada grave e significativa, junto com o sorriso afetuoso, e o sogro julgava ter infundido dócil aceitação em Hillel. Este, porém, conciliador tolerante, sorria por dentro.

Assim, Hillel, no início dessa noite, de pé no jardim florido, verde agradável, entrelaçou as mãos e murmurou em voz alta: "Atende, ó Israel!, ao Senhor nosso Deus, o Senhor é Um só! Ó, Rei do Universo, Senhor dos senhores, nós Te louvamos, nós Te reverenciamos, nós Te glorificamos, pois não há mais ninguém."

Refletiu sobre isso com seu costumeiro deslumbramento: "Não há mais ninguém." Os universos infinitos estavam impregnados da grandeza de Deus. A mais remota estrela estava carregada com Sua glória. Os mundos — incontáveis como as areias do mar — cantavam Seus louvores. A menor dourada flor silvestre, grudada na parede rochosa do lago, silenciosamente, por intermédio de sua cor, vida e vitalidade proclamava o Seu poder sobre os mais humildes e mais ínfimos, assim como os mais majestosos, e Sua vida invencível, Sua onipresença, Sua difusão por todo o meio ambiente. Seus altares não eram únicos apenas no Templo e nas sinagogas, como em cada naco de terra, na prateada casca das árvores, nas ruidosas frondes das palmeiras e na luz irisada das asas dos pássaros e insetos. Sua voz estava no trovão, a centelha de Seu olhar irado no relâmpago, o movimento de Suas vestes nos ventos. Sua respiração sacudia as árvores e dobrava a relva. Suas pegadas revelavam pedras e montanhas. Seus eram a frígida obscuridade, os colchões de nuvens, o choro dos seres inocentes, a névoa noturna em ascensão, as súbitas exalações das refrescantes flores, a fragrância de frescor do solo e da água. "Não há mais ninguém." Nada existia além de Deus.

O coração de Hillel inchou em arrebatamento. Tudo exultava em Deus e O reconhecia — exceto o homem. Todos obedeciam a Seu mais singelo mandado implicitamente — exceto o homem. Todos viviam em beleza — exceto o homem. Todos inclinavam-se diante dEle, existindo apenas nEle — exceto o homem. O homem era o proscrito, o rebelde, o deformado que deixava cicatrizes na terra, a voz que silenciou a música do Éden, a mão que suscitou obscenidades e blasfêmias. O homem era o pária, o leproso moral nesse translúcido espelho do Céu. Ele era quem enlameava as águas cristalinas, o desfolhador de florestas, o assassino dos inocentes, o desafiante de Deus. Ele era o matador dos santos e dos profetas, pois falavam o que não queria ouvir na cegueira de seu espírito.

Hillel preferia pensar bem de seu semelhante, tendo compaixão e frequentemente refletindo a respeito das tristezas e dos tenebrosos apuros da humanidade, mas nem sempre podia iludir-se de que o homem merecia estar vivo. Quando sentia esse sofrimento crepuscular — como nessa noite — um sofrimento de origem misteriosa — recordava as profecias sobre o Messias e citava as palavras de Isaías a respeito dEle: "Ele livrará Seu povo dos pecados cometidos."

Os poucos saduceus que Hillel conhecia e que eram bem-vindos à sua casa riam dele quando confessava — após um copo de vinho a mais — que "sentia" que algo divino tinha "andado" pelo mundo, que um fato influente já ocorrera que iria mudar o rumo da história e revitalizar o homem com a Voz de Deus. "É sua reclusão voluntária que causa isso", falavam-lhe amistosamente. "Este mundo é de pedra, de matéria e do poder de Roma, e é realidade, fixa no espaço, e só os loucos negam a realidade. Abandone os astros, meu amigo, e a Cabala, assim como profecias dos antigos profetas cheirando a esterco, roupas tecidas com pelo de bode e a suor. Eles viveram numa época mais simples. Hoje o mundo é complexo e civilizado, cheio de grandes cidades, comércio, artes e ciências. O homem atingiu a maioridade. Ele é um ser sofisticado, cidadão do mundo romano, pelo menos no modo de viver se não por decreto. Sabe tudo o que tem de ser sabido. Não mais é presa de fantasias, esperanças e ilusões pueris. Sabe o que os astros são. Sabe o que a matéria é. Conhece seu lugar no universo. Não é mais supersticioso, a não ser de forma branda como os romanos. Não sente terror ante os fenômenos naturais — ele os compreende. Tem suas universidades, escolas, sábios professores. Poucas são as moças judias, hoje em dia, que sonham em dar à luz o Messias, pois sabem que não haverá Messias e que essa ilusão proveio meramente do desejo de inocentes homens da Antiguidade. Ainda respeitamos o saber infantil daqueles homens, sabendo-o notável, já que não tinham acesso a nossas bibliotecas e nossas escolas. Mas era o saber de gente sobremodo ingênua, que nada conhecia a respeito das cidades e do exuberante mundo de hoje."

"Uma virgem dará à luz..." Todavia, ninguém mais falava assim naqueles dias, salvo uns poucos anciãos fariseus entre os amigos de Hillel; e mesmo eles mencionavam isso como um fato ainda envolto nas brumas do tempo, possivelmente tão só uma esperança mística. Hillel sentia-se sozinho. À meia-noite, via-se ponderando, com a habitual segurança, que realmente ocorrera algo na face da Terra e que toda a criação estava com a respiração suspensa.

Certa vez, Hillel disse a um velho em Tarso, a quem respeitava, um judeu vergado pelos anos mas com a mente saltitante de um jovem:

— Ouvi de minha prima que mora em Jerusalém, casada, não lamento dizer, com um troncudo centurião romano. Um bom homem; jantei na casa dele; adora minha prima e a acata, o que, para certas pessoas, o diminui; mas nunca achei ser prova de virilidade desprezar as mulheres. De muitas maneiras, ele demonstra ser espirituoso e esperto e, contrariando a crença popular dos romanos serem monstros, é bastante delicado e possui muito senso de humor.

Hillel olhou timidamente enquanto o interlocutor estranhava sua opinião, sem dúvida exagerada, sobre os conquistadores romanos da Terra Santa de Deus.

— Ele também é supersticioso — prosseguiu Hillel. — Estava casado com Ana fazia seis anos, mas Deus não julgara adequado abençoá-los com um filho, conquanto tivessem quatro menininhas rosadas, e eu também desejo isso intensamente. Era bem penoso para Ana, apesar de Aulo parecer resignado de forma singular e adequada. Todavia, há quatro anos, após o solstício do inverno, quando os romanos comemoravam sua turbulenta Saturnal em plena Jerusalém — eles são contidos, entretanto, por ordem de César Augusto, que é um homem sensato —, Ana deu à luz um filho. Aulo consolava alguns de seus soldados em uma torre de vigia bem no alto de Jerusalém, pois naquela noite estavam de serviço e não podiam participar da última noite dos festejos, que ele me garantiu serem os... mais agradáveis de todos. Era uma bela noite fria e Aulo olhava na direção de Belém, terra natal do rei Davi, e todas as estrelas estavam nitidamente visíveis.

Hillel dera uma olhada como pedindo desculpas a seu velho visitante que estava aceitando mais vinho servido por um escravo e revelava traços de enfado. Sem disfarçar, bocejava.

— Chegou um mensageiro para dar a Aulo a notícia do nascimento do filho e ele imediatamente serviu vinho a todos os seus homens desolados, iniciando assim uma festa particular na torre. Partilhava o terceiro copo quando, casualmente, olhou de novo na direção de Belém e aí viu algo formidável.

— Ele estava bêbado — interrompeu o visitante.

Hillel ficou um tanto contrariado.

— Não foi Davi quem falou "Óleo para deixar o rosto brilhando e vinho para alegrar o coração do homem"? Ele considerava ambos como excelentes dádivas de Deus, nada para ser rejeitado. Aulo é prudente. Não o vi bêbedo mais que cinco vezes.

A visita riu com desdém.

— Há retificações nos Livros Sagrados sobre a embriaguez. Há o caso de Noé. O que seu amigo sabe quanto a Noé?

Hillel retrucou:

— Eu não falava em Noé. Aulo fixou os olhos no céu frio e brilhante em cima de Belém e notou um sinal extraordinário. Entre os astros havia uma estrela como jamais os homens haviam visto antes, luminosa e imensa, como a lua cheia e irrequieta, girando e ardendo com uma luminosidade branca, movendo-se como que de propósito.

— Seu Aulo estava bêbado, ou então observara o que os astrólogos denominam uma nova... uma nova estrela. É um fenômeno não de todo incomum.

— Mas as estrelas não se destroem a si mesmas em um estouro de fogo, num abrir e fechar de olhos — comentou Hillel, com um ligeiro rubor no rosto claro ante a rejeição de sua história emocionante. — E se uma nova aparece, fica visível pelo menos durante várias noites seguidas por algum tempo. É verdade que a estrela durou vários dias, desaparecendo depois, mas não esmaecendo ou diminuindo: ela acabou abruptamente, como se sua missão estivesse concluída. Pois veja, meu caro amigo, ela parou de mover-se naquela noite e permaneceu suspensa como um pujante aglomerado de estrelas grandes sobre certo local. Ficou fixa, vívida e imutável, em repouso, até desaparecer tão prontamente como surgira. Ouvi dizer que a luz dela era tão forte e intensa que projetava sombras tão nítidas quanto a lua cheia produz na terra. E despertou muito espanto e temor nos arredores.

— Eu também — replicou o visitante, dando de ombros — tenho parentes em Jerusalém e eles não viram essa estrela espantosa.

— Era meia-noite, ou até mais tarde — replicou Hillel —, e quantos são os homens que erguem os olhos deste mundo para apreciar os astros?

— É verdade — comentou o convidado.

— Aulo ficou convencido de que um grande herói nascera — falou Hillel. — Um grande guerreiro, embora duvidasse que isso tivesse ocorrido em Belém, pequena cidade agrícola e mercantil. Ana, ao ouvir do marido a novidade, afirmou que ela anunciava o nascimento do filho deles.

O visitante ergueu os olhos exasperadamente para o teto enfeitado da sala de jantar e resmungou:

— As fantasias das mulheres! Agora sua venerada prima afirmará que pariu o Messias!

— Não — contestou Hillel, ainda um tanto irritado, mas agora sorrindo. — Ana não é tão cheia de si e, ademais, ela conheceu um homem. Ela está inclinada por um profeta, mas não um dos heróis de Aulo.

— Devem ter nascido milhares de bebês naquela noite em Jerusalém e Belém — falou o visitante. — Quem é o profeta ou o herói?

Hillel fixou os olhos nas mãos entrelaçadas, apoiadas em cima da toalha de linho branco da mesa de refeições.

— Não sei — murmurou. — Mas quando recebi a carta de Ana, uma alegria bastante misteriosa apoderou-se de mim, um arrebatamento, e isto não entendo. É como se um anjo me tivesse tocado.

O convidado riu estrepitosamente e abanou a cabeça.

— Ouvi de seu pai e seu avô, Hillel ben Borush, que você sempre foi um rapaz místico e implorou para ser iniciado na sabedoria oculta da Cabala. É minha opinião ter sido isso um engano e espero que me perdoe. Só uma mente calma e desapaixonada deveria ser iniciada na Cabala, uma mente fria e ponderada, e talvez cética, mas certamente nunca a emocional e impressionável.

Hillel se zangou com esta rejeição friamente zombeteira de sua história e por isso mudou de assunto. Também sentiu-se tolo e diminuído. Nunca mais falou disso a ninguém. Mas frequentemente pensava na estrela. Algum receio e certa reticência impediam-no de escrever a outros em Jerusalém sobre o assunto, sobretudo seus parentes, pois não queria ser desiludido. Isso também o surpreendeu, pois era um homem que deplorava as ilusões alheias e delicadamente desprezava-as.

Mas havia muito se profetizara que o Messias, da linhagem de Davi, Ele próprio nasceria em Belém. Entretanto, se assim fora, por que não se ouvira anjos nem trombetas celestes bradando, em todo o universo quando a estrela aparecera, e por que o mundo não fora varrido por um esplendor de júbilo? O Messias certamente não poderia nascer na obscuridade, pois Seu trono era em Sião conforme asseveravam as profecias, e Ele, o Rei dos Reis, não nasceria como o mais ínfimo dos homens. O fato é que anos haviam passado e não houvera outro sinal.

No entanto, Hillel não conseguia esquecer a estrela, apesar de frequentemente ter-se espantado com a comoção de sentimentos que se apoderara de seu coração ao ler a carta de Ana. Mesmo nesta noite, em seu jardim, o surto de êxtase misterioso era vivo e premente como sempre. Tudo talvez não passasse de uma ilusão, uma fantasia de homens embriagados numa torre romana que haviam observado, ou o desejo ardente de uma esposa de que o nascimento de seu primeiro filho fosse devidamente registrado pelo Céu. Ainda assim, porém, seu coração teimoso e devoto negava tudo isso, sem que soubesse por quê. Talvez, imaginou, uma ilusão que afirma alegria seja melhor do que uma realidade que a nega, ou talvez a presença mesma da alegria ateste sua veracidade.

Enquanto estava em pé no jardim nessa noite, Hillel ouviu de súbito um grito alto e assustou-se. O grito rompeu o silêncio propício como uma abrupta voz de comando, cortante e autoritária. Levou alguns momentos para dar-se conta de ser a voz de seus filhinhos, passando nos braços de uma babá por entre as colunas. Ainda assim, ficou abalado. A voz do nenê recordara-lhe a do seu próprio pai, imperiosa, firme e inflexível, até mesmo didática, imune à dúvida, desdenhosa ante as hesitações. Era absurdo, pensou, quando voltou o silêncio. Um mero bebê de peito... e o formidável velho que governara seu lar com o simples poder de sua pavorosa voz! Por um momento, Hillel contemplou a ideia de seu pai ter-se reencarnado no infante Saul e aí deu uma risadinha. Como seria incrivelmente delicioso dar palmadas nas nádegas de uma alma que aterrorizara esposa e filho em sua vida anterior! Talvez, de certa maneira, isso fosse realmente justiça. Retornou às suas preces e agora até os barulhentos pássaros estavam em silêncio. Ele repetiu as palavras de Davi, com profunda saudade e alegria reverente:

— "Deus, sois o meu Deus,
Desde o raiar da aurora a Vós procuro:
De Vós tem sede a minha alma,
Por Vós desfalece a minha carne,
Como a terra árida, esgotada e sem água.
Assim Vos contemplo no lugar santo,
Para ver o poder e a Vossa glória.
Porque melhor que a vida é a Vossa graça;
Meus lábios hão de louvar-Vos.
Assim Vos hei de bendizer na minha vida:
Em Vosso nome elevarei as minhas mãos."

Então dirigiu o olhar para a denteada silhueta das montanhas bem longe do vale, os fantásticos monumentos que uma imaginação aguda poderia transformar em figuras de monstros, de dragões sorrateiros, bastiões, torres, agulhas de torres e templos, de frontões triangulares e colunas isoladas, de arcos retorcidos e paredes esculpidas — todos talhados em pedra escarlate, que aparentemente ardiam em medonho incêndio contra um céu do mais intenso azul vivo. O sol poente dava-lhes uma aparência de relevo, produzindo a impressão de estarem marchando contra a rica terra do vale e infundindo sentimentos de ameaça e terror, ao mesmo tempo em que o rio Cidno assumia a aparência de uma ampla estrada de chamas. Hillel vira isso uma centena de vezes ou mais, mas nunca deixava de enchê-lo de uma premonição, um temor amorfo, a alma pesada com melancolia.

Agora ouviu Débora tagarelando com as amigas gregas e romanas e a voz dela era vivaz e trinada, voz de uma criança contente e cheia de si. Sacudiu a cabeça como que reprovando, mas de certa maneira aquele som trivial e despreocupado consolou-o e não soube de que se sentia consolado. Olhou pelas montanhas abaixo e viu Tarso no rio resplandecente, uma cidade de fragmentos dourados malhados de vermelho. Não havia nascido nessa cidade, mas viera para ali com os pais quando ainda criança. No entanto, amava-a como não gostava de Jerusalém, a cidade profanada, estrangeira, perdida, a terra não só ocupada por militares conquistadores como, pior ainda, ocupada por filhos que tinham destruído o coração da cidade santa com sua libertinagem, cinismo negligente, incredulidade e abandono. Quando uma cidade era pobre estava ocupada pela fé, esforço e esperança. Quando ficava rica e opulenta, o mal penetrava e a cidade estava perdida.

— Como tenho chorado por ti, Jerusalém — murmurou Hillel, entrando em casa com a cabeça baixa e de novo entristecido.

— Garanti-lhe, Débora — dizia uma jovem matrona romana à sua anfitriã na calma da brilhante noite —, que a medalha de Delfos faria você conceber um filho.

— Eu a uso junto do coração — falou Débora bas Shebua. Ela hesitou. — Todavia, ele poderia ter saído com uma aparência mais graciosa.

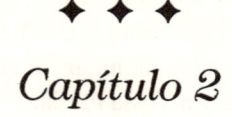

Capítulo 2

Hillel ben Borush recebia convidados para jantar. Ali estavam seu velho e severo amigo fariseu, rabino Isaac ben Ezequiel, e o cunhado, irmão de Débora, o sibarítico cavalheiro e aristocrata de Jerusalém, Davi ben Shebua. Ao pé da comprida mesa com uma dourada toalha franjada sentava-se Débora, a mulher moderna que não se deixava confinar na sala das mulheres, apesar da reprovação declarada do rabino Isaac — ela o considerava um velho estúpido um tanto sujo — e o preceptor do jovem Saul, o grego Aristo, o próprio Saul, agora com cinco anos. Ela sabia que sua presença, a do pagão grego e até a da criança eram ressentidas, deploradas e menosprezadas pelo idoso rabino e isso lhe dava uma sensação infantil de maldade e regozijo. Quanto a Aristo, era um grego de discernimento e apreciava as qualidades intelectuais e a sensibilidade de Débora para com a poesia grega, bem como seu conhecimento das artes e ciências.

O sol estava se pondo, as temíveis e disformes montanhas denteadas erguiam-se, escarlates, por trás das portas e janelas da sala de jantar, os pavões pupilavam e o ar quente estava saturado com o perfume das flores, de poeira e de pedra aquecida. Débora podia ouvir o recentemente alto tamborilar da água das fontes, o murmúrio das balouçantes árvores. Ela podia ver o verde da luxuriante grama para além do pórtico, as pontiagudas torres dos ciprestes e as florações roxas da murta. Estava orgulhosa e contente. Sua casa podia não ser a maior daquele arrabalde, ou a mais esplêndida, porém era uma obra de arte e bom gosto. A sala de jantar era espaçosa e quadrada, de esplêndidas proporções, com um piso de quadrados de mármore amarelo e negro, sugerindo ouro e ébano, os murais nas paredes brancas eram excelentes ainda que um tanto "exagerados" na opinião conservadora de Hillel, e o teto de estuque estava decorado com rosáceas de ouro e azul forte. Os móveis, arcas, biombos, mesas e cadeiras haviam sido modelados à moda oriental para combinarem com o ambiente, e eram de ébano escuro e teca, primorosamente talhados e incrustados. Aqui e ali havia espalhados esplêndidos tapetes persas de desenho intrincado e cores delicadas. Uma brisa suave veio de entre as colunas do pórtico e trouxe consigo um puro aroma campestre. Os sinos de templos pagãos dedicados a Serápis, Juno, Afrodite e todos os deuses e deusas dos panteões romano, grego e oriental, começaram a tocar suavemente por toda a área, competindo uns com os outros por notas harmoniosas, mesclando-se para criar um fundo sonoro doce e nostálgico. Débora suspirou, contente. Seu rosto apresentava um brilho com um misto de inocência e orgulho desmedido — e burrice — e Hillel espiou para o final da comprida mesa e a amou de novo, e considerou, como fazia amiúde, por que ela não o matava de tédio...

O irmão de Débora, Davi, era, na opinião de Hillel (que podia às vezes ser bem acerbo), desalentado, ridículo, pretensioso e uma paródia de elegância. Era quatro anos mais velho do que Débora, casado com uma moça romana de importante família, vivia mais em Roma do que em Jerusalém e chamava-se de "judeu emancipado, o novo judeu". Era amigo íntimo de Herodes, conhecido na corte e muito rico. Tinha belas maneiras, era prendado e bonito como Débora, com cabelos castanho-avermelhados e olhos azuis, naturalmente sem barba, de tez branca e com um nariz grego de que se orgulhava cansativamente, queixo branco fendido, e seu corpo era outro motivo de orgulho, pois era alto e esguio. Ele também era por demais cansativo, na opinião de Hillel, e recendia como uma mulher, usando muitos anéis nas mãos compridas e delicadas. Um colar egípcio, complicado e cheio de minúcias, com franja e joias, pendia-lhe do pescoço caindo sobre o peito. Braceletes com pedras preciosas cingiam-lhe os braços e um brinco com joia cintilava em uma das orelhas; sua toga era da seda mais branca e bruxuleante, bordada com ouro, e as sandálias cintilavam.

Hillel sempre procurava desprezá-lo como um traidor decaído de sua raça e seu Deus, mas Davi era tão cativante, divertido e sorridente, e até tão erudito, que Hillel invariável e inevitavelmente acabava sentindo-se seduzido a gostar dele em suas espaçadas visitas a casa. Davi, por certo, era um saduceu e, por conseguinte, pior ainda que os pagãos desinformados; mas era um homem culto, igualmente à vontade ao discutir a Torá, Filo, Eurípides, Sófocles, Virgílio e Homero, os últimos escândalos de Roma, Jerusalém, Alexandria e Atenas, política, poesia, as ciências, a bolsa de mercadorias e as finanças, o estado do dracma e do sestércio, o mais recente favorito de César Augusto, as Augustais de Roma, boatos do Palatino, arquitetura, arqueologia, comércio, profissões, religião em todas as formas, sem mencionar a última moda em vestuário, cozinha, divertimento e estilo de vida.

Uma vez ou outra, por pura exasperação ante tanta doçura, saber, urbanidade, serenidade e polidez, Hillel, o mais brando dos homens, tentara provocar Davi para enfurecer-se, dar uma resposta insolente ou fazer um gesto desabrido, mas ele jamais perdeu a pose — se era pose — de homem inteiramente civilizado. Ele nunca, pensava Hillel com certa indelicadeza, imporia seus desejos à esposa, discutiria de maneira vulgar com um vendedor, brigaria com um corretor, esfregaria o nariz ou o ânus, malgrado não tivesse qualquer objeção a uma história picante e pudesse aludir a indescritíveis vilanias de comportamento de amigos e conhecidos.

O rabino Isaac, o velho amigo fariseu, estava sentado mascando preguiçosamente à direita de Hillel nessa noite, lançando olhares carrancudos alternadamente para Débora, que não se esquivava mas soberbamente o ignorava, e para Davi. Ele sacudia a mão quando Davi falava com a entonação musical e educada — em grego, está claro — como se espantasse uma nuvem de borrachudos, e fazia sons grosseiros ao mascar, gorgolejando ao beber o vinho. (Um verdadeiro porco, pensou Débora, sem piedade.) Só quando Hillel falava, o rabino prestava alguma atenção à mesa, parava de encher a boca com grandes pedaços de pão ou de examinar cada prato com intensa desconfiança como se estivesse envenenado ou fosse inadequado aos intestinos puros de um judeu piedoso. Ele era curvado e torcido, conquanto curiosamente gordo e modelado como um nabo; a barba não tinha um fio branco apesar da idade, sua expressão era turva e feroz como os olhos e o nariz era deploravelmente imenso e adunco, lembrando o de um fenício. Sua roupa era do linho mais grosseiro, castanho-escuro, e Débora estava certa de que ele cheirava muito mal, o que não era verdade. Era rico e culto, temido no Templo, e ia frequentemente a Jerusalém; falava de si mesmo como o mais pobre e humilde dos homens, era arrogante, obstinado e intolerante, apesar de muito eloquente e sábio quando lhe aprazia. Ele era também o que Davi denominava "caçador de heresias", devotado ferozmente à Lei e ao Livro, e por conseguinte um anacronismo nesses dias de esclarecimento. Débora detestava-o.

Enraiveceu-a saber, pelo marido, que Reb Isaac não só instruiria o jovem Saul nos estudos piedosos apropriados a um fariseu — ele já estava fazendo isso — como seria o mentor e escolheria o ofício manual dele. Ele era tecelão de pelo de bode. Certamente, Débora protestaria aos prantos, pois mesmo um judeu fiel à Bíblia dos Setenta não mais acreditava que todos os judeus não só deviam ser cultos como igualmente precisavam abraçar um ofício humilde exigindo trabalho manual e suado, não importando quão rica e distinta fosse sua família. Era ridículo. O próprio Hillel, por acaso, atualmente praticava seu ofício de marceneiro? Era verdade que lhe agradava ocasionalmente talhar uma pequena arca, uma cadeira para o quarto das crianças ou uma mesinha, mas fazia isso diligentemente, segundo a Lei exigia? Não mesmo. "Nunca se sabe", dizia Hillel misteriosamente, porém nunca explicou o que se poderia saber. Era de enfurecer.

Nessa noite Débora estava feliz. Davi era seu irmão favorito. Ela ficava irritada porque, quando ele os visitava, Hillel invariavelmente convidava também aquele antipático velho fariseu. Ela não sabia que Hillel achava tanto Reb Isaac quanto Davi desgastantes para seu temperamento, e que ficava irritavelmente amolado por eles, o que diminuía sua amizade pelo aborrecimento. (Às vezes, ele refletia sobre como seria se fosse romano, cheio de certeza materialista e sem dúvidas, caminhando firmemente sem descobrir perguntas na Terra.) Entre as duas pedras de amolar que eram Reb Isaac e Davi ben Shebua, às vezes sentia a desagradável trituração de uma resposta ilusória e raciocinava — ele estava sempre raciocinando — que podia não ser absolutamente uma resposta, mas apenas resultado de sua sofrida sensibilidade tornar-se mais doída, sensível e esfolada.

Olhou para o filho na ponta da mesa, o pequeno Saul de cinco anos, sentado em silêncio ao lado da mãe. Sorriu afetuosamente para a criança, mas Saul escutava Davi com aquela sua estranha concentração, sobremodo pouco infantil. Por certo não era um menino bonito, mas curiosamente dominador apesar da baixa estatura, envergadura, braços musculosos e pernas fortes mas arqueadas. Seus olhos tinham ficado mais firmes e vivazes ao crescer, lembrando esmalte frio porém azul brilhante por cima do ferro. Seu cabelo audazmente vermelho era cortado curto, à moda romana, como o de um soldado, e suas grandes orelhas rosadas sobressaíam da cabeça redonda e viril. Débora talvez deplorasse o nariz fenício e suspeitasse de peraltices na impecável família de Hillel no passado remoto — o que era provável, admitia Hillel —, mas ele achava o nariz animadoramente másculo, confiável e positivo e não sabia por que isso deveria animá-lo. Também gostava das mãos do garoto, quadradas e morenas, com unhas quadradas curtas, bem como do robusto pescoço moreno, o rosado intenso nas maçãs do rosto bem largas e as sardas espalhadas pela testa baixa e pugnaz. Hillel não estava seguro a respeito da boca de Saul, ampla, fina e expressiva. Isso sugeria debate e obstinação. No todo, o jovem tinha a seu redor uma aura impetuosa e concentrada, um jeito arrebatado de virar depressa a cabeça, temperamento rancoroso, que, Hillel refletiu, lhe arranjaria mais inimigos do que amigos no futuro.

Hillel recordou a filha, Séfora, a quem Débora quisera dar o nome Flávia, Dafne ou Íris e não um qualquer nome judeu ofensivo. (Hillel ameaçara-a com Lia, Sara, Rebeca ou Míriam, e assim a tranquilizara. Séfora ao menos não era tão dissonante.) Hillel pensou em sua filhinha, agora com quase quatro anos; com intensa paixão: uma linda criança loura, com olhos claros, modos afetuosos e uma graciosa covinha na bochecha. Ela ria para Saul e mexia com ele. Saul, que raramente tolerava alguém, inclusive os pais, aguentava Séfora e brincava com ela durante os raros intervalos de lazer e ralhava com ela, mas sem nunca conseguir fazê-la chorar. Ela zombava dele. Séfora não estava à mesa, mas no cômodo das crianças. Débora deleitava-se com a beleza dela, admirava os grandes olhos felizes, encaracolava os louros cabelos da criança, passava cosméticos contra o sol na pele delicada, discutia com ela sobre as roupas adequadas para vestir em certas horas do dia e ensinava-a a cantar. Uma das poucas alegrias de Hillel era escutar as jovens vozes cantando ao anoitecer, primeiro alguma canção séria de Davi e em seguida a mais nova cançoneta que Hillel desconfiava vir das ruelas barulhentas de Tarso, cuidadosamente apresentadas de forma inocente. Hillel não sabia quem era mais infantil e ingênua, se a esposa ou a filha. Mal chegando aos quatro anos, Séfora por vezes encarava a mãe com repentina seriedade, as louras pestanas piscando apressadamente. Uma vez Hillel ficou certo de que a pequenina estava com pena de Débora.

Saul, naturalmente, usava a túnica romana branca da pré-adolescência, bordada em roxo, por insistência de Débora. "Somos cidadãos do mundo romano", afirmava Débora. "Somos cidadãos do Reino de Deus", contestava Hillel. Débora achava isso absurdo. Só havia um único mundo, sonhado pelos antigos, governado pela paz e pela lei e, portanto, seguro. "Governado pelo gládio romano", diria Hillel com rara amargura. Mas para Débora era um mundo seguro para sua família e isso era o que importava. Não fazia mal, conquanto o fizesse secretamente por temor a Hillel, oferecer um sacrifício discreto no templo de Juno, a mãe dos deuses e dos homens. Juno era uma mãe exemplar.

Reb Isaac sempre insistia que desejava e só podia apreciar "apenas a comida mais simples" ao visitar amigos, mas todos sabiam que sua esposa Lia era uma cozinheira miraculosa, que levava na devida conta o estômago exigente do marido e supervisionava a cozinha. Ninguém sabia o que Lia achava do marido, mas ela possuía senso de humor e sua mesa era popular igualmente entre gregos, romanos e judeus, e assim todos perdoavam a hipocrisia de Reb Isaac. Débora, porém, acreditava literalmente ser ele um homem de apetite austero e simples. Por isso, quando era convidado à mesa de seu marido, ela invariavelmente determinava a comida mais simples. Isso encantava a Hillel, que podia ser culpado de uma maldadezinha branda. Assim, nesta noite só havia um peixe de rio grelhado sem ervas, lombo de carneiro cozido frio, alcachofras ensopadas sem azeite nem alho ou vinagre, repolho murcho, pão frio, frutas passadas, queijo barato e um vinho bem ordinário.

Quanto a Davi — o pequeno franzido entre as sobrancelhas testemunhava sua dor, e também com isso Hillel se satisfazia maldosamente. Ele não sabia o que era mais revoltante, se a delicadeza efeminada de Davi ben Shebua ou a horrível hipocrisia de Reb Isaac, mas agradava-lhe ver ambos serem castigados apesar de ele lamentar sua própria perversidade humana.

Era convicção de Reb Isaac que Hillel ben Borush, apesar de ser um estimável judeu de considerável piedade e fé, e um fariseu, não era dedicado ao Livro como de se esperar em alguém de seu berço e estudo das Escrituras e, por conseguinte, não desprovido inteiramente de mundanismo e trivialidade.

Suspeitava que Hillel era um tanto tímido diante dessa sociedade moderna de materialismo, força bruta, ateísmo, desprezo pelo indivíduo e oportunismo cínico, sem mencionar os lascivos e execráveis conquistadores romanos do mundo, simultaneamente poderosos e bárbaros, e os corruptos gregos com suas filosofias hedonistas, que haviam — sem dúvida para ira do Criador, bendito seja Seu Nome — invadido o próprio coração da Sagrada Israel com seus costumes e maneiras. Achava ser Hillel uma dessas almas suaves que preferiam paz à controvérsia e complacência à luta.

Por outro lado, Davi ben Shebua estava convencido de que Hillel, apesar de sua amabilidade, espírito e delicadeza, no fundo era um severo fariseu pronto a denunciar e a dirigir o apedrejamento de qualquer herege, com a convicção de ser aprovado por seu Deus.

Davi não estava mais correto em suas suposições acerca de Hillel do que o estava Reb Isaac.

Uma vez ele disse à irmã, após um daqueles deploráveis jantares:

— Por que meu estimado cunhado infalivelmente convida esse miasmático rabino para meu primeiro jantar na casa?

Débora, que estava sempre mais zangada do que satisfeita com o marido, respondeu, não por qualquer percepção intelectual, mas devido à profunda intuição e petulância feminina:

— É para aborrecer a vocês dois.

Embora Davi tentasse conversar nessa noite de maneira civilizada com Reb Isaac, foi como atirar lindas plumas contra um aríete em ação. Reb Isaac desprezava-o. Davi prosseguiu conversando e com o canto do olho espiava Hillel. Este se divertia, a ponto de mal tocar no péssimo jantar.

Aristo, com seu discípulo Saul, ao pé da mesa, não era alvo de atenção de pessoa alguma, nem mesmo dos desdenhosos escravos, pois era um mero liberto, mas considerava-se superior a qualquer um ali, pois era ateniense e brilhantemente educado. Seus inteligentes olhos negros, pequenos e inquietos como besouros, moviam-se de um rosto para outro e ele escutava, mas sorrindo interiormente. Somente ele acreditava ser Hillel ben Borush o único intelectual ali presente. Tinha grande respeito por seu senhor e uma espécie de amor divertido. Em dois anos mais estaria livre, dissera-lhe Hillel, porquanto a lei judaica exigia que um escravo fosse solto após sete anos de servidão. Aristo encarara isso com inquietude e consultara Hillel:

— Estou livre, meu senhor — falou —, dentro de dois anos. E então para onde irei?

Hillel refletira, solidário. Um escravo liberto estava exposto a todas as duras vicissitudes do homem livre. Já era bem mau nascer livre e ter de enfrentar todos os percalços desagradáveis da vida, ser responsável por suas ações perante Deus e o homem, responsável até pelos próprios pensamentos. (Mas, e então, isso não tornava o homem quase igual aos anjos?) Como seria pior ter sido abrigado e alimentado a vida inteira, responsável apenas perante o seu senhor, e então ser jogado nas regiões gélidas onde se é responsável perante todos! Assim, Hillel dissera:

— Você foi comprado para meu filho e, de acordo com a Lei, deve ser libertado dentro de mais dois anos. Mas você nos desertará? Você não é necessário, neste mundo de múltiplas pessoas e filosofias, para continuar a ensinar a meu filho quando ele tiver a idade própria? Portanto, antes de estar terminado seu tempo, iremos juntos ao pretor, você será libertado tão logo possível, a partir daí receberá uma paga mensal que combinaremos e passará a ser um membro respeitado da casa.

Dessa forma, Aristo tornou-se livre, com um salário satisfatório, e estava, nessa ocasião, comprando uns substanciais bosques de oliveiras para quando ficasse velho. Todavia, nunca esqueceu que, no momento em que o pretor romano declarava sua liberdade, Hillel o encarava com a branda tristeza de um irmão e abanara a cabeça com um ar meio abstrato. Mais tarde, Hillel lhe dissera:

— É algo temeroso ser livre diante da Face de Deus, pois o Senhor, bendito seja Seu Nome, impiedosamente exige tudo dos livres, mas é misericordioso para com os escravos e a eles nada pede. — E acrescentou: — Deus é muito caprichoso. Mas os gregos não afirmam a mesma coisa?

Aristo às vezes observava Hillel ben Borush orando no jardim e meditava: Como severo e terrível é o Deus de Israel! Frequentemente discutia os deuses da Grécia com seu Senhor, discorrendo acerca de sua graça, risadas, alegria, hilaridade, festejos e fraquezas, seus elegantes adultérios e sua interferência jubilosa e volúvel nos assuntos dos homens. Uma vez, Hillel dissera:

— Deus manifesta-se a cada povo de uma forma original... apesar de a maioria dos crentes não concordar com esta minha ideia. Ele é multiforme. Conforme os profetas têm tentado muito ensinar-nos, sem proveito, ai de mim!, Deus é um Espírito, sem forma nem corpo, onipresente, onisciente, circum-ambiente, em tudo o que vive. Ele apresenta uma Face a um homem e outra, diferente, a outro homem. Nem precisamos dizer, todos os homens em conjunto, que o Senhor nosso Deus é Um Só, malgrado suas manifestações sejam múltiplas e miríades, e quem somos nós para declarar, com cólera e certeza, que somente nossa pálida visão está certa?

— O Deus Desconhecido — replicara Aristo. — Os gregos falam dEle.

— Para sempre desconhecido — respondera Hillel, com uma tristeza estranha.

Hesitou, mas não prosseguiu. Subitamente, seu coração animara-se como uma folha se levanta e ele experimentou, momentaneamente, aquele estranho vento de êxtase que raramente sentia, desde a infância. Isso lhe ocorrera pela primeira vez quando lhe mencionaram o Messias?

— Não — dizia Davi ben Shebua tolerantemente a Reb Isaac —, não me denomino um estoico, mas como Zenão prefiro a escola cínica, conquanto ele, por certo, haja formulado a filosofia estoica. Prefiro chamar-me de acadêmico.

— Ah! — reagiu Reb Isaac, olhando-o de esguelha. Partiu um pedaço de pão e enfiou-o boca adentro, mastigando ruidosamente. (Onde estaria o maldito padeiro desta casa? O pão estava chocho e insípido. O velho franziu a testa.) Entendeu que Davi estava apoquentando-o da mesma maneira que ele fizera antes e ergueu-se para o combate com certo prazer interior. Com que então esse joão-ninguém, essa banalidade cheirosa, considerava-o um ignorante, pois não? — Você não é sequer acadêmico. Você é um nada, pois não possui opiniões reais próprias, a não ser as que roubou como flores dos jardins de seus mestres. Você não possui saber sólido e profundo, pois negou e abandonou as raízes de onde brotou. Você é como um pássaro de língua partida, que repete incontinente tudo o que ouve, sem a menor compreensão. Você não é um grego com filosofias tortuosas ou um romano com arrogância brutal e irresponsável, nem um judeu com conhecimento de Deus e do homem. O que você é, então?

Sacudiu o dedo para Davi e inclinou-se por sobre a mesa na direção dele, com os olhos faiscando. Davi enrubesceu de humilhação.

— Você é o traidor de Israel — prosseguiu Reb Isaac. — Porém, será você um grego, um não judeu? Ou um romano, egípcio, bretão, gaulês, cita, vândalo, sírio ou qualquer outro pagão? Você me dirá ser cidadão romano. Mas isso não significa o que um homem é no coração e na alma. Ele é mais do que sua casa ou mesmo seu nome. Ele é, seguramente, mais do que sua riqueza ou saber. Mas, Davi ben Shebua, pode-me dizer o que *você é*?

Davi empalidecera consideravelmente. Um tênue raio de luz iluminava o lado de seu rosto e, pela primeira vez, Hillel percebeu que o perfil dele era grego clássico no franzido lábio superior e no queixo redondo perfeito, e que o colorido acentuava essa semelhança. Ficou de repente envergonhado, pela primeira vez, por seu cunhado ter sido tão insultado em sua própria casa.

Davi encarava fixamente o velho e lá no fundo dos olhos azuis formava-se algo semelhante a uma faísca. Antes que pudesse falar, Reb Isaac prosseguiu.

— Estou triste por você, Davi ben Shebua, pois o pecado recai na cabeça do seu pai e não na sua. Quando um homem priva o filho de sua herança, por força de necessidade premente, presunção, vaidade ou ânsia de parecer com outros, comete algo de temível. Ele tirou a certeza do filho, sua identidade dentro da multidão anônima, a integridade de sua alma, seu contentamento pelo que é e para o que nasceu. Tirou-lhe o orgulho, e sem orgulho um homem é menos que homem. Os gregos aceitam a você como grego ou os romanos como um romano? Você não pode exultar com o nome de Israel porque o repeliu, conforme seu pai lhe ensinou, em troca de uma vaga cidadania do que você denomina mundo. O mundo romano! Ele pertence apenas aos romanos e não a você, não aos gregos ou qualquer outra das múltiplas raças que habitam esta terra. Isso eles sabem e possuem identidade própria, o que você não possui.

Verdade, pensou Aristo. Eu era um escravo e agora sou apenas um liberto, mas também sou grego com uma gloriosa tradição atrás de mim e, por conseguinte, sou um homem acima de tudo mais.

Hillel, contornando o pálido Davi, falou:

— Quando um homem escolhe algo, isto passa a ser dele. E por ser dele, por mais que protestemos, também devemos respeitar. Talvez haja uma lealdade maior que a uma nação, ou mesmo à tradição, e talvez seja isso o que Davi tem.

— Tolice o que você está dizendo e sabe disso muito bem! — berrou Reb Isaac, dirigindo o brilho negro dos olhos para o anfitrião. Virou os pesados ombros sob a grosseira roupa de linho castanho para Davi. — Diga-me — falou, em tom peremptório e voz alta —, e eu o escutarei e pesarei suas palavras sem zombaria. Diga-me a que você é leal?

— À paz — respondeu Davi. Ele se deteve, estupefato ante as próprias palavras, e então seu rosto prontamente enrubesceu, como se tivesse topado com uma verdade desconhecida até por si mesmo, em que ele acreditava e disso não sabia. — Não falo em submissão passiva, nem mesmo aos romanos, embora tenhamos de admitir que dominam o mundo e resistência significa morte, ou coisa pior. Temos de lembrar-nos de Pompeu, em nossa história recente, e nosso Herodes. Não está dito nas Escrituras que quando a tempestade irrompe a árvore que não verga se quebra, mas que o capim que verga vive para ver outro dia e outra tempestade? Deixem-me pensar um momento! Sou um homem de paz e a paz não deve ser desprezada. Não falo da paz do escravo, porém da paz que um homem experimenta quando aceita o inevitável, que ele não pode mudar. Tem de fazer as pazes com a realidade. Isso não acarreta uma perda do orgulho. Uma vez de posse dessa tranquilidade, um homem pode uma vez mais viver com dignidade e até achar a vida válida de ser vivida. Ele pode redescobrir a força do pensamento: é a civilização em seu auge, e espero ser um homem civilizado.

Reb Isaac escutara com o poderio de sua mente e espírito. Uma estranha expressão principiou a alterar seu turvo rosto barbudo e agora surgia compreensão nele, assim como piedade tanto quanto ódio.

— É uma conciliação — comentou. — Há homens que não farão conciliações por questão de princípios ou amor a Deus, e morrerão por sua firmeza.

E há outros que por serem de outra natureza, têm de transigir. Eles merecem minha compaixão.

Hillel fora atingido pelas palavras de Davi e falou:

— Nada há de errado em conciliação, se a escolha é entre o mal de aceitar a realidade e o da fantasia. A realidade, por mais repulsiva que seja, é a verdade. É bem mais perigoso insistir no que não é real ou atingível, do que se resignar ao que existe.

Voltou-se para Reb Isaac com aquele olhar calmo e intimidativo que sabia usar no momento certo e até o velho calou-se.

— Falemos de outras coisas — disse Hillel e havia em sua voz algo que soou como um comando enérgico, apesar de sua brandura.

— Permitam-me — falou Davi, em voz implorativa —, e deixem-me ter um momento conclusivo. Não expressei meu coração, receio. A minha convicção mais profunda é que todos os homens são a mesma coisa e, por que razão, então, devemos separar-nos em nações, tribos e culturas?

— Pela razão — interrompeu Hillel ben Borush — de que os homens não são os mesmos. Deus nos livre! Se esse dia de monotonia alguma vez chegar, então toda riqueza desaparecerá do mundo junto com toda a variedade. Homens de mentalidade semelhante reúnem-se e criam uma cultura, que acrescenta algo à cor e à alegria da vida, servindo de maravilha e encanto para outros de culturas diferentes. Deus convocou Israel a fim de ficar apartada para Ele não ser esquecido, bendito seja Seu Nome, e Suas Leis terem uma fonte incorruptível para mitigar a sede de todos os homens.

Reb Isaac falou em tom de lástima:

— Não devemos temer o desaparecimento de Israel. Deus sempre a manterá pobre e aflita, de sorte que não degenere e morra na opulência, como morrem outras nações.

Estava evidente para Aristo que Hillel, o silencioso e tranquilo, dominava agora a mesa, pois até Débora, que fitava com olhar vazio um orador e depois o outro, estava impressionada. Entretanto, o jovem Saul encarava o pai sem favoritismo. Não passava de uma criança, mas seu intelecto, como Aristo bem sabia, era prodigioso para a idade e tinha ideias nada infantis. Agora seus olhos, tão metálicos no matiz e na aparência, viraram-se para Reb Isaac com respeito. Aristo balançou a cabeça expressivamente.

Saul apreendera o clima da conversa dessa noite e muitas de suas implicações, pois tinha grande intuição. Respeitava o pai, pois isso era ordenado, mas mesmo como criança não acreditava na inteligência dele, pois Hillel nunca apresentava ou defendia suas opiniões com vigor. Para Saul, isso se afigurava falta de coragem ou convicção.

Hillel dizia, suspirando:

— Deus, bendito seja Seu Nome, fala em séculos, mas o homem, ai de mim, fala apenas em horas. Como, pois, poderemos ser reconciliados? O homem deve merecer piedade e não ser sempre acusado. Compreendo Jó.

Esses judeus!, pensou Aristo. Não podem dar um momento de paz à sua Divindade ou deixá-La escapar a suas falas! Não é de admirar que Ela os golpeie regularmente, de exasperação, pois estão sempre se queixando. No entanto, deuses merecem a solidão, longe das exigências dos homens, e repouso mental, na bem-aventurada profundeza do nada, libertos por um espaço de súplicas ou mesmo louvações importunas.

— Partilharemos com Deus, bendito seja Seu Nome, a nossa imortalidade — disse Reb Isaac — de modo que nós, também, falemos durante séculos em nossa alma.

Aristo quis rir. Olhou para Davi, que mexia em seus talheres com impaciência, pois, como Reb Isaac, estava se aborrecendo naquela refeição. Davi não se interessava pela imortalidade; como saduceu, não acreditava nela. Não era nem mesmo uma teoria para ele.

Falou, exibindo um sorriso educado:

— A ressurreição do corpo, Reb Isaac, se me permite entrar nesta conversa, não é a única entre os judeus como doutrina. Os egípcios acreditaram nela durante séculos, muito antes de haver Israel e o mesmo aconteceu com os babilônios. Está profundamente arraigada em todas as religiões, com exceção, talvez, das dos gregos e romanos que, todavia, acreditavam em espíritos.

Riu com suavidade.

— Ninguém acredita como nós — disse Reb Isaac, com ar brigão.

Davi encolheu os ombros.

— Nenhum homem acredita como outro homem, ao contrário dos fariseus e todos os profetas, Reb Isaac. — Naquele instante, mal pôde conter um bocejo. — É provável que Hillel tenha razão: se todos os homens tivessem a mesma crença, teria sido desastroso.

Reb Isaac, na sua ânsia e intenção, não só de tirar Hillel do que parecia ser indiferença, mas evitar a contaminação de uma sagrada mente jovem — a de Saul —, tornou-se novamente insistente.

— Vocês, homens sofisticados, tornam complexas as coisas simples, criam suas próprias confusões esmeradas. Deus é radioso e de uma infinita clareza. Quando Ele diz, bendito seja Seu Nome, "Sou o seu Senhor Deus", disse tudo o que havia para dizer, toda a sabedoria, todo o conhecimento que homem ou anjo podem sonhar. Mas vocês inventam filosofias.

— Rabino, não inventamos seus intermináveis e cansativos comentaristas — retrucou Davi. — Eles estão sempre reinterpretando Deus ou revisando o que Ele disse, para se adaptar a uma ocasião ou esclarecer um ponto obscuro.

Mais que verdadeiro, pensou Hillel. Novamente, entre as duas mós que eram Reb Isaac e Davi, pensou ter visto uma chispa da chama incandescente da verdade, que nenhum deles conhecia inteiramente. Nem ele, Hillel. Falou:

— Deus é simples. Apenas o homem é uma treva obscura.

Reb Isaac lançou-lhe um olhar aprovador. Mas Davi disse:

— Acho que nada é simples nem obscuro. Só o pensamento faz ser assim e frequentemente fico cansado de pensar.

— E por isso entrega-se à corrupção grega e romana — disse Reb Isaac.

— Vocês, saduceus, que estão com os romanos, os gananciosos coletores de impostos, opressores, que estão destruindo meu povo, levando-o ao desespero, à ruína e à pobreza, deformando a Arca Sagrada, rasgando o véu do Templo, rabiscando coisas nas paredes!

Seus olhos escuros encheram-se de lágrimas, quando pensou na degradação, escravidão e desespero de seu povo, sua nação e sua religião, no interior dos muros sagrados de Jerusalém. Sua emoção chamou a atenção de todos, mesmo a de Débora. Os olhos do jovem Saul fulgiram com uma chama azul.

— Você ri — disse Reb Isaac para Davi, que não estava rindo. — Mas não se deve zombar de Deus. Ele nos enviará Seu Messias, bendito seja Seu Nome, e toda a maldade do mundo será varrida como um nevoeiro escuro num pântano e a nova manhã surgirá.

Falou ameaçadoramente, apontando um dedo acusador para Davi.

— Amém — murmurou Hillel.

Então, a lembrança do que dissera sobre a grande e assustadora estrela sobre Belém surgiu em sua mente. Hesitou, mas sentiu um poderoso impulso levando-o a falar. Inclinou-se para Davi, que estava sorrindo despreocupadamente para Reb Isaac e disse:

— Davi, há muito desejo fazer-lhe uma pergunta, pois você mora em Jerusalém, que fica perto da cidade sagrada onde nasceu o Rei Davi. Tenho uma parenta em Jerusalém, que é casada com Aulo, um jovem centurião romano. Ele me escreveu há alguns anos, contando que, numa noite de inverno, observou uma formidável e assustadora estrela móvel sobre Belém...

Fez uma pausa porque Reb Isaac o estava olhando de maneira impaciente, visto que havia sido ele quem zombara da história de Aulo.

— E o romano pensou que havia sido um augúrio provocado por seu filho nascido naquela mesma noite, evocando uma manifestação dos seus deuses pagãos — disse Reb Isaac.

Mas Hillel estava olhando gravemente para Davi. Esperou que este sorrisse para fazer um gesto gracioso com a mão. Mas Davi ficou pensativo.

— Eu mesmo vi — falou. — E muitos outros também. — Curvou a bela cabeça e pareceu refletir. Depois, encolheu os ombros. — Tratava-se de um meteoro incendiando-se, ou uma nova, como informaram os astrólogos. Foi uma visão maravilhosa. Acendeu-se ao longe, sobre as colinas de Belém como uma lua consumindo-se. Brilhou firmemente durante algumas noites e depois desapareceu. Como toda nova, foi uma luz fulgurante, de pequena duração. Mas enquanto permaneceu, foi uma coisa indescritível, pura e branca, ardente, girando como se estivesse num grande eixo. Reunimo-nos nos telhados para vê-la. Alguns supersticiosos pensaram ser um enorme cometa, vindo para destruir-nos. Outros disseram que as velas e tochas do Templo brilharam com maior esplendor enquanto a estrela pairou sobre Belém. Houve quem declarasse ter ouvido vozes celestiais... — Davi tornou a encolher os ombros. — Foi lindo, mas não era nada.

— E ninguém de Jerusalém foi a Belém ver? — perguntou Hillel. Reb Isaac ficou silenciosamente zombeteiro, reclinado em sua cadeira, sorrindo para sua barba e sacudindo a mão. — Ninguém deu-se ao trabalho de investigar, de saber?

Davi tornou a refletir.

— Apenas um — retrucou e novamente encolheu os ombros.

Hillel não soube por que seu coração agitou-se como se tivesse asas, mas gritou:

— Quem?

Sua voz, singularmente vibrante e intensa, atraiu até os olhos espantados do jovem Saul. Seu rosto estava fremente de paixão, de esperança que não podia penetrar ou compreender, de excitação. As sobrancelhas ruivas de Davi ergueram-se, surpresas por aquela inesperada demonstração de emoção do seu cunhado, sempre tão comedido.

— Um rapaz, José de Arimateia, que você não conhece — disse Davi com voz suave, como se temeroso de que todo aquele ardor inexplicável pudesse tornar-se perigoso. — É meu amigo, tem a minha idade, um honesto membro do conselho que tem — Davi tossiu — confessadamente esperado pelo Reino de Deus. É também membro do Sinédrio desde jovem, pois é muito considerado, por sua sabedoria e a de seu pai. É muito piedoso, mas também estudante e conhecedor da vida. Para muitos, tem ainda uma virtude maior: é riquíssimo.

Davi fez uma pausa e tornou a examinar Hillel com curiosidade.

— E ele seguiu a estrela? — perguntou Hillel.

— Não foi necessário. Ela estava lá, sobre Belém. José foi com um séquito. Mas, chegado numa pousada... devo mencionar que ela estava com gente até o teto e mesmo nas estrebarias, porque César Augusto havia determinado um censo e os habitantes da Galileia lá estavam para ser contados... José deixou seus criados e continuou ainda um trecho a pé. Um dos meus criados soube por um de José, que este levava uma caixinha de ouro nas mãos, um objeto precioso, e que, quando retornou à meia-noite, a caixinha não estava mais com ele e nunca mais foi vista.

— Isso é tudo? — perguntou Hillel, quando Davi permaneceu silencioso.

— É tudo. Que poderia ser mais? Lembro de ter perguntado a José o que encontrara em Belém, porém ele apenas sorriu. É um homem taciturno.

— Uma história tola — disse Reb Isaac. — Seu amigo é muito misterioso. Se um mensageiro de Deus tivesse nascido naquela noite, teria havido o soar de trombetas e os céus ficariam iluminados em toda a sua extensão, convocando os homens à adoração e à prece. O monte sagrado de Sião teria se incendiado como o sol e os romanos teriam sido instantaneamente consumidos. Israel teria sido erguida até os céus, um diadema de glória, com todos os seus muros transformados em ouro, os parapeitos adornados com anjos. A era messiânica de paz, alegria, vida e majestade teria chegado e todos os homens tomariam conhecimento, saberiam do nascimento do Divino, tendo como mãe uma princesa de Israel. Não apenas uma nação teria ouvido a notícia. Não apenas um mar teria se inflamado de júbilo. E Ele, bendito seja Seu Nome, teria sido exaltado e Sua Presença proclamada em todos os cantos da terra.

— Verdade — disse Davi ben Shebua. — Pois assim foi profetizado.

Hillel inclinou a cabeça e juntou as mãos numa longa meditação. Depois falou, lenta e calmamente:

— Você esqueceu as profecias de Isaías em relação ao Messias e Sua vinda. "Quem acreditou em nossa comunicação? E a quem foi o braço de Deus revelado? Ele deve crescer como uma muda tenra diante dEle e como raiz fora de um solo sedento. Não há beleza nem graça nEle e nós o vimos e não há formosura que nos faça desejá-Lo. Os homens mais abjetos e desprezíveis, um homem de sofrimentos e familiar com a enfermidade, e Seu olhar era como se estivesse oculto e desprezado, diante do que nós não O estimamos."

Hillel ergueu os olhos e encarou-os.

— Deve-se concluir, pelas palavras de Isaías, que o Messias virá em glória e esplendor e todos O conheceremos, desde o mais longínquo recanto da Terra? Não! É mais plausível que Ele chegue obscuramente e poucos O conhecerão. Ele será rejeitado, o mais humilde dos homens, não anunciado, sem brasão, como um ladrão na noite, sem armadura, nem coros de serafins. E quem disse que Ele nasceria de uma princesa de Israel?

— O Divino de Israel não chegará sem brasão! — gritou Reb Isaac. — Como poderia o mundo saber ou dar-Lhe atenção? Viveria tão obscuramente quanto teria nascido e garanto-lhe, Hillel ben Borush, que Ele não nasceu. Pois não disse o Senhor, louvado seja o Seu Nome, que Seu Redentor iria governar sobre Seu ombro e que Sua glória não teria fim? Nascer como Isaías parece ter profetizado para vocês, seria viver e morrer na futilidade e ficar desconhecido de todos.

— Então, de Quem estava Isaías falando? — perguntou Hillel.

— Não sou dono de toda a sabedoria — retrucou Reb Isaac num tom que contradizia as palavras. — Possivelmente, Isaías referia-se ao nascimento de algum profeta obscuro. Deixe-me repetir o que ele disse, referente ao nascimento do Messias: "Pois uma criança nasce para nós e um Filho é dado e a autoridade será depositada em Seu ombro e Seu nome será Maravilhoso, Conselheiro, Deus Poderoso, Pai do mundo futuro, Príncipe da Paz! Seu império se estenderá e a paz não terminará. Ele ocupará o trono de Davi e nele estabelecerá Seu reinado, fortalecendo-o com o julgamento e a justiça, daí em diante e eternamente."

— Hillel ben Borush, então essa profecia não fala da grandeza da vinda do Messias e de que todos os homens O conhecerão?

— É possível que não O conheçam assim que apareça — disse Hillel e agora seu coração estava cheio de dúvida e melancolia. — Não vejo contradição nas duas profecias.

Reb Isaac ergueu os olhos para o teto, como que pedindo paciência a Deus. Depois disse:

— O sol está se pondo. É a hora de rezarmos.

O jovem Saul estivera ouvindo tudo aquilo e havia agora um profundo fulgor nos seus olhos extraordinários, que Aristo deplorou no íntimo, pois suspeitou zelosamente e viu que toda a atenção da criança estava posta em Reb Isaac e não em seu pai. Ele próprio ouvira aquelas controvérsias hebraicas com desinteresse. Por que os judeus não podiam despreocupar-se e aceitar o nascimento de deuses como os gregos, com pensamentos de graça, luxúria e riso e não com proclamações de governo mundial, anjos castrados, julgamento, justiça e todas as outras lúgubres fantasias de homens tristes?

Sem dúvida, o que os judeus precisavam era um pouco da crista dos gregos e menos da formidável tristeza dos seus profetas e sábios barbudos. Precisavam de leveza e alegria.

Débora havia-se retirado silenciosamente. Reb Isaac, um vulto escuro e encorpado, encabeçou a saída para os jardins, caminhando com passos ressonantes entre as reluzentes colunas brancas. Hillel o seguia e Saul, por sua vez, acompanhava o pai. Xales de oração haviam surgido aparentemente do ar. Aristo ficou só, com Davi ben Shebua. O grego, como emancipado, esperou que o outro falasse, pois Davi olhava com seriedade. Então Davi sorriu, fez um gesto rápido e dirigiu-se a uma porta distante, que abriu e fechou às suas costas. Nesse instante derradeiro, um raio de sol iluminou sua única orelha adornada e, por qualquer motivo, Aristo achou o fato enternecedor.

Aristo chegou ao pórtico e postou-se meio por trás de uma pilastra, para observar. Os jardins estavam radiantes com a mistura de luzes douradas e escarlates, havia uma névoa iluminada presa aos ramos das árvores e as palmeiras sussurravam suavemente no vento do anoitecer. Além, começavam aquelas incríveis montanhas vermelhas, mas agora o céu estava geladamente verde por trás delas e naquela vastidão via-se apenas uma estrela. A leste, a lua crescente surgia fracamente, como uma unha cortada de mulher, pintada de pérola. Os pássaros travavam seus próprios colóquios, mas Aristo duvidava que estivessem cantando suas preces vespertinas como o jovem Saul afirmara uma vez. Todavia, era um belo pensamento e a poesia devia ser estimulada nos jovens.

Saul acompanhou as preces de seu pai e Reb Isaac, elevando em resposta sua voz decidida de jovem. Parecia-lhe que uma enorme trombeta de cristal erguera-se para os céus atentos, refulgindo na imensidão, todas as suas facetas carregadas de uma luz cegante, surgindo dela um som reboante, como se a terra e os homens chegassem juntos num hosana de música crescente, como saudação, louvor a agradecimento.

✦ ✦ ✦

Capítulo 3

— Não entendo essa coisa de esmolas e caridade — disse Aristo o Grego a Saul. — Certamente, Sócrates as recomendava, mas foi um pensamento surpreendente para seus patrícios e não foi levado muito a sério. Nós, gregos, compreendemos a justiça. Aristóteles amava o quadrado, que para ele representava a justiça perfeita, igual e equilibrada entre todos os seus lados. — Aristo riu. — Os romanos também amam o dado, porém por um motivo completamente diferente e não são filósofos.

"Mas consideremos a esmola. A piedade, embora vocês, judeus, não acreditem, não foi inventada por vocês. Nós aprovamos calorosamente a piedade. Posso citar uma dúzia de nossos filósofos que a apreciam. Mas esmolas precipitadas, ou mesmo prudentes, como um dever, não dá para compreender. Ontem, você deu seu último dracma a um mendigo próximo à entrada da sinagoga e ele era repulsivo ao olhar e claramente ofensivo ao olfato. Você deu, observei, sem qualquer tristeza ou simpatia.

— Já lhe disse antes — falou Saul, com a irritação de um rapaz de quatorze anos. — Mandaram que déssemos esmolas e dízimos. É uma ordem sagrada. Na realidade um dever. Que importa se o objeto de nossa caridade, de nossa esmola, é repulsivo, talvez mesmo detestável? Isso não nos deve influenciar.

— Em suma — retrucou Aristo —, você deu porque é uma ordem do seu Deus e não porque sente pena do objeto de sua esmola?

As grossas sobrancelhas ruivas de Saul juntaram-se numa careta. Aristo possuía a irritante capacidade de virar um argumento como se fosse uma ponta acerada. O rapaz hesitou.

— Sei que meu pai dá com piedade e Reb Isaac com uma bênção. Se não sinto inclinação pelo mendigo, é por causa da minha dureza de coração ou por minha juventude, que o tempo há de curar. Nesse ínterim, obedeço. Mas isso você não compreenderá, meu professor.

Aristo refletiu e balançou levemente a cabeça.

— Não lhe ocorreu, é claro, que a caridade pode destruir quem a recebe? Se um homem souber que não adianta pedir pão e uma moeda de cobre para o vinho, terá de trabalhar para obtê-los, não?

— Isso também não tem importância.

— Você dá porque isso lhe proporciona uma sensação de virtude?

Saul quase gritou de irritação.

— Você recusa-se a entender!

— Estou apenas interessado. — Aristo riu, os lábios joviais indo quase de orelha a orelha. — Você sabe, claro, que em Roma, no meio do seu abominável Tibre, há uma ilha com um hospital, para os escravos e miseráveis que não podem pagar um médico. Você sabe, claro, que nós, gregos, temos abrigos para os sem moradia e os doentes e que nossa grande universidade médica em Alexandria cuida de milhares anualmente. Mas não é a culpa o que nos leva a cuidar dos enfermos e dos desesperados.

Deu uma risadinha.

— Culpa? — gritou Saul.

— Não foi o que me disse em várias ocasiões, Saul ben Hillel?

— Você tornou a não compreender. — Os olhos de Saul brilharam com a chama azul da ira. — Você tem a capacidade de me enfurecer, Aristo, e o faz com deliberação calculada. No entanto, expliquei inúmeras vezes, a culpa refere-se à nossa raça degradada, de Adão e Eva...

Aristo balançou a cabeça.

— Nós também temos essa lenda. Mas refere-se ao Dilúvio, que é um acontecimento histórico. Um casal perfeito sobreviveu. Mas não deram nascimento a uma outra raça de seus próprios corpos. Os deuses, apieda-dos da sua solidão e ouvindo suas preces, disseram-lhes que partissem do pequeno templo remanescente e atirassem pedras às suas costas. Dessas pedras nasceram os Titãs e os homens. Nós, seus descendentes, se acredita nessa lenda interessante, não nos sentimos culpados de termos nascido de pedras e não somos da raça que pereceu, com exceção do casal perfeito, não sendo entretanto, seus descendentes.

Saul fez um gesto brusco com a mão, recusando a história.

— Isso não passa de mito. Refiro-me ao fato de que a humanidade é uma raça degradada, sem mérito, por causa dos nossos pecados e desobediências desde o começo. Essa é a nossa culpa e apenas Deus, louvado seja Seu Nome, pode apagá-la e tirar-nos do seu abismo.

— Uma triste história — disse Aristo. — Por que deve um homem sentir-se culpado pelo pecado dos ancestrais, se a lenda for verdadeira, o que duvido? Se ele está degradado, quem o despertou para a vida? E não é o Despertador tão culpado quanto o homem? O homem pediu para nascer neste mundo? A mim, seu Deus parece perverso, o Criador do mal, se o homem é mau... o que eu nego com alguma reserva. Parece-me que seu Deus amaldiçoou toda a humanidade por um pecado cometido por outros, o que O torna menos dotado de piedade que a mais inferior de Suas criaturas. Uma Divindade vingadora e não O aprovo.

Saul respondeu:

— "Como é o homem com quem Te preocupas e o filho do homem que visitaste?" Nada somos. Deus nos criou para que pudéssemos fazer jus ao Seu amor e à Sua Salvação, que nos prometeu através dos tempos pelos méritos do Seu Messias e não pelos nossos. Não nos entendemos, Aristo, porque não falamos a mesma língua.

— É verdade — respondeu o grego. — Nenhum homem fala a mesma língua de outro, pois a história de cada um é unicamente sua e ele adota palavras decorrentes da sua própria experiência de vida, que não pode ser a de outro homem. Todavia, Sócrates pediu-nos para "definirmos nossos termos" e por mais que eu o respeite, sinto que ele estava gracejando ou culpado de uma estupidez. Meus termos não são os seus e jamais serão.

— Você nega os absolutos.

— Como qualquer homem sensato. Sim, sei que Aristóteles falou de absolutos, porém quis referir-se ao único absoluto, que é Deus. Já lhe falei dos nossos altares ao Deus Desconhecido. Mas voltemos ao tema da caridade, das esmolas.

"Conheço uma velha lenda. Um bondoso sábio de certo peso estava cavalgando sua mula no caminho do mercado, onde pretendia continuar seu estudo da humanidade. Na estrada, foi abordado por um mendigo, que lhe pediu apenas uma moeda para comprar pão. O sábio ficou muito comovido pela miséria do pedinte e por isso esvaziou sua bolsa na mão do homem. Diante disso, o mendigo, recobrando-se do espanto, fez uma observação a respeito da tepidez da capa do sábio. Este a retirou e colocou-a sobre os ombros do esmoler. Este, então, agiu rapidamente, percebendo que estava tratando com um altruísta ou com um louco. Admirou-lhe o cinturão e o ofuscante punhal alexandrino, e assim os obteve. Depois, foi a vez das botas, forradas de lã, e logo estava sentado no chão apressadamente calçando-as em seus pés e pernas nuas.

"Levantando-se, lamentou-se com o sábio por estar longe da cidade, onde desejava visitar uma taverna para gastar a esmola em comida e vinho revificantes. Aí o sábio hesitou, mas, lembrando-se de que possuía uma boa casa num bosque de oliveiras, que não estava com fome e que tinha amigos na cidade que o alimentariam, desmontou e, com um gesto nobre, convidou o mendigo a ocupar o seu lugar. O pedinte obedeceu avidamente, sentou-se empertigado na sela e pegou o chicote com arrogância. Então, vendo o sábio de pé na estrada, descalço na terra, sem uma capa ou um dracma na bolsa, o mendigo olhou-o com desprezo. 'Fora, mendigo!', gritou e lanhou o rosto do sábio com uma chicotada, indo alegremente embora. Então, meu Saul, pode imaginar os pensamentos do sábio?

Saul piscou os cílios ruivos. Olhou Aristo com desconfiança, percebendo que o grego o envolvera numa armadilha de palavras. Depois, falou:

— Se ele fosse sábio, deveria consolar-se com o pensamento de que o mendigo tinha agora conforto e dinheiro e ficaria contente.

— Se ele pensasse essa idiotice, então não seria sábio — retrucou Aristo. — Nem humano. Saul, se você fosse aquele homem, quais seriam seus pensamentos?

Saul pousou nele os olhos estranhos. Depois, seu rosto muito corado e sardento se abriu numa gargalhada, sonora e prolongada.

— Eu teria perseguido o mendigo, arrancava-o da mula e lhe dava uma surra para valer!

— Saul, Saul, tenho esperança em você — disse Aristo, batendo no braço avermelhado pelo sol do rapaz. — Mas o que teria feito Isaac?

Saul tornou a rir.

— Ele teria ajuizadamente tirado da bolsa a quantia exata e dado ao mendigo, o mesmo fazendo meu pai.

— Você ganhou — disse o grego. — Todavia, é uma história interessante e ilustra o que acontece quando mesmo a virtude torna-se excessiva. Um homem que dá tudo é burro como um que não dá nada. Veja, eu o submetia ao seu grave senso de culpa. De minha parte, eu ficaria pensando se estaria causando um mal ao mendigo, encorajando sua mendicância. — Fez uma pausa. — Há outra coisa que me desconcerta. Ouvi seu pai, meu senhor, discutir com Reb Isaac se, de fato, Moisés escreveu dez dos Salmos de Davi, de números 90 a 100. Que importância tem o autor? Seu pai me recitou os Salmos e muitos são belos apesar de incompreensíveis em parte, mas a beleza é que importa. Há quem diga que Homero, sendo cego, não podia ter descrito tão admiravelmente o incêndio de Iliom, nem falado tão impressionantemente sobre as feições de homens e mulheres e, por causa disso, foi autor apenas em parte da *Ilíada* e da *Odisseia*. Mas nós não discutimos tão apaixonadamente esse assunto como seu pai e seu preceptor, Reb Isaac, e que importância tem isso?

— Seu Homero foi apenas um contador de histórias, ou o autor verdadeiro o foi, mas estamos preocupados com o conhecimento da verdade, Aristo.

— A verdade é mais que a beleza? Duvido. Ou, de maneira mais metafísica, quero afirmar que são uma. Todavia, o seu Moisés, de lá do seu céu pouco atraente, está convocando todos os judeus a defender sua autoria, o mesmo acontecendo com Davi?

Saul franziu seus lábios grandes e sensíveis e meditou.

— Você continua não entendendo. Tratar o problema assim é menosprezar os próprios Salmos.

— Vocês, judeus, nunca tomam as coisas superficialmente — disse Aristo — e por isso são motivo de irritação para os outros homens. Diga-me, os judeus divertem-se ou o seu choro por Jerusalém é seu prazer secreto? Devem os judeus se lamentar quando podem ser felizes?

— Nosso lar é feliz — disse Saul, tornando a franzir o cenho.

— Será mesmo? Nunca ouvi muito riso nele, a não ser no alojamento dos escravos e mesmo lá abafam a hilaridade em deferência ao Senhor. Não vi beberem alegremente. Não vi um regozijo verdadeiro, embora tenham muitos dias em que declaram estar festejando e se regozijando. — Aristo revirou os olhos com tristeza. — Seu pai recebe convidados e, depois de terminada a refeição, estendem rolos de pergaminho na mesa, inclinam-se sobre eles e discutem até depois de meia-noite sobre o mais insignificante dos obscuros significados de um comentarista. Isso é alegria, riso, prazer? Não vi por aqui músicos e cantores. Não percebi danças. No entanto, você não me disse uma vez que seu Davi advogava música, canto e alegria em Deus?

— De forma espiritual — retrucou o jovem Saul.

Aristo suspirou com afetação.

— Temo que você esteja fazendo uma injustiça com sua severa Divindade. Observe o mundo. Não é belo, complexo, majestoso, harmonioso? O ar não é leve e saudável? Os céus não são uma intimidante maravilha à noite? O jardim do mundo não é verde e abençoado com flores? Os pássaros não cantam e os animais dos campos não dançam com alegria na primavera? Homens e mulheres não amam e seu amor não é a coisa mais encantadora da criação? A música não soa demorada e agradavelmente no ouvido, seja feita pelo homem ou pela quantidade de vozes da natureza? Não é tudo delicioso?

— O mundo não passa de uma armadilha para nos seduzir — disse Saul, mas olhou para o jardim e uma sombra secreta de incontida excitação perpassou em seu rosto. — O mundo não nos preocupa, pois nele campeia o mal, mas sim Deus.

— Continuo dizendo que você O insulta. Além disso, já vi seu pai, ao crepúsculo, na conclusão de suas orações, olhar em volta com um prazer sublime em sua inocência e felicidade. Ele não aplica seus pensamentos na maldade do mundo. Também vê delícias nele. Vê esplendor e glória. O mundo está repleto da grandeza de Deus.

Como Hillel tinha incutido essas coisas em Saul no passado, o rapaz ficou irritado.

— Meu pai não é homem de grande dedicação espiritual — replicou — e isso não significa falta de respeito porque sei que ele mesmo o reconhece.

— Penso, meu Saul, que ele é mais espiritual que você, embora, francamente, a palavra não me encante. — Inclinou a cabeça para o lado como um grande pássaro insolente e prosseguiu: — Observei que os judeus e os romanos são incomodamente parecidos, tristemente preocupados com a lei absoluta, embora os romanos, é claro, nos últimos dois ou três séculos não tenham sido tão meticulosos a respeito. Nós, gregos, os chamamos uma nação de merceeiros. Porém acho que são uma nação de juristas e assim estimam os judeus que, infelizmente, são mentalmente da mesma espécie.

— Ainda não lhe contei — disse Saul. — Vou para a Universidade de Tarso e, entre outras coisas, estudarei a lei romana. Serei um advogado do meu povo.

— Será um excelente jurista. Você acredita estar invariavelmente certo.

Era uma tarde de outono e o jardim estava muito quente. As palmeiras, habitualmente agitadas, estavam imóveis e os próprios ciprestes, plátanos e alfarrobeiras exibiam uma tonalidade mais carregada à medida que o ano findava e o céu era uma turquesa dura e luminosa contra a qual as montanhas distantes, vermelhas entremeadas de verde, inclinavam-se e retorciam-se em suas formas grotescas. O vale ficou mais profundo com o passar dos dias, a relva de um verde mais escuro, os campos castanhos com a plantação e Tarso, a cidade, estendendo-se até as margens das águas — agora de uma púrpura reluzente —, revelava com clareza e brancura ou rosado, o azul ou o amarelo de suas paredes e seus telhados vermelhos. Os pássaros já formavam círculos como rodas emplumadas no céu, preparando-se para um longo voo. Os figos estavam maduros nos jardins de Hillel e havia um perfume de uvas no ar úmido, na poeira dourada e na água. O ano estava morrendo, pensou Aristo, mas na morte, evidentemente, havia uma última afirmação de vida. Olhou as tendas alegremente listradas, espalhadas pelo jardim, as grutas frescas, a brilhante alvura das graciosas estátuas, o lago reluzente onde circulavam os cisnes-negros e brancos, alisando as penas com o bico, e os ridículos patos chineses, que se tomavam muito a sério e além disso eram brigões. A pontezinha sobre o lago refletia-se nitidamente na água imóvel embaixo e uma mocinha estava debruçada, olhando para baixo. Usava uma túnica muito curta, tão verde quanto o lago e seu cabelo louro brilhava ao sol.

As fontes cintilavam na luz muito forte e atiravam para cima enormes esguichos, como mãos ou braços erguidos, ou cachos de cabelos balançantes lançados para trás. Aristo e Saul sentaram-se sob uma das tendas e estavam suando muito. Havia um prato de frutas frescas numa mesa rústica e Aristo pegou uma ameixa, comendo-a pensativamente. Seu eriçado cabelo preto estava ainda mais eriçado, agora com manchas grisalhas, porém seu corpo grego continuava flexível, esbelto, seu rosto fino estava queimado de sol, seu nariz era afilado e curioso e seus olhos sempre perscrutadores.

Olhou para Saul e lembrou que Débora ben Shebua considerava seu filho horrendo. Aristo balançou a cabeça numa negativa silenciosa. O rapaz podia não ter uma estatura impressionante, mas seu corpo era forte, bem proporcionado, cheio, e até as pernas arqueadas contribuíam para essa impressão de força e poder. Para Aristo, ele era como um deus do fogo primitivo, com aquela eriçada cabeleira ruiva, sobrancelhas ruivas quase encontrando-se sobre os olhos, a viril testa baixa e as orelhas pontudas. Um jovem Vulcano ou Héracles, talvez, pensou Aristo, embora certamente não Hermes, pois não havia leveza em Saul ben Hillel, nenhuma graça ou elegância suave, mas apenas uma aura de força. Força acima de tudo a ser reverenciada, pois havia nele uma beleza terrível própria, refletiu o grego, um temível magnetismo, alguma coisa que podia inspirar medo, mas que também era irresistível. Mesmo as feições de Saul, os grandes lábios finos, o nariz enorme, o queixo firme e duro, transmitiam força, embora o rapaz, naquele momento, estivesse enchendo a boca em demasia de uvas e lambendo os dedos lambuzados do suco das frutas.

Quando Saul falava, prestava-se atenção mesmo que contra a vontade, pois possuía uma voz profunda e vigorosa, com um curioso tom e ênfase nas sílabas, uma pronúncia acentuada e um timbre reboante. Não se podia considerar musical a sua voz, mas nunca, mesmo quando excitado, parecia com a de uma moça. Nem parecera assim, mesmo antes de ter mudado para a sonoridade grave masculina.

Embora Saul, numa túnica cinzenta de linho muito simples, sem enfeites, estivesse aparentemente à vontade em sua cadeira e absorvido em devorar a fruta com prazer, não tivesse o aspecto de estar calmo ou em paz. Toda a sua natureza rebelde e impetuosa revelava-se na modificação incessante do contorno do rosto, nas contrações das sobrancelhas, na agitação das mãos e na tensão dos músculos dos ombros. Suas mãos eram bronzeadas, as unhas claras nos dedos curtos e grossos — dedos de soldado — e seus braços eram compridos, musculosos e queimados de sol. Usava o anel que o pai lhe dera quando se "tornara homem", de acordo com as tradições judaicas, com um rubi tão flamejante quanto seu cabelo e o ouro fosco e sem enfeites. Hillel conhecia o filho, pensou Aristo, e escolheu o que mais o representava. Para o grego, Saul tinha uma forte e convincente beleza própria que, na maturidade, poderia tornar-se terrível e intimidante. Plantava seus pés arqueados com determinação e certeza e podia deslocar-se velozmente.

Se fosse mais alto, pensou Aristo — que tinha mais estima pelo aluno do que alguém desconfiava, exceto Hillel —, poderia ser um verdadeiro Titã. Então, teve um outro estranho pensamento: Saul de Tarso era na verdade um Titã, apesar dos seus quatorze anos e o supersticioso grego — que declarava toda superstição como indigna de um homem inteligente — pareceu vislumbrar o futuro quando Saul andasse entre os homens com autoridade e mesmo com horror, berrando com aquela voz na cara da multidão. Em que obscuras cataratas, cavernas e montanhas hereditárias tinha aquele prodígio forjado e bebido seu ser? O amável e elegante Hillel e a amável Débora, não pareciam pais daquele menino-homem e Débora era muito petulante a esse respeito diante do próprio rapaz.

Se era violento, jamais fora brutal, mesquinho ou vingativo. Gostava de discutir, contudo nunca insultava o adversário nem zombava dele. Pegava uma ideia e a trabalhava, destruindo-a ou destroçando-a figurativamente, mas sempre com objetividade, sem malícia nem desdém. Ideias alheias podiam exasperá-lo, porém nunca atacava a inteligência de outra pessoa. Declarava ter sido sempre incompreendido. Para ele, não era pedir muito ser compreendido, mesmo se alguém dele discordasse. Saul, Saul, pensou Aristo, o Grego, o mundo não vai aperfeiçoar-se nem recebê-lo com bondade.

Homens como Saul podiam provocar um holocausto, mas pereceriam nele. Aristo esperava que isso não acontecesse a Saul, embora tivesse medo. Por esse motivo, procurava conter aquele temperamento explosivo, acalmar as incontinências verbais quando se tornavam muito ferozes, instilar em Saul aquele modo educado que era a marca do homem culto. O mundo estava repleto de tímidos; não gostava do atrevimento nos outros, pois isso parecia-lhes uma ameaça. Odiavam e temiam especialmente os homens que exigiam que perseguissem um argumento com lógica até sua conclusão e usassem a razão.

Fora nesse mundo, pensou Aristo, com tristeza incomum, que aquele Heitor judeu nascera, todo paixão mas não baixeza, todo honra mas não maldade, todo dever — infelizmente — mas não frivolidade. O mundo não iria amá-lo e, por conseguinte, os deuses sim, o que seria mais perigoso.

— Os figos estão bem maduros e doces, Aristo — disse Saul, reparando com aquela acuidade de visão que o distinguia, na expressão pesarosa no rosto bizarro do preceptor. — Coma este, que é o maior e está coberto com seu próprio mel.

Pôs o figo na mão de Aristo, que o comeu distraidamente.

— Porcos — disse uma voz risonha perto deles, enquanto comiam sob a tenda listrada.

Ergueram os olhos e viram uma moça na ponte. Ela sorriu-lhes desafiadoramente e atirou para trás a massa de cabelos louros, onde dançavam os raios do sol. Seus olhos, quase tão dourados, zombavam da sofreguidão masculina em comer a fruta. Seu rosto lindíssimo, branco e translúcido como um lírio, estava rosado pelo calor do dia e seu nariz atrevido queimado. Seus olhos eram pouco menos dourados que os cabelos e a bela boca estava sempre sorrindo ou, se um pensamento sério atravessava sua mente, a expressão dos lábios podia tornar-se séria, o que, no entanto, não durava muito. Um ano mais moça que o irmão, portanto com apenas treze anos, ela era mais alta, os seios delicadamente adolescentes ocultos sob o leve tecido da curta túnica verde. Enquanto Saul se mostrava impaciente como um touro, Séfora o era como uma flor na brisa de verão.

Já estava comprometida com seu primo, Ezequiel, em Jerusalém, e iria casar com ele no seu décimo quarto aniversário, pois atingira a puberdade havia seis meses.

— Essa túnica — disse Saul — é obscena e lasciva para alguém da sua idade, uma mulher comprometida, uma modesta donzela judia.

A moça deu uma olhada em suas belas pernas, abaixo da barra da túnica.

— Bolas — disse a moça. — Quem se preocupa com modéstia neste jardim? O dia está quente, quente demais até para uma túnica.

Suas pernas brilhavam como o mármore sob o sol. Pulou para dentro da tenda, apanhou uma cidra e tirou-lhe a casca, metendo os dentes brancos na polpa. Seus olhos divertidos os observavam. O suco da fruta desceu-lhe pelo queixo e ela o lambeu com a língua vermelha.

— Estou pensando em não casar com Ezequiel — disse ela, metendo a mão entre Aristo e Saul, tirando uma ameixa.

Fingiu examiná-la. Seu sotaque grego era puro e suave, pois lhe fora ensinado por Aristo, enquanto o pai lhe ensinara o aramaico e o suficiente hebraico que a prudência mandava ensinar a uma moça.

Foi somente quando olhou para Séfora que os olhos de Saul perderam seu brilho metálico e tornaram-se quase doces. Mas falou, em tom de desaprovação:

— Não fica bem a uma donzela de sua idade exibir-se numa túnica masculina. Onde está nossa mãe que permite tal coisa?

— Não é masculina — respondeu Séfora. — É minha, do ano passado. Minhas pernas cresceram. — Cuspiu o caroço da ameixa. Seus pés dançavam ao som de uma música inaudível. — Acho que sou mesmo uma ninfa — disse ela.

Apesar de Saul ter aprendido muito sobre os deuses gregos nas aulas de Aristo, por ocasiões de seus estudos clássicos, não achava direito que sua irmã conhecesse aquelas belezas lascivas e seus adultérios, lançando um olhar enviesado a Aristo. Contudo, este olhava com prazer a bela menina-moça.

— Também acho que é — retrucou.

— Que vergonha — disse Saul. — Seus joelhos foram picados por mosquitos, o que é indecoroso para uma moça. Também estão sujos. Irmã, você andou arrastando-se na lama?

— Alguma vez lhe perguntei aonde costuma ir tão secretamente pelas manhãs, quando mal o dia nasceu?

Para surpresa de Aristo, Saul corou profundamente e até suas orelhas rosadas ficaram vermelhas. Séfora riu para ele.

— Deve ser para visitar alguma moça, uma pastora, talvez, uma guardadora de gansos ou de algum rebanho de cabras — disse ela. Apontou-lhe o dedo fino, molhado de suco das frutas. — De fato, uma vergonha. Você esgueira-se da casa mal amanhece e só eu o vejo. Coloco o travesseiro no rosto para abafar o riso. Que donzela é essa, querido irmão?

Aristo olhou divertido para o rapaz, pois o rubor de Saul aumentava a cada instante e seu rosto parecia inchar. O grego ficou penalizado. Saul era incapaz de mentir e uma pergunta devia ser respondida com a verdade. Era evidente que ele estava detestando aquela pergunta. Assim, Aristo disse:

— É muito comum para alguém da idade de Saul, cheio de sonhos e fan-asias, de estranhos desejos, sair para ver a aurora sozinho e meditar.

Séfora achou que isso era provavelmente verdade, porém continuou a implicar com ele.

— Garanto que numa destas manhãs irei segui-lo e descobrir a ninfa dos bosques entre os juncos.

— Você está pensando em Moisés — retrucou Saul, com voz insegura. — E pare com essa história de ninfas e dríades, lave-se e vista-se com mais modéstia.

— Velho — gritou Séfora e saiu correndo, cantando, as pernas brancas brilhando ao sol.

— Uma donzela divina — disse Aristo. — Uma verdadeira Atalanta.

Saul encolheu os ombros.

— Não passa de uma criança — afirmou. — Tem a língua de uma víbora.

Permaneceram em silêncio, conscientes do que não fora dito. Quando tornaram a se olhar, foi como se houvesse um pacto entre eles, um pacto de honra. Saul sorriu.

— Gosto muito dela — disse —, embora seja desmiolada e apenas uma menina.

Ouviram a graciosa canção de Séfora perto do lago, uma música leve, alegre, na qual não havia oração ou invocação, mas saía do fundo do seu coração infantil e de sua alegria de viver. Apesar disso, Aristo ficou melancólico, como se um precioso interlúdio tivesse chegado ao fim para nunca mais ser repetido dessa forma. Imaginou que uma bela estátua tivesse feito meia-volta e mostrado outro rosto, mais sombrio.

As montanhas distantes já exibiam finos anéis de neve e agora, com o pôr do sol, o vento refrescou e as tendas enfunaram como velas. Saul, quase sussurrando, começou a entoar aquela canção triste e pesarosa que Aristo sabia pressagiar a chegada dos Grandes Dias Santos Judaicos e o solene Dia da Reconciliação, quando os judeus arrependem-se dos seus pecados, pedem perdão e fazem penitência. Aristo pensou: "Sua Divindade pertence-lhe e, graças aos deuses, que eles A conservem!"

A canção surda de Saul pareceu subitamente agourenta a Aristo. Não falou quando Saul levantou-se e, de cabeça baixa, voltou para casa. Aristo viu-o ir e alguma coisa sombria, premonitória, mas desconhecida, passou como uma asa áspera em sua mente. Para ele, era um augúrio.

Saul tornara-se desconcertantemente consciente de que havia atingido a idade viril alguns meses antes daquele dia de outono no jardim, dois meses antes do seu décimo quinto aniversário.

Como os judeus têm um contato material e realista com a vida — embora abundantemente empregando símbolos, nunca usando eufemismos, como os homens supostamente usaram folhas de figueira —, Saul, desde cedo, aprendera devidamente os costumes, significados e deveres inerentes à sexualidade. Seu pai deve ter usado uma forma mais delicada que o velho Reb Isaac, que considerou as objeções de Hillel a respeito não só ridículas, mas incríveis.

— Deus nos fez como somos — dissera Reb Isaac, olhando Hillel, como se suspeitasse no mínimo de heresia. — Somos naturalmente dotados de apetites, que precisam ser dominados se quisermos atingir a um grau de civilização e portar-nos orgulhosamente como judeus. Somos romanos ou gregos? Somos epicuristas? Não, graças a Deus, bendito seja Seu Nome! Dizem que aos homens foi dada a luxúria a fim de conquistá-los e assim tornarem-se mais que animais, que obedecem a toda a sua lascívia. Como então podemos compreender essas coisas, sem que antes conheçamos a luxúria, honesta e compreensivelmente, e depois modificá-la e usá-la a serviço de Deus e dos homens?

— Nós, fariseus — respondeu Hillel —, conhecemos os Mandamentos Sagrados referentes a todas as coisas, incluindo o adultério. Não perdoamos nem sofremos violações. Portanto, aprendemos a modéstia e a restrição.

Os olhos escuros de Reb Isaac arregalaram-se ironicamente.

— Vocês, fariseus mais moços, não parecem ter compreendido a essência da Lei! Diga-me, Hillel ben Borush, você já disse simplesmente ao seu filho "Não é sensato acariciar ou beijar uma mulher?" O rapaz ficaria confuso e vacilante. Mas se lhe dissesse "Não deve entrar e estar com uma mulher quando isso não for permitido", ele teria certeza do que você pretendia, pois as crianças não são tão puras e inocentes como você parece supor. Elas têm instintos e alguns deles são mais fortes que os dos homens. — O velho esboçou um sorriso que Hillel considerou diabólico, mas que, na realidade, era apenas divertido. — Não condenamos a fornicação, meu filho, embora não a incentivemos! O crime é o adultério. Sejamos homens e não mulheres pudicas.

Hillel, como Reb Isaac desconfiava, usou uma linguagem mais floreada que protetora quando falou a Saul dos "deveres dos homens religiosos". Saul tinha apenas seis anos de idade. Observou o pai num silêncio respeitoso e submisso. Só a sua cor clara ficou mais clara. Ele vira o acasalamento de cisnes, cabras, pássaro, pequenos animais, e não pensara em nada de imoral sobre o assunto. Mas a tentativa hesitante de Hillel, seu claro e simples acanhamento, seu sorriso meio dolorido, não só espantaram o menino, como também o deixaram encabulado e pensativo. Ele já sabia que os homens se acasalavam como os animais, porém menos às claras. Ele não supunha que sua irmã fora entregue por algum taumaturgo ou por um anjo visitante. Já havia lido devidamente as Escrituras.

Depois, o astuto Reb Isaac abordou o assunto rudemente.

— As Escrituras nos recomendam tomar cuidado com as mulheres estranhas — começou — pois está dito que elas são a porta do inferno. As águas roubadas são mais saborosas e o pão comido em segredo parece mais delicioso que o pão honesto. Se uma mulher desvia um homem dos seus deveres de homem, ela o destrói. Ouça minhas palavras, meu filho: uma mulher é muito mais forte em todos os sentidos que um homem, pois nenhuma tem músculos de tamanho notável.

Então, tornou-se mais explícito, num esforço de superar o que ele julgou ser a timidez do menino, devido aos circunlóquios e vacilações do pobre Hillel. Em consequência dessa abordagem determinadamente brutal — e o mal contido desprezo do próprio Saul pelas pretensões, ares e graças de sua mãe — e o acanhamento desajeitado de Hillel, Saul logo adquiriu não apenas uma forte prevenção contra as mulheres, porém até uma atitude muito mais rígida com elas do que o próprio Reb Isaac teria desejado. Nunca se curou inteiramente da sua crença de que havia alguma coisa intrinsecamente vil no relacionamento de um homem com uma mulher e mesmo a propagação da raça — criada para glorificar a Deus — não o desculpou inteiramente. Antes dos quatorze anos, havia quase concluído que Deus cometera um erro ao inventar aquele processo e que um mais adequado à dignidade do homem deveria ter ocorrido ao Rei do Universo. Reb Isaac, que não era um professor de fugir à verdade, confessou que o prazer da coabitação era o maior de todos os gozos humanos e Saul, por um momento, achou o velho obsceno. Percebendo-o imediatamente pelo cenho franzido do aluno, Reb Isaac falou:

— Nossos sábios disseram ser muito adequado que mesmo esses prazeres, apesar de permitidos, sejam negados. Mas isso no único e inteiro serviço de

Deus. Meu filho, o Divino não criou a sujeira e o mal. Elas nascem na mente e na alma do homem, pois Salomão não disse que o homem é mau desde o nascimento, iníquo na juventude e que o coração do homem é velhaco desde a infância? Deus, bendito seja Seu Nome, santificou a união entre homens e mulheres. Ele teria feito isso, se fosse uma coisa repulsiva e contra nossos mais nobres instintos? Foi unicamente o homem que tornou o sagrado em pecaminoso, o puro em impuro, o amável em nojento, a alegria em lascívia. O que Deus nos deu deve ser honrado, respeitado e usufruído, porém com moderação e fé, nunca imoderadamente ou com luxúria. Quando um homem deita com sua mulher, satisfaz um dos seus apetites, como a fome e a sede são outros apetites. Todos, usados em excesso, não serão facilmente desculpados.

Saul disse:

— Sim, rabino. — Depois acrescentou: — Devotarei minha vida ao serviço de Deus.

Reb Isaac percebeu imediatamente e ficou inquieto.

— Você é o único filho de seu pai e deverá dizer a Kaddish para ele. Um homem que morre sem um filho para cumprir seu dever sagrado é considerado infeliz.

— Sim, rabino — repetiu Saul.

Mas seu espírito fariseu, profundo e obstinado, já tomara uma resolução.

Ele estava acostumado a levantar-se antes que o sol fizesse aparecer seus pálidos raios e agora se encaminhava para a escolinha de Reb Isaac, nos arredores da cidade. Chegando à sala vazia e austera, seria o primeiro a cumprimentar o professor e fariam juntos uma oração rápida e particular. Reb Isaac já se convencera de que Saul tinha poderosos e peculiares dons de espírito e, apesar de bondoso com os jovens, foi muito ríspido, fazendo-lhe mais advertências, censuras, avisos e dando-lhe mais conselhos que para os outros estudantes das Escrituras e da vida dos religiosos fariseus. Saul era um espírito raro; era um eleito para receber a Graça de Deus, se ensinado com energia e guiado sabiamente. Se Reb Isaac tinha algum temor era o de talvez não ser bastante sábio, vivo e devoto para guiar devidamente aquela alma como deveria ser guiada, e por isso Saul era frequentemente o angustiado objeto de suas orações mais fervorosas.

Saul não era dado a travessuras infantis, como os outros alunos, nem ria e comia com prazer, assim como não havia maldade em seus olhos. Estava sempre estudando, sendo motivo de riso e escárnio dos outros meninos. Seu humor era seco e cáustico e às vezes grosseiro, embora não intencionalmente, e tinha uma maneira rude de falar, que não agradava aos companheiros. Alguns deles eram filhos de saduceus, não inteiramente mundanos e helenistas, e outros filhos de fariseus. Parte destes ele já concluíra que realmente deviam separar-se do caminho dos seus enfadonhos pais quando estivessem suficientemente longe do chicote, da voz zangada e do rigor das bolsas paternas.

Apesar de robusto e musculoso, Saul não era barulhento como os outros meninos quando fora dos bancos, da pena e dos livros intermináveis. Contudo sua aparência era formidável e assim não era agredido, mesmo quando provocava. Todavia, foi zombeteiramente apelidado de "Ruivo" e suas pernas arqueadas eram comentadas em voz alta na sua presença. Não sentia animosidade nem hostilidade em relação aos colegas. Sua atitude era de indiferença, o que eles não podiam admitir e por isso escarneciam dele. Ele os achava fúteis, fracos, superficiais e frequentemente tinha pena de Reb Isaac por ser professor deles Eles não reverenciavam verdadeiramente a Palavra de Deus nem eram profundamente piedosos. Eram desatentos. Por isso ele, Saul, deveria evitá-los, a fim de não ser arrastado para o poço.

Reb Isaac muitas vezes se perguntava se essa atitude era totalmente compassiva. (É verdade, costumava pensar, essa compaixão pode tornar-se enjoativa e sentimental. Sendo consequentemente um desserviço a Deus e ao homem.) Tinha observado que Saul era gentil, até mesmo terno, com seus netos muito pequenos, o que o deixava quase sempre perplexo. Não podia conciliar essa gentileza com a total indiferença em relação aos colegas. Às vezes, o velho pensava que Saul era muito mais profundo do que ele imaginara e humildemente esperava que o Todo-Poderoso soubesse o que estava fazendo. Mas frequentemente pensava como o filho de Hillel ben Borush e Débora ben Shebua — ambos encantadores e tocantes à sua maneira — podia ser tão empedernido com leviandades inocentes e despreocupação e como adquirira seu caráter misterioso e devoção. Reb Isaac acreditava que o meio condicionava a natureza humana, como os gregos afirmavam, mas agora às vezes ficava em dúvida. Que semente ancestral fizera germinar sua vida?

Saul era da tribo de Benjamim. Reb Isaac estudou com atenção a história dessa tribo, na tentativa de encontrar um exemplo de rigidez de consciência — além da paixão de Deus — ou talvez um profeta que tenha recebido uma pena severa por opiniões expressas que irritaram seus contemporâneos. Até agora o rabino não tivera sucesso. Assim, Saul continuava um mistério para ele. Reb Isaac respeitava mistérios. Eles eram o indício do Dedo de Deus. Todavia, um dia falou a Saul:

— Está bem que você devote sua vida ao Divino, o Senhor Deus dos Exércitos, meu filho, se é seu destino e desejo. Mas você é jovem. Deus não proibiu aos jovens usufruir os prazeres simples e as alegrias inocentes, nem a sociedade dos amigos.

Isso, no entanto, não pareceu comover Saul, que respondeu:

— Eu rio com frequência, rabino. Considero muitas coisas divertidas. Mas há outras que não tocam minha sensibilidade nem provocam meu riso. Devo, portanto, rir só para ser agradável? É desejável a aprovação da gente comum?

Seu rosto enérgico revelou seu desprezo apaixonado.

Aristo o Grego teria ficado surpreendido ao ouvir Reb Isaac retrucar, muito deprimido:

— Você será um douto filho de Israel, Saul.

Essas palavras não eram novidade para o grego, porém a melancolia o espantou, pois considerava o rabino totalmente fanático e brigão.

Na manhã em que Saul tomou pleno conhecimento da sua virilidade, o céu quente da primavera ainda estava escuro. Sentiu-se mais inquieto que habitualmente. Levantou-se da cama no seu quartinho e depois ficou imóvel, imaginando o que o teria acordado tão violentamente. Era muito cônscio do seu forte corpo jovem, dos músculos da barriga, braços, pernas e costas. Tinham-se contraído como se fossem saltar. Então calçou as sandálias, vestiu a túnica e colocou a capa leve sobre os ombros. Saiu para o jardim silencioso e escuro, sentindo o orvalho nos pés. Estava tudo imóvel, mas agora sentia a intensa e insistente fragrância da relva, árvores e flores. Banhou as mãos e o rosto na fonte bem devagar, sentindo uma nova voluptuosidade na vida. Olhou para o nascente. Uma tênue faixa escarlate começava a surgir, mas o sol estava ainda longe de nascer; uma nuvem cinzenta coroava a faixa, silenciosamente espalhando-se para o alto. Saul passou as mãos distraidamente, mas com uma espécie de impetuosidade, nos cabelos. Os fios crepitaram com vigor. Sorriu. Um arrepio de intenso arrebatamento percorreu seu corpo e ele estremeceu de prazer. Começou a andar devagar para Tarso, contente, uma vez, por apenas sentir e não pensar.

Nada o privava de alegria na juventude, nem o tratava com aspereza, condenava suas alegrias inocentes, nem entristecia seus dias. Contudo, desde a infância tinha sido violento e sombrio, apaixonado e inflexível, querelante e desafiador, exceto com Reb Isaac. Todavia, certa vez, arriscou uma opinião ou duas contrárias, mas, diante das infalíveis Escrituras, da Lei e do Livro, recuara, não em confusão, mas com nobre humildade. As repreensões que recebeu do pai, que falou com suavidade, não foram por causa de pecadilhos ou enganos, mas por sua firme decisão de estudar à custa da observação do mundo de grandeza, beleza e terrível encanto. Débora lamentou-se com ele por não ter sido criança e agora não ser jovem.

— Você foi velho desde o berço — diria com sua petulância de moça. — Vai lamentar os anos de jovialidade que jogou fora, meu filho.

Mas Saul tinha sua alegria secreta e devoradora. Esperava pelo Messias e, diariamente, rezava: "Embora Ele demore e não chegue, assim mesmo devemos esperar por Ele com fé, esperança e contentamento." Muitas vezes rezava: "Senhor Deus dos Exércitos, se for Sua vontade, permita a estes olhos inúteis olhar para Sua Salvação, prometida através dos séculos, antes que se fechem na morte." Outras vezes, quando a oração era especialmente ardente, parecia-lhe que seu coração era arrebatado e iria cair num silêncio profundo, no qual só ele e o Messias existiam e sentia a terrível glória daquela Presença interior na sua respiração. Ano após ano, cresceu firmemente nele a certeza de que não morreria antes de ver aquele Rosto e prostrar-se aos pés do Divino de Israel em completa adoração. Que alegria, que prazer, incutidos nele por seu gentil pai e mesmo às vezes pelo conturbado Reb Isaac, podiam comparar-se com aquela Visão? O mundo nada era; um mero vaso colorido esperando ser enchido até a borda com a Essência divina. Ele não podia falar dessas coisas, não, nem mesmo a Reb Isaac. Tentara uma ou duas vezes, mas sua garganta fechou-se e lágrimas encheram suas pálpebras, forçando-o a afastar-se. Foi como se o seu espírito quisesse jorrar.

O Messias não nasceria em Tarso. Foi profetizado que nasceria em Belém, como Davi, e que também seria da Casa de Davi e da linhagem de Jessé. Dessa forma, Saul ben Hillel vivia para o dia em que visse pela primeira vez Israel e em que partisse para a cidadezinha de Belém, para esperar o Messias, que chegaria em nuvens de fogo, sob o bater das asas dos serafins e o toque de trombetas de cristal reboando por todos os cantos do mundo.

Saul retirou-se do jardim sombrio da casa do pai e começou a andar pela estrada reta e arenosa que levava a Tarso, onde morava Reb Isaac. Chegaria bem cedo naquela manhã. Comeriam juntos, ao nascer do dia, o queijo, pão e leite de cabra. (Saul não sabia que o velho complementava seu parco desjejum com as finas iguarias da mesa da sua mulher e Reb Isaac nunca o informara disso. O rabino já sabia como era rigorosa a alma daquele jovem fariseu e frequentemente examinava sua consciência, ansioso por descobrir onde ele próprio havia pecado, ao ser rígido demais mesmo dentro da Lei. Não descobriu pecado algum. Saul era Saul ben Hillel e Deus, bendito seja Seu Nome, sem dúvida sabia o que estava fazendo e por que havia criado aquele que não só obedecia implicitamente a Lei, mas insistia em castigos mais rigorosos na sua prática.)

Mas naquela manhã Saul não estava orando quando, na escuridão acinzentada, passou pelas casas silenciosas e janelas com cortinas da estrada. Ainda não podia ver o largo rio que atravessava o amplo e rico vale, nem também as montanhas, mas ouviu, uma vez ou duas, o fraco trinado de um pássaro e viu uma forma vaga — mais ouvida que realmente vista — pulando de árvore em árvore. Não ia demorar muito para que a estrada se tornasse barulhenta, alegre e com disputas em voz alta com a chegada dos camponeses trazendo leite, ovos, queijo, frutas, vinhos e hortaliças para o mercado de Tarso, suas carroças de duas rodas rangendo, os chicotes estalando e as mulas arrastando-se.

Garotinhos seminus circulariam entre os animais, chamados à ordem pelos pais barbudos, e pediriam a eles uma moeda ou duas para comprar doce de mel ou fatias de carne temperada, numa folha de árvore levada em outras carroças. Então, a poeira ficaria de um tom amarelo vivo ao sol, o ar mais quente, as tamargueiras ergueriam para o céu suas grandes sombras verdes, o rio ficaria cheio de embarcações, o porto distante coalhado de velas, o sol esquentaria os telhados e paredes e as pedras da estrada queimariam através da sola mais grossa. Depois, manadas de cabras, de carneiros e de boi encheriam a estrada a caminho do mercado, mugindo e balindo, e novos carrinhos e carroças iriam juntar-se aos da estrada, com montes de galinhas e gansos, grasnando apavorados, amarrados juntos. Às vezes um destacamento de soldados romanos a cavalo atravessava, barulhento, a multidão colorida, que se atiraria para fora da estrada xingando, para escapar dos cascos que tiravam fogo das pedras. Outras vezes, várias carruagens romanas, vindas dos aprazíveis subúrbios, desfilavam pela margem da estrada, levando centuriões e coletores de impostos, funcionários e burocratas para seus quartéis e repartições e eram muitos os punhos musculosos e bronzeados erguidos, maldizendo, ao passar em grande velocidade. Os rostos dos romanos estariam impassíveis, sem dar uma olhada nos camponeses empoeirados, nas suas roupas grosseiras, castanhas, pretas, vermelhas, azuis e nos seus rostos trigueiros, parcialmente ocultos por cobertas, para protegerem os lábios e dentes do calor e da poeira secos. Nenhum romano dignava-se a olhar para aqueles selvagens olhos escuros, carregados de maldições. Mas uma bela escrava parada acanhadamente junto ao portão de uma vila atrairia sua atenção, um cumprimento disfarçado ou um assovio. E ela acenaria com a mão, numa resposta agradecida. Os ciprestes estariam em fileiras eretas e imutáveis à beira da estrada e poderiam ver-se campos verdejantes de primavera, palmeiras floridas e uma ocasional torre de guarda romana. E por toda a parte o cheiro acre de suor e restos de reses abatidas, animais e homens na estrada agitada e barulhos ensurdecedores.

Saul conhecia tudo aquilo. Encontraria a mesma multidão ao voltar de Tarso, ao anoitecer. Tratou de evitar a estrada, andando na relva áspera, e seus pés foram atacados por urtigas; procurou cuidadosamente por cobras e lagartos, tentando não escutar a tremenda bulha ao lado; tentou rezar; esforçou-se para não pisar em pombos e gansos. Não se importava de encontrar as tropas de manhã. Era cidadão de Roma, porém não gostava dos romanos, que haviam escravizado seu país. Não gostava dos habitantes da Cilícia, embora tivesse nascido em Tarso, uma das suas cidades. Tudo era distante para ele. Anos mais tarde, diria: "Jamais senti aquele mundo como meu lar, minha felicidade ou meu conforto. Eu era um estranho naquela terra." Ele pensaria: Na verdade, sempre amei somente a Deus, com todo o meu coração, toda a minha alma e toda a minha mente, como jamais amei a outro, nem mesmo aos meus pais e professores. Minhas horas eram ocupadas por Deus e eu só tinha olhos para Ele.

Tempos antes, descobrira uma solitária estrada de barro que partia da estrada romana pavimentada e, num impulso de curiosidade, começou a andar por ela. Nunca soube que propriedade então examinou, com pastagens abundantes e riachos, árvores copadas e palmeiras, cereais e videiras, nem se importou em saber. Contudo, foi dar, inesperadamente, numa íngreme rocha escarpada, alta e amarelada na luz matutina, como um muro atravessando seu caminho, ou nas grandes ruínas de um templo. De uma fenda no alto, jorrava uma fina catarata de pura água esverdeada, que produzia um ruído suave, mas trovejante. Ao pé das rochas, agora de um tom quase amarelado por causa do sol nascente, havia uma vasta lagoa, onde a catarata desaguava, que tinha a cor de limão e era curiosamente calma sob tanta turbulência. Árvores de várias espécies cresciam livremente em torno dela e massas de flores silvestres de todas as cores imagináveis, pequenas papoulas, margaridas, samambaias, arbustos amarelos, relva cor de esmeralda e videiras viçosas. Depois, quando o céu acordou com a manhã, o muro desmoronado de rocha revelou-se de um azul vivo com veias escarlates e os pássaros então vieram pousar em pedras na lagoa, para beber e tomar banho.

Além do barulho da queda-d'água e do canto dos pássaros, nenhum outro som era ouvido. Era um lugar encantado e Saul, sozinho no mundo, percebeu isso. O jovem esqueceu suas preces matutinas a fim de olhar aquela beleza, com assombro e prazer. Tirou as sandálias e entrou no poço, perto da margem, e a água esverdeada estava gelada mas agradável aos seus pés empoeirados. Juntou as mãos em concha para beber e banhar o rosto, notando então peixinhos brilhantes e que o poço escorria em inúmeros regatos e cursos na terra, refrescando o solo quente.

Voltou àquele lugar muitas vezes durante o verão e no decorrer do ano, mas nunca era o mesmo, modificando-se como um prisma, sem deixar de lhe dar prazer e paz. Aquele lugar pertencia-lhe, não importava quem fosse o seu dono. Nos fins de tarde, voltando da escola para casa, costumava ir lá para ler seus livros, tendo como fundo a água precipitando-se, pássaros cantando, árvores farfalhando; depois retirava a túnica e as sandálias para nadar no lago ou ficar sob o borrifo prateado da catarata, pouco antes de ela arrebentar em ondas de luz coloridas.

Com o tempo, o lugar foi-se tornando sagrado para ele, onde podia não só estudar, mas orar com renovado ardor e compreensão. Os meses passaram-se e ele não viu nenhum outro ser humano por ali, embora às vezes ouvisse, distantes, ao cair da tarde, chocalhos de gado ou cantos longínquos de escravos trabalhando nos campos além. De vez em quando, um pequeno animal selvagem, um gamo ou um carneirinho, aparecia timidamente para beber, olhando-o inocentemente e depois afastando-se tão silenciosamente como quando chegava.

E assim, nessa manhã, chegava ao seu precioso santuário mais cedo que de costume e as rochas ainda estavam cinzentas da noite e a água soava mais tumultuosa no silêncio absoluto. Fazia muito frio, quase insuportável, e a catarata parecia estar falando consigo mesma e com a lagoa onde caía. Tudo estava ainda incolor. A terra exalava uma fria mas vibrante vida de primavera, carnal, pura e exigente. Lentamente, pouco a pouco, enquanto Saul sentou-se numa rocha bem seca junto ao lago e esperou para ver a parede de pedra transformar-se em ouro abrasador, o céu ficou opalino e as árvores e pássaros acordaram. Então, as flores explodiram em cores e tons, como arco-íris surgindo da terra, sentindo-se um odor de samambaias exuberantes e flores de amendoeira.

Saul, deliciando-se novamente com toda aquela maravilha e beleza de sentidos, ficou imóvel, todo olhos e ouvidos. Então, ouviu um leve roçar e o barulho de cascalho pisado. Olhou, espantado, para o outro lado da lagoa. Uma moça apareceu na beira e não o viu. Era, talvez, um ano ou dois mais velha que ele, belíssima, esbelta, e, apesar de judeu, Saul repentinamente pensou numa ninfa ou numa dríade surgindo de uma árvore. Sua túnica era de linho branco ordinário, folgada, com uma fita passada logo abaixo dos seios jovens. Seus pés estavam descalços e eram tão alvos quanto seu pescoço e braços, tão brancos quanto o luar na neve das montanhas. Tinha o cabelo comprido, crespo e escuro como a noite, emoldurando um rosto de criança, de suave âmbar e rosa; percebeu que seus olhos, naquela transparente luz da aurora, eram grandes e escuros e sua boca lembrava um botão de papoula.

Imaginou, pela roupa, pés descalços e movimentos acanhados, tratar-se de escrava de alguma casa próxima que ele nunca vira, pois a moça lançava olhares furtivos para trás ao mesmo tempo em que erguia a túnica e entrava na água calma. Levantou a roupa o suficiente para que Saul tivesse uma rápida visão das coxas firmes e redondas, tão brancas e lustrosas quanto os braços.

Sempre pensara que, se alguma vez encontrasse outro mortal naquela lagoa, o lugar estaria estragado eternamente para ele e nunca mais voltaria lá. Mas não sentiu nenhuma afronta diante daquela visão encantadora, e percebeu que a moça também julgava estar completamente só e não observada. Ela curvou-se, como Saul o fazia, para tomar a água cristalina nas mãos, bebendo-a e jogando a sobra no rosto; riu, balançou a cabeça e seu cabelo cheio e comprido flutuou como um manto erguido no ar reluzente. A moça começou a cantar enquanto andava devagar na água e sua voz não era mais perturbadora que a de um pássaro, se bem que igualmente tão musical.

A seguir, voltou para a margem, deixou cair a roupa e desapareceu tão subitamente quanto havia surgido por trás das árvores. Saul então percebeu que tinha prendido a respiração, que seu coração rugia tão alto quanto a catarata e que seu rosto e peito estavam tão quentes como se o sol os tivesse atacado.

Percebeu um tênue tremor em todo o corpo e molhou os lábios. Agora a cena parecia-lhe menos bela e mais solitária, com a ausência da moça.

Saul não era uma criança. Faria quinze anos antes que as grandes neves cobrissem as montanhas de Tarso. Não era inocente, inexperiente, nem ignorante. Percebeu que a moça o excitara e que o que sentira foi o primeiro desejo, bem como uma estranha ternura, jamais experimentada, e uma misteriosa necessidade. Desejava acima de tudo tocar naquela escrava ou filha de camponês, alisar seu opulento cabelo com suas mãos amorosas, beijar aqueles lábios vermelhos e aquele pescoço alvo, segurar suas mãozinhas. Queria ouvir o coração da moça batendo contra o seu e sentir-lhe o braço em torno do pescoço, a respiração dela contra sua face. Seu sexo pulsava e o suor escorreu-lhe pela testa. Já vira moças bonitas antes nas ruas de Tarso, trabalhando nos campos e mesmo nos jardins de seu pai, porém as olhara com indiferença. De uma forma perturbadora, esta moça era diferente de todas as outras e acreditou que ela lhe pertencia, como a rocha, a catarata e a lagoa e ninguém mais a não ser ele devia conhecê-la.

Não pensou na "mulher estranha" de quem Reb Isaac lhe falara, cuja boca era a porta do inferno e uma abominação. A lascívia e a ternura apaixonada que sentiu pareciam-lhe tão naturais, boas e saudáveis como a manhã, não devendo ser desprezadas ou rejeitadas. Agora sentia-se mais vivo que antes, tão agitado quanto o jovem Adão ao ver Eva pela primeira vez, e embriagado de alegria. E seu desejo não era mais pecaminoso que o de Adão pela sua mulher recém-criada; era tão inocente quanto o dele.

— Com que está sonhando, Saul ben Hillel? — perguntou Reb Isaac naquela manhã. — Está distraído e seu olhar distante.

Todas as manhãs, Saul passou a chegar silenciosamente ao local, contudo não tornou a ver a moça durante quase um mês, mas ela estava lá quando chegava, cantando infantilmente para si mesma ao entrar na água, banhar o rosto e esfregá-la nos braços. Saul pensara que tinha sonhado aquela aparição ou que quando tornasse a encontrá-la, seu rosto seria menos encantador e que a visão desapareceria. No entanto, quando a viu, escondido por um tronco de árvore, ela estava ainda mais bela que antes, mais desejável, e a vontade de tomá-la nos braços e provar o sabor daqueles lábios vermelhos acometeu-o mais forte do que nunca. Um pouco de água molhou o peito da túnica da moça e o tecido colou-se aos seus jovens seios, permitindo-lhe ver o suave contorno deles e os mamilos virgens. Ficou olhando a moça, extasiado, mal respirando, e nesse instante ela saiu da água e desapareceu da mesma forma que naquela primeira manhã, sem que ele pudesse ouvir o menor ruído da sua partida.

Viu-a novamente no decorrer do verão, à luz do amanhecer, e quando o sol começou a surgir, seu cabelo preto acobreou-se, seu rosto oval brilhou e sua carne ficou tão reluzente como mármore molhado. Então, ela foi embora, movendo-se com a leveza de uma folha. Apesar do anseio para tocar-lhe o corpo, ele não se mostrou. Por um longo tempo, foi suficiente vê-la, com prazer contido, sonhar, desejar. Seus pensamentos não ultrapassaram a primeira posse e carícias, conteve-os como se contém um potro selvagem. E foi nessa contenção que sentiu o prazer do sigilo e uma loucura atordoante. Não ousou precipitar-se, nem teve vontade de fazê-lo.

Quando o verão atingiu o auge e a madrugada ficou quente, voltou ao seu jardim encantado e a moça não estava lá. Sentou-se em sua pedra predileta, sentindo uma profunda desolação, apesar de ela frequentemente não aparecer. Então, quando estava para ir embora, ouviu um leve ruído ao seu lado e virou-se, vendo-a, rindo silenciosamente e olhando-o de soslaio, encabulada. Olharam-se sem falar e Saul sentiu o seu odor, fragrante como a relva e suave como cravo e mel. Viu as veias na garganta infantil, as unhas rosadas de suas mãos e pés, a boca vermelha entreaberta, o brilho dos pequenos dentes brancos e o luzir dos grandes olhos negros.

Depois, ela falou, com voz trêmula, como uma garotinha:

— Por que está me olhando assim de manhã?

Ele sentiu seu rosto inchar e ruborizar-se, num misto de embaraço e alegria. Respondeu-lhe em cilício, língua usada por ela:

— Isso a aborrece?

Ela sacudiu a cabeça, fazendo o cabelo esvoaçar e ficou contente.

— Não. Mas me diverte. Quem é o senhor?

Saul levantou-se. Ficou bem perto dela. A moça não era mais alta que ele e o rosto encantador ficou à altura do dele.

— Eu me chamo Saul — disse e sua voz vibrou.

— Saul, Saul — repetiu a moça e o rapaz viu sua língua saboreando o nome, o que o encheu de pura alegria. — É um nome estrangeiro. Está longe de casa?

Olhou-o com curiosidade e ele viu a luz profunda e contida nos olhos dela, a brancura reluzente em torno das pupilas escuras e as abundantes pestanas sedosas. Viu as sobrancelhas suaves e arqueadas e quis tocá-las como se toca as penas de um pássaro.

— Sim, estou longe de casa — respondeu. — Venho da casa de meu pai até a cidade para estudar com meu preceptor.

Antes, sempre sentira acanhamento com estranhos e dificuldade em conversar com eles até conhecê-los bem, mas era natural e simples falar com aquela moça, enquanto o alto muro rochoso diante deles ficava fulvo, dourado e bronzeado e a água esverdeada dançava na lagoa cor de limão.

— Qual o seu nome e onde mora? — perguntou Saul, numa voz suave que teria espantado sua família.

Ele receou que um tom alto a fizesse fugir dele para sempre, pois parecia muito alegre, graciosa e quase uma ninfa.

— Meu nome é Dacyl — respondeu — e sou escrava do meu amo, Centório, o capitão romano que é pretor de Tarso. Sou criada de sua nobre mulher, Fabíola. — Apontou para o cimo do rochedo. — A vila deles fica além deste rochedo e do prado, num bosque de alfarrobeiras. Esta é a sua propriedade e a nobre Fabíola me considera como filha.

Encarou Saul com olhos vivos e inocentes, aguardando seu comentário. Mas ele estava fascinado pelo aspecto, perfume e encanto da moça. Era muito mais bonita de perto que de longe. Parecia vibrar e estremecer com a vida jovem que corria em suas veias e com o pulsar do seu coração.

Era apavorante para ele que a moça fosse escrava e não lamentasse sua situação nem falasse disso com tristeza. Os romanos não libertavam seus escravos sete anos depois de tê-los comprado, como exigia a lei judaica. Raramente os tornavam livres e tanto para um romano, como para um grego o escravo não era humano e costumavam designá-lo por um termo que significava "coisa". Em suma, não tinham direitos, tal como os objetos ou os animais inferiores.

— Dacyl, você é grega? — perguntou.

A moça arregalou os olhos.

— Senhor, isso eu não sei — respondeu. — Não sei o que sou ou quem são meus pais.

Riu com uma alegria que o desconcertou e então percebeu que ela havia falado com voz infantil, pois ainda era criança.

— Sou judeu — disse Saul. — Meu pai é Hillel ben Borush e moramos naquela propriedade que fica lá longe, na estrada.

Os judeus não menosprezavam seus escravos como outros o faziam, considerando terem eles direitos como seres humanos e almas imortais, tratando-os com bondade e caridade, alimentando-os bem e respeitando sua condição humana, enchendo suas mãos de moedas de ouro quando os libertavam. Eles eram ensinados a venerar a Deus, obedecê-Lo e servi-Lo fielmente, com orgulho. Mas Saul sabia que só os judeus procediam assim.

— Dacyl, sua senhora bate em você? — perguntou.

Ouvira coisas terríveis sobre a crueldade dos gentios. A boca da moça abriu-se em espanto.

— Não, minha nobre ama é doce como uma pomba e suas escravas a adoram!

Isso deixou Saul confuso. Conhecera apenas dois ou três romanos e mesmo assim superficialmente e de passagem; detestara seus rostos poderosos e arrogantes, narizes proeminentes, jamais admitindo, como seu pai, que se pareciam muito com os judeus, não apenas fisicamente, mas também em temperamento.

— Dacyl, o pretor é rude com você? — perguntou.

Ela riu alegremente.

— Não, meu nobre amo é muito bondoso, embora severo algumas vezes. Desde que servido obedientemente, sem perguntas ou impertinência, é justo e generoso. Não permite que o supervisor do átrio nos maltrate. Nós o amamos.

— Mas ainda continua escrava e talvez o seja para sempre — disse Saul, mais confuso ainda.

A moça encolheu os ombros e encarou-o com franca curiosidade.

— Assim ordenaram os deuses — respondeu. — É a minha sina. E não é má. O que mais posso querer?

Então, surpresa, olhou para o céu brilhante e exclamou, angustiada:

— Como é tarde! A ama vai ficar preocupada com minha ausência!

Correu pela beira da lagoa, virou-se, alegre, acenou para Saul e desapareceu.

Ela não é inteligente, pensou Saul ben Hillel, o fariseu. Ela não lamenta sua horrível condição. Não admite ser isso terrível. Não sabe o que é tristeza. Só pensa no agora. Para ele, era monstruoso não pensar no futuro. Um escravo sem esperança de liberdade era trágico para ele e seu coração foi sobrecarregado por uma nova aflição. Os homens, era verdade, aceitavam a vontade de Deus e não a punham em dúvida. Contudo, esses homens eram livres. Uma escrava como Dacyl também o era espiritualmente, porque só tinha a vontade do amo e portanto nunca seria livre.

Saul passou sete dias sem aparecer e a cada manhã se dizia que nunca mais voltaria. Era muito penoso ver Dacyl e pensar no seu destino final. Aristo lhe contara que não era incomum alguns depravados e cruéis senadores romanos atirarem escravos rebeldes nos tanques para servirem de pasto às lampreias, ou torturá-los, apesar das novas e fracas leis recém-promulgadas em Roma. Quando meditou nesse possível destino para Dacyl, Saul ficou muito angustiado. Uma vez pensou em dar-lhe dinheiro, incitando-a a fugir, mas depois se lembrou da sua juventude, da moça e de como era desprotegida, ficando desanimado. Não sabia, até ter sentido esse desânimo, que amava Dacyl, não só por sua beleza, mas por sua inocência e doçura.

— Está sofrendo de algum mal do corpo ou do espírito? — perguntou Reb Isaac, asperamente. — Sua mente está vagando e seus pensamentos estão longe, o que é uma blasfêmia quando estudamos as Escrituras, o Pentateuco, os Profetas ou a Torá. Seu rosto está menos corado que o habitual, Saul ben Hillel, suas maneiras são desatentas e seus olhos ausentes.

Aristo o Grego foi mais perspicaz. Examinou as jovens criadas da casa e imaginou qual delas teria atraído a atenção de Saul e pela qual o rapaz definhava. Não viu nenhuma prova de qualquer desejo ou anseio. Sabia não haver moças na escola de Saul e que ele voltava sempre de tarde para a casa do pai. No entanto, Aristo percebeu todos os sinais de amor adolescente e ficou cismando.

No oitavo dia de ausência, Saul não pôde mais resistir ao terrível anseio de rever Dacyl. Mais de uma vez disse a si mesmo que ela não passava de uma escrava ignorante, sem tribo nem ancestrais e, portanto, insignificante: ela nem sequer percebia que era insignificante. Não adiantou. Sonhava com ela, dormindo ou acordado. Sua voz era a da lagoa; e também o trinado dos pássaros na primavera. Não era proibido judeus amarem criadas. Era proibido apenas abusar delas e tratá-las cruelmente. Discutiu consigo mesmo sem cessar.

E assim voltou à lagoa, não caminhando relutantemente, mas correndo como uma lebre sem respiração e ofegante, na luz cinzenta do amanhecer e no primeiro calor do dia de verão. Seu cabelo ruivo estava arrepiado. As sandálias estalavam nas pedras silenciosas da estrada romana. Pássaros, ainda adormecidos, acordaram, reclamando, espantados, da sua rápida passagem. Nos últimos dias, havia sido torturado por mil perguntas, mil desesperos, mas agora em nada pensava, a não ser reencontrar a moça. Seu coração estava cercado de chamas. As colunas das casas escuras e silenciosas à beira da estrada eram fantasmagóricas na luz fraca e sombria. Só ele estava vivo e vivo de júbilo.

Dacyl estava na lagoa, sua alvura de alabastro refletida na água levemente amarelo-esverdeada, o cabelo negro ligeiramente matizado de tons acobreados e a boca muito vermelha. Ela o viu e enviou-lhe um sorriso contente, erguendo a túnica e entrando na água para ir ao seu encontro. Seu rosto fulgia à luz da aurora por causa das gotas de água nele e os olhos brilhavam pelo ardente prazer de vê-lo. Saul estendeu-lhe a mão e Dacyl pegou-a; foi seu primeiro encontro físico. O toque da moça subiu-lhe pelo braço como um raio e atingiu violentamente seu coração. Depois, ela ficou ao seu lado, rindo, segurando a roupa e encarando-o. Foi a coisa mais natural do mundo inclinar-se repentinamente para ela e dar o primeiro beijo de amor naqueles úmidos lábios rubros.

Seus lábios eram suaves e doces, mais perfumados do que havia sonhado naqueles últimos dias torturantes. Receou tê-la assustado, mas os lábios da moça uniram-se aos dele, que ficou espantado, pois não sabia que as mulheres correspondiam dessa forma. O hálito da jovem estava na boca de Saul e quando mergulhou seus olhos nos dela, viu que estavam brilhantes e alegres. Seus sentidos literalmente cambalearam de êxtase e todo o seu ser pareceu explodir em chamas e sensações que nunca imaginara que pudessem dominá-lo. Então, rindo novamente, afastou-se dele.

— Pensei que tivesse me abandonado — disse ela. — Desgraçado, você me fez chorar!

Ele ficou conquistado.

— Fiz você chorar, Dacyl?

Saul não pôde suportar a ideia de tê-la feito sofrer.

Depois, ela tornou a rir para ele.

— Órion! — exclamou. — Você é um amante formidável, eu sou Ártemis e vou colocá-lo entre as estrelas! — Ela tocou em seu braço nu e a carne do rapaz estremeceu involuntariamente. — Como você é forte! Você encanta meu coração. Seu semblante e seu cabelo parecem com os de Apolo, mas seus ombros são de um Hércules. Um Ciclope o deteve ou você esqueceu sua criada?

Dacyl o estava provocando, como fazia sua irmã quando ele ficava muito solene. Ela o fez sorrir e rir, tal qual Séfora, mas com uma emoção ainda mais maravilhosa e excitante.

Saul respondeu, com voz trêmula:

— Não vim porque não pude.

Ela o olhou com simpatia. Na sua imaginação de escrava, os homens tinham negócios importantes, insuperavelmente tediosos, e Saul viu imediatamente que a explicação que tinha pronta para ela não seria compreendida, nem a moça desejava qualquer explicação. O que o rapaz deixara implícito fora o suficiente. Ele desejara dizer: "Deixei de vir por medo do que você é e voltei pelo mesmo motivo." Contudo, Dacyl não iria compreender e pela primeira vez, finalmente, Saul percebeu que havia muitas mentes, milhares delas, que seriam incapazes de compreendê-lo e a tudo o que ele imaginou. Já fora incompreendido pelos colegas e pelos familiares, mas achava que fora por malícia ou estultice, ou então que havia sido incapaz de se exprimir claramente; ou, ainda, que os outros deliberadamente recusavam-se a entender. Agora, de repente, percebeu o vasto isolamento que cada homem sofre, apenas em seu corpo, e tinha a certeza de que nem o mais eloquente orador ou escritor podia transmitir a profundidade dos seus motivos, a complexidade dos seus pensamentos. Foi imediatamente tomado por uma compaixão aguda e estranha — embora não fosse estranha à piedade —, tanto por si mesmo como pelos outros com quem partilhava seu mundo. Era um mundo no qual ninguém verdadeiramente se comunicava e nisso repousava a grande tristeza. Nem mesmo o amor constituía uma linguagem comum.

— Por que seu semblante está tão sombrio? — perguntou Dacyl. Mas Saul não teve palavras para responder. — Sejamos felizes, pois o dia está bom — disse a moça, que pegou-lhe a mão. Entraram juntos na lagoa, rindo como crianças e atirando água um no outro.

"É bom estar feliz, pois esse estado foi planejado pelo Pai, louvado seja Seu Nome, para todos os homens", dissera Reb Isaac.

Mas no íntimo, Saul não acreditava que os homens pudessem ser felizes num mundo onde campeava o vício, a licenciosidade, a depravação e o terror, que via à sua volta nas excitantes ruas de Tarso, um mundo abandonado por Deus e pela virtude, governado pelas baionetas, cobradores de impostos, e outros demônios de opressão e luxúria de Roma. Contudo, num simples instante, nas palavras dela, Saul percebeu que havia verdadeiramente ouvido a mais simples verdade: "Sejamos felizes, pois o dia está bom."

Ele sempre pensara que os homens só podiam ser felizes na arrebatadora contemplação de Deus, se tivessem, afinal de contas, um mínimo de inteligência e não fossem como as feras e outros animais. Mas, ao olhar com prazer para Dacyl, viu que realmente o dia estava bom e que ela era toda a felicidade para ele.

Assim foi por muitos dias do verão e Saul tornou-se jovem no espírito e no coração, como nunca o fora antes. E conservou seu segredo, não por vergonha ou timidez, mas pelo temor de que, se falasse nele, a magia desaparecesse como Ártemis, a deusa predileta de Dacyl, desapareceu nos campos prateados da lua.

A moça aguçava seus sentidos. Ela deu significados incandescentes aos Cânticos de Salomão, acrescentou sutilezas primorosas aos agradáveis Salmos de Davi. Como Dacyl nunca pensava no futuro, nem mesmo no amanhã, ele mesmo perdeu sua noção de tempo, estranhando como agora lhe pareciam profundas as cores do céu e da terra, como cada flor era preciosa, como cada formato de árvore era excitante, como cada sombra era graciosa, como cada sensação era penetrante, como todos os alimentos eram deliciosos, como seus sonhos eram magníficos. Uma taça de vinho não era mais vinho para ele. Tinha a cor e o gosto dos lábios de Dacyl. Continha a dança dos seus olhos. Agora tudo tinha maior relevo para ele, um significado mais amplo, uma exaltação e alegria quase insuportáveis. Descobriu que estava menos concordante com o Eclesiastes e os Provérbios e mais com os brilhantes hosanas dos profetas, durante os breves intervalos em que não estavam lamentando a condição humana e a propensão do homem para o mal.

Tinha a certeza, na sua inocência, que nenhum homem experimentara antes uma alegria tão indizível e deu graças a Deus por isso. Todavia, nunca antes Dacyl dissera uma palavra profunda, nem mesmo a inconsciente sabedoria do analfabeto e ignorante. Ela não atingira sua mente, mas sim pontos secretos, que eram mais sábios embora mais primitivos, com o frescor da primeira manhã da criação. Ela encarava a existência da mesma forma que uma ovelhinha, um pássaro ou outra coisa qualquer tão simples, natural e serena. Dacyl era uma rosa e abria suas pétalas perfumadas para o sol, dando a divina essência da sua fragrância. Brincava com Saul como uma criança, embora fosse mais velha que ele. Beijava-o e acariciava suas mãos e pescoço tão inocentemente quanto uma criança. Nessas horas ele delirava.

Melhor ainda, ela lhe deu uma consciência de todas as outras criaturas humanas, uma consciência que nunca o abandonaria.

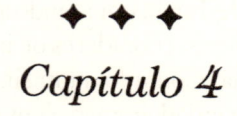

Capítulo 4

Tarso, que seus habitantes chamavam "a joia do rio Cidno", era basicamente uma cidade fenícia, comercial, barulhenta, por seus negócios feitos por água e rodovias, dotada de excelentes academias e escolas, estabelecimentos mercantis, artesãos, perfumistas, tecelões, ferreiros, inúmeros lojas, museus notáveis, casas de dança, a liberdade da cidadania romana, atulhada de funcionários públicos, abundante em templos a vários deuses, helênica nas atitudes, mas oriental nos sentimentos, famosa por seus artistas, enriquecida por seus piratas, que moravam, respeitados e respeitáveis, em suas belas vilas, casas de vinho, de banhos, padarias, tapeceiros, bancos, mercado de gado, estalagens onde cozinheiros egípcios preparavam refeições soberbas, bordéis, espetáculos licenciosos, arenas para esportes e combates de gladiadores. Inúmeros eram os nativos que a consideravam orgulhosamente "uma pequena Roma", pois uma quantidade de raças vivia lá e as ruas estreitas vibravam com a diversidade de línguas. Nela viviam sírios e sidônios, estudantes da Ásia Menor, núbios e citas, gregos, romanos, egípcios, assírios, bárbaros de olhos claros das florestas da Europa, escravos, gauleses, bretões, artistas, ourives e os proprietários de livrarias, escribas que conheciam uma dúzia de línguas, médicos e dezenas de milhares de homens livres que vadiavam, trabalhando apenas quando a fome ameaçava, escrevendo frases nas paredes de noite, cultuando ruidosamente os políticos locais e, da mesma forma ruidosa, os escarnecendo. Eles enchiam as arenas, perseguiam escravos, lutavam com a polícia ocasionalmente, contribuíam com sua quantidade de ladrões para as ruas, serviam a qualquer senhor, jogavam, alcovitavam, trabalhavam, suavam, trapaceavam e se comportavam como a turba dos mercados sempre se comportou e invariavelmente se comportará. Adoravam atores, acrobatas e gladiadores, os elogiavam num dia e punham suas vidas em perigo no dia seguinte, molestavam jovens desprotegidas com bilhetes, convidando-as a serem amantes ricas, eram emotivos, apaixonados, perigosos, barulhentos, assustadores, excitados, divertidos e espertos, malcheirosos, brutalmente generosos e em geral desfrutavam entusiasticamente a vida, a cada instante xingavam os deuses, pagavam impostos só quando obrigados por um decidido publicano acompanhado de escravos com lanças, ou legionários carregando fasces. Eram o terror e vida da noite, a veemência do dia e como todos os que viviam da sua habilidade e trabalho intermitente, eram incrivelmente espertos e cheios de invenções.

— Cidades sem a escória dos mercados não podem sobreviver — disse Aristo ao seu aluno, Saul. — Morreriam de tédio, pois a respeitabilidade carrega uma certa apatia e aborrecimento, uma certa falta de vida. É a gentalha do mercado, destramente subtraindo um dracma, um sestércio ou uma moeda de cobre aqui e ali, que anima e cria o comércio, inspira a avareza, que é a mãe da ambição e da fortuna, ergue templos, dá aos deuses rostos mutáveis, estimula as modas, remove o chumbo das botas dos soldados e dos policiais, é um tema contra o qual sacerdotes, professores e juristas podem deblaterar — que mais podem fazer? — e, se seu brilho é berrante e pomposo, pelo menos é brilho e não pode ser desprezado. Seu charlatanismo, seus roubos impudentes, suas espertezas e falcatruas, sua imprudência e lascívia, sua crueldade e frequente compaixão violenta estão mais próximas da verdadeira natureza do homem, meu Saul, que os austeros filósofos e os escritores. É a turba dos mercados, na verdade quem os inspira e às melhores peças, pois o que é rouco, furioso e mesmo vicioso tem mais mérito à luz do sol que todas as velhas virtudes de continência, reflexão, modéstia e o autoritarismo estoico dos gregos. Isso é uma coisa — acrescentou Aristo — que você verá raivosamente negada pelos que acreditam que mesmo o homem comum pode ser maior do que é ou que qualquer homem pode tornar-se igual aos deuses, porém esses tristes defensores do bem-estar público e os fabricantes de fantasias estão muito afastados do conhecimento, da solidez do argumento e da realidade, podendo-se ter pena deles se não fossem tão perigosos.

Saul pensou que Aristo estava apenas lhe dando uma lição sobre a perversidade e a contradição, no entanto, desde que conhecera Dacyl, não tinha mais certeza. A moça, apesar de escrava e protegida, também pertencia à gente do mercado. Não podia desprezá-la. Na verdade, por sua causa, viu a humanidade como era e não como esperava que fosse, estando cheio de amor e não de repulsa. Mas não podia acreditar, de acordo com o sorridente Aristo, que o mal fosse tão necessário quanto o bem e que este, sem o mal, seria um verdadeiro inferno de indiferença e umidade. Cansou de explicar as maravilhas e doçuras do Paraíso perdido e Aristo sempre respondia:

— Podemos ser gratos aos seus Adão e Eva. Eles não só libertaram os homens da virtude absoluta, como os tornaram inteiramente humanos. Carregaram nas costas a beleza e a loucura das cidades, as grandes naves comerciais, as delícias do teatro e das bailarinas, toda a infinita variedade da vida como a conhecemos, sem a qual viveríamos num mundo opaco, como bebês em seus bercinhos. Foram muito sábios: apressaram-se a comer da Árvore da Vida antes de se banquetearem na Árvore da Sabedoria, pois que homem desejaria ser imortal?

Sempre discutiram sobre isso e Aristo, continuou pensando Saul, brilhou nas discussões, cínico e cético, penetrante e risonho. Mas desde o momento em que conheceu Dacyl, o rapaz verificou estar ouvindo Aristo com mais atenção, que podia dar uma penetrante sutileza a qualquer argumentação e excitar a mente, mesmo que se discordasse dele.

— Você vai notar em Tarso, como o fará em Roma, Alexandria e Atenas no futuro, que os gregos deram mesmo ao vício um refinamento que raças mais indecentes jamais atingiram — disse Aristo. — Todos os homens são vis, como disse o seu Salomão, e ele não é considerado o mais sábio dos seus reis? Mas a baixeza não deve ser, entre os homens, uma suja vileza animal, embora eu erroneamente esteja denegrindo os animais neste caso, mas a dos elegantes e graciosos deuses. Isso que vocês, judeus, chamam de pecado, inspirou mais poesia que a virtude e certamente mais templos!

"Que será o homem sem o perigo, a guerra, o terror, as harpias e as fúrias e mesmo a morte? Uma triste e apática criaturinha comendo frutas sob uma árvore imutável num paraíso, onde nunca houve ventos terríveis, nem ondas violentas nem um trovão. Sem controvérsia não há argumento judicioso; sem dissensão não pode haver concordância; sem desastre não pode haver paz, com todo o significado da palavra. Com uma sutileza mais profunda do que conhece, Saul, a maldade criou a virtude, todas as artes e a vitalidade. O contraste, Saul, é a única coisa que torna a vida interessante. E o vinho e o amor, é claro.

Saul ficou pensativo. Não podia concordar em nada com Aristo, mas este, como Dacyl, despertou-o para o multifacetado cristal da existência, com suas cores infinitas. Hillel havia tentado, mas como Saul não respeitava sua inteligência, não tivera sucesso.

Não foi atraído para o vício de Tarso, que ele sempre viu. Mas agora estava menos horrorizado e mais triste à visão dos prostitutos pintados que via nas ruas e das vagabundas dissolutas em roupas grosseiras ou em ricas liteiras. Não afastou mais os olhos dos templos "pagãos", exalando a incenso, de uma quantidade de religiões alienígenas. Era verdade que toda a humanidade parecia desesperadamente, se não alegremente, determinada a perverter o espírito humano, especialmente nas ruas quentes de Tarso, contudo Saul estava menos enojado ou furioso com essa exibição de depravação. Lamentava aquilo e tinha pena de todos os seus devotos.

A eles não fora proporcionado a Torá, os profetas, Moisés e Salomão, e a promessa do Messias. Ora, se a visão tivesse sido dada — como testemunhava a adoração grega do "Deus Desconhecido" — teria sido nebulosa e indefinida. Certa vez Saul chegou mesmo a entrar num templo grego, viu sua maravilhosa e simples beleza, suas estátuas heroicas e graciosas, as nuvens de incenso, as flores e os panoramas encantadores. Lá também encontrou o altar vazio, simples, singelo e desocupado, com a inscrição "Ao Deus Desconhecido". O altar esperava por Aquele que lhe daria significado e verdade. Para os que não sabiam o que havia sido exatamente prometido aos judeus, Saul sentiu os olhos encherem-se de lágrimas amargas.

Hillel muitas vezes lhe dissera:

— Um gentio não é menos aos olhos de Deus que um piedoso, respeitoso e devotado judeu. Ele, também, é filho de Deus o Pai, bendito seja Seu Nome Glorioso. Ele também, de acordo com os profetas, quer participar da salvação do Messias. Nenhum homem deve ser desprezado nem considerado inferior a outro. Você deve honrar sua humanidade, sua fraternidade diante de Deus, deve tratar com o gentio justa e honradamente, deve dar-lhe sua compaixão e estender-lhe a mão... mesmo que ele a rejeite. Embora sejamos diferentes, pois o Pai ama a diferença criada por Ele — da forma mais estranha e mística, a humanidade é uma só. Cientistas egípcios já disseram que a luz, que nos parece ter milhares de matizes e tons, composta de cores infinitas, é na realidade uma única luz. E esta é o Espírito de Deus e do homem.

Saul ouviu, duvidoso, mas com o profundo amor que dedicava ao pai, considerando Hillel muito simplista e desprovido do orgulho de um judeu cujos pais haviam feito um Pacto com Deus e de cuja carne o Messias iria nascer. Mas agora, ao andar diariamente nas ruas de Tarso, sob o brilhante sol de outono, sentiu menos orgulho que compaixão e pensou por que os outros homens também não tinham sido iluminados. Os gregos tiveram seu código moral, o mesmo acontecendo com os romanos e egípcios, porém havia sido um código enraizado em princípio ético e não na Antiguidade da Existência. Princípios éticos desprovidos de uma Fonte podiam ser destruídos ou abandonados por troca, mas os princípios baseados na Pedra Eterna jamais poderiam ser mudados.

O amor, embora ele não o conhecesse, lhe dera não apenas o senso de pertencer inteiramente à humanidade, mas uma terna e poderosa piedade por ela. E lamentavelmente no fim — porque ainda era muito moço, inexperiente e sem confidente — o amor trouxe-lhe um terror, uma ira e desilusão das quais nunca se recobrou inteiramente e que iria assombrar toda a sua vida, causando-lhe sofrimento, confundindo e desconcertando todos os que lhe eram necessários.

Em toda a sua jovem vida Saul jamais vira uma manhã tão completamente dourada, tão exuberante de tons e nuvens áureas, tão fulva, efervescente e incentivadora, apesar de ser outono e fim do ano. A cor escura dos ciprestes realçava o amarelo vivo das outras árvores; as tamargueiras ainda estavam verdes, mas seus ramos estavam dourados pelo primeiro tom topázio do sol. A água ambarina caía suavemente com um ruído agradável das rochas avermelhadas e a lagoa estava quase imóvel e brilhantemente cor de açafrão. Flores rubras e amarelo-limão cercavam a lagoa e o capim alto dava sombra. Os córregos e riachos que saíam da lagoa, fulgiam como cobre brilhante sobre a terra. O céu era de um calmo púrpura luminoso, perfurado por feixes de lanças bronzeadas a leste e, além das montanhas, aparecia com um colorido leonino e retorcidos montes de pedra, riscados pelas primeiras neves.

Saul levava uma cesta de romãs escarlates para Dacyl e seu odor, misturado ao rico e agradável perfume da terra, excitava-o estranhamente, fazendo seu coração agitar-se com a promessa de um acontecimento desconhecido; correu pela estrada sinuosa e vazia até a catarata e a lagoa. Lá chegando, examinou tudo com prazer.

Seu coração ainda estava batendo aceleradamente. Sorriu com exuberância e a alegria de viver empolgou-o. Os salmos de adoração pareceram-lhe muito insignificantes para exprimir o êxtase que sentia e sua indizível expectativa. Procurou Dacyl e ela não estava lá.

Então, repentinamente, tremeu de medo. Um chacal surgiu no lado oposto da lagoa e a criatura amarela escapara ao seu primeiro exame, pois misturava-se completamente com os outros matizes naturais que o cercavam. Todos sabiam que os chacais eram hidrófobos e transmitiam a "ferida incurável" mencionada por Hipócrates; Saul vira uma jovem criada que nutria grande estima morrer, havia alguns anos, sufocada de sofrimento, após ser mordida por um chacal.

Os chacais eram criaturas ardilosas, mas covardes. A menos que enlouquecessem, não atacavam seres humanos. Mas quando loucos eram como tigres. O primeiro impulso de Saul foi correr, achar Dacyl e mantê-la afastada da lagoa, se estivesse a caminho. Depois ficou novamente amedrontado. O chacal o vira. Em vez de retirar-se furtivamente, como era da natureza dos chacais, as pernas do animal firmaram-se, seu pelo arrepiou-se e sua cabeça malvada pareceu ingurgitar. Os olhos brutais brilharam e de sua garganta saiu um terrível rosnado. Portanto, o animal estava infectado pela terrível moléstia. Saul via agora o fio de baba sangrenta na mandíbula do chacal.

Estarrecido de medo, Saul não pôde desviar o olhar. Não ousou fugir, temendo ser perseguido. Sem tirar os olhos do animal, curvou-se devagar e pegou uma pedra pesada, cheia de arestas. Então, gritou ameaçadoramente. O chacal recuou um passo ou dois, mas seu rosnado era como o ruído de pedras moídas. Depois, o animal emitiu um uivo de loucura, tremendo da cabeça aos pés. Contudo, parou de recuar.

Foi nesse instante que Dacyl apareceu, rindo, gritando para Saul. Ela ouvira seu grito e pensara que o rapaz a estava chamando com impaciência. Ela parou apenas a poucos passos do chacal, na margem musgosa da lagoa, olhando para Saul, acenando, alegremente sorridente.

O suor escorreu pelo corpo de Saul e ele ficou mudo. Enquanto Dacyl continuava a acenar, começando a parecer um tanto perplexa, o rapaz recuperou a voz.

— Dacyl, entre na água! — gritou. — Nade para mim! Não hesite! Há um chacal perto de você e ele está louco!

A moça virou a cabeça e viu o animal, que estava se preparando para saltar sobre ela. Deu um gritinho e caiu de costas.

— Nade! — berrou Saul, quase fora de si. — Para mim! Agora!

Dacyl atirou-se na água, sem retirar a capa que a protegia do frio da manhã. As roupas atrapalhavam seus movimentos; ela torceu-se e virou-se na água muito devagar. Saul largou a cesta de romãs, entrando na lagoa. Tinha uma ideia confusa de que a raiva provocava medo e horror da água, o que faria com que o chacal fosse embora. Mas Saul estava apenas a pequena distância da margem quando o animal entrou na lagoa, perseguindo Dacyl. Agora estava uivando e sufocando-se freneticamente e os sons pavorosos ressoaram no silêncio da manhã.

Saul apertou a pedra na mão e começou a nadar em direção a Dacyl. Nadou para ficar entre ela e o animal furioso e sua cabeça ruiva era como um emaranhado de lã sobre a água. Saul tirou as sandálias, rasgou a capa e juntou todas as suas forças para interceptar o chacal e salvar Dacyl da mordida fatal. A água estava gelada e paralisante, pois o ano chegava ao fim. Saul viu o rosto desesperado de Dacyl acima da água e seu longo cabelo preto flutuando, a capa embaraçante e seus braços agitando-se. Ela estava chorando e se esforçando, os olhos pedindo-lhe que a salvasse.

Agora ele estava entre o chacal e a moça.

— Nade mais depressa! — gritou, enfrentando resolutamente o animal doente. — Vá para a margem!

Saul ouvira dizer que a força do olhar humano era temido pelos animais e por isso fixou os olhos no chacal, não mais olhando para Dacyl, cujo arfar ouvia às suas costas.

O chacal, no entanto, evidentemente não sabia que devia temer o olhar humano, ou então estava totalmente louco. Fez uma rápida parada na água, agitando-se e rosnando ferozmente, virando sua atenção unicamente para Saul. A lagoa estava espumante em torno de suas fortes pernas. O rapaz viu nitidamente o olhar enlouquecido do chacal e, por um instante, sentiu um forte e renovado pavor, pois sua própria vida estava em jogo. As pernas pareceram ter adquirido vida própria, incitando-o a fugir e se salvar. Mas não podia abandonar Dacyl; esse pensamento nem mesmo lhe ocorreu. Seu coração era um monte de fogo abrasador no peito.

O chacal vacilou. Saul estava nadando entre ele e seu primeiro objetivo e tão perto quanto o outro. Mal se ergueu na água, uivando, atirou-se contra o rapaz. Nesse instante, as pernas fortes de Saul baixaram e encontraram uma pedra na água, sobre a qual ficou. Seu corpo musculoso retesou-se, esperando o ataque, e o medo o abandonou. Sua mente movimentou-se com espantosa velocidade e ordem.

Esperou até o animal estar quase em cima dele, as mandíbulas abertas e babando, dentes manchados de sangue e estalando. Então, com rapidez, estendeu o braço e pegou o animal pela garganta com a mão esquerda, batendo-lhe violentamente na cabeça com a pedra. A ponta afiada penetrou profundamente entre os olhos brutais e um horrendo guincho de dor saiu da criatura ferida. Lutou para livrar-se quando o sangue jorrou em torno da pedra pontuda como um punhal. Saul estremeceu de repugnância ao ver e sentir o sangue.

Mas grudou-se à garganta peluda, arrancou a pedra e, dessa vez, mergulhou-a diretamente no olho direito do animal, torcendo-a e empurrando-a com incrível força. Sentiu-a atingir o cérebro macio e febril e cerrou os dentes com renovada decisão. Tornou a retirar a pedra, metendo-a pela garganta do animal, logo acima de sua própria mão, novamente torcendo-a e empurrando-a com toda a força de que foi capaz. A água à sua volta ficou manchada de um vermelho de morte, o sol nascente brilhou na catarata e na lagoa, ficando Saul coberto de sangue.

O rapaz sentiu o animal moribundo relaxar e ficar flácido, porém tornou novamente a enfiar-lhe a pedra no olho esquerdo, usando suas últimas forças. O chacal submergiu lentamente, em ondas vermelhas, e morreu, as pernas e o corpo flácidos à deriva.

Saul tornou a estremecer vendo aquilo. Jamais matara qualquer ser. No silêncio, podia ouvir sua respiração, ofegante e rouca. Afastou-se do local onde o animal morreu e começou a lavar braços e mãos com água limpa, por medo das gotas de sangue neles, da saliva letal e de qualquer salpico de espuma que pudessem tê-los atingido.

Então, pensou em Dacyl. Virou-se e começou a nadar para a margem. A escrava tinha caído na terra quente, num amontoado de roupas molhadas, o rosto imóvel e silencioso ao vê-lo aproximar-se. A moça não conseguia se mover. Mesmo quando ele chegou ao seu lado, só pôde olhá-lo, numa palidez mortal, os olhos escuros escancarados.

— O animal está morto — disse Saul. — A lagoa está envenenada. Pobre Dacyl. Tudo acabou. Agora não precisa mais ter medo.

Dacyl estendeu a mão, em silêncio, em busca da dele. O rapaz pegou-a e procurou aquecê-la entre as suas, molhadas e frias. Ela estava tentando falar. Saul curvou-se carinhosamente para ouvi-la.

— Hércules — disse a moça, com um sorriso fraco. — Perseu. Odisseu. Saul colocou o corpo trêmulo da moça em pé e tentou rir.

— Não foi nada — falou. — Não podia abandoná-la. — Cercou-a com seus braços de soldado, apertando-a contra ele num repentino frenesi de alegria e amor. — Então não a amo, minha querida?

A água escorria deles, mas seu alívio e amor os aqueciam e o sol começou a dardejar, quente, sobre seus corpos. Dacyl pegou uma das mãos de Saul e, humildemente, beijou-a. Seu cabelo escuro, molhado, macio como seda, caiu sobre o braço nu do rapaz. Saul tornou a estremecer ao toque dos lábios dela e o desejo o aguilhoou como uma faca. Quando a moça ergueu a cabeça, viu-lhe os lábios, não gentil e agradavelmente como durante os meses anteriores, mas com entusiasmo, lascívia e paixão. Eram suaves contra os seus, úmidos e frescos. Abriram-se, rendendo-se; ela passou os braços em torno do pescoço de Saul, apertou seu corpo contra o dele, murmurando ele não sabia o quê. Sentiu os seios jovens contra o peito, prementes, tensos e duros. Instintivamente, Saul ergueu a mão até um dos seios, pegando-o em sua palma agora quente e exploradora. A moça tornou a gemer, languidamente, agarrando-se a ele.

Saul jamais havia tocado num seio e sentir aquele em sua mão quase o enlouqueceu. Sempre agarrados, deixaram-se cair na margem quente, em meio ao capim alto e empoeirado. O mundo tornou-se um profundo troar de paixão, de som incoerente, quente, um delicioso combate. Acima deles, a catarata cantava, o sol brilhava, poeira dourada flutuava no ar e havia um bramido agradável nos seus ouvidos.

Saul ficou completamente perdido. Havia obedecido aos instintos do corpo e fora envolvido numa sensação inexplicável e dominadora, angustiosamente agradável, mas terrível em sua premente intensidade. Deitou-se sobre Dacyl, possuindo-a brutalmente. A moça apertou-o, mordeu suavemente seu pescoço e gemeu de gozo e prazer. Seus corpos tinham o calor da chama e, como esta, fundiram-se, só havendo em torno deles o perfume do capim e das flores balançando e o canto da água. Enlaçados, só tinham consciência do seu êxtase. Saul sentiu o corpo de Dacyl mexer-se sob o dele e cada movimento intensificou mais suas sensações, sem que soubesse se eram de dor ou êxtase. Sentiu a língua da moça passar ternamente em sua orelha, ouviu-lhe a respiração gemente e sentiu seus movimentos rápidos. Quando o momento culminante chegou, Saul pensou que havia morrido numa explosão de arrebatamento e era uma morte a não se lamentar, pois era maior que a vida, como a explosão de um sol ou uma chuva de estrelas.

Os olhos de Saul estavam fechados. Suando e ofegante, ficou em cima da moça e foi apenas momentos depois que rolou para o lado, completamente dominado pelo que havia experimentado. Não pensou em nada imediatamente. Tinha lembrança apenas de um imenso e incrível arrebatamento e alegria, aos quais nada havia comparável.

Dacyl apoiou o corpo num cotovelo e olhou-o, sorrindo, os lábios rubros e inchados, os cabelos quentes e quase secos sobre os ombros e seios nus. Ele sentiu seu movimento e vagarosamente abriu os olhos, vendo o rosto da moça inclinado sobre o seu, mais bonito do que nunca. Ergueu a mão devagar e encostou-a no rosto da jovem, que virou a face e beijou-lhe a palma. Saul ouviu um riso grave de contentamento e afeto saindo da garganta de Dacyl. Uma perna branca, nua, repousava sobre a dele.

Então, como um punho frio atingindo seu coração, o rapaz pensou: "Arruinei, deflorei, violentei e destruí esta criança inocente e por isso estou amaldiçoado."

— Amado, que está acontecendo? — perguntou Dacyl, assustada pela palidez e rigidez do rosto sob o seu.

Saul virou o rosto para o lado. Queria chorar de desespero, de arrependimento, de vergonha, por ter possuído aquela moça pura, maculando-a, e por ela ter-se submetido à sua luxúria por gratidão e porque não passava de uma escrava, não podendo, por isso, negar-se a um homem necessitado. Na verdade, ele estava amaldiçoado aos olhos de Deus e dos homens; como podia reparar sua culpa e seu crime? Quem o perdoaria? Merecia uma morte ignominiosa.

Dacyl começou a acariciar seu vasto cabelo ruivo e sua garganta.

— Você é um verdadeiro herói, meu amado — disse a moça, com sua voz infantil. — Sou sua para sempre. Sou sua escrava, meu adorado. Nem mesmo Vênus teve um protetor e amante tão possante, mais forte que qualquer outro homem. Como ela deve me invejar, a pérola de Chipre! — disse, beijando seu rosto com ternura.

Acima de sua cabeça, o céu passara a um azul flamejante e a catarata dourada esguichava música líquida, voltando a lagoa a ter a cor de limões novos. A relva e o musgo eram macios sob eles, tornando-os lânguidos. Mas Saul sofria profundamente em sua alma.

— Perdoe-me — disse —, perdoe-me minha querida, se for possível.

Os brilhantes olhos negros de Dacyl arregalaram-se de espanto. Curvou-se para vê-lo melhor, como que incrédula por ele ter dito aquelas palavras. O azul metálico dos seus olhos estranhos cobriu-se de lágrimas e Dacyl ficou assombrada.

— Perdoá-lo! — exclamou. — Você é que deveria me perdoar por colocá-lo em perigo por causa da minha despreocupação! Perdoá-lo! Eu o adoro, meu herói, meu Apolo, com os cabelos como o sol e músculos como couraça! Se a vida, para mim, se reduzisse a apenas esta manhã, ainda assim seria grata aos deuses, que me permitiram deitar com você, confortá-lo e recompensá-lo.

Saul tentou sorrir em face dessa criancice inocente. Acariciou a suave garganta da moça.

— Mas isso a destruiu, querida. Aproveitei-me da sua perturbação. Deflorei-a. Quem poderá restaurar sua pureza?

Dacyl sentou-se abruptamente. Olhou-o, maravilhada. Então, depois de um bom tempo, começou a sorrir e era o divertido sorriso de uma mulher e não o de uma garota.

— É isso o que o perturba, meu bobinho? — perguntou, com afeto e carinho. — Vamos! Tenho dezessete anos e não sou virgem. Com certeza não me acredita! — Riu com grande ternura. — Deixei de ser virgem aos doze anos. Nessa idade, fui prometida ao capataz da propriedade do meu senhor para casarmos. Fui-lhe entregue por minha senhora, a nobre Fabíola, ganhando nossa liberdade e um bosque de oliveiras. Mas amarei sempre você, mesmo quando deixar de vê-lo.

Espantado, abalado e taciturno, Saul ouvia aquela voz clara e feliz, finalmente compreendendo. Ele estivera pensando como judeu, mas a moça era pagã, tendo nascido e se criado numa atmosfera estranha ao seu conhecimento e à sua compreensão. Para ela, nenhum pecado havia sido cometido. Tivera prazer como alguém que escolhe uma bugiganga, durante uma hora de satisfação, e depois, pronto, tudo esquecido. Ela vivera toda a sua vida numa sociedade hedonista, onde tudo era permitido, a honra desprezada, a profanação motivo de riso, o adultério um instante de simples satisfação, a fornicação aceita e a lascívia uma coisa a ser cultivada e procurada. Pertencia a um mundo detestado e temido pelos judeus religiosos, execrado, evitado por eles. E já não era mais Dacyl, a inocente escrava pela qual chorara em segredo, mas a "mulher estranha", cujos lábios eram o portão do inferno. Ele, Saul ben Hillel, havia caído precipitada e sensualmente no poço do seu corpo e estava perdido.

Fora maculado e corrompido além da redenção. Abandonado além da esperança, exceto se devotasse sua vida inteira à penitência, ao remorso e ao arrependimento. Deus havia desviado Seu rosto dele e como poderia reparar isso numa curta vida? Tinha deitado com uma prostituta.

— O que foi? — perguntou Dacyl, consternada.

Havia procurado confortá-lo e aliviá-lo. Entregara-se a ele com prazer, amor e gratidão e ele lhe dera o presente de um enorme deleite, o que ela também lhe dera. No entanto, o rapaz estava na relva, debaixo dela, com uma ironia e desespero amargos no rosto.

Saul sentou-se e ela observou, sem acreditar, o silêncio e a terrível reserva dele. Viu-o sacudir a túnica molhada e amarrotada. Por que ele não falava ou sorria? Por que evitava os olhos dela? Como o ofendera? De que grosseria era culpada? Assustada e suplicante, pôs a mão no joelho do rapaz, que se afastou dela como do toque da abjeção e do pavor. Saul ficou em pé. Olhou em volta com ar selvagem. Lágrimas caíam dos seus olhos.

Então, sem falar, saiu correndo, perdendo-se logo entre as árvores. A jovem, confusa e assustada, ficou só e pensando indefesa e perturbada, naquele estranho comportamento do homem a quem amava e ao qual tinha, de alguma forma, ofendido mortalmente.

Dacyl viu a cesta de romãs que ele lhe trouxera. Começou a comê-las e o suco rubro escorreu pelo seu queixo. Então sorriu suavemente, encolheu os ombros e sacudiu a cabeça. As mulheres não podiam entender os homens. Um dia, ele voltaria para ela. Olhou para seu belo corpo nu e ficou satisfeita.

Saul jamais voltou àquele lugar encantador e nunca mais pensou nele sem aversão, repugnância e vergonha. Tinha infernizado sua vida. Pior ainda, passou a sentir nojo por mulheres. Todas, a partir daí, eram marcadas pelo cheiro de Dacyl na quente relva de outono e seus braços passaram a ser os de alvas serpentes, a menos que fossem virgens ou esposas honestas. Mesmo assim, eram suspeitas e deviam ser sempre temidas.

Hillel ben Borush visitou Aristo nos alojamentos pequenos mas confortáveis dos libertos.

— O que aflige meu filho, Aristo? — perguntou o ansioso pai. — Está calado, pálido e taciturno. Ele gosta de você. Não desabafou com você, para que possamos ajudá-lo?

Aristo conhecia o aluno muito melhor que os pais ou Reb Isaac. Desconfiava que, num lugar desconhecido, numa hora não sabida, o rigoroso jovem fariseu tinha encontrado uma mulher que havia balançado seu coração. Se não fosse tão divertido, Aristo teria ficado preocupado. Sabia que Saul não mais saíra de manhã cedo para a escola. Portanto, era uma mulher. Aristo suspirou. Esses judeus! Encaram o prazer humano com suspeita e o evitam. Que Divindade sombria era a deles! Aristo agradeceu aos deuses, nos quais não acreditava, que essa Divindade tivesse conservado Suas perturbações mentais e espirituais para Si e Seus especiais e limitados adeptos.

— De que desconfia, Aristo? — perguntou o perturbado pai, que era muito perspicaz.

— De nada suspeito, senhor — retrucou Aristo, respeitosamente —, pois de nada sei. Mas talvez o nosso Saul esteja chegando à idade viril e esteja conturbado por anseios e desejos indefinidos.

Hillel corou e Aristo divertiu-se.

— Saul ainda não está pronto para o casamento — disse Hillel.

Aristo não pôde evitar dizer:

— Pois então arranje-lhe uma escrava complacente.

Hillel olhou-o severamente.

— Somos proibidos de abusar de mulheres, mesmo escravas ou criadas.

Aristo deu uma risadinha, mas com respeito.

— Isso não está de acordo com seus ensinamentos, dos quais Saul me informou. Seu rei Davi não desejou Betsabé e mandou matar o marido dela para que pudesse possuí-la? E li o Cântico dos Cânticos. Certamente, Salomão não os dirigiu às suas mulheres, que eram possivelmente matronas muito decorosas e desinteressantes! — Sorriu para Hillel. — Sempre pensei que José, o herói dos senhores, fosse um tolo ou um eunuco por ter recusado a mulher de Putifar. Querido amo, seus judeus são muito rígidos e não usufruem a vida. Certamente, seu Deus não é fariseu!

Hillel não pôde evitar um sorriso.

— Reb Isaac pensa assim, mas eu não.

— Lembre sua própria juventude — disse Aristo —, pois o senhor é um homem bonito e sem dúvida inspirou olhares às donzelas. É seu próprio conselho. Deixe Saul conservar o dele.

Hillel suspirou.

— A vida é uma doença da qual não nos curamos, mas que nos infectou mortalmente. Manterei meu conselho, como sugere, Aristo. Não interrogarei Saul. Perguntas são invariavelmente insultantes partindo dos pais. — Fez uma pausa. — É muito estranho que os que geramos e amamos nos sejam estranhos e apenas compreendidos pelos outros. Será que Deus nos manda o lembrete de que não possuímos nossos filhos e que apenas lhe demos o corpo, que nunca devemos reclamá-los, mas sempre deixá-los ir? Suas almas pertencem a Deus e não a nós. É triste ser pai.

Um dia, Aristo disse ao seu aluno silencioso e inflexível:

— Não sei o que o atormenta, Saul, mas nada é desastroso nem eterno neste mundo. Nada é permanente. Devemos aprender, finalmente, a nos perdoar.

Saul respondeu com súbita e espantosa violência:

— Há coisas das quais um homem nunca poderá se perdoar!

Aristo esboçou um sorriso.

— Sem dúvida. A traição de amigos. A desonra onde ela não é merecida. A malícia. Pagar o amor com ódio. Crimes contra os inocentes e desvalidos. A estupidez. Falta de tolerância. A recusa de prazeres permitidos. Melancolia onde há sol. Abstinência quando é oferecido vinho. Arrogância sem motivo para isso. Hipocrisia. Malícia disfarçada. Crueldade sem provocação. Mentiras. Abandonos. Má vontade. Fraude. Jejum diante do banquete. Negação da vida e da alegria. Cobrir o rosto ao dançar. Uma voz áspera durante a música. A apresentação do mal ao fazer o bem. De qual destas, Saul de Tarshish, você é culpado?

— De nenhuma — respondeu Saul, cujas belas cores haviam esmaecido recentemente.

— Então você não é culpado de nada horrendo — disse Aristo. Mas pensou: "De alguma delas você é culpado, meu pobre aluno, mas não sabe que é e possivelmente nunca será perdoado. Possa a sua sombria Divindade finalmente perdoá-lo, embora eu duvide que outros deuses o façam." Riu para si mesmo. "É muito provável que você não entenda o seu Deus e apenas O calunie!"

Capítulo 5

A família de Hillel ben Borush havia pensado em mudar-se para Jerusalém e fazer o casamento de Séfora depois da *Hanukkah*, a Festa das Luzes, que, naquele ano, coincidia com a Saturnal romana e a celebração de vários outros deuses. Nesses dias, Tarso era muito festiva e nunca parecia dormir, as tochas queimavam a noite toda em seus sustentáculos nas paredes e as ruas ressoavam com música, címbalos e tambores, flautas e risos, pés correndo, mulheres gritando e os berros de admoestação dos guardas, também um pouco bêbados.

Um navio oriundo da Grécia chegou ao porto de Tarso, um pequeno navio mercante carregado de um vinho espesso que os gregos da cidade preferiam a todos os outros. Mas não descarregou, apesar de estar ancorado havia dias. Então, no quarto dia, imperceptivelmente hasteou a bandeira amarela e fez-se ao mar. Os centuriões romanos o procuraram no pálido amanhecer e o xingaram, ergueram os punhos contra ele e rezaram silenciosamente. Seu capitão intimou-os a não falar disso com ninguém e os soldados, sentindo por suas sagradas medalhas penduradas em correntes no pescoço, bateram continência, entraram em forma e partiram, com as solas ferradas estalando nas lisas pedras pretas da rua.

Mas apesar do navio ter sido vigiado, após os médicos terem examinado vários membros da tripulação e todas as portas terem sido interditadas, os botes trancados, o mal já estava feito. Muitos ratos nadaram para terra de noite, levando com eles a doença e as pulgas que a transmitiam. Morreram antes do amanhecer nos esgotos. As pulgas encontraram outros hospedeiros entre os ratos saudáveis da cidade.

Havia dois serviços de saúde em Tarso. Três semanas mais tarde, os médicos gregos e egípcios descobriram a terrível verdade: a peste grassava na cidade. Conferenciaram. O povo deveria ser informado do perigo e aconselhado a deixar Tarso, com a possibilidade de levar a infecção com ele? Deveriam os portões ser fechados e guardados, de forma a que ninguém pudesse sair ou entrar na cidade? De uma forma ou de outra, os habitantes entrariam em pânico, se revoltariam estupidamente, tentariam fugir, lutariam com os guardas que tentassem contê-los e, finalmente, perderiam a cabeça, pilhariam, incendiariam, matariam e cometeriam muitos outros crimes. Os médicos decidiram controlar as coisas até onde fosse possível e não contar a ninguém.

O inverno chegara, o ar era cortante, claro e frio, os campos e jardins estavam castanhos e o sol grande e fraco. As montanhas arroxeadas refulgiam com a neve, o rio deslizava, como prata fosca, pelo rico vale, Tarso cheirava a pão cozido, carnes assando, vinho dos mercados, a tavernas e hospedarias. Passou-se algum tempo antes que fosse percebido que os navios não atracavam no porto habitualmente turbulento, mas ficavam ao largo, sendo atendidos por barcos carregados de barris de azeitonas, peças de lã, tapetes, sedas e algodão, vinhos, cerveja, aguardente, azeite, temperos, sal e outras mercadorias. Nenhuma explicação foi dada quando viram que navio algum de Tarso se fazia ao mar. Foram feitas perguntas quando visitas esperadas não chegaram. Os edifícios públicos foram silenciosamente fechados, um a um. Então, como agora eram feitas muitas perguntas e havia muitos boatos, a bandeira amarela foi hasteada sobre a alta torre de guarda romana no porto e os habitantes ficaram aterrorizados, fazendo com que os guardas patrulhassem as ruas todas as noites, com as espadas desembainhadas.

Tarso era, por natureza, desordeira e passional. Durante alguns dias, os romanos foram levados ao mais extremo limite de exaustão e determinação, para evitar que a multidão enlouquecida cometesse atos de vandalismo e provocasse distúrbios. O terror se apossara de todos. As portas e janelas foram fechadas hermeticamente; as ruas começaram a ficar vazias, vendo-se nelas apenas os ladrões, os recolhedores de cadáveres e as carroças de transportar os mortos, cujas rodas matraqueavam nas pedras. Um cheiro pútrido subia dos esgotos. Nem mesmo os romanos conseguiam forçar os homens a limpá-los e lavar as ruas, apesar de ameaças de prisão e morte, fazendo com que seus próprios soldados assumissem essa tarefa. Ninguém zombou. O pavor era grande demais. As carroças não entravam na cidade pela manhã: esperavam fora das portas, descarregando ali suas mercadorias e partindo. Só a fome forçou os homens a apanhá-las e distribuí-las. E todos bebiam demais, queimavam incenso aos deuses, porém ninguém comparecia aos templos. O frio tornou-se mais severo.

A casa de Hillel ben Borush era aquecida por braseiros constantemente alimentados e cortinas de lã, grossas e pesadas, tinham sido colocadas nas janelas para manter o vento frio afastado. As portas foram trancadas. Débora, apesar de toda a sua vaidade e espírito volúvel, era uma dona de casa sensata quando se tratava do seu lar. Por isso, a despensa estava cheia. A família se preparava para sofrer um cerco e todos agora sabiam que estavam sitiados por uma coisa mais temível que um inimigo humano.

Todos notaram que não apareceram muitos enterros de judeus nas ruas vazias. Olhos ávidos e apavorados espiaram por trás das cortinas os poucos funerais de judeus pobres e ricos. Assim, boatos maldosos começaram a circular. Era uma crença antiga a de que os judeus tinham relações com a magia, que não partilhavam com ninguém, e possuíam feitiçarias contra as enfermidades, que escondiam dos vizinhos, de modo que só eles sobrevivessem. Mas os médicos nos hospitais fervilhantes sabiam que era a insistência dos judeus na absoluta limpeza, na sua intolerância aos vermes, que lhes dava uma certa proteção contra as doenças e mesmo contra a peste. Ficaram assustados com os boatos e avisaram aos centuriões romanos. Os romanos, os mais tolerantes dos conquistadores, os mais obedientes à lei, os maiores desprezadores de boatos, agitações e desordens, preparam-se para proteger os judeus, se necessário, e fizeram algumas admoestações por sua conta. Deixaram claro que o saque de propriedades era proibido pela lei milenar: os saqueadores seriam imediatamente executados. Os culpados de incêndio seriam atirados nas próprias chamas, fossem idosos, crianças, homens ou mulheres. Não houve uma rua, mesmo durante a forte luz do sol, que não estivesse sendo patrulhada por soldados com farda de campanha. O sol reluzia em suas espadas, nas viseiras abaixadas, nos peitorais metálicos. Os passos decididos dos soldados reboavam nas pedras e as vozes dos seus oficiais ouviam-se, altas, na cidade silenciosa. As bandeiras romanas flutuavam no céu profundamente azul e os portadores de fácies estavam por toda parte, a fim de mostrar ao povo que a lei era a lei acima de tudo e que não haveria ilegalidade em Tarso enquanto houvesse um romano vivo.

Hillel ouviu falar nisso, mas não informou aos seus familiares. Não recebia visitas e estava contente por morar no subúrbio. As paredes e assoalhos de sua casa eram lavados diariamente ao amanhecer pelos criados, sendo os ratos e camundongos caçados impiedosamente. Todos permaneciam dentro da casa, a não ser quando era preciso sair aos jardins para apanhar frutas, tâmaras e limões, e ir à despensa. O medo alojava-se ali como em todas as outras casas dos subúrbios e da cidade, mas era entremeado de orações.

Contudo, a infecção espalhou-se. Exatamente quando os primeiros botões rosados apareciam nas amendoeiras, galhos nus revestiam-se de folhas e a murta florescia, Débora e seu filho Saul foram acometidos pela peste. Como a família era pequena e modesta, não havia um médico residindo na casa e médicos estavam sempre disponíveis nos sanatórios ou consultórios particulares. Hillel, pela primeira vez na vida, montou num cavalo e dirigiu-se a Tarso. Não permitiu-se usar a carruagem da família, pois poderia contaminar o escravo ou criado que o guiasse, além de ter medo de brigas. O cavalo o preocupava menos, pois estavam acostumado a montar uma mula quando precisava, um animal dócil e paciente, pouco parecido com aquele outro que, apesar de castrado, andava depressa demais para seu gosto. Os soldados romanos riram ao vê-lo passar, montado desajeitadamente.

Hillel foi ao maior hospital e perguntou por seu amigo, o famoso médico egípcio, Aramis. Enquanto esperava no frio saguão de mármore, ouviu os gritos e gemidos dos moribundos nas enfermarias. Enrolou-se bem na capa, fechou os olhos e rezou a oração para as almas que partiam. Depois, Aramis chegou ao lado dele, pegou-lhe o braço e Hillel deixou cair a barra da capa, descobrindo os olhos cheios de lágrimas.

O egípcio era muito alto, moreno e esbelto, com um rosto acentuadamente hebreu.

— Querido amigo — disse o médico, cheio de preocupação. — Não veio me dizer que sua família foi atacada!

Hillel balançou a cabeça. Não conseguiu falar durante um instante e depois disse:

— Minha mulher, Débora bas Shebua, e meu único filho, Saul. Você os conhece bem.

— Irei imediatamente — disse Aramis, retirando-se para buscar a bolsa.

Hillel procurou conter seu desespero e esperou pacientemente. Aramis voltou, vestindo uma capa cinzenta com capuz, a bolsa na mão. Seu cavalo, um belo animal árabe, esperava por ele no portão.

— Não sei como agradecer-lhe — murmurou Hillel, lutando para montar no seu cavalo.

Não era hábil; começou a cair para o lado e agarrou-se desesperadamente na crina do animal. O criado de Aramis segurou-o e, solenemente, tornou a colocá-lo na sela. Hillel mal percebeu; seu rosto encovado estava desolado. Olhou o médico, montado ereto e orgulhoso.

— Salve-os — disse Hillel. — Salve-os e tudo o que tenho será seu.

Atravessaram as ruas vazias. Hillel incitava seu animal, quase incapaz de conduzi-lo. Finalmente, Aramis tirou-lhes as rédeas das mãos e começou a puxar o cavalo. Depois, falou:

— Não se desespere. A peste está diminuindo e os casos que vemos agora são mais brandos. Muitos vão sobreviver. Antes do verão chegar, a doença será debelada na cidade.

Mas quando viu Débora em seu leito de ébano e marfim esculpidos, percebeu que ela estava moribunda. Contraíra a peste na sua forma mais violenta, nos pulmões, o sangue gotejava dos seus lábios e estava inconsciente. Aramis olhou com tristeza e piedade: uma mulher jovem e bonita, condenada. Nada podia fazer por ela a não ser aliviar sua agonia, por isso preparou uma poção contendo ópio, determinando às criadas que lhe dessem colheradas quando pudesse engolir. Depois, afastou as cortinas de lã, deixando o vento e o sol penetrarem no quarto, de modo que Débora pudesse ver o céu e ficar reconfortada, não falecendo na escuridão e isolamento. Tornou a curvar-se sobre ela, pôs a mão no seu rosto febril. Débora abriu os olhos mortiços e inconscientes, já vidrados pela morte. Aramis voltou até o átrio, onde Hillel o esperava. O marido e pai andava de um lado para outro em grande inquietação. Pulou para o médico, agarrando seus braços.

Percebeu no rosto do doutor a situação real, deixando as mãos e a cabeça caírem, sem nada dizer.

Aramis foi ver o jovem Saul, que estava delirante e agitado em sua cama, agarrado por dois fortes criados. Estava com uma forma de bubônica que, apesar de gravíssima, dava mais esperança que a da mãe. As bolhas pingavam pus e sangue, manchando os lençóis de linho branco. Mas o médico achou que o rapaz era forte, encorpado, com uma constituição resistente, e nunca estivera doente até então. Tinha possibilidade de sobreviver. Aramis deu instruções aos criados e duas poções em vidros, ordenando banhos frios com verbena. Foi procurar Hillel, esboçando um sorriso.

— Reze — disse. — Tenho esperança em Saul, que possui juventude e vida.

— Minha mulher, minha querida, minha criança — disse Hillel, chorando.

Colocou o xale sobre a cabeça e dirigiu-se a Deus, com lábios entorpecidos, pedindo misericórdia.

Aramis permaneceu no lar do amigo até o crepúsculo, quando Débora bas Shebua, a criança em espírito, a menina de verdadeira sabedoria, morreu exalando um derradeiro suspiro. Aramis amparou Hillel ben Borush, que estava vendo uma criada fechar delicadamente os olhos de sua mulher, cruzar suas mãos no peito e cobrir depois seu rosto com o lençol. Hillel começou a tremer violentamente. Colocou o xale sobre a cabeça e gritou:

— O Senhor dá, o Senhor tira. Bendito seja o Nome do Senhor!

Sua voz falhou e seus ombros curvaram-se, mas assim mesmo recitou com voz baixa e firme o Salmo de Davi:

— *"Das profundezas a ti clamo, ó Senhor.*
Senhor, escuta a minha voz; sejam os teus ouvidos atentos à voz das minhas súplicas.
Se tu, Senhor, observares as iniquidades, Senhor, quem subsistirá?
Mas contigo está o perdão, para que sejas temido.
Aguardo o Senhor: a minha alma o aguarda, e espero na sua palavra.
A minha alma anseia pelo Senhor, mais do que os guardas pelo romper da manhã, sim, do que aqueles que esperam pela manhã.
Espere Israel no Senhor, porque no Senhor há misericórdia e nele há abundante redenção..."

Fez uma pausa, juntou as brancas mãos e disse, alto:
— *"Ouve, Ó Israel! O Senhor nosso Deus, o Senhor é Único!"*

Depois não pôde mais manter-se e caiu com o rosto no chão, ao lado da cama da mulher.

Aramis balançou a cabeça, admirado e compassivo. Não podia compreender como um homem, tão profundamente atingido pela perda de um ser amado, pudesse invocar seu Deus, adorá-Lo e convocar seu povo a lembrar Seu Nome. Mas refletiu: os judeus eram um povo incrível, como o seu próprio povo tinha motivos para lembrar. Ninguém podia compreendê-los. Confiavam na sua Divindade; sua humildade diante dos seus golpes ofendia o senso de civilização, orgulho e dignidade dos egípcios.

Sua mãe já tinha sido enterrada dias antes quando Saul voltou a si, fraco, dolorido e suando frio. Acordou e viu o rosto de Aramis curvado sobre ele na luz matutina, com a mão espalmada em sua testa.

— Saul? — falou o médico suavemente. — Está me reconhecendo, Saul?

Os primeiros raios avermelhados do sol estavam brilhando nas paredes brancas do pequeno quarto e um agradável vento morno de início de primavera balançava as cortinas das janelas. Os lábios rachados e enrugados de Saul suspiraram francamente e Aramis sorriu, satisfeito. O rapaz viveria. Mandou dar-lhe uma bebida fresca, metade vinho, metade água, misturados com ovos crus, e ele mesmo levou-a aos lábios de Saul, fazendo-o beber. O rapaz obedeceu, olhando fixamente o rosto do egípcio. O seu estava encovado; os grandes e sólidos ossos pareciam pedra sobre a qual tivesse sido esticada uma pele cinzenta. A carne desaparecera. Agora, só o cabelo ruivo tinha vitalidade. Os ardorosos olhos azuis estavam ausentes, como que lembrando um lugar e tempo distantes.

O rapaz sussurrou:

— Pensei que tivesse morrido.

— Ainda não — retrucou Aramis, contente porque o rapaz havia bebido tudo. — Você derrotou a morte, como irá fazê-lo muitas outras vezes.

A gola da túnica do egípcio abriu-se e Saul viu, pendurada em seu pescoço, numa corrente de ouro, algo que, em sua fraqueza e prostração, o deixou assombrado. O objeto, do tamanho do seu dedo médio, era feito de ouro: uma cruz com uma laçada em cima, presa na corrente. Saul sentiu um espanto embaraçado à visão daquele infame objeto, daquele símbolo de uma vergonhosa morte romana, de execução criminal. Não conseguiu afastar os olhos e Aramis, percebendo, tocou-a com seu indicador.

— É o sinal da redenção do homem, dado ao meu povo através dos séculos, o sinal da ressurreição dos mortos — disse. — Para toda a eternidade.

Um curioso arrepio percorreu o corpo enfraquecido de Saul, mas ele não soube o que o causou. Todavia, pensou ter percebido um clarão em algum lugar, como um relâmpago, como o rasgar de um tecido que escondia uma lâmpada acesa. E ainda estava meditando sobre essa coisa estranha, dor e confusão misturadas a uma sensação premonitória, quando adormeceu, sem os pesadelos que o perseguiram, levando sua alma combalida a cavernas de terror.

Quando o pai foi visitá-lo ao escurecer, teve vagas recordações de seu rosto curvando-se sobre ele inúmeras vezes, como agora, durante sua doença quase fatal. Mas nesse instante via com clareza. Hillel envelhecera; o brilho de sua barba e cabelo havia diminuído; o rosto estava magro e cheio de sofrimento, os olhos castanhos marcados por muitas lágrimas.

Então, Saul lembrou-se de que caíra doente um dia depois da mãe. Olhou para o pai e soube. Sentiu dor, dor espiritual, não por Débora e sim por Hillel, a quem amava profundamente. Procurou debilmente a mão do pai e os dedos de Hillel fecharam-se sobre os seus. Hillel inclinou a cabeça e repetiu:

— O Senhor dá, o Senhor tira. Bendito seja o Nome do Senhor!

Saul começou a chorar, silenciosamente, e de novo seu sofrimento era pelo pai. Hillel enxugou as lágrimas.

— Tenho meus filhos — disse. — Deus é bom, bendito seja Seu Nome.

Uma criada acendeu a lamparina na mesa ao lado e a língua de fogo amarelo piscou no vento do anoitecer. Saul virou a cabeça para ver a luz moribunda e pareceu-lhe que não era mais uma criança e sim um homem. Sua mão apertou a do pai. Seu coração expandiu-se dolorosamente de amor por esse mais terno dos pais, mas Saul sentiu que estava segurando a mão de uma criança, sem saber por que sentia-se assim e por que desejava acima de tudo proteger Hillel.

Passaram-se várias semanas antes que Saul recobrasse uma pequena parte da sua energia. Nunca mais iria sentir a força corporal dos anos anteriores à doença e sua infatigabilidade. Daquela data em diante, foi guiado menos por sua energia vital que pela força do espírito. Conheceu a fraqueza da carne e o cansaço até o dia em que morreu e nunca mais sua alma pulou nele como um carneiro recém-nascido no alvorecer da vida. Havia regressado de um lugar longínquo, deixando para trás muita coisa que jamais poderia ser recuperada.

No decorrer das semanas de convalescença, pensou por vezes na mãe, porém era-lhe difícil recordar a beleza do seu rosto e o timbre de sua voz. Isso o fazia sofrer. Sentiu-se como um filho desnaturado, que não podia chorá-la como devia. Acusou-se por sua falta de piedade, esquecendo que a mãe não o amara. Ao lado do pai, dizendo a *Kaddish*, odiou-se pelo que acreditava ser sua notória hipocrisia. Queria o perdão do pai por sua falta de sensibilidade e dureza de coração. Mas não podia aumentar o sofrimento de Hillel e por isso recitou a oração para os mortos junto com ele. Desprezava-se por não poder realmente acreditar que a alma de sua mãe sobrevivera à sua fútil e trivial existência neste mundo; ela morrera como uma flor, caindo murcha na terra, as pétalas desfolhando-se. Mulheres, pensaria, não valiam o sofrimento de um homem, nem sua tristeza. Pensava nisso mesmo diante do túmulo da mãe, vendo o pai colocar um ramo de flores do verão sobre a lápide.

Quando pensava em Dacyl, estremecia involuntariamente, como que invadido pelo mal, e rezava para se libertar de sua lembrança. Considerava a irmã, Séfora, menos interessante, tornando-se menos indulgente com seu espírito volúvel e zombaria, frequentemente achando desagradável o riso da moça. Quando ela chorou pela mãe, Saul ficou impaciente e inquieto.

Desejou alguma coisa com ânsia avassaladora, intensa e poderosa. Mas não sabia o que desejava em lugar do que perdera.

Capítulo 6

Embora fosse costume que o noivo casasse na casa do pai da noiva, Hillel há muito decidira que sua filha se casaria sob o céu de Jerusalém, a cidade dos seus pais e do seu povo, a cidade de Sião, o lugar sagrado de Deus e do Templo.

O outono chegou novamente, antes que Hillel ben Borush levasse Séfora e Saul a Israel e Jerusalém e que chorasse mais uma vez pelo fato de sua amada mulher não participar daquela viagem e alegrar-se pela filha, permanecendo em seu túmulo. Ele levara Débora da casa do pai e nunca mais ele voltara lá. Hillel acusava-se por ter sempre protelado essa viagem. Não podia suportar que Débora não pudesse ver a filha no vestido de noiva, nem as joias e presentes que o noivo Ezequiel, sobrinho de Débora, enviara para Séfora. Iria acariciar o cabelo claro da moça, tão parecido com o seu, olharia ternamente dentro dos olhos dourados dela e suspiraria. Ontem, não passava de uma criancinha. Hoje tinha quinze anos e era uma mulher. Amanhã ela própria seria mãe. Hillel sentiu sobre os ombros o peso do tempo e da tristeza, achando-se velho e exausto.

Partiram de Tarso num dia dourado e quente de outono e Saul foi acometido por emoções que mal pôde dominar. Duas forças imensas lutavam dentro dele, ambas furiosas, antagônicas, que ele não ousou examinar. Ficou no tombadilho do galeão, vendo o agitado cais e a cidade multicolorida, tão fervilhantes, barulhentos e coruscantes como sempre, diminuírem na distância; vendo o movimento no rio, cheio de velas vermelhas, azuis, verdes e brancas e, mais além, a barreira vermelha e irregular das montanhas, que protegiam a planície e o vale. O sol ardente iluminava a cena, dando-lhe vida, agitação e movimento, e a água era como óleo amarelo. Agora a cidade havia-se tornado uma mistura de todas as cores conhecidas e os telhados tremiam como que incendiados, enquanto o galeão cuidadosamente singrava entre o amontoado de navios na baía. Suas velas enfunaram-se com o vento quente, parecendo grandes asas brancas de pássaros contra o azul brilhante do céu. Saul sentiu o cheiro vivo de resina, alcatrão, cânhamo, madeira aquecida, sal e o tombadilho subia e baixava sob seus pés. Era estranho para ele. Jamais deixara Tarso e tentou fixar sua mente na novidade e senti-la. Mas as emoções que o laceravam, como as presas de dois tigres, não o deixavam continuar.

Seu pai e Séfora estavam reclinados sob uma tenda no convés e comiam frutas despreocupadamente, sentindo-se tristes por Débora não estar com eles. Ao lado de Séfora, duas donzelas que iriam morar com ela e o marido, para servi-la. Mas Hillel, o homem simples, não possuía criado. Seu cabelo e barba louros ostentavam pequenas partes grisalhas, pois tinha agora quase quarenta e sete anos; a tristeza empanara o brilho dos seus olhos e enfraquecera seu corpo. Mas sorriu para a filha e suspirou. Uma donzela precisava da mãe naquele momento da vida, para aconselhá-la, informá-la e preveni-la. Contudo, Séfora não tinha mãe. A família de Hillel ben Borush seria hóspede de Davi ben Shebua e a mulher deste era uma matrona romana, que tinha sido descrita a Hillel como "uma velha romana" e não como uma mulher licenciosa e mundana da sociedade moderna. Era uma mulher muito virtuosa, de antiga e distinta casa romana e também extremamente devota, tendo incutido nos filhos e filhas não apenas os princípios e preceitos dos velhos deuses severos, mas insistira para que estudassem rigorosamente a desamparada religião do pai. Suas filhas eram tão discretas, modestas e reservadas quanto ela havia sido em sua juventude, tendo sido treinadas nos deveres e reverências judaicos: como uma "velha" romana, Clódia era atenciosa com o marido e sua família, como um membro da estirpe Cornélio. Seus filhos tinham sido circuncidados; eles observavam meticulosamente os dias santos judaicos por causa da severa insistência da mãe, embora rissem dela por trás de suas costas fortes. Todavia, Clódia era respeitada e até um pouco temida e, pelo que ouvira, Hillel tinha poucas dúvidas de que ela fornecesse a Séfora os segredos e exortações necessários a uma noiva. Hillel fora informado por outros parentes que Clódia parecia uma robusta camponesa dos campos da Campânia e não uma grande senhora romana, cujos parentes foram honrados, mais que honraram, pelo novo César, Tibério Cláudio Nero, naquela monstruosa e distante cidade de Roma. Seu pai e irmãos participaram das campanhas dele, tornando-se famosos pela coragem; as armas da família e os escudos dos seus guerreiros pendiam das paredes da casa de Davi ben Shebua, em Jerusalém.

"Minha mulher", escreveu Davi ben Shebua um tanto pesaroso, "pode às vezes ser considerada elegante, mas nunca bonita. Ela é parcimoniosa e severa, porém bondosa e justa, e teria sido uma excelente mulher para um dos velhos patriarcas. Ela segura minha bolsa, o que acho um tanto oneroso, mas sei que faz excelentes investimentos e tem enormes propriedades. Embora minha Clódia seja reservada e silenciosa, raramente falando na presença de homens, ouvi dizer que, em Roma, é o terror de banqueiros e corretores. Suas contas devem apavorar os prestamistas, tão corretas são. Ela visita a corte dos gentios nos Dias Santificados tão assiduamente quanto visita e faz sacrifícios a Juno, sua deusa predileta, de temperamento rude e olhos que tudo veem... certamente me considera outro Júpiter! Seus dotes domésticos são magníficos. Minha mesa é valorizada pela presença do próprio Herodes, o tetrarca, sem falar nos meus amigos gregos, de paladar delicado, e dos romanos, que admiram suas comidas exóticas. Clódia não é provinciana. Você deve ter reparado que falo dos quitutes de Clódia e não nos meus, pois ela considera seu domínio sagrado, não devendo ser invadido por maridos. Temos uma talentosa cozinheira grega, uma egípcia que prepara pratos de fazer inveja a um sírio e, certamente, uma judia. Para divertimento de muitos, minha Clódia obedece às leis dietéticas dos judeus!"

Hillel sempre fora um tanto incrédulo a esse respeito, achando difícil imaginar uma grande e nobre senhora romana dirigindo sua cozinha numa terra estranha, entre desconhecidos que não eram de sua raça nem religião, submetendo-se obedientemente ao que ela considerava ser o dever do seu marido e dirigindo seu lar não como uma romana, mas como uma senhora de Israel. Mas depois, refletiu que os romanos se pareciam aos judeus muito misteriosamente. Também lhe tinham contado que Clódia olhava gregos e saduceus com ar desaprovador — o que, pensou Hillel com um sorriso, devia proporcionar momentos desagradáveis e embaraçosos ao elegante Davi — tanto quanto desaprovava as galhofas de sua família e amigos.

Mas Hillel recordou-se das palavras de Rute: "Teu povo será meu povo e teu Deus o meu Deus." Clódia provavelmente nunca ouvira falar em Rute, porém era semelhante a ela. Clódia, portanto, era uma senhora temível e, enquanto a família de Shebua ben Abraão fingia achá-la divertida e zombava de Davi por causa da mulher, no fundo a respeitava e temia. Mesmo seu sogro, o idoso e educado Shebua, submetia-se a ela. E as mulheres dos irmãos de Davi intimidavam-se diante da virtuosa e determinada matrona. Débora era criança quando vira Clódia pela primeira vez e frequentemente dizia que a senhora romana era "grosseira e de mão pesada, mais chegada ao campo que a uma casa culta, além de parecer uma criada". Assim, Hillel ficou animado. Pensou que iria achar Clódia muito parecida com sua falecida e adorada avó, Sara. Mas ficou imaginando, um tanto preocupado, se Séfora, criada livre e despreocupadamente pela mãe, poderia acostumar-se a raramente aparecer diante dos homens, nunca jantando com eles e enclausurando-se no alojamento das mulheres, onde Clódia era a rainha rigorosa. Tentara conversar com a moça sobre a tia e Séfora, a quem a mãe falara muito a respeito, ficou risonhamente espantada.

— Uma verdadeira górgona — comentou.

— Vamos falar de uma mãe de Israel — replicou Hillel.

Pai e filha olharam-se, rindo. Foi Saul quem aprovou o que ouviu falar sobre Clódia e, de certa forma, Hillel considerou isso uma depreciação de Débora. Todavia, Hillel estava aliviado. De muitas maneiras, Saul era mais o filho de uma Clódia que de uma Débora e até, talvez, de um Hillel ben Borush. No último ano, tornara-se cada vez mais assim.

Hillel agora ficou olhando Saul, debruçado na amurada do navio, olhando para Tarso, que se tornara, na quente luz do meio-dia, um quebrado caos colorido na água, sobrepujada por aquelas terríveis montanhas. O queixo do rapaz já estava levemente avermelhado com o nascimento da barba; seu topete ruivo era viril e arrogante e as orelhas enormes. Seu perfil era regular e inflexível como seus pensamentos, o grande nariz projetando-se sobre o rosto, o queixo duro e firme, a boca reta uma linha sombria. Sua cor forte o havia abandonado; parecia menos encorpado, porém mais alto e esbelto. Mas o cabelo indomável tinha estranhamente se avolumado com o declínio da vitalidade física e, se seu corpo se achava mais delgado, os ombros estavam mais amplos e másculos. As pernas continuavam deploráveis, mas ultimamente ele havia largado a túnica curta e usava um manto de linho castanho até os tornozelos, com um cinto de prata fosca, lavrada, coberto com uma capa da mesma cor desagradável. Mas, por seu rosto notável, poderia parecer filho de algum negociante malsucedido, simples, modesto e despretensioso, ocupado em obter o maior lucro possível pelas mercadorias no porão do navio. Ele dificilmente impressionaria seus parentes em Jerusalém, embora Clódia, sem dúvida, fosse admirá-lo.

Nunca houvera muita comunicação entre Hillel e o filho, apesar do pai ter-se esforçado desesperadamente para aproximar-se de Saul, desde a infância do rapaz. Sabia que Saul o amava; sabia também que o rapaz não levava em muito boa conta a sua inteligência e não aprovava seus raros mais divertidos sarcasmos sobre o mais fanático dos fariseus. Hillel temia que Saul o estivesse realmente tolerando quando ouvia com silencioso respeito suas homílias e pequenas parábolas, bem como suas explicações de algum parágrafo obscuro das Escrituras. Hillel estava tristemente certo de que Saul já chegara a uma conclusão mais sutil, mais possivelmente correta que a dele. Em suma, Saul era o completo e inflexível fariseu e Hillel injustamente culpava Reb Isaac por isso, acusando-se de não ter sido tolerante e insistente o bastante em seus ensinamentos ao filho. Hillel tornou a suspirar. Não havia um mínimo de humor em Saul, exceto em algum ocasional comentário irônico ou observação sardônica, que se tinham tornado mais marcados e frequentes no ano anterior. Os augúrios da sua infância estavam se manifestando inexoravelmente.

A velha ternura ocasional, a velha impetuosidade juvenil, o velho riso alto e natural da infância tinham abandonado Saul fazia um ano, não pouco a pouco, não por doença, mas repentinamente. Ainda podia falar com veemência e dogmatismo, porém nunca mais seu sorriso proporcionou-lhe meia desculpa ou divertimento. Quando Saul falava agora, não convidava à discussão ou desacordo, mesmo de seu pai. Só Aristo o fazia corar quando discutia com ele, mas agora a ira iluminava aqueles olhos peculiares e constrangedores. Certamente, Saul não se considerava infalível! Não, pensou Hillel, ainda observando o filho, ele não se julga infalível, porém se acha superior aos outros no julgamento e compreensão da Palavra de Deus e dos preceitos de profetas e patriarcas: um fariseu, de fato, inflexível, duro, mesmo implacável na defesa do Divino de Israel, o guardião do Livro. Falava do Messias em qualquer ocasião, afastando toda outra conversa como irrelevante, como perda de tempo, portanto pecadora e desprezível. Às vezes, Hillel sentia-se cansado.

Hillel, assim, estava antecipando Jerusalém, com seus romanos, gregos e muitas outras raças, sua fervilhante civilização cosmopolita, sua multiplicidade, suas caras, maneiras e costumes, com um alívio que ele teria achado incrível apenas um ano antes. Saul seria um anacronismo naquela sociedade agitada e colorida e Hillel não achava tal coisa desagradável. Sentiu-se meio culpado quando esperou que, de certa forma, Saul não encontrasse muitos fariseus; mas era possível que mesmo os fariseus em Jerusalém tivessem ficado mais maleáveis. Saul era jovem e os jovens são suscetíveis. Hillel esperava que muito breve o jovem Saul voltasse, ávido para viver, capaz de gracejar, jovial, arreliando a irmã, curioso e incansável.

Saul retirou-se da amurada do tombadilho e virou-se devagar, encarando o pai e a irmã.

— Venha partilhar conosco o vinho e as frutas, meu filho — disse Hillel, abrindo espaço para que Saul sentasse ao seu lado no sofá.

O navio estalou e adernou, outros passageiros conversavam em voz alta, podiam ouvir passos pesados embaixo, pés subindo e descendo degraus e as velas poderosas pareciam estar tentando levar o navio para o céu. Alguns jovens legionários romanos bebiam meio afastados, trocando brincadeiras e gracejos obscenos, contando vantagens, batendo seus sapatos ferrados e furtivamente olhando a bela Séfora.

Saul percebeu isso e atirou aos soldados um olhar raivoso e de desprezo. Eles ficaram atônitos; não passavam de rapazes que estavam admirando uma deleitável mocinha que não demonstrara qualquer aborrecimento. Ficaram de boca aberta. Haviam sido insultados por um jovem insignificante e malvestido, com cabelos escandalosamente ruivos. Bateram os pés com mais força no tombadilho de madeira. Um ou dois chegaram a pegar nas espadas, franzindo o cenho ameaçadoramente. Eram romanos. Eram donos do mundo. Como um miserável homem de Tarso ousava ofender-se com sua conversa ou riso e lhes atirava um olhar que os transformava em simples escória das ruas ou escravos?

Então, Saul afastou o olhar deles e fixou-o no pai e na irmã. Séfora estava meio reclinada no divã macio, muito consciente dos olhares que provocara. Usava uma túnica de seda azul, habilmente bordada de ouro e prata, deixando nus os sedosos braços brancos e o pescoço; o véu era como neblina sobre os cabelos louros, tinha joias no pescoço, braços e mãos e os pés calçavam chinelas vermelhas. Seus olhos dourados brilhavam, os lábios eram como rubis úmidos, o lindo nariz marfim era suave e Séfora tinha adotado um ar de languidez mundana. Seu corpo emanava perfume e Saul subitamente lembrou-se do cheiro de flores e relva esmagadas, onde ele e Dacyl se deitaram. O sofrimento o invadiu.

— Você parece uma prostituta, minha irmã — disse, com os lábios cerrados. — Há *kohl* em seus olhos e um pote de tinta em sua boca. Seus braços estão impudentemente descobertos e seus tornozelos à mostra. Onde está sua modéstia, seu decoro?

Nunca usara essas palavras e esse tom com sua amada Séfora. A moça empalideceu e encolheu-se. Os soldados romanos ouviam, ainda mais atônitos.

Hillel empertigou-se e Saul viu pela primeira vez que seu pai estava profundamente ofendido e irado com ele. Seus olhos tornaram-se duros e atemorizados.

— Saul — disse Hillel —, afaste-se daqui até ter preparado uma desculpa. Queremos jantar a sós. — Olhou rudemente para o filho. — Já foi dito que quem insulta outro em público sem provocação, incorre na ira de Deus. Medite nisso enquanto come sozinho.

Pela primeira vez em sua vida, Saul não se curvou diante da repreensão do pai. Ao contrário, encarou-o com um rosto tão implacável e olhos tão tremendamente frios, que Hillel ficou horrorizado e estarrecido. Era um estranho e não seu filho quem se defrontava com ele e aquele estranho não tinha o seu espírito.

Então, Saul inclinou a cabeça, fez meia-volta e retirou-se. Desceu para o camarote que partilhava com Hillel. Este o viu afastar-se e a tristeza invadiu seus olhos.

— Pai — disse Séfora, vendo aquilo. — Saul não foi culpado. Ele está com a alma dilacerada. Percebi isso há mais de um ano. Sua doença o está devastando.

Hillel pegou em sua mãozinha delicada, dizendo:

— Não. A mudança apareceu antes da doença, antes da morte de sua mãe, que descanse em paz. Ele está possuído, mas de que não sei, pois não tenho como chegar à sua mente e ele barra o caminho.

Hesitou. Olhou para os soldados romanos que ouviam avidamente. Pensou em convidá-los a partilhar, como compensação, as frutas e o seu bom vinho, mas com esse ato iria confirmar o terrível comportamento de Saul na opinião deles e envergonhar-se por seu próprio filho. Continuou durante mais um pouco sob a tenda listrada com a filha, que suavemente acariciava sua mão com simpatia, com olhos perturbados pela cegante luz do sol e do céu. Finalmente, ergueu-se em silêncio e seguiu o mesmo caminho de Saul, encontrando-o na salinha extra que partilhavam, onde seus pertences já haviam sido depositados. O sol penetrava pela janelinha. Ouviam o canto dos escravos remadores, um som lamentoso e sem palavras. Hillel sentou-se ao lado do filho, mudo, que estava instalado na beira do estreito sofá, com as mãos caídas entre os joelhos, a cabeça curvada, o cabelo ruivo em desordem. Hillel só conseguiu ver-lhe a face firme, anormalmente pálida, e a saliência das suas sobrancelhas belicosas.

Finalmente, Hillel falou:

— Seu insulto à sua irmã, a quem amava, é imperdoável.

Saul retrucou, como se tivesse resmungando com os dentes cerrados:

— Falo de acordo com minha consciência.

A isto, Hillel respondeu:

— O Deuteronômio diz que é amaldiçoado o homem que sobrepõe sua consciência às divinas leis de Deus. É um pagão. Não há lugar para ele no mundo futuro. Quantos crimes foram cometidos em nome da consciência individual, quantas calamidades, quantas injustiças, quantos erros! Um homem não pode confiar em sua consciência, a menos que ela esteja de perfeito acordo com os mandamentos de Deus, bendito seja o Seu Nome, pois que é o homem? Uma criatura de pó e orgulho, de devassidão e de imaginação obstinada, de autoilusão, de vaidade, de profunda ignorância quando se acredita o mais sábio, de ilusão, de fantasia. Você deve lembrar que Moisés foi induzido a matar um homem, provocando assim a ira de Deus. Todavia, o que ele fez, foi sem dúvida instigado por sua "consciência".

Saul ficou um instante em silêncio e depois, ainda sem erguer a cabeça, murmurou:

— Digo, de acordo com os ensinamentos da minha juventude, que as mulheres não devem portar-se e vestir-se como prostitutas e idólatras, como mulheres estranhas, que devem ter sempre uma conduta modesta, de olhos baixos e boca emudecida.

Hillel examinou-o, retrucando mais delicadamente.

— Meu filho, não é a indumentária nem as maneiras de Séfora que o perturbam, porque ela sempre agiu assim e confesso que isso para mim é belo e inocente. Se Deus desejasse que a feiura fosse a marca de uma boa mulher, então Ele não teria criado nenhuma encantadora para deleitar os olhos dos homens e enfeitar nossas vidas com beleza e cor. Não me fale de tentações! Deus não atrai nenhum homem para o mal. Não, não é Séfora, sua querida irmã, a quem você outrora amou. É outra coisa que o vem atormentando há mais de um ano. Sou seu pai. Não sou digno de ouvir a confidência de um filho?

As mãos de Saul uniram-se fortemente entre os joelhos e Hillel sofreu por ele. A cabeça inclinada mergulhou ainda mais.

— Não posso lhe contar, meu pai — disse o rapaz, com voz tão inflexível, que Hillel mal pôde ouvi-la. — Está além do perdão.

Por um momento, Hillel ficou assustadíssimo e seu coração teve um doloroso baque de medo. Saul prosseguiu:

— Violei todos os ensinamentos e preceitos da minha infância, ofendi Deus mortalmente e destruí meu lugar em Israel.

Hillel conseguiu dominar o pânico que sentira. Falou:

— Saul, qual mandamento sagrado violou?

Parecia-lhe absurdo, chegando mesmo a esboçar um sorriso agora, que seu filho, tendo apenas dezesseis anos, estudante fanaticamente devoto, filho obediente, amante do lar, quase isolado, pudesse ter violado um mandamento ou cometido qualquer outro pecado dessa grandeza. Viu que as sobrancelhas de Saul estavam contraídas de concentração. Viu a garganta do filho mover-se convulsivamente e pensou: "Como são desastrosos os pensamentos da juventude, como são terrível e ridiculamente exagerados, cheios de trovões, fatalidades e destruição!"

— Não posso lhe confessar, meu pai — disse Saul —, pois se o fizer, morrerei de vergonha e o senhor nunca me perdoará.

— Saul, você é meu filho, eu o gerei e o que você fez ou fará, será parte do meu próprio ser. Se não confessar, se não me deixar consolá-lo, lembre que Deus sempre perdoa um pecador arrependido. O único pecado imperdoável é presumir que Deus ache que tudo é imperdoável. Duvido que você seja um grande pecador; duvido que haja violado os mandamentos. Fique com a sua opinião. Mas recorde sempre que Deus não despreza um coração contrito.

Como Saul não tivesse respondido nem se mexido, Hillel continuou:

— Essa é a maneira dos jovens aumentarem, de se atirarem nas profundezas, de escalarem a mais incrível montanha, de rejubilarem-se como loucos, de lamentarem-se como se o fim de todos tivesse chegado. Não quero que acredite que minha opinião é que a juventude não pode pecar e até de forma pavorosa. Mas para isso necessita de uma certa dose de conhecimento da própria alma, regozijar-se com o pecado e saber que era pecado desde o primeiro momento da tentação. A juventude não tem essas... vantagens — concluiu Hillel, sorrindo.

Saul falou e sua voz era a de um estranho.

— Meu pai, o senhor foi sempre um homem tolerante, nem sempre adotou os ensinamentos dos fariseus e frequentemente zombou de pontos que considerava muito rigorosos.

Não adianta, pensou Hillel. Levantou-se, sem saber para onde ir. Estava agora muito angustiado. Só sabia que precisava sair de perto do filho. Perdi-o, pensou, mas nunca o tive do meu lado e, afinal, preciso encarar isso.

— Está cometendo um pecado mortal — falou. — Você desafia Deus a não perdoá-lo.

Foi então que Saul agarrou os cabelos ruivos das têmporas, sofrendo, baixando a cabeça sobre os joelhos. Vendo isso, Hillel sentiu-se profundamente angustiado e meditou, com a mão espiritual estendida para o filho. Então, não era Deus inteiramente quem torturava tanto seu filho, nem um mal-entendido de Deus. Era uma culpa humana que o assediava, uma aflição humana. Saul estava usando seu Deus como bode expiatório, como Depositário de sua tortura. Quando um homem chorava "Deus não me perdoará!", frequentemente queria dizer "Não posso me perdoar!"

— Todas as dores e perdas passam, meu filho — disse Hillel. Sua voz profunda era de compaixão. — Pensei que morreria quando sua mãe faleceu, mas não foi a vontade de Deus, bendito seja o Seu Nome. Eu não tinha vontade de viver. Tinha saudade da visão do rosto de Débora, da sua voz, do roçar de suas roupas. Quando pensei que não mais iria vê-la nem acariciá-la, que ela estava perdida para mim, quase fiquei louco. Minha tristeza ainda está acima da minha capacidade de aguentá-la. Mas nascemos para ser homens e não animais fracos, que deitam no chão e humildemente desistem de viver quando a vida se torna insuportável. O que magoa seu coração, já o fez com milhares de outros antes e continuará fazendo, século após século. Mas preste atenção: você é jovem. Sobreviverá. Sua ferida será curada. Deixará uma cicatriz, mas será curada.

Foi como se Saul não o tivesse ouvido. Por isso Hillel saiu devagar do camarote e voltou para o lado da filha. Saul levantou a cabeça e disse, em voz alta:

— Não ficará curada. Jamais.

Começou a chorar em silêncio, com raiva, amor, ódio e aflição espiritual, com saudade e repugnância, ansioso e com nojo de si mesmo.

Hillel disse para Séfora, que estava muito preocupada como mostravam seus olhos tristes e rosto sofredor:

— Temo que seja como Aristo disse. E, na minha ignorância, ousei rir quando ele o disse! Que dois gigantes lutam na alma do meu filho: a sede de viver normal da juventude, o prazer e o júbilo a cada manhã, e uma férrea certeza de que isso é mau, deve ser sufocado e eliminado, de modo que os pensamentos de todos os homens fiquem centrados em Deus. Saul, portanto, priva-se da sua juventude e da sua alegria natural, da maravilha, beleza e grandeza da criação, da esperança do amanhã e suas dádivas, considerando-as desprezíveis e uma cilada para sua alma. Ele gostaria de envolver Deus em nuvens crepusculares e relâmpagos terríveis, transformando-O não num Pai amoroso, carinhoso e cheio de bondade, mas num Juiz armado de terror e vingança, procurando o menor pecado ou erro, para puni-los com a maior crueldade, não se deleitando com Seus filhos, mas olhando-os como um rei opressor olha seu povo, suspeitando de crimes, de rebeliões, e preparando-lhes as mais horrendas flagelações e mortes. Com certeza — disse Hillel, à medida que a enormidade desse pensamento desenvolvia-se nele —, isso é um pecado que Deus, bendito seja Seu Nome, achará difícil de perdoar!

Acrescentou:

— Num dos salmos, Davi diz: "Quando eles disseram, entremos na Casa do Senhor, fiquei contente." Mas Saul entra na Casa de Deus como um criminoso cativo, desejoso, sim, desejoso não apenas de adorar, mas de ser castigado. Qualquer que seja o pecado secreto que haja cometido, meu pobre filho não merece um destino tão terrível.

Saul debruçou-se na amurada do navio e viu o grande porto de Joppa surgir do mar sanguíneo e erguer-se contra um céu tão rubro quanto agourento. Era a terra de seus pais, a terra santa, o solo sagrado dos profetas, a montanha cheia de fogo onde Deus trovejara, o lar dos patriarcas, o futuro berço do Messias, a matriz onde a Era Messiânica seria gestada, a pequena região de onde falaria a Voz que iria reconciliar as nações e dar paz eterna ao mundo. Lá erguia-se o abençoado monte Sião, o Templo dourado, toda a sabedoria que iluminaria a humanidade, afastando as trevas que a envolviam, rastejantes como feras.

Os tênues raios prateados da lua nova pairavam sobre o mar e o céu lúgubre, vendo-se no zênite uma estrela solitária, grande e dourada. Agora Saul podia sentir o cheiro da terra, acre, picante e sensual, à medida que o galeão manobrava em direção ao porto. Era uma hora pela qual sonhara a vida inteira, fazendo-o vibrar antecipadamente de alegria e excitação. Mas não sentiu alegria, apenas um temor ansioso. Não tinha o direito de pisar aquele solo, ele, um homem corrupto, exceto expiar e orar para que um dia pudesse ser perdoado.

Saul sabia que, entre os inúmeros passageiros que também observavam a chegada a Joppa, estavam seu pai e sua irmã. Sabia que Hillel estava sofrendo por sua causa; sabia que entristecera o pai, o que o fazia sofrer muito. Mas provavelmente o sofrimento seria pior se ele adivinhasse a verdade! Às vezes um pensamento confuso dizia-lhe que o pai poderia não estar sofrendo muito, considerar seu pecado mínimo, trivial e facilmente perdoável, podendo ser defendido por sua juventude e as tentações naturais da idade. Caprichosamente, por esse mesmo motivo, Saul não confiava em Hillel. Pior que o pensamento do possível sofrimento do pai era de que o pecado poderia não o fazer absolutamente sofrer! Preferia acreditar na condenação de Hillel.

Quanto a Séfora, o amor de Saul pela irmã era um sofrimento escondido em seu coração, mas não se permitia admitir que tinha sido duro demais com ela. Se não fosse coibida agora em seu comportamento libertino, não fosse educada agora nos preceitos das mães de Israel, então seria condenada de corpo e alma. Seria melhor para ela morrer antes de ser corrompida, como ele o fora. Morrer virgem era melhor que viver como prostituta. Mas havia uma intangível enfermidade nos pensamentos de Saul ao contemplar a irmã e ele não ousou explorar o motivo. Ela iria se casar com Ezequiel ben Davi e ser vassala de Clódia, mãe dele, uma mulher justa, rigorosa e virtuosa. Ficaria ao abrigo da voluptuosidade do atual mundo maldoso, dos vícios e agitações, poluições e destruições. Saul procurou alívio nesse pensamento e, quando não conseguiu, ficou desanimado.

Hillel e Séfora não estavam evitando Saul; ele sim os evitava. Na verdade, começaram a conversar amistosamente com os outros passageiros e com o centurião que comandava os legionários romanos. Como podiam eles ser amáveis com os escravizadores do seu país e do seu povo, os espoliadores e maculadores da sua terra? Saul jamais gostara dos romanos. Agora ele os desprezava e odiava.

Olhou o tombadilho cheio de amargura. Os vastos céus, o vasto mar por trás e em torno deles, ainda luzindo como que em chamas, embora o tombadilho e os passageiros já estivessem nas trevas. As velas brancas estavam estriadas de escarlate. Joppa se balançava perto, sobre a água iluminada, e Saul viu então que o porto estava repleto de navios, pequenos e grandes, uma floresta de mastros nus como os galhos desfolhados das árvores no inverno. Um ar quente soprou da terra aquecida, resinoso, perfumado, um tanto pútrido, acre, empoeirado, exalando a gente e as ruas apinhadas. Um som plangente atravessou a água: vozes, ruídos, gritos, risadas estrondosas, um súbito rufar de tambores. Agora, luzes oscilantes de lanternas apareceram no cais, seguidas das labaredas rubras das tochas. Depois, alto e tremulando na sua grandeza, o estandarte de Roma, a cor vermelha quase perdendo-se contra o céu rubro, mas Saul sabia o que estava escrito nele: *SPQR — Selnatus Populusque Romanus* — o Senado e o Povo de Roma.

Profano, inconveniente, vergonhoso, amedrontador!, pensou Saul ben Hillel, esmurrando violentamente a amurada do navio. Poderia ter chorado de ódio, ira e ultraje. Alguém pegou seu braço. Hillel disse:

— Estamos chegando ao porto. Acalme-se, meu filho.

Seu rosto estava pálido e sombrio à luz da conflagração celestial.

— Não é possível suportar — disse Saul, entre dentes.

— Suportaremos o que for para suportar — retrucou Hillel, voltando para o lado de Séfora e suas criadas.

Mas o Messias, bendito seja Seu Nome, atiraria os romanos ao mar como afogara os egípcios e Roma, aquela cidade monstruosa e orgulhosa, aquela cidade-dragão, corrompida até o âmago, gotejando do sangue dos conquistadores, morreria ao clarão de um relâmpago vingador.

O galeão estava deslizando entre as apertadas filas de navios e outras embarcações na baía e a tripulação preparou-se com cordas e âncoras, havendo muita correria no tombadilho, vozes excitadas dos passageiros e risos ansiosos. Os marujos movimentavam-se rapidamente entre amontoados de arcas, cofres e bolsas dos viajantes, e seus gritos impacientes e roucos pareciam os de raposas. Abutres, negros e silenciosos como a morte, estavam voando em círculos contra a vermelhidão do céu. O galeão atracou. Além do molhe, via-se a tumultuosa e barulhenta cidade de Joppa, cheia de luzes e tochas. Imediatamente as trevas envolveram a terra, a cor agourenta desapareceu, exceto por uma luminosidade no horizonte no qual o último círculo escarlate do sol ainda brilhava como um olho moribundo.

Os onipresentes soldados romanos, de capacetes, com as famosas espadas curtas enfiadas nos cintos de couro, as pernas afastadas, os rostos aparentemente indiferentes, peitos cobertos de couro grosso, estavam postados entre as bruxuleantes lanternas e tochas. Na retaguarda, os excitados e agitados parentes dos passageiros, que tinham vindo recebê-los, e, mais afastados, carros e bigas em profusão, cavalos e estivadores, grandes carroças, mulas e bois de canga, esperando para descarregar o navio. A luz vacilante das tochas salpicava-os de vermelho, iluminando um aqui e outro lá, depois mergulhando-os nas trevas, pegando uma mão acenando para depois perdê-la. O barulho era opressivo e o calor inesperado para Saul, pois estavam em pleno outono.

— Temos uma longa jornada até Jerusalém — disse Hillel, dirigindo-se novamente ao filho. — Passaremos a noite numa estalagem. É possível que alguns dos nossos parentes venham receber-nos. Eu esperava poder desembarcar em Cesareia, mas não havia nenhum navio partindo de Tarso durante as próximas três semanas e quis passar os Dias Santos com meu povo.

Pensou em Débora com melancolia.

Os soldados não permitiriam que amigos e parentes subissem ao navio, pela possibilidade de ele afundar, mas seu capitão autorizou o embarque de um grupo e Hillel disse, com alegre espanto:

— Davi ben Shebua, seu irmão Simão e aquele é, certamente, o jovem Ezequiel, noivo de nossa Séfora, e também José ben Shebua e... não! Aulo, o centurião, marido de minha querida prima Ana!

Os olhos de Hillel de repente encheram-se de lágrimas. Sua prima Ana, sua família e o marido eram seus únicos parentes vivos, pois foram uma família de poucos filhos e ele era o último descendente de seus pais.

Foi o próprio centurião Aulo, com gestos calmos e imponentes de romano, quem conduziu os familiares até a nave e todos os passageiros quiseram ver quem estava sendo tão honrado e escoltado. O capitão abriu caminho para saudar o oficial romano. Saul olhou-o com desprezo, à luz da lanterna agora acesa no galeão. Aulo teria uns quarenta e cinco anos, baixo mas vigoroso, rosto barbado e jovial sob o capacete, grandes dentes brancos, nariz enorme e bondosos olhos castanhos. Foi o primeiro a cumprimentar Hillel, envolvendo-o com seus braços nus e beijando seu rosto. Cheirava a comida substanciosa, a alho e couro.

— Meu caro Aulo — disse Hillel, muito comovido. — *Shalom*.

— *Shalom* — respondeu Aulo. Bateu afetuosamente no ombro de Hillel.

— Vim para conduzi-lo a Jerusalém.

Então a família de Débora os rodeou, o elegante Davi, perfumado e cortês, vestindo fino algodão e seda púrpura e ouro, o menos elegante irmão mais velho, Simão, mas um homem evidentemente bem alimentado, próspero, excessivamente gordo, cheio de joias, vestido de azul e prateado, com um punhal de Alexandria no cinto, e José ben Shebua, seu irmão gêmeo, quase sua réplica, porém menos polido. Nenhum deles, claro, usava barba, tinham o mesmo tipo de pele que Débora, lábios opulentos e olhos azuis, com cílios ruivos. Suas cabeças descobertas mostravam os cabelos fulvos, cuidadosamente penteados, encaracolados e perfumados à maneira grega. Todavia, apesar das joias, ouro e indumentárias, Simão e José deixavam transparecer uma certa grosseria complacente, maneiras untuosas, que ofenderam Saul, o qual esperava enquanto seu pai era amavelmente cumprimentado. O jovem Ezequiel, pouco mais velho que Saul, também ficou afastado, em tímido respeito e deferência. Saul viu que ele era esguio, um tanto baixo, insignificante, moreno e de aparência muito latina. Tinha o nariz romano da mãe, seu perfil saliente, porém os olhos eram os do pai, Davi, azuis-escuros e brilhantes. Sua indumentária não era tão bem-feita e rica quanto a do pai. Usava uma túnica comprida de linho branco, bordada a ouro, uma capa marrom com capuz, apenas um anel no dedo e nenhum bracelete com pedras cingindo seus braços, como os do pai e tios.

A família não disse "*Shalom!*" como Aulo, o romano. Abraçaram Hillel com tranquilidade, saudando-o e desejando-lhe boas-vindas. Olharam Saul com certa curiosidade, foram corteses e Davi pensou que o jovem não melhorara de aspecto mas, na verdade, perdera as cores vivas que antigamente lhe davam uma aparência de exuberância. Hillel respondeu-lhes com a mesma seriedade e formalismo. Ficou um tanto perturbado porque o jovem Ezequiel estava com o pai, Davi. Era impróprio. Um noivo não devia olhar a noiva até o dia do casamento, mas a família Shebua, evidentemente, julgava isso anacrônico, fora de moda e indigno de saduceus civilizados e cosmopolitas. Ezequiel era o caçula. Não era bonito, contudo tinha as virtudes e a inteligência da mãe, fazendo com que Saul lhe perdoasse a falta de graça. Era estranho e um tanto divertido, que a mãe romana tenha dado ao jovem uma razoável imagem de fariseu e lhe imposto com rigor os deveres e a fé judaicos.

Não eram judeus, pensou Saul com amargura e desdém. Eram pagãos helênicos. Viu Aulo rindo amavelmente para ele e deu-lhes as costas. Olhou para a irmã; ela havia, para sua surpresa e aprovação, deixando o véu cair-lhe sobre o rosto, de forma que suas feições só podiam ser vistas confusamente, e suas criadas tinham-se agrupado discretamente ao redor. Mas seu tio Davi erguera--lhe o véu e à luz deficiente da lanterna e tochas, todos viram sua beleza virgem e Ezequiel, o noivo, ruborizou-se de timidez e admiração. O tio beijou as faces da moça, e ouviu seu cumprimento murmurado, sentindo-se orgulhoso dela.

— É tão encantadora — disse Davi, pensando no rico dote da moça.

Mas, após ter olhado para Hillel, não fez seu filho aproximar-se.

Criados dos Shebua carregaram as arcas e malas dos viajantes para carros abundantemente enfeitados, ao lado dos quais estava a biga de Aulo e os cavalos dos seus legionários. Os carros eram puxados por cavalos árabes, negros como a noite, lustrosos como seda. Seus arreios eram de prata e os cascos brilhavam como se também ferrados de prata.

Saul ficou no carro do tio Simão ben Shebua junto com Ezequiel, sentando--se de cara amuada em almofadas de seda amarela. Os outros ocupantes eram dois criados, que guiavam o carro, vestindo linho da melhor qualidade, capas e capacetes como os soldados, que Saul olhou com desprezo. Agora estavam saindo do cais, sob o olhar da multidão, rodeados pelos legionários a cavalo; alguns homens vaiaram, outros gritaram palavras obscenas. Aulo cavalgava à frente do cortejo e Saul ficou furioso ao ver o estandarte romano desfraldado pelo soldado ao seu lado. Quando Ezequiel timidamente fez-lhe uma pergunta sobre a viagem, fingiu não ter ouvido, enrolando-se na modesta capa castanha e puxando o capuz sobre a cabeça. Simão viu aquilo e pensou que o filho de Hillel ben Shebua tinha modos de camponês.

Entraram em Joppa, quente, com ruas estreitas cheias de gente, pavimen-tada de redondas pedras negras que reluziam à fraca luz da lua e ao clarão das tochas bruxuleantes. Os bazares ainda estavam abertos. Saul ouviu as vozes zangadas de mercadores ou sua entonação melíflua; viu mulheres de rostos morenos, carregando cestas de frutas na cabeça; bois e mulas; sentiu o cheiro penetrante da cidade. Viu guardas, soldados e bandeiras romanas, viu rostos que identificou como gregos, sírios, árabes e outras raças variadas, pululando entre os bazares ou andando apressados pelas ruas, com suas vozes guturais e línguas incompreensíveis. Muros erguiam-se e desapareciam; sentia-se o perfume de jardins ocultos, de pinheiros, fontes, estrume e carne assada. Camelos dobravam esquinas e seus donos olhavam raivosos para a luxuosa caravana que passava rapidamente por eles. Ouviram, uma ou duas vezes, o ruído de música e riso de mulheres, canções ou choro de crianças além dos muros. Hillel dissera que Joppa era parecida com Tarso, no entanto Saul não viu semelhança alguma naquele ar penetrante, adocicadamente fétido, picante e quente com sua cidade natal.

Contudo, era sua terra, seu país, refletiu. Ele era um cidadão romano, mas judeu acima de tudo. Aquela terra era carne de sua carne, sangue do seu sangue, por mais estranha que lhe parecesse em Joppa. Viu famílias reunidas nos telhados de algumas casas de cor castanho-claro, com janelas estreitas, altas demais. As sarjetas eram barulhentas, com águas malcheirosas e nocivas correndo entre as pedras. Saul detectou um súbito odor de urina e dejetos. A brisa desaparecera; o aroma de sal sumiu quando penetraram mais na cidade, em direção à larga estrada romana.

Pernoitaram numa hospedaria tranquila e confortável, preparada de antemão para eles pelos Shebua. Mas Saul permaneceu acordado e tenso até o amanhecer, sem conseguir compreender suas emoções, consciente apenas de uma enorme tristeza e solidão espiritual.

❖ ❖ ❖

Capítulo 7

Partiram ao alvorecer para Jerusalém, vendo o mar vermelho-escuro sob um céu púrpura a leste, sobre as colinas, passando a lilás e dourado. Hillel ben Borush estava na biga veloz do seu amigo e primo Aulo Platônio, a barba grisalha ao vento, o capuz cobrindo-lhe parcialmente o rosto e a capa flutuando no vento frio da manhã. Não era uma viagem agradável e ele manteve-se ao lado de Aulo, agarrado ao balaústre da biga para divertimento do cocheiro, sentado no único banco de madeira do veículo sacolejante. Era evidente que Hillel temia pela própria vida e não confiava nos quatro cavalos árabes negros e castrados, que se portavam no ar e na brisa como se ainda fossem potentes. Tinham as bocas espumantes, empinavam as cabeças e flocos de espuma voavam para trás. Hillel agarrava-se como se sua vida dependesse disso. No entanto, ele desejava conversar com o amado marido de sua única parenta viva. A biga encabeçava a marcha, a bandeira de Roma tremulava ao vento, à direita de Aulo, que se mantinha firme, com punhos de couro protegendo seus pulsos, uma capa vermelha flutuando em seus ombros, o capacete fortemente preso na cabeça redonda, a barba agitada e rebelde, as robustas pernas curtas habilmente retesadas enquanto dirigia. Era amante da agitação, do perigo, dos movimentos rápidos e as pedras que se chocavam com as rodas de aros de ferro da biga apenas o sacudiam ligeiramente, enquanto que o pobre Hillel esperava a cada instante ser atirado na estrada.

Os irmãos de Débora sempre haviam sido um aborrecimento para Hillel e as horas que passou com eles na noite anterior foram suficientes. Deus sabia que iria ter de aguentar sua companhia por muito tempo em Israel. Preferia aquela carga temerária logo de manhã — pelo menos durante algum tempo — a cavalgar com seus parentes.

— Como está se sentindo, queridíssimo amigo? — gritou Aulo, sobrepondo-se ao ruído não só da biga, mas do grupo à sua volta, bem como do estalar de rodas e cascos.

— Não muito contente — retrucou Hillel, também gritando.

Aulo suspirou, pensando na finada e bela Débora. Só a vira três vezes em sua curta vida e julgara encantadora e estulta, características desejáveis numa mulher. Sua própria Ana era a mais nobre das mulheres, com um suave rosto redondo como um prato, uma voz doce que jamais contrariava e um temperamento que jamais permitiria isso.

A terra começou a clarear quando as colinas perderam a escuridão, adquirindo uma cor acobreada de açafrão. Aulo olhou o rosto do amigo e viu sua tristeza. O perfil de Hillel estava preocupado e melancólico ao ver coisas que quase havia esquecido nos anos passados em Tarso.

— Aulo — perguntou Hillel —, que acha do meu filho Saul, meu único filho, a quem você nunca viu antes?

— Só o vi rapidamente — respondeu o romano.

Aquele soldado franco nunca fora evasivo e Hillel virou a cabeça para olhá-lo.

— Ora, vamos — insistiu. — Estivemos bastante tempo no tombadilho esperando nossa bagagem, havia muitas lanternas e tochas e vi que você observou meu filho enquanto comandava seus homens, os marujos e conversava com o capitão. Não tema ofender-me, pois não há malícia nem crueldade em você, Aulo, mas apenas verdade e honestidade.

O romano passou as costas da mão nos lábios para limpar a poeira, olhando por cima da cabeça dos fogosos cavalos.

— Não são necessárias muitas palavras para se descrever alguém. Se dizemos que um homem é fraco, efeminado, desleal, covarde ou libertino, estamos fazendo o seu retrato. Hillel, seu filho tem força.

— Força! — exclamou Hillel, pensativo. — Eu o julgava vigoroso, impaciente, agitado, determinado, às vezes brigão, mas nunca o julguei forte.

— Força — repetiu Aulo com um sagaz movimento de cabeça. — A força de um "velho" romano ou talvez a de um "velho" judeu. Está implícita em seus olhos, na forma de olhar, nos movimentos. Também tem autoridade, que é apenas um atributo da força. Vejo-o como soldado. Dizer que um homem tem força, nem sempre é um elogio, pois ele pode usar essa essência da alma para a destruição de outros. Isso Saul jamais fará. Ele é um rapaz honrado, como o pai.

Hillel murmurou um agradecimento e ousou retirar uma das mãos agarradas à antepara a fim de apertar a do amigo. Aulo sorriu-lhe e, na luz crescente, Hillel viu brilhar a alvura dos grandes dentes brancos do centurião entre seus lábios rodeados de barba. Aulo alegrou-se por Hillel não ter perguntado mais nada. Não ficara satisfeito com Saul. O rapaz se mostrara muito distante, indiferente ao que se passava em volta, mas Aulo percebeu que ele vira tudo e nada o alterara. Era como alguém que tivesse uma vida dura ou uma alma atormentada.

— E como vai o seu Milo? — perguntou Hillel, referindo-se ao filho de Aulo, cinco anos mais velho que Saul.

O peito amplo de Aulo inflou de orgulho. Afastou ligeiramente o capacete da testa morena. Sorriu feliz.

— Está em Roma atualmente, na Guarda Pretoriana. É uma honra enorme ser escolhido para a proteção pessoal de César. Meu Milo é um excelente soldado! Mas, afinal, saiu de duas raças de guerreiros, não é?

Hillel quase havia esquecido que seu povo era, na verdade, uma espécie irascível e guerreira, orgulhosa e obstinada, valorosa e corajosa. Os saduceus sempre atormentaram seus pensamentos e os fariseus eram muito preocupados com as menores frases do Livro, fazendo um barulhão à menor brecha de um simples parágrafo das Escrituras. Quando não estavam censurando ou discutindo, escreviam comentários que enervavam os escribas. Entre esses dois, havia um pequeno espaço para refletir sobre as proezas dos outros judeus e a intrépida história de Israel. Em tom distraído, Hillel perguntou:

— Como vão nossos essênios e zelotes?

Aulo riu com malícia.

— Nos mantêm ocupados — respondeu. — Contribuem para a esbeltez dos meus homens, pois este clima, deve admitir, não é tão saudável nem tão brando quanto o de Roma, as colinas rochosas são intermináveis e as cavernas incontáveis. Seus essênios e zelotes continuam acreditando que é possível derrotar Roma e empurrar-nos para o mar. Eles devem ser admirados por seu patriotismo e dedicação, se não pela grande inteligência e raciocínio.

Isso não fez Hillel sorrir. Aqueles rapazes infelizes e fanáticos, amando seu Deus e seu país acima de tudo, incansavelmente fustigando os poderosos romanos! Era inútil... mas também nobre. Havia alguns que não ignoravam os romanos, como os fariseus, nem confraternizavam com eles ou os admiravam, como os saduceus. Se era loucura resistir, era mais heroico não resistir. E Deus não havia resgatado os israelitas do faraó e dos muros da Babilônia quando parecia não haver mais esperança? Quem conhecia o futuro? O sonho de liberdade nunca abandonou o coração do homem.

Agora o sol, como um conquistador guerreiro dourado, ultrapassou a colina escura mais afastada, inundando a terra com uma luz cegante. Era outono, a colheita estava começando, muitas plantações de ambos os lados da estrada estavam maduras e prontas, como um bom queijo; pastores queimados de sol, com roupas e capuzes grosseiros, atravessavam a última colheita com suas ovelhas. O grupo passou por vilarejos de tijolos, reboco e açafrão claro: casinhas estreitas, com janelas como fendas e ruas separando-as, elas mesmas pouco mais que ranhuras. Aqui e ali havia muros de pedras amareladas sobrepostas, sem argamassa, cobertas de trepadeiras, cujas folhas pareciam sangue. O sol estava quente, mas o ar era fresco e leve; o mar desaparecera à esquerda. Ciprestes escuros, imponentes e firmes, alinhavam-se à beira de alguns trechos da estrada e depois davam lugar a moitas de pinheiros resinosos e estimulantes, depois a bosques de oliveiras prateadas, cobertas de frutos verdes ou pretos, seguindo-se fileiras de limoeiros amarelos ou romãs curvando-se ao peso dos globos semelhantes a fogo brilhante. Pedregulhos cinzentos e cardos altos ocupavam as margens da estrada, cercados de prados e vinhedos cobertos de cachos opalinos, repentinamente verdes e radiantes à luz da manhã. As colinas mais próximas e as distantes em ambos os lados eram cinzentas ou acobreadas e gastas como enormes pedras antigas. Os romanos haviam derrubado seus ciprestes para construir navios e apesar de muitas terem sido aplainadas como degraus gigantescos e cuidadosamente plantadas de verduras e vinhedos, tinham um aspecto desolado, estragado e árido. Eram menos montanhas que barreiras entre as populosas aldeias e cidades de tijolos amarelos ou castanhos. As cabras escalavam aqueles terraços quentes. Agora as palmeiras inclinadas lançavam uma sombra pequena, agitando as folhas e reluzindo com a poeira produzida pela passagem do séquito.

Mas os riachos e rios luziam e retorciam-se na dourada luz de outono e o campo inteiro mostrava-se exuberante, vivo, com o aroma de pedras, poeira dourada flutuando, campinas, cachos, frutas, cevada e trigo, relva verde e resina quente. Havia camponeses com seus filhos, carregando cestas cheias de tâmaras açucaradas, figos, romãs, azeitonas, limões; manadas de gado deslocavam-se pelas campinas; moças, conduzindo gansos para atravessar a estrada, riam, com seus alegres enfeites de cabeça tremulando no ar luminoso. Haveria outra colheita de trigo na primavera e muitos camponeses, de capas pretas, com chapéus brancos, estavam arando, as mulas pacientes à frente, a terra negra revirando e fumegando. Uma ou duas vezes durante a viagem do séquito, uma pequena colina jorrou água azul ou verde e criancinhas brincavam na lagoa formada por ela, cabras bebiam e patos também. Montes de feno, trigo, cevada, pequenas casas de fazenda de telhado raso e paredes brancas, surgiam timidamente entre bosques de palmeiras, plátanos ou alfarrobeiras. Flores roxas jaziam amontoadas na relva ressecada.

A paisagem começou a dançar com o calor do sol, ferindo os olhos e provocando uma enorme radiação em toda parte. Tudo nadava em luz. Hillel tirou o capuz. A visão e a lembrança da terra natal nunca eram suficientes. O céu estava tão vibrante com o fulgor azul, que parecia incendiado. Altas torres redondas romanas forneciam sombra e os soldados nelas postados eram jovens de rostos vivos e olhos penetrantes, os capacetes brilhando e as pernas musculosas reluzentes. Alguns apoiavam os corpos na torre, comendo frutas disfarçadamente, ou iam para o seu interior beber um gole de vinho refrescante, enquanto os oficiais, também jovens, fingiam não perceber.

O séquito apressou-se, entrando e saindo de vilarejos e aldeias quentes, perfumadas e barulhentas, mesmo tão cedo, com mercadores, tendas, a multidão dos mercados, mulheres carregando cestas, crianças correndo e gritando, as mulas zurrando, detestáveis homens apressados, carroças, cavalos e camelos, pois precisavam abrigar-se antes do auge do forte calor daquele dia de outono. A brisa suave cessara. Agora todos estavam sufocados de poeira, de lábios secos, aconchegando-se nos capuzes e limpando o suor.

— Em Roma — disse Aulo — há um vento refrescante vindo do mar, um frescor proveniente da Campânia e um sopro verde do Monte Albano.

— Eu sei — respondeu Hillel.

Mas ficou pensando que o seu país era mais vivo que Roma e seus subúrbios, pois era uma terra pequena e conquistada. Era curioso que homens e raças chegavam e partiam, com choques de armas, mudança, terror e escravidão, mas a terra e os que nela trabalhavam e dela cuidavam, permaneciam. Havia uma certa serenidade eterna na terra, que ninguém podia perturbar. Sustentava os mortos e os vivos e era igualmente indiferente a ambos. Tinha seu próprio ser. Era um túmulo gigantesco, pois inúmeras nações estavam enterradas em seu seio, alimentando-a com sua carne e ossos, mas também era uma vida triunfante.

Os romanos haviam chegado ali quando Hillel era jovem, mas agora via vilas muito mais ricas do que antes perto da estrada, com grandes muros de pedra, jardins e fontes multicores vislumbrados por trás dos portões de ferro. Isso o deprimiu. Ficou imaginando o que seus filhos estariam pensando do seu país, nunca visto por eles antes. Invejou-os. Como era glorioso ver Israel pela primeira vez, aquela terra antiga e sagrada, de leite e mel, onde nasceram as imortais leis morais de Deus, que ainda ecoam com a Voz do Sinai e de cuja carne o Messias iria nascer e emitir a luz dos Seus olhos! Os gregos haviam elaborado e cultivado a glorificação da mente, da filosofia, da beleza, além da imaginação e do raciocínio, o comportamento civilizado, a Democracia e deuses graciosos, canções, tendo edificado cidades radiosas, inventado a poesia, o diálogo e a arte perfeita; os romanos haviam trazido grandeza à terra e colocado a lei acima de todas as civilizações caóticas e bárbaras, onde arquitetos, engenheiros e cientistas além de tudo o que o mundo conhecera antes, introduziram o serviço de saúde e água potável nos lugares mais remotos, eram tolerantes, justos, fortes, belos e sadios, produzindo Cíceros, Catões, Virgílios e também Catilinas e Césares, bem como governo representativo uniforme, ordem, comércio e intercâmbio.

Mas nem a Grécia ou Roma — nem mesmo o místico Egito ou a Índia — tinham produzido a Promessa dos Séculos, aberto os portais da alma humana ao Rosto e à Lei de Deus. Apesar do que os fariseus afirmavam, os judeus não eram um povo, uma raça, no pleno significado dos termos. Eram, no máximo, apenas modernos descendentes de diversas tribos nômades, vindas não se sabia de onde e cujo destino ainda era desconhecido, apenas conjecturado pelos que estudavam a Cabala. Estiveram sempre rodeados de povos semitas: fenícios, hititas, árabes, moabitas, filisteus, egípcios, sírios, babilônios, persas e mais uma dúzia de outros, permanecendo sempre estranhos no meio deles, combatidos, abominado, insultados, escravizados, expulsos, assassinados, destruídos, derrotados e espalhados. Mas sempre voltavam ao seu pequeno país, ensanguentado mas não conquistado, para erguer novamente o Templo ao seu Deus e gritar, como Moisés o fizera triunfalmente: "Proclamar a total liberdade da Terra e de todos os seus habitantes!"

Então, pareceu a Hillel que uma voz misteriosa havia soado em seu espírito:

— O Drama apenas começou!

Sua alma foi tomada de um estranho júbilo, seus olhos iluminaram-se sem ele saber por que, contudo seu ser encheu-se ao mesmo tempo de uma forte tristeza e alegria. Desejou transmiti-las, mas sua língua estava paralisada e não tinha palavras. Ai de mim, ai de mim, pensou, a mais profunda voz da alma não pode ser expressa, a não ser a Deus.

Um jovem não cativante, pensou o suntuoso e rechonchudo Simão ben Shebua, observando de perto o sobrinho, ao abrigo de seu capuz de seda. Também é silencioso demais, de rosto severo, de maneiras rudes e sua mãe, minha irmã, era toda graça, conversadora, doce e educada. Hillel ben Borush tinha o rosto agradável e maneiras afáveis. Como era possível terem eles produzido tal filho? A filha deles era encantadora. Todavia, aquele Saul parecia um daqueles romanos menos agradáveis. Seu pai escreveu-nos sobre sua inteligência e força de pensamento. No entanto, tinha modos de camponês. Em comparação com ele, o filho do seu irmão Davi, Ezequiel, é um modelo de beleza, graça e conduta, embora eu o tenha considerado antes o menos cativante dos filhos do seu pai. Mas aí, esses fariseus! (Simão fora um dos que se opuseram ao casamento da irmã com Hillel ben Borush. Pensava com complacência nos filhos. Mas nenhuma de suas filhas, refletiu, era tão bela quanto Séfora bas Hillel. Apesar disso, uma já havia casado com um negociante grego, muito rico, de boas maneiras e inteligente. Simão tinha considerado Saul, antes de encontrá-lo, como um possível marido para sua filha Yochabel, a mais moça e bela, com apenas treze anos e sua predileta. Se não fosse pela fortuna que Saul herdaria, Simão teria rido para si mesmo.)

Onde Hillel vira a terra eterna — nunca negando suas dádivas de água, frutos, cereais e serenidade —, Saul enxergara um país angustiado, miserável e desolado. Onde Hillel tinha observado os leais camponeses morenos, arando e semeando apesar da ocupação romana (mais próximos da sabedoria que os citadinos), Saul tinha visto escravos e seu coração chorava por eles, chamando-os, no íntimo, de irmãos em suas exacerbadas emoções. Hillel ouviu pássaros e o vento, o riso de crianças e mulheres, as canções de camponeses atarefados, mas Saul ouvira apenas lamentações, choro e preces de libertação. Hillel era paciente, mas o espírito de Saul jamais conhecera essa virtude. Em suma, onde Hillel viu uma certa tranquilidade, uma sabedoria simples, uma beleza extasiante, Saul apenas viu agitação, amargura e uma terra sombria, estendendo mãos esqueléticas para o Messias que tardava, implorando para ser resgatada, invocando maldições contra os blasfemos romanos e ansiando não apenas pela liberdade, mas pela purificação.

Viu os soldados romanos. Perto de Cesareia, ao passarem por aquela cidade branca e licenciosa, viu o anfiteatro nos arredores, onde a brutalidade e a indizível crueldade dos romanos haviam-se instalado naquela terra violada. Ali, onde essênios e zelotes tinham sido crucificados pela sua intransigência, patriotismo e devoção ao seu Senhor Deus; Hillel afastou os olhos do anfiteatro e docemente murmurou preces pelos mortos e pelo repouso de suas almas no seio de Abraão. Os homens, pensou, eram cruéis, injustos e maliciosos, pois essa era a sua natureza animal. Se não tinham vítimas, invariavelmente as inventavam. O pensamento entristeceu Hillel, embora ele nunca tivesse realmente acreditado na suposta bondade que jazia, como pérola, na tênue musculatura de um organismo brutal. Os homens eram homens, mais semelhantes que dessemelhantes, fosse qual fosse sua religião ou raça, que Deus, abençoado seja Seu Nome, tenha piedade deles!

Mas Saul não comungava com os pensamentos do pai. O povo de Israel era superior em virtude a todos os outros povos e nações. Daí seu martírio. Esqueceu que era um povo guerreiro e que as Escrituras enalteceram sua menos atraente disposição de cativos, não importa o quanto fossem desamparados. Ou, se enfim tivesse pensado nisso, seria com o pensamento que Deus estivera com seus emblemas, seus exércitos e o poderio de suas espadas. (Falara nisso com Aristo que, após comentar serem os israelitas notavelmente parecidos com outros conquistadores, expressou piedade pela calúnia contra Deus que, supostamente, abençoara um exército — tão feroz quanto o do inimigo — e não tivera mercê do desamparado "inimigo".)

Hillel dissera recentemente a Saul que, quando o mar Vermelho afogara os soldados e cavaleiros do faraó, os anjos desejaram proclamar sua alegria. Mas Deus os repreendera, dizendo: "Meus filhos jazem sob o mar e vocês querem cantar?" Hillel confessou que a história era possivelmente apenas uma parábola e sorriu para o filho meio sem jeito, porém Saul ficou zangado. Deus tinha apenas um povo, somente uma nação de filhos e todos os outros eram pagãos e gentios. Quando Hillel lembrou-lhe que havia sido profetizado que o Messias seria também "uma luz entre os gentios", Saul permaneceu em silêncio.

O rapaz podia não ter visto o suficiente da terra dos seus pais, mas não viu o mesmo que Hillel. Daí, seu sofrimento espiritual. O apaixonante azul do céu, a terra verde e dourada, os pomares, os bosques, os rios, as árvores e a agitação da multidão nos mercados de cidades antigas pelas quais passaram, estavam perdidos para ele. A única fascinação era, para ele, seus nomes, o lugar de nascimento de heróis, profetas e patriarcas. Ansiara ver o túmulo de Davi, a grande sepultura de Raquel e outros lugares sagrados. Desejou vivamente estar não apenas em Jerusalém, mas em Belém, onde o Messias iria nascer.

Sua irmã, Séfora, que estava cativando os parentes na carruagem de Davi, olhava Israel com enorme interesse e meditava sobre seu tímido noivo, no carro da frente, olhando-o às vezes com malícia se o olhar dele pousava nela. Ela resolvera que o rapaz, de aparência bondosa e tímida, não seria um marido difícil. Por isso teria poucos desacordos com ele. Era uma moça muito esperta, amava a vida, era sagaz, espirituosa, possuía uma naturalidade que exigia pouco dos outros, tinha bom humor com todos, estando feliz com sua sorte. Se não era uma moça de intensas emoções, seria também incapaz de ódio ou tristeza. Gostava do pai e amara a mãe, porém, acima de tudo, amava Saul e o considerava sofredor, coisa que o tempo e a bondade curariam. Nesse ínterim, seu casamento estava se aproximando e seria uma ocasião de alegria. Saul também cairia na rede esfuziante das festividades e talvez aprendesse novamente a sorrir e a rir como antigamente, de maneira ruidosa e de coração aberto.

A estrada romana, que o séquito percorreu barulhentamente ao pôr do sol, horas depois, subiu várias colinas íngremes e depois precipitou-se em vales cheios de casinhas castanhas, jardins, pastos estreitos, riachos e córregos. Então, Aulo apontou para o horizonte avermelhado e disse:

— Jerusalém.

Hillel, que se mantivera corajosamente ao seu lado na biga sacolejante, voltou-se para a cidade longínqua e murmurou:

— Se te esqueci, Jerusalém, que minha mão perca a habilidade, meu olho o brilho e a visão e meu coração morra na poeira.

Aulo, que adivinhou sua emoção, fingiu estar dando toda a atenção aos cavalos. O romano era um homem religioso, que acreditava sinceramente em seus velhos deuses e respeitava as religiões alheias. Apesar disso, não pôde deixar de lembrar que os judeus tinham vinte e quatro seitas diferentes, todas barulhentamente oferecidas e declaradas a única fé verdadeira, sendo todas as outras heresias. Todavia, pensou com bondade, nós, romanos, adotamos os deuses egípcios e temos em Roma templos para Ísis e Osíris, entre outros, honrando-os e mantendo-os com impostos. Somos tolerantes com todos e por isso não compreendemos a teimosia dos judeus, que nos desconcerta. Nós preferimos lei, ordem e paz universal. Ele estava agradecido por sua Ana, modesta e doce em sua vontade indômita, que, apesar de vivendo implicitamente como uma "velha" judia, tinha tolerância com as crenças do marido. Uma notável matrona, pensou Aulo, ansiando pelo aconchego dos seus braços. Ele chegava mesmo a permitir-lhe que o aborrecesse com suas repetidas e pacientes explicações de que havia, na verdade, duas religiões judaicas principais: uma de oração e sinagoga e outra do Templo, compreendendo sacrifício, cerimônia e aprendizado; uma simples e sem ostentação; outra de grande ritual, incenso e clero. Para Aulo, homens eram homens e Deus era Deus, parecendo-lhe isso o suficiente. Mas os judeus eram litigiosos, fazendo com que os romanos sempre se mantivessem em estado de alerta contra qualquer rebelião, conflito ou violência incipientes, pois aquele era um povo suscetível que nunca verdadeiramente se submetera, fazendo com que ele os admirasse secretamente. Havia sempre, no mínimo, um levante nas províncias próximas, infelizmente resultando em brutais carnificinas, em execuções na cruz e esfolamentos vivos.

Jerusalém ficava sobre a colina mais alta, paredes sinuosas e fendidas de cor amarelo-acinzentada, torres de vigia com ameias, parecendo não construídas pelo homem, mas apenas um afloramento de grande quantidade de pedras reunidas em bastiões dourados pelo outono. Contra os muros e nos bastiões de terra friável, viam-se grupos solitários de pontudos ciprestes de tom verde-escuro e touceiras de altas palmeiras empoeiradas. Havia tochas acesas nas ameias e muralhas. Por isso, sua triste amarelidão pétrea estava impressa no escuro céu púrpura e nuvens escarlates estendiam-se como dedos para as meias. Na primavera e verão, pensou Hillel, não fica tão desolada, tão medonha, pois as ameias eram assaltadas por folhagem brilhante e flores silvestres. Todavia, sentiu uma melancolia mais profunda. À medida que se aproximavam os Dias Santificados, as tendas de couro de cabra de alguns peregrinos já estavam sendo erguidas nas muralhas da cidade e pequenas fogueiras rubras e lanternas movendo-se podiam ser vistas aqui e ali. A cidade estava sempre muito cheia nessa época do ano, cada estalagem completamente ocupada. E como os provincianos não tinham dinheiro para hospedar-se nem podiam achar alojamento, eram forçados a trazer suas tendas, suas cabras, mesmo seus gansos e patos, suas mulas e uma ocasional vaca. Mais tarde, haveria agitação e barulho, quando aumentasse o número de visitantes. Mas agora, apenas sua presença acidental junto às muralhas só fazia acentuar a solidão de cena abandonada. Hillel pensou em suas viagens longas, poeirentas e quentes, ali, com seus animais domésticos, mulheres e filhos, ficando com os olhos repletos de lágrimas. A devoção a Deus ainda ardia nas províncias, se não em Jerusalém, Joppa e Cesareia.

O séquito entrou pelo Portão de Joppa, mas não foi interceptado pelos soldados romanos de guarda porque todos reconheceram Aulo Platônio e saudaram o estandarte de Roma na vanguarda.

— Saudações, rapazes! — gritou Aulo, enquanto os portões eram abertos e ele passava com sua biga sob o arco.

Falou como se estivesse ausente há meses e não dias. O oficial de serviço, um rapaz de rosto circunspecto, queimado pelo sol, fez-lhe continência, foi até a biga e disse:

— Saudações, nobre Aulo Platônio. Está tudo em paz.

— Isso é notável — disse Aulo e o oficial riu, olhando com curiosidade para o séquito. — Meus parentes — prosseguiu. — Trouxe-os de Joppa.

Se o oficial teve alguma surpresa por um romano possuir tantos parentes judeus, que evidentemente também eram muito ricos, não o demonstrou. Olhou com respeito para os carros elegantes, bem construídos, e para os excelentes cavalos. Depois, ergueu novamente a arma em saudação e o séquito penetrou na cidade. Os portões de ferro ressoaram às costas deles.

Nas aldeias, vilas e cidades menores havia uma certa alegria e distensão, mesmo sob o olhar onipresente dos romanos. O povo continuava a trabalhar, plantando, vendendo, manufaturando e negociando. A vida continua, pareciam dizer, com um encolher de ombros de fatalidade. Um homem precisava viver, apesar do desastre. Mas Jerusalém, a grande e ressoante cidade, aquele centro da cultura, do comércio, dos negócios e da riqueza do Oriente Médio, repleta de inúmeras raças, tinha uma certa tristeza indescritível, um certo peso e escuridão de espírito. Todavia, ali a influência helênica brilhava muito visivelmente entre os judeus cosmopolitas saduceus e floresciam intensamente muitas colônias gregas de mercadores, negociantes, acadêmicos e ricos indolentes, bem como muitos soldados romanos, com suas mulheres e famílias, para não falar nos banqueiros, homens de negócio, burocratas, administradores romanos, muitos dos quais casados com belas judias com dotes atraentes. Ali moravam sírios, persas, árabes, fenícios e outros de raças semíticas, incluindo-se egípcios que estudavam na academia de medicina ou que eram valorizados como cozinheiros nas casas mais nobres. Se já houve uma cidade heterogênea, tão heterogênea quanto a própria Roma, Jerusalém era essa cidade.

Portanto, a intangível escuridão e o peso que caíam sobre a cidade pareciam incompreensíveis. Mesmo a exuberância da primavera e o florir do verão, não podiam iluminá-la nem a seus múltiplos jardins, nem a seus belos prédios públicos, vilas elegantes, ruas limpas, casas de operações bancárias e de corretagem, mercados e ricos estabelecimentos mercantis. Milhares de dialetos, de línguas e sua riqueza não conseguiram retirar-lhe o ar de sombria e aflitiva contemplação. Alguns diziam que isto se devia a que Jerusalém era muita velha e estava se curvando sob a história dos séculos; os judeus religiosos achavam que Jerusalém estava enlutada por não passar agora de uma província dos romanos e não poder aguentar sua ocupação. Hillel amava Jerusalém, mas agora lembrava-se de que, mesmo quando criança, sentiu a pesada e conquistada atmosfera da cidade... e os romanos, então, não estavam tão presentes como agora.

O mais rigoroso dos fariseus declarou que Deus, no Seu Templo, enrolara-Se em Sua capa, cobrira o rosto por causa dos romanos e das defecções do Seu povo. (Compreensivelmente, disse um dos mais eruditos romanos, com malícia. Não tinha outros negócios a vigiar.) Deus, disseram os fariseus, recolheu Seu rosto à sombra até o dia em que Seu Messias nascesse e os judeus fossem libertados para sempre da escravidão e opressão. Enquanto isso, antes do dia chegar, Deus estava incomunicável, exceto para os Seus eleitos, isto é, os fariseus.

A verdade era que Jerusalém havia sido profanada com templos e teatros gregos e romanos, mas Hillel duvidava de que isso tivesse enraivecido especialmente Deus. Mas tinha sido bastante prudente para manter essa opinião herética longe dos seus amigos fariseus. Contudo, frequentemente meditou sobre o ar sombrio de Jerusalém. Uma vez que ela estava na junção onde leste e oeste se encontram, deveria haver uma certa sofisticação divertida nela, uma certa frivolidade. Mas não era assim. Mesmo os gregos e romanos a achavam opressiva e muitas vezes olhavam, perturbados, para o poderoso Templo, com sua cúpula e cone dourados, seus portões de ouro e enormes jardins e pátios. Alguns deles, num espírito de conciliação ou até medo, frequentemente iam ao Pátio dos Gentios, nas cercanias do Templo, oferecendo sacrifícios e comprando amuletos. Não fazia mal aplacar e agradar os deuses orientais, famosos por seu capricho. Tinham ouvido que o Deus dos judeus não tinha humor e que era notório por sua ferocidade, e por ser um valente Guerreiro, tinha uma forma dolorosa de golpear subitamente, fazendo com que os supersticiosos gregos e romanos esperassem desarmá-lo com sua tolerância. Em particular, achavam-No sem beleza, graça e alegria, todos atributos civilizados. A música que ouviam no Pátio dos Gentios em nada contribuía para animar seus corações. Soava como aviso, lamentação e todas as coisas agourentas. Nunca tinham ouvido que Davi insistira com seu povo para "fazer um barulho agradável para o Senhor", pois certamente o Templo em Jerusalém fazia o oposto de "barulhos agradáveis". Nem podiam os romanos verdadeiramente acreditar — se isso alguma vez lhes tivesse ocorrido — que Deus ofendia-Se com sua presença em toda parte, pois não eram eles o povo da Lei? E não foi o primeiro mandamento do universo o mandamento da ordem? Sem lei e ordem haveria apenas o caos e até mesmo o Deus judeu gostaria delas.

Saul era todo olhos quando entrou na cidade sagrada dos seus pais. Esqueceu a desagradável presença dos parentes e dos joviais comentários deles. Tinha mesmo esquecido seu parente, o romano Aulo, o estandarte e as armas de Roma. Completamente absorvido, sentado hirto no carro de Simão ben Shebua, olhando para tudo, o coração parecendo inflamado e evidentemente pulsando. Mal podia respirar. O ar da cidade era denso, quente e poeirento, com milhares de odores perturbadores, e não havia brisa para carregar o mau cheiro de latrinas, folhagem, pedra, terra seca e o aromático odor penetrante de pimenta, tempero, ferro e queijo. E de todas as ruas chegava o ruído de bigas, cavalos e carros.

Como Jerusalém era situada numa colina, foi construída em terraços, um sobre o outro, uma cidade de mármore e pedra amarela, de abóbadas, pórticos e cones, de estreitas ruas pavimentadas e limpas, de alamedas, ciprestes, palmeiras, tamargueiras, alfarrobeiras, aquedutos romanos, feiras, perspectivas distorcidas, jardins, vilas, casas apinhadas e fontes. O solo era terracota; as trilhas que podiam ser vistas eram de cascalho. Por todos os lados havia muros de pedra cor de açafrão, exceto nas casas gregas e romanas, que agora exibiam a aparência "aberta" defendida pelos arquitetos romanos.

Jerusalém era, principalmente, uma cidade empilhada, de tetos rasos, apesar das cúpulas e cones, tão amontoada que seus habitantes se jactavam de poderem caminhar quilômetros pelos telhados, sem precisar tocar o solo. E foi num desses telhados que numerosas famílias reuniram-se num começo de noite, após amainar o calor do dia. Alguns tinham terra, levada por cestos, tendo sido plantadas nela algumas palmeirinhas, flores e às vezes verduras. Algumas tinham tendas listradas como proteção contra o sol.

Saul viu tudo isso à luz vermelha de tochas inseridas em fendas nos muros e ao clarão de enormes lanternas iluminando cada esquina de rua. Viu também as patrulhas romanas, as multidões, surgindo na friagem de se esperar depois do cair da noite, e ouviu címbalos, riso, música e ruído surdo de toda a cidade agitada, ali aumentados. Tal como Hillel, Saul também sentiu a sorumbática e pesada escuridão da cidade, embora, ao contrário do pai, não imaginasse a causa. Estava certo de que sabia. Também tinha a certeza de que ali era o centro da Criação, o verdadeiro centro da Divindade e tudo o mais irrelevante. Jerusalém permaneceria, embora nações fossem desaparecer através dos séculos e cair no esquecimento. Sentia isso com uma certeza apaixonada e uma alegria vingativa.

Capítulo 8

Apesar de Shebua ben Abraão ter construído sua pavorosa casa greco-romana numa das ruas de Jerusalém mais exclusivas e tranquilas, de seus filhos terem nascido ali, não obstante sua mulher ser ostensivamente a patroa, aderiu à moda romana e referia-se à moradia como "a casa da mulher do meu filho, Clódia Flávio". Pois Shebua era agora viúvo, uma vez que sua humilde mulher morrera pouco antes do falecimento de sua filha Débora. Pagara literalmente uma fortuna por aquele edifício de reluzentes colunas, colunatas e estátuas de mármore branco, jardins amplos, pórticos decorados com belos frisos e murais, o átrio um verdadeiro pátio e cada aposento cheio de ar perfumado com a fragrância do feto e fontes de água fresca. Isso era protegido por um muro de pedra branca, com portões de ferro, em meio a figueiras, alfarrobeiras, sicômoros, palmeiras e pinheiros, com flores exóticas plantadas em grandes vasos chineses espalhados por todos os lados, com trilhas vermelhas cuidadosamente orladas de canteiros quadrados, retangulares ou redondos, cheios de plantas e flores multicores. Da sua posição na cidade empilhada tinha um panorama de todos os arredores, das colinas cor de alfazema, das campinas e pastos e, na distância, a pequena Belém repleta de gente. Era uma casa imponente, uma verdadeira *"insula"*, muito admirada, até mesmo pelos indolentes e divertidos gregos. Herodes era uma visita frequente e muito estimada, bem como altos oficiais romanos, pois Shebua era conhecido por sua civilidade, elegância, conhecimento e delicadeza, tanto do intelecto como da mesa e do gosto.

Os fariseus o detestavam. Não só ele possuía uma infinidade de escravos, como nunca os libertava, como mandava a Lei. Tinha duas concubinas em bairros elegantes e nem mesmo a fria e sombria desaprovação de Clódia conseguiu forçá-lo e abandoná-las. Uma era uma beleza árabe, a outra uma núbia deliciosa.

— Afinal de contas — costumava dizer —, a rainha de Sabá não era negra como a noite e encantadora como a lua?

Os fariseus não só discordavam de que a rainha de Sabá fosse "negra como a noite", mas desprezavam Shebua como um renegado de sua religião e de sua raça, odiavam-no como saduceu e, portanto, como opressor do seu povo. Todos os membros da grande corte, o Sinédrio, eram seus amigos e ele observava, bem-humorado, dois ou três dos solenes dias santos, porém era descrente, principalmente no que se referia ao severo Deus dos seus pais e à próxima vinda do Messias.

Era um cavalheiro, um epicurista, um requintado e, no íntimo, acreditava-se um verdadeiro grego. Visitara Atenas inúmeras vezes e sua real sujeição, costumava dizer, era ao Partenon, onde a beleza planava em pedra. Fídias cavalgava à meia-noite e Sócrates passeava entre as colunas. Gostava de ir aos teatros em Atenas e em Jerusalém, onde ajudou financeiramente a apresentação das mais interessantes peças gregas, sendo amigo e patrono de atores, gladiadores e atletas. Sua discriminação era soberba e com frequência maravilhava-se com isso gentilmente. Gostava muito dos romanos, embora estivesse inclinado — quando entre amigos gregos — a rir deles moderadamente e concordar que eram inferiores aos gregos em matéria de arte, gosto e matizes de pensamento. Mas gostavam de apontar um dedo marmóreo aos seus visitantes gregos, dizendo:

— Todavia, não os chamem de uma nação de merceeiros, meus amigos! São muito mais que isso! Pensem no que eles fizeram com o arco e todos os seus outros trabalhos científicos, bem como na lei e na ordem que introduziram no mundo dominado pela Pax Romana. Não são realizações insignificantes.

De fato, possuía a reputação de ser um verdadeiro cosmopolita. Como Platão, que ele citava com assiduidade, "não encontrava mensagens em campos e árvores".

Tinha muitas fazendas, muitos investimentos, muitas contas em bancos e no mercado de ações, muitos interesses em navios e negócios mercantis. Uma vez, Clódia lhe perguntou com um sorriso ácido porque não morava na Grécia, que adorava, e ele respondeu-lhe como se ela fosse uma criança (embora temesse sua alma romana):

— Minha querida filha, é minha obrigação ajudar no esclarecimento do meu povo e afastá-lo da contemplação do seu Deus e modificar sua recusa de juntar-se ao mundo, tornando-o parte da Humanidade. Não somos um todo?

— Não — respondera Clódia com firmeza. — Somos todos seres humanos, mas não um todo como você diz, Shebua.

Shebua insistira afetuosamente, embora não tivesse gostado do olhar frio que Clódia depositou nele, nem da forma de sua boca, reduzida a um traço:

— Não há mais neste mundo espaço para atitudes provincianas e estreitas, nem exageros nacionalistas, minha querida. Os homens são parte de mim e sou parte deles.

— Infelizmente, é isso o que parece — replicou Clódia, a quem Shebua desagradava profundamente.

Ele insistiu, com ar tolerante:

— Jamais teremos paz nem tranquilidade até aceitarmos um governo universal, minha filha, o governo de um único tipo mundial, sob um único governante. É um sonho secular. É o sonho de Platão.

Então, Clódia o surpreendeu. Ele não supunha que ela fosse culta.

— Lembro o que disse Aristóteles — começou ela. — "Amo Platão, porém, amo mais a verdade." Platão era um tolo. Nunca conheceu a humanidade. Sua República não é um sonho nobre. É o sonho de uma elite cruel e da escravização da humanidade. Assim, os homens vivos sempre o recusarão, pois em seu íntimo os homens amam a liberdade.

Apesar do seu sorriso agradável de terno escárnio, Shebua lembrou-se subitamente do apelo de Moisés: "Prescrevo a liberdade por toda a terra e seus habitantes!" Depois, pensou imediatamente: "Se Platão era um tolo, como diz esta pobre mulher, então Moisés era louco. Liberdade... para todos. Absurdo."

Mas entre amigos ele apoiava seriamente o ideal de liberdade para a humanidade. Todavia, "humanidade" para ele era uma teoria, uma abstração, uma ideia poética, nada tendo a ver com as multidões que vira nas várias cidades que visitou. Elas fediam e Shebua ben Abraão abominava fedores. Ele perfuma-se, deveria Clódia pensar, como um prostituto. Todas as suas reflexões eram tão afastadas da realidade quanto seus negócios financeiros estavam solidamente enraizados na realidade. Considerava-se poeta, sereno, tranquilo, sensato, discreto e educado.

Não influíra nos filhos, a não ser Davi e sua filha que o tinham respeitado. O gorducho e lisonjeiro Simão achava o pai fútil; José, o mercador implacável, considerava-o não muito inteligente. Somente Davi o admirava e imitava. Todos os seus filhos eram saduceus, certamente, como ele. Mas consideravam suas dissertações — exceto Davi — superficiais e irrelevantes. Todavia, tinham seu dinheiro na maior consideração e admitiam entre eles que Shebua era capaz de fazer crescer dez siclos onde havia aplicado um, apesar do absurdo. E, às vezes, quando deixava o olhar passear pensativamente sobre eles, ficavam temerosos, embora não soubessem o motivo. Apesar dos seus sorrisos, despreocupação, boas maneiras, elegância e ar de tolerância, desconfiavam de vez em quando ser ele de uma implacável crueldade, coisa em que tinham toda a razão.

Foi esse homem quem recebeu o séquito chegado de Joppa com magnanimidade, afeto reservado e solicitude, encontrando-os no átrio iluminado com lâmpadas alexandrinas e egípcias, todas cheias com óleo aromático, algumas exalando perfume de jasmim e rosa. Usava uma toga romana branca, com a túnica interna segura por um cinto de ouro, pulseiras cravejadas de joias nos braços, muitos anéis faiscantes nos dedos, as sandálias incrustadas de pedras. Falou num grego bastante perfeito, com a modulação e a suavidade de um grande mestre, rodeado de lindas estátuas tão imponentes quanto ele em seus nichos esculpidos.

Primeiro abraçou Hillel, permitindo que uma lágrima aflorasse num dos olhos.

— Meu caro Hillel — falou —, esta é uma ocasião tão alegre quanto triste. Mas não nos lamentemos muito. Você está bem, para quem passou pelo que passou.

Hillel sempre o detestara, apesar da sua natureza bondosa e gentil. Respondeu:

— O que passei veio de Deus e por isso não o recuso, sabendo com humildade que Deus, bendito seja Seu Nome, tem seus motivos, que estão repletos de bondade e ternura.

Sentia isso no íntimo. Não obstante, sabia que aborrecera Shebua, que o olhou subitamente reservado, dizendo:

— Ah, sim. Só nos resta aceitar. O resto é criancice. — Suspirou. — Débora foi minha única irmã. O que Rafael foi para o pai dela, ela o foi para mim.

Pensou que agradaria ou, pelo menos, distrairia Hillel. Era preciso fazer exceções àqueles judeus crentes, especialmente fariseus, que podem se tornar desconcertantemente perigosos. De forma estranha, nunca teve certeza com relação a Hillel. A família Borush era muito considerada e vários de seus membros tinham participado do Sinédrio; seu nome era notável e por isso Shebua não podia entender a simplicidade sem afetação de Hillel. Estava meio persuadido de que era a simulação de um homem convencido e Shebua ben Abraão não era esse homem.

Saul estivera estudando penetrantemente o avô, que jamais vira. Shebua era mais alto que Hillel, muito magro e elegante, com longas mãos, rosto e pescoço brancos. Tinha um nariz longo, fino e delicado, de narinas arfantes, e boca também delicada, com um doce sorriso quase permanente. Amigos lhe disseram com frequência que mais parecia um dos sábios patrícios gregos da antiguidade, o que não era totalmente uma lisonja. Sua expressão era amável, paciente, suave e simpática, transmitindo a impressão de que Shebua não era apenas um cavalheiro refinado, mas um homem de extrema amabilidade e cheio de sensibilidade, para não dizer delicadeza. Ninguém pensava nos severos velhos patriarcas quando olhava para Shebua; pensava em cultura, inteligência e espírito cosmopolita. Sua testa parecia mármore e o cabelo fino e claro, cobria, sedoso, sua cabeça longa.

Apenas quando alguém penetrava em seus olhos, anormalmente grandes e quase incolores, é que percebia a natureza sombria de Shebua ben Abraão, a forma glacial pela qual pesava e media tudo, a indiferença fria pela lealdade, sofrimento, dores e aborrecimentos dos outros, e a gigantesca preocupação com si mesmo e egoísmo. Mas poucos percebiam isso. Shebua tinha a imerecida reputação de bondade e ternura para com todos os homens.

Ele me irrita, pensou Saul, apertando os maxilares com força. O rapaz ignorava que Clódia Flávio, mulher de Davi, frequentemente fazia esse mesmo comentário com o marido.

Agora o olhar brilhante mas incolor caiu sobre o neto, Saul ben Hillel. Enquanto cumprimentava Hillel ostensivamente, olhou de soslaio para Saul e pensou: "Que rapaz feio, de aparência bárbara, um verdadeiro vândalo!" Davi lhe dissera que Saul não se parecia com uma bela estátua e que não era um Adônis aos olhos da sua falecida mãe. Débora, em suas cartas ao pai, frequentemente lamentava-se por seu filho não parecer-se com os pais, sendo mesmo feio. Embora não fosse inteligente, Débora usava as palavras com facilidade e descrevera Saul incansável e minuciosamente. Por isso, Shebua não ficou muito espantado. Mas sentiu uma aversão imediata àqueles flamejantes cabelos ruivos, abundantes e leoninos, caindo sobre os ombros, aos olhos azuis metálicos, às pernas arqueadas, perceptíveis, mesmo sob a longa túnica marrom. Os pés, calçados por grossas sandálias de couro, pisavam com firmeza o chão de mármore do pátio e, para Shebua, eram pés de lutador ou pugilista.

Shebua não tinha barba para beijar e por isso Saul suportou em silêncio o beijo odorífero do avô. (Ele estava perfumado com madeira de sândalo.) Seu jovem corpo empertigou-se; apenas sua boa educação impediu-o de afastar o rosto dos frios beijos de Shebua.

Então, colocando as mãos nos ombros de Saul, o velho afastou o neto dele e seu rosto abriu-se numa expressão de afeto e orgulho.

— O único filho de minha amada Débora! — exclamou e novamente uma lágrima suave surgiu nos cantos dos seus olhos. — Bem-vindo a esta casa, Saul ben Hillel, e que a terra de seus pais possa alegrá-lo!

Hipócrita, pensou Saul e seu rosto fechou-se. Shebua, que era muito intuitivo, sentiu os pensamentos e a repugnância do jovem. Seus olhos incolores reduziram-se a uma fresta gelada. Mas continuou a sorrir com amor e admiração. Bateu no ombro de Saul, depois virou-se graciosamente para olhar a neta, Séfora, e desta vez seu sorriso foi sincero e doce. Não apenas achou-a bela e casadoura; pensou também que Séfora herdara sua própria aparência grega. Abraçou-a e suspirou. Ele havia amado a filha Débora. Séfora tinha uma aparência mais maravilhosa que a de Débora e como Shebua apreciava a beleza — ele mesmo o confessava — ficou inclinado a uma imediata apreciação e afeição pela moça. Seu neto, Ezequiel, era feliz; ainda por cima havia um belo dote.

Murmurou as palavras de Homero, como o teria feito na morte de Débora:

— "Filha dos deuses, divinamente alta e ainda mais divinamente formosa!"

Séfora reprimiu um risinho. Sabia que o avô era um charlatão, porém ficou mais divertida que revoltada a esse pensamento. Considerou uma descortesia de Saul ficar parado ali, encarando Shebua como se quisesse desafiá-lo.

Shebua entregou-se a uma alegre e gentil troca de cumprimentos com Aulo Platônio, pois este não era apenas um oficial romano, mas pertencia a uma família rica e poderosa. Aulo, como um "velho" romano, achava Shebua estéril e cansativo e poucas vezes o encontrava voluntariamente. Para ele, não era estranho que Shebua fosse íntimo tanto de Herodes Ântipas como do procurador de Israel, Pôncio Pilatos. Ambos eram homens depravados, embora Pilatos fosse o mais cruel e inteligente. Tinha chegado a Israel e Aulo o lamentava. Ele não tinha a fibra e a alma patriótica dos sóbrios e diligentes pais de Aulo. Pilatos odiava os judeus porque fora mandado para ali, de castigo, por Tibério, e porque eles não eram subservientes aos romanos, recusando-se a curvar-se diante deles. Estava começando a dificultar aos seus oficiais e subordinados o casamento com judias, apenas por pura maldade. Zombava de Aulo por causa de Ana e uma ou duas vezes mesmo puxara a barba do centurião, dizendo:

— Como! Meu Aulo, você está virando judeu e já foi circuncidado?

Somente a disciplina militar impediu Aulo de demonstrar seu ódio, pois para ele, como para a maioria dos soldados, os homens decadentes da moderna Roma eram uma afronta aos deuses, um insulto à história de sua nação.

O supervisor do átrio entrou no pátio, curvou-se diante de Shebua e anunciou que a Senhora Clódia esperava a Senhora Séfora no alojamento das mulheres. Shebua olhou desanimado para sua encantadora neta, abriu os braços em sinal de resignação e desculpa, dizendo:

— A mulher de meu filho, a nobre Clódia Flávio, é dona da sua casa e ninguém ousa contrariá-la! Portanto, você deve ir, minha Séfora, minha bela, para refrescar-se e descansar após sua longa viagem.

Séfora inclinou-se diante dele, do pai, e depois, cobrindo o rosto com o véu transparente, curvou-se para os tios, para Aulo, mas fingiu, como de costume, não ter visto o noivo, que estava no segundo plano, meio escondido por uma coluna, dominado por sua timidez e pela sorte maravilhosa de vir a ter alguém tão fascinante por mulher. A seguir, com modéstia afetada, piscou para o irmão, beijou o rosto do pai, numa imitação formidável de filha tímida, e saiu com suas criadas em direção ao setor das mulheres.

— Vivemos sob uma regra singular — disse Shebua.

A seguir, conduziu os hóspedes para a imponente sala de jantar, para um banquete copioso e sutilmente elegante, pois tinha um cozinheiro egípcio de grande talento.

O setor das mulheres não era luxuoso nem muito elegante. Tinha a austeridade da velha Roma, poucos enfeites e apenas as estátuas dos deuses da família de Clódia e de seus deuses domésticos. Não havia murais, as lâmpadas eram simples e sem perfume, as cortinas que cobriam as janelas de vidro alexandrino incolor eram de lã grossa listrada, com as cores vermelha, preta e branca da tribo de Levi, à qual pertencia Shebua ben Abraão. Séfora achou divertido, mas não incongruente nem discordante, encontrar uma mistura de costumes e mobiliário romanos e judeus, pois havia uma curiosa semelhança e harmoniosa entre eles. Percebeu imediatamente que eram também anacrônicos naquela era moderna de judeus helênicos, romanos opulentos e gregos decadentes.

Clódia estava sentada numa cadeira de carvalho sem coxins nem franjas no seu próprio pórtico e era como Deméter no seu repouso e dignidade. Ao redor, suas mulheres não estavam inativas; costuravam, teciam ou bordavam, embora fosse noite e as lâmpadas poucas. A própria Clódia sustinha um monte de lençóis em seus largos joelhos e parecia remendá-los. Ergueu os calmos olhos castanhos para o rosto de Séfora, examinou-o breve e atentamente, viu tudo, sorriu sobriamente e estendeu a mão para a moça. Séfora beijou-lhe a mão com um belo fingimento de humildade e os olhos de Clódia subitamente piscaram. Ergueu-se e abraçou Séfora. Ela exalava a pão fresco, carne forte, limpa e quente.

— Saudações, minha filha — disse, em latim. — Meu filho Ezequiel está muito honrado e abençoado por sua causa.

Seu grosso cabelo castanho estava parcialmente coberto por um tecido simples, semelhante ao de sua estola, ambos de um forte vermelho-escuro. Suas mãos, pequenas e morenas, eram as de uma mulher que não se envergonhava de usá-las para trabalhar mesmo na terra. Não era tão alta quanto Séfora. Contudo, era de fato o pavor do seu lar, que ela dirigia à maneira de uma "velha" romana, e seus filhos e filhas a temiam com justa razão. Apesar de suas filhas e filhos estarem casados, com exceção de Ezequiel, o caçula, todos observavam o comportamento mais meticuloso e respeitoso na presença da mãe. Tinha feições rudes, grandes e firmes, mas quando sorria, sua expressão era verdadeiramente bondosa e agradável. Séfora gostou dela imediatamente, pois tudo ali era sinceridade e verdade.

Clódia e Séfora jantaram juntas na austera sala da anfitriã, pequena e parcamente iluminada. Mas as cortinas haviam sido abertas para aproveitar o vento quente da noite, permitindo a Séfora ver a iluminação misturada de branco e vermelho de Jerusalém e ouvir o troar abafado da cidade acordada. Também ouviu fontes, sonoras e suaves, riso distante, música e o barulho de rodas. Sentiu a fragrância capitosa de jardins e frutas. A lua em quarto crescente dava a impressão de estar na ponta dos pés sobre uma montanha escura. Apesar de Séfora sentir-se cansada, estava em grande agitação e expectativa, pois dali em diante aquele seria seu lar.

Jantaram muito frugalmente peixe grelhado, pão quente, feijões cozidos com alho e queijo e um vinho muito comum, que era o preferido de Clódia. O jantar dos homens foi muito diferente, como desconfiou Séfora, mas Clódia preferia uma vida simples para ela e suas mulheres. Havia sobre a mesa uma cesta rústica de frutas, coberta por um pano amarelado, e o perfume que emanava dela misturava-se ao das flores dos jardins, dos condimentos penetrantes e dos odores da cidade.

Ela está ricamente vestida e enfeitada, pensou Clódia, tem estrutura delicada e porte altivo, mas é igual a mim e fico contente. Perguntou educadamente sobre a viagem de Séfora, deu-lhe os pêsames pela morte da mãe e transmitiu sua inflexível e formidável serenidade a Séfora, que não a achou intimidante. Na verdade, o cansaço da moça diminuiu e ela viu-se confiando em Clódia como se fosse sua mãe; e alguns dos seus comentários foram tão sagazes que Clódia riu subitamente umas vezes. A compostura, a serenidade, o rosto encantador e os sorrisos de Séfora encantaram a senhora romana. A moça não era desavergonhada como a maioria das donzelas naqueles dias deploráveis, não havia impertinência na voz, nem ela era afetada ou atrevida.

Beberam vinho e comeram os frutos deliciosos juntas, em agradável intimidade. Séfora começou a falar do irmão e o amor preocupado por ele brilhou em seus olhos dourados. Contou a Clódia sobre a singularidade que acontecera a ele no ano anterior, da fixidez e tristeza que nada conseguia abalar.

— Ah — disse Clódia —, vi-o do meu pórtico. À luz das lâmpadas da entrada do pátio. Mantinha-se afastado, coisa muita estranha para um rapaz, pois os jovens estão sempre conversando. Ele ama alguém?

— Ninguém, a não ser Deus e meu pai — respondeu Séfora com certa melancolia. — Antigamente, me amou. Agora não. Repudiou-me e me considera vulgar. Não posso tocá-lo.

Clódia refletiu. Tinha um punhado de doces tâmaras maduras na mão e comeu-as pensativamente. Depois, falou:

— Conheço alguns rapazes iguais ao seu irmão Saul ben Hillel, mas poucos. Ele me faz lembrar meus próprios irmãos. Também éramos rigorosos diante dos nossos deuses e amávamos nossa pátria com fervor. Às vezes — agora encarou repentinamente Séfora e os olhos castanhos, habitualmente inflexíveis, estavam incrivelmente alegres —, acho isso cansativo. Evidentemente, nunca incluí nisso meu pai, meus irmãos nem a meu marido, Davi ben Shebua, porém as mulheres têm mais humor que os homens.

Séfora estava totalmente encantada com aquela senhora romana. As duas estiraram-se mais confortavelmente.

— A virtude — disse Clódia — é muito necessária e a disciplina não pode ser muito valorizada. Precisamos aprender isso, minha filha, ou não resistiremos num mundo de homens. Precisamos dirigir incansavelmente com firmeza e guiá-los implacavelmente, ou este mundo voltará ao caos. Temos de ser verdadeiras Penélopes nesta grosseira terra masculina, verdadeiras Junos... ou nossos homens voltarão à barbárie. É a natureza deles, embora finjam, atualmente, excessivos refinamentos e delicadeza. Ai de mim, as mulheres modernas, empenhando-se em ser tão corruptas, viciadas e livres quanto os homens, estão apressando a destruição de todos. Há poucas mulheres virtuosas vivas nestes tempos desgraçados e só elas podem adiar a inevitável hora da morte, sangue e confusão.

Suspirou, examinou a romã na cesta e depois segurou-a. Olhou Séfora com interesse. O rosto da moça estava um tanto perturbado. Clódia disse:

— Não fique triste, minha filha. As civilizações vêm e vão. A semente de sua morte nasce com elas. É um destino inexorável, determinado pelos deuses. Contudo — acrescentou —, frequentemente anseio por aquilo que nunca tive.

Deu uma risadinha amarga. Séfora olhou-a, esperando.

— Shebua ben Abraão disse-me, divertido, que os fariseus acreditam na reencarnação — falou Clódia Flávio, esfregando a romã no joelho. — Se me fosse dado escolher, na hipótese dessa teoria ser verdadeira, gostaria de ser cortesã.

— Cortesã! — exclamou Séfora e seu rosto foi iluminado por covinhas.

— Então eu não precisaria ser tão virtuosa — disse Clódia. — Sou como um soldado cansado de serviço.

Séfora riu, porém, por algum motivo que ela mesma desconhecia, seus olhos encheram-se de lágrimas. Ergueu-se depressa e aproximou-se de Clódia, abraçou-a e beijou-a, sem saber por que chorava. Clódia tomou-a em seus fortes braços, acariciou-a como nunca fizera com as próprias filhas, murmurou palavras indistintas em seu ouvido e beijou-a no rosto. Séfora sentou-se em seu colo como uma criança, envolveu Clódia em seus braços e as criadas, quando viram aquilo, ficaram espantadas.

Era meia-noite e Saul suava, exausto, em seu belo quarto na casa de Shebua ben Abraão. Sua alma estava envolta em trevas e em sofrimentos. Dissera suas orações com fervor nesta primeira noite na terra dos pais, mas elas não lhe trouxeram conforto. Assim, levantou-se da cama quente, cobriu a cabeça com um pano, curvou-se como se estivesse sofrendo e recitou em voz alta as palavras de Davi:

— "Ó Senhor, não me repreendas na Tua ira, nem me castigues no Teu furor! Pois Tuas flechas atingiram-me rapidamente e a Tua mão me oprime dolorosamente. Não há saúde em minha carne por causa da Tua ira, nem há descanso em meus ossos por causa do meu pecado. Minhas maldades ultrapassaram minha cabeça; como uma carga pesada, são excessivas para mim.

Minhas chagas fedem e estão inflamadas por causa da minha loucura. Estou perturbado; estou muito abatido; passo o dia me lamentando. Pois minhas ilhargas estão tomadas por um mal asqueroso e não há saúde em minha carne. Estou fraco e muito desanimado; tenho vociferado por causa da inquietação do meu coração. Senhor, todo o meu desejo está diante de Ti e não Te escondo o meu gemido. Meu coração arqueja, minha força me foge; até a luz dos meus olhos me abandonou... Não me deixes, Senhor! Ó meu Deus, não fiques longe de mim!"

Ele já rezara assim em incontáveis noites, com desespero, fervor e fé total. Todavia, nunca fora confortado, nunca sentira-se perdoado, nunca percebera a iminência de Deus, como antes. Alguma coisa teimosamente fria e escura se interpusera entre ele e Deus. Saul acreditou ser seu pecado, pelo qual não podia se perdoar.

Uma vez, durante seu período com Dacyl, amara toda a humanidade, que era o reflexo do seu amor. E Dacyl era parte dela e ela parte de Dacyl. Agora, que acreditava detestar e odiar Dacyl, essas emoções sombrias jaziam em todo o mundo dos homens, emanando dele mesmo. Repudiando Dacyl, tinha repudiado e desprezado seus companheiros, pois não eram depravados e corruptos como Dacyl... e como ele mesmo? Não podia perdoar-se. Consequentemente, não podia perdoar nem tolerar a humanidade. Não podia Deus, bendito seja Seu Nome, ler no seu coração, conhecer sua contrição, tristeza e náusea? Por que então o silêncio era a resposta dentro dele, uma longa solidão e vazio como que censurando? Era sabido que Deus não rejeitava o arrependido, mas apressava-se a demonstrar-lhe bondade. Contudo, apesar de Saul ter-se arrependido, as portas da comunhão com Deus tinham-se fechado e ele fora deixado estéril e seco entre homens maus, com silêncio e desespero na alma.

Arrasado, tornou a atirar-se na cama quente e imediatamente adormeceu. Não sonhou. Mas, de repente, quando adormeceu, a lua crescente deitou-se por trás das montanhas e uma nova brisa soprou nas palmeiras. Ele ouviu uma voz enorme e poderosa:

— Saul! Saul de Tarshish!

Pulou da cama, o suor escorrendo do corpo, os olhos arregalados e fixos nas trevas. Gritou:

— Sim, sim! Quem é? Quem chamou?

As próprias paredes ainda estavam retinindo com o som daquela voz sobrenatural, aquela voz autoritária, aquela voz terrível e masculina. Uma dor horrível invadiu a cabeça do rapaz, que ficou arquejante. Escutou com toda a intensidade. Mas agora ouvia apenas a brisa seca, o pio de um pássaro solitário, o uivo distante do chacal e o toque de clarim de um guarda.

Eu estava sonhando, pensou, finalmente. Mas amanheceu antes que tornasse a adormecer. Então, pensou: "Apesar dEle me rejeitar e não querer me perdoar, embora Sua ira paire sobre mim como os enormes vagalhões do mar, ainda assim amo-O e sirvo-O com toda a minha alma e, finalmente, Ele talvez me receba."

Chorou muito e citou Jó: "Oh, se eu soubesse realmente onde encontrá-Lo!"

◆ ◆ ◆

Capítulo 9

Saul foi com o pai e os parentes ao Templo nos Dias Santos e Séfora à Câmara das Mulheres para seus deveres religiosos.

O rapaz tinha uma tremenda imaginação e ouvira do pai uma exposição sobre o Templo, sua cúpula dourada, cones, vários pátios, jardins, paredes e corredores, seus amplos saguões onde homens doutos passeavam, meditavam e discutiam assuntos sagrados, seus ciprestes, palmeiras e fontes, suas silenciosas colunatas. Sabia que o primeiro Templo de Salomão empregara mais de 70 mil homens em sua construção e que fora destruído por Nabucodonosor, rei da Babilônia, tendo sido restaurado por Zerubabel setenta anos depois e mais tarde aumentado e ampliado pelo rei Herodes. Ouvira falar das maravilhosas pedras amarelas e brancas das suas paredes, das estupendas portas de bronze, grandes colunas claras e lisas como mármore, seus imensos capitéis com romãs em relevo, botões de flores, lírios, grinaldas, seus arcos permitindo uma visão ampla, os pórticos tranquilos, os largos degraus baixos e a nuvem de incenso pairando sobre tudo, iluminada pelo sol ou pela lua. Ouvira falar do altar e do Santíssimo, do Tabernáculo, da Torá coberta, dos pergaminhos enrolados nas hastes de prata, no ar solene e silencioso, nos pisos reluzentes, nos silêncios, no rolar dos pequenos ecos, Hillel lhe falara das virgens sagradas, das viúvas e homens que nasceram no Templo e nunca o deixaram que só eram vistos a distância. Havia a tradição de que a Mãe do Messias passara seus primeiros anos naquele santuário, na Presença de Deus.

Saul fora preparado para a glória, o esplendor e os recintos sagrados, mas agora via realmente que o que tinha imaginado nada era, comparado com a terrível grandeza da realidade. Aqui estava o coração do seu povo, o Tabernáculo do seu Deus, a alma da sua natureza, sua coragem, fé, teimosa devoção, orgulho, honra e dignidade. Quem podia dominar um povo que construíra aquela casa do Senhor seu Deus, conservando-a sagrada, imaculada, refulgente e que virava os olhos para ela ao amanhecer e ao anoitecer? Hillel lhe dissera solenemente: "Portanto, que viva no espírito do Povo de Deus, mesmo que seja derrubada pedra por pedra, suas paredes despedaçadas, sua cúpula, esfacelada, suas colunas arrebentadas, como foi profetizado. Que a ira dos gentios, como disse Davi, prevaleça contra sua simples existência no tempo. Mas estará sempre vivo, amado, adorado, ansiado, desejado avidamente por todos os judeus através dos séculos, apesar de perderem sua fé e serem espalhados. Pois ele é o seu coração e aqui habita Deus, que jamais partirá do Seu lugar sagrado, o Invisível adorado na invisibilidade... até que o Messias chegue, bendito seja Seu Nome, triunfante e invencível, Pai do mundo futuro, e Ele erguerá novamente o Templo no piscar de um olho, para temor das nações, para ser o santuário de todos os homens."

Mas Saul não acreditava que aquele edifício, aquela igreja em pedra erguida a Deus, desaparecesse algum dia do olhar da humanidade, nem podia acreditar, apesar da profecia, que ela seria o santuário da humanidade, judeus e gentios, pagãos e bárbaros. Só pensar nisso era uma blasfêmia para ele. E pareceria ainda mais blasfemo que ele, o corrompido, corrupto e pecador, ousasse entrar nele, o capuz sobre o rosto, de medo que Deus pudesse golpeá-lo por sua presunção. Sentiu-se atordoado quando parou com a multidão de homens encapuzados diante do altar na imensidão do pátio: no crepúsculo azul e incenso e nuvem, ouviu o entoar de vozes baixas, que repetiam as preces até que a vastidão do local foi invadida por um vento profundo e sobrenatural, que não nascia de gargantas humanas. Era a marcha dos Exércitos, invisíveis porém envoltos em fogo branco. Saul olhou os sacerdotes e viu suas mãos erguidas, seus olhos e barbas longas, suas vestes sacramentais, seus recitativos e o eco deles, sendo invadido por um terror e um frio êxtase. Quando a multidão prostrou-se ele também, viu que era impossível erguer-se novamente e seu pai, com uma expressão preocupada, ajudou-o a levantar-se.

Hillel, mesmo naqueles momentos sagrados, ficou horrorizado com o aspecto do rosto do filho, tão terrível era a luz dos seus olhos, tão fixas e tensas suas feições. Havia um fio de espuma em sua boca lívida. Estava tonto, ao mesmo tempo perplexo e perdido, embora exaltado. Hillel ouvira falar nos delírios de homens tocados pelo Dedo de Deus e ficou apavorado. Diziam que esses homens frequentemente ficavam loucos por causa do êxtase. Hillel desejava que seu filho amasse Deus, mas queria também que Deus não o amasse demais. Havia uma severidade no Amor de Deus que fazia com que homens sábios, apesar de desejarem ser amados por seu Pai Poderoso, raramente orassem por favores e poderes que podiam ser devastadores e destruidores. Nada havia de errado com os delírios, desde que não invadissem o limite de outros homens e não consumissem a pobre carne humana nas chamas. O vaso da carne era frágil demais para conter a ardente essência da Natureza de Deus e Saul era o único filho de Hillel que, mesmo para a glória de Deus, não desejava vê-lo consumido.

Saul estava trêmulo. Sua respiração tornou-se difícil e rápida. Olhou para o Tabernáculo; oscilou como se estivesse numa ventania. Hillel comprimiu os braços de Saul contra seu próprio corpo, apertando-os como se quisesse proteger o filho do Próprio Deus.

Saul estava bradando no seu íntimo: "Choro de dia, meu Deus, e ficas silencioso! Lamento-me de noite e me toleras!" As palavras de Davi percorreram-lhe a alma, implorando, adorando, ansiando. "Para onde afastar-me de Seu Espírito? Ou para onde devo fugir de Sua Presença? Se ascendo do Céu, o Senhor está lá. Se faço meu leito no Inferno, olhe! O Senhor está lá! Se tomo as asas da manhã e me abrigo na parte mais remota do mar... Mesmo lá Sua Mão irá me dirigir e Sua Mão direita me amparará. Se digo, 'Com certeza as trevas me cobrirão', mesmo a noite me iluminará... A escuridão e a luz são semelhantes para o Senhor, Ó meu Deus e meu Redentor!"

A temível alienação que sentira durante tanto tempo, o afastamento de Deus dele, desapareceu como um relâmpago por um momento e sentiu-se como se estivesse à beira de uma descoberta e conhecimento transcendentes, uma revelação que lhe seria muito necessária se vivesse e sem a qual certamente morreria. Todo o seu ser atirava-se ao encontro dessa revelação; estendia-se qual uma mão, ansiando, esfomeado, desesperado e ele não sabia onde estava ou o que o sustinha.

E depois aquilo desapareceu. Eu sou indigno, pensou. Sou culpado. Vi durante um momento a indumentária rastejante da Glória e depois Ela desapareceu. As lágrimas rolaram pelo seu rosto e de sua garganta saiu um gemido que, felizmente, só seu pai ouviu. Os olhos de Hillel também encheram-se de lágrimas e ele implorou: "Afasta-te do meu pobre filho, para que ele não morra."

Foi então que, naquela odorífera treva azul, em meio ao eco das preces, Hillel percebeu que os parentes tinham reparado nele e em Saul. Viu o indiferente rosto aborrecido de Shebua ben Abraão, o soberbo, pálido ao abrigo do seu capuz, a troca de sorrisos de entendimentos entre Simão e José — seus rostos estavam lustrosos — e o ar elegante de divertimento de Davi ben Shebua, leve mas visível. E Hillel envergonhou-se de seu próprio medo, com um profundo remorso por ter pedido a Deus que não tocasse em seu filho e furioso, mesmo naquele momento sagrado, porque a família de Shebua iria zombar da apaixonada comunhão do seu filho, eles que não acreditavam em Deus, bendito seja Seu Nome, e nunca desejaram acreditar. Hillel poderia ter lamentado sua raiva, seu remorso e desejo de cobrir o filho com a própria capa, escondendo-o daqueles profanos que maculavam o Santuário com sua presença, achando motivo de hilaridade silenciosa que um rapaz pudesse ser tão arrebatado e exaltado, acreditando estar à beira do desmaio ou morte.

As grandes velas foram acesas ao longo das paredes nos seus castiçais de prata; os lampiões brilhavam. Ouviu-se o som de grandes trombetas de ouro; as colunas reluziam como uma incandescência cambiante. O sumo sacerdote estava afastando o véu que cobria a Torá, os pergaminhos sagrados, e os homens encostaram os rostos no chão, num silêncio esmagador. A cúpula dourada estava perdida em sombras oscilantes e nuvens de incenso. Mas Hillel, que passara o braço pelos ombros do filho, mesmo estando lado a lado, sentiu que aquele momento dos mais sagrados tinha sido estragado por ele porque sabia que, perto, estavam homens zombeteiros, sem fé, ímpios e profanos, que obedeciam à letra da Lei porque achavam correto, embora o Espírito estivesse muito longe deles. Para eles, certamente, não havia perdão para aqueles abomináveis saduceus! Até ali procuravam a aprovação dos homens e blasfemavam contra Deus em seus corações.

O pensamento de que ele e Saul iriam banquetear-se com os parentes naquela noite revoltou Hillel ben Borush. Seu pão e sua carne, seus pratos suculentos e seus molhos condimentados, seus vinhos e frutas, seu riso e piadas estavam acima das forças de Hillel. Seu coração ferveu e ele sentiu uma ardência e tristeza profundas no íntimo, não apenas pelo filho, mas por seu Deus traído que, finalmente, não poderia continuar a ser escarnecido.

Estavam novamente de pé. A Arca da Aliança fora mais uma vez oculta e as preces recomeçaram. Hillel viu que Saul estava melhor e que seus lábios mexiam-se. Entregou-se à própria contemplação e orações. As velas e lampiões tremularam; uma suave mas penetrante música de cítara e flauta invadiu o silêncio, como acompanhamento às devoções, tendo como acentuação um ocasional toque de címbalos em surdina, o murmúrio de harpas, o som abafado de cânticos.

Todo o pensamento consciente abandonou Saul, cuja alma estava exaurida e prostrada.

Então, de imediato, percebeu vívida e assustadoramente, como se uma mão de fogo tivesse tocado e queimado seu corpo. Olhou em volta. Só viu as formas vagas dos homens ao redor; ouviu suas respirações, suas preces e até seu choro baixo. Estavam todos de capuz. Só vislumbrou seus queixos, as pontas dos narizes e uma mecha ou duas de suas barbas. Muitos estavam ricamente vestidos e enfeitados. Contudo, perto de Saul, havia um grupo vestido de modo grosseiro como os camponeses, de sandálias de couro sem enfeites, as mãos rudes e calosas cruzadas. Não usavam joias para brilharem na luz, como seus parentes; suas barbas e seu corpo não eram perfumados. Exalavam a campo e colinas, a animais domésticos e pele de cabra, a queijo e pão preto grosseiro, a coalhada e óleo velho. Nem mesmo abluções frequentes podiam eliminar aqueles odores que agora emanavam dos seus corpos.

Mas Saul, novamente tonto e trêmulo, sentiu que um deles lhe havia jogado uma lança de fogo que o atingira. Olho-os. Oravam em silencioso fervor. Nada os distinguia dos seus companheiros; na verdade, os homens mais importantes e ricos de Jerusalém tinham procurado fazer um pequeno espaço entre eles e seus irmãos provincianos. Perante Deus, diziam frequentemente, todos os homens são iguais. Mas não acreditavam nisso. Pois não estava dito que o justo seria favorecido com bens terrenos por um Deus benevolente, bendito seja Seu Nome, que nunca seria desamparado por Ele e que seus filhos jamais esmolariam? Assim, um homem sem recursos, pobre e humilde, um miserável trabalhador, era indubitavelmente um pecador e merecia a sorte que tinha. A probabilidade de que eles próprios fossem realmente desamparados e que seus filhos precisassem mendigar inutilmente o Pão da Vida, nunca lhes ocorreu e se alguém lhes falasse disso, não só seria insultado, mas vítima de ódio e vingança.

Como? Onde?, pensou Saul, com uma espécie de delírio ansioso. Ouvira falar muito de rabinos de Israel, miseráveis, mas sagrados e errantes, que frequentemente evocavam milagres, que pregavam nas ruas e na poeira para multidões desatentas, que devotavam suas vidas ao esclarecimento dos semelhantes e para a maior glória de Deus.

— Eles não se importam com dinheiro, alimentos caros ou pão, abrigo, calor ou mesmo proteção contra a chuva e o sol — dissera Hillel ao filho. — Dormem em estrebarias, sob arcadas ou em soleiras, desejando apenas servir, orar ou a oportunidade de oferecer compaixão e esperança aos outros. São os abençoados por Deus.

Estaria ali um deles, entre aquele grupo de camponeses?, perguntou-se Saul. Achava que precisava saber, que precisava aproximar-se deles, erguer um capuz para procurar o rosto, o espírito que o tenha tocado invisivelmente, mas com força. Estava ansioso, cheio de uma esperança avassaladora. Sua velha impulsividade retornara, seu velho atrevimento de ter o que desejava. Fez um movimento.

Foi nesse momento em que tinha a certeza, que uma voz forte e familiar disse, no interior do seu crânio:

— Fique quieto. Ainda não é a hora.

Pensou: estou ficando louco! Não ouvi essa voz e no entanto juro tê-la ouvido! Estou liquidado. Minhas emoções estão em desordem. Ventos brutais perturbam minha alma. O sofrimento distorceu minha percepção. Meus Deus, meu Deus, por que me abandonaste?

Contudo, mesmo pensando nisso, baixou sobre ele uma paz profunda, uma quietude, uma cessação, como se uma bondosa e piedosa mão tivesse sido colocada em sua boca incoerente e clamorosa. Mergulhou numa prece silenciosa, num silêncio semelhante ao sono.

Apesar de Clódia Flávia ter ordenado aos cozinheiros judeus que preparassem o banquete adequado aos Dias Santos, sem que tenha sido excluído qualquer prato caro e ritual, providenciados os vinhos prescritos, as preces e cerimônias na mesa da luxuosa sala de jantar foram desanimadas e mecânicas. Os cálices podiam ser de ouro, as travessas e pratos da mais fina prata lavrada, as colheres e facas com o encanto da arte egípcia, os candelabros enfeitados e lâmpadas perfumadas e de bom gosto, a toalha feita de tecido dourado, copos, vasos cheios de flores vermelhas, brancas e roxas, de cristal de Alexandria, mas não havia nada da alegria sóbria que se segue ao Dia da Reconciliação, quando os homens acreditam fervorosamente que o livro dos seus pecados do ano que passou foi encerrado pelo Anjo de Deus e um novo ano de esperança e fé estende-se à frente deles.

Shebua ben Abraão, seus filhos e netos não estavam usando os solidéus bordados e cravejados determinando sua posição na sociedade. Não usavam nenhum solidéu. Só Hillel ben Borush e seu filho Saul os usavam. Tinham escutado as preces levianas e curtas de Shebua, percebendo o leve e indulgente divertimento da sua voz adocicada e seu enfado. Sabiam que ele estava tendo um gesto educado com relação à fé que abandonara, pois mesmo os romanos e gregos ateus faziam libações em homenagem aos deuses. Era um belo gesto e, desconfiou Hillel, só foi feito por causa de sua presença e da de Saul. Shebua era um homem de gestos; Hillel imaginou amargamente se ele seria alguma coisa mais, pois embora tivesse prestado muita atenção, jamais ouvira Shebua fazer um comentário original, apesar de muito eficaz em citações dos mais importantes filósofos gregos, de Virgílio e Homero, que ele soltava com um gracioso gesto de mão e um sorriso agradável dignos de admiração. Mesmo aqueles comentários, viris e apaixonados no original, tornavam-se sem nexo e afetados. Tenho certeza, pensou Hillel, que raramente irritava-se profundamente — conhecendo as fragilidades humanas — que mesmo seu excremento é perfumado e sua urina odorífera. Como obrigou-se ao violento esforço de produzir seus filhos é coisa acima da minha imaginação. Ele tem duas concubinas. Garanto que ainda são virgens; sem dúvida, ele as delicia com uma lira, poemas ou lindas cançonetas!

Ou, pensou Hillel, cada vez mais animado, talvez ele seja praticante do amor platônico, para imitar os gregos. Deu uma olhada na reluzente mesa do seu sogro e o desprezou. Shebua estava elegantemente recostado em sua cadeira de ébano incrustada de pérolas; brincava com o cálice; comia com ar de distraída distinção, com gestos excessivamente refinados. Sua túnica azul, presa por um cinto de ouro e pedras, caprichosamente trançado e todo bordado; seus braços estavam cobertos de braçadeiras, refulgindo como estrelas, e tinha no dedo indicador direito um belo anel que Herodes Ântipas lhe dera em troca de favores ou amizade — desconhecidos. Abstivera-se do último absurdo: colares e brincos egípcios, de ouro e pedras. Ele os deixara para Davi ben Shebua. Hillel tornou a pensar que o rapaz era uma paródia do pai e então achou que não estava sendo cortês. Davi era mais inteligente, capaz de alguma originalidade e inesperada imaginação, embora pequena. Talvez fosse por isso que Shebua gostava menos dele que dos mais pragmáticos e avarentos Simão e José, que não fingiam conhecimento, sendo francamente mundanos, sem envergonhar-se do seu mundanismo.

A sala de jantar era mais luxuosa que a de Herodes Ântipas ou a de Pôncio Pilatos, como os próprios confessaram. Era, na verdade, um salão de banquetes, do mais puro mármore branco importado da Itália. Nenhuma cor o maculava, exceto os murais violentamente coloridos nas paredes brancas, magnificamente executados pelos melhores artistas, o chão coberto de tapetes persas e o alto teto de cobre em relevo, numa confusão de formas e ângulos entrelaçados. As colunas coríntias, brancas como neve — nada da simplicidade jônica para Shebua — tinham seus capitéis delicadamente coloridos. E nos pedestais, em nichos, havia pequenas estatuetas nuas e grosseiras, de mármore branco, trazidas da Grécia.

A noite era quente. As portas de bronze estavam abertas e as cortinas de seda clara haviam sido afastadas, mostrando, embaixo, Jerusalém em suas colinas, em camadas, fortemente iluminada. Ouviam as fontes no exterior da casa, rindo para as estrelas, e sentiam a fragrância dos jardins quentes sob o orvalho. Tudo o que o olhar abrangia era encantador e a tudo Hillel apreciava, menos seu anfitrião e os irmãos de Débora.

Hillel, esquecendo um instante a conversa em torno da mesa, olhou para o rapaz que ia casar com Séfora. Evidentemente, não era bonito como o pai, Davi, mas também não parecia com o avô Shebua ben Abraão, graças a Deus, bendito seja Seu Nome. O rapaz era tímido e calado, tinha olhos muitos azuis e inocentes, mas sua expressão era alerta, apesar de reservada. Estava sentado ao lado de Saul que, naquela noite, tinha o rosto muito pálido, feições tensas e olhar inflexível, como se seus pensamentos estivessem longe daquela sala e dos parentes, entregues a uma procura, embora com medo do que procurava. Sua túnica grosseira de linho branco em nada lhe melhorava a aparência, nem o seu gritante cabelo ruivo ou o profundo azul metálico dos olhos vagos.

Os profetas frequentemente se referiam ao fogo que inflamava seus corações com o amor a Deus, pois o fogo era amor dado e recebido, significando arrebatamento e êxtase. (Ó Amor do meu desejo!, pensou Hillel, sentindo a abrasadora queimadura das lágrimas em seus olhos. No entanto, aquele não era o amor que seu filho sentia, à vista dos arrebatamentos no Templo.) Hillel tornou a suspirar e afastou, com sofrimento, o olhar de Saul para tornar a ouvir seu cansativo sogro.

Depois, falou:

— Shebua, você vem fazendo referências às maravilhosas abstrações dos gregos, das quais nascem seu código de ética... que eles não seguem mais. Tudo baseado em abstrações é estranho à carne e à essência do homem; as abstrações são brinquedos de mentes esgotadas, que não podem suportar o sofrimento ou a visão e o som do sofrimento, nem as febres, chagas e agonias da carne... especialmente dos outros homens. Não apenas considero isso vulgar, um insulto ao espírito da humanidade, como nojento. As palavras não são substitutas da realidade, nem frases refinadas são cataplasmas para a verdade. Os homens nasceram; evacuam, copulam e urinam; são torturados na carne. Cheiram. Frequentemente fedem. Precisam trabalhar... e pagar impostos. Dormem. Comem. Procriam. Morrem. Essas são as verdades imutáveis e materiais do nosso ser, da nossa carne. Não podemos disfarçá-las eternamente em sedas, bordados ou o que prefira chamar de civilização grega ou outra qualquer, ou em cantos ou pentâmetros, por mais belos e sublimes. Não menosprezo a poesia, a música ou quaisquer outros ornamentos que os homens possam inventar, pois a vida não é amável, agradável, para o homem ou o animal. Admiro, apesar de lamentar, esses esforços desesperados para ocultar a horrenda face da realidade, pois ninguém pode suportar sua visão por muito tempo com tranquilidade ou sem a ajuda de Deus. Ou sem disfarçar suas feições com o véu da arte. Porém, devemos admitir que não passa de um véu. Do contrário, certamente enlouqueceremos.

Shebua apertou seus olhos claros e começou a falar, mas Hillel ergueu a mão.

— Peço-lhe um pouco mais de paciência — falou.

Sabia que estava aborrecendo Simão e José, que tinham dirigido um olhar de exagerado respeito filial ao pai enquanto ele falava, antes da interrupção de Hillel, e ele os aborrecera ainda mais. Não podiam esconder o tédio que Hillel lhes causava e recostaram-se em suas cadeiras com uma expressão de resignação.

— Você dirá — prosseguiu Hillel — que a arte e as graças da mente nos distinguem dos animais. Mas somos animais como eles! Não considero isso degradante; chamo de chegar a um acordo com a realidade. Podemos partir dessa base sólida e nunca devemos repudiá-la, pois se o fizermos, repito, ficaremos loucos. Dizem que animais não têm alma; duvido. Mas isso não importa. Você deixa subentendido que os animais não têm código de ética. Quem o elucidou a esse respeito? Vi animais e pássaros com mais piedade e solicitude com os seus jamais demonstradas por qualquer homem! Animais não traem; não exploram; não oprimem; não escravizam; não pecam. Têm a sua vida e esta é honesta. Quem pode dizer o mesmo do homem? Foi necessário ao homem inventar a ética, pois, perante Deus, abençoado seja Seu Nome, o homem não nasceu com ética nem pode sobreviver sem ela! Ele é o feroz devorador do seu irmão, um canibal, e nenhum outro animal se assemelha a ele a não ser o rato que, inquietantemente, parece com o homem.

"Para demonstrar isenção, e por um motivo de elegância, admiro o código intelectual de ética dos gregos. Admiro a arrogância romana, o orgulho do seu país e raça, admiro a lei romana, pois é baseada na realidade humana, enquanto a ética dos gregos não é. Contudo, nem a ética dos gregos nem a lei dos romanos são baseadas em Deus e na Realidade de Deus, não têm nenhuma verdade autêntica, a não ser num aspecto mínimo. Apenas as antigas leis dos judeus, baseadas na matriz da Realidade de Deus, podem sobreviver neste mundo, pois são moldadas em piedade, compaixão, amor e justiça... todos atributos de Deus.

"Para nós a vida é sagrada e isso não é verdade em outra religião, em nenhum código de mera ética mortal, por mais que seja a linguagem ou profundo o pensamento. Os gregos nunca foram impelidos a amar seus semelhantes; a ideia é grotesca para os romanos. Da mesma forma para babilônios e egípcios, com exceção de um curto período na história egípcia há muito tempo. Apenas para os judeus a vida humana é sagrada. Só a nós foi dado o mandamento 'Não matarás!' Concordo que obedecemos a esse mandamento não muito zelosamente em nosso passado, embora o conhecêssemos, enquanto outros povos o obedeceram e não o conheciam. No entanto, está aqui. Não matarás!

"Durante incontáveis gerações, os gregos praticaram o infanticídio. Nada achavam de imoral nisso. Dizem que é um meio de controlar a população. Os romanos também começaram a praticá-lo, sem sentir repugnância ou culpa. Outras nações cometeram esse crime horrendo sem tristeza. Mas os judeus não praticaram o infanticídio. Não matam levianamente e as guerras não são motivo de júbilo, embora sejamos um povo guerreiro. Pois Deus exortou-nos a não matar. Aconselhou-nos a amá-Lo, reverenciá-Lo e temê-Lo, e a amar nossos semelhantes.

"Certamente, Shebua ben Abraão, você concordará que nossa ética, baseada em Deus, é superior à dos gregos e romanos! E que nossa civilização, apesar de diverti-lo, é mais harmônica com a natureza do homem e de Deus que qualquer outra!"

Saul, perplexo e mudo, estivera ouvindo. Olhou espantado para o pai e não o reconheceu, pois o habitualmente amável e conciliador Hillel tinha um relâmpago fulvo no olhar e seu rosto estava profundamente corado.

— Você é muito eloquente, Hillel ben Borush — comentou Shebua, cujo rosto alvo tinha agora uma leve sombra de maldade. — Mal posso acreditar nisso num rígido fariseu, pois este é notoriamente destituído de eloquência e sutileza. Mas não aceito nada do que falou, nem admito que seja verdade. Fala como judeu...

— E você não é judeu! — exclamou Hillel e sua mão pousada na mesa tremeu de raiva.

Shebua olhou os filhos e sorriu levemente.

— Somos cidadãos do mundo — disse. — Acreditamos na humanidade em vez de acreditarmos em Deus. Acreditamos que o homem tem possibilidades e potencialidades infinitas, que atingirá quando abandonar a superstição e confiar apenas em si mesmo. Agora somos homens e não crianças. Não precisamos do suporte da idolatria imoladora e temor covarde do Invisível para nos sustentar.

Não precisamos de mandamentos, mas sim de nossas mentes superiores e de suas probabilidades. Não mais ouvimos Deus no trovão; compreendemos o trovão. Não é a fogueira no Sinai. É um relâmpago natural e não intencional. Agora não habitamos mais em tendas, nem somos bárbaros. Pois crenças de crianças a elas pertencem, com seus medos e terrores, uma vez que nada sabem e nada conhecem. Mas hoje somos homens e sabemos o que mantém um homem e que forças ocultas existem nele que poderemos evocar.

— Ah! — exclamou Hillel, com emoção incomum. — Você está dominado pela loucura do orgulho... e como o homem ousa ser orgulhoso? De que pode se orgulhar? De sua história? Que Deus nos perdoe essa blasfêmia! Você falou insistentemente do futuro. O futuro nasce no ventre do presente e nada vejo neste ou no passado que prometa ao homem glória criada por si mesmo. Pois não pode livrar-se de sua baixeza por esforço próprio. Está escrito que o homem não pode adquirir mérito por si mesmo, pois é indigno dele. A história é a nossa testemunha. O homem não nasceu para ser glorificado. As Escrituras ensinam que o homem nasceu apenas para conhecer, amar e servir a Deus e nada mais, e que nesse conhecimento, amor e servidão — sozinho — pode transcender sua natureza e tornar-se mais que um homem.

Shebua sorriu-lhe como se ele fosse imbecil e apontou-lhe o dedo fino, com uma fingida paciência indulgente.

— Nego suas premissas, Hillel ben Borush. Para mim, seu silogismo é sem validade ou verdade. Pois sua premissa é Deus. Portanto, nego sua premissa. Precisa "definir seus termos" como disse Sócrates, porém nós dois jamais poderemos concordar nos "termos". Assim, o argumento é fútil. Mas torno a repetir que o homem pode transcender o que você chama sua baixeza — que prefiro denominar de deplorável ignorância — cultivando seus poderes latentes de pensamento e vontade. Os gregos disseram isso. Nada conheço que os contradiga. Avançamos. Progredimos. Ontem, éramos selvagens. Hoje, temos o Partenon. Temos a Lei dos romanos. Temos poesia e repugnância ao barbarismo que, novamente, você chamou de baixeza do homem. Temos refinamentos espirituais e amor pela beleza. Somos inventivos. Um dia, como disseram os egípcios, palmilharemos os sóis e nada nos será fechado. Parte do nosso ser pode ser animal e vivemos em nosso corpo como os outros animais. No entanto, eles não progridem. São hoje o que eram ontem, mas nosso porvir está cheio de promessas gloriosas.

— De morte — respondeu Hillel. — E sempre estarão até a chegada do Messias, bendito seja Seu Nome, revelando-nos o oculto, dando absolvição à nossa maldade em Seu Amor, formando a humanidade — não por intermédio da lei, da trama nem da conquista humanas — verdadeiramente um único sangue, um único corpo e um único espírito, fazendo com que jamais tornemos a conhecer a guerra e o ódio.

Sua voz soou com total autoridade e fervor, seu rosto estava iluminado e excitado de tal forma, que mesmo o sorriso fixo de Shebua e seus filhos ficou perturbado e embaraçado; eles o odiaram sem saber por quê. Quanto a Saul, pareceu-lhe estar ouvindo palavras que esquecera. Ficou estranhamente comovido, cheio de sofrimento e pensou: Já soube disto, mas agora Ele vai permitir que não esqueça mais.

Hillel estava inspirado. Não pôde mais refrear sua extraordinária emoção, pois viu o menosprezo e zombaria dos parentes e a afronta a Deus. Ergueu o punho contra eles, sem poder conter-se.

— Vocês, saduceus! — gritou. — Tiraram o trigo dos homens, deixando-lhes as cascas! Tiraram-lhes as manhãs e deram-lhes as trevas do inferno, onde perderam Deus. Basearam suas esperanças no mundo, que passará e nunca mais será conhecido entre os sóis e as Plêiades, esperanças essas que nem Órion conhecerá jamais. Neste frágil globo que circunda sua estrela, vocês pretendem instalar a cidade dourada do raciocínio do homem, que este aspira sozinho, para a eternidade. Vocês acreditam que será pela vontade e desígnio do homem unicamente que o mal será abolido... no entanto, o mal é a verdadeira natureza do homem e imutável. É uma sombra e é nela que vocês querem erigir palácios eternos, caminhos de prazer, conversas urbanas e avançadas, paz e tudo o que consideram ético. Vocês sabem que são mortais e em seus corações superficiais negam a mortalidade, falando do futuro longínquo como se estivessem lá, vivos e triunfais! Não conhecem o futuro, mas enganam-se, dizendo-se que vão estar lá! Ou lhes basta sua jactanciosa "glória do homem no futuro", vocês que amanhã serão pó?

Estava audivelmente ofegante. Olhou um a um os frios rostos zombeteiros, vendo neles apenas medo e pavor da morte. Sorriu compassivamente.

— Como vocês são patéticos? — exclamou. — Neste pouco tempo não acreditaram em suas próprias mortes. Esperam realmente fazer parte do futuro que me parece horrível e não belo. Acreditam no prazer, em dias de tranquilidade, graça, conversa e encontro de amigos. Vocês agora detêm o comando do Templo, o qual profanaram. Negam a ressurreição dos mortos, que foi prometida, pois acreditam que quando os homens morrem tornam-se iguais aos animais dos campos. Já é muito mau terem traído Deus. Traíram seu povo em benefício dos romanos, dos seus tirânicos coletores de impostos; traíram seu orgulho e sua nação; mergulharam-nos no desespero. Associaram-se aos romanos para escravizar os desamparados; ajudaram os opressores a arrecadar os impostos para a manutenção de uma Roma preguiçosa e poliglota, onde os homens vivem à custa de outros e não trabalham como nós somos forçados a fazê-lo. Em troca de paz agora, prazer, harmonias inúteis, belezas, conversas, orgulho, perversidades elegantes, música, dançarinas, dinheiro, belas casas e vilas, criados, riso, mulheres da vida, teatros, banhos, arenas, jogo, cavalos, pequenos desejos sensuais e prazeres convocaram seu povo a não resistir, a não acreditar na Promessa dos Séculos e sim a obedecer, a curvar as cabeças, a entregar o pescoço à canga. Vocês lhes tiraram Deus e jamais serão perdoados por isso!

O rosto de Shebua tornara-se afilado e lívido, parecendo a lâmina de um machado, não mais esforçando-se por esconder o ódio. Seus olhos relampejaram.

— O que acha que devemos fazer — perguntou —, nós, dirigentes do nosso povo, Hillel ben Borush? Aconselhá-lo a revoltar-se... como os zelotes e essênios, esses loucos? E atacar a onipotente Roma, levando nossa gente a ser submetida a ferro e fogo? Você insiste para que não paguem impostos aos romanos? A vida não é melhor que a morte? Impostos, por mais onerosos que sejam, não são melhores que o túmulo? Mesmo a escravidão não é melhor que o massacre? A obediência ao conquistador é, para um homem sensato, menos terrível que a execução ou a fome. Como disse Salomão, "É melhor um cão vivo que um leão morto". O Leão de Judá está morto...

— E estamos vivos como cães — retrucou Hillel, com enorme amargura.

Shebua encolheu os ombros.

— Estamos vivos — falou. — O que quer que façamos?

Hillel cravou nele seus olhos brilhantes.

— Somos um pequeno país conquistado. Os romanos são todo-poderosos. Concordo. Não desejo a morte do meu povo, pois nele vive o Espírito de Deus e dele nascerá o Messias. Não os quero mortos em milhares de cruzes. Não quero ver suas mulheres e filhos massacrados. Não. Mas é dever de vocês, filhos de Zadoque — e como é gloriosa essa lembrança! — manter seu povo na esperança do Messias, aliviar-lhe a fome com suas fortunas, interceder por ele, alimentar sua fé em Deus, bendito seja Seu Nome, dar-lhe paciência em suas atribulações, erguer-lhe os olhos para o sol e as estrelas, repetir-lhe a Promessa que nos foi feita, reforçar sua resistência. Que homem não sofrerá em silêncio se souber que seu Redentor está próximo e que Deus não o abandonou?

"Mas vocês estão retirando do seu povo o único sustentáculo que o salvará! Vocês atiraram a alma do povo nas trevas! Entregaram-no aos romanos como escravos acorrentados, dizendo-lhe: 'É assim e não há outro jeito, portanto conformem-se.' Por que pediram essa resignação? De pena do seu povo? Não! Apenas em troca de luxo e paz para vocês mesmos! E ousam tagarelar sobre o glorioso futuro da humanidade, seus traidores do que há de mais nobre no homem, seus envenenadores do poço de água da vida!

Era imperdoável rebelar-se diante do anfitrião, mas Hillel não pôde conter-se, tão profunda era sua piedade pelo seu povo, sua angústia pela opressão em que vivia, seu tormento pela pobreza, sofrimento e trabalho infindável, sua fúria por ele ter sido traído pelos seus, sua tortura por ter o povo sido privado de esperança... e por isso era grande a sua ira. Fez um esforço para recompor-se.

Sua voz ficou rouca. Ergueu os braços como um profeta e não se envergonhou das lágrimas escorrendo pelo rosto, embora o ódio e escárnio dos parentes fosse agora uma névoa mortal na sala.

Disse, citando Davi:

> — *"Deus é nosso refúgio e nossa força,*
> *Uma ajuda muito afetiva em tempo de perturbação.*
> *Portanto não temamos, embora a terra seja removida,*
> *E as montanhas levadas para o meio do mar;*
> *Embora suas águas rujam e se agitem,*
> *Embora as montanhas tremam com sua expansão.*
>
> *Eis um rio, suas correntes alegrarão a cidade de Deus,*
> *O lugar sagrado dos Tabernáculos do Altíssimo."*

O silêncio na enorme sala era palpável como se um profeta tivesse trovejado nela e nenhuma coisa pudesse emitir um som.

Então, Hillel virou-se e começou a andar para fora da sala, seguido logo depois por Saul, sem olharem para trás.

No átrio, Hillel, profundamente abalado, foi incapaz de falar por causa do choro. Colocou as mãos nos ombros do filho e inclinou a cabeça. E Saul colocou as suas nos ombros do pai, desprezando-se por não ter acreditado fosse ele capaz de tanto ardor e ira tão sagrada, de tanta honradez, e outra aflição juntou-se à que levava no coração.

Ouviram passos e ergueram os olhos, meio escondendo as lágrimas. Viram Clódia com três de suas mulheres atravessando o átrio, com o objetivo de certificar-se de que os parentes estavam adequadamente servidos pelos criados. Clódia parou, olhou vivamente o rosto de Hillel, porém manteve-se calma.

A romana disse, com voz compreensiva e consoladora:

— *Shalom.*

Foi Hillel, encarando-a, quem respondeu, com voz abatida:

— *Shalom*, Clódia Flávio.

Saul não pôde compreender. Sentindo afronta e frustração, afastou-se do pai e foi para seu quarto.

Capítulo 10

Hillel ben Borush foi visitar sua parenta Ana bas Judá e seu amado marido, Aulo Platônio. Saul recusou-se a acompanhá-lo, apesar da insistência do pai.

— Meu pai, não desejo conversar com romanos — disse Saul. — Que são eles para mim? Os opressores e escravizadores do meu povo. Há duas noites, o senhor censurou com severidade meu avô por sua colaboração com os romanos em prol de uma paz vergonhosa. Ontem à noite, o senhor me disse que ele não ficaria impune, nem seus filhos ou sua seita. No entanto, hoje, o senhor vai visitar Aulo Platônio, um romano opressor! Estou espantado.

— Aulo ama tanto o imperialismo romano quanto eu, pois é um "velho" romano da escola austera. Quem pode, com justiça, culpar o soldado romano, o procônsul e até mesmo, Deus me perdoe, o burocrata e o cobrador de impostos? Alguém, se for sensível, culpará o governo, não os servidores do governo, não os envolvidos nele. Não foi o Profeta Samuel quem aconselhou o povo a não ter um rei, a fim de não ser escravizado, vivendo e morrendo em grilhões? O governo, já disseram, é um mal necessário, todavia os males podem ser mantidos enfraquecidos. Caso vierem a se tornar fortes, a culpa é de homens ambiciosos, que odeiam seu povo, e da loucura do povo, que lhes permitiu essa barbaridade e a complacência do seu doce sorriso. Aulo não é dessa laia. Ele deplora comigo o declínio do patriotismo, da virtude, do esforço e da honra no mundo. Lamenta comigo que o mundo dos homens tenha deliberadamente se aviltado. Ele é meu amigo. Gostamos um do outro. Não o odeio porque é romano, tão desamparado quanto eu, judeu, nas maquinações do governo. Somos irmãos. Juntos, honramos a Deus, bendito seja Seu Nome.

— Não obstante, sua gente assassinou judeus aos milhares pela espada, pendurou-os em incontáveis cruzes, exilou-os, roubou-os nos impostos, aprisionou-os e matou-os de fome, massacrou-os nas arenas, tirou-lhes as mulheres, os filhos, os lares, esfolou-os vivos. Devo gostar de um filho dessa gente?

Hillel tentou exaustivamente fazê-lo entender.

— Ele também é vítima do seu governo. Aulo não é assassino. O homem, individualmente, é raramente um demônio. Aulo não o é.

Olhou para o rosto sombrio e obstinado do filho e ficou imaginando para onde o antigo Saul, vigoroso, alegre, de riso exuberante, teria ido e qual o motivo daquele exílio. Então, teve uma estranha revelação: os homens não mudam Este Saul que via naquele instante era o mesmo Saul antigamente absorvido no ardor de uma paixão juvenil. A juventude se fora; o homem verdadeiro surgira da crisálida abandonada. Saul agora havia nascido e toda a sua infância e juventude nada mais tinham sido que enfeites coloridos e efêmeros. O homem estava ali. Hillel recordou o forte grito do recém-nascido Saul nos braços da ama: tinha sido um grito áspero e imperioso, orgulhoso e zangado, não o choro de uma criança. Entre o homem atual e o bebê de ontem não havia barreiras. Tinham-se tornado um.

— O que é você, quem é você, Saul, meu filho? — perguntou Hillel, confuso, passando a mão na testa.

Saul sorriu-lhe sombriamente, como se tivesse compreendido tudo.

— Sou Saul ben Hillel, filho do meu povo, que é grande na história, na guerra e no amor a Deus.

— Mas você nada sabe Dele — retrucou Hillel, pesando, temeroso, porque essas palavras lhe haviam escapado e de onde tinham surgido.

Saul fez meia-volta e deixou o pai. Tenho chorado facilmente nestes dias, pensou Hillel ben Borush. Mas os homens não choram por seus filhos? Se sentimos tal dor pelos que saem de nossas entranhas, como deve ser enorme o sofrimento do Senhor dos Exércitos por Seus filhos, bendito seja Seu Nome! Compadecer-se de Deus parecia ser o único pensamento para Hillel. Meditou nele durante a ida para a casa de Aulo, numa das liteiras douradas de Shebua. Era muita presunção alguém ter compaixão de Deus, pois Davi não tinha escrito que "o homem não dura mais que a relva, que uma flor silvestre, e que uma rajada de vento o leva para nunca mais ser visto"? Era como se uma borboleta tivesse pena do sol! Todavia, permaneceu o pensamento sobre a tristeza de Deus e por algum motivo místico Hillel tornou a sentir a forte chama em seu coração, que é o amor de Deus e a imediata comunhão com o Senhor dos Exércitos, ficando confortado e excitado. O Messias podia tardar mas, bendito seja Seu Nome, certamente viria consolar o homem.

Saul, desolado, sombriamente confuso, solitário no íntimo do seu ser, vazio de espírito, saiu a pé para descobrir Jerusalém, a cidade dos seus pais, evitando todas as pessoas conhecidas.

O tempo ficara frio e ventoso, fazendo-o cobrir a cabeça com o capuz. A sensação de desolação e opressão aumentou nele à medida que andava depressa nas pedras arredondadas que reluziam sombriamente nos bairros mais pobres da cidade. O céu tinha uma aparência agourenta, opressiva, devido às nuvens cinzentas e seus contornos de trevas. Viu as montanhas rochosas, ásperas e estéreis, a distância, ainda mais escuras contra o céu sombrio. Chegou a uma das feiras, sendo envolvido pelos seus milhares de cheiros. Encontrou uma rua murada, de arcos de pedra, com pequenas barracas incrustadas nas paredes, a própria rua não passando de uma série de largos degraus descendentes de toscas pedras arredondadas, para os quais as barracas devam. As lojinhas eram tão estreitas e amontoadas de mercadorias que apenas um homem — ou às vezes uma velha — podia caber nelas. Contudo, eram todas barulhentas, agitadas, cheias de gritos e gestos apressados. Viam-se ali alimentos à venda, chiando em braseiros, tapetes feitos de pelos ordinários de cabra ou imitações de valiosos tapetes persas, pobremente coloridos, especiarias, nozes, frutas redondas e parcialmente podres, cerâmica, panelas e frigideiras, vinho, sedas da pior qualidade, vistosas faixas de linho e lã, túnicas e coberturas baratas, armas, pães quentes, vasos grosseiros, amuletos, queijos malcheirosos, pálidas imitações de estátuas gregas e romanas, réplicas do Templo em gesso e argamassa, lampiões de bronze, castiçais, sandálias, estatuetas de marfim, de gosto execrável, alho, cebola, várias hortaliças flácidas, azeitonas em conserva, azeite, perfumes fortes, incenso, pedras de má qualidade em bases de metal, capas de tecido ordinário, vermelhas, pretas, brancas, cinzentas, púrpuras, azuis, amarelas, tâmaras, romãs e limões, e vez por outra, uma barraca muito ativa vendendo aguardente síria legítima, garantida e aprovada pelos agentes alfandegários romanos, mas, na verdade, contrabandeada para Israel por montanheses ousados e muito diluída com água. Alguém fora bastante esperto para cunhar o selo romano em chumbo. Os romanos não foram enganados, mas não se importaram. Seus próprios soldados, pagos miseravelmente e incapazes de conseguir boa bebida, também precisavam ser servidos. Que os judeus contrabandeassem aquela droga e fizessem um bom negócio. Os legionários, pobres camponeses, não se queixavam. Não tinham como comparar.

Algumas barracas vendiam móveis de péssimo gosto e qualidade, mas enfeitados e pintados de maneira a enganar os olhos.

E em toda parte estava a ralé do mercado, mulheres guinchando e homens gritando, crianças, ladrões, mendigos, cegos e coxos, os esfomeados sem moradia, os assassinos. Os soldados romanos andavam entre eles, comendo coisas quentes em folhas de parreira, barganhando em voz alta amuletos, aguardente e pedrarias, xingando os mercadores que berravam furiosamente, rindo, olhando as moças, chutando os eternos cães, gatos e mulas, passeando para cima e para baixo pelos amplos degraus, trocando piadas, caroços de azeitonas, comendo tâmaras, cuspindo os caroços de romã por entre os enormes dentes brancos, vangloriando-se, rindo escandalosamente e empurrando uns aos outros. Em suma, eram como os habituais jovens soldados em terra estranha, divertindo-se com tendência à amizade, bêbados, esfomeados, turbulentos, orgulhosos de si mesmos, ansiosos para fazer amizade, mesmo com ladrões e mercadores. Às vezes, sem maldade, passavam o braço por cima de montes de mercadorias e puxavam a barba de algum mercador, que fingia raiva e sacudia o punho fechado na direção deles, xingando-os em aramaico e enganando-os um instante depois. Era dia de pagamento para os soldados romanos. Ao chegar a noite, não teriam nem mais um dracma, mas estariam felizes e saciados, tendo dormido com alguma prostituta sob uma ponte, entre os ciprestes ou sob um aqueduto.

Às vezes aparecia um camelo carregado, pesado e gemente, nos degraus, espicaçado maldosamente pelo dono, que entregava mercadorias frescas às barracas e acrescentava ao clamor ambiente suas lamúrias de que havia sido roubado por um maldito citadino.

Todos coloridos flutuavam ao vento cortante. Os homens enrolavam-se mais fortemente nas capas; as mulheres mantinham os xales cobrindo a boca contra a poeira rodopiante. Dejetos animais espalhavam-se pelos degraus. Ninguém circulava, a não ser os soldados. Os rostos ávidos dos comerciantes e da ralé do mercado estavam curvados na ânsia de lucrar antes do pôr do sol e, à medida que o dia avançava, os gritos estridentes e os berros tornavam-se mais altos e os passos mais frenéticos. A não ser pelo fogo dos braseiros, estava escuro sob o arco de pedra, mas a luz cinzenta e intensa aumentava a cor das roupas, os fortes vermelhos e azuis, amarelos e brancos, iluminando os pés apressados.

O cheiro, o barulho e a multidão de corpos espantou Saul. Nem mesmo em Tarso havia aquela vivacidade, aquela fúria, aquela pilhagem determinada, aquela febril ânsia de venda e troca, aquele cheiro de vegetação podre, pó, vinho avinagrado, resina, alho, animais amontoados e carne assada. Esqueceu que os mercados próximos à sua casa nos subúrbios eram de qualidade e decência superiores, em nada parecido com aquele turbilhão de compra e venda. Já que nunca havia comprado nada num bazar de Tarso, pensava que as mercadorias ali exibidas eram detestáveis e ficou imaginando que poderia comprá-las e desejá-las. Os negociantes estendiam suas mãos fortes para agarrar-lhe a capa ou o braço, implorando-lhe que comprasse, e Saul afastava-se deles enojado, olhando para os soldados romanos com ressentimento e amargura. E quando um ou dois ainda não inteiramente bêbados fizeram uma pausa na bebedeira de vinho ou aguardente e captaram seu olhar, ficaram atônitos com o fogo azul que emanava dele e cutucaram um ao outro, piscando sem jeito. Viram seu ódio e ficaram perturbados. Um ou dois se mostraram aborrecidos. Empurraram para trás os capacetes com penachos de crina de cavalo e quiseram desafiar o rapaz furioso, mas seus companheiros os impediram, sussurraram em seus ouvidos, riram e o esqueceram. Haviam sido insistentemente advertidos pelos capitães e centuriões para que não se defrontassem com os judeus que, em determinada situação, podiam ser terríveis e desagradáveis.

Saul, querendo fugir, correu degraus abaixo, atropelando animais, homens, mulheres, crianças, mendigos e soldados. Foi dar num enorme espaço aberto, pavimentado de cascalho amarelo, com dois lados cercados pelos muros amarelos que predominavam em Jerusalém. Aquele lugar também estava cheio de gente, mas como era comprido e largo, a multidão não parecia tão compacta nem os animais tão onipresentes. Havia bancos de pedra espalhados aqui e ali para uso das pessoas cansadas. Saul deixou-se cair num deles e nesse instante as nuvens abriram-se, dando passagem ao dourado sol outonal, quente e luminoso, banhando tudo numa grande massa de ouro, iluminando roupas, cascalho, paredes, devolvendo ao céu a dura luminosidade de azul e pedra polida, fazendo ressaltar com a cor da coisa solitária que tocou, brilhando nos empoeirados bosques de palmeiras e ciprestes e traçando o perfil da cidade em pinceladas de luz.

Saul pouco a pouco percebeu que, a pouca distância, havia uma mulher sentada com ar fatigado num banco de pedra, uma camponesa magra usando roupas castanhas, um xale de cabeça azul, os empoeirados pés calçados em sandálias de tiras de couro. Tinha a cabeça curvada; parecia estar meditando; as mãos pousavam, relaxadas, nos joelhos, as palmas para cima, numa velha postura de exaustão e resignação, como se tivessem trabalhado duramente por muito tempo, não mais pudessem continuar e que ela viera até ali para descansar. O sol de outono havia amorenado seus ombros magros e cansados; brilhava em seus cílios abaixados; iluminava o rosto claro, dando-lhe uma aparência saudável. Mas a parte inferior do rosto e o cabelo estavam ocultos pelo xale, que ela passara sobre a boca, nariz e testa para protegê-los do vento leve e vivo.

Não passava de uma pobre mulher, provavelmente das colinas de Samaria, Galileia ou outra das províncias agrícolas, mas chamou a relutante atenção de Saul. Não soube por que olhou a cabeça curvada, nem a razão pela qual seu ar cansado o atraiu. Ela fizera uma longa viagem para os Dias Santos. Havia uma cesta ao seu lado, com dois pombos para o sacrifício, o máximo que uma mulher como aquela podia oferecer. Parecia membro dos *amaratzim*, os que trabalhavam em vinhedos pobres — em campos pedregosos —, ordenhavam cabras, cuidavam de gansos ou colhiam frutas. Seus pés estavam parcialmente virados, como que para descansá-los. Saul imaginou que fosse uma mulher de meia-idade, cerca de trinta e cinco anos, ou um pouco menos, pois seu corpo não era disforme, mesmo sob a amarrotada roupa castanha, e seus tornozelos, como viu, eram delicados e muito finos. Ela parecia dormitar aos quentes raios dourados do sol e sua respiração mal agitava o tecido em seu peito.

A mulher tinha aparência muito insignificante e Saul ficou irritado pelo fato de ter sido atraído por alguma coisa em sua atitude. Jerusalém estava abarrotada de milhares de mulheres iguais; as ruas eram agitadas por um sem-número delas. Carregavam cestos nas cabeças ou ombros ou vinham de longe até o Templo, naqueles dias. Nada tinham de extraordinário. Todavia, Saul não pôde afastar os olhos. Onde estavam seus filhos, o marido, para sentar-se ali naquele abandono silencioso e pesada sonolência? Era viúva, sem filhos? A mulher dormia ou meditava.

Desejou ver-lhe o rosto, para decidir se era viúva ou donzela, moça ou velha. O vento ergueu seu xale e ela levantou a mão repentinamente para pegá--lo e novamente ajeitá-lo sobre o nariz e a boca. E assim Saul viu-lhe o rosto, completamente virado para ele, ficando abismado com sua beleza. Pensou num nenúfar, maleável, branco, liso e fresco, aberto à brilhante luz do dia. Sua boca era delicadamente rósea e triste, mas cheia, o lábio inferior recortado como o de uma mocinha. Havia um ar grego no comprido formato de seu nariz branco de narinas delicadas e na ampla testa sem rugas. Seu queixo era redondo, com uma covinha, as faces delicadas e sem pintura. Viu-lhe os olhos, muito grandes e azuis, com cílios dourados e, quando o xale esvoaçou, notou que seu cabelo tinha a cor de ouro macio, liso e lustroso. Era um rosto régio, sereno, embora tocado de tristeza, pensativo mas vivo, sem placidez mas contido e gentil, um rosto da Galileia.

Não passa de uma moça, pensou Saul, e então pareceu-lhe que a luz havia mudado ligeiramente e que ela era idosa, tanto quanto sua mãe se ainda fosse viva, com trinta e cinco anos. Ela o olhou com modesto mas firme interesse, como se ele lhe tivesse falado e ela tentasse lembrar-se dele. Depois, abriu a boca num sorrido amável e seus olhos azuis irradiaram um reconhecimento pesaroso, mas simpático. Saul sentiu uma necessidade quase irresistível de erguer-se e ir até ela, apresentar-se e perguntar-lhe o nome. Imediatamente ficou encabulado. Ela não passava de uma camponesa e acreditava tê-lo conhecido, enquanto que ele não a conhecia. Começou a agitar-se, preparando-se para ir embora antes que ela falasse e o embaraçasse com um simples atrevimento ou impertinência.

Mas sua beleza de estátua o impediu e ele foi tocado por uma espécie de terror relutante e irado, pois colinas brutas não produzem tais mulheres, apesar da indumentária. ela possuía o aspecto de uma rainha, vestida de camponesa para se divertir. Suas mãos, via agora, apesar de toda a aparência de trabalho, eram tão delicadas quanto seu rosto, finas e graciosamente modeladas. E seus olhos fulgurantes o examinavam, não com audácia crua, mas com interesse e afeto maternais. Agora a luz que a banhava tornou a mudar e ela surgiu tão jovem, virgem e viçosa quanto sua irmã Séfora; e mesmo mais moça.

Um rapaz aproximou-se dela, tão grosseiramente vestido com roupas cor de areia, os pés calçados como os dela. Aparentemente, era alguns anos mais velho que Saul, um homem recém-adulto, e o rapaz pensou que ele deveria ser irmão da mulher, pois se pareciam muito. Seu cabelo tinha a mesma cor do dela, o mesmo acontecendo com a barba, e ele parecia igualmente tão gasto e cansado de trabalhar. Seus pés e roupas estavam cheios de poeira; o pó nas dobras da roupa ficou dourada sob o sol e a bolsa de couro que pendia da tira dourada estava muito vazia. Andava lentamente, como se também tivesse percorrido uma grande distância, e seu rosto estava desfigurado pelo cansaço. Mas sorriu para a mulher que, nesse instante, levantou os olhos; subitamente, seu rosto brilhou de amor e prazer ao vê-lo. O homem tinha uma enorme folha de parreira nas mãos em concha, cheia de fumegante carne temperada, cheirosa e apetitosa. Colocou-a nas mãos da mulher.

— Obrigada, Yeshua, meu filho — disse ela.

Falou em aramaico, com voz clara e incrivelmente suave.

Saul ficou espantado. Era inconcebível que aquela moça, aquela mulher muito jovem fosse mãe daquele homem de uns vinte e um anos ou mais. O homem agachou-se sobre os calcanhares, meteu a mão na cesta onde estavam os pombos, pegou uma bolsa de couro e tirou uma colher para a mãe. Depois, sentou-se ao lado dela, olhando-a com benevolente dignidade e amor correspondido.

— Mãe, você está muito cansada — disse. — Coma e descanse.

— *Tinoki* — murmurou ela, a palavra terna de mãe a um filho amado.

Ele pegou-lhe uma das mãos e disse:

— *Emi.*

Tomou-lhe a colher e, como um pai, mergulhou-a na folha de parreira, encheu-a e solicitamente levou-a aos lábios maternos. Ela comeu obedientemente, sorrindo, os olhos fixados no rosto benevolente, como se não cansasse de olhá-lo.

— Pensei que tivesse... me abandonado — disse ela; nesse instante, seus lábios tremeram e ele deixou de sorrir.

— Ainda não, *emi* — respondeu. Saul, olhando com uma fascinação que não conseguiu evitar, mas da qual se ressentia vagamente, ficou espantado com a voz do rapaz, profunda e forte como a de um venerável rabino, com estranha e comovente tonalidade, como música suave. — Você saberá quando eu precisar partir. Não será apanhada de surpresa.

Os olhos dela encheram-se de lágrimas. Curvou a cabeça para escondê-las, como que envergonhada.

— Desculpe — falou, quase inaudível. — Mas hoje estou muito fraca. Desculpe, *tinoki*.

Ele, amorosa e compassivamente, encostou os dedos em seu rosto, os vibrantes dedos fortes de trabalhador. Ela, humildemente, pegou a colher e comeu o que ele havia preparado; ele olhou-a com devoção pensativa e profunda, como que meditando em algum sofrimento que havia causado ou iria causar-lhe. Seu próprio sofrimento era evidente, como se sua vitalidade tivesse sido ferida e apesar disso sorria para a mãe, insistindo com ela para que comesse quando vacilava.

Não fui um filho assim para minha mãe, pensou Saul, e pareceu-lhe que o sofrimento dos estranhos havia passado para ele, atingindo o fundo do seu coração com um dedo de fogo. Débora, à luz da mulher à sua frente, adquiriu uma espécie de esplendor proveniente dela, como se fosse a mãe de todas as mães, banhando-as com sua luz. Era um pensamento tolo, comentou Saul consigo mesmo, impaciente, mas não se livrou dele. Débora não passara de uma criança que nunca atingiria a maturidade, uma criança bela e petulante, que nunca ficara satisfeita com o marido e o filho, lamentando-se incessantemente com sua bela voz; o mundo nunca lhe dera o que merecia. Todavia, na presença daquela mulher, a recordação de Débora tornou-se cheia de tristeza para Saul, que sentiu sua primeira pena real da mãe e não pôde compreender o fato.

Saul pensou: ele é seu filho e ela não passa de uma mulher; no entanto, ele a olha com o respeito que os gregos antigamente dedicavam aos seus deuses, é gentil com ela e inexplicavelmente terno como se, acima de todas as mulheres e talvez de todos os homens, ela fosse a mais amada dele, a mais preciosa e santa.

O respeito pelas mães estava implícito na religião dos judeus, mas Saul frequentemente achava-o muito elaborado e muitas vezes indigno. Saul dizia a *Kaddish*, obedientemente em intenção de Débora e muitas vezes pensou onde aquela alma de criança repousava, em que jardim de infância brincava ou se dormia no pó como uma flor esmagada por um tacão de ferro. Mas sua mãe não fora uma mulher completa como esta, nascera numa casa ilustre e venerável, tinha sido uma patrícia e o nome dos seus pais havia sido glorificado nos portões da cidade. À sua maneira, tivera certos conhecimentos; não será estranha às artes de cultura helênica, mas na verdade era menos culta na religião dos pais. Por que ele não havia honrado Débora como este trabalhador analfabeto de alguma colina quente honrava sua mãe? Débora havia sido quase tão bonita e certamente encantadora. Fui um filho, pensou Saul, olhando os dois, com um coração frio e empedernido. Perdoe-me, minha mãe. Você não me amou nem eu a amei inteiramente, mas devia honrá-la. Sou inferior a este homem obscuro, que olha sua mãe como a mais sagrada, pura e doce das criaturas e a estima com cada gesto e olhar? Infelizmente, sou. Sou muito inferior.

O rapaz pegou a cesta dos pombos e tirou um odre de vinho e um copo de metal. Abriu o odre e Saul sentiu o perfume do vinho; era ordinário, barato e ácido. O rapaz encheu o copo, levou-os aos lábios da mãe com deferência e ela bebeu, de olhos novamente nos dele, azuis e radiantes. A atitude de ambos, sentados sozinhos sob a forte luz do sol, amistosos e solitários, foi demasiadamente tocante, por toda a sua postura imponente e orgulhosa simplicidade. As pessoas passavam apressadas pelo enorme pátio; as sombras tornaram--se profundamente violeta e nítidas; as vozes e os passos eram barulhentos; as crianças corriam para todos os lados, os comerciantes com carrocinhas gritavam e proferiam impropérios. Todavia, aqueles dois continuavam num misterioso isolamento como se invisíveis para todos, menos para Saul ou para eles mesmos, um dando profundamente, outro recebendo com humildade. Saul viu o braço do homem que emergiu da roupa. Era moreno de sol, musculoso e viril, habituado ao trabalho, dotado de capacidade para erguer e carregar pesos com facilidade. Seus tornozelos e pés eram também queimados de sol. Tinham estado em contato com o solo de pastos e de pedras, de meios-dias tórridos e ventos cáusticos.

— Somos todos um só, todos filhos de nosso Pai, bendito seja Seu Nome — costumava repetir Hillel ben Borush.

Como era uma doutrina dos judeus. Saul acreditava nela, apenas intelectualmente, mas por pouco tempo. De súbito, porém, sentiu verdadeiramente uma unidade com aquela gente à sua frente e desejou falar-lhes, apesar do seu orgulho.

Nesse instante, como se Saul tivesse realmente falado, o rapaz virou sua nobre cabeça e encarou-o. Seus olhos se encontraram e pareceu a Saul que seu coração pulou e disparou e que seus membros fraquejaram. O azul-celeste dos olhos do camponês parecia penetrá-lo como se, de fato, ele tivesse se levantado e se aproximado de Saul, prendendo-o fortemente com o olhar. Todo o som desapareceu da percepção consciente de Saul. Agora, tinha sido transportado com aqueles dois para o círculo de isolamento e silêncio remotos, onde estavam juntos e sós.

Saul sentiu uma sensação de medo profundo e sobrenatural e uma força poderosa atraindo-o para aquele rapaz. Toda a sua mente foi atacada por uma coisa misteriosa e constrangedora, muito terrível. Parte de sua alma lhe disse: "É absurdo, pois você é Saul ben Hillel, da tribo de Benjamim, instruído e membro de uma casa nobre, seu nome não é desprezado, mesmo entre os mais orgulhosos e reais, e este homem aqui não passa de um camponês que, possivelmente, nem sabe escrever o próprio nome! Dessa forma, por que deve ele o atrair e por que seu coração está inflamado, perturbado e pulando como um cordeirinho?"

Contudo, outra parte de sua alma falou: "Levante-se e vá até ele."

O rapaz o estava olhando silenciosamente, com uma expressão tranquila, grave, curiosamente viva e triste. Mas seus lábios esboçavam um sorriso, como se ele também reconhecesse Saul e o tomasse pelo que era. As sobrancelhas louras quase se tocavam sobre os olhos profundos; o vento agitava seus cabelos e barba louros. Era uma luz tão clara e tão intensa a concentração do rapaz em Saul, que este enxergou mais profundamente que o normal. Viu as leves sombras azuladas sob as faces pálidas, como se uma dor morasse nelas. Viu as veias nas têmporas claras e o pulsar da garganta morena.

A mulher também olhava para Saul, segurando o copo perto da boca. Sua mão tremia levemente.

São feiticeiros!, pensou Saul e o pavor cresceu nele, porém toda uma parte da sua mente riu dessa superstição. Então, ergueu-se de um pulo, apressadamente, fugindo daquele lugar sem olhar para trás e só diminuiu os passos quando retornou à feira. O barulho e os gritos cresceram à sua volta, as multidões oscilaram contra ele, livrando-o do encantamento. O troar do mundo nunca lhe pareceu tão querido, seguro e protetor como agora.

Escapei!, pensou. Não sabia de quê, mas suava abundantemente. Sentiu que correra um perigo terrível, mas não sabia qual. Comprou um punhado de figos maduros e comeu-os com sofreguidão. Depois, lentamente, sorriu para si mesmo, assombrado com as emoções que sentira. Começou a andar, olhando as lojinhas, com divertimento e desdém amistosos. Olhou os lindos rostos negros das escravas e sentiu aversão, seguida de uma vaga piedade pelo seu estado. Quando tornou a sair para a luz do sol, pensou: "Estou só, perdido e não sei o motivo."

Foi então que ouviu ou pensou ouvir uma voz tonitruante e familiar chamando-o:

— Saul, Saul de Tarshish!

Olhou em volta assustado, mas só viu a massa habitual e os negociantes do mercado, as mulas, os camelos e as crianças gritando, correndo de um lado para outro, nas amplas pedras lisas dos degraus. Estou ficando louco, pensou. Lançaram-me um sortilégio. E tornou a correr, resmungando alto rezas contra mau-olhado. Depois parou, trêmulo, com os figos na mão. Ouvira a voz antes, no seu quarto, no Templo sagrado e estava terrivelmente confuso.

A casa de Aulo Platônio e Ana bas Judá ficava num despretensioso setor da cidade, não muito longe, infelizmente, da rua dos Queijeiros. Por isso o ar estava o tempo todo saturado, dia e noite, do cheiro azedo de queijo maduro ou novo. Para Hillel, ao lembrá-lo, tinha um perfume tranquilizador; e era sadio, da terra, cheio de força e estabilidade, ao contrário dos graciosos e perfumados jardins de Shebua ben Abraão e seus filhos, que pareciam — pelo menos a Hillel — cheirar a podridão, a transição e a túmulo, para não mencionar decadência.

Aulo e Ana, ambos ricos, poderiam muito bem morar no cimo de uma montanha, numa bela vila com muitos escravos e criados, mas eram econômicos. Tinham o mesmo temperamento, seus gostos eram simples, não por deliberada ostentação ou penúria, mas porque eram naturalmente simples. Tinham uma excelente biblioteca, herança recebida do pai de Ana, belos jardins, hortas, pomares e palmeiras, embora fossem de pouca necessidade naquela área densamente povoada. Uma fonte solitária erguia-se na confluência de caminhos ensaibrados e Ana costumava trabalhar com algumas poucas mulheres à sombra de alfarrobeiras ou sicômoros.

Nesse ponto Ana também tinha uma certa semelhança com Clódia Flávio, todavia, possuía atributos diferentes, voz suave, outras maneiras, gestos humildes, fala gentil, hesitante ao dar opinião, docemente ansiosa para agradar e uma determinação que fazia a de Clódia parecer relva pisada. Os grandes olhos castanhos, abrigados em espessos cílios negros, poderiam parecer os de uma corça, mas uma certa cintilação deles podiam fazer o forte Aulo inclinar-se e as filhas tremerem. Como uma "velha" mulher judia, conservava os cabelos cobertos mas, às vezes, uma mecha castanha, suave como seda, caía sobre sua testa calma. Tinha o rosto redondo como uma moeda, expressando total inocência e feminilidade, os lábios eram ternos e a pele dourada, pois embora, como Hillel, seus antepassados fossem oriundos da Galileia, tinha a morenice de uma judia. Hillel amava-a muito; fora para ele como uma irmã mais velha desde a infância. Lembrava do peso da mão dela em momentos menos amáveis. Se, de fato, "todos os seus caminhos eram amenos e todas as suas trilhas pacíficas", Ana bas Judá era rainha do seu lar e, como Hillel frequentemente desconfiava, sorridente, também rei.

Aulo recebeu-o com prazer, abraçou-o e beijou no rosto.

— *Shalom*. É uma honra para esta casa recebê-lo, primo — disse Aulo.

As mãos de Hillel demoraram um pouco sobre os ombros de Aulo e o romano, que sempre tentava ocultar um temperamento um tanto suscetível — impróprio para um soldado —, sentiu aquilo e a pressão inconsciente dos dedos de Hillel. Ai, pensou, penalizado, a família de Shebua ben Abraão está sendo pesada demais para o meu pobre amigo. Bateu calorosamente no braço de Hillel e perguntou por que Saul também não viera.

— Saul — respondeu Hillel — está agitado e perturbado, preferindo baixar sua febre em visitas de exploração à cidade. A juventude não é um estado agradável.

Os olhos de Aulo revelaram bondade ao examinar o rosto de Hillel.

— É verdade — retrucou.

Levou Hillel pelo átrio até uma sala agradável, ensolarada, embora parca de móveis, com um chão de pedra forrado por alguns tapetes de lã não muito valiosos. Não havia murais, estátuas, vasos finos, mesas de limoeiro, nem lampiões de cristal ou de Alexandria. Mas possuía um certo conforto imaculado e Hillel sentou-se. Aulo bateu palmas, um criado apareceu e lhe foi ordenado trazer refrescos.

— Como está sua amada Ana? — perguntou Hillel.

Aulo, como soldado, tinha poucas ilusões, mas possuía uma que poderia provocar o divertimento secreto de Hillel. Apesar do total domínio de Ana no lar, Aulo estava convencido de que ela era a mais dócil das mulheres e invariavelmente esquecia as ocasiões em que ninguém ousava desafiar sua vontade, quando ela se decidia. Se se lembrasse, teria se convencido de que havia capitulado em deferência à sua fraqueza feminina, porque a amava e desejava deixá-la de bom humor. Disse calorosamente, recostando-se na cadeira:

— Minha querida Ana é, como sempre, a mais nobre e doce das mulheres.

Exultava. Sua barba espessa eriçou-se de orgulho e afeto. Usava uma túnica de lã azul pois o dia estava frio, mas conservava suas sandálias ferradas, estalando-as orgulhosamente no chão. Havia um ar de contida excitação à sua volta.

Foi a própria Ana quem voltou com o criado, trazendo os refrescos e tendo nas mãos uma toalha branca. Usava um vestido cinza e vermelho e tinha a cabeça coberta, como sempre. Era pequena e roliça como uma avezinha, com um peito estufado de pomba. Hillel levantou-se, foi imediatamente até ela e abraçou-a. A mulher beijou-o no rosto e depois o afastou a fim de olhá-lo atentamente. Fazia dezessete anos ou mais que não o via e seus olhos eram os de uma mãe ansiosa.

— Hillel — disse com sua voz amável, em que havia uma interrogação.

— Vou bem, querida Ana — respondeu e ficou apavorado pela possibilidade de debulhar-se em lágrimas.

Ana continuou a sorrir, mas suspirou.

— E Séfora e Saul, que nunca vi e que são também meus primos?

— Meus filhos, graças a Deus, estão bem de saúde — respondeu Hillel.
— Você os verá no casamento de Séfora, que será daqui a oito dias.

Os olhos maternais continuavam sorrindo, embora perscrutadores.

— Aulo me disse que Séfora é muito bonita. Minhas próprias filhas não o são, mas se casaram, para nossa satisfação. Temos netos que nos alegram. Desejo essa bênção para você, Hillel, meu amado primo.

Cobriu a mesa com a toalha branca e fez um gesto ao criado para que colocasse nela os recipientes de queijo, pão, frutas, azeitonas, peixe, alcachofras em azeite e alho e uma excelente garrafa de vinho. Ana vigiou com bondosa atenção, arrumando os pratos de louça e os talheres de prata lisos. Disse, sem olhar para Hillel:

— Os anos passam, vemos aqueles que não amamos e nos são estranhos fazendo nossos corações ficarem amargos de ansiedade porque nossos parentes estão longe.

— Não se passou um ano em que eu não esperasse voltar, Ana — respondeu Hillel.

— Ai! Não o estou recriminando, meu primo. Apenas comentando. Os anos passam em deveres que não devem ser desprezados. Mas, apesar disso, a presença dos que amamos nos deve ser muito desejada.

— Voltarei em outro ano — falou Hillel, aceitando o cálice de vinho que o criado lhe entregou. — E um dia virei para ficar.

Não ouviu a triste solidão de sua própria voz, mas Ana pensou: Meu pobre parente tem dois filhos e, no entanto, está desconsolado.

Aulo repentinamente levantou-se e foi até o átrio. Seu gesto foi tão abrupto que Hillel ficou surpreso. Mas Ana recomeçou a sorrir.

— É um dia alegre para nós. Hillel. Não devo estragar o prazer do marido dando-lhe explicações. — Olhou pela porta. — Tínhamos esperado que a... alegria... estivesse aqui quando você chegasse. Houve atraso. Aulo está ficando impaciente.

Havia um tal ar de paz e tranquilidade na casa que a dor no coração de Hillel começou a suavizar-se. Ficou olhando as mãozinhas ágeis de Ana. Ela era vários anos mais velha que ele, porém a serenidade, o amor e a felicidade a haviam preservado como nenhum cosmético seria capaz de rejuvenescer uma mulher romana. Poderia muito bem continuar a ser a noiva em cujo casamento ele dançara quando menino, não fosse pela sabedoria dos seus olhos.

O trânsito e o barulho da rua além do alto muro amarelo chegavam até eles e Hillel viu que Ana estava escutando como se esperasse um som diferente. O ar estava fresco, apesar de impregnado de queijo. Hillel tomou um gole de vinho e pensou que o gosto do seu parente havia melhorado. Então, o rosto de Ana brilhou de alegria e uma profunda covinha surgiu em seu rosto moreno. Correu para o átrio e Hillel ouviu o som amigável de homens falando. Imediatamente, Aulo apareceu, andando com ar imponente, segurando no braço de um jovem oficial alto, usando o reluzente uniforme de capitão da Guarda Pretoriana. Ana vinha atrás e, apesar de sorrir, havia lágrimas em seu rosto.

— Olhe quem está conosco, Hillel ben Borush! — gritou Aulo, com o peito inflado de orgulho e felicidade. — Nosso filho, Tito Milo, vindo de Roma para visitar-nos! Chegou hoje a Cesareia e nos avisou há um mês apenas!

Hillel nunca vira o filho de Ana, também seu primo, e ficou feliz com a alegria dos pais.

— *Shalom aleichem!* — disse o oficial romano, abraçando Hillel e beijando seu rosto respeitosamente. — Saudações, meu querido primo, Hillel ben Borush, sobre quem muito ouvi falar — disse, em aramaico.

— *Shalom*, Milo — respondeu Hillel. — É um dia feliz para todos nós e digo-o de coração.

Viu que Aulo conservou a mão no ombro do filho, seu rosto de soldado brilhando de felicidade, e novamente sentiu-se só. Subitamente, lembrou-se de que apenas duas noites atrás Saul o abraçara, chorando, no átrio da casa de Shebua, e sua tristeza dissipou-se. Pensou: também tenho um filho que é toda a minha vida.

Tito Milo Platônio era muito mais alto que o pai que, por sua vez, não era baixo, tinha o corpo esguio mas compacto, com uma certa graça masculina e militar, ombros largos, cintura fina e quadris e pernas musculosos sob a túnica de soldado. Usava botas altas de fino couro marrom, bordadas a ouro, capa vermelha franjada de ouro, cinto de elos de ouro, dragonas de ouro e também estava usando uma couraça de couro. Seus braços eram fortes e bronzeados de sol. Tinha um capacete de ferro, revestido de prata, complicadamente gravado e incrustado de pedras faiscantes, com uma pluma alta e nobre. Usava a famosa e terrível espada curta romana e punhal; tinha os dedos cheios de anéis e suas pulseiras de couro possuíam enfeites de ouro. Era soberbo.

Mas Hillel encarou-o e viu o formato de rosto de Ana, redondo e firme, com seu queixo de covinha integrando a matriz de um homem. Tinha o nariz latino, adunco e forte, e os olhos francos do pai. Mas ao passo que os olhos de Aulo eram frequentemente bondosos, os de Milo pareciam severos, a testa de uma aparência inflexível e os ossos do rosto como pedras queimadas de sol. Mas seu ar e fisionomia eram nobres, orgulhosos, imponentes, e Hillel pensou em estátuas romanas de heróis que vira e percebeu por que o peito de Aulo inflava ao ver o filho. Aquele descendente de dois povos guerreiros não revelava sinal de baixeza ou hesitação e sua voz ressoava profundamente na sala, terna ao dirigir-se à mãe e cordial com o pai. Colocou o capacete sobre a mesa e Hillel viu sua cabeça redonda de cabelos curtos, castanhos, eriçados, e as orelhas grandes. Ana andava à sua volta, tocando-o suavemente, examinando-o com olhar maternal e sorrindo entre as lágrimas.

— Você está atrasado — disse Aulo, enchendo um cálice de prata de vinho para o filho. Hillel compreendeu que era um gesto nobre e de estima de um pai, pois os "velhos" pais romanos não servem os filhos, a não ser como um gesto ritual.

Milo, que estava sorrindo para a mãe, ficou sério.

— Sim — respondeu. Olhou rapidamente para Hillel e seu rosto moreno ficou um pouco mais sombrio e profundamente perturbado. Depois, virou-se para o pai. — O senhor não está de serviço hoje, meu pai?

— Não. Eu estava esperando nossos parentes.

— Houve alguns problemas hoje — disse Milo — perto da Porta de Damasco. Falaremos disso mais tarde.

— Não soube de nada — retrucou Aulo, mas seu rosto de soldado sobressaltou-se.

— Mãe, tenho dez homens comigo — disse Milo, virando-se para Ana. — São meus tenentes. Há como alimentá-los, antes de irem para os alojamentos que lhes foram destinados na cidade?

Ana, após um olhar temeroso para o rosto do filho, saiu depressa da sala a fim de preparar comida para os homens de Milo, levando com ela o queijo da mesa, pois agora iria servir carne numa refeição mais substancial.

— Agora que você despachou sua mãe — falou Aulo —, diga-me que más notícias são essas, num dia que eu esperava fosse alegre?

— Não é da minha competência, exceto pelo fato de que sou um oficial romano. Mas estou na Guarda Pretoriana e é assunto para os militares de carreira e não para mim. Não obstante, gostaria de interferir ou, talvez, minorar. — O olhar de Milo tornou a passar por Hillel e seus lábios fortes ficaram amargos — Acredite que fiz o possível, mas a provocação foi enorme.

— Conte-nos — disse Aulo e sentou-se como que subitamente fatigado, ao mesmo tempo em que o coração de Hillel disparou.

— Os essênios e os zelotes — disse Milo, resmungando uma praga romana. — Por que não aceitam o imutável? Provocaram um conflito no interior da Porta de Damasco, estavam armados e selvagens como bárbaros, pois tinham chegado hoje do deserto, matando um dos seus colegas centuriões, meu pai, e vinte dos homens dele. Foram então dominados. — Olhou o fundo do seu cálice. — Era uma centena. Foram metidos na prisão. Outra centena foi morta em combate, no local.

— Por Castor e Pólux! — exclamou Aulo, resmungando e colocando as mãos nos ouvidos.

Os lábios de Milo contraíram-se.

— Pelo menos duzentos judeus desta cidade juntaram-se aos rebeldes — disse. — Os que não foram mortos também estão presos.

Ficou em pé, colocou as mãos nos quadris e começou a caminhar lentamente de um lado para outro na sala, sem olhar novamente o rosto aflito de Hillel.

— Judeus matarem judeus é muito repreensível, de acordo com a lei — disse Milo. — Mas judeus matarem soldados romanos e seus oficiais é intolerável.

Fez uma pausa e olhou para o chão de pedra sob seus pés.

— Há anos não acontece um conflito desses na cidade. Na luta, grande quantidade de mulheres e crianças ficou ferida, pois o conflito estendeu-se por várias ruas. Muitas lojas foram incendiadas. Um sacerdote saduceu foi arrancado de sua liteira, espancado e atirado contra a parede. O guarda foi atacado. Animais foram mortos. As pedras estão banhadas de sangue, que corre pelas sarjetas. Fiz o que pude — repetiu. — Tentei impedir... fui xingado de porco romano e assassino. Então falei aos bárbaros em aramaico e implorei-lhes que fugissem. Se alguns não tivessem me ouvido, as prisões estariam muito mais cheias a esta hora.

Olhou de frente para o pai e seus ombros pareceram ficar mais largos.

— Sou um oficial romano da Guarda Pretoriana e devo me apresentar a Pôncio Pilatos, para quem trago uma mensagem do meu general. Devo lealdade a Roma. Precisa acreditar, meu pai, que senti como se minha carne tivesse sido lacerada até os ossos e minhas vísceras expostas.

— Sim — disse Aulo e virou a cabeça.

— Trago comigo apenas uma carta do César Tibério, a quem sirvo, além do seu anel em meu bolso — disse Milo. — Refere-se a Herodes Ântipas, que está conspirando com Agripa.

Pai e filho trocaram um longo olhar sombrio e Hillel murmurou:

— Meu povo. Meu infeliz povo.

Sua fisionomia era uma máscara trêmula.

Então, Milo falou:

— Meu povo... também. — Sentou-se subitamente, como que esmagado. — Foi expedida uma ordem de prisão contra os descontentes conhecidos —

prosseguiu. — Embora eles não estejam ligados ao conflito, a disciplina precisa ser reforçada a todo preço e os rebeldes em potencial castigados como exemplo. — Hesitou. — É muito grave. O centurião é filho do Senador Antônio Gálio, amigo íntimo do César.

— Otávio Gálio! — exclamou Aulo, horrorizado. — Fomos suboficiais juntos! Em nome dos deuses! O velho senador vai exigir sangue e morte por isto!

— O senador é um verdadeiro Calígula — disse Milo. — Tão louco quanto ele. Há apenas dois anos não quis matar todos os judeus além do Tibre? Sim.

— Meu Deus, meu Deus! — disse Hillel, angustiado. — Meu povo temerário, que fizeram esses jovens impetuosos, ardendo de patriotismo, amor a Deus e à pátria? Destruíram-se e aos outros. Colocaram-se como frágeis aríetes de carne contra uma parede de pedra, mas não desistirão, embora morram. Que obtiveram, a não ser tormentos e morte para eles e seus irmãos? Mas não tenho forças para condená-los nem denunciá-los, pois se um homem não tem pátria, nem terra livre, que possui ele? Menos do que um animal que não sabe nada.

Aulo e Milo o olharam num silêncio compassivo. Hillel disse-lhes:

— Se Roma fosse tomada por uma força estrangeira, subjugada, escravizada, roubada e oprimida, vocês não se ergueriam para libertá-la, mesmo achando ser inútil?

— Sim — disse Aulo. — Daria minha vida pela pátria, mesmo que fosse inútil.

— Eu também — falou Milo — daria minha vida por Roma e Israel. Meu estado também não é infeliz?

Nesse instante, Ana abriu uma cortina e entrou na sala. Eles viram, pela sua fisionomia pálida e lábios trêmulos, que ela ouvira. Ana levava uma bandeja com comidas frias. Depositou a bandeja na mesa e então seu olhar passou de Hillel ao marido e depois ao filho.

— Não há nada que possamos fazer? — perguntou.

— Fiz o que pude — disse Milo. — Fingindo destruir os rebeldes, dispersei-os, insistindo com eles para que debandassem e fugissem. Uma quantidade me ouviu e obedeceu.

— E agora? — perguntou Aulo.

Milo ergueu os braços e depois deixou-os cair, pousando as mãos nos joelhos nus, num gesto ao mesmo tempo judeu e eloquente.

Aulo virou-se repentinamente para Hillel.

— Shebua ben Abraão é pai de sua falecida mulher, Débora, e o neto dele vai casar com sua filha. É muito influente com Pôncio Pilatos.

— Shebua ben Abraão — respondeu Hillel, a voz cheia de asco e um tom de maldição. — Quando interveio em favor do seu povo? Poria em risco sua

segurança, vida luxuosa e o favor dos romanos? Desculpe-me, Aulo, mas sinto-
-me como se estivesse esvaindo-me em sangue. Shebua ben Abraão!

— Apesar disso — insistiu Aulo Platônio — deve fazer-lhe um apelo.
Causas desesperadas exigem homens desesperados. Ah, lembrei-me! Há aqui
um judeu influente que Shebua respeita e corteja: José de Arimateia, que dizem,
é muito misterioso porém muito importante, pois é riquíssimo. O Procurador
Pôncio Pilatos o respeita. Pilatos é supersticioso; dizem que José lhe predisse
que participaria de um acontecimento que abalaria o mundo para sempre e por
isso Pilatos acredita que um dia será nomeado imperador de Roma. Ele também
corteja José. Este pertence a uma grande família, é um judeu crente, fariseu e
membro do Sinédrio.

Hillel, na sua agonia de confusão e sofrimento, meditou. Já ouvira aquele
nome, mas não conseguiu lembrar imediatamente. Contudo, aprendera o
bastante sobre os parentes de sua mulher para acreditar que um judeu tão
poderoso — que não havia sido reduzido à pobreza nem perseguido pelos
romanos — ajudasse seus miseráveis compatriotas judeus, que ele chamaria de
"ralé de mercado", insurretos, encrenqueiros e arruaceiros pelo simples prazer
da arruaça. Além disso, os essênios e zelotes só têm reputação de violentos e
excessivamente zelosos entre os mais poderosos judeus, especialmente o clero.
Começou a balançar a cabeça dolorosamente e depois parou. Mal não faria.

— Aulo Platônio e Milo — falou —, compreendo porque vocês mesmos,
como romanos, não podem apelar para nenhum homem poderoso, principalmente para romanos, neste assunto. Mas posso apelar para Shebua ben Abraão
e José de Arimateia. Temo que não seja de ajuda ao meu infeliz povo. Mesmo
assim, tentarei.

Levantou-se. Nesse instante, Ana disse:

— Você ainda não jantou e os homens precisam de sustento. Portanto,
acalme-se. Meu querido filho não está aqui, ele que é de seu sangue? Partir
agora seria uma descortesia com ele e um incômodo para você. A comida en-
coraja o homem.

Assim falou Ana bas Judá, mãe, e Hillel ficou.

Capítulo 11

Aulo Platônio enviou uma mensagem a José de Arimateia, solicitando uma audiência para Hillel ben Borush, e nela transmitiu-lhe a informação dada por seu

filho, Tito Milo. Nesse ínterim, Hillel dirigiu-se à casa do sogro para procurar a ajuda que ele mais que temia não lhe seria dada.

O ar voltara a esfriar e se tornara, com a aproximação do crepúsculo, cor de vinho dourado e escarlate. Uma luz ambarina cobria os níveis mais altos e densos de Jerusalém, dourava o cimo dos pinheiros, palmeiras e ciprestes, e uma trombeta soou do alto do Templo, informando ao povo que o poente e a prece estavam próximos. O som, para o desesperado Hillel, era ao mesmo tempo triunfante e perdido. A liteira dourada de Shebua ben Abraão, carregada por seis escravos núbios luxuosamente vestidos, subiu e desceu pelas ruas fervilhantes e passou por muros altos. Hillel havia afastado as cortinas a fim de poder observar a multidão de compatriotas e rezar por ela em silêncio.

Ao chegar ao átrio da casa de Shebua, Hillel encontrou o filho Saul, apertadamente enrolado em sua capa desbotada, como se sentisse frio. Hillel pôs a mão no braço do rapaz, olhou-o atentamente e viu sua fisionomia perturbada e pálida. Dirigiu-se a ele:

— Meu filho, é meu desejo que me acompanhe à presença do seu avô, pois tenho notícias aterradoras a dar e necessito do seu apoio.

Saul respondeu como se não tivesse ouvido:

— Temo estar ficando louco. Uma noite, nesta casa, em meu quarto, ouvi uma poderosa voz de homem me chamando e hoje, na feira, ouvi a mesma voz autoritária.

Hillel examinou-o cuidadosamente.

— E isso o assustou?

Saul hesitou. Enrolou-se mais na capa.

— Não sei — ponderou. — Estou cheio de medo e regozijo. Mas foi apenas uma ilusão.

Hillel sacudiu a cabeça.

— Quem sabe? — murmurou. Depois, segurou o braço do filho com mais firmeza. — Venha comigo.

O supervisor entrou no átrio e Hillel pediu-lhe que perguntasse a Shebua se podia receber seu genro e seu neto. Enquanto esperavam, o átrio escureceu e eles ficaram em silêncio.

O supervisor voltou para informá-los de que seu amo, Shebua ben Abraão, acabara de sair do banho e estava agora nos seus aposentos, preparando-se para jantar com o nobre Procurador Pôncio Pilatos e o rei Herodes Ântipas. Só poderia dispor de uns momentos. Os lábios pálidos de Hillel tremeram de ódio renovado. Continuou segurando Saul e acompanhou o supervisor aos aposentos de Shebua, que eram luxuosos e intensamente perfumados. Shebua estava sentado numa cadeira de ébano ao lado de uma mesinha de limoeiro e sua concubina, Asa, a bela e curvilínea núbia, polia suas unhas das mãos e pés e perfumava-lhes as mãos. Tinha o mesmo ar de elegante pouco caso e estava recostado na cadeira como que exausto. Vestia uma túnica de fino tecido prateado e sua toga estava sobre uma cadeira, reluzindo como que mergulhada em luar, e suas sandálias, incrustadas de pedras, o esperavam. Seu olhar ambíguo advertiu Hillel de que ele continuava sem perdoá-lo por suas palavras anteriores e que estava discretamente desgostoso.

— Ah, Hillel e meu neto Saul — disse, com sua voz melíflua. — Lamento ter de deixá-los breve e só poder conceder-lhes pouco tempo.

Seus olhos claros os observavam com gélida indiferença. O cabelo estava penteado com unguentos. As narinas de Hillel dilataram-se com um pouco de nojo. Shebua não instou para que sentassem e por isso ficaram de pé, embora Saul tenha, primeiro, ido até o avô, beijando-o com respeito no rosto, o que fez Shebua sorrir graciosamente. Como o crepúsculo avançasse rapidamente, Asa correu as cortinas de seda sobre a janela e acendeu dois lampiões coloridos, cujas bases eram de alabastro rosado. Hillel ocultou sua mortificação por ser forçado a ficar em pé, como um criado diante do amo.

Hillel começou a falar e, ao fazê-lo, ficou observando Shebua e Saul. Foi conciso, procurando ocultar seu sofrimento e enquanto falava, o rosto de Shebua modificou-se sutilmente, tornando-se rígido, distante e arrogante. Mas Saul mostrou sua esmagadora aflição e angústia. Finalmente, Hillel terminou, mas ficaram olhando atentamente Shebua.

Shebua estendeu os braços finos para Asa que, reverentemente, colocou neles os braceletes cravejados e anéis em seus dedos. Depois, ela aproximou-se da cadeira onde estava a toga, com o instrumento de arranjos de marfim na sua mão negra. Seus olhos eram límpidos e sem interesse. Poderia ser uma estátua, esperando obedientemente.

Shebua examinou um dos anéis.

— Um assunto doloroso — disse, sacudindo a cabeça. — Por que não aprendem? Ou deliciam-se com a violência e os distúrbios?

Virou a cabeça e olhou Hillel com malevolência calma e divertida.

— Presumo que veio me procurar com essa triste história para pedir minha interferência junto a Pilatos e Herodes?

— De fato — disse Hillel, acrescentando. — Em favor do nosso povo.

— Todo povo é meu povo, Hillel ben Borush — retrucou Shebua. — Não sou provinciano, como já lhe informei. Sou um entre todos os homens e não há separação. Se criminosos recorrem à violência ilegal e ao assassinato, estou contra eles, pois acredito na lei, na ordem e na obediência devida, além da resignação.

— Resignação à opressão intolerável, à exploração, aos impostos e à tirania cruel?

— Ah, você também usa palavras violentas, Hillel, coisa que deploro. Pensei que fosse homem mais comedido. Que deseja que eu faça? Que me avilte diante de Pilatos e Herodes, como um rabinozinho qualquer das províncias, implorando piedade? Aqueles homens são meus amigos; conhecem meu temperamento; sabem que lamento e denuncio rebeliões inúteis, bem como os que as fazem. Sabem que sou um homem civilizado. Sabem que esses patifes nada significam para mim, apesar de se considerarem judeus.

Hillel pensou que iria morrer ali mesmo, de dor, raiva e ódio. Levou a mão trêmula à garganta.

— Shebua ben Abraão — começou —, engane-se como quiser: aqueles homens são do seu povo, seus compatriotas. Você nada mais tem. Um romano ou mesmo um grego ficariam indiferentes aos sofrimentos de seus compatriotas? Não! Aulo Platônio disse-me que morreria por Roma e seu povo, mesmo num esforço inútil. Ele é um homem honrado e orgulhoso, e ama sua pátria.

— E eu não? — perguntou Shebua ben Abraão. — Não sou um homem honrado e orgulhoso? É sua opinião. Nossos valores e premissas diferem, Hillel ben Borush. Já discutimos isso e não chegamos a nenhuma conclusão nem acordo. Afirmo-lhe que esses criminosos nada significam para mim. Prejudicam todo o seu povo, põem Israel em perigo, ameaçam Israel com a baioneta romana e com a aniquilação total. Não é melhor que morram uns poucos pelo seu país a que todo Israel seja destruído? Um judeu que ame seu país deve meditar nisso.

Hillel ficou furioso. Depois, disse:

— Você pensa que Pilatos o considerará um homem civilizado por não interceder por seu povo? Herodes é meio judeu e meio grego. Irá honrá-lo por seu silêncio, pelo pretexto de que seu povo nada significa para você? Rirão de você às escondidas, considerando-o um covarde!

As faces magras e brancas de Shebua ruborizaram-se.

— Nós evitaremos o assunto esta noite! — retrucou. — Eles conhecem minhas opiniões.

— Você não respondeu às minhas perguntas — disse Hillel. — Não importa. Você é adepto de sofismas e subterfúgios, Shebua ben Abraão, e não estou à sua altura. Meu primo, o capitão pretoriano Tito Milo Platônio, sofre por Israel. O romano Aulo Platônio está profundamente comovido por aqueles que não são do seu povo. Um romano é mais ou menos que você, Shebua?

Shebua levantou-se e fez sinal à núbia de que queria sua toga. Ela passou-a sobre os ombros do amante. Ele estava ereto e reluzente à luz dos lampiões. A moça ajoelhou-se e começou a arrumar a toga habilmente e ele absorveu-se na queda de cada dobra. Rabugentamente, falou com ela uma ou duas palavras, como se nada fosse mais importante. Com irritação, mas meticulosamente, arrumou a manga esquerda.

Saul olhou-o com uma expressão fixa e peculiar, como se seu rosto jovem tivesse ficado petrificado. Os olhos azuis brilharam de desprezo e amargura. Seus punhos abriram-se e fecharam-se. Sentiu, acima de sua dor, a humilhação que ele e o pai estavam sofrendo, como se fossem mendigos importunos, que apenas a bondade impedia de serem expulsos a chicotadas.

Shebua virou seus olhos verde-azulados para os parentes.

— Nada posso fazer. Sou realista e sei quando nada posso fazer. Como civilizado, não posso ter piedade com os impiedosos e tolerância com os intolerantes. Que mais, a não ser impiedade e intolerância aqueles violentos deram aos que mataram? Os soldados romanos não cumpriram seu dever protegendo-se e também à lei e a Israel? Aqueles violentos levaram seu povo em consideração e as consequências que sua gente sofreu? Levaram o desastre a muitos inocentes e causaram a morte de muitos outros. Devo, portanto, pedir por eles?

— Já lhe disse — retrucou Hillel, com renovado desespero. — Muitos dos presos, agora enfrentando mortes humilhantes, não estava participando da violência, como prefere chamar o fato. Foram arrancados dos seus lares.

— Eram conhecidos como descontentes — afirmou Shebua. — Eram assassinos potenciais, apesar de muitos pertencerem a casas nobres. Não tentaram apoiar a lei e a ordem, reagir à violência. Ficar em silêncio e concordar.

— Havia crianças, donzelas e rapazes entre eles — disse Hillel, esforçando-se para conter as lágrimas. — Havia mulheres.

Shebua encolheu os ombros.

— Foi forçosamente para chamar a atenção dos incendiários em potencial, um ato de disciplina. — Tornou a corar. — Acha que sou um homem inflexível e mau, que ama o derramamento de sangue e a morte? Não! Regozijo-me com o pensamento da agonia, sofrimento e miséria? Não! Mas sei o que precisa ser feito, se Israel deve sobreviver.

— Você não se importa com Israel — disse Hillel. — Você só fez sofismar. Só se preocupa com seu lar, sua riqueza, sua posição. Eu já sabia disso. No fundo do meu coração, tinha a certeza de que não o comoveria. Se não tivesse prometido, se minha querida mulher não tivesse concordado, o casamento de minha filha com seu neto não se realizaria, pois eu não gostaria que ficasse ligada à casa de Shebua ben Abraão nem desejaria que tivesse um filho do mesmo sangue. Perdi meu tempo e o tempo é curto. Devo recorrer a homens de maior valia, homens honrados, corajosos e justos.

Virou-se e Saul o acompanhou na saída da sala. O jovem olhou para o pai e tornou a pensar como o havia julgado mal, embora com amor, e a angústia retornou ao seu coração.

— Venha — disse Hillel. — Vamos à casa de José de Arimateia.

— O homem que declarou ter visto a estrela sobre Belém? — perguntou Saul, em tom levemente zombeteiro.

Hillel parou repentinamente. Seu rosto mudou, encheu-se de emoção e uma luz brilhou no fundo de seus olhos lacrimejantes.

— À casa de José de Arimateia! — repetiu.

Pai e filho instalaram-se na liteira dourada que percorreu ruas iluminadas por tochas de luz vermelha e lanternas, atravessando multidões de gente apressada, soldados a pé e a cavalo, camelos e mulas.

— É iníquo denunciar os do seu próprio sangue, segundo as Escrituras — disse Saul —, mas Shebua ben Abraão é um homem mau.

— Não, ele não é mau — retrucou Hillel. — Há ocasiões em que se chega ao mal. Shebua é um homem apavorado e nada toca um homem com medo. Está perturbado. Fora do juízo. Vi o pavor em seus olhos. Falei-lhe asperamente, mas tive pena. Deus pode perdoar o mau, se ele se arrepende, mas como, mesmo os anjos, podem tornar sua voz ouvida por um homem em pânico?

— Ele é um homem mau — repetiu Saul.

Hillel suspirou.

— Gostaria que ele fosse apenas isso. Posso perdoar tudo, menos a covardia.

— E o oportunismo — acrescentou Saul.

— No fundo não são a mesma coisa?

A casa de José de Arimateia ficava numa rua plana e larga, ao pé do monte das Oliveiras. Por detrás dos portões de ferro forjado, a casa tinha um aspecto agradável e tranquilo, o pórtico repleto de lanternas, o jardim perfumado, cheio de palmeiras, pinheiros e os cones dos altos ciprestes pretos. O porteiro abriu os portões e a liteira percorreu a trilha de cascalho vermelho até as portas de bronze. Estas abriram-se e José de Arimateia surgiu no umbral, saindo depois para o pórtico de reluzentes colunas brancas, a fim de saudar os visitantes.

Era um homem alto e corpulento, usando uma longa túnica azul de mangas curtas, com um cinto de ouro. Era de meia-idade, sem barba e quase calvo. Tinha a cabeça grande, forte e oval, maior que a do homem médio, e a primeira impressão de estranhos era de feiura e falta de graça. Seus traços eram brutos, a boca grosseira, o queixo grande, as orelhas gordas projetando-se do crânio polido como pedra. Seus olhos, porém, eram negros e brilhantes, místicos e bondosos sob as sobrancelhas pretas que se uniam inteiramente sobre a ponte do seu nariz aquilino.

Falou, numa voz muito sonora, que provocou ecos nos jardins:

— Saudações a Hillel ben Borush e seu filho Saul. Bem-vindos a esta casa, que conhece seus nomes ilustres! — Estendeu as enormes mãos musculosas para Hillel e depois abraçou-o, beijando-o no rosto. Sorriu para Saul e esse sorriso tornou-lhe o rosto belo. — *Shalom* — disse.

Hillel lutou para conter-se diante dessa recepção terna e graciosa, devolvendo o abraço. José levou-os para um salão amplo e iluminado, onde o administrador estava à disposição, e depois para outro local mobiliado com bom gosto, saturado do perfume de feto recém-cortado. José bateu palmas e entraram criados carregados de toalhas, pratos e talhares.

— Eu já jantei — disse Hillel —, mas meu filho não.

— Venham — retrucou José, com outro de seus sorrisos luminosos. — Como pode um homem não gostar de comer?

Examinou o jovem Saul e então um lampejo curioso passou por seus olhos. Sem saber por que, Saul ficou perturbado por aquele olhar franco, tocado de mistério. Saul não amava o luxo e aquela casa era, no mínimo, tão luxuosa quando a do seu avô. Contudo, parecia-lhe que aquele luxo não era tão artificial, tão insolente. Sentou-se em silêncio ao lado do pai, enquanto os criados aprontavam a mesa.

— Sabe por que estou aqui, José de Arimateia? — perguntou Hillel.

— Sei — respondeu o anfitrião. — Recebi a carta do meu prezado amigo Aulo Platônio, que é seu parente. Mas o senhor está cansado. Vamos primeiro refrescar-nos.

— Como posso, se estou tão perturbado?

— Todas as coisas são possíveis com Deus — retrucou José — e Ele não é isento de piedade, bendito seja Seu Nome.

Os olhos de Hillel tornaram a encher-se de lágrimas. Disse, com voz trêmula:

— Desculpe-me, mas meu coração está sofrendo. Normalmente não sou tão delicado.

José falou, com voz gentil:

— Quando justificadas lágrimas masculinas são femininas? Se não choramos em certas ocasiões, nossos corações não passarão de terra morta. E não temos motivos para sofrer? Muitos motivos. Vamos comer em paz, confiantes na promessa de esperança.

"Que esperança?", pensou Saul, com renovada amargura. "Que esperança há para o homem?"

Pouco a pouco, notou a paz à sua volta naquela casa. Mesmo Hillel, na sua terrível angústia, estava mais calmo e participou do vinho, carnes frias, legumes em azeite e vinagre, frutas e pastelaria. Saul, de coração ansioso e mente aflita, não ficou insensível à quietude daquela casa, à calma harmoniosa, à beleza plácida. Observou que a casa de José refletia seu gosto, que tudo nela e ao redor era uma extensão de si. Mas a casa de Shebua ben Abraão não o refletia, pois não havia nele substância para refletir. A casa dele era fruto do gosto e valores alheios; ele, por si mesmo, nada podia criar. A luz muito suave das paredes brancas daquela sala eram uma emanação do próprio espírito de José de Arimateia. Saul teve a certeza, não a que decorre da fé nos homens, mas na fé além do homem, e sua jovem alma confrangida sacudiu as folhas enrugadas e, relutantemente, começou a expandir-se. Mas continuou desconfiado, cauteloso com os chavões.

A voz de José não quebrou o silêncio; flutuou facilmente sobre ele. Finalmente, disse:

— Fui ver Pôncio Pilatos, que muito me deve, e Herodes, que me deve mais ainda. Soube da tragédia da Porta de Damasco quase na mesma hora, pois alguém do meu povo pode sofrer sem que eu saiba ou me preocupe? Infelizmente, foi uma tragédia dolorosa e lamento tanto pelos romanos como pelos judeus e por todos os que terçam armas num conflito qualquer que jamais será resolvido. Pois enquanto o homem existir, haverá guerra, ódio, opressão e rebelião, até...

Parou, contemplou o espaço como se olhasse uma visão heroica ainda não acontecida.

— É melhor morrer por uma causa justa que nunca deveria ter ocorrido ou viver e trabalhar na esperança do seu sucesso final? Este foi sempre o enigma com que o homem se defrontou, especialmente na juventude. Os gregos dizem isso mais brutalmente: "É melhor morrer de pé como um homem que viver de joelhos como um escravo." Mas apenas morrer, por mais nobre que seja, é eliminar um guerreiro. Não podemos dispensá-lo.

Tornou a sorrir gentilmente para Hillel, mas, desta vez, foi um tanto enigmático.

Hillel o olhou com dolorosa atenção.

— Deixe-me confortá-lo um pouco — disse José em tom compassivo. — Houve assassinatos hoje e os romanos não olham os de seus soldados com o mesmo equilíbrio. Nem devemos nós olhar o assassinato de judeus com desinteresse. Os romanos se intitulam homens da lei e do raciocínio. Podem compreender a ira dos judeus, pois sentiriam como nós se Roma fosse ocupada por uma força alienígena e as leis desta lhe fossem impostas. Os romanos também são pragmáticos... quando se trata do patriotismo e espírito de outros homens. Quem é o mais forte? Roma. Quem, portanto, tem mais direito a governar, fazer negócios, regular o comércio, construir, mudar? Roma. Esta não é uma forma nova de encarar o conquistado, porém Roma fez dela uma virtude. Não é hipocrisia. Os romanos estão realmente convencidos de que são a forma civilizadora e unificadora do mundo e sempre sonharam com um governo mundial que acreditam ter espalhado sob a Pax Romana. Nações antagônicas, impérios rivais, parecem desregrados, vulgares réplicas, comodistas, extravagantes, caros, sem eficiência e perigosos aos romanos. Se o espírito romano puder ser descrito numa única palavra, esta será Economia. Economia de pensamento, de atividade, de filosofia, de ação.

"Perdoe-me se pareço perdido e atrasado. Desejo que compreenda que entendo os romanos e compreensão é meia batalha ganha quando nos engajamos numa controvérsia. Pois quem pode odiar o homem que compreende? Pode apenas aproximar-se do adversário ou do amigo — e é curioso como frequentemente são os mesmos! —, com bondade ou bom senso, até com simpatia. Isto não é astúcia sutil. Vem do coração, se é autêntico. Portanto, apesar de conhecer bem Pilatos como homem cruel, supersticioso e ambicioso, também o conheço como ser humano, somos da mesma matéria. Sei que não é mais feliz do que eu, mais contente, nem alheio ao meu ser. Partilha comigo todas as aflições, todas as esperanças e mesquinhez da humanidade e sabe que sei disso sobre ele. Quanto a Herodes, merece piedade, pois não consegue reconciliar sua natureza judia com seus instintos gregos. A ambos expus minha compreensão e minhas impertinências.

Descascou uma enorme ameixa madura para Hillel, colocando-a no pequeno prato de ouro e não esperou o criado para servir mais vinho, fazendo-o pessoalmente. Saul observou-o e pensou, enojado: "Não passa de mais um manipulador de palavras, outro esperto advogado dos romanos, acomodado, capaz de livrar-se agilmente de uma armadilha. Homens como este venderam suas almas por conforto, riqueza, segurança e não conhecem a triste barganha."

Como se tivesse escutado os pensamentos do rapaz, José pousou seus brilhantes olhos escuros em Saul durante um instante e uma sombra de tristeza passou por eles. Hillel prestara atenção e não sentiu desânimo nem aversão. Era como se uma poderosa mão gelada tivesse sido encostada num rosto febril e por isso esperou, quanto uma leve calma o envolveu.

— Convenci Pilatos — disse José — a libertar os presos na cidade como descontentes potenciais, que se opuseram obstinadamente aos romanos, mas sem violência. Voltaram para suas casas, severamente advertidos, mas estão agora no seio de suas famílias. "O cordeiro deve ser sacrificado com o leão?", perguntei a Pilatos. — José sorriu. — Ele também me deve muito dinheiro, pois é um jogador temerário e Tibério César, homem rígido e grosseiro, não gosta de jogadores. Comprometeu-se também, ao lado de Herodes, com Agripa em Roma. Felizmente, tenho amigos em quem Tibério confia e assim Pilatos não será convocado. — Fez uma pausa. Olhou para o vinho em seu cálice. — Ele tem um papel a desempenhar e isso surgiu em minhas visões. Sou vidente.

O rosto de Hillel estremeceu de esperança. José ergueu a mão.

— Não usei meu dinheiro nem minha influência em Roma para dominar Pilatos, pois isso seria ainda mais degradante para mim que para ele. Usei o raciocínio romano, pois os romanos não gostam de transtorno ou sentimentalismo. Nem eu. O sentimental é um homem que perdeu o autodomínio. Dessa forma, como pode dirigir outros ou dar uma opinião sensata? Foi o que disse a Pilatos e ele compreendeu que eu tinha razão. O sentimento não deve fazer parte da justiça, garanti-lhe. Era justo condenar o inocente pela culpa alheia? Só os gregos acreditam nisso, disse-lhe, e ele concordou com a cabeça. — José tornou a sorrir. — Os romanos, no fundo, acreditam-se inferiores aos gregos. Sempre recebem com agrado quem lhes assegura serem superiores.

É um hipócrita manhoso!, pensou Saul, com ira crescente.

— Graças sejam dadas a Deus, José de Arimateia, por ter o senhor salvado os inocentes! Mas e essas centenas ou mais de zelotes e essênios, que esperam uma morte monstruosa nas prisões romanas? — perguntou Hillel.

José respondeu, com tristeza:

— Esses não posso salvar. Nem creio que eles queiram ser salvos. São rapazes arrebatados e dedicados, que acreditam em causas heroicas e cortejam a morte como os velhos cortejam as amantes. Têm a certeza de que estão estabelecendo um padrão a ser seguido por outros, que carregam uma bandeira que incendiará os corações de outros homens. É belo. Mas não muito sensato.

— Portanto, morrerão — disse Hillel.

— Não sem glória em suas almas, não sem exultação — retrucou José. Serviu mais vinho. — Sempre aspiraram a isso. Não lhes nego o amor, o patriotismo, a devoção a Deus. Mas no seu altar têm mais que a vontade de serem sacrificados.

Saul não pôde conter-se.

— Eu também tenho vontade! — exclamou.

Hillel, mesmo em seu sofrimento espiritual, quis repreender o filho. Mas José tornou a levantar a mão e disse:

— Você terá, meu filho, e assim será.

O pavor invadiu o coração paterno de Hillel. Sabia que José possuía dons misteriosos de profecia e perspicácia.

— Preferiria que meu filho vivesse para seu povo — disse Hillel.

— E viverá — disse José, com seu sorriso bondoso. Hillel achou isso enigmático. Os olhos de Saul eram como metal polido, refletindo suas paixões profundas e sua ira. José prosseguiu: — Sei quando tenho uma possibilidade de sucesso, por menor que seja, que posso forçar. Sei quando não tenho, quando é inútil tentar. Portanto, os filhos do deserto devem morrer. Pilatos me disse: "Vocês, judeus, não têm uma lei dizendo 'olho por olho, dente por dente'? E 'vida por vida'?" Sei que ele foi inflexível na questão da morte dos seus soldados e oficiais. Quem poderá culpá-lo? Fiquei muito agradecido por ter ele poupado os inocentes, embora saibamos que são tão inflamados quanto aqueles, embora mais discretos. Também são mais religiosos. Esperam o Messias e Sua libertação de todos os homens dos pecados e sofrimentos, bendito seja Seu Nome.

O rosto de Hillel tornou a estremecer, mas antes que pudesse falar, Saul disse:

— E o senhor apelou a Herodes, José de Arimateia?

— Apelei. Convenci-o a dar um veneno indolor àqueles jovens heróis que demonstrassem sequer o menor temor da morte e do sofrimento. Um homem deve ir para sua morte autoprovocada com orgulho e regozijo, até mesmo com gratidão. Os espíritos mais fracos e delicados devem ser preservados do sofrimento da execução inexorável.

Hillel curvou a cabeça e apertou fortemente os joelhos com as mãos. José olhou-o com pena.

— Hillel ben Borush, a morte não é o horror supremo nem a mais monstruosa das calamidades e a vida não é grandemente desejada pelos sábios. Nós, judeus, sabemos disso. E foi Aristóteles quem disse: "Há circunstâncias e ocasiões em que o homem sensato preferirá morrer a viver." O senhor sofre por seus jovens patrícios, pois é judeu, e sofro com o senhor. Mas a vida humana, por melhor que seja, é breve e cheia de perturbações, dores e desespero, não havendo um homem vivo hoje que não esteja morto em menos de cem anos. Daqui a um século, poucos entre nós serão lembrados, não importa tivessem sido maus ou justos, santos ou demônios, traidores ou patriotas. — Fez uma pausa. — Somente Um será lembrado, bendito seja Seu Nome.

No entanto, Saul, numa agitação juvenil que superou o educado respeito que dedicava aos mais velhos, disse:

— Acredita que nenhuma causa vale que se lute por ela, nenhuma bandeira merece ser seguida e que os homens devem ser complacentes com o mal?

— Não foi o que disse — retrucou José. — Quis dizer que um gigante não pode ser sobrepujado por uma mosca; e por mais determinada e devotada que ela seja, não pode matar o gigante.

— Golias foi morto por uma pedra atirada por Davi — falou Saul.

Estava quase ofegante no seu desafio e zombaria.

José meditou um instante e depois disse:

— Deus tem Suas razões e não as conhecemos. Podemos apenas encarar conscientemente os acontecimentos depois de eles se tornarem história passada. Acredito que Deus tem agora um papel diferente para Israel, uma conquista espiritual de homens, uma conquista de amor, alegria e salvação, e não uma conquista por morte e sangue. Exceto...

Tornou a interromper-se e Hillel emergiu da sua dolorosa meditação.

— Que quis dizer com isso, querido amigo? — perguntou.

José hesitou.

— Tive visões — respondeu. — Não posso falar delas porque o tempo ainda não chegou.

— Acredita que a vinda do Messias está próxima? — exclamou Hillel.

José pegou uma romã e examinou sua superfície escarlate.

— E se Ele já tiver chegado? — perguntou num tom distante, como que expondo uma teoria.

— Ele ainda não chegou! — disse o jovem Saul, mais zombeteiro que nunca. — Se Ele tivesse chegado, o mundo inteiro estaria agora proclamando Seu Nome abençoado e se rejubilando. E os romanos estariam nas profundezas do mar, como aconteceu com os egípcios!

— Você acredita, Saul ben Hillel, que Deus odeia os romanos, que são também Seus filhos e que enviará o Messias apenas para os judeus? "Uma luz para os gentios", como foi profetizado.

Um ar severo apareceu no rosto de José, uma reprimenda.

Os olhos tristes de Hillel tornaram-se ardentes ao pousarem em José. Murmurou:

— Acredita que Ele já chegou?

Mas José ficou silencioso. O coração de Hillel disparou.

— Ouvi falar na Estrela sobre Belém e soube que o senhor foi à cidade de Davi...

Contudo, José continuou emudecido. Saul riu em silêncio. Aqueles velhos adoravam mistérios; gostavam de parecer evasivos e sábios. Olhou o pai, Hillel, com a luz caindo sobre suas feições fatigadas e envergonhou-se por ele prestar-se àquela loucura, àquela blasfêmia contra Deus, que enviaria Seu Messias com legiões de anjos, trombetas de ouro que estremeceriam os mais altos edifícios, com uma glória que entonteceria a terra. E não obscuramente, na calada da noite, não equivocadamente.

— Orei para poder ver Sua salvação — disse Hillel, com humildade.

José olhou-o longamente, com ar estranho.

— Como todos os justos — disse, suspirando. — Não me pergunte sobre a Estrela ou sobre o que vi em Belém, pois a hora ainda não chegou.

Pousou o olhar em Saul e, apesar de intenso, também estava longe, como que vendo o que outros não podiam ver. Saul foi súbita e assustadoramente atingido pelo pensamento de que olhar semelhante lhe fora dirigido pelo pobre camponês na feira. Foi tomado de um arrepio gelado.

José levou seus hóspedes pelo átrio até o pórtico, com o braço sobre os ombros de Hillel, num terno abraço. Na porta, beijou Hillel no rosto, confortando-o, e disse:

— Não se aflija. Tudo está nas Mãos de Deus, bendito seja Seu Nome.

— Não sei por que, mas sinto-me reconfortado — disse Hillel e sorriu entre as lágrimas recentes.

Mal ouviu as furiosas acusações a José, feitas por Saul quando sentaram-se na liteira.

Mais tarde, quando orava em seu quarto, ouviu a volta de Shebua ben Abraão, acompanhado de grande agitação e vozes desordenadas de homens. Levantou--se, jogou sobre os ombros o roupão e abriu a porta, olhando o átrio além do salão. O átrio estava profusamente iluminado. Shebua debatia-se, proferindo as mais incríveis blasfêmias, pragas e palavrões, nos braços dos criados que, aparentemente, tentavam contê-lo. O primeiro impulso de Hillel foi correr para ele. A toga de Shebua estava manchada de vinho, alimentos e frutas, seu cabelo desgrenhado, o rosto pálido, suado e contorcido. Está bêbado, pensou Hillel, e lembrou que não se deve desgraçar alguém vendo sua bebedeira. Assim, preparou-se para fechar a porta.

Mas havia alguma coisa nos modos, voz e agitação de Shebua que não eram unicamente decorrentes da embriaguez, embora estivesse violentamente bêbado nessa noite, contrariando sua habitual contenção. Hillel fez uma pausa, olhando pela porta entreaberta, enquanto Shebua lutava com os criados, xingando-os.

Então, para o piedoso espanto de Hillel, Shebua debulhou-se em lágrimas e desmaiou nos braços dos criados, que o carregaram, ficando apenas um para apagar as luzes. Hillel fechou a porta e meditou sobre o que viu, enchendo-se de tristeza. O que havia causado aquela incomum explosão de emoção e perturbação caótica em Shebua, ele não sabia, mas recordou que José de Arimateia falara da unidade dos homens, apesar das suas nítidas diferenças. Que Deus tenha piedade de nós, rezou Hillel ben Borush e deitou--se. Que Deus tivesse piedade de todos os homens, pois estavam sofrendo.

Que Deus nos vingue, rezou Saul ben Hillel, chorando, em sua fúria, tristeza e ódio. E então, para seu pavor, descobriu que não podia continuar suas preces. Havia um profundo torpor dentro dele, como um terrível vazio.

◆ ◆ ◆

Capítulo 12

— Não vá ao local da execução. Peço-lhe — disse Hillel ao filho. — Você é jovem. Vai rasgar seu coração. Venha comigo ao Templo, onde poderemos rezar pelas almas daqueles rapazes realmente muito corajosos.

— Não — respondeu o jovem Saul. Ele parecia cada dia mais abatido aos olhos do pai e havia uma fria austeridade na sua testa sardenta e um olhar ardente em suas órbitas. — Eu lhes seria inferior se não sofresse intimamente com eles.

— Você está se atormentando; você morde o flanco como a fera rasga suas feridas — continuou Hillel. — Já se esqueceu de quando fomos exilados por Nabucodonosor, rei da Babilônia? Os que não o foram, reuniram-se para preparar uma rebelião contra nossos opressores. O profeta Jeremias viu que aquilo atrairia para o nosso povo uma enorme calamidade e colocou em volta do pescoço uma canga de madeira para simbolizar nossas ardentes e temerárias esperanças diante da realidade da catástrofe. Mas o falso profeta, Ananias, arrancou a canga do pescoço e ombros de Jeremias, reduzindo-a a estilhaços e dizendo: "Desta forma quebrarei a canga de Nabucodonosor dentro de dois anos!"

Saul olhou o pai num silêncio amargo, de lábios cerrados.

Hillel suspirou.

— Jeremias deixou o falso profeta agir, mas Deus, bendito seja Seu Nome, ordenou-lhe que repreendesse Ananias, dizendo: "Quebraste barras de madeira, mas colocarei em lugar delas barras de ferro." E Ananias morreu dentro de dois anos. Pois a hora da sua libertação não havia chegado e não era o momento. Tenha a certeza de que Deus nos libertará, pois não temos Sua promessa? Os jovens que vão morrer hoje eram impacientes.

— O senhor fala, meu pai — disse Saul —, quase que igual a Shebua ben Abraão, a quem desprezo, apesar de meu avô. Não o compreendo. Há apenas dois dias o senhor procurou ajuda para os heróis que morrerão hoje, mas hoje está tão ambíguo quanto José de Arimateia, a quem também desprezo.

— Não gostaria que você sofresse — disse Hillel, o pai, que não pôde evitar.

Contudo, Saul fez um leve e torturado ruído e afastou-se atirando a capa sobre os ombros.

Era um dia frio e o céu estava curiosamente acobreado, as montanhas nuas destacando-se contra ele. O ar parado tinha a cor de uvas. Saul foi a pé até a Porta de Damasco, pois além dela, na aridez e desolação fora dos muros, os jovens ardentes iam ser crucificados pelos romanos. Jerusalém estava estranhamente silenciosa, como se todos tivessem feito uma profunda inspiração e contivessem o ar; as lojas estavam fechadas e não havia crianças correndo nas ruas calçadas de pedras. A atmosfera, por mais silenciosa que fosse, parecia estar meio cheia de lamentos inaudíveis e só os soldados, com fardas de campanha e atentos, eram visíveis. Todas as luzes pareciam ter desaparecido da cidade, que ficou inerte, amarela e abandonada, havendo ecos por todos os lados, choros em surdina ou estrondos distantes. As bandeiras romanas pendiam sem vida sobre as portas da cidade, entre as águias de bronze que pareciam meditar. Os soldados não impediam a saída da cidade, e assim que Saul dirigiu-se à Porta de Damasco, juntaram-se a ele homens de preto, silenciosos, encapuzados, com panos cobrindo-lhes os rostos. Na porta a multidão era maior, seus passos erguiam o único som e este era de condenação.

As portas rangeram quando os soldados de ar sombrio as ergueram e a multidão atravessou-as, calada, sem chorar. Só os olhos podiam ser vistos, sombrios, faiscantes e irascíveis. Saul caminhou no meio deles e pensou: Sou o único de minha casa que vem a este lugar sinistro! Nem mesmo meu pai dignou-se a juntar-se aos que rezam! E a amargura cresceu nele, sua cabeça começou a doer brutalmente e seus olhos ficaram tão secos quanto quentes e empoeirados.

A terra fora da porta era nua e morta, o solo amarelo poeirento, cheio de detritos e pedras, e ficou subitamente quente como se a porta de uma fornalha tivesse sido aberta. Além, via-se o deserto da Síria, as árduas e sombrias montanhas de cor violeta, o céu muito baixo e amarelado. E ali, num lugar plano e aberto, cinquenta cruzes estavam por terra, esperando, e ao lado de cada uma havia um rapaz esfarrapado, barbado, bárbaro mas silencioso, os olhos fixos no céu mudo, nos céus indiferentes.

Saul e os que acompanharam juntaram-se aos já chegados, em fileiras imóveis e agourentas, lado a lado. Havia muitos soldados romanos jovens, de olhos frios e zangados, invulgarmente silenciosos, pois aqueles homens que vinham executar tinham assassinado seus camaradas e oficiais, violaram a lei e a ordem, tinham erguido o braço num ato de violência contra os que os deuses designaram para governá-los em nome da justiça e da paz.

Saul olhou os rostos dos condenados, seu ar ausente, os lábios que rezavam. Alguns eram mais moços que ele; poucos tinham atingido a maturidade. Quis chorar, mas não pôde. Quis amaldiçoar, mas seus lábios estavam dormentes. Quis bater no peito. Pouco a pouco, começou a ouvir o canto em surdina, antes muito difícil de ser ouvido, e percebeu que era a oração dos moribundos. Mas Saul não conseguiu rezar. Pôde apenas correr os olhos pelos rostos dos condenados, que já pareciam mortos, tão imóveis, tão indiferentes, tão ausentes estavam. Era como se nenhum deles estivesse ali, como se já tivessem partido.

Então, contrastando com o terrível silêncio, uma voz de homem elevou-se pura, forte e determinada:

— Minha ajuda vem do Senhor, que fez o céu e a terra! Ele não permitirá que seu pé seja movido. Ele, que o manterá acordado. Cuidado! Quem dominar Israel, não deve descansar nem dormir!

"O Senhor é o seu Protetor. O Senhor é a sua sombra à sua mão direita. O sol não deve afetá-lo de dia, nem a lua de noite. O Senhor o manterá protegido de todo o mal. Ele conservará sua alma. O Senhor protegerá sua ida e vinda, de agora em diante e para sempre!

Os condenados moveram-se como um só homem, os trapos e peles das suas vestimentas movendo num lugar em que nada se movia, viraram seus jovens rostos queimados de sol ansiosamente, à procura, e agora seus rostos pareciam os de crianças que ouviram a voz do pai.

Já ouvi essa voz!, pensou Saul e o coração trovejou em seus ouvidos. Virou-se, com a multidão, à procura do pregador. Mas todos estavam confusos, como se os olhos negassem que suas línguas tivessem pronunciado a solene promessa do Senhor. Um leve murmúrio ergueu-se e desapareceu.

Os soldados tinham-se tornado estátuas e eles, por sua vez, também procuravam quem havia externado aquela fé em voz alta, com exultação e consolo. Mas não conseguiram achá-lo. Uma nuvem grossa cobriu a terra e fez subir uma poeira amarelada e um sopro quente; nesse momento, o céu acobreado ficou um pouco mais escuro e um oficial romano olhou-o preocupado, pois os romanos eram supersticiosos e tinham ouvido falar na vingança do Deus dos judeus. Que assim seja, pensou, gesticulando com a mão coberta com a cota de malhas. Os soldados agarraram o jovem mais próximo e o colocaram na cruz. Imediatamente ouviu-se o ruído pavoroso e doloroso do martelar de pregos sendo enfiados nos jovens pés e mãos e depois mais nada, nem mesmo um grito.

Os corajosos morrem corajosamente, pensou Saul, ouvindo o martelo de ferro que parecia muito perto, muito ameaçador, muito iminente naquele silêncio. Quando os soldados levantaram a cruz com o jovem e a enfiaram num buraco no solo amarelo quebradiço, o choque de sua queda na cavidade pareceu a Saul ser no seu coração, tão terrível, doloroso, final e desesperado lhe pareceu. O rapaz escorregou com seu próprio peso, mas não gemeu.

Os jovens foram crucificados um a um e nenhum grito, protesto ou guincho de sofrimento surgiu de uma única garganta heroica. Alguns mostravam-se orgulhosos e desdenhosos; outros de lábios e olhos imóveis. Uns pareciam ter mergulhado num sonho, olhando apenas para o céu. Contudo, nenhum lamentou-se. Seus andrajos e peles silvestres eram as vestimentas de crianças sacrificadas.

Foram os assistentes que começaram a chorar, a bater nos peitos e nas têmporas. Mas os soldados e os moribundos não pareciam ouvir, perceber. Os soldados agiam com rapidez, suando e mudos, sem olhar para os rostos das vítimas. Havia uma pressa extraordinária na maioria, pois era a primeira crucificação que faziam, todos eram muito moços e não tinham corações de pedra. Tinham odiado aqueles rapazes, muitos deles de sua idade, mas agora não os odiavam. Nenhum insultava ou zombava. Era uma tarefa desprezível, que não podia ser evitada e desejavam acabar e esquecer.

— Vingança, vingança! — sussurrou Saul com ardor e pensou que iria morrer de tanto sofrer. — Onde está o Deus de Israel, que permite uma coisa assim?

Então, a voz oculta, tão veemente, forte e musical, soou contra a quietude bronzeada:

— Sejam fortes e deixem seus corações tomarem coragem, todos os que esperam pelo Senhor!

Pela primeira vez, a multidão de homens de preto respondeu:

— Espero pelo Senhor, bendito seja Seu Nome e Ele vem nas asas do vento matutino, meu Abrigo, minha Esperança, meu Senhor e meu Deus!

As vozes entremearam-se ao choro, mas não se alteraram. Os jovens em suas cruzes, tão próximos, ouviram e um sorriso extasiado de tocante alegria esbouçou-se em vários rostos. Agora podia-se ver como estavam desfigurados, pobres e famintos, pois suas costelas desenhavam-se nitidamente sob a pele morena esticada, os braços não passavam de ossos escuros e as pernas pareciam com as de crianças. O sangue, naquela luz acobreada, começava a escorrer de mãos e pés, o suor, da cor de mercúrio, descia pelo rosto e aninhava-se nos cantos das bocas lívidas. Aqui e ali, urina e fezes, produtos do sofrimento, escorriam das cruzes, exalando mau cheiro.

A nuvem percorreu o céu; cobriu a terra. Os soldados afastaram-se, foram para junto de suas bandeiras vermelhas, silenciosos, sem olhar uns para os outros. Havia apenas o som de lamentos e das preces. Não havia sol, mas, mesmo assim, as armaduras e espadas dos soldados reluziam e cada rosto ficou iluminado por uma luz fantasmagórica, penetrante e inconfundível.

Saul, afundado em sua dor e desespero, ouviu um som perturbador e maravilhoso, sentindo em sobressalto à sua volta. Levantou a cabeça e viu o rapaz camponês que encontrara na feira, saindo das fileiras dos carpidores; usava uma túnica grosseira marrom e tinha os pés, calçados de sandálias, cobertos de poeira. Mas afastou-se com lenta majestade da multidão de cruzes, caminhando silenciosamente, com os cabelos e barba louros brilhando foscamente na escuridão crescente. Seu rosto estava muito sereno e imóvel, o perfil imponente. Era alto, magro e musculoso, deixando pegadas profundas na poeira, que rodopiava em torno de seus tornozelos. Um resplendor, móvel e nebuloso, parecia envolver seus ombros e pescoço.

Saul ficou olhando. Os carpidores esqueceram seus lamentos. Os soldados o olhavam, atentos, mas ninguém fez um gesto para imobilizá-lo. O rapaz começou a andar entre as fileiras de desmaiados, moribundos e torturados. Parou diante de cada cruz. Ergueu os olhos azuis para os rostos jovens. Sorriu gentilmente. Continuou a andar vagarosamente, parando, sorrindo. Não disse uma palavra.

Mas os olhos dos moribundos o acompanharam e os rostos contorcidos ficaram calmos, bocas abriram-se como se fossem responder a alguma coisa só ouvida por eles e que os consolou. Era como se ele tivesse dado a cada um uma poção que eliminou a dor, o medo e o desespero, deixando a paz à sua passagem.

Não ignorou nem descuidou-se de nenhum. Seu ar era terno e encorajador, penalizado mas confortador. Todos os homens o olharam, incluindo-se os soldados, e todos estavam tão imóveis quanto os crucificados; apenas seus olhos o acompanharam.

Começou a chegar à última fila e agora estava próximo aos soldados romanos, que o olharam sob sobrancelhas preocupadas, tomando ares desafiadores. O rapaz parou um momento observando-os e, para espanto de Saul, nenhum ódio desenhou-se em sua fronte calma, nem seus lábios abriram-se numa imprecação ou seu rosto pálido enrugou-se com severa ira. Na verdade, sua expressão tornou-se inexprimivelmente compassiva e ainda mais gentil que antes, fazendo Saul lembrar-se de repente das palavras de Amós, repetindo as de Deus:

"Não sois para Mim como os etíopes, ó povo de Israel? Eu não trouxe Israel da terra do Egito, os filisteus de Caphtor e os sírios de Kir?"

Eram as palavras amorosas do Pai de todos os homens, ternas e piedosas, e Saul sentiu-as e tremeu. Parecia que o camponês desconhecido, que olhava os soldados romanos, as repetia intimamente também, relembrando-as e dirigindo-as aos soldados.

Não, não!, gritou Saul no íntimo, temeroso de que sua ira e piedade o abandonassem e, ao fazê-lo, ele perdesse a força e o ódio que lhe davam aquela força. Se alguém acreditasse que o pior dos homens também fosse filho de Deus, então não era possível combater o mal, corrigir os errados, libertar os oprimidos nem defender o Nome de Deus. Olhou para o camponês e pensou que ele era presunçoso, imaginando que o estranho era um feiticeiro que estava atordoando as vítimas com sua mente e ludibriando seus espíritos heroicos.

O estranho continuou olhando os romanos e estes a ele, mais preocupados que antes e estranhamente desanimados. Arrastaram suas sandálias ferradas; encolheram os ombros. Alguns chegaram mesmo a empunhar as espadas, num gesto de homens apavorados. Mas não falaram. Outros olharam o estranho e pareceram comovidos. Quando ele prosseguiu como antes, os soldados entreolharam-se, inquietos.

Ele acabou. Agora parou diante da primeira fila de cruzes e olhou os moribundos no alto delas. Levantou a mão para todos e disse, numa voz que tinha o som suave de um trovão distante, as palavras da Shema:

— Ouve, ó Israel! O Senhor nosso Deus, o Senhor é Único!

Agora, pela primeira vez, os moribundos falaram juntos, e suas vozes eram triunfais, exultantes, compenetradas, ao gritarem também:

— Ouve, ó Israel! O Senhor nosso Deus, o Senhor é Único!

O arrebatamento de seus rostos tensos aumentou. Só viam o estranho, que sorria-lhes um sorriso de amor e bondade infinitos, como um pai, e eles beberam aquele amor e bondade, aquela suavidade triste mas confortadora, como se aqueles sedentos bebessem as águas vivas da existência.

O estranho curvou a cabeça, cobriu sua cabeleira loura com o capuz, começou a rezar; um a um dos mais fracos entre os moribundos mergulharam na languidez que antecede a morte e suas cabeças penderam sobre os peitos. O sangue escorreu, ondulante, de suas mãos e pés; seus corpos estremeceram. Mas logo tudo voltou ao silêncio.

O estranho voltou-se e Saul viu-lhe o rosto, pálido e imóvel como o de uma estátua, com olhos que pareciam não ver mais ninguém. Aproximou-se da multidão de espectadores e misturou-se a ela; Saul, involuntariamente, desejou estar próximo a ele. Mas quando conseguiu aproximar-se do âmago da multidão, ouviu apenas vozes extasiadas e sussurrantes:

— Onde está ele? Estava aqui, mas desapareceu. Estava conosco, mas não está mais! — Espicharam os pescoços, procuraram, afastaram-se uns dos outros, examinaram, perguntaram, exclamaram, sacudiram as cabeças, encolheram os ombros, ergueram os braços, desnorteados. — Estava aqui, mas não está mais!

Foi então que o barulho de um forte trovão reboou pelo céu acobreado e pelas montanhas púrpuras, seguido de um vendaval. Um prolongado estrondo percorreu a terra. Depois, o céu ficou muito escuro e nuvens negras surgiram, seguidas de uma súbita chuva torrencial.

Saul sentiu alguém pegar seu braço e estremeceu violentamente quando viu que o homem que se aproximou dele era José de Arimateia, com a cabeça coberta por um capuz.

— Venha comigo — disse José, levando Saul; e este, embora pudesse ter reagido, não o fez.

Atravessaram a Porta de Damasco, onde a liteira de José estava esperando, tendo o velho empurrado Saul para dentro, onde acomodou-se ao seu lado nas almofadas. Os carregadores ergueram o veículo e partiram depressa por entre os relâmpagos escarlates, o vento ululante que sacudia as cortinas e a tremenda violência do trovão.

Saul sentiu-se fraco e perdido, perturbado de corpo e alma. O que havia visto, o que suportou, envolvia-o. Estava profundamente horrorizado, mas começou a chorar. José o observou compassivamente em meio ao claro-escuro dos relâmpagos.

Saul pegou o lenço no bolso, enxugou os olhos e assoou o nariz. Não queria falar com José de Arimateia, mas perguntou:

— Quem era aquele homem, com a arrogância de um profeta, que tentou consolar os condenados?

— Ele não é profeta — respondeu José com um tom estranho. — E os confortou.

Saul tentou ver o rosto de José, mas as trevas haviam aumentado.

— Quem é ele?

José ficou um momento silencioso. Finalmente, com voz muito bondosa, respondeu:

— Um dia você saberá, Saul ben Hillel. Ah, sim você saberá!

Hillel resolveu que devia pedir para ver sua filha Séfora, apesar da severa decisão de Clódia de que as mulheres não deviam aparecer no setor masculino nem na casa principal, especialmente as virgens, a menos que a ocasião fosse imperiosa. Mas o sofrimento de Hillel era enorme e sentia-se desesperadamente só, cheio de dor e com uma sensação de abandono.

Mas antes que pudesse chamar um criado, o irmão de sua mulher, Davi ben Shebua, apareceu no átrio. Olhou para Hillel e decorreu um momento antes que respondesse à sua saudação. Parecia sóbrio e um tanto sério, coisa pouco habitual no gracioso e educado Davi. Sua boca estava dura e mostrava um frio desagrado. Indicou uma cadeira esculpida e pediu a Hillel que sentasse. Depois, olhou o cunhado e seus olhos azuis estavam severos. Agora o brinco não pareceu absurdo a Hillel, que estava meio inquieto e até meio sinistro.

— Está desejando visitar meu pai? — perguntou Davi.

— Não. Minha filha.

Davi continuou a olhá-lo como se faz com um estranho desagradável. Respondeu:

— Você perturbou gravemente meu pai, Hillel ben Borush.

— Ele me perturbou gravemente — disse Hillel, corando de humilhação, pois não era hóspede da casa, embora indesejado? — Presumo que está se referindo à noite em que pedi a intervenção dele junto a Pilatos, o procurador romano, e ao rei Herodes, em favor do seu povo?

Davi ergueu a mão magra e impaciente.

— Não foi apenas isso. Você o perturbou desde sua chegada.

— Isso eu realmente lamento — disse Hillel. — Temos temperamentos conflitantes. Nossas crenças nos fazem antagônicos. Temo que seu pai me considere tosco, provinciano e inculto. Eu o considero superficial, esgotado e esquisito.

Procurou sorrir, apesar de sua angústia. A expressão de Davi mudou de forma estranha, olhando os anéis nos dedos pensativamente.

— Acredito — disse Davi — que os "velhos" judeus ensinam que se deve respeitar em qualquer circunstância nossos antepassados, especialmente aqueles em posição patriarcal. — Um pálido sorriso percorreu seus belos lábios. — Devo pedir perdão a meu pai por ter chegado a sugerir que ele é um patriarca. Essa simples ideia o revoltará.

Hillel não pôde evitar sorrir diante dessa baixeza.

— É verdade — respondeu. — Talvez por isso eu tenha sido impróprio recentemente, mas você sabe que falei a verdade, Davi ben Shebua, e seus irmãos também sabem. Eles me odeiam e isso é prova bastante. Então é uma coisa má pedir-se por condenados? Isso perturbou seu pai mais do que nossas conversas anteriores.

Davi suspirou. Fixou os olhos numa parede distante e refletiu.

— Meu pai — começou — não é o que você pensa. É o resultado do estilo e posturas de outros. É um espelho do que acredita ser admirável. Você estilhaçou esse espelho. Ele agora está confinado no leito, sob sedativos.

Hillel ficou espantado.

— É possível — perguntou — que eu o tenha impressionado? Que o tenha aniquilado? Pensei ser ele um homem blindado, encouraçado em seu desdém por gente como eu.

— Você não entende — disse Davi. — Meu pai não pode viver sem a estima alheia. Não pode suportar que um homem possa desprezá-lo ou criticá-lo. Ele não é um homem. É uma imagem, facilmente arranhável, facilmente marcável; é um gesso colorido.

Hillel ficou ainda mais espantado, mas também incrédulo. Falou:

— Ouvi de todos os negociantes, mercadores, banqueiros, corretores e investidores de Israel, que ele é o mais astuto! Que em todas essas atividades é um homem de ferro que não pode ser comovido.

— Isso também é verdade — retrucou Davi. — Mas os homens com quem lida nessas atividades são iguais a ele, de punhos suados, duros, de ferro e bronze. No entanto, só no ambiente do mercado. É um Shebua ben Abraão diferente que volta para casa, frequenta os banhos, as concubinas e usa seus perfumes e togas. Esquece esses adversários e aliados sujos, esses negociantes corretos. Nesta casa, e nas que visita, é o homem culto, fino e sofisticado... casas essas que não são as dos seus parceiros de negócios. O Shebua ben Abraão de voz rude e dura da feira não é o mesmo que visita Pilatos e o rei Herodes, janta com filósofos e gregos elegantes. Este Shebua é cosmopolita, tem outra postura, outra aparência, outro semblante, outra visão, outro desejo, outra aspiração. E esse homem delicado é facilmente despedaçado, ferido, se outros o olham, mesmo acidentalmente, como se ele continuasse a ser um homem de feira.

— Ou um homem de carne e sangue — disse Hillel amargamente. — Você está deduzindo que fiz esse homem delicado tremer em sua base, chocalhando seus anéis e braceletes? Está dizendo que ele é mesmo frágil? Shebua não é alguém, mesmo em suas posturas, que se preocupe com as opiniões de um homem como eu, sem pretensões.

— Ele teme a má opinião, mesmo de um escravo — disse Davi. — Oh, não quis ofendê-lo. Esta é a casa de meu pai. Nesta casa, ele mantém uma dignidade, beleza e refinamento imperiais. Toda a sua criação é emprestada. Você trovejou brutalmente entre as sedas e perfumes em inúmeras ocasiões, como um bárbaro do deserto rugindo no quarto de uma senhora.

— A analogia talvez seja muito adequada — retrucou Hillel. — E por isso seu pai ficou aborrecido?

— Está arrasado — disse Davi. Agora sorria elegantemente. — Sei que me considera imitador dele. Permita que lhe sugira que, ao contrário, é ele quem me imita.

— Nunca imaginei isso — exclamou Hillel. — Mas pode ser verdade.

— É absolutamente verdade e por isso ele não gosta de mim — disse Davi. Hillel sentiu um pouco de remorso.

— Devemos admirá-lo por sua aspiração de se colocar acima dos maus cheiros da feira.

— Confio em que se lembrará disso — falou Davi e tornou-se novamente severo. — Há uma outra coisa. Meu pai amava muito minha querida irmã Débora e não pode perdoá-lo por tê-la tornado tão infeliz.

Os cansados olhos castanhos de Hillel escancararam-se de estupefação.

— Débora! Amei-a de todo o coração! Só pensei em sua felicidade! Mimei-a, protegi-a, abriguei-a! Foi como uma filha para mim, uma pessoa preciosa. Teria dado minha vida por ela!

Davi olhou-o atentamente.

— Não foi o que ela escreveu a meu pai. Falou de sua falta de interesse nela, a solidão em que viveu, seu afastamento, sua negligência, sua devoção por coisas mais espirituais, de tê-la relegado ao plano de uma concubina ou de humilde senhora da cozinha.

— Juro por Deus que não é verdade — disse Hillel e sentiu a angústia da deslealdade, a triste amargura daquilo, sua insuportável acrimônia.

Não podia acreditar que sua adorável Débora, aquela criança encantadora, por quem seu coração ficara tão magoado, pudesse tê-lo traído daquela forma e com tão cruéis palavras falsas, pudesse ter escrito tão habilmente cartas sem seu conhecimento, acusando-o de coisas das quais não tinha culpa. O rosto de Débora mudou sutilmente para o seu sofrido olhar interior. Tornou-se o rosto de uma estranha feia e maliciosa, que o odiava, que o olhava de esguelha às escondidas.

"Pensa que amei um tipo como você?", parecia perguntar, com desprezo.

Era pior que a morte para ele, saber que a mulher desprezara seu amor, que ficara em seus braços detestando-o, maquinando cartas maldosas ao pai, decepcionando-o por ter tido nos braços uma mulher que absolutamente não conhecia e a quem dera todo o seu coração... coisa de que ela zombara. Mesmo alguém pouco dotado de inteligência — mesmo um cão — sabe quando se dá amor. Mas um cão retribui esse amor. Hillel podia ter chorado com sua suprema dor e degradação, levando em conta a traição que havia sofrido. Havia posto luto por alguém que só existira em sua mente e sua alma e se lamentava por Débora ter sido o que foi. Leviana como havia sido, ele teria confiado sua vida a ela.

Davi, observando-o, sentiu pena.

— As mulheres são muito vulgares e não merecem confiança — disse. — E Débora era mais vulgar que a maioria das mulheres. Poucos têm mulheres como a minha Clódia, que pode tornar a vida muito difícil, mas é um escudo e uma espada dentro de casa. Eu poderia ter dito a meu pai que Débora não passava de uma criança mimada, que se queixava como uma, porém ele preferiu acreditar nela e levá-la muito a sério.

Mas Hillel mal o ouviu. Tinha ficado arrasado com a morte de Débora. Estava agora mais ainda. A solidão que sentiu, a privação, nada significavam perante a solidão, o vazio que sentia agora.

— Meu pai preferiu acreditar em Débora porque jamais gostou de você — disse Davi, com bondosa franqueza.

— Mas ele arranjou nosso casamento — disse Hillel, com voz abafada. — Ele me procurou.

Davi deu uma risadinha.

— Porque você era de uma casa nobre, um religioso judeu fariseu, e embora ele não perceba, meu pobre pai tem uma alma judia e teme ocultamente que o Deus de Israel seja um Deus muito ciumento... apesar de ele não acreditar em Deus, naturalmente. Sejamos caridosos e concordemos que ele não procurou riqueza para Débora, havendo muitos aqui em Jerusalém, incluindo-se romanos de grandes casas, que desejavam casar com ela, todos notáveis por suas riquezas. Quem pode penetrar nas cavernas secretas do coração de um homem?

— Eu não — retrucou Hillel. — Confesso que não compreendo nem a mim.

— Não lhe falei sobre Débora para entristecê-lo — disse Davi. — Foi apenas para explicar a posição antagônica de meu pai, que tem muitos motivos. Quero que pense nele com mais bondade. Ele merece sua piedade.

— Isso eu sei — falou Hillel. Levantou-se. — Gostaria de ver minha filha.

— Ah — disse Davi. — Ela está servindo a meu pai. Agora ele está doido por ela. Se negá-la em casamento a meu filho, levá-la embora, ele a fará partir como os romanos fizeram com as sabinas.

— Ele vai virar minha filha contra mim! — gritou Hillel.

— Não — retrucou Davi. — Ela é uma criança sensata, a sua Séfora. Você é tudo para ela, meu pobre parente.

Mas eu nada tenho agora, pensou Hillel, nem mulher nem filha, pois a minha casará com um estranho e me esquecerá e meu filho está obcecado com

Deus, sem pertencer a ninguém, nem a si mesmo, e talvez nem mesmo a Deus, bendito seja Seu Nome. Na verdade, ele nunca foi meu filho. Apesar de ser fruto das minhas entranhas, sua alma está longe de mim. Estou abandonado, não tenho quem me ame e, ainda por cima, este é o pensamento mais insuportável de todos: morrerei e não serei chorado nem lembrado pelos que amei.

O pensamento do eterno amor de Deus agora não consolava Hillel. Precisava do amor de uma criatura humana. Foi então que pensou no suicídio pela primeira vez. "No túmulo não há recordação."

O supervisor do átrio entrou e disse que um tal Rabban Gamaliel pedia uma audiência com o senhor, Hillel ben Borush. Abriu as portas de bronze e a súbita tempestade, vermelha, preta e ardente, pareceu explodir na calma brancura do salão.

— Rabban Gamaliel! — exclamou Hillel, com o sofrimento dominado momentaneamente pela alegria. Virou-se para Davi e seu rosto desfigurado estava transtornado: — Meu nome foi tirado do avô dele, Hillel, que descanse em paz! O Rabban Gamaliel é *nasi** do Sinédrio. É uma honra recebê-lo, embora tenhamos sido colegas de colégio em Jerusalém e rapazes juntos! Não o procurei para não parecer presunçoso.

— Conheço bem o Rabban — disse Davi, com voz seca. — Mas vamos mandá-lo entrar, a fim de que não se afogue nessa chuva, nem se sufoque nesse vento. Seria um triste destino para o ilustre professor da Lei.

Mas seu tom e sua condescendência não foram suficientes para empanar a alegria de Hillel, que correu para as portas do átrio, postando-se no limiar. Uma liteira reforçada com cortinas estava lá, carregada por quatro rapazes encharcados, que tremiam a cada ribombar do trovão. O céu tinha escurecido completamente. Apesar de estarem no meio da tarde, pareciam em pleno crepúsculo, iluminados apenas pelos relâmpagos violentos. Impaciente, de braços estendidos, Hillel esperou o visitante, que afastou as cortinas, desceu, e depois correu como um jovem para o pórtico. Hillel caiu-lhe em cima, abraçou-o, beijou-lhe o rosto, proferindo exclamações de afeto e felicidade.

— Saudações e bem-vindo a esta casa, Rabban Gamaliel — disse Davi, que esperava nas ricas portas de bronze.

— *Shalom* — retribuiu Gamaliel. — *Shalom* a esta casa e a todos nela.

Estendeu a mão a Davi, pois não pôde libertar-se do abraço apertado de Hillel. Era como se sua chegada tivesse anunciado o resgate do sofrimento do homem perturbado, que estava quase ao seu lado, e Gamaliel gentilmente batia em suas costas, pois era extremamente perceptível e sentia as emoções alheias em sua própria carne.

---

* O presidente ou diretor-presidente.

O grande Gamaliel, um dos judeus mais nobres, era um homem muito baixo, com pouca imponência, mãos e pés diminutos, calçando ricas botas de couro macio, com atacadores dourados, que lhe atingiam quase os joelhos. Seu traje era excelente, mas de cores sóbrias, cinza e vermelho-escuro, orlado com as franjas azul-marinho dos fariseus religiosos. Usava uma capa preta, coberta de pontos dourados, e seu capuz era rodeado de um tecido de ouro. Apesar da altura, que mal chegava à de uma mocinha, transpirava autoridade, dignidade, força e uma certa espiritualidade. Hillel finalmente largou-o, mas continuou pegando-lhe a mão como uma criança segura a do pai, apesar de serem quase da mesma idade, olhando seu rosto com um tocante enlevo.

À primeira vista, não era uma fisionomia notável, nem patrícia, nem agradável. Era também pequena e ossuda, morena e dura, como a de um camponês. Havia gente maldosa bastante para referir-se a ela como um rosto simiesco, especialmente os juízes no Sinédrio, que não gostavam dos seus sábios e piedosos julgamentos, ofendendo-se com sua autoridade, seus antecedentes e riqueza. Sem dúvida, o espaço entre o nariz pequeno e arrebitado e a boca enorme, era anormalmente grande, o queixo pequeno e retraído, os lábios levemente protuberantes, a cabeça pequena coroada de cabelos pretos eriçados, que nem o pente nem a escova podiam domar. Não conseguiu deixar crescer uma barba impressionante; os pelos que surgiram em seu queixo eram esparsos e em tufos, como seus cabelos. Tinha orelhas de abano; sua testa não era imponente, mas baixa e estreita.

Era nos olhos que sua grandeza se manifestava; grandes, cinzentos, como diamantes em seu fogo e resplendor, faiscantes como uma lâmina num momento, suaves como os de uma mulher no instante seguinte, saltitando com humor a uma frase adequada, duros como mármore diante da tolice e da malícia, exultantes ao pensar em Deus e vendo todas as coisas, mesmo quando parecia não estar vendo-as. Seus olhos conferiam-lhe uma beleza que não era a da carne, mas a do espírito, e por isso os que o conheciam bem diziam que nunca antes alguém fora dotado com um ar tão maravilhoso, diante do qual a graça de uma mulher nada significava.

Dava a impressão de enorme vitalidade, de movimento constante e agitação, de postura enérgica, de reação imediata, de resistência imperecível. Era forte em todas as coisas, tinha uma voz de clarim, nítida, enfática, penetrante, e os que o ouviam pela primeira vez ficavam espantados, achando-a estridente e, mais tarde, muito eloquente.

Um criado retirou-lhe a capa, deixando-o em seu manto cinza e vermelho, preso na cintura estreita por um cordão de prata. Tinha uma belíssima opala no indicador da mão direita e nenhuma outra joia. O elegante Davi, ao seu lado, era um Hermes, com seu cabelo louro, feições gregas, lábios ondulados e olhos azuis, mas o efeito foi apenas momentâneo. Davi desapareceu, ficando apenas Rabban Gamaliel, dardejando vividamente para Hillel e ainda batendo suavemente em suas costas, emitindo sons agradáveis de consolo, sem palavras.

Hillel, sempre escrupuloso, sempre consciente das amenidades a serem proporcionadas às visitas, pôde apenas tartamudear.

— Estou cercado. Deus mandou-o a mim.

As delicadas narinas de Davi arfaram, surpreendidas, e ele ergueu indulgentemente uma bela sobrancelha.

— Ah, mas você estava aqui antes de *Rosh Hoshonah* e do *Yom ha-Kippurim*, *innah nefesh* — disse Gamaliel, mas com ternura. — Você não me procurou nem me convidou a vê-lo, Hillel ben Borush.

Hillel repetiu o que já dissera:

— Estou cercado.

O diplomático Davi disse:

— Ele está detestando perder a filha para o meu filho. É também um homem humilde e modesto — completou, com um sorriso encantador.

— Ouvi falar nesse casamento. Não posso ser convidado ao casamento da filha do homem que tem o nome do meu avô, que descanse em paz?

Shebua ben Abraão havia convidado os mais importantes para o casamento, mas não o *nasi* do Sinédrio, por medo de uma recusa, pois Gamaliel jamais se dignara entrar naquela casa, nem cumprimentava Shebua com grande cordialidade em locais de reunião. Pertencia a uma grande casa e, apesar de Shebua frequentemente referir-se a ele com intimidade, nem chegavam a ser amigos. Todavia, membros inferiores do Sinédrio tinham sido convidados. O belo rosto de Davi estremeceu de prazer e pensou em como seu pai ia ficar contente por receber Rabban Gamaliel, a quem Pilatos respeitava profundamente e consultava e a quem Herodes tinha orgulho em abraçar.

— Conhecendo suas enormes obrigações — disse Davi — não quisemos ser insolentes.

— Ah, então estou convidado — disse Gamaliel, com ar de gratidão, como se Davi ben Shebua tivesse sido muito generoso.

Mas os olhos cinzentos estavam divertidos. Gamaliel era muito humilde perante seu Deus, prostrando-se em êxtase e enlevo, com o coração ardente, mas não diante do homem, conhecendo seus semelhantes, infelizmente muito bem. No entanto, esse conhecimento não diminuía sua piedade nem seu anseio de lhes proporcionar justiça.

Abrigaram-se numa sala interna, onde as janelas pintadas tinham sido fechadas por causa da violenta tempestade e onde havia pouco barulho. Gamaliel movimentou-se como uma criança, ativa e agitadamente, empoleirou-se na beira de uma cadeira de ébano, estofada de veludo dourado, e olhou para

Hillel com uma expressão sorridente e expectante. Ele vira mais do que Hillel podia supor. Os relâmpagos contínuos projetavam nítidas sombras negras nas paredes brancas, onde pareciam dançar e deslizar, e Davi continuou tremendo, a cada ribombar mais barulhento. Mas até onde Gamaliel podia saber, aquela devia ser uma manhã de verão. Inclinou-se para a frente em sua cadeira, com as mãos crispadas.

Em face daquela afetuosa presença e daqueles olhos bondosos e inquiridores, Hillel começou a falar dos anos passados, desde que vira o amigo pela última vez, e Gamaliel não o interrompeu, fazendo apenas gestos leves para acentuar seu interesse. Apenas uma ou duas vezes murmurou "Ah" e depois voltou a prestar atenção. Não falou de si mesmo e Hillel, ao terminar, disse, envergonhado e embaraçado:

— Só falei de mim e dos anos que passei com meus filhos, nada perguntando sobre sua família, sobre a saúde dela e a sua. Desculpe-me.

— Sou um desses homens afortunados — disse Gamaliel — a quem Deus parece ter esquecido, bendito seja Seu Nome! — Riu e o som era afetuoso. — Basta que eu O lembre. Não desejo ser outro Jó, nem nenhum dos Adeptos na Fornalha Ardente, a quem Deus experimenta e condiciona. É possível que Ele ache inútil.

— Meus amigos gregos me disseram que é bom quando os deuses esquecem a nossa existência — disse Davi. — A boa sorte então não é dificultada e o mal evitado. Ouvi dizer que quando acreditam que os deuses repararam neles, apressam-se a fazer um sacrifício ao Medo.

Gamaliel riu.

— Os gregos são muito sutis e seus deuses símbolos admiráveis de filosofia e de fenômenos, mas não devem ser tomados literalmente como os ignorantes insistem em fazê-lo. Porém o Deus dos judeus deve ser tomado literalmente, pois Ele não disse ser um Deus ciumento? — Tornou a olhar para Hillel, que havia caído em outro devaneio.

— Fale-me de seu filho mais detalhadamente — pediu.

Hillel não respondeu e Gamaliel esperou calmamente; Davi, que era muito sensível, percebeu que eles desejavam seu afastamento. Bateu palmas chamando um criado, mandou servir bebidas aos hóspedes e depois partiu, desculpando-se encantadoramente.

— Acho Davi ben Shebua um homem muito sensível e verdadeiramente aristocrata — disse Gamaliel, em sua maneira simples. — É muito superior ao pai.

— Não conheço meu filho! Nunca o conheci! — exclamou Hillel.

— É o que todos os pais dizem e eu também — retrucou Gamaliel e seu sorriso não diminuiu, apesar de seus olhos brilharem de compreensão. — Não é um problema de gerações, de alguns anos separando pais e filhos, nem de experiência, sabedoria, determinação, teimosia juvenil, cegueira e revolta. É um problema humano. Nenhum homem conhece o outro. É uma infelicidade os homens acreditarem que, em virtude de um filho ter nascido de suas entranhas, tenham grande intimidade, uma compreensão afetiva, como se fossem um só! Mas um amigo, mais moço ou mais velho, frequentemente tem uma visão mais profunda e afetuosa do seu coração e pensamentos que um filho, pois a afinidade não é um problema de sangue, mas de espírito. Bendito é o homem que descobre no filho um amigo! Fica famoso. Não se pode esquecer que o filho do rei Davi tentou matá-lo e Davi lamentou-se: "Absalão, meu filho, meu filho, pudesse eu morrer em seu lugar." Mas era a desilusão de um pai que pensava no filho com o coração. O verdadeiro filho, irmão, pai, parente, de Davi foi Jônatas, pois eram almas irmãs.

— Então nossos filhos são estranhos para nós? — perguntou Hillel, com a voz enfraquecida pelo sofrimento.

— Quase invariavelmente — respondeu Gamaliel. — Sábio é o pai que sabe disso desde o começo. Seu filho é a carne de sua carne, mas ele não é o pai de sua alma. Que ele cultive a amizade do filho como pode cultivar a de um estranho. E se ela for repudiada, não deve ser exigida, pois que homem pode ser amigo de outro se não há simpatia e esta não pode ser forçada? Não nego o amor paterno. Mas o amor filial é uma coisa fugidia, que pode ser dada ou não sem motivo, não sendo uma joia à venda que o dinheiro ou mesmo a devoção possam comprar. Um homem não deve obrigar seu filho a amá-lo, pois poderá ser impossível por mil impulsos ilógicos. Pode apenas exigir respeito e honra que, no fim, poderão ser de maior valia.

— Suas palavras, querido amigo, aumentam minha sensação de perda e privação, pois como pode um homem que ama seu filho aceitá-las com equanimidade?

— Você esqueceu — retrucou Gamaliel com um sorriso irônico. — O Mandamento é honrar pai e mãe, mas não exige que os amemos.

Apesar do seu desespero, Hillel riu com o amigo.

— Seu comentário é muito pertinente — falou.

Sentiu-se repentinamente aliviado, como se Gamaliel tivesse passado em seus ferimentos internos em unguento suave, e começou a falar sobre Saul com menos emoção, embora com mais intensidade. Enquanto isso, entraram criados com bebidas, servindo-os, e o vinho animou os olhos abatidos de Hillel; o grisalho de sua barba e cabelo deixou de dar-lhe o aspecto de mais velho do que era. Pois na presença de Gamaliel, que ouvia com toda atenção e respeito, Hillel sentiu-se na presença de um amigo que tudo sabia e tudo compreendia, e a dor instável em seu coração começou a fragmentar-se e fundir como gelo ao sol.

— Encontrei outros, mas não muitos, jovens como seu filho Saul — disse Gamaliel. — As fileiras dos essênios e zelotes estão apinhados deles. Não têm dúvidas. Estão cheios de uma certeza absoluta, que pode ofender a Deus, bendito seja Seu Nome. Pois como pode um homem ter certeza da Vontade ou dos desejos de Deus? Eles são encontrados apenas com uma procura humilde e nunca por um fervor egoísta demais, por autossegurança, por presunção arrogante e convicções enfáticas. Será inútil você dizer a Saul que os crucificados de hoje, sofrendo, sangrando e agonizando, procuraram a morte com exaltação, a serviço de Deus (embora, meu amigo, eu muitas vezes imagine se Deus deseja essa paixão e se não seria melhor que eles antes O consultassem). Sua devoção, seu entusiasmo, seu autossacrifício devem ser reconhecidos como nobres, e confio em que os anjos que os recolherão nas cruzes sejam piedosos e pacientes. Deus não nos pede que morramos por Ele. Pede-nos que vivamos por Ele. Se a morte é inadvertidamente nosso destino por nossa fé e nos é imposta em vez de procurada por nós, é uma coisa sagrada. No entanto, seu filho Saul não compreendeu. Não atribua isso à sua juventude. Já vi homens grisalhos com a mesma opinião.

Seu tom era calmo, suave e ameno, mas os olhos estavam tristes.

Imediatamente, a amargura de sua dor tornou a invadir Hillel, que disse:

— Se eu pudesse voltar aos meus anos de juventude, cometeria o pecado de Onã e derramaria meu sêmen no solo para não ter filhos! De que me vale dar nascimento a alguém que de mim zomba, considera-me louco, acha minhas palavras infantis e torna-se meu inimigo? Um homem já tem bastante inimigos; não necessita procriá-los!

Nesse instante, ao erguer os olhos, viu seu filho Saul na soleira da porta. Hillel virou-se na cadeira. Ele teria falado, mas a presença de Saul assustou-o. Era como se o rapaz estivesse caminhando num sonho, num delírio febril, sem consciência dos presentes na sala, iluminada pelos relâmpagos e variando. Seu rosto estava repuxado e fantasmagórico, seus olhos como brasas azuis, sua capa molhada. Estava tremendo.

Então, Hillel gritou, esquecendo suas próprias palavras:

— Saul, Saul, meu filho, o que foi?

Levantou-se e correu para ele, pegando-lhe o braço.

— Eu os vi morrer — disse Saul em voz alta e áspera. — Vi o sangue deles. Vi os pregos entrando em sua carne. E estava lá um camponês rude que os confortou e não havia ninguém mais para dar-lhes aquele conforto, a não ser uma congregação covarde da qual eu fazia parte! Anátema, anátema!

Hillel começou a tremer de pena do filho e de si mesmo. Não sabia o que dizer. Então, reparou que Saul estava olhando fixamente para Rabban Gamaliel.

— Saul, meu filho — disse, mal podendo falar. — Temos uma visita ilustre, de grande fama em Israel, sobre o qual muito lhe falei. Rabban Gamaliel, meu velho e querido amigo, meu famoso e venerável amigo, *nasi* do Sinédrio, sacerdote do Templo, Professor da Lei, a quem nada se esconde e que estará na intimidade do seio de Abraão.

Saul afastou-se do pai e avançou para o Rabban Gamaliel que, sentado, o olhava num silêncio intenso. Saul fez um gesto desordenado.

— Mas o senhor não estava lá, Rabban Gamaliel!

Hillel ficou horrorizado com essa desesperada insolência, tão próxima quanto possível da blasfêmia, diante de um ser humano.

Mas os olhos de Rabban Gamaliel brilharam com uma luz própria, fixando o rapaz e dizendo com a voz mais suave possível:

— Eu estava no Templo e vi suas almas quando rezei por eles. O que é a vida? Que é esse momento em que se morre, ou quando se morre, pois não é sina do homem perecer? Digo-lhe, Saul ben Hillel, que aqueles zelosos rapazes jamais conhecerão a tristeza, a perda e a solidão da idade, a dolorosa saudade de rostos desaparecidos, o amor perdido, o silêncio, o vazio, os aposentos abandonados, os salões mudos, os espelhos que não reproduzem o sorriso dos entes queridos, os pisos que não ecoam os passos deles. Não conhecerão a deslealdade, a traição, o desprezo, a desilusão, a vaidade, a frustração, a dor. Todos nós suportamos a dor antes de morrer e alguns suportam mais que isso, mas a dor de viver é muito pior que a da morte e toda dor é inevitável.

Saul fixou-o com o olhar cego e imóvel de uma estátua, o que fez Hillel pensar que ele não tinha ouvido, até que o rapaz disse, na mesma voz áspera e gaguejante:

— Acontece que não morreram por nada horrível e ninguém se importou por terem morrido ou por que morreram!

O rosto de Rabban Gamaliel transformou-se imediatamente numa severa máscara de ferro.

— E quem o informou disso, Saul ben Hillel? Quem andou soprando coisas em seus ouvidos? Terá Deus lhe confidenciado secretamente o motivo pelo qual crianças morrem nos braços das mães, ou nos dentes de um animal selvagem, ou uma mulher é privada do marido ou um homem de sua mulher? Terá Ele lhe dado conhecimento de que morreram por nada, que ninguém importou-se com a morte deles? A alma de um homem é tão sem valor para Deus, que Ele não percebe seu passamento? Ele, que a criou? Você faz de Deus um Ser menos importante que o mais inferior dos homens, um Ser tão estúpido e despreocupado quanto um animal selvagem.

Hillel reteve a respiração, pois eram terríveis aquelas palavras saídas dos lábios de Rabban Gamaliel, parecendo-lhe haver nelas o eco e a repreensão do Sinai, fazendo com que Hillel mal pudesse evitar cair de rosto no chão perante seu amigo, em contrição abjeta e vergonhosa.

— Nenhum homem — prosseguiu Gamaliel — morre em vão por uma causa justa, embora seu nome venha a ser esquecido e ele humilhado e desprezado. Deus leva em consideração as intenções de um homem. — Sorriu pesarosamente. — Mesmo que essas intenções não sejam as Suas. Basta-Lhe que sejam em Seu Nome Sagrado e por amor a Ele, por isso eu disse que aqueles jovens eram mais felizes do que nós.

Foi então que, para o constrangedor sofrimento de Hillel, Saul debulhou-se em lágrimas, cobriu o rosto com as mãos e tremeu da cabeça aos pés. Saul gritou, como já fizera, as palavras de Jó:

— "Ah, se eu pudesse saber onde encontrá-Lo!"

Virou-se e fugiu, apesar da tentativa de Hillel de impedi-lo. Gamaliel levantou-se, dirigiu-se ao amigo e abraçou-o com ternura.

— Não chore, Hillel ben Borush. Saul chora por si mesmo e é um choro sagrado, pois ouvi suas palavras e ele é o primeiro rapaz que vejo lamentar-se com tanta angústia. Meu coração está enlevado com uma alegria misteriosa. Ensinei milhares de jovens. Deus falou-me à alma. Ensinarei seu filho. Envie-o a mim, dentro de dois anos, em Jerusalém. Há a marca de Deus em sua fronte, dada somente a poucos ver, porém a vi e apesar de seu destino ter sido obscuro para mim até agora, será para a maior glória de Deus, bendito seja Seu Nome. Seu nome está nos pergaminhos sagrados de Israel.

A voz do Rabban Gamaliel era como uma trombeta provocando ecos.

Hillel sentiu-se confortado. Encostou a cabeça no ombro do amigo e não envergonhou-se das lágrimas. Tinha sido abandonado e alguém enchera-lhe as mãos de presentes.

Capítulo 13

Saul foi para seu quarto como para um refúgio, um túmulo. Os finos traços de chuva na janela refletiam-se no pálido reluzir das paredes e o ar estava agitado por sons trovejantes. Estava frio e ventoso no quarto e Saul tremeu, olhando em volta com ar vago. Foi até a janela e olhou para fora, vendo as pedras amarelas do pátio lá embaixo, por onde a água escorria, brilhando, e as pombas alvoroçadas, ouvindo o doloroso pingar e chiado da chuva. Além do pátio, havia um bosque de ciprestes negros, curvando-se ao vento, e mais longe um muro da mesma pedra amarela do pátio, onde tremulavam as últimas flores rubras despedaçadas do verão moribundo. O céu cinza fosco agitava-se e precipitava-se como que perseguido ou preso num remoinho.

A desolação apossou-se de Saul. Sua mente continuou vazia de pensamentos, pois as emoções eram dolorosas e angustiadas demais. Seu tremor cresceu. Sentou-se na cama e puxou um cobertor de pele sobre os ombros. A cabeça ruiva pendeu até o queixo tocar o peito. Foi sacudido por uma poderosa ânsia de morrer. Pareceu-lhe não ter mais órgãos dentro do corpo. Era um pétreo monte de dores, profundo demais para lágrimas ou sons, e não sabia o motivo completo do seu sofrimento.

Então adormeceu na cama, a noite caiu, as janelas ficaram escuras, o quarto mergulhou em sombras profundas e negras

Começou a sonhar. Estava novamente no pavoroso lugar além da Porta de Damasco, de cascalho amarelo, areia e pó, para lamentar-se e chorar. Contudo, só uma cruz mantinha-se em pé, mais alta e larga que as outras que havia visto, recortando-se contra um céu sombrio, vermelho como sangue e tremulando com as chamas. Viu homens, soldados romanos, e o som de lamentos, mas Saul não prestou atenção. Toda a sua atenção estava voltada para o homem pregado na cruz, com o sangue escuro escorrendo das mãos e pés. A luz, apesar de vermelha, não era bastante forte para que visse todos os detalhes, mas Saul percebeu que a testa do homem também estava sangrando em vários pontos, apesar de ele não poder ver o que havia provocado aquele fenômeno.

Então, Saul percebeu que o homem na cruz gigantesca era o pobre trabalhador ou camponês desconhecido do interior, que o olhara tão intensamente na feira e que andara entre as vítimas moribundas naquele mesmo lugar, reconfortando-as, apenas algumas horas antes.

Um silêncio apavorante envolvia aquele lugar desolado, que ao mesmo tempo era e não era o familiar local da execução. Não havia som de cantos, nenhuma voz erguia-se como consolo, esperança e promessa, nada era confortador. Os soldados romanos pareciam um amontoado de esculturas em pedra escura, que não se mexiam como se fossem estátuas amorfas encolhidas e afinadas com aquele céu sangrento e sinistro. Mas a cruz e o crucificado pareciam encher todo o firmamento, erguendo-se dos quatro cantos da Terra, humano mas enorme, solene e majestoso, mas apavorante. Saul pensou que alguma coisa terrível havia acontecido naquele local, apesar de tudo muito sagrado, e que a terra havia mudado de lugar e se erguido.

Saul não conseguiu mover uma perna ou braço. Não pôde desviar o olhar do homem na cruz. Era como se tivesse virado ferro. Era só olhos e ouvidos, e não carne.

O crucificado tinha membros compridos, brancos como o luar, onde as nuvens vermelhas do céu projetavam-se e ondulavam. Sua barba e cabelos louros estavam empastados de sangue. Parecia suar sangue. Havia um ferimento em seu flanco que também sangrava lentamente e sem parar. Mas seu rosto estava calmo, muito belo e pensativo, como se estivesse só e numa paz indizível, além da compreensão humana. Suas costelas projetaram-se contra a pele, fazendo-o balançar na cruz, contudo não pronunciou nenhuma palavra.

Saul pensou que seu coração, envolto no metal imóvel que substituíra sua carne, iria explodir de sofrimento e horror sem que ele soubesse a causa, pois aquele homem era um estranho, não mais importante, valioso ou torturado que os mortos diante dele naquele lugar. Saul perguntou-se: Por que foi ele executado? E não achou resposta.

Nesse instante, o homem levantou a cabeça e encarou Saul, que não parecia estar em pé na terra, mas a uma pequena distância acima dela, pois o rosto do homem e o dele estavam no mesmo nível, apesar de num espaço considerável. O rosto do homem estava iluminado, todavia a luz parecia vir de dentro dele e não daquele céu funesto. Seu resplendor cresceu e os olhos azuis aumentaram a tal ponto que, finalmente, Saul só os via, e aos profundos abismos contidos neles, como se estivessem voltados para séculos infinitos, como se quisessem continuar olhando mais infinitamente ainda e conhecessem a eternidade.

Então, ouviu um enorme barulho, como se o céu tivesse rachado, o homem e a cruz envolvidos numa concha como a carapaça de uma enorme semente, e o solo abriu-se, fazendo a cruz e o crucificado descerem para o túmulo escuro. No último momento, até o solo fechar-se sobre eles, os olhos fixaram-se em Saul com reconhecimento e amor. Depois, só restou o local e mesmo os soldados haviam desaparecido, bem como cessado o fraco lamento.

A luz sangrenta do céu desapareceu. Uma suave escuridão cinza caiu sobre todas as coisas. Subitamente, pássaros começaram a cantar para o lado do oriente, o céu ficou áureo e faíscas de luz escarlate dirigiam-se para o zênite, ouvindo-se um farfalhar como se um vento forte percorresse a terra. Saul viu, incrédulo, incontáveis rebentos verdes brotarem da terra, crescerem e amadurecerem, como se o mundo se tornasse leve a uma nova aurora. De instante a instante, os cereais brotavam com exuberância do solo, sussurrando, murmurando, amadurecendo, até que uma vasta planície sem fim abriu-se à sua frente, coberta de trigo maduro, como um dourado mar faiscante sob o sol, e seu perfume era capitoso e rico.

Saul imediatamente livrou-se de seu sofrimento e desespero, olhando com enlevo e júbilo para a plantação infinita, como se tivesse ressurgido da morte e da tristeza para alimentar todos os homens — da enorme semente que caíra na terra e tivesse sido enterrada dentro dela.

Ouviu vozes agitadas e viu jovens aparecerem, descalços e de situação humilde, com os mantos arrebanhados em torno das pernas queimadas de sol e as bainhas presas aos cintos de cordas. Suas cabeças estavam cobertas com um tecido grosseiro que protegia os pescoços, mas suas barbas agitavam-se no vento quente e claro. Carregavam segadeiras.

Pararam abaixo de Saul, contemplaram o mar de cereais e então o rapaz viu que eram poucos e seus corpos, braços e segadeiras insignificantes diante da vastidão que os esperava.

Saul foi tomado de impaciência. Gritou para os homens:

— Deem-me também uma segadeira, para que eu possa ceifar com vocês antes da noite chegar e o inverno cobrir a terra!

Mas os homens não viraram as cabeças nem pareceram ouvir. Conferenciaram. Olharam para o cereal, prenhe de vida e promessa, e não passavam de anões para aquela tarefa de gigantes.

Então, Saul ouviu a voz forte e familiar, já sua conhecida:

— A colheita é enorme, mas os trabalhadores são poucos!

Saul, frenético e febril de impaciência e desejo, tornou a gritar:

— Vamos, deem-me uma segadeira!

Os homens o ouviram, viraram-se, ergueram os olhos para ele com expressão perturbada e Saul viu-lhes os olhos sombrios e aflitos. Então, um aproximou-se dele, ergueu o braço e entregou-lhe uma segadeira; subitamente, todos lhe sorriram e disseram:

— Venha!

Mas ele não pôde mover-se. Lutou com o ferro que era sua carne e não pôde mexer um único dedo. Gritou inúmeras vezes, com a alma em tormento, e o ferro o queimou à medida que o sol subiu mais e o aqueceu, passando ele a sentir o suor escorrer como uma torrente interna e o sangue borbulhar e ferver em suas veias paralisadas.

De repente, uma escuridão mortal envolveu-o e ele caiu num abismo sem luz, onde fazia mais frio que a neve. Começou a distinguir formas indistintas de montanhas de gelo à sua volta, enquanto mergulhava mais, e o refulgir de uma lua misteriosa nos cumes gelados, que fugiam para cima à medida que ele descia. Ouviu as asas da eternidade batendo em seus ouvidos e sentiu o amargor do congelamento em seus lábios.

— Você está pedindo o impossível, Hillel ben Borush — disse Shebua ao genro, com voz moderada. — Não podemos adiar o casamento. Os médicos garantiram que meu neto vai sobreviver e, breve, recobrará os sentidos, embora tenha estado desmaiado e febril durante três dias e noites. Não está doente. Tem um misterioso distúrbio cerebral, porém não contagioso. Tem excelentes enfermeiros que não o abandonam um instante e, embora não abra os olhos, bebe vinho com água, poções temperadas e remédios. Vai viver! É muito ruim, dizem os supersticiosos — Shebua sorriu —, adiar um casamento. Não sou supersticioso, mas seus inúmeros convidados, incluindo o ilustre Rabban Gamaliel, que tem estado diariamente com você e Saul, já receberam os convites e seria imperdoável se eu tivesse de escrever-lhes avisando-os de que o casamento não se realizará.

— Séfora é sua irmã e ele a ama — disse Hillel.

— Hillel, ele não vai querer o casamento adiado por causa da doença. Ficará mortificado, embaraçado, por ter provocado inconveniências e aborrecimentos.

Hillel, considerando o temperamento do filho, foi forçado a concordar. Deixou Shebua e voltou para o quarto de Saul, onde um braseiro foi aceso para afastar o frio do outono. As cortinas haviam sido fechadas e Saul jazia sob pesados cobertores no seu desconcertante e desacordado desmaio. Durante três noites Hillel dormira numa cadeira ao seu lado, desde aquela em que Saul fora encontrado desmaiado na cama. Os médicos revezavam-se dia e noite, de cenho franzido, confusos pelos sintomas, discutindo a febre intensa, os suores fulminantes, os tremores, os arrepios, a agitação e os estranhos gritos incoerentes que acometeram o paciente. O chefe do departamento de saúde romano apareceu com seus melhores médicos, pois toda enfermidade repentina tinha de ser comunicada, por medo da peste endêmica entre os amaldiçoados partos, além das fronteiras de Israel e da Síria. Os partos eram muitos e turbulentos, um aborrecimento para os romanos, cientes de que eles tinham jurado derrubá-los e expulsá-los do oriente; apesar do pensamento ser absurdo — para os romanos —, a ameaça permanecia e também as doenças dos partos. (Na verdade, a disciplina e dureza ocasionais que os irritados romanos impunham aos judeus eram parcialmente devidas à enorme ameaça dos partos além da fronteira, que não podiam se decidir sobre quem mais odiavam, se os romanos ou os judeus, e eram igualmente entusiastas da eliminação de ambos.)

O oficial romano e seus médicos examinaram cuidadosamente Saul, inquiriram seus clínicos, verificaram o estado de saúde dos outros membros da casa e chegaram à correta conclusão de que não havia a peste nem qualquer das outras doenças dos terríveis partos. Assim, o selo de quarentena não foi afixado nas portas da casa de Shebua ben Abraão. O oficial e seus médicos aceitaram de bom grado o convite de Shebua para jantar com ele naquela noite e, mais tarde, os presentes abundantes, dados como alívio por nenhuma ameaça ter atingido sua casa.

Clódia ajudou as enfermeiras, atendeu a Saul também e disse ao pai:

— É uma febre na alma, que é pior que uma do corpo, mas não fatal. Ele vai ficar bom, Hillel ben Borush, embora seja possível que não queira, no fundo do seu espírito atormentado.

Olhou-o bondosamente como se fosse uma criança.

Ela foi incansável naquele quarto. Permitiu que Séfora entrasse para ver o irmão. A moça chorou e colocou panos úmidos nas faces e testa escaldantes, falando-lhe com voz doce e modulada. Mas além dos súbitos gritos brutais e sacudidelas, sua luta repentina, como se estivesse tentando fugir do corpo, Saul não respondeu, não abriu os olhos e seu rosto pareceu diminuir, ficar cinzento e encovar-se à medida que as horas passavam.

Aulo Platônio e seu filho, o capitão da Guarda Pretoriana, visitaram o pai aflito, consolando-o e animando-o, o mesmo fazendo José de Arimateia, que ficou durante muito tempo em silêncio junto ao leito, olhando para o jovem inconsciente, prestando atenção aos seus resmungos e exclamações incoerentes.

Na véspera de Séfora casar com Ezequiel ben Davi, Saul voltou a si. A febre havia cedido. O suor que o acompanhava foi lavado e o rapaz vestido com roupas limpas de linho branco. Abriu os olhos e viu o rosto do pai inclinado sobre ele. Mas um dos olhos não se abriu completamente, apesar de Hillel não ter percebido, na alegria pelo filho ter recobrado os sentidos.

— Que bom, meu filho — disse Hillel com ternura, beijando-lhe o rosto, feliz por ver que estava melhor. — Você esteve doente, mas Deus, bendito seja Seu Nome, poupou-o para mim. Breve estará forte outra vez.

Saul sussurrou e lágrimas apareceram em suas pálpebras:

— Preferia ter morrido.

Rabban Gamaliel também estava no quarto. Aproximou-se da cama e disse severamente:

— Foi Deus quem quis que você vivesse. Portanto, não discuta Sua vontade. Deve descansar e fortalecer-se, pois Ele tem surpresas para você cumprir.

Seu rosto ficou repentinamente excitado e Hillel olhou-o em silêncio, com um medo profundo.

— Mergulhei nas trevas e elas eram a morte — disse Saul, ainda naquele fraco sussurro, dando a impressão de não ter ouvido Gamaliel. — Não tive medo, apesar de só haver o nada.

Adormeceu subitamente, mas seu olho esquerdo permaneceu parcialmente aberto, podendo todos ver o branco do olho e a beira da pupila azul revirada.

Passaram-se alguns dias até que os médicos, penalizados, informaram a Hillel de que a febre tinha paralisado parcialmente aquele olho e que, apesar de não ter ficado cego, não seria jamais igual ao outro. E foi ainda mais tarde que descobriram que a febre tinha afetado permanentemente uma parte do cérebro, que tornaria Saul vítima de ocasionais ataques.

— A epilepsia não é séria — disseram ao pai aflito. — É possível que existisse latente antes da doença, tendo sido um tanto aumentada. Ele é passional, de impulsos fortes e emoções violentas?

— É — respondeu Hillel, com tristeza. — Mas nunca teve ataques. — Ergueu as mãos e disse: — Por que Deus atormenta meu filho? Por que não me castiga em lugar dele? Se Ele atacou os filhos de Jó, então Deus e ele não venceram Satanás! Pois, que homem pode testemunhar o sofrimento dos filhos sem se afastar de Deus?

Rabban Gamaliel falou:

— Está escrito que não devemos inquirir Deus, pois seus caminhos não são os nossos e confiamos Nele, que em Sua sabedoria tem sempre um motivo para todos.

Mas Hillel não pôde ser confortado. Sentou-se durante horas ao lado da cama de Saul, sem tirar os olhos dele, e seu coração sofria. Em certos momentos, viu que Saul não estava dormindo e percebia sua presença. Contudo, o filho permaneceu calado.

◆ ◆ ◆

Capítulo 14

A primavera invadiu a terra e as flores das amendoeiras eram como borboletas rosadas, os sicômoros adquiriram um verde líquido e até mesmo o cipreste negro tinha um botão. O capitão Tito Milo Platônio fora chamado a Roma, pois sua licença havia terminado. Estava partindo com seus homens pela Porta de Joppa, ao surgir do dia e seu pai, Aulo, acompanhou-o num último adeus.

Sou soldado, pensou Aulo, mas também sou pai, meus anos estão passando e vai demorar muito tempo antes que me seja permitido retornar ao meu amado país. Nesse ínterim, não verei meu filho querido. Devo me lembrar que sou soldado, descendente de soldados, e que nada mais tenho para meu filho, mas ainda tenho um coração humano e isso é triste.

As feiras já estavam em grande efervescência, as carroças sendo descarregadas, vindas do interior, os mercadores e camponeses regateavam em meio a blasfêmia e pragas, advertências e punhos ameaçadores, olhares furiosos e brutais. Uma feira era réplica da outra; as tendas eram azuis, vermelhas ou verdes e as ruas estreitas estavam agitadas por homens, mulheres e crianças apressados, todos aos berros. Contudo, inúmeras casas ainda dormiam além dos seus muros amarelos, enquanto os escravos limpavam os portões, lavavam os pátios e cuidavam dos jardins novos. O sol matutino já estava quente e a brisa do mar distante era fresca.

Milo discutiu reservadamente com o pai as condições da Roma moderna e seu rosto tornou-se progressivamente sombrio à medida que se dirigiam sem parar para a Porta de Joppa.

— Já falamos nisso, pai — disse Milo —, e não chegamos a uma conclusão, a não ser que Roma, como é agora, não pode continuar, a menos que os bons cidadãos sejam cada vez mais oprimidos e finalmente escravizados a serviço dos inferiores. Sabemos que crianças recém-nascidas não podem mais ser sustentadas pelos pais, antigamente chamados de "homens novos", a classe média, e estão sendo expostos de maneira a que devam morrer. A cada dia que passa, mais impostos onerosos são descarregados nas costas dos homens laboriosos, respeitosos e produtores, para o realce de uma corte dissipadora, financiamento de fazendeiros, cobiça dos políticos, abrigos gratuitos construídos para a ralé preguiçosa, indolente, estúpida e degenerada, divertimento livre para esse mesmo populacho, construção de enormes edifícios governamentais para abrigar o sempre crescente e cobiçado exército de burocratas e outros funcionários insignificantes, celeiros que fornecem comida gratuita à malta, e os sonhos ambiciosos dos filhos de escravos libertos de transformar as ruas, becos, estradas, casas, vilas e os subúrbios de Roma numa grandiosa "cidade de alabastro"! Então, há as guerras para alimentar as oficinas que fabricam armamentos e cobertores para os mercenários, que esgotam a bolsa pública, agora quase vazia. Tibério César começou com um propósito nobre: restaurar o Tesouro, pagar a dívida pública, encorajar a frugalidade e punir o ócio. Mas ele também sucumbiu às pressões estabelecidas por Júlio César, que pagava à ralé para apoiá-lo.

— Nenhuma nação — disse Aulo, que havia estudado história — toma esse caminho sem sucumbir. Assim, Roma deve sucumbir.

Seu rosto contorceu-se de dor.

— Durante nossa vida — falou Milo — devemos viver virtuosamente e com vigor, desprezando os fracos e depravados, detestando os concupiscentes, exaltando nossos deuses, pagando nossas dívidas. — Sorriu. — E nossos impostos... quando seus sanguinários cobradores nos pegam.

— Se todos os bons cidadãos romanos recusarem-se a pagar os impostos, que pode então um governo tirânico fazer? — perguntou Aulo, com um olhar ansioso ao filho, mistura de humor e malícia.

Milo riu, contendo seu enorme cavalo negro para evitar atropelar um garoto imprudente. Depois, ficou sério.

— Pensa que a populaça lúbrica, os ricaços, decadentes, abandonados, preguiçosos, vis, não lutariam por seu sustento, vindo das bolsas dos orgulhosos? Garanto-lhe que César viraria a ralé contra os bons romanos, deixando-a saquear, queimar, destruir e matar à vontade, até Roma ser transformada num rio de sangue e os cidadãos úteis reduzidos à mendicância e escravidão. Lembre-se de que Catilina tentou isso, mas teve de enfrentar Cícero, que se opôs a ele e finalmente derrotou-o. Mas agora não temos um Cícero, nenhuma forte voz patriótica, infelizmente, e restam poucos romanos para lutar pela pátria, pelo respeito aos deuses, pelas cinzas dos pais e pelo orgulho heroico.

— O desespero — disse Aulo — não é um mal. É uma virtude e pode inspirar homens a restaurar a grandeza de sua nação, sua virtude, esforço e orgulho. Mas os vis eliminaram o desespero dos corações dos homens, deixando apenas vermes e Circes sedutoras, que dizem ser tudo em vão, que é suficiente enfrentar o dia e sobreviver, deixando que o amanhã se arranje. Assim, os homens que devem vigiar as muralhas e guardar as portas, olham as mulheres e filhos, encolhem desencorajados os ombros e não se desesperam. O desespero os abandonou há muito, quando os mentirosos disseram-lhes que era inútil opor-se ao governo tirânico que declarava amar a ralé e instilara nela a inveja, a cobiça, a luxúria, e a informara de que os que trabalhavam pelo pão eram seus "inimigos naturais", que deviam ser arrasados pelos impostos. Se eu ousasse — prosseguiu Aulo —, ergueria um templo para a deusa do Desespero, vestindo-a com uma armadura flamejante, dando-lhe uma reluzente espada vingadora, e implorava-lhe que destruísse as criaturas corrompidas que estão comendo meu país vivo, devorando suas entranhas e bebendo seu sangue dourado!

— Como diria minha mãe, "Amém" — falou Tito Milo Platônio. — Os judeus não dizem, "o que não trabalha não deve comer"? Amém. Amém. Roma já foi aconselhada, mas não é mais. Todavia, como disse Cícero, cada povo tem o governo e o destino que merece. É verdade.

Tinham chegado a um cruzamento. Milo e o pai sofrearam seus cavalos, fazendo com que sua comitiva também parasse. Uma multidão barulhenta e brutal estava reunida, erguendo porretes e assentando-os furiosamente nas cabeças e corpos de meia dúzia de homens no meio, praguejando e insultando-os. Os homens haviam caído de joelhos, protegendo as cabeças com os braços e implorando misericórdia. À sua volta havia livros, papéis e canetas espalhados; a ralé pisoteava-os, espalhava-os e cuspia neles.

Milo ergueu a mão encouraçada e um soldado aproximou-se a cavalo.

— Pergunte, se possível, o que está causando esse distúrbio inconveniente — disse.

Aulo franziu o cenho.

— É meu dever, como centurião, manter a ordem.

— É verdade — retrucou Milo e tornou a esboçar um sorriso. — Mas acho que, neste assunto, o senhor preferirá virar os olhos para o outro lado.

O soldado voltou, fazendo continência.

— Senhor — disse —, os homens estão espancando os coletores de impostos e, ao que parece, não querem apenas seu sangue, mas suas vidas.

Aulo preparou-se para avançar, porém Milo segurou o pescoço do cavalo do pai. Ergueu os olhos serenamente para o imenso céu azul.

— Este é um dia agradável e estou usufruindo a primeira parte da minha viagem — falou. — Vamos entrar por esta rua, que está muito tranquila.

Virou o cavalo rapidamente para aquele lado.

Aulo olhou-o, aturdido, e franziu ainda mais o cenho.

— Os coletores de impostos são nossos empregados. Estão cumprindo seu dever.

— E com satisfação — disse Milo. — Oprimem seu próprio povo, porque são uns tipinhos mesquinhos e malvados que sentem prazer à visão da dor e da aflição. Portanto, deixemos que provem o que fazem com os outros. Em proporção menor, é nossa única vingança contra os coletores de impostos de Roma, e desejemos que os romanos tenham o espírito desses pobres e maltratados judeus! Por uma vez, deixemos a deusa Justiça se satisfazer.

Aulo sorriu interiormente e a comitiva entrou na rua tranquila, afastando-se dos gritos e do tumulto, até não mais ouvirem nada.

Fui negligente, pensou Aulo. Meu dever era claro. Mas não é uma coisa horrível quando o dever de alguém é a tirania, a proteção de seres abomináveis e o castigo dos que tinham razão no seu desespero e ira? Quando deve a manutenção da lei e da ordem descer à fossa da opressão?

Às suas costas, ouviu as risadas dos soldados de Milo e esperou que estivessem rindo com pensamentos semelhantes aos que estavam atravessando sua mente.

Vinte e cinco cobradores de impostos judeus haviam sido atacados naquele dia nas ruas de Jerusalém por gente desesperada e dez morreram dos ferimentos. Depois disso, durante um certo tempo, os coletores de impostos, apesar de protegidos pelos romanos, andaram com cuidado, sem roubar, extorquir, torturar, se apropriar de coisas nem convocar os guardas para efetuarem prisões. Sabiam do ódio que sua própria gente lhes dedicava e do desejo de vingança em seu íntimo, fazendo com que nada os provocasse durante algum tempo, agindo circunspectamente. Os romanos nem sempre estavam presentes.

Isso foi em parte devido à intervenção de Aulo Platônio, que publicou uma ordem determinando que qualquer coletor de impostos apanhado num ato desonesto fosse executado. O coletor devia agir clara e escrupulosamente, sem ameaças e sugestões de castigo, não devia mais extorquir, nem tirar o pão da boca de crianças ou o teto de alguém. Caso contrário, morreria publicamente, como exemplo para outros criminosos.

Uma "prisão e detenção" de caráter geral fora determinada por Aulo contra os desesperados que tinham mutilado e morto os coletores de impostos, mas por qualquer motivo inexplicável nenhum jamais foi preso.

— Afinal de contas — disse Aulo de modo virtuoso aos seus colegas de farda —, na verdade não é da nossa conta. Empregamos os coletores, isso é verdade. Mas se são criminosos, que o seu próprio povo lhes faça sua rude justiça. Não dissemos a todas as nações que tínhamos trazido a Paz Romana? Acima de tudo, desejamos a paz.

Com menos ironia, porém com virtude ainda maior, o saduceu Shebua ben Abraão disse:

— É monstruoso que agentes e funcionários do governo não possam executar suas tarefas e deveres sem serem ameaçados por gente rebelde, que não respeita a lei e a ordem.

Mas então, Shebua, graças à sua amizade com Herodes e Pôncio Pilatos, pagava poucos impostos e a maior parte dos seus lucros era reservadamente depositada em Roma e Atenas, aos cuidados dos banqueiros mais discretos, que fingiam não conhecer os nomes verdadeiros dos seus clientes. Os amigos de César não sofriam privações nem passavam necessidades, orgulhando-se da sua segurança e devoção à lei, ninguém ameaçava seus lares, tomava suas propriedades, inflamava seus corações velhacos com o ódio, nem diminuía suas fortunas. Também não olhavam os conquistadores do seu povo com raiva e ira, pois não tinham orgulho e o amor a Deus e à pátria não mais existia neles ou nunca tinha existido.

Hillel ben Borush, debilitado pelo inverno e pelas aflições, olhou para os jardins primaveris da casa de Shebua ben Abraão, parou no sereno e repetiu alto as palavras de Salomão:

— Pois, vejam! O inverno acabou, a chuva parou e desapareceu! As flores surgem na terra, chegou o tempo dos pássaros e o pio da rola é ouvido no solo. A figueira faz brotar seus figos verdes e as vinhas, com uvas maduras, produzem uma doce fragrância.

Desceu pelos caminhos de saibro vermelho, rodeando fontes que cintilavam alegremente, como se também elas se regozijassem, viu botões de açucenas brancas surgindo entre as folhas, os vermelhos botões de rosas entre espinhos, os pendões de flores púrpura e amarelas abrindo-se nos muros, as figueiras, as palmeiras com brilhantes variações de verde, aspirou o penetrante perfume dos ciprestes, das alfarrobeiras, e a terra toda pareceu-lhe recentemente criada, reluzindo com os primeiros orvalhos, abobadada pelo primeiro céu orgulhoso, e quando ouviu o canto de pássaros desejou chorar de pura alegria.

Encontrou o filho, Saul, sentado sozinho num banco de mármore sob um copado sicômoro e notou logo que Saul nada vira das asas azuis da manhã, dos cisnes-negros em seu lago, dos lírios aquáticos, das belas estátuas e fontes de mármore, das sombras agradáveis das trilhas, das rosas e açucenas. E Hillel pensou, como já o fizera um velho pai: "Meu filho, meu filho, gostaria de ter morrido por ti!"

Saul estava envolto numa grossa capa de pele, apesar de estar quente, pois seu coração era como gelo negro, sua alma não era mais jovem, parecia doente, exausto e magro, porque sua convalescença tinha sido lenta. Ouviu o pai aproximar-se e ergueu um rosto pálido e inexpressivo. O olho azul semiparalisado dava-lhe uma aparência misteriosa e seu rosto sardento estava lívido. Hillel sentou-se ao seu lado e disse:

— Você precisa viajar, meu filho. Partiremos dentro de três dias. — Fez uma pausa, suspirou e sorriu. — Sua irmã tem um filho e isso é motivo de júbilo.

Saul ficou em silêncio. Hillel gritou, em sua súbita e cruciante dor:

— Você não vê a terra à sua volta, Saul, sua glória primitiva, como no primeiro dia da criação, nem o sol benéfico? Não sente a doçura da vida, a tênue fragrância da esperança? Está cego? Ficou insensível? Ser cego é ser digno de pena. Ser insensível é ser cego de espírito, que é o pecado do homem e a aflição de Deus através do homem.

Viu que não adiantava. Saul permaneceu em silêncio. Hillel pensou que ele estava apenas recordando o dia daquelas terríveis crucificações. Nisso, Hillel estava errado. Saul meditava com estranha intensidade sobre o sonho febril que tivera antes do colapso e que não conseguia esquecer, nem seu espanto e pavor ou sua paixão de colher o trigo e juntar-se aos trabalhadores. Não podia esquecer a opressão no coração, sua luta desesperada e, finalmente, seu enorme mal-estar por causa do desconhecido que vira crucificado e depois caído no chão. Para onde quer que olhasse, mesmo naquela manhã, via os olhos do homem, constrangedores, exigentes, cheios de amor e reconhecimento. Mas o que constrangiam, o que exigiam, não sabia e sua alma estava arruinada pela ânsia de saber.

— Compreendo que você deve ter sofrido muito — disse Hillel, pousando os dedos no joelho do filho —, mas a tristeza não deve ser cultivada nem você deve lembrar sua doença. Você é jovem. Seu olho pode ter ficado meio deformado, com a pálpebra meio caída, mas não ficou cego. Saul! Você tem o mundo à sua frente e pode fazer o que desejar por Israel e por Deus!

Saul respondeu ao pai com as palavras de Jó, dolorosas, lentas e graves:

— "Oh, que eu possa saber onde encontrá-Lo, que eu possa chegar mesmo ao Seu escudo! Defenderia minha causa perante Ele e encheria minha boca de argumentos. Conheceria as palavras com que Ele me responderia e compreenderia as palavras que me diria. Olhe, avanço e Ele não está lá, recuo e não O percebo! Na mão esquerda, onde Ele trabalha, mas não posso notá-Lo. Ele se esconde na mão direita e eu não posso vê-Lo."

A boca de Hillel abriu-se compassiva e sofredora, sem notar que suas lágrimas escorriam-lhe pelo rosto. Apertou os dedos frios e inertes do filho, dizendo:

— Você não completou as palavras de Jó: "Mas ele sabe o caminho que tomei. Quando ele me experimentar, virei à tona como ouro! — Pois Ele executa a coisa que designou para mim."

Saul olhou-o pela primeira vez de frente e iradamente. Tentou falar, mas saiu apenas um som lamentoso. Agarrou os ombros do pai, aproximando seu rosto intensamente agitado do dele e Hillel teve medo, pois a emoção de Saul fazia pressagiar um novo ataque ou uma recaída.

— Acredita no que disse, meu pai? — exclamou o rapaz.

— Acredito. Perante Deus, acredito.

Saul continuou olhando-o, enquanto retirava lentamente as mãos dos ombros do pai. Examinou-lhe o rosto, à procura de uma falsa bondade, de uma fingida compaixão. Então, quando percebeu que Hillel acreditava, que falara o que sentia ser a verdade, o rapaz debulhou-se em lágrimas silenciosas e curvou a cabeça, que ficou balançando, para finalmente sussurrar:

— Ele se escondeu de mim, pois não valho nada.

Antes de Hillel poder responder, Saul prosseguiu:

— Não sei quem é aquele homem, apesar de tê-lo visto três vezes, duas realmente e uma em sonho. Ele assombra minha alma. Não sei seu nome. Não posso evitá-lo em meus pensamentos; ele me persegue, como alguém no encalço de um cervo, e vai me alcançar. Quando durmo, ouço sua voz. Ele vai mesmo me pegar... mas não sei por que motivo!

— Quem? — perguntou Hillel, consternado e pensou no médico, pois Saul estava perturbado.

— Não sei — respondeu Saul. — Mas preciso ir embora daqui, pois foi só em meu sonho que ele morreu; ele anda nesta terra e temo encontrá-lo novamente. Ele é um enigma. Há momentos em que não acredito que exista, que é uma quimera dos gregos, uma fantasia, um pesadelo, uma ameaça.

Hillel abraçou o filho, puxando seu rosto atormentado contra o peito e pensou em anjos... ou demônios. Que um mero pobre mortal pudesse livrar-se deles!, pensou o pai arrasado.

— Quieto, quieto, meu querido — disse Hillel, com ternura. — Iremos para casa. Não nos lembraremos de enigmas, fantasias ou quimeras na segurança do nosso lar, na paz dos nossos jardins. Você recobrará a saúde, atingirá a maturidade e então Deus lhe revelará Sua vontade, bendito seja Seu Nome.

Saul disse, em voz trêmula:

— Queria conhecer a imensidade de Deus, e isso me tem sido negado.

— Ouça-me! — disse Hillel. — Esta é uma história que ouvi na minha infância e permaneceu por ser verdadeira.

"Três santos foram ao Templo orar, meditar e refletir, e eram religiosos e bons, com muitos conhecimentos e sabedoria. Ficaram em silêncio entre as sombras dos pilares grandiosos, junto ao Altar Central, olhando para a cortina que ocultava o Santíssimo, pensando na imensidão.

"Deixaram suas mentes vagarem pelos universos infinitos de que falam os gregos, pelas constelações e pelas galáxias, que se sucediam, mergulhando na eternidade e esta não tinha fim.

"Suas mentes humanas perseguiram o universo, as constelações e as galáxias nas profundezas do espaço e do tempo, continuaram vagando e não havia fim nem princípio. E suas mentes vacilaram a esse pensamento, sem poder compreendê-lo, entendê-lo ou abarcá-lo, pois certamente, diziam-lhes seus intelectos humanos e seu conhecimento da realidade, há um princípio, há uma fronteira além da qual nada existe — e ao pensamento do nada, ao pensamento do infinito e mesmo além dos abismos de outros infinitos, mais universos, constelações, mais nada, sem fronteiras, suas mentes sofreram um choque, eles encolheram-se e foram tomados pelo horrível terror frio do pensamento do infinito — pois que homem pode compreender?

"Então um dos homens levantou-se e apunhalou-se no coração, pois não pôde suportar a ideia de infinito, que se tornou um horror despropositado para ele. O segundo ficou louco, correndo desvairado para a rua. O terceiro... — Hillel hesitou. — O terceiro perdeu completamente a fé, voltou-se para os seus companheiros e disse: 'Deus não existe.'

Saul levantou a cabeça e tornou a olhar o rosto do pai. Hillel sorriu triste.

— Eu lhe disse, as Escrituras lhe disseram, que homem nenhum pode compreender Deus nem Sua criação, pois o que Ele vê na vizinhança e num eterno meio-dia, só pode ser conjurado pelo homem em termos da realidade de tempo e espaço do nosso débil mundo, que é uma ilusão. — Tornou a pegar a mão de Saul, prosseguindo: — Quem procurar Deus, certamente O encontrará... e saberá quando isso acontecer, pois é um dom que tanto pode matar, salvar ou enlouquecer! Certamente, é melhor apenas amar a Deus, deixando-O revelar-Se suavemente, como desejar, e não exigi-Lo. Pois só Moisés viu o Rosto de Deus e dessa Visão, como foi dito, expirou.

— Mas nos falaram sobre o Messias e que iremos vê-Lo com nossos olhos mortais e não morreremos disso — falou Saul.

— Você esqueceu — retrucou Hillel, que ficou muito feliz, pois uma chama surgiu no rosto encovado de Saul e mesmo os olhos mortiços brilharam — que o Messias virá com aspecto semelhante ao nosso. "Entre nós nascerá uma criança, entre nós um Filho será conhecido."

◆ ◆ ◆

Parte Dois

HOMEM E DEUS

— *Pois sou Deus e não homem, o Divino em seu meio, e não vim para destruir.*

Capítulo 15

Hillel ben Borush disse a Reb Isaac, em Tarso:

— Meu filho está em idade de casar, já tendo mesmo passado, pois está com vinte anos. Terminou seus estudos com você. Aprendeu a arte de fazer tendas e ganhará o que quiser, como convém a um professor, que não pode aceitar remuneração. Distinguiu-se na Universidade de Tarso em lei romana e outros estudos. Aprendeu diligentemente com Aristo, seu preceptor grego.

Reb Isaac balançou a cabeça branca, pensativo.

— Portanto, é um homem do mundo.

— Um homem do Livro — replicou Hillel.

— Hoje um homem precisa ser muitos homens — disse Reb Isaac. — Não é mais suficiente, ainda, que tenha aprendido nas Escrituras e nas disciplinas sagradas do nosso povo. Ele precisa ser romano, grego, egípcio e outros. Deve circular livremente pelo mundo, descobrindo novas estruturas de humanidade, novos cheiros, novas ideias, novos pensamentos e, provavelmente, novos vícios. Esse é o mundo moderno. Ora! É melhor para um homem, nestes dias miseráveis, tornar-se um essênio ou um zelote, afastar-se do mundo, caminhar descalço no deserto, comer gafanhotos e mel, sementes silvestres, frutas exóticas, viver em cavernas ou em montanhas, não se barbear, vestir roupas grotescas e, quando se arriscar em cidades malcheirosas, gritar nas ruas, desafiando e condenando, proferindo imprecações.

— E ser espancado ou preso por soldados romanos ou pela guarda — replicou Hillel. — Vamos. Você quer que Saul seja um essênio ou um zelote, Reb Isaac?

O velho retrucou, sombrio:

— Quem sabe o que será um rapaz nestes dias miseráveis? Deve retirar-se completamente do mundo e desprezá-lo — e ele merece ser desprezado — ou deve tornar-se parte dele, proferindo coisas sem importância, sorrindo inexpressivamente, porque não só se espera como se exige isso dele? Deve fazer o que os pais, professores, parentes e vizinhos pensam ser desejável para ele, ou deve dizer "Sou um homem na posse dos meus direitos e farei o que quiser, agradando só a mim e a mais ninguém"?

— Não está falando sério — disse Hillel, sorrindo. — Está defendendo o caos?

Reb Isaac apontou um dedo curtido para ele.

— É preciso que esta nação tenha consciência de que está ficando gorda, complacente, e que seus habitantes não podem ser distinguidos, pelos rostos ou palavras, dos seus vizinhos! Somos formigas, besouros, moscas ou vermes, que não podem ser distinguidos? Não. Somos homens. De minha parte, não sou contra o caos, que é a última e desesperada rebelião do homem contra o conformismo de costumes e de vida, um último esforço desesperado para ser ele mesmo, único, pessoal... embora ele se faça um monstruoso idiota no processo. Prefiro-o a um homem que, moeda da mesma cunhagem, não possa ser distinguido de outra moeda.

— Pensei — disse Hillel — que estávamos discutindo um possível casamento para meu filho, que não foi cunhado como uma moeda, com a mesma aparência de outras moedas, que é pessoal, tão individual em certas ocasiões, que temo por ele.

Estava surpreso por causa da estranha diatribe do velho.

— Estou falando de outros e, em particular, de alguns dos meus alunos atuais — disse Reb Isaac. — Eles querem a santidade? O mistério das Escrituras? Querem adivinhar as palavras ocultas, os significados profundos, os pensamentos intrincados? Não. Não. Querem ser homens deste mundo e se preocupando com Israel, novamente, quando se prostitui a deuses estranhos, como fazem os saduceus.

— Você sabe que meu filho sempre desejou ser o que você o preparou para ser, não para dar-lhe prazer, Reb Isaac, mas para ser um judeu culto e para agradar a Deus.

— É verdade — disse Reb Isaac, em tom rude. — Mas não tenho muita certeza de que ele esteja agradando a Deus, bendito seja Seu Nome. Ele é assíduo e fervoroso em suas preces, mas frequentemente penso que ele é como Jacó lutando com os anjos. Mas desta vez os anjos não são apenas vencedores e não revelarão segredos a ele, como fizeram com Jacó, mas afastam-se. Que sabe disso, Hillel?

— Nada — respondeu Hillel com tristeza. — Discuti isso com você muitas vezes. Tenho um estranho como filho.

— Todos nós temos — comentou o velho, encolhendo os ombros.

Pareceu a Hillel que Reb Isaac havia mudado muito nos últimos anos, que duvidava da sua antiga segurança e certeza, mostrando-se também irascível.

Como que adivinhando os pensamentos de Hillel, Reb Isaac disse:

— Hoje sou um velho e confesso que os anos, em vez de me ilustrarem, me confundiram. Um homem vem a mim agora, aflito mas não arrependido, e me diz: "Tive relações com uma boa mulher, que amo e aprecio, pois a esposa que me foi escolhida contra minha vontade é de natureza e atos maus, de língua suja, um castigo para minha criadagem e um horror para meus filhos, que fogem dela. Eu me divorciaria, mas não posso devolver seu dote, que ela gastou com extravagância, e não quero abandonar o lar, deixando meus filhos à mercê dos seus maus instintos. Por isso, violei o Mandamento de não cometer adultério e não sinto tristeza em meu coração, pois a que eu amo é como leite quente, romãs e tâmaras doces da vida, envolvendo-me e confortando-me. Condene-me, se quiser."

"Que devo dizer a um homem desses? Há trinta anos eu teria trovejado e lhe mencionado a ira divina, expulsando-o do limiar da minha porta com uma condenação. Teria me sentido virtuoso e justificado. Mas pode um homem ter condenada toda sua vida mortal à solidão e ao desespero? Foi dito que o homem deve aceitar a vida que lhe foi destinada com humildade e procurar descobrir, sozinho, algum significado nela. — Reb Isaac sacudiu a cabeça. — Digo-lhe que não sei mais. Foi dito que não devemos matar. Mas se um ladrão entrar em nossa casa, ameaçar nossas vidas e as de nossas famílias e criados, não está o dono justificado se puder matá-lo? Deus não condenou as guerras que travamos, apesar de frequentemente ter dito que, para Ele, egípcios, etíopes, sírios, filisteus e outros também eram amados por Ele e que interviera em suas angústias. Quem somos para interpretar o Todo-Poderoso? Devemos dizer, 'Ele falou isso e no entanto quis dizer aquilo'? Sabemos apenas que Ele está cheio de bondade e que o pecador, para Ele, é muitas vezes mais digno de carinho que o homem que passa a maior parte do seu tempo no Templo, oferecendo sacrifícios.

— Deus enviou ursos para devorar as crianças que zombavam de Jeremias — disse Hillel, tornando a sorrir.

— Assim está escrito — resmungou Reb Isaac. — Jamais conheceremos os desígnios de Deus até Ele mandar Seu Messias, bendito seja Seu Nome, que tornará as coisas claras. Está dito — acrescentou o velho, acidamente.

— Estávamos falando de Saul e do seu casamento — insistiu Hillel.

Estavam sentados nos ensolarados jardins da casa de Reb Isaac, à sombra de uma tenda listrada, bebendo vinho fresco condimentado, comendo favos de mel, pão de trigo recente e peixe frio grelhado. As tamareiras estavam carregadas de frutos. Parreiras, amadurecendo, subiam pelos muros quentes que cercavam o jardim, perfumando intensamente o ar.

— Ah, sim, Saul — disse Reb Isaac. — Irá em breve para Jerusalém, onde estudará com o Rabban Gamaliel. Um excelente professor, nasi do Templo. Conheço. Saul também continuará o negócio de fabricante de tendas. — O velho deu uma risada. — Quando suas mãos ficarem inflamadas, ele se tornará mais humilde. Não importa. Tem alguma donzela em vista?

— Sim — disse Hillel. Reb Isaac olhou-o atentamente. Parecia muito velho, a barba e o cabelo louros estavam quase brancos, seu talhe curvara-se e havia tristeza e dor nos olhos castanhos. Seria possível que ainda estivesse chorando sua Débora, que tinha a mente de uma criança, e que por isso não casara outra vez? Hillel disse: — Gostaria que ele estivesse a salvo o mais cedo possível.

— A salvo? Por quê?

Mas Hillel não respondeu. Apenas baixou os olhos para as mãos, retorcidas sobre os joelhos. Reb Isaac franziu o cenho. Era muito intuitivo. Pareceu-lhe estar-se movendo dentro das trevas solitárias da mente de Hillel, onde não havia luz nem florescência, mas apenas mutismo de alma.

— Nenhum homem está eternamente a salvo — disse Reb Isaac. — Este é um mundo terrível e perigoso, sempre foi e sempre será. Os pais se iludem pensando que podem proteger os filhos e garantir sua felicidade, para o que futilmente armazenam tesouros e propriedades, pensando, embora saibam não ser verdade, que a fortuna de um rico é sua cidadela e também sua felicidade. Garanto-lhe, nenhum homem nascido de mulher é feliz e se ele disser que é, está mentindo ou enlouqueceu. Nem está eternamente a salvo, pois o mundo muda constantemente, surgem novos governos, novos impostos e frequentemente a riqueza de um homem é como a água.

Então, Hillel falou, em voz muito baixa.

— Gostaria que meu filho estivesse a salvo. Amando. Sob os cuidados e o carinho de uma boa mulher, que cuidasse dele, confortasse, enxugasse suas lágrimas, que lhe desse filhos para proporcionar-lhe um pouco de alegria neste mundo doloroso, consolando-o na velhice, dando-lhe paz.

Reb Isaac esteve a ponto de dizer, com ironia: "Como a que você possuiu?"

Mas a extrema crueldade dessas palavras o apavorou. Não imaginou que tivesse a capacidade de fazer essa zombaria cruel. Rezou intimamente pedindo perdão, admirando-se, como sempre, dos intrincados compartimentos da mente humana e seus temíveis habitantes, dos quais o próprio homem frequentemente não tem conhecimento até o momento devido. Agora sei por que um homem pode matar, sem pena, ou cometer outro crime qualquer, pensou, pois os demônios estão sempre espreitando e esperando nos compartimentos escuros e o homem, inadvertidamente, abre a porta para eles. De que matéria tenebrosa somos feitos! As larvas em nossa alma são mortais e comem nossas virtudes, até ficarmos envenenados e ocos.

O velho repetiu a pergunta:

— Tem alguma donzela em vista?

Hillel encarou-o e disse:

— Sim. Sua neta Elisheba.

O velho engasgou-se, espantado. Olhou para Hillel e seus velhos olhos escancararam-se, assombrados.

— Elisheba? Não passa de uma criança!

— Tem quatorze anos, não é? Na idade de casar, de acordo com a Lei e até acima.

Reb Isaac engoliu com dificuldade e Hillel pensou num velho pastor com a ovelha predileta, pois Elisheba era isso para ele, muito graciosa e bela, de constituição leve e delicada, com cabelos pretos sedosos, caindo pelas costas esbeltas, enormes olhos negros com pestanas abundantes, pequeno rosto branco mas luminoso, narizinho elegante e magnífica boca rubra como um botão de amendoeira. Era jovem, mas em idade de casar, tinha a voz de uma mulher terna quando agradava o avô e possuía uma covinha pronunciada em cada face.

Era evidente que Reb Isaac estava profundamente consternado pela ideia de que sua Elisheba estivesse em idade de casar e que devesse agora fazê-lo.

— É ridículo! — exclamou, fazendo com as mãos um gesto de rejeição a ideia tão absurda.

Esqueceu Hillel e ficou meditando. Amava os netos e agradecia a Deus por não ser pais deles, mas Elisheba era como filha das suas entranhas e um bebê perpétuo que jamais cresceria, permanecendo eternamente ao seu lado até que morresse. Não podia imaginar um dia sem Elisheba. Casara rapidamente suas filhas e as netas mais velhas e expressava sua piedosa gratidão pelo fato de não mais morarem naquela casa, mas em segurança na casa dos maridos. Não pensara nisso para Elisheba, que era única e inteiramente sua. Agora começou a ficar irado. Estremeceu à visão de sua Elisheba nos braços profanos de um homem suado, sem ele estar lá para salvá-la e defendê-la, ela que chorava pelo avô.

— Você está louco — disse a Hillel.

— Por quê?

Reb Isaac irritou-se. Olhou Hillel com hostilidade. Sua ira estava crescendo.

— É verdade — disse Hillel — que Saul não possui grande fortuna, pois dei a Séfora o dote da mãe... e pode ter certeza de que Shebua ben Abraão contou cada siclo dele! Porém investi-o sensatamente e não perdi um níquel dele, conservei os juros e estes também estão rendendo. Saul não passará dificuldades, nem a mulher dele.

— Ah! — disse o velho e seu rosto claro tornou-se carmesim. — Você sabe que tenho recursos e o pai de Elisheba também, devendo ela, assim, ter um belo dote! É isso o que o atrai, Hillel ben Borush.

Hillel suspirou.

— Rabino, você sabe que esse dinheiro nunca me importou. Não sou rico nem pobre, de acordo com meus banqueiros e corretores. Tudo o que tenho será de Saul. Devolvi também as joias de Débora, que estão com Séfora. — Uma leve sombra toldou seu rosto e Reb Isaac esqueceu por um instante seu ultraje e começou a sentir compaixão ao pensar ter sido a causa daquilo. Hillel prosseguiu: — Minha família não é desconhecida, tem um nome respeitado em Israel e a mãe de Débora é de uma família ilustre. Vejamos agora meu filho. Você mesmo disse que ele tem um grande intelecto e uma mente poderosa, tendo mesmo acentuado que o Dedo de Deus tocara nele...

— Ah! — gritou o velho, alegre por ter descoberto uma desculpa para rejeitar Saul. — Não quero profetas inflexíveis na minha família, especialmente para Elisheba, que é uma flor! O Dedo de Deus! É sensato não apenas para os homens evitar a companhia de um homem que recebeu esse toque... porém é muito mais sensato para as mulheres! Não é bom ficar nas proximidades de um homem assim. Há relâmpagos perigosos.

Hillel abriu um sorriso.

— Um judeu é tão religioso quanto Reb Isaac diz? Você não deplorou o fato de não termos nenhum Jeremias, Aarão ou Oseias para casar com nossas filhas nestes tempos degradados? Nem mesmo um Joel... contudo, meu filho...

— Sei tudo sobre seu filho — disse em voz alta Reb Isaac. — É um possesso! Está enfeitiçado! Às vezes olho-o com medo, pois tenho-lhe muita afeição. Ele não deve ter minha Elisheba!

— Então, sendo tão bela e seu avô tão duro contra os homens de Deus, ela se casará com um romano ou um grego ou, ainda pior, um saduceu. Que tristeza!

Reb Isaac poderia tê-lo agredido. Sentou-se, com os joelhos reumáticos afastados, trêmulo de raiva. Sua barba branca sacudia-se como sob um temporal e seus olhos negros cintilavam e faiscavam. Quis falar e não pôde, esmurrando impotente as coxas, os punhos cerrados.

— Ou possivelmente um riquíssimo comerciante de Tarso, talvez mesmo um egípcio — continuou Hillel.

O olhar fixo nele brilhou ferozmente.

— Infelizmente, existem apenas uns poucos judeus cultos e religiosos no mundo — insistiu Hillel. — Veja os jovens a quem ensina, sua futilidade, seu enfado com suas exortações. Você não costuma dizer que não desejava a nenhuma moça o sofrimento de casar com um deles? Olhe, Reb Isaac, Jerusalém atualmente está cheia de gente assim, se não pior. Posso falar de coisas detestáveis...

Reb Isaac levantou a mão, sacudindo-a com violência.

— Chega! Já falou o bastante!

Quando se sentou, o velho tinha puxado seu manto, apertando-o contra o corpo, mordeu os lábios e sua barba apontava diretamente para o chão. Vez por outra atirava a Hillel um olhar que revelava seu ódio, mas o outro não ficou perturbado nem espantado.

Então, o velho disse:

— Seu filho não tem feições agradáveis. A aparência vistosa de antigamente diminuiu muito. Além disso, seu olho direito está caído. Sua constituição, aparentemente, não é das melhores. Sua disposição, antigamente alegre, expansiva e generosa, tornou-se agressiva, fria e distante, embora eu veja paixões não deste mundo faiscarem em seu rosto. É ele alguém feito para minha alegre Elisheba, que é como uma ovelhinha ou um rouxinol na primavera? Ele partiria seu coração.

— É verdade — disse Hillel, com renovada tristeza — que Saul parece ter mudado, mas na verdade continua o mesmo. Tive pressentimentos quando ele ainda era de colo. Mas digo-lhe, Reb Isaac, que alguma coisa murmurou em meu coração, de noite, que ele está destinado a muitas coisas! Ah, você sorri ceticamente, mas é verdade, e você também não sentiu isso? Quanto à aparência dele, não é bonito, mas também não repugna e há nele um estranho encanto, para o qual seu preceptor Aristo me chamou a atenção. Tem voz muito eloquente. Será ouvido no Templo. Comoverá os corações dos homens. É devotado ao serviço de Deus. É virtuoso. Poucos têm esses atributos. Finalmente, Shebua ben Abraão ofereceu-me sua neta predileta para mulher de Saul e Shebua não é tolo. — Fez uma pausa. — A mocinha pode fazer um casamento inferior.

— Responda-me! — exclamou o velho. — Se você fosse o pai de Elisheba e eu o de Saul, concordaria com esse casamento?

Hillel ficou perplexo. Pensou. Cofiou a barba. Depois respondeu, pois era um homem honesto:

— Não sei. Todavia, minha filha Séfora casou-se com um menos considerado, e com poucos dos atributos a que damos valor, e era a flor do meu coração. — Tornou a fazer uma pausa. — Não sei se Saul tornaria Elisheba feliz, mas, neste mundo, não consideramos a felicidade como o maior bem. No entanto, com certeza, jamais a trairia, nem de leve a ameaçaria, ou confrangeria seu coração com acusações insignificantes, como volubilidade ou mau humor. Saul não é vulgar nem insolente. Ela teria orgulho dele. Quanto a Saul, eu gostaria de saber que Elisheba é sua mulher, pois sua doçura mitigaria sua vida e sua bondade o envolveria. Tenho sido ingênuo. Não o serei mais.

— Elisheba já o viu — disse Reb Isaac, com voz amarga.

Hillel ficou espantado.

— Foi de forma conveniente?

Reb Isaac riu desdenhosamente e encolheu os ombros.

— Ele a viu várias vezes quando Elisheba era criancinha e brincava aos meus pés. Nunca confinei Elisheba. Ela viu seu filho muitas vezes, mas a distância, nestes dois últimos anos. Ela me disse que ele parece um jovem Moisés.

Hillel olhou-o. Depois começou a rir e havia lágrimas em seus olhos; estendeu a mão a Reb Isaac, que a princípio ignorou-a e depois pegou-a.

Aristo refletiu, erguendo os olhos para Hillel, pois estava de cócoras, ensinando um jovem criado como tecer uma cesta delicada para conter azeitonas maduras. Depois disse:

— Amo, temo que o senhor alimente falsas esperanças. Saul jamais casará.

Estavam no jardim de Hillel, o lago estava tão verde quanto a relva e a curiosa ponte parecia negra contra o céu azul de outono.

— Isso é tolice — replicou Hillel. — Pensei que o tinha preparado. Por sugestão minha — acrescentou, meio sem jeito.

Aristo levantou-se e sacudiu pedaços de junco de suas roupas.

— Não há nada... errado... com meu filho — disse Hillel, lembrando-se de que Aristo era grego e que os gregos tinham mentes lascivas.

— Claros que não — retrucou Aristo. — Porém há Um que, aparentemente, tem o poder de suprimir a potência de um homem. — Sorriu ironicamente. — Fico contente porque nossos deuses não são tão poderosos, tão castradores.

— Não o compreendo.

— Amo, andemos mais depressa. — Caminharam uma certa distância e quando Aristo tornou a falar, seu rosto cômico tornara-se sério e os olhos irrequietos estavam calmos. — Conheço Saul — disse. — O que não me revelou dos seus pensamentos, adivinhei. Houve alguns, mesmo entre os gregos, que eram iguais a ele, retirando-se para florestas e cavernas a fim de meditar sobre a divindade, mas não a da espécie humana, como as mulheres. Contudo Zeus frequentemente colocou-os em constelações para homens se maravilharem de noite.

Hillel ficou em silêncio. Aristo continuou:

— Há alguns anos, imaginei que Saul tinha encontrado uma jovem que lhe ensinou a arte do amor, contrariando todas as suas convicções. Não, ele não me contou. Mas foi suficiente ele ter-me dito que havia cometido o que chamava "um pecado vil", contra todos os Mandamentos. Ora — prosseguiu, sem poder evitar um sorriso —, Saul não é ladrão, não é cobiçoso, não é violador dos Sabás, não inveja, não blasfema, não adora ídolos, não desonra os pais, ama seu Deus com todas as forças. Como o senhor pode ver, sou hoje muito versado em sua religião, pois Saul me converteu com seu zelo. Portanto, o que resta, que eu possa considerar um pecado, nos seus Mandamentos?

— Adultério — respondeu Hillel, sorrindo por sua vez. — Duvido que a... senhora... fosse casada. Ou seria?

— Também duvido. Assim, digamos tratar-se de uma mocinha de uma das fazendas nos arredores.

— Mas isso seria apenas fornicação — disse Hillel. — Pode achar-nos tristes, se quiser, mas não consideramos a fornicação como um pecado imperdoável, pois conhecemos a natureza humana. A menos — prosseguiu — que a moça seja uma prostituta da cidade. Somos proibidos de frequentar prostitutas.

— Saul raramente foi a Tarso — disse Aristo. — Mas sei que em várias madrugadas, a caminho da casa de Reb Isaac, ele encontrou uma jovem. Já vivi muito, mais mesmo que o senhor, meu amo, e sei reconhecer os aspectos do amor juvenil, que eram os revelados por Saul naqueles dias. Andava extasiado, iluminado, elegante como Febo, excitado, com um certo tremor na voz. Subitamente, tudo isso desapareceu, tornando-se o Saul que é hoje.

Hillel lembrou-se também das frequentes e apaixonadas declarações de Saul, de que "não era merecedor" de adorar a Deus. Considerou-as como arrebatamentos exagerados de um rapaz profundamente religioso. Então, disse:

— Saul não falou assim durante anos. Não mencionou qualquer "pecado". Fala apenas de dedicar-se ao total serviço de Deus. — Apesar da sua angústia, seu sorriso aumentou. — Temos um provérbio que diz que quando o rei Davi ficou velho escreveu os Salmos e que o rei Salomão escreveu os provérbios já ancião. Antes disso, eram homens robustos.

— Em suma — disse Aristo —, quando a energia de um homem declina, sua sabedoria floresce. É um velho ditado. Infelizmente para os sábios idosos, a juventude agora compreende o motivo, o que também é ruim para eles, pois seria uma melhoria se os jovens aceitassem a sabedoria sem suspeitar de impotência.

— Mas Saul é jovem e tem seiva — disse Hillel.

— Ele a suprime. Acredita que agrada ao seu Deus, ou então está dando alguma satisfação a Ele, ou O adora e não há espaço no templo do seu coração para nenhum outro ocupante.

— Meu filho não é zelote nem essênio!

Aristo meneou os ombros.

— Amo, contei-lhe o que suspeitei. Saul não confiou em mim. Mas não sou pai dele. Posso examiná-lo objetivamente. Posso apenas dizer que ele recusará qualquer casamento.

— Gostaria de casá-lo com uma boa mulher e conheço uma assim, bela, virtuosa, doce como o mel — disse Hillel. — Gostaria de tê-lo a salvo.

Aristo olhou-o com a mesma incredulidade demonstrada por Reb Isaac.

— Amo, não há proteção nem segurança neste mundo e os homens que as procuram são menos que homens. No fundo, são mulheres. Ou eunucos. O homem é e sempre será um animal muito perigoso. De Saul sei que tem uma natureza que corteja o perigo e despreza a segurança, pois é um homem e não uma moça num corpo de homem. Deixe-o ser como é, imploro-lhe. Todos nós temos um destino diverso. Deixe que Saul procure e ache o dele.

Hillel ficou em silêncio. Aristo olhou-o com enorme piedade. Uma tristeza perpétua dominava agora seu amo, um sofrimento que castigava seus dias. Hillel afastou-se sem dizer mais nada. Mas naquela noite aproximou-se de Saul.

— Gostaria que gerasse um filho que dissesse a *Kaddish* por você, meu filho — falou. — É um grande sofrimento para um judeu não ter um filho para orar por ele.

Saul ouviu sem falar com o pai, mas seu rosto amargo se manteve impassível, sem exprimir nem mesmo ultraje. Então, ao ouvir as últimas palavras de Hillel, seu rosto suavizou-se.

— Já foi dito, meu pai, que certos homens foram destinados ao campo e à floresta e outros para o lar e o casamento, uns para trabalhar nos vinhedos e outros para apascentar os rebanhos. A cada homem sua estação e sua vida. E restam os que são chamados ao serviço de Deus apenas.

Hillel, na sua dor e desespero, ficou irado.

— Como sabe disso? — exclamou. — Deus lhe disse isso na escuridão da noite? Terá Ele murmurado isso em seu ouvido? Você não está sendo presunçoso e até mesmo blasfemo?

Saul, meio de lado para afastar-se, respondeu em voz baixa:

— Apenas sei que é assim. Aonde Ele me levará não sei, mas aonde me levar, lá irei. Falo com certeza interior. Já me fiz milhares de perguntas, em dúvida, e a resposta é sempre a mesma, cada vez mais forte e insistente. Como souberam os profetas, antes de ouvirem a voz de Deus? Como soube Moisés, até ver a sarça ardente? Espero o chamado. Só posso esperar, certo de que o ouvirei.

— Perdi meu filho, meu único filho — disse Hillel, lutando com as lágrimas. — Que crime cometi para merecer isto? Terei sido um pai desnaturado, severo, cruel e injusto? Terei me afastado dos meus filhos com palavras ásperas e gestos de rejeição? Procurei andar humildemente ao lado do meu Deus... e perdi meu filho.

— Pai — disse Saul, com lágrimas nos olhos, mas Hillel silenciou-o com um gesto nervoso.

— Reb Isaac é um velho, um sábio, um professor, seu professor, e concordou com o casamento com alguém tão bela quanto a própria Betsabé e de alma mais terna! Não é ele mais sábio, mais velho e muito mais culto que você? Mas você despreza sua sabedoria, repudia seu mais querido tesouro! Devo dizer a ele, "Meu filho considera-se com mais conhecimento que você, Reb Isaac, muito mais profundamente sábio, e por isso recusa Elisheba"?

— Pai — retrucou Saul e pela primeira vez Hillel ouviu uma comovente tristeza na voz do filho, um sofrimento por ele próprio —, eu mesmo direi a Reb Isaac.

— Diga! E depois deixe que ele me despreze como um pai fraco cujo filho não quer obedecê-lo e me olhe levianamente como a um louco! Deixe que me despreze por ter tal filho, que procura visões e não vida! Deixe-o suspeitar do indizível! Eu mereço tudo isso. Deixe que ele me dê um pontapé, como se dá numa criatura abjeta e ingrata, pois convenci-o a concordar com esse casamento e agora ele tomará conhecimento da minha total degradação como homem e pai!

Correu para a casa e Saul, primeiro partindo atrás dele e depois parando, olhou o outono luminoso dos jardins ao redor e estremeceu. Pôs a mão na testa. Estava dormente e gelada. Estava profundamente abalado e cheio de tristeza pelo pai. Queria chorar e não podia. Não sabia como contar ao pai o amor que lhe tinha e sua desolação em virtude de ter de magoá-lo. Sabia apenas que, em certo momento, havia muito tempo que não conseguia lembrar, ouvira um apelo que não podia deixar de atender e que se deixasse, sua vida nada significaria; porém, atendendo-o, teria a única alegria de sua vida. Ah, alegria sublime e terrível, ah, chama que consumia e no entanto aumentava, ah, êxtase que torturava, reabastecia e curava, ah, morte à vida, que era a única vida, ah, amor do desejo, esperança, paz e arrebatamento do homem! A grandiosidade e magnificência da paisagem, que às vezes vislumbrava, parecia-lhe muito inefável e arrebatadora para ser ostentada por mais de uma fração de tempo.

O rapaz ergueu os olhos para o céu, onde pareceu-lhe ver um grande e forte clarão, mais brilhante que o sol, mais terrível que um raio. Se me consumir, pensou, sentindo uma agitação de asas em seu coração, e me reduzir as cinzas... mesmo minhas cinzas O louvarão e adorarão!

Apanhou a capa e dirigiu-se à casa de Reb Isaac.

Pai e filho não se falaram durante dois dias, ao fim dos quais Reb Isaac procurou Hillel ben Borush, recolhendo-se ambos ao aposento de Hillel. O velho rabino colocou as mãos nos ombros do amigo e mergulhou seus olhos nos dele, agora sem irritação e cintilação, mas suaves e compadecidos como os de uma mulher.

— Saul me visitou — disse. — Não se aflija, caro amigo. Saul conversou comigo. Não ouvi suas palavras, mas o que subjazia nelas.

Hillel resmungou e afastou-se.

— Só sei que o próprio Deus disse que não é bom para o homem viver só, sem companheira. Ele criou Eva para Adão. Moisés tinha mulher. Os profetas também. Como meu filho ousa, então, dizer que não se casará, que dedicará sua vida unicamente a Deus? Com essa decisão, não violou as verdadeiras Palavras de Deus? Um homem que serve a Deus também é humano e Deus não apenas proveu a suas necessidades, mas ordenou-as como um dever.

— Há uns — relembrou-lhe Reb Isaac — que só podem servir a Deus sem serem distraídos, mesmo por uma mulher e filhos encantadores. Não são muitos, mas os conhecemos e decidimos não denunciá-los. São mais fracos que nós? Ou mais fortes? Não sabemos. Nós, rabinos, casamos; nem por isso servimos menos a Deus, tendo mulher e filhos. Frequentemente, nossas mulheres nos encorajam, pois é um caminho solitário, sombrio, amargo e silencioso o que um homem trilha sem mulher. Uma boa mulher muitas vezes nos aproxima de Deus. Mas há outros cujas almas estão tão cheias de Deus que não há espaço para o amor humano. São raros. Mas também os conhecemos. Não ousamos recriminá-los.

— E acha que Saul é um deles? — perguntou o pai, confuso e incrédulo, que agora olhara para Reb Isaac como se olha para um inimigo.

— Acredito, sim. Acredito, sim. Mande-o ao Rabban Gamaliel, o mais sábio dos sábios. Chegou a hora. Alegre-se, Hillel ben Borush, pois é possível que você tenha sido grandemente abençoado tendo este filho.

Mas Hillel não se sentiu reconfortado. Todavia, restabeleceu o diálogo com o filho e foi tão bondoso que não deixou que Saul percebesse mais seu profundo desapontamento e desespero. Se Saul percebesse, e ele o percebeu, saberia que não teria ajuda.

No dia da sua partida para Israel, escreveu a Reb Isaac:

"Preciso ir. Mas estou temeroso. Ouvi meu pai vagando de noite e não acredito que fui apenas eu quem lhe causou esse sofrimento. Há uma dor da qual ele nunca fala, que o acompanha há muito. Conforte-o, caro mestre, pois não posso fazê-lo. Vou, mas não sei para onde. Sei apenas que preciso ir."

Capítulo 16

"*Shalom*. Saudações a meu pai, Hillel ben Borush, do seu filho, Saul ben Hillel:

Espero que seu silêncio, querido pai, não tenha sido por doença, mas por causa dos cuidados e preparação dos Grandes Dias Santos. Não tenho notícias suas desde o começo da primavera, embora Aristo me escreva dizendo que o visita frequentemente, vindo de seu bosque de oliveiras, romãzeiras e tamareiras, e que o encontra bem, graças a Deus, bendito seja Seu Nome. Todavia, sua última carta me perturbou, pois deu-me a entender que o achou melancólico e ouviu de criados faladores que o senhor passa cada vez mais tempo junto ao túmulo de minha mãe. (Ainda lembro dela em minhas preces.)

Tenho dado atenção às suas admoestações, feitas amiúde, de revelar menos impaciência em meus modos e fala, dominando-a em meus pensamentos. Mas meu temperamento é um espinho em minha carne e temo, infelizmente, que sempre será assim. Não nos vemos há dois anos, desde sua última visita a Jerusalém e, como lhe escrevi, as coisas aqui, em vez de melhorarem, pioram. Visitei há pouco as províncias, principalmente a Galileia, e a sorte dos camponeses, agricultores e artesãos torna-se cada dia mais dura. Já é muito ruim nas cidades, onde pelo menos um terço do trabalho de um homem é devorado pelos coletores de impostos — esses tipos malditos, malvados e detestáveis! —, mas nas províncias é muito pior. Disseram-me que se um homem ganha o equivalente a dois pães por dia, só lhe é permitido ficar com a metade de um pão! Mas os habitantes das províncias vivem na mais dolorosa pobreza, esquálidos e desesperados, pois os arrecadadores de impostos, protegidos por seus guardas romanos, constantemente confiscam seus poucos pertences, seus *menorahs* de cobre, seu pequeno suprimento de óleo santo, ou mesmo tiram-lhes os filhos para vendê-los como escravos, se o total dos impostos não corresponde aos livros ou à aprovação dos cobradores. É muito comum um homem desesperado e faminto ser atirado numa prisão imunda, por "deixar de pagar seus impostos legais devidos", como dizem os coletores, e quem se atreve a contradizer esses miseráveis com aspecto de homens? De fato, diz-se que Deus mantém o cobrador como o mais vil e menos merecedor de perdão, menos ainda que um assassino ou uma prostituta, um ladrão ou um pederasta, um mentiroso ou um adúltero, pois ele não reúne numa só pessoa as características e as desprezíveis qualidades de todos eles? É inacreditável para mim que qualquer judeu, por mais que tenha afundado num padrão de subumanidade, concorde em ser publicano.

O marido de nossa prima, Aulo Platônio, disse-me que o grande Marco Túlio Cícero frequentemente alertou a República Romana, dizendo que quando um terço da renda de uma nação é devorado em impostos, essa nação está à beira do abismo. Hoje, afirma Aulo, mais da metade do sustento de um homem na própria Roma é consumido em impostos e o Império sofre em bancarrota, venalidade, crime, desespero, luxo dos políticos, suas intrigas e guerras, o desespero da classe média romana moribunda, o poder de homens maus, engordados com o trabalho do povo, além da licenciosidade da corte de Tibério. Se Roma sofre, apesar da riqueza roubada das nações conquistadas, imagine os sofrimentos de Israel, onde o povo tem mais de dois terços do seu trabalho confiscados pelos romanos! Os judeus nem mesmo têm a ajuda governamental da habitação, pão, cereais, carne, roupas e circo grátis como tem o populacho romano. Mas não os rejeitaríamos em nosso orgulho, como indignos de homens? De fato. Não somos passíveis de sermos comprados através de nossos estômagos nem dos nossos sentidos, nem por depravações e presentes.

Há alguma coisa em ebulição transpirando nos desertos, nas terras improdutivas e nos lugares desolados fora das cidades, e José de Arimateia prometeu me levar a uma das tocas dos essênios, nas cavernas perdidas fora de Jerusalém. No meu íntimo, tenho com frequência implorado perdão por meu primitivo e zombeteiro julgamento dele como conversa-fiada e submissão, temeroso dos romanos e desejoso de pactuar com o mal. Vejo, neste homem generoso, gentil e um tanto misterioso, o mesmo que você descobriu, pois não fala tudo o que sabe e sua bondade comigo é desconcertante, uma vez que nada fiz para merecê-la. Mas o que está transpirando nos lugares quentes e solitários, habitados apenas por cabras e seus pastores, só José sabe e ele vai me levar lá dentro de alguns dias. Lembro das condenações livremente acumuladas sobre os zelotes e essênios pelos homens das cidades, as acusações de que eles provocariam a destruição de Israel ao incitarem os romanos contra nós, mas quando considero o estado de Israel hoje, creio que nada pode ser mais daninho, mais esmagador.

Se o Messias, bendito seja Seu Nome, demorar muito mais, não haverá Israel para ele salvar, não sobrará nenhuma pedra no monte sagrado de Sião, nenhuma voz para pronunciar Seu Nome, nenhum olhar para vê-Lo e notá-Lo, nenhum Templo, mas apenas pedras abandonadas, arcadas sem vida, feiras vazias, entulho, casas e edifícios desmoronados, pois meu povo não pode suportar mais. Ele só encontrará um deserto queimando ao sol, marcado apenas por bosques mortos e terraços estéreis. Quando uma nação desespera-se totalmente, deve desaparecer, pois seu coração e mente expiraram. Portanto, que os romanos e seus asquerosos cobradores de impostos rejubilem-se num deserto universal!

Mas ai de mim! Os saduceus continuam a engordar, a discutir, dedicando-se serenamente às suas várias atividades, falando grego, visitando Roma, Atenas, Alexandria, vestindo-se elegantemente com sedas orientais, procriando, vivendo de maneira corrupta com concubinas, divertindo-se em arenas construídas pelos romanos fora das portas, jogando, juntando-se aos romanos em Pompeia, Herculano e Capri, nas estações da moda, vivendo luxuosamente no estilo romano e tão depravadamente quanto eles. Se alguém se queixa a eles — como fiz na casa de meu avô — dos impostos, do desespero do povo, é olhado severa e desdenhosamente, como se olha um bárbaro que não entende, como dizem, 'as responsabilidades de um governo moderno de recolher impostos para o bem-estar de todos'. Não adianta lembrar-lhe que impérios e nações desapareceram em pó e cinzas, no passado, por culpa de impostos e pela dissipação de governos que compram o povo com seu próprio dinheiro. Replicam apenas, com sorrisos superiores, que estamos numa outra era, que o passado passou. Lembraram-me também que uma certa quantidade de renda pública, recolhida pelos cobradores, destina-se à manutenção do Templo e perguntam: não é uma causa válida? Penso no sumo sacerdote, seu grupo, seu ouro e púrpura, suas liteiras douradas, cercadas de escravos, e sei que o Templo está profanado pela presença deles, que Deus é ofendido pela sua simples existência. Também esses, os sacerdotes venais, oprimem nosso povo.

Muitos sorriem quando se fala no Messias, resmungando em voz baixa palavras a respeito de 'mitos', 'velhas histórias' e sobre a necessidade do homem moderno enfrentar a realidade sem fantasias. Esses sacerdotes são os pastores do povo, os protetores de rebanhos vulneráveis, os ternos guardiães de ovelhas e carneiros, os animadores de corações, os confortadores de almas? Não! Eles traíram Deus e os homens. Tornaram desolados os sítios sagrados, retiraram a divindade da Arca da Aliança, macularam as palavras flamejantes da Torá, subverteram as leis naturais de Deus, repudiaram, com ar superior, os Estatutos, Julgamentos e Ordenações, difamaram, com suave divertimento, o significado dos Mandamentos, dizendo que eram válidos para a antiguidade, mas não para hoje.

Por causa dos sacerdotes, que traíram Deus e o homem, o Templo não é mais um santuário, o domicílio do Altíssimo. É hoje uma feira, onde filosofias estranhas são discutidas ao abrigo das colunatas, nas passagens escuras e nos jardins silenciosos. Os homens reúnem-se lá sob guarda-sóis seguros por escravos, para conversas sofisticadas, notícias sobre o movimento bancário, as mercadorias e a corretagem. Os sacerdotes não são mais religiosos nem virtuosos que eles. Estão contentes porque os romanos pagam suas despesas e tornam suas casas luxuosas. Pouco lhes importa que o povo os despreze e desconfie deles, que desvie suas cabeças deles, que os olhe como inimigos e não guardiães. Eles deram pedras para comer e poeira para beber aos seus rebanhos e em vez de esperança, os envolvem em desespero.

Sempre lembro o que disse Deus de gente assim: 'Meu povo foi destruído pela falta de conhecimento; por terem rejeitado o conhecimento, também os rejeitarei. Vocês esqueceram a Lei do seu Deus e também esquecerei seus filhos.' Os sacerdotes nos levam agora, como disse Deus, 'por um caminho que parece certo para o homem, mas seu fim será o caminho da morte'. Ah, que os maus sacerdotes, que traíram seu Deus e seus rebanhos, tomem cuidado com o julgamento do Senhor, que não descansa nem dorme!

Os sacerdotes fazem sacrifícios, com o dinheiro manchado de suor do povo oprimido e torno a lembrar as palavras do Senhor relativas aos falsos pastores, que levaram seus rebanhos à destruição: 'Odeio, desprezo suas festas e não sinto nenhum prazer em suas solenes reuniões.'

'Apesar de Me terem dado presentes candentes e oferecido cereais, não os aceitarei e as oferendas de paz de seus animais gordos não serão olhadas por Mim! Afastem de Mim o barulho de seus cantos! Não ouvirei a melodia de suas harpas!... Mas deixem que a justiça corra como as águas e a honradez como uma corrente perene.' Mas não dão atenção nem às Palavras de Deus, nem às advertências de pessoas como o Rabban Gamaliel, aos pés de quem sento-me diariamente. Ele ora cada manhã com fervor crescente, para que o Messias mostre Seu Rosto e liberte Seu povo, Israel. Às vezes ele chora e suas lágrimas escorrem abundantes, apesar de ser, por natureza, como sabe, um homem instruído e jovial, de muita paciência e recordações, como já me disse, a quem Deus fala em séculos e não em dias.

Não sei o que quer dizer quando implora ao Messias que 'mostre Seu Rosto', pois o Messias ainda não chegou, ainda não nasceu para nós, de acordo com as profecias.

Embora o senhor tenha insistido para que eu visite meu avô, Shebua ben Abraão, porque está doente e com a mente perturbada — não percebi isso! — , só posso fazê-lo de vez em quando. Eu o evito. Também o ofendo. Quando jantei com ele da última vez, meu avô estava distraindo uma quantidade de escribas, esses intelectuais que nada fazem de bom que possa ser chamado trabalho ou obra, mas apenas escrevem livros, aconselham políticos, apresentam-se com elegância e falam longamente de servir a 'reis' e 'governos superiores'. Consideram-se grandes intelectuais! Frequentemente imagino se têm intestinos. Lembro de alguns murais sobre esses escribas, que vi na Mesopotâmia, apresentados com um livro e uma pena na mão ao lado de um capataz com um chicote, reverentemente atrás do homem a cavalo, o déspota. Como desejam mandar, esses homenzinhos fracos que chamam a si mesmos de filósofos e intelectuais! Pois seu ódio ao povo é manifesto em cada palavra elegante que proferem, além de desprezarem as virtudes comuns e a fé simples. Só têm palavras, que podem ser eloquentes mas sem veracidade, sem nenhum conteúdo a não ser som, sem nenhuma profundidade. Muitos são pederastas, como meu avô uma vez notou na minha presença, mas riu em vez de demonstrar nojo, como se aquilo fosse uma excentricidade sem importância e não uma depravação repulsiva. Alguns escrevem poemas, que são copiados por escribas menores e vendidos nas livrarias, e a poesia é como a pausa do vento. Quem é mais desprezível — os saduceus, os sacerdotes ou os escribas — ou quem é mais abominável é matéria para discussão.

Pelo menos meu avô e meus tios, Simão e José, apesar de saduceus, trabalham à sua moda, são produtores e não meros devoradores do trabalho alheio, como os escribas. Pensei em cumprimentar meu avô por isso, indicando os escribas que encontrei na casa dele, porém, para minha surpresa, ficou ofendido. Falou dos escribas como de criadores da cultura de uma nação! Se o que observei neles, ouvindo e estudando, é 'cultura', então a repudio com nojo e nada quero com ela. A companhia de um camponês rude cheirando a esterco, pão preto, queijo e vinagre é muito mais preferível, pois suas palavras referem-se a realidades decentes e a coisas da terra honesta e sagrada, suas mãos realizam tarefas necessárias e levam alimentos à feira. Mas o que levam os escribas à mesa do homem? Ruídos delicados que nada representam, apenas atitudes sem significação.

Antigamente os escribas eram merecedores de respeito: faziam registros para seus senhores e amos, listavam a mercadoria nos navios, nos silos, e faziam relatórios. Contribuíam para uma certa ordem. Mas os escribas modernos consideram-se Cavalheiros e acham que devem ser premiados apenas por sua facilidade em falar e escrever e por sua grave e vazia conversa! Aulo Platônio fala deles em Roma, chamando-os 'mortais', mas também nota que Tibério César não gosta e zomba deles, o que me predispõe a aprovar o romano, pelo menos nisso! Aulo os chama de 'larvas na carne alheia' e confesso que, quando ouvi isso, ri como não o fazia há muitos meses. Perguntei a um escriba na presença de meu avô: 'Que livros usa para os trabalhos de casa e quem é seu mestre?' Eu estava apenas me referindo à antiga ocupação dos escribas! Meu avô ficou muito irritado e concluiu que eu havia insultado seu hóspede, uma delicada criatura, cheia de cachos, de rosto e lábios pintados, perfumada como uma prostituta. Disseram-me que aquele escriba escrevera uma peça passível de comparação com uma de Aristófanes e que, breve, seria encenada num teatro grego. Acho que fiz um ruído que o senhor não aprovaria, mas posso ver seu sorriso.

Coisas mais agradáveis: o último rebento de minha irmã Séfora, uma menina, é indescritivelmente deliciosa, deixando-a e ao marido felizes, pois têm três filhos e Ezequiel queria uma filha. Séfora está cada vez mais bonita e Clódia afirma que ela é uma jovem Juno, o que duvido vá agradar ao senhor. Clódia então acrescentou: 'E possivelmente uma jovem Raquel.' Séfora ainda tem uma certa leveza de porte, uma maneira divertida e uma tendência a gesticular demais, o que é impróprio para uma matrona de vinte e quatro anos. Mas conserva os cabelos cobertos, um comportamento grave às vezes, conduz-se circunspectamente, graças àquela excelente senhora, Clódia Flávio, e de repente seus olhos reluzem como ouro ao sol. Ela ri sem um motivo que eu perceba e me aborrece dizendo que antes eu não era tão sério e tão solene. Logo depois, aqueles mesmos olhos motejadores enchem-se de lágrimas e ela me abraça. Acho as mulheres incompreensíveis.

A bolsa de sestércios de ouro que me enviou foi recebida com afeto e gratidão. Mas garanto-lhe que meus ganhos como tendeiro são suficientes para minhas poucas necessidades. Durmo nos fundos da minha loja. Contento-me com alimentos frugais, um vinho modesto e um punhado de frutas. Não me visto com extravagância. Rabban Gamaliel me disse uma vez: 'Se a sua infância e juventude tivessem sido passadas na penúria, você agora não se sentiria tão facilmente satisfeito', um comentário muito sutil para mim. Estaria ele concluindo que alguém criado no conforto e mesmo no luxo acha mais tarde a pobreza menos difícil e insuportável? E a pobreza é mais suportável pelos acostumados à comida excelente, como se isso fosse uma aventura e não um sofrimento? É possível, então, que Gamaliel tenha sido não só correto, mas sábio. Janto às vezes em sua casa e confesso que sua mesa me dá prazer, apesar de ser tão simples quanto a de José de Arimateia, apesar deste não ter nem a metade da sua riqueza.

Não me censure. Dei os sestércios aos pobres. José de Arimateia distribuiu cereais, carne, vinho e roupas para os carentes — e eles são uma legião em Jerusalém, apesar da riqueza da cidade e dos milhares de habitantes — na véspera do Sabá. O que esses infelizes recebem agora nos arredores do Templo é uma vergonha ao que chamam de caridade, pois esta, também, nestes tempos cínicos, acabou. São poucos os que se preocupam com a pobreza e a desgraça agora e, no entanto, a caridade é uma das virtudes exigidas por Deus aos judeus.

Imploro-lhe, meu queridíssimo pai, escrever-me com frequência. Há coisas em meu coração que não posso falar, pois quanto mais próximas de mim, mais inarticulada tornam minha língua. As palavras não podem abarcar meu coração. Sou feliz. Nunca fui antes como sou agora. Nunca me satisfiz. Jamais alcancei a promessa. Continua além das colinas distantes, mas diariamente caminho em sua direção. Às vezes fico cansado com o trabalho e os estudos, minhas mãos e cérebro ficam dormentes, anseio por meu lar em Tarso, pela visão de rostos e jardins familiares. Trata-se de uma fraqueza passageira. Não trocaria meu destino por nada no mundo! Tenho alunos jovens que me ouvem atentamente.

Sinto que se aproxima uma Revelação, que está florindo nas trevas e no silêncio das minhas noites, mas o que é não sei. Sei apenas que está lá e minha alma pula com uma alegria próxima do sofrimento. O que é meu olho doente em tudo isto, ou o fato de que perdi a força da juventude e devo guiar-me como um homem guia bois? Deus me deu a energia e a fortaleza de espírito e isso é mais que suficiente. Portanto, não me lamente. Não se preocupe nem fique aflito por minha causa. Estou fazendo apenas o que devo e por isso imploro-lhe que alegre-se comigo e saiba que, se eu não tivesse um pai assim, não possuiria minha coragem atual nem minha paciência.

Mando lembranças a Aristo, meu velho professor. Rezo para que ele não lhe roube quando vender-lhe o produto de suas vinhas e pomar. Continue me incluindo no tesouro de suas preces e saiba que o incluo no meu. Na sua próxima visita ao túmulo de minha mãe, leve-lhe uma rosa por mim.

Seu filho,
Saul"

O belo carro com seus quatro ótimos garanhões pretos saiu de Jerusalém de madrugada, com Saul ben Hillel e José de Arimateia instalados em assentos de veludo vermelho enfeitados e franjados de ouro. O cocheiro era um núbio grande, de rosto esplêndido, vestido como um rei bárbaro, pois José mimava seus criados com amor, respeitando suas fraquezas e desejos. Outro criado segurava um enorme guarda-sol de seda sobre as cabeças dos passageiros, embora ainda não houvesse amanhecido e o orvalho molhasse os gramados e jardins da cidade e o céu permanecesse tão negro quanto o rosto do núbio e salpicado de estrelas vibrantes. Os soldados romanos da Porta de Damasco conheciam bem José e o cumprimentaram, ficando gratos pelas bolsinhas de sestércios que ele sempre lhes levava.

— Esses jovens soldados são bons, simples e infantis — disse José a Saul.

— Têm orgulho de Roma. Antigamente, Roma mereceu ser profundamente homenageada, quando era uma República, digna do respeito de todo homem civilizado, pois nunca uma nação tão grande fundou-se em tão grandes e nobres princípios... embora confessadamente construída sobre um fratricídio. Sua Lei de Direitos Humanos, proposta pelos seus Fundadores, principalmente Cincinato, nunca foi igualada, não, nem mesmo pelo Código de Hamurabi ou pelo nosso Moisés. Porém sua Constituição foi inevitavelmente desgastada por homens ambiciosos, maus e concupiscentes, cujo patriotismo morrera havia muito e que viam sua nação não como um colosso de liberdade no mundo e uma luz para as nações, mas uma arena na qual podiam obter prêmios e finalmente coroar-se. Infelizmente, é verdade o que Aristóteles disse: "As repúblicas declinam em democracias e estas degeneram em despotismos." As repúblicas têm potencialidade para se tornarem imortais se conservarem sua masculinidade e não se tornarem democracias femininas. Desculpe-me. Eu amo a visão da República Romana, governada por homens justos e honrados. Choro por ter ela se transformado num Império feminino, lascivo, cruel, sedento de sangue, terrível, cheio de maldade, opressor e escravista. Mas essa é a história das nações que primeiro esquecem Deus e depois a honra e a virtude. — Suspirou. — Esses rapazes nas portas não devem ser responsabilizados. Acreditam nas mentiras do seu governo. Quando o povo não acredita nelas? Se chegar esse dia, a Era Messiânica estará prestes e emergirá uma Teocracia!

Poucos anos antes, Saul teria expressado sua repugnância por Roma com maldições, mas agora ouviu, apesar de um tanto vacilante. Conhecia bem o marido da prima, o nobre Aulo Platônio, e seu filho, Tito Milo Platônio, visitava a casa deles e jantava com Aulo e Ana bas Judá. Seu ódio concentrava-se em Roma, mas não a Roma individual, que era tão desamparada quanto ele no punho dourado do Império. Contudo, mais que a própria Roma, ele odiava os traidores e colaboracionistas do seu próprio povo, que apertavam os calcanhares nos pescoços de sua própria gente. Os impérios viviam para o saque e a conquista, mas os traidores de Israel viviam apenas para seu próprio benefício. Era verdade que a pequena nação de Israel nunca poderia ter resistido a Roma, mas não era necessário que os suaves saduceus, os escribas e os negociantes adulassem apressadamente o conquistador e o apoiassem, degradando um pequeno povo desamparado, roubando seu sustento e torturando-o sem esperança.

José estava refletindo: "Nosso jovem Saul amadureceu muito nesses dez anos de sua primeira visita a Jerusalém e agora compreende que a maldade do homem é onipresente, que não há nações boas em oposição a más, havendo talvez alguns homens bons. Ah, que mundo maravilhoso seria este se cada nação fosse justa, mesmo que contivesse apenas dez mil habitantes! Mas a maldade é endêmica no homem; é a praga oculta na sua alma, esperando a implosão da infecção. Um pequeno reino não é mais justo que um grande Império, nem seus governantes mais virtuosos. Nós, de Israel, vimos sendo uma nação singular, advertida e guiada por Deus por todos estes séculos. Comemos na mão dEle como os cordeiros comem da mão dos pastores. Deram-nos guias e profetas. Deram-nos Moisés. Deram-nos o Messias. Como os chefes de família protegem e educam os filhos, os amam e criam, cuidam deles e os defendem, assim Deus defendeu e amou Israel. Mas agora não somos mais honrados e dignos de piedade que Roma. Seu julgamento caiu sobre nós como irá cair sobre Roma, pois Deus não olha a pessoas, todos os homens lhe pertencem e um não é mais querido que outro, nem mais merecedor de castigo. Que Deus tenha piedade das almas dos homens."

A terra estava escura e silenciosa, iluminada apenas pela vasta e oscilante luz das estrelas, havendo um completo silêncio nos lugares desertos. Também fazia frio e Saul envolveu-se na sua pesada e quente capa de pelo de cabra, que ele mesmo tecera, grossa e dura. As rodas de ferro do carro ressoavam no fino cascalho, saibro, areia e poeira, e as patas dos cavalos tiravam faíscas das pedras. Um vento forte açoitava os rostos. Era um vento árido, cheirando apenas a rochas e desolação, a algumas plantas acres do deserto e também aos séculos, pois aquele era um solo antigo e a terra morta era o túmulo de nações desaparecidas.

A aurora chegou com súbita rapidez e uma espécie de mudo tumulto nas terras a leste. Num momento, a terra estava vazia e escura, as colinas invisíveis, e no seguinte todo o céu oriental era uma conflagração de âmbar chamejante, com as colinas crescendo contra ele, que então despejava uma brilhante luz acobreada, com água incendiada. Esta luz percorreu o flanco da colina e o terraço, envolvendo-os em flamejante radiação, fazendo com que ciprestes, sicômoros e bosques parecessem ter pulado para a vida onde nada havia antes, e as casinhas brancas avermelharam-se como se suas fachadas tivessem sido incendiadas. Então, o sol apareceu no cume de uma montanha e a terra acordou com um eco sussurrante.

Saul, sempre sensível à visão da terra e da beleza — apesar de assídua e seriamente dizer que eram distrações da contemplação de Deus —, ficou admirado como sempre. Olhou para José de Arimateia, cuja cabeça calva e parte do seu comprido rosto oval ainda estavam ocultos pelo capuz. Ele inclinou-se e murmurou alguma coisa ao cocheiro núbio, que levou obedientemente a mão do chicote à testa. O carro virou na seca areia amarela; o pelo dos garanhões estava coberto de espuma. Chegaram a uma fonte e os cavalos beberam. José disse a Saul:

— Temos ainda muito que andar nestas terras desertas, por isso restaure as forças.

Ambos saltaram do carro e banharam o rosto e as mãos empoeiradas na fonte, da qual beberam. José ofereceu frutas frescas, vinho, pão e um queijo excelente. Partilhou-os com os criados, educadamente, ele e Saul comeram e beberam, o sol tornou-se quente demais e Saul retirou a capa, descobrindo sua túnica cinza-escura de linho. Seu cabelo ruivo captou um brilhante raio de sol e José disse, olhando seu rosto franco e sardento:

— Não é bom que você se exponha num lugar como este, Saul, portanto puxe o capuz para abrigar sua pele e proteger os olhos.

Seus olhos, grandes, escuros e líquidos, dardejaram afetuosamente sobre Saul e novamente este ficou perplexo pela bondade daquele homem famoso e bom em relação a si. Saul não podia ver-se como José o via: um rapaz de paixões ardentes, se não sombrias, de rosto ascético, forte e anguloso, e olhos que pareciam brilhar com visões.

Muitos achavam Saul terrível, implacável com homens indolentes, arrogante com a erudição e impaciente além do tolerável, porém José o conhecia como um rapaz com um grande destino refletido em seus olhos azuis, mesmo no olho que se fechava e avermelhava com luz em excesso. Saul tinha muitas imperfeições; era incapaz de suportar tolos com satisfação, como sugerira Salomão, e não tinha paciência com fraqueza e fragilidade de caráter, condescendência e gentileza efeminada que muitos saduceus e escribas cultivavam como parte de suas vidas civilizadas. ("Somos bons", pareciam insistir em todas as ocasiões, censurando outros que consideravam indelicados. Mas José lembrou-se do que um sábio disse: "Estranho é o que deseja que todos os homens sejam bons, sendo eles mesmos incapazes de bondade.")

Na apreciação de José — e ele conhecia os homens —, as manifestas virtudes de Saul, algumas delas exageradas, sobrepunham-se às suas imperfeições, como uma boa e brilhante vitrificação encobre a aspereza básica da louça. Não eram as virtudes que o faziam tornar-se benquisto para muitos; ao contrário, elas despertavam o desprezo, o ódio, o mal-estar e a hostilidade. Saul era incapaz de um comportamento hipócrita, do menor rodeio, falava brutal e francamente, ofendendo muitos... frequentemente para seu próprio espanto, pois ainda conservava a ilusão juvenil de que os homens preferiam a verdade às mentiras e a sinceridade ao engano.

Prosseguiram no caldeirão de luz dourada que era agora a manhã plena e o calor atingiu-os como um açoite quente através das roupas.

Saul não era estranho a desertos e lugares sem vida, mas agora, à medida que as rodas os levavam rapidamente mais para o interior, na direção de Damasco, ficou surpreso não apenas pelo calor, mas pela completa e árida desolação à sua volta, totalmente vazia de vida, mesmo a mais resistente, a não ser os cardos. Uma paisagem sem árvores, atormentada por uma incrível luz cegante, as colinas além parecendo puro cobre granítico, o solo açafrão, cheio de pó, matações, saibro, e, liso como a palma da mão, o céu de um berrante e rigoroso azul sem nuvens, intenso em excesso para mais de um olhar rápido, o sol um enorme buraco de chamas aproximando-se do apogeu. Aqui e ali, onde pequenas fontes manavam e corriam, âmbar seco espalhado abundava na terra castigada. Abutres negros, silenciosos e nítidos como tinta, pairavam no céu, procurando, desviando-se e movendo-se em círculos. Ocasionalmente, apareciam cavernas esparsas, tremulando em ondas de calor, com as entradas como grandes bocas secas, mortas de sede, arquejantes. Não se via em parte alguma um olho-d'água nem um oásis verde naquela paisagem infernal. Num momento, Saul pensou ter visto o vulto emboscado de um chacal projetando uma sombra nítida no solo crestado e ressequido, mas como os chacais tinham a cor da paisagem, era impossível ter certeza.

Saul tinha com frequência meditado sobre a ideia de que gostaria de recolher-se ao deserto por algum tempo, àquele imenso silêncio sem vida, àquela luz incandescente. Porém, ao olhar agora em volta, confessou que não podia compreender por que mesmo os mais dedicados e fervorosos essênios ou zelotes poderiam escolher um lugar que só podia assemelhar-se ao inferno. Disseram que aqueles homens sabiam encontrar gafanhotos, mel silvestre e água, quando necessário, mas Saul não viu nenhum lugar onde poderiam ser obtidos. Estavam longe da cidade, penetravam cada vez mais no deserto e Saul imaginou, pela certeza com que o núbio guiava os cavalos pretos, que aquele não era um território novo para ele, mas muito familiar. Os brincos maciços do escravo atiravam sombras douradas em suas reluzentes faces de ébano, enquanto ele olhava em volta com orgulho indiferente. Saul começou a sentir mais que agradecimento pelo guarda-sol sobre sua cabeça e a de José, seguro pelo criado sentado entre ambos.

José ergueu a mão e apontou para as colinas; Saul viu, no sopé, dançando em ondas de calor, um aglomerado de cavernas baixas, logo no início da encosta da colina mais próxima.

— Nosso destino — disse José.

Naquela atmosfera, tão clara quanto vidro fundido, as cavernas pareciam muito mais perto do que verdadeiramente estavam e Saul começava a sofrer com o calor e a sede, muito antes que as cavernas de pedra amarelada lentamente se aproximassem através do terreno árido. Subitamente, um vulto minúsculo surgiu no topo da gruta mais baixa — ou caverna — parecendo tão negro e intensamente delineado quanto um abutre no ar. O vulto saudou com um braço minúsculo, ficando lá, uma pequena figura barbada, olhando-os. Pouco depois, reuniram-se a ele vultos semelhantes e fez-se um emaranhado peludo em torno deles que sugeria roupas de peles em torno dos quadris. Não usavam capas nem capuzes para protegê-los do sol e do calor e, assim que o carro aproximou-se das grutas, Saul viu seus rostos, quase tão negros quanto os dos núbios, cobertos de barbas espessas. Seus braços, pernas e mãos eram escuros, magros mas musculosos. Ágeis como cobras, saltaram para o chão, podendo-se ouvir suas vozes, animadas mas frágeis como flautas:

— *Shalom! Shalom!*

José sorriu à sombra do capuz. Pôs as mãos em concha e gritou de volta uma saudação aos que estavam à espera. A quantidade deles aumentou. Agora eram no mínimo cinquenta, crescendo cada vez mais, passando de cem. Pareciam surgir não só das grutas, mas do próprio solo, e o sol batia reflexos em seus olhos e dentes. Pelos gestos, ações e movimentos, Saul viu que eram jovens. Alguns mal tinham entrado na puberdade, pois eram pequenos e imberbes. Apalpou o próprio queixo suado. Não usava barba, pois sua pele era tão delicada que uma barba a irritaria intoleravelmente, provocando feridas. Rabban Gamaliel dissera:

— Deus deseja que O amemos e sirvamos, mas não que suportemos sofrimentos desnecessários no seu serviço, pois isso é arrogância. E o grego Luciano não disse que se as barbas fossem necessárias à sabedoria, um bode seria um verdadeiro Platão?

Alguns dos jovens habitantes do deserto não puderam conter a alegria e entusiasmo ao ver seu amigo José de Arimateia e correram para o carro, deixando tremendas nuvens de poeira amarela às suas costas. Saul deu um olhar às provisões que José trouxera: odres de vinho, queijos redondos, pães de trigo e aveia, frutas, recipientes de alcachofras em alho e vinagre, barriletes de cerveja e garrafas bem acondicionadas contendo uma forte bebida síria. Havia cestas de cebola e também limões, muito penetrantes no calor, montes de tâmaras e figos, caixas de massas, jarras de banha e carne-seca. Havia bolsinhas de couro que Saul suspeitava fossem quantidades respeitáveis de sestércios e dracmas de ouro romanos. Havia também muitos livros, amarrados com cordas, cobertores, louça e talheres. Na verdade, o enorme carro estava tão carregado que mal dava espaço para os quatro viajantes.

Os rapazes tinham agora chegado ao carro e estavam gritando, falando e rindo como crianças, sorrindo para José e observando Saul curiosamente. Pularam, dançaram, bateram palmas e Saul, que havia esperado encontrar eremitas tristonhos de rostos severos e distantes, pensou nunca ter visto um grupo tão alegre e contente. Aos gritos, fizeram perguntas a José. Perguntaram pela família dele, por ele e por seus amigos. Escarneceram divertidos à menção dos sacerdotes no Templo. Alguns, em sua exuberância, empenharam-se em sucessivas lutas romanas. Seus pés estavam nus, eram fortes e quase pretos. Alguns, no máximo, usavam sandálias de cordas. Podiam ser esqueléticos e sua carne dura como cordas e tendões, mas os olhos brilhavam com a pura alegria de viver e uma ardente paixão.

O núbio olhava, com a indulgência de um homem muito mais idoso do que aqueles jovens morenos e empoeirados, dignando-se mesmo a sorrir ocasionalmente, tamborilando elegantemente no seu turbante de seda multicor e apertando seu colar de ouro em torno do pescoço serpentino. Ele era um imperador bárbaro entre seus selvagens criados seminus, exibindo um sorriso muito branco para eles, insistindo para que tivessem cuidado com os cascos dos cavalos, o que só os fez dançar mais alegremente, numa perigosa proximidade. O ar estava ressoante de vozes jovens. Cantaram. Levaram o núbio para um lugar por detrás das grutas mais próximas e lá, para espanto de Saul, a sombra projetada pelas grutas era quase fria, de cor púrpura, tendo no seu centro uma fonte borbulhante. Pensou "A sombra de uma grande rocha num solo esgotado", compreendendo inteiramente, pela primeira vez, o sentido completo da frase nas Escrituras.

Agora um homem rodeou a gruta protetora, mais velho, com cerca de trinta anos, de ombros largos, alto e macilento, mas dando a impressão de enorme vitalidade, autoridade e força indômita. Tinha barba preta, cerrada e crespa, nariz afilado como o bico de uma ave de rapina, a boca esboçando um sorriso, os olhos pretos, grandes, brilhando sob as sobrancelhas hirsutas, também pretas. Quando os jovens o viram, recuaram respeitosamente e ele ergueu os braços para José, quase levantando-o do carro. Os dois abraçaram-se e beijaram-se. José, como sempre, estava muito bem vestido, mas o homem a quem abraçava tão carinhosamente estava quase nu, com uma pele de cabra em torno dos quadris; sua pele queimada de sol brilhava de suor. Sem se largarem, afastaram-se um pouco um do outro, encarando-se, sorrindo. Tornaram a se abraçar, murmurando a saudação mais sagrada, concluindo-a com um ardente: "Ouve, Ó Israel! O Senhor nosso Deus, o Senhor é Único!"

Então, mantendo apertadamente na sua a mão do amigo, José virou-se para Saul, que tinha descido do carro com dificuldade e puxara o capuz para trás, a fim de aproveitar o frescor do local.

— Iocanã, meu irmão, meu amigo, eu trouxe Saul de Tarshish, sobre quem escrevi, que prefere, como nós, obedecer e servir a Deus, em vez de ao homem.

Saul olhou para o rosto de Iocanã, que fora saudado por José de Arimateia como um irmão, como o mais querido dos amigos, e percebeu, com uma contração apavorante, a pura e terrível santidade daqueles grandes olhos negros, que pareciam penetrar-lhe o coração para descobrir tudo o que havia nele, fazendo um julgamento inexorável. Era como que encarar o clarão do sol, do qual nada pode escapar. Saul sentiu-se mudo, pequeno, desprezível, feio, insignificante e intruso.

Então, Iocanã colocou suas mãos compridas nos ombros de Saul, sorrindo-lhe com um apurado e terrível exame; depois suas sobrancelhas juntaram-se, relaxaram, e ele disse, com voz gentil, quase compassiva:

— Shalom. Saudações ao amigo do meu amigo, José de Arimateia, e que Nosso Pai, bendito seja Seu Nome, lhe conceda tudo o que Ele desejar. Bem-vindo, Saul de Tarshish!

Como se um momento de intenso clímax tivesse chegado e passado em paz e segurança, os jovens, a distância, ergueram um alegre grito de júbilo e José sorriu, como que aliviado. Saul, que ficara confuso e espantado, sentiu um relaxamento interno e a expulsão do medo que tivera momentaneamente, mas que não podia ser explicado.

Os mais moços e tagarelas estavam levando aos pulos as provisões para a gruta, onde armazenavam as poucas mercadorias e as magras reservas. Iocanã passou um braço pelos ombros de Saul e outro pelos de José, conduzindo-os a uma outra gruta, onde a obscuridade era bem-vinda, após a explosão luminosa externa, e onde havia um frescor como se a terra estivesse respirando por uma fenda. De fato, Saul sentiu a leve respiração fria e suspirou de prazer. A gruta era comprida e mobiliada com um catre no chão de terra, uma mesa baixa de madeira e dois bancos. Espalhados pelo chão, couros de cabra pretos e brancos e, num canto, um monte de pergaminhos. Nada mais havia. As duas visitas sentaram-se. Iocanã falou e Saul ouviu o tom profundo e rápido de sua voz varonil:

— Outra vez obrigado, José, vamos ter um banquete!

— Basta dizer, Iocanã, e a cada sete dias chegarão infalivelmente "banquetes" como este.

Iocanã sacudiu a cabeça forte, mas sorriu.

— Meus jovens amigos engordarão com a fartura e sobrarão poucos para louvar Seu Nome, manter puros Seus Mandamentos e falar sobre o Messias. — Seus fortes joelhos reluziram na luz espectral da gruta e seu peito era como uma armadura de couro, escura como seu cabelo abundante. Olhou Saul com bondade e disse: — Embora você não saiba quem sou, eu o conheço, Saul de Tarshish. — Fez uma pausa. — José escreveu muito a seu respeito.

Saul, porém, sentiu que ele falava com reserva, não dizendo tudo o que sabia.

Dois rapazes de rosto alegre trouxeram louça simples e uma travessa cheia de queijo, pão, frutas e carne, fornecidos por José, canecas de barro, com cerveja espumante e uma garrafa de vinho. Saul descobriu que estava faminto, mas Iocanã e José comeram moderadamente, conversando entre eles em voz calma e grave sobre coisas misteriosas para Saul. Apesar disso, eram palavras importantes.

— Partirei antes da lua cheia — disse Iocanã. — Portanto, não nos encontraremos novamente, José, durante algum tempo.

— Recebeu a convocação?

— De fato.

Mesmo na pouca luz, Saul percebeu a repentina tristeza do rosto de José. Ouviu-o suspirar.

— O drama, então, vai começar — disse José.

Juntou as mãos sobre a mesa, contemplando-as.

— E jamais terminar — completou Iocanã. — Ora, caro amigo, queria que fosse de outro modo?

José ficou calado algum tempo. Finalmente falou, ainda olhando as mãos:

— Não podemos evitar, mesmo rezando, o que foi determinado pela eternidade. Com toda a certeza, devemos ficar alegres por nos ter sido permitido que saibamos a hora. No entanto, como mortal, estou cheio de tristeza e dor. Morreria mil, dez mil vezes, para poupá-lo de uma aflição. Deitaria meu corpo aos seus pés, para ser pisado, e me consideraria abençoado. Por ele, eu me faria esfolar vivo alegremente. Mas não é esse o meu destino.

Iocanã tocou levemente as mãos enlaçadas.

— Não, não é o seu destino. O seu é outro. Mas alegre-se comigo por eu ter sido finalmente chamado e precisar ir.

Para espanto de Saul, os olhos de José encheram-se de lágrimas e ele curvou a cabeça. De que homem estavam falando? De que profeta, desconhecido para ele, de que homem santo? Se conheciam algum, por que não permitiam a ele, Saul ben Hillel, sentar-se aos seus pés?

Como se José tivesse ouvido essas perguntas, endireitou a cabeça e esboçou um sorriso a Saul.

— Perdoe-nos, pois parecemos estar falando enigmaticamente, meu Saul. Nada lhe podemos dizer agora, porém a Seu tempo, Deus o iluminará. Iocanã me garantiu.

As sobrancelhas ruivas de Saul uniram-se e ele não pôde impedir-se de retrucar:

— Vimo-nos hoje! Ele não me conhece!

— Ah! — exclamou Iocanã. — Deus, bendito seja Seu Nome, me disse muitas coisas. Não seja impaciente, meu filho. — Seu rosto forte ficou um instante sombrio. — Como Ele o chamará não sei, apesar de saber que Ele o fará. Não se omita quando ouvir Sua voz.

Saul tornou a franzir o cenho. Sentiu-se reduzido à condição de escolar com seus vinte e cinco anos de idade e aquele selvagem — com o sotaque rude da província da Galileia — tinha pouco mais que isso.

— Não sou um homem sem amigos — respondeu. — O marido da minha prima é o oficial romano Aulo Platônio e o filho dele, Tito Milo, é capitão pretoriano em Roma. E eu sou cidadão romano, especialista em lei romana, meu avô é amigo de Herodes Ântipas e Pôncio Pilatos e se há um judeu em perigo, perseguido ou condenado à morte, é possível que eu possa interceder por ele.

Mal acabou de dizer isso e ficou corado de vergonha, embora seu impulso tenha sido inocente pelo fato de ter-se sentido ofendido.

Os mais velhos o olharam com simpatia. Depois, Iocanã disse:

— Não há nada que possa salvá-lo, pois ele escolheu voluntariamente.

Saul recordou como José de Arimateia salvara muitos da horrível morte na cruz há quase dez anos e evitara o sofrimento de outros. Por isso, sua violenta ira — tanto contra si mesmo como contra os outros — desapareceu. Mas foi substituída pelo desapontamento. Bebeu mais vinho. Subitamente, lembrou-se do sonho do camponês anônimo que também havia perecido na cruz e cujo corpo moribundo tinha sido encerrado como se estivesse na casca de uma semente e caíra na terra, dando nascimento a uma colheita ilimitada. O rosto de Saul mudou.

— Sim? — perguntou Iocanã, em voz rápida e premente.

Saul olhou-o, francamente surpreso.

— Não passou de um sonho que lembrei — retrucou. — Foi um sonho que antecedeu uma doença quase mortal que tive e que me deixou com este olho defeituoso.

— Conte-me — disse Iocanã.

Saul pensou que aquilo era absurdo. Por que estaria Iocanã, e também José, tão interessados nele, a ponto de exigir que contasse um sonho que tivera tanto tempo atrás e que fora apenas precursor de uma febre? Ou o resultado dela? Sorriu, embaraçado, mas os dois insistiram, os olhos fixos nele.

Por isso contou-lhes, esperando sorrisos divertidos, encolher de ombros, perguntas embaraçosas e mesmos risos. Mas seus rostos tornaram-se mais atentos e sérios, começaram a trocar olhares, a inclinar-se para ele, a parecerem estar respirando com dificuldade.

— Eu estava doente — disse Saul. — Eu vira a execução de cinquenta jovens judeus pelos romanos. Meu coração estava cheio de morte e sofrimento. Também estava gelado pela tempestade e encharcado pela chuva. Não pude me livrar da lembrança do pobre trabalhador, embora ele não tivesse importância, que caminhou entre as cruzes, parecendo aliviar o sofrimento dos moribundos. José também viu.

"Eu o vira uma vez antes, durante os Dias Santos, com alguém que ele chamava de mãe. Ela o chamou Yeshua. Seu rosto me assombrou. Não sei por que motivo. Era pobre e humilde. Por que teria eu sonhado que ele também fora executado, caíra no chão... — continuou Saul.

Saul calou-se. Havia silêncio à sua volta. Ergueu os olhos e viu os rostos comovidos dos mais velhos e agora até Iocanã tinha os olhos molhados de lágrimas. José fez um gesto abrupto, mas Iocanã segurou-lhe o pulso, como que prevenindo-o.

— Foi só um sonho — disse Saul, em voz fraca, e tornou a envergonhar-se por ter sido indiscreto.

— A vida é um sonho apavorante — disse Iocanã. — Mas um dia você compreenderá o significado daquele sonho, meu Saul. Venha. O sol está-se pondo e você necessita partir já; devo falar com meus rapazes, pois breve precisarei ir.

Saíram. O sol se achava no ocaso e apesar da terra e as montanhas ainda brilharem como se estivessem numa fornalha, o ar estava levemente mais fresco. Os rapazes haviam-se reunido, acocorados, sentados, agachados, esperando Iocanã. Este, com a dignidade de um rei, passou do topo de uma gruta para outro, até que se postou acima deles como uma estátua escura, impregnada de ardor e autoridade, fazendo com que todos os rostos se virassem para cima.

Sua voz soou como uma gigantesca trombeta.

— Parto porque fui convocado e a hora chegou! Parto para preparar o caminho! Vocês sabem disso, já lhes foi dito, meus filhos, meus queridos. Vou com alegria triunfante. Não devem lamentar minha partida, pois tornarão a ver-me. Só lhes peço que orem, que esperem, pois a hora derradeira se aproxima.

Olhou para aqueles rostos silenciosos. Seu próprio rosto suavizou-se como o de um pai e ele citou Isaías:

— "Os que caminhavam nas trevas viram uma grande luz! Os que habitavam uma terra de escuridão profunda, sobre eles a luz brilhou. Pois Deus quebrou, como no dia dos midianitas, o jugo que pesava sobre Ele, a vara que caía sobre Ele, o cetro do Seu opressor! Pois cada bota do guerreiro ruidoso no tumulto da batalha e cada roupa embebida em sangue serão queimadas como lenha para a fogueira."

Um profundo pavor pareceu espalhar-se por toda a terra deserta e invadir o céu. O rosto de Iocanã resplandeceu, exaltou-se, cheio de uma poderosa luz interior, e ele ergueu os olhos para o céu.

— "Acontecerá nos últimos dias que a montanha da Casa do Senhor será instalada como a mais alta de todas, e será erguida acima das colinas! Todas as nações se dirigirão a ela, muitos povos virão e dirão: 'Vamos, subamos a montanha do Senhor, à Casa do Deus de Jacó, que Ele nos mostre Seus caminhos para que os trilhemos!' Pois fora de Sião a Lei deve avançar e, de Jerusalém, a

Palavra do Senhor. Ele julgará entre as nações e decidirá por muitos povos. E eles transformarão suas espadas em relhas de arado e suas lanças em podadeiras. As nações não mais erguerão suas espadas contra outras nações e nunca mais aprenderão a guerrear!"

Foi como se o fogo e a chama tivessem tocado seu rosto, o sol os seus olhos, pois Iocanã avançou no telhado da gruta, ergueu a mão, excitado, e gritou:

— "Pois nasceu uma criança entre nós e a nós um Filho foi dado!"

Todos choraram, até José de Arimateia, mas Saul olhou para o vulto brilhantemente iluminado de Iocanã, com incrível espanto, uma vez que a mudança de tempo de verbo nas últimas palavras era perturbadora e incompreensível para ele. Disse para si mesmo: É por causa do difícil dialeto galileu, do qual não conheço bem todas as nuanças.

Iocanã permaneceu uma alta imagem de bronze queimado, contra o céu subitamente púrpura, ergueu o rosto, perdeu-se em contemplação e oração e não mais falou.

José pegou o braço de Saul e disse:

— Está na hora de irmos, pois já vai escurecer e o deserto fica cheio de ladrões à noite.

Enquanto preparavam-se para partir, Iocanã continuou como se estivesse cativo de um êxtase infinito, o rosto transfigurado. Os rapazes permaneceram olhando para ele sem se moverem nem perceberem a partida das visitas. Finalmente, Saul ouviu-os soltar um grito tremendo:

— Ouve, Ó Israel! O Senhor nosso Deus, o Senhor é Único!

O carro partiu rapidamente para Jerusalém e o ar do deserto esfriou. Saul ficou muito tempo calado. Depois disse:

— Não compreendo esse homem estranho. Não sei de quem ele fala. Ele repetiu as palavras de Isaías. Entretanto...

José respondeu e Saul mal acreditou ter ouvido aquelas palavras:

— Ele conhecia esta hora desde o ventre da mãe. Como Sara, Isabel era muito velha quando o teve, muito após os anos de fecundidade. Seu pai, Zacarias, foi um velho sacerdote e no Santuário do Templo um anjo lhe disse que sua mulher iria ter um filho e ele não acreditou. Isabel ficou curvada, enrugada, e seu cabelo embranqueceu como as penas de uma pomba. Por não ter acreditado, foi castigado com mudez. Mas de fato aconteceu que Isabel deu à luz, a criança robusta recebeu o nome de Iocanã e quando os homens vieram beijar a barba de Zacarias, sua voz foi devolvida e ele agradeceu a Deus. Mas de suas palavras de regozijo não posso falar, embora as conheça. Peço-lhe, Saul, que não me faça perguntas. A hora ainda não chegou. — Cobriu-se com o capuz e o assustado Saul viu que ele estava chorando, mas ignorava o motivo. Saul meditou, com incredulidade crescente, sobre o que ouviu e viu naquele dia, tudo parecendo-lhe, finalmente, um sonho num deserto arruinado, Iocanã um louco e o instruído José de Arimateia um iludido por um matuto do deserto que, provavelmente, era capaz de lançar maldições e tinha dentro de si um demônio.

❖ ❖ ❖

Capítulo 17

— Temos uma lenda — disse Hillel ben Borush ao seu velho e agora decrépito amigo, Reb Isaac.

— Quando um judeu não teve uma lenda? — perguntou o antigo rabino, encolhendo os ombros.

Mas seu olhar foi mais bondoso que suas palavras. Ficou muito assustado com a aparência de Hillel, pois embora tivesse cinquenta e sete anos, parecia mais velho, curvo, esquelético e a barba branca adquirira um brilho prateado que o fazia assemelhar-se a um profeta. Estavam sentados na biblioteca do rabino e um vento gelado descia das montanhas cor de violeta, o jardim estava murchando e o inverno avançando sobre a terra. Ali dentro estava muito quente, pois os velhos ossos do rabino exigiam agora calor, que era fornecido por dois braseiros colocados no chão de pedra e um cobertor de pele sobre seus joelhos. Cortinas de lã protegiam as janelas e estava soprando um vento áspero.

— Temos uma lenda — repetiu Hillel, como se o rabino não tivesse falado. — Quatro homens foram a um grande banquete para o qual tinham sido convidados. Um fora de má vontade, mas havia sido convidado pelo rei e não podia recusar. Tinha pouco apetite para os pratos ricos e temperados e para o vinho e teria ficado satisfeito com um pouco de pão, queijo e leite. Era um homem em quem os fluidos da vida não corriam fortes. O segundo comeu com bastante apetite, que, no entanto, era grosseiro; como não fosse muito inteligente, não usufruiu a conversa erudita em torno dele. Ficou entediado. Pensou com saudade nas suas dançarinas ausentes. Assim, sentiu-se insatisfeito, ofendido, bocejando, nada encontrando de interesse à sua volta. O terceiro divertiu-se e esperou que o banquete continuasse até o amanhecer, pois os pratos eram deliciosos, o vinho inebriante e lamentou que aquilo finalmente acabasse, ficando triste em certos momentos ao pensamento da rápida passagem daquelas delícias.

"E o quarto homem ficou satisfeito por ter sido convidado para o banquete e agradecido ao seu real anfitrião, pois tudo em volta dele era beleza, música, vistas majestosas, que comoviam sua alma. As carnes, as frutas, os pães, o vinho permaneciam agradavelmente em seu paladar. Suas reflexões excitaram-se com a troca de ideias e sua mente ficou acesa, participando da conversa com estranho prazer. Não lamentou por aquilo ter de acabar. Sabia que teria, mas era suficiente sua permanência momentânea. E sua gratidão ao anfitrião aumentou muito com isso. Sentiu-se realmente acolhido pelo mais solícito dos amigos e seu coração transbordou.

"Ora — disse Hillel, olhando o velho rabino de soslaio —, o primeiro homem, que não tinha muita inclinação pela boa comida, nem mesmo a reconhecendo como tal, resolveu pedir licença para sair. O rei ficou triste, mas deu-lhe permissão. O segundo estava farto, pois tinha comido e bebido demais, bocejava de enfado, não ouvira a música nem ela lhe interessava e queria dormir. Também ele pediu permissão para partir e o rei, ficando ainda mais triste, consentiu. O terceiro protelou, na esperança do banquete não terminar, olhando à espera de novos prazeres nos pratos e mãos dos criados, embora seu rosto começasse a demonstrar cansaço e suas mãos tremessem de fadiga. Ficou olhando entre as colunas, temendo ver a manhã. O rei, observando-o, suspirou e disse-lhe: 'Meu hóspede, já é tarde. O senhor deve partir.' O convidado tentou protestar, mas o rei, gentilmente, fez-lhe ver que precisava erguer-se e partir, o que ele fez, chorando, embora exausto.

"Mas o quarto homem — prosseguiu Hillel — foi subitamente atacado por uma sensação de pena e vazio, deixando de se interessar pela música ou pelos sorrisos dos amigos, desejando apenas deitar-se em algum lugar escuro e silencioso, sem querer saber de mais nada. A comida e o vinho haviam-se tornado repugnantes para ele. Seu desejo desaparecera sem que ele soubesse por quê. Uma enorme solidão o envolveu, uma sensação de abandono e de nada mais desejar, não, nada mais no mundo inteiro, nenhum prazer, e ficou desolado. Sentiu uma dor no coração. Ao sentar-se no sofá, achou que ela estava acima de suas forças; perdeu a fala. 'Estou empanturrado. Comi demais', pensou. 'O banquete tornou-se intolerável para mim.' O vinho sabia-lhe a vinagre. As vozes dos amigos doíam em seus ouvidos. 'Nada mais desejo', pensou, imaginando se o rei iria achar descortês se ele pedisse para retirar-se. Tudo havia perdido cor, beleza e significado para ele.

"Foi então que o rei olhou-o e disse: 'Seus três amigos já foram. Deseja também retirar-se?'

Hillel calou-se e seu rosto encovado estava cinzento, com os ossos sobressaindo entre a barba.

O rabino contemplou-o.

— Acho que compreendo — falou. — O rei convidou seus súditos para um banquete, divertindo-se em sua companhia. Porém em nada tinha na alma com que corresponder, ou teria atenuado sua reação com um comportamento modesto e a recusa de olhar a beleza da vida à sua volta, uma vez que tinha perdido a capacidade de vê-la. Por isso deixou o banquete cedo. O segundo tinha-se empanzinado cedo demais, comera vorazmente e assim quando não conseguiu comer mais, não ficou quieto e contemplou a graça em torno dele, pois todos os seus apetites tinham sido grosseiros na vida e acreditava que, uma vez empanzinado, só lhe restava partir, com o prazer do corpo e não da mente e por isso não ouviu conversa nem sabedoria. Assim, para que permanecer?

"O terceiro homem temia o fim do prazer, pois saboreara a vida descuidadamente, usufruíra o banquete real e não podia ter-se agarrado bastante à existência nem vivido o suficiente, embora estivesse paralisado e precisasse de descanso. Temia a manhã porque esta significava o fim do banquete e porque nada tinha para ele. Por isso chorou quando o rei se compadeceu e sugeriu-lhe que partisse para onde pudesse deitar e descansar, ele que odiava repouso e tranquilidade.

— Sim — disse Hillel, em voz quase inaudível.

O rabino fixou nele seus olhos velhos, mas ainda agudos.

— E o quarto homem, grato ao rei pelo convite para o banquete, tendo se divertido nele, e se encantado com o gosto, cheiro, tato, som e visão, a princípio pensou que o banquete era delicioso e sua gratidão aumentou, adorando o rei por sua extrema bondade. Mas uma nuvem e uma angústia o envolveram, escurecendo sua vista. Mas relutou em pedir ao rei que lhe permitisse partir, pois não desejava parecer ingrato, apesar de tudo ter-se tornado enevoado, penoso e cansativo para ele. Contudo, o rei apenas lhe perguntou: "Também deseja retirar-se?"

— Sim — repetiu Hillel e curvou a cabeça como que para esconder as lágrimas.

O rabino meditou.

— Qual foi a resposta que você acha que o convidado deu ao rei?

— Não sei — sussurrou Hillel. — Mas ele sabia que não podia ficar mais e interiormente rezou para que o rei lhe dissesse: "Vá e descanse."

— Vamos admitir — disse o rabino, com o coração cheio de compaixão — que o rei tenha dito ao convidado: "Sua companhia me agrada e quero que se demore; assim, fique comigo e não me peça para ir embora. Sei que está cansadíssimo. Sei da tristeza em sua alma e sou o único que sabe. Mas o convidei e sei por que o fiz. Portanto, fique."

Hillel ficou calado. O rabino cofiou a barba.

— O grande Rei — prosseguiu o rabino — sabe por que convidou Seus filhos para o banquete e ficou triste quando o primeiro não gostou, por culpa exclusiva do convidado, sentiu por que o segundo apenas pensou em comer e depois, com ingratidão, nada mais quis, nem mesmo Sua companhia. O terceiro, sem conter-se, demorou demais, pois tinha medo e vivera apenas para o prazer e para a satisfação do eu, mas seu prazer era somente o de um animal e não o de um homem. Assim, por pena, o Rei liberou-o.

"Quanto ao quarto homem — prosseguiu o rabino, em voz grave e baixa, o Rei quis que ele permanecesse um pouco mais fazendo-Lhe companhia. O Rei não obrigou. Apenas pediu: era demais concordar com o pedido até Ele ficar satisfeito e depois solicitar-lhe que partisse?

Hillel sobressaltou-se.

— É apenas uma lenda — disse e seus olhos pareceram poços de grande sofrimento. — Eu estava contando uma parábola, uma fantasia.

O rabino balançou a cabeça.

— Conheço todas as lendas, todas as parábolas já contadas pelos homens. Esta eu não conheço.

— Por que o Rei, por piedade, não liberou o último homem? — perguntou Hillel e seus olhos queimavam nas órbitas.

— Talvez porque Ele seja piedoso. Ele é o Rei. Conhece Seu banquete. Tem Seus motivos.

— Os quais não compreendo — disse Hillel.

O rabino suspirou.

— Você viveu e não descobriu que é impossível para o homem compreender Deus?

— Nada tenho em casa — disse Hillel, como se não tivesse ouvido a pergunta do rabino. — Nada me espera. Não me fale — pediu numa cólera súbita — de homens que têm menos e sofrem mais, dos desabrigados e dos que agonizam com doenças, dos perdidos e de todos os infelizes, que são uma legião! Têm sua própria dor e porque continuam no banquete não significa mais nada para mim! Sei apenas que quero sair, que não posso mais esperar a dispensa! — Apertou as mãos. — Não posso mais esperar!

— Por que ninguém o quer, ninguém o ama muito nem o conserva em seu coração?

Hillel virou a cabeça.

— Talvez não seja isso. Não me faça mais perguntas, meu amigo. Mas garanto-lhe uma coisa: jamais entreguei meu coração levianamente e quando o dei, ele foi desprezado. Foi uma traição da alma. — Levantou-se. — Deus me abandonou. Sinto isso na carne, apesar de você falar em banquetes e do pedido do Rei para que eu fique. Ele não pediu. Já foi embora e vejo sobre a mesa apenas molhos frios, vinho choco e pão comido pelos ratos. Não posso adiar mais.

O rabino compreendeu que aquela era uma velha história, pois ele era velho, mas os meandros do sofrimento humano nunca deixaram de comovê-lo. Contudo, sempre adotava um ar severo e uma atitude de advertência, que habitualmente eram suficientes. Falou:

— Um homem que abandona... o banquete... antes que o Rei o dispense joga degradação e desespero sobre os que o amam, pois consequentemente se censuram, indagando-se o que poderiam ter feito ou não, que pecado cometeram, que amor deixaram de dar inteiramente ou que aparente indiferença demonstraram, que negligência, levando o sofredor a afastar-se deles silenciosamente e entrar nas trevas eternas. Que alma compassiva pode suportar a dor dos que deixou para trás? Na verdade, seria monstruoso.

— Você continua não entendendo, Reb Isaac — disse Hillel, mantendo-se a distância, meio prevenido. Seu ar era o de um homem fraco demais para continuar suportando uma responsabilidade. — Sou incapaz de obrigar-me a sentir qualquer coisa agora ou de ter alguma emoção. Sei apenas que ver outro dia, outra tarde, outra noite é uma fadiga insuportável que me angustia. Banhar-me, respirar, jantar, beber, vestir roupas e calçar sapatos, falar, dar ordens, decidir sobre o assunto mais insignificante, sorrir quando isso é esperado e mesmo dormir sabendo que terei de acordar tornaram-se acabrunhantes demais para mim. Uma coisa habitual não é mais feita sem pensar; cada tarefa costumeira. por mais trivial que seja, exige uma enorme atenção que não mais posso dar.

Virou-se e seu rosto encovado e atormentado pareceu horrível ao velho rabino.

— Não me fale da perda do meu lugar no mundo futuro, de ser atirado nas trevas, de insultar o Rei! Perdi a fé. Perdi o que iluminava minha vida e já são passados muitos anos. Não culpo ninguém, mas apenas minha própria fraqueza, de ter acreditado no amor. É possível que não seja nem isso o que me angustie agora. Antes tive esperança.

— Então? — disse Reb Isaac.

Hillel abriu os braços sem falar. Após uns momentos, disse:

— Não tenho esperança. Foi um sonho, desde o começo. Já lhe falei da Estrela que o marido da minha prima Ana bas Judá viu numa noite de inverno sobre Belém, alguns anos antes do meu filho nascer. Tive sonhos. Sonhei que a Estrela marcava o nascimento de Messias, mas não era verdade. Ele teria hoje uns trinta anos, haveria alguns nesta pequena nação que O conheceriam, Ele certamente teria visitado Sua cidade, Jerusalém. Mas meu filho Saul nada me escreve sobre isso e parece espantado com minhas perguntas escritas. Meus amigos, Rabban Gamaliel e José de Arimateia, com certeza saberiam se Ele estivesse aqui. Nada me disseram e apenas sorriram estranhamente para mim quando falei com eles em Jerusalém. Temo que me considerem louco, e concordo. A ideia do Messias era meu conforto através de muita tristeza e solidão, mas esse conforto era falso e comi pão cheio de vento e bebi água salgada que não matou minha sede.

— Você não é o único cuja alma clama pelo tardio Messias, bendito seja Seu Nome — disse o rabino, franzindo o cenho. — Quando eu era mais moço, tinha a certeza de que estaria vivo quando ele vivesse na Terra. Estou desapontado. Sei apenas que Ele virá, se não amanhã, então num outro amanhã. Ele certamente virá!

— Não está escrito que a esperança adiada torna o coração enfermo? — perguntou Hillel, com a voz fraca de um moribundo. — Mas atualmente não quero nem mesmo desejar ter esperança. Não me importo mais.

Sem sequer se despedir, deixou o velho amigo. O rabino, num turbilhão de pensamentos angustiados, ficou muito tempo ali. O desespero de todos os homens, pensou. Todos os homens inteligentes às vezes amaldiçoam o dia em que nasceram, como fez Jó, e desejam a morte. Mas suportam. É possível que Hillel ben Borush tenha uma enfermidade física, que está sugando sua esperança, a qual ele não conheça. Preciso consultar os amigos dele.

Então, o rabino subitamente lembrou-se de que os amigos de Hillel se lamentavam com ele por verem-no cada vez menos e que quando o encontravam ficavam perplexos pelo seu ar ausente e desinteressado. Durante muito tempo não foi visto na sinagoga. Não aceitava convites. Os dirigentes da comunidade judaica diziam que suas contribuições eram tão prontas e generosas como antes. Mas não o viam pessoalmente e sim a seus mensageiros.

— Meu Deus! — disse Reb Isaac alto, consternado. — Um homem está morrendo de ansiedade e desespero diante de todo mundo e ninguém vê! Como estamos cegos! Deveria estar claro para mim, quando visitei Hillel, que não havia ninguém em sua casa, embora antigamente vivesse cheia de amigos, e sua única companhia era aquele grego patife, seu ex-escravo... Aristo? Aristo. Ouvi dizer que ele agora está rico e que seus produtos partem para longe em caravanas, graças a Hillel, que o libertou e recompensou, de acordo com a Lei. Preciso escrever-lhe e pedir-lhe seu auxílio.

O orgulhoso sentia-se amargurado por ter de escrever a um ex-escravo e gentio para implorar sua ajuda, a fim de salvar um nobre membro de uma família judia. Mas escreveu a carta imediatamente e mandou-a por um criado. Ficou meditando, orando e se recriminando; depois encheu um cálice de vinho fazendo caretas enquanto bebia — apesar de ele ser excelente —, asseverando repetidamente que Hillel era um judeu religioso demais para provocar sua própria morte e que uma enfermidade do corpo ou sua idade eram as responsáveis. Ao pôr do sol, recuperou um pouco de tranquilidade, pois acreditava que, no fundo, os homens eram sensíveis e repudiavam a morte, mesmo o mais desesperado, e assim saboreou seu jantar.

Aristo estava no seu viçoso e extenso bosque de oliveiras quando um escravo — agora possuía quatorze — levou-lhe a carta de Reb Isaac. Leu-a incredulamente, à luz fria e fraca de uma tarde outonal. Era uma carta muito misteriosa. O rabino a escrevera com obscura e rígida formalidade. Hillel ben Borush estava de ânimo triste; estava dominado pela melancolia. Uma angústia apossara-se de sua alma.

Como se eu não soubesse disso!, pensou Aristo.

O rabino prosseguiu dizendo que ficaria grato se — Ah!, disse Aristo alto, com um sorriso irônico — Aristo se dignasse ir à casa do nobre Hillel ben Borush naquela noite e conversasse com ele, incutindo-lhe ânimo.

A carta era o primeiro indício de que Reb Isaac tomara conhecimento da existência de Aristo, pois nunca haviam trocado uma simples palavra ou cumprimento, ou se encontrado frente a frente nem reconhecido a presença um do outro. Como devia ter-se violentado para dar aquele passo!, pensou Aristo, divertido. Imaginou o orgulhoso velho escrevendo com sacrifício a carta a um ex-escravo — de modo implícito confessando que ocasionalmente sabia da sua existência — e ficou mais divertido ainda. Depois, parou de sorrir. Sentou-se na relva seca e ficou olhando as ovelhas que se espalhavam pelo bosque na sua eterna simbiose com as oliveiras, e refletiu.

Um grego não considerava a morte desejada e voluntária como vergonhosa nem criminosa. Nem os romanos, os egípcios ou qualquer outro povo sensato. Quando um homem decidia já ter vivido demais, ou a vida ter-se tornado insuportável ou desonrosa para ele, sua família e os amigos consideravam sua partida como uma libertação do que o afligia além da sua capacidade de suportar. Só os animais irracionais sofriam o que havia de pior na vida e a ela se agarravam. E judeus, evidentemente. Aristo balançou a cabeça. Judeus estavam além da compreensão. Consideravam a vida sagrada, até a própria, e mesmo quando padeciam de sofrimentos insuportáveis. Mas a vida não era sagrada, a menos que tivesse uma finalidade, um objetivo, e fosse o mais plácida e alegre possível. O próprio Aristóteles estabeleceu os limites nos quais um intelectual pode ser chamado a tolerar a vida.

Hillel ben Borush estabelecera seus limites. Por que alguém, mesmo um amigo que gostava muito dele por suas virtudes devia contrariá-lo? Era uma impertinência, um insulto vulgar, uma intromissão, um ultraje. Um homem conhecia seu próprio íntimo, sua capacidade de sofrer, seus motivos e apenas um bárbaro vil, na sua ignorância, poderia discutir com outro homem.

Então, Aristo pensou em Saul, seu amado aluno, franziu o cenho e comprimiu os lábios. Saul era judeu e os pensamentos dos judeus eram estranhos e impossíveis de entender. Saul poderia não concordar com Aristóteles nem com seu velho preceptor e tinha uma profunda afeição pelo pai... a quem no entanto jamais compreendera. "Por que não o deixam em paz e lhe desejam um porto seguro?", perguntou-se Aristo, passando os dedos esguios nos cabelos eriçados, agora totalmente grisalhos. Depois, esfregou as mãos nos joelhos ossudos, sacudiu a relva das roupas e levantou-se, um homem alto, ágil, tão flexível quanto um rapaz, apesar de ser mais velho que Hillel ben Borush. Seus inquietos olhos negros ainda eram brilhantes e vivos como os de um jovem, mas agora estavam semicerrados, no esforço de pensar. Atirou a capa sobre os ombros e partiu a pé para a casa de Hillel ben Borush.

O sol estava se pondo numa gloriosa luz dourada, as montanhas cor de violeta ameaçavam cair sobre o amplo e fértil vale, como sempre, e o rio deslizava com um brilho dourado. Aristo caminhou rápida e firmemente pela estrada, imerso em profundos pensamentos. Ele sabia que Hillel estava sofrendo de um mal espiritual ou corporal em silêncio havia muitos anos, porém sentia-se um tanto constrangido para fazer-lhe perguntas. Mas visitara Hillel muitas vezes, levando-lhe frutas frescas do seu próprio pomar ou algumas guloseimas gregas das quais Hillel parecia gostar, ou azeitonas em azeite, temperadas com alho e outros acepipes gregos. De que tinham conversado nas tardes e noites? Sobre os filhos de Hillel, sobre o tempo ou alguma obra recém-descoberta de Filo, ou discutiam obscuros pensamentos filosóficos. Mas ultimamente Hillel mergulhava em extensos silêncios e muitas vezes Aristo ia embora sem que ele percebesse.

Aristo chegou à casa de Hillel e foi informado pelo supervisor que o amo ainda não tinha voltado dos jardins. Atravessou a casa com Aristo e este entrou sozinho nos jardins. A luz era difusa, uma leve mistura de rosa e ouro, com um forte perfume de outono no ar, produzido pelas árvores, e as folhas sussurravam secamente. Todavia, os vermelhos caminhos de saibro estavam limpos como sempre, as fontes entoavam suas frágeis canções, as estátuas brancas erguiam-se entre tardias moitas floridas, a ornamentada ponte preta atravessava o tanque, contorcendo-se com seus dragões e serpentes, projetando-se contra um céu profundamente dourado.

Aristo piscou e olhou em torno, para os bancos de mármore, vazios, para a ponte refletindo-se na tranquilidade verde da grande lagoa, para os cisnes-negros e os absurdos patos chineses, para os cisnes-brancos e os pavões, que ruflavam suas penas vigilantes. Aristo não viu ninguém. Pensou que Hillel não estava lá pois não havia ruído, movimento nem recepção. O grego esperou. Gritou uma ou duas vezes "Amo! Amo?". Sua voz ecoou em vão no silêncio.

Não houve resposta. Aristo hesitou. Penetrou mais no jardim. Não havia sinal de Hillel. Foi até a ponte, meditando. Caminhou até o cimo do arco e debruçou-se em sua amurada baixa. Olhou a água verde, sem ondas. Mesmo os cisnes não a agitavam.

Aristo teve um leve sobressalto. Depois, continuou a olhar a água, que naquele trecho dava para cobrir um homem e que brilhava ligeiramente com os últimos raios do sol. Aristo demorou-se muito tempo ali, olhando sem mover-se. Depois falou, com suavidade:

— Vá em paz, querido amo. Que seu Deus o olhe mais bondosamente do que suspeito que Ele desejará e que se lembre não haver homem mais virtuoso que o senhor, nem mais amável, terno e justo. Que o senhor encontre, nas Ilhas da Felicidade, o que merece e que não encontrou na vida. Adeus.

✦ ✦ ✦

Capítulo 18

— Não, senhor, o senhor não pode enviar esta carta — disse Aristo a Reb Isaac, a cuja casa fora chamado. — Saul ben Hillel é uma pessoa extremamente sensível. Sua carta possivelmente o destruirá e ele não deve ser destruído.

Reb Isaac, na sua dor, remorso e temor pela sorte eterna de Hillel ben Borush, quando fosse chamado perante um Deus severo para prestar contas do seu ato mortal, tinha escrito uma carta onde, contraditoriamente, deplorava o fato. Censurou Saul por sua evidente indiferença e desconsideração com o pai, o mais bondoso e terno de todos, fazendo com que este se matasse: era um julgamento da sua negligência e egoísmo filial. Filhos que amavam os pais e o demonstravam, jamais teriam tal tristeza. Mas os pais deixados sós e abandonados numa casa vazia eram frequentemente levados, por sua mente atormentada pela ânsia e saudade, a esse ato e uma porção imperdoável dele jazia eternamente nas almas dos filhos negligentes. Quem, perguntava Reb Isaac, nessa carta impregnada de amargura, teve um pai melhor que Saul ben Hillel? Um pai que nunca se queixou da indiferença dos filhos? Não, ele foi terno demais para isso. Apenas sofreu. Reb Isaac não invocou exatamente imprecações religiosas sobre a cabeça de Saul, mas dava essa impressão. O pergaminho estava manchado pelas suas lágrimas idosas.

— É uma carta injusta — disse Aristo ao velho rabino, cujos olhos estavam vermelhos. — Saul amava o pai. E Séfora, aquela jovem e bela matrona, também. Conheci-os bem. Também conheci Hillel ben Borush muito bem, muito mais que a maioria dos seus... amigos. Desconfiei há muito tempo de suas intenções.

Reb Isaac olhou-o furiosamente com seus candentes olhos negros.

— E não procurou convencê-lo de que precisava viver? Você, que tinha mais motivo que a maioria para honrá-lo e ser-lhe grato?

— Foi por esse motivo que não tentei — respondeu Aristo. — Senhor, não podemos concordar nesse assunto, pois nossas filosofias diferem. O que eu compreendo, o senhor não entende. O que para o senhor é crime contra seu Deus, não o é para mim. Nem para milhões de outros. Não pedimos para nascer. Mas podemos escolher quando morrer, pois certamente um homem tem dignidade! O senhor acredita em uma vida depois desta. Eu não, embora deseje ao meu querido velho amo uma existência de felicidade. Como disse Sócrates, não se deve temer a morte, pois é apenas um sono eterno e o sono não é agradável? E se há vida após a morte, não pode ser pior que esta. Tenha piedade. Não envie esta carta a Saul nem a Séfora bas Hillel. Procurarei Saul pessoalmente e lhe direi...

— O quê? — exclamou o rabino que, agora, enxugou às claras as lágrimas recentes.

— Que seu pai esteve doente durante muito tempo. O que, o senhor tem de concordar, é verdade. Que ele não desejou angustiar e assustar os filhos e por isso evitou informá-los. O que também é verdade, embora eu o veja agora balançando a cabeça. Por isso, quando estava no jardim, calmamente debruçado na ponte, foi tomado por um violento tremor, uma última vertigem, um desmaio, e caiu na água. Seu rosto, visto no lago, estava tranquilo e imóvel — e estava — e, consequentemente, ele não soube estar morrendo e por isso não lutou. Acreditamos, direi a Saul, que morreu ainda antes de tocar a água. Peço-lhe, não continue a balançar a cabeça. Pois o fato é que Hillel ben Borush morreu há muito, muito antes daquela tarde definitiva, na tranquilidade dos seus jardins.

— Sofismas — disse o rabino. — Vocês, gregos, vivem cheios de sofismas.

— Um sofisma é melhor que uma verdade cruel — replicou Aristo, esboçando um sorriso. — E conhecemos a verdade? Não. Ela jaz no coração de Hillel ben Borush, ao abrigo de olhares alheios.

— Então, por que não pode dizer a Saul, você, que é tão amante de sofismas, que Hillel morreu tranquilamente na cama e não no lago?

— Pelo fato de o mundo estar cheio de línguas ferinas. Não podemos ter certeza de que um dia, um visitante de Jerusalém, que conheça Borush e Saul, não vá dizer a este que seu pai foi encontrado no lago. Nós... precisamos ser discretos. Não diremos a ninguém o que sabemos e assim Hillel repousará ao lado da mulher, sem mancha. Mas Saul tem imaginação. Se eu lhe mentir e disser que seu pai morreu na cama e ele mais tarde souber que lhe menti, então terá a certeza de que o pai cometeu suicídio e que eu só quis poupá-lo. Não ficará agradecido e a partir daí sua vida será um sofrimento só. É isso o que deseja o senhor, seu velho mentor?

O rabino ficou em silêncio e as lágrimas tombaram dos seus olhos, embebendo-se na barba branca. Então falou, com voz rouca:

— Agora posso compreender como vocês, gregos, seduziram nosso povo em Israel, com seus sofismas e seus argumentos inteligentes.

Aristo deu uma risadinha.

— Deseja que eu lamente isso? Não. Estou satisfeito. Ouvi dizer que seus profetas eram homens sombrios, sem alegria de viver, com apenas palavras de destruição e de advertência, de ameaças de castigo e outras coisas desastrosas. Soube que essas coisas assim profetizadas se realizaram. Mas para que devem os homens ficar apreensivos por antecipação? Todos os homens não erram e desejam as coisas boas da vida? É a sua natureza. Senhor, peço-lhe... estou vendo as palavras em sua língua: não me fale do objetivo dos profetas e do semblante ameaçador do seu Deus. Cansei de ouvi-lo de Saul, que se esforçou para me converter. O senhor e eu temos diferentes pontos de referência, que nunca se encontrarão. Mas numa coisa podemos concordar: os deuses amam os homens misericordiosos.

— Ele está cheio de misericórdia — disse Reb Isaac e sua voz vacilou.

— Então eu O admirarei — retrucou Aristo. — Escreva outra carta a Saul e a levarei. Nunca estive em Israel, embora meus produtos atravessem aquela nação nas caravanas. E desejo rever Saul.

— É uma coisa terrível para mim — disse Reb Isaac — que Hillel me tenha dito, na tarde em que morreu, que havia perdido a fé em Deus.

— Então, talvez essa fé tenha sido restabelecida — falou Aristo, sorrindo.

— Isso deve tê-lo tornado feliz.

— Na Geena?

Aristo ergueu os olhos para o céu.

— O senhor está traçando os limites da misericórdia do seu Deus e tornando-O menos compassivo que um homem? Não é isso o que o senhor chamaria de presunção?

Reb Isaac estendeu o braço sobre a mesa e pegou pergaminho e tinta.

— Escreverei a Saul uma carta que agrade a você.

Lançou um olhar amargo e carrancudo ao grego, mas Aristo ficou satisfeito.

Aristo comprou passagem no navio mais rápido e de saída mais próxima para Israel, levando uma carta alentadora de Reb Isaac e outras dos advogados de Hillel, pois o morto havia deixado propriedades consideráveis, que precisavam ser arroladas.

Encontrou no navio um amigo grego, um tal Télis, expansivo, esperto e cínico, que possuía uma casa em Jerusalém e propriedades na Cilícia. Era um companheiro divertido e disse a Aristo ter passado mais de um ano em Tarso e Roma. As artimanhas dos políticos, disse a Aristo, eram um divertimento sem fim. Traçou um quadro perturbador dos problemas de Roma, às voltas com a bancarrota nacional, a insuperável dívida nacional, guerras, insurreições nas ruas, conflitos e a exigência cada vez maior da ralé romana de novos e abusivos divertimentos, moradia, alimentos e presentes.

— A Grécia também está decaindo por causa de doenças semelhantes — observou a Aristo — e a República Romana virtuosamente comentou esse fato, principalmente um historiador, Salústio, e Cícero, a quem admiro. Nunca, disse Cícero, deve Roma atingir tal depravação — a nossa — nem essa falência, com o governo sendo um mero escravo das ralés ululantes das feiras. Nem Roma, esperava Cícero, chegaria a ser tão venal, lasciva, corrupta e suntuosa. — Télis riu com vivacidade. — Mas tudo isso aconteceu a Roma, em escala muito maior que na Grécia, e no que me diz respeito, estou contente com a condição dessa nação de vendeiros!

Se Roma cair, levará com ela o mundo inteiro — disse Aristo, agradecido por possuir terra e dinheiro.

— Que mundo! — resmungou Télis, com o rosto avermelhado e manhoso coberto de milhares de rugas provocadas por sua hilaridade cínica. — Tenho mais de sessenta anos e acho este mundo infinitamente divertido, por ser fraco, medroso, chorão, sovina, exigente, temeroso do governo, descuidado com a história e suas advertências, brutal, sentimental e sujo com uma infinidade de crimes corporais e espirituais!

— Sempre foi e sempre será assim — disse Aristo.

— Meu amigo, concordo com você. — Télis era tão alto e moreno quanto Aristo, porém sob sua tez havia uma palidez peculiar. — Sou cético — continuou, coçando o rosto pensativamente, enquanto ambos se debruçavam na amurada do navio, olhando para o mar e para o céu. — Também não sou supersticioso como os romanos. Não é divertido como enfeitam seus pescoços com amuletos de Delfos e outros santuários, tanto gregos como romanos e mesmo egípcios, e sabem os deuses de mais onde? Se um oráculo num santuário lhes diz que devem usar uma ferradura na cabeça, eles desferrarão todos os cavalos do mundo e uma ferradura passará a valer seu peso em ouro. Os romanos já desvalorizaram seu dinheiro para enfrentar suas dívidas, outro sinal de colapso iminente, e estão usando cobre. Alguém poderá, sem medo, espalhar o boato de que ferraduras garantem a quem as usa uma vida inteira de sorte, as mais belas mulheres, festas, sucesso nas mesas de jogo. E os romanos poderão, então, usar o ferro como dinheiro, pois é mais barato que o cobre, e pronto! A maior parte dos seus problemas está resolvida.

— Por que não financiamos um santuário assim, contratando os melhores sacerdotes como oráculos? — perguntou Aristo, sorrindo.

Télis ficou meditando a respeito. Depois, falou:

— Já disse que não sou supersticioso. Há mais de um ano, tenho uma dor no lado direito e comecei a cuspir sangue de vez em quando. O episódio passou. Ignorei a dor, que aumentou com o passar dos meses e continuei minhas viagens. Quando cheguei em Roma, consultei um médico que me disse que eu tinha câncer nos pulmões e que meus dias estavam contados.

Aristo manifestou seu pesar, mas Télis fez um gesto com a mão.

— Voltei para minha casa em Jerusalém — prosseguiu — porque ouvi dizer que Israel fervilha de santos rabinos, que curam com um piscar de olhos, embora nunca tivesse visto um milagre desses. Insisto, não sou supersticioso e a maioria dos milagres é superstição. Mas ouvi um boato estranho, fora de Israel, de um amigo viajante. Havia surgido um outro santo rabino, disseram, saído da Galileia, e, numa visita a Jerusalém, num dos seus Dias Santos, curou um cego, desenganado, uma mulher com câncer, uma criança entrevada e, afirmaram, ressuscitou um jovem, cujo corpo estava sendo levado para o cemitério. Despertou muita inimizade e muito amor. Ouvi dizer que retomou durante um tempo para sua província. Estou com a intenção de procurá-lo. Vou encher-lhe as mãos de dinheiro honesto e não do dinheiro romano desvalorizado. Ora, por que não pode esse homem instalar um santuário para nós em Israel e fazer-nos uma fortuna?

— Uma excelente ideia — disse Aristo.

Desembarcaram no belo porto de Cesareia e Aristo viu que Télis estava cada vez mais fraco e pálido, apesar da sua natural animação e humor.

— Tenho amigos em Cesareia — disse ele a Aristo — e prometi visitá-los. Herodes Antipas construiu aqui uma bela casa para Pôncio Pilatos e eles o conhecem bem. Ouvi dizer que é um homem muito educado, apesar dos seus supostos excessos e brutalidade. Antes de eu sair de Israel, ele mandou crucificar centenas de jovens na Galileia, por desafiarem os cobradores de impostos e tentarem a derrubada da guarnição romana, chegando mesmo a atacá-la, rasgando seus estandartes e cuspindo neles. Ai, ai, isso me preocupa. — Sorria amargamente. — Os romanos têm problemas em todos os lugares, apesar da sua Pax Romana e do seu domínio do mundo. Devo desejar-lhes o bem?

Fez um gesto obsceno e Aristo riu.

— Deve-se ter pena deles por terem feito o que os gregos e outros impérios anteriores por toda a história fizeram — disse Aristo. — Pois seu fim será o mesmo.

Partiram para Cesareia, mas não antes de Télis, magnanimamente, ter dado um jeito de Aristo ser levado, à custa de muito dinheiro, para Jerusalém.

— Que é o dinheiro? — perguntou, piscando.

Aristo examinou o país de modo sensual ao ser conduzido a Jerusalém numa carruagem dourada, puxada por quatro cavalos brancos. Não achou extasiante porque era inverno e o ar estava gelado, as montanhas nuas cinzentas e os campos arrasados. As aldeias lhe pareciam insignificantes e os vales estéreis, pois estava acostumado com o viço do vale de Tarso, mesmo no inverno. Como grego, julgava-se superior a todos os outros homens e aqueles pobres judeus nos campos e as aldeias apontadas pareciam pertencer a um povo digno de pena e sem esperança, com seus rostos obstinados, reservados e preocupados. Viu as fortalezas romanas de tijolos redondos e quadrados, os soldados onipresentes e os farfalhantes estandartes de Roma. Havia a mesma coisa na Grécia, mas o povo os aceitava com sorrisos divertidos, com insultos engraçados, fazia um ótimo comércio roubado com os romanos, zombavam alegremente deles, de tal forma que os romanos eram obrigados a rir contra a vontade e portavam-se amistosamente. Tinha também admiração pela lendária glória e majestade da Grécia antiga e desejavam ser conhecidos como igualmente cultos. Essa postura divertia os gregos, que tiravam partido da situação.

Mas os judeus eram obstinados, pensando que seu orgulho e mitos os sustentariam, finalmente libertando-os dos romanos. Enquanto esperavam, desprezavam abertamente os romanos, lutando com eles inutilmente: um rato desafiando um tigre. Claro, havia os saduceus, sobre os quais Hillel lhe falara. Para Aristo, pareciam mais sensatos que seus camaradas judeus, mais realistas e, consequentemente, mais civilizados. Fazer negócio com o conquistador e roubá-lo na operação — diante de um ou dois cálices de vinho — era sensato e uma vingança sutil. A maioria dos judeus não compreendia ou não aceitaria. Por isso não eram inteligentes nem astutos e não tinham humor.

Aristo não ficou impressionado com Jerusalém, embora esta fosse o fervilhante centro comercial de relações entre o Oriente e o Ocidente, sempre cheia de caravanas. Mas não admirou a delicada austeridade de alguns templos gregos que viu e zombou dos romanos muito enfeitados. Achou o ar de Jerusalém triste, sombrio e muito denso. No crepúsculo, chegou à rica estalagem recomendada por Télis e gostou do seu quarto e da cozinha. A comida era uma mistura estranha das cozinhas judaica, grega, romana e egípcia, além de exótica, o vinho era excelente e Aristo pensou que podia suportar uma semana ou duas naquela cidade, retirando-se para uma cama macia, escutando por algum tempo o uivar dos chacais fora das portas. Encontraria Saul no dia seguinte. Como homem sensato, recusou-se a pensar no encontro e nas notícias que precisava dar. Naquela noite dormiria.

No dia seguinte, Aristo alugou uma biga com cocheiro, que o levou à rua dos Tendeiros. Era um quarteirão muito pobre, junto aos muros e ao lado da rua dos Queijeiros. Como a pele de cabra e o queijo tinham um cheiro penetrante, Aristo não achou agradável o ar. Tornou a ficar assustado com os hábitos e crenças estranhos dos judeus. Os filhos de ricos, que optavam ser rabinos ou professores, aprendiam um negócio humilde, pois não podiam aceitar dinheiro dos pais ou dos que ensinavam. Tinham uma crença revoltante na santidade do trabalho simples e ininterrupto, desprezavam os preguiçosos e falsos doentes, embora dessem livremente esmola aos infelizes.

A estreita rua dos Tendeiros era muito íngreme e mal calçada, embora limpa e pobre, com ambos os lados cheios de lojinhas onde as mercadorias toscas podiam ser compradas. Aristo viu o reflexo avermelhado de pequenas lanternas no interior, pois a luz do inverno mal chegava naquela rua, vendo também os velhos barbados e os jovens em suas lojas ou atarefados nos fundos. Tinham um ar de dedicação, apesar de homens consumidos pelo trabalho pesado, e isso deprimiu Aristo. Que gente essa, que acreditava no trabalho pelo trabalho, como se uma atividade pesada não devesse ser recusada e sim estimada!

Alguns apareceram nas portas de suas míseras lojinhas, para olhar a dispendiosa biga que sacolejava nas pedras, pois era evidente que apenas uns poucos iam lá comprar aquelas mercadorias tão humildes. Olharam Aristo, com sua luxuosa capa de capuz e suas botas trabalhadas, erguendo as sobrancelhas. Quando ele parou numa loja e perguntou pela de Saul de Tarso, o velho proprietário barbado foi tomado de espanto.

— Saul, Saul, Saul de Tarshish? — murmurou, incrédulo. — Quer falar com Saul de Tarshish? — O velho apontou para a parte mais baixa da rua íngreme. — Sua loja é a menor e mais pobre. Senhor, se deseja mercadorias melhores, eu as tenho.

Então, pensou Aristo, com ar malicioso, nosso Saul não disse àquelas pobres criaturas que é filho de uma das famílias mais nobres de Jerusalém. É bem típico dele, infelizmente.

— Ele tem um olho defeituoso e sua produção é malfeita — tentou o velho esperançosamente persuadi-lo. — Agora, senhor, se quiser me dar a honra, lhe mostrarei mercadorias esplêndidas.

— Não vim comprar — retrucou Aristo, educadamente. — Vim trazer notícias da família a Saul de Tarso.

Fez um gesto ao desdenhoso cocheiro e desceram a rua. O velho viu-os passar ainda mais espantado. Que família aquele impaciente, feio, afetado e solitário rapaz possuía, que mandava aquele homem vestido como um rei, numa biga dourada, dar-lhe notícias? O velho correu para dentro a fim de contar a novidade aos netos, balançando a cabeça.

— Ouvi dizer — falou um deles — que ele estuda com o grande Rabban Gamaliel.

Mas o velho recusou-se a acreditar.

A última loja era, realmente, a menor, mais escura e mais insignificante de todas e Aristo olhou entre as frestas para ver o vulto alto e atarefado sentado à sua frente. O grego ficou observando uns momentos, balançando a cabeça. Só vira Saul uma vez em onze anos, por ocasião da ida dele a Tarso, cinco anos atrás, e a mudança no homem de vinte e sete anos assustou-o. Estava esquelético e curvado, o cabelo hirsuto descendo pelo pescoço, o perfil forte de águia, o rosto encovado, a boca mais severa que antes. Estava muito branco pela falta de sol, muito trabalho e muito estudo. Rolos de tecidos de pelo de cabra jaziam em torno dele e o cheiro era repugnante. Suas mãos flutuavam. Seus pensamentos estavam longe. Sua vestimenta era a das pessoas mais pobres e as sandálias, naquela friagem, não podiam aquecer os pés, pois eram feitas de corda. Era evidente que ele desprezava sapatos, como os usados por Aristo. Uma lâmpada fraca, bruxuleante e fumacenta iluminava o local e Aristo, conhecendo o defeito visual de Saul, ficou assustado.

Saul, sentindo-se observado, ergueu os olhos com impaciência e os dois se encararam por cima do balcão de madeira que os separava, também amontoado de rolos de tecido. Saul piscou. Não reconheceu imediatamente o velho preceptor, mas levantou-se cortesmente, aproximando-se do balcão.

— Posso atendê-lo? — perguntou e era a mesma voz poderosa, cheia de dignidade e autoridade, da qual Aristo lembrava-se.

O grego ficou tão comovido e assombrado que não conseguiu responder. Saul aproximou-se, piscando, e a luz fraca brilhou naqueles olhos azuis metálicos, nas pestanas ruivas e nas narinas viris. Então, Saul parou de súbito, passando pelo seu rosto um ar de intenso espanto e incredulidade, fazendo-o gritar:

— Aristo? Aristo!

— Sim, sou eu, Saul — disse Aristo, intrometendo-se entre o balcão e a parede e entrando na apavorante lojinha.

Saul viu-o aproximar-se e então, com um grito estranho e abafado, atirou-se nos braços estendidos de Aristo, abraçando-o, agarrando-o e tentando rir, riso esse que foi mais um soluço seco. Encostou a cabeça no ombro de Aristo, este apertou-o contra o corpo e apressou-se a contar as notícias que trouxera.

— Aristo, Aristo — disse Saul, com voz sufocada. — Como estou feliz por vê-lo!

— E eu também, meu querido aluno — retrucou o grego.

Não era um homem emotivo, mas lutou contra as lágrimas.

Saul retirou devagar a cabeça do ombro de Aristo, olhou-o no rosto e ficou mudo, investigando com seus olhos brilhantes e inteligentes. Depois falou, calmamente:

— Você está me trazendo más notícias. — Sempre tivera muita intuição e estava mais perspicaz agora. Sua garganta contraiu-se. — Conte-me — falou.

— Você não teria vindo a Israel apenas numa viagem de recreio ou simplesmente para me visitar. É meu pai.

Aristo apertou-o mais nos braços.

— É, sim — respondeu.

Saul libertou-se do abraço e, lentamente, dirigiu-se aos fundos da loja. Disse, sem virar-se:

— Venha ao meu quarto, onde moro, e vamos nos sentar.

Apanhou uma faca afiada e Aristo ficou bastante assustado, mas acompanhou Saul até os fundos, escondidos por um pano comprido de pelo de cabra. O quarto era minúsculo, contendo apenas um catre baixo, duas cadeiras, uma mesa atulhada de livros, uma pequena arca com uma lâmpada em cima e um pequeno braseiro apagado, cheio de cinzas.

Saul sentou-se no chão. Em silêncio, dilacerou sua pobre vestimenta. Estendeu o braço para o braseiro, apanhou um punhado de cinzas e espargiu-o na cabeça. Depois, em silêncio, embora os lábios se mexessem, balançou-se para a frente e para trás, no velho ato de lamentação. Aristo sentou-se em meio àquela tristeza e miséria, sem poder, agora, evitar as lágrimas, não por Hillel ben Borush, mas por seu filho. Tirou o lenço perfumado da manga e o quarto encheu-se logo com a fragrância de rosas, quando Aristo enxugou os olhos e rosto, sem poder conter as lágrimas.

— Ele foi o mais nobre dos homens — disse Aristo —, o mais bondoso, o mais gentil, o mais terno. Alegre-se por ele ter sido seu pai.

Mas Saul continuou a balançar-se, acocorado, e os rasgões de sua longa túnica cinzenta revelaram seus braços finos, peito e coxas, e as cinzas escorreram para o seu rosto, misturando-se às lágrimas. E agora um levíssimo lamento surgiu de seus lábios, em hebraico. Apesar de Aristo não conhecer bem a língua, reconheceu o tom de dor e de oração.

O quarto escureceu ainda mais e Saul tornou-se um vulto indistinto. Imóvel, Aristo esperou, tremendo de frio, apesar de suas botas de couro, da túnica bordada de lã e da capa. Olhou em volta à procura de vinho, mas não havia. O gemido subia e baixava cadenciada, lamentosa e mesmo majestosamente, mas era horrível para os ouvidos do grego.

Finalmente, Arisco não pôde mais aguentar. Percebeu que Saul o esquecera, podendo portanto sair daquele lugar, sem ser observado nem notado. Mas não conseguiu partir, apesar do seu sofrimento. Além disso, tinha cartas para o rapaz.

Disse, com tristeza:

— Saul, Saul, estou aqui, seu amigo e preceptor, você sabe que o amo e sei que me ama. Somos homens. Tenho cartas para você e coisas que precisa fazer, apesar da tristeza. Você tem uma irmã e parentes que precisam ser informados.

O quarto agora estava escuro. Saul levantou-se, curvado e vagaroso como um velho, dirigiu-se à loja e, sem falar, entregou uma vela a Aristo, que compreendeu dever acendê-la no lampião da loja e, depois, com ela, acender o lampião na arca. Suspirando, ele o fez em silêncio. Saul voltou ao seu lugar no chão e recomeçou a balançar-se para a frente e para trás.

O pequeno lampião mal iluminava o quarto. Mas agora Saul estava olhando para Aristo e disse, em voz rouca:

— Conte-me.

Todavia, o próprio Aristo não conseguiu falar e assim deu ao rapaz a carta de Reb Isaac, que este escrevera ditada pelo grego. Saul inclinou-se e leu-a lentamente. Seu pai estivera doente durante muito tempo, mas não quisera que o filho soubesse nem ficasse assustado. Morreu tranquilamente no lago, onde caiu por causa de uma tontura. Foi enterrado ao lado da mulher, Débora. Não tinha sofrido, a não ser de fraqueza. Era possível que tivesse caído na água por ter falecido na ponte. Seu filho deveria dizer a *Kaddish* por ele no Sabá, é claro, durante um ano. Reb Isaac referiu-se com eloquência ao caráter e nobreza de alma de Hillel. O velho estava pesaroso, não por Hillel, que agora jazia no seio de Abraão, mas pelos seus filhos. Tinha a certeza de que Hillel não desejava que os filhos sofressem, mas que se alegrassem por ter o seu longo trabalho de viver terminado para ele e o levado à felicidade e à Visão de Deus, bendito seja Seu Nome.

"Na verdade, meu filho", escreveu o velho, "seu amado pai pôde a vida inteira dizer como Davi: 'Como é agradável Seu Tabernáculo, Ó Senhor dos Exércitos! Minha alma anseia, desmaia mesmo, pela mansão do Senhor. Meu coração e meu corpo clamam pelo Deus vivo! Sim, o pardal encontrou uma casa e a andorinha um ninho... Benditos os que habitam em Sua Casa. Eles ficarão louvando-O!'

"Assim viveu seu pai, ansiando pelo seu Rei e Deus todos os dias de sua vida carinhosa e agora não mais se lamenta nem anseia, descansando em paz. O Senhor dá, o Senhor tira. Bendito seja o Nome do Senhor! Ouve, ó Israel! O Senhor nosso Deus, o Senhor é Único!

Aristo comprimiu os lábios. Jamais entenderia esses judeus! Os deuses magoavam: por que motivo deveriam ser louvados? Prometeu foi um Titã mais nobre que este. Desafiou os deuses... e quem não o faria, pois não era a sina do homem sombria, desesperada e sofredora, sua alma bruxuleante até o fim, como uma lamparina na noite eterna? Então por esta sina, que comovia os poetas até as lágrimas, devia o homem alegrar-se? Deveria alegrar-se apenas quando morresse, pois ficaria finalmente livre da vida, quando as Parcas, com o corte dos laços da sua existência, o devolviam ao nada de onde veio.

— Saul — disse, você tem obrigações, como já lhe informei. Trouxe-lhe cartas dos advogados de seu pai. Você tem muitas propriedades e riquezas, meu Saul, e deve pensar em como proceder.

Saul levantou-se.

— Vou ao Templo — falou —, onde rezarei pelo repouso da alma de meu pai. — Parou, olhou para Aristo e então sua fisionomia inteira pareceu despedaçar-se. — Por que ele não me escreveu, chamando-me? Por que você não me contou? Eu correria imediatamente para ele! Oh, estou de fato magoado por não ter visto o rosto de meu pai moribundo e pedido sua bênção!

Aristo suspirou.

— Estou com a biga aí fora — disse.

Saul curvou a cabeça e chorou.

— Não, preciso andar.

Saiu da loja com as vestes rasgadas e as cinzas na cabeça e o lamento baixo recomeçou.

◆ ◆ ◆

Capítulo 19

Durante quatro semanas Aristo não viu Saul, pois eram os dias de luto da família. Portanto, o grego permaneceu em sua hospedaria. Não gostava das arenas romanas, de gladiadores e pugilistas. Perdera o desejo por mulheres, a não ser em raras ocasiões. Estava só em Jerusalém, cidade que o desgostava intensamente por seu ar taciturno e destino agourento de violência espiritual contida e silenciosa. Mesmo os soldados romanos eram menos amáveis aqui e andavam com a fisionomia sombria. Aristo conversou um pouco com os oficiais, foi convidado para alguns jantares e os retribuiu em sua hospedaria.

— Israel — disse um oficial, balançando a cabeça — está acima das minhas forças. Ninguém jamais compreenderá os judeus. Pôncio Pilatos, uma vez, num impulso de franqueza e generosidade, ofereceu-se para colocar uma estátua do Deus deles no templo de Júpiter, de forma a que Ele também pudesse ser reverenciado, mas teve de retirar precipitadamente o oferecimento, pois Israel inteiro prometeu insurgir-se, mesmo que morresse seu último habitante! Como um homem sensato pode compreender um povo assim? E que Divindade possuem! É um verdadeiro Plutão! Claro, sem uma encantadora Prosérpina. Na verdade, nem seu Deus nem o Céu dEle têm beleza e quem desejaria entrar lá?

Estremeceu.

— Eles O amam. Conjectura-se por quê — disse Aristo. — Não obstante, o senhor tem de admitir que o Templo deles é grande e encantador e que isso só é possível se o Deus não desprezar a beleza.

Aristo frequentou alguns teatros gregos e divertiu-se nos espetáculos. Mas já estava ficando entediado quando recebeu uma carta do seu amigo Télis, pedindo-lhe que fosse vê-lo em sua casa, pois havia voltado de uma viagem misteriosa a uma cidadezinha, possivelmente bárbara, judia, chamada Cafarnaum. Télis mencionou que se tratava de uma pobre aldeia comercial sem importância. Mas que ele, Télis, tinha uma história a contar! Aristo devia jantar com ele naquela noite.

Aristo ficou satisfeitíssimo. Vestiu-se com grande luxo, próprio a um homem de muitas terras, inúmeros bosques e muito dinheiro e lembrou-se que Télis lhe prometera apresentar-lhe ao seu corretor em Jerusalém, homem de grande talento. Por isso alugou uma liteira luxuosa, com cortinas de seda e almofadas fofas, sendo levado com grande pompa à casa de Télis. Sabia que, embora a maioria dos homens deplorasse a exibição de riqueza — especialmente se também fossem ricos e perdoassem a própria exibição —, tinha uma opinião má dos que se vestiam e viviam com simplicidade. Aristo tinha colocado no indicador direito sua enorme opala cercada de diamantes, um colar de esmeraldas no pescoço, braceletes com pedras, um cinto de ouro e sandálias enfeitadas com joias. Sua capa era tecida em ouro. "Sou um verdadeiro Zeus, resplandecente", pensou com satisfação. Queria lembrar a Télis que conhecia em Tarso corretores de grandes dons, que eram um poço de cultura. Tinha também corretores romanos e havia investido num navio. Claro, não havia contado a Télis que fora escravo e por certos gestos e entonações, Télis, sem querer, fez Aristo suspeitar de que ele já havia sofrido essa condição. Cavalheiros não contam coisas desagradáveis uns para os outros. Aristo deixara entrever que um querido amigo, o nobre Hillel ben Borush, lhe havia deixado um legado considerável — o que era bem verdadeiro — por gratidão, o que Aristo esperava fosse verdade.

A casa de Télis ficava ao sopé de um monte, extraordinariamente verde, com árvores e grupos de ciprestes; era um edifício grande e impressionante, de pedras brancas, com jardins e portões, e Aristo ficou devidamente impressionado. O sol estava-se pondo, deixando a casa toda rosada. Télis recebeu Aristo no pórtico, abraçou-o e sua voz era calorosa como se estivesse recebendo um amigo de infância que não encontrava havia muito. Seus modos eram altivos e exuberantes, seu passo rápido, seus gestos vívidos. Levou Aristo para o átrio, com coloridos tapetes persas, brilhantes murais, grande, imponente, magnificamente mobiliado com mesas de limoeiro, de ébano, cadeiras torneadas, incrustadas de marfim, de madrepérola, deslumbrantes, com almofadas de veludo de todos os matizes. Havia uma fonte no centro, de alabastro, um tanto indecente e depravada, mas lindamente esculpida, cujas águas eram perfumadas a lírios. Aristo cuidou-se para não manifestar uma admiração exagerada, pois provocaria o desprezo, como alguém inferior que nunca vira tal luxo.

Contudo, também era evidente que Télis esperava algum comentário, discreto, como o de um conhecedor, de alguém que sabia o valor dos tesouros. Por isso, generosamente, Aristo notou que esta ou aquela estatueta de bronze ou alabastro, num pedestal dourado ou de ônix preto, era certamente digna de um Zenão ou mesmo de um Fídias, e que as lâmpadas alexandrinas, de vidro púrpura ou carmesim, estavam entre as mais delicadas e graciosas que vira. Mesmo seu amigo, o nobre Hillel ben Borush, de Tarso, conhecido por sua soberba casa e valiosos tesouros, não possuía melhores que aqueles e todos sabiam que Hillel era um perspicaz colecionador de arte. Mandara emissários não só à Grécia e Alexandria, mas era ainda uma espécie de egiptólogo (que os deuses, se os houvesse, perdoassem a mentira, pensou Aristo, pois meu amo não era um homem da melhor posição?).

Concluídas as amenidades, Télis bateu palmas e o supervisor do salão entrou. Télis ordenou-lhe que dissesse à sua patroa, a Senhora Ianthe, que seu senhor e o nobre convidado, Aristo, estavam prontos para jantar. Enquanto aguardavam o chamado da Senhora Ianthe, saborearam um cálice de vinho no átrio, que estava agradavelmente aquecido.

— A Senhora Ianthe é sua mulher, Télis? — perguntou Aristo com alguma surpresa, pois Télis nunca lhe falara de uma mulher.

— Não. Minha filha. Viúva sem filhos, infelizmente, que mora comigo agora. Trata-me como uma mulher devotada e não rejeito o mimo, pois é minha filha única.

Aristo preferia a companhia de moças e mulheres jovens, ficando meio aborrecido ao pensar numa viúva de meia-idade, pois Télis tinha, pelo menos, sessenta anos, apesar de sua aparência viril e da cor nas faces e lábios, que não exibiu no navio. Aristo esperou que Télis observasse a "velha" ordem grega e que Ianthe não participasse do jantar, e então lembrou-se de como Télis rira das "velhas" mulheres judias, mantidas escondidas nas casas dos maridos.

— O que há de mais encantador que um lindo rosto num banquete? — perguntou. — As mulheres não são inteligentes, mas seus encantos merecem ser vistos.

Trouxeram vinho gelado e os cálices, enfeitados de folhas de parreira, eram de prata trabalhada; o vinho tinha uma cor maravilhosa e o sabor delicioso. Aristo fez um ar criterioso ao prová-lo e, vendo que o anfitrião o estava observando, balançou ligeiramente a cabeça, num elogio refinado de conhecedor. Imaginou, não sem divertimento, se Télis sabia que ele estava tentando iludi-lo e assim o ar entre os dois tomou uma cintilação jovial. Olhou para Télis e pensou outra vez na nova animação do anfitrião, sua vivacidade, sua cor, a saúde dos cabelos e seu ar de saúde total. Era possível que aquele homem fosse a pálida e cansada sombra que conhecera no navio vindo de Tarso, a sombra que tinha um câncer, que possuía pouco tempo de vida?

— Você parece ter melhorado muito de saúde, Télis — comentou.

O rosto de Télis ruborizou-se e seus olhos negros brilharam.

— Ah — disse. — É um milagre, que pretendo contar-lhe esta noite!

— Encontrou um desses santos rabinos judeus, que curam num piscar de olhos? — perguntou Aristo, incrédulo.

O supervisor entrou para informar que o jantar estava servido e Télis levantou-se, dizendo:

— Vamos jantar, se lhe agradar, meu amigo. Depois conversaremos.

Entraram no salão de jantar e Aristo ficou novamente muito impressionado com sua grande beleza, que era muito maior que a da casa de Hillel, cheio de objetos de arte, com grandes vasos chineses, nos cantos, cheios de feixes de trigo dourado, flores exóticas, enormes folhas verdes e onde o ar estava perfumado. O chão de mármore branco reluzia onde não estava oculto por belos tapetes persas, a mesa coberta por uma toalha prateada, e cinco escravos esperavam, rapazes bonitos finamente vestidos, para servir o senhor e seu convidado.

Esperando, havia também uma bela mulher, aparentemente com menos de trinta anos, em pleno esplendor. Alta e leve, vestia uma túnica de seda azul, com um cinto de pedraria e sandálias também enfeitadas de joias. Seus braços e pescoço brancos, lisos e, primorosamente delineados, estavam nus. Tinha um rosto verdadeiramente grego, de queixo redondo, lábios deliciosamente vermelhos, nariz longo, descendo diretamente da testa branca, sem entalhe, e a fronte lisa. Seus olhos eram como moeda de prata, luminosas e cintilantes, e cílios e sobrancelhas eram de coloração outonal, com os cabelos ruivos penteados à maneira grega, presos com fitas prateadas. Brincos reluzentes pendiam de suas orelhas rosadas, atirando seus reflexos em faces de alabastro róseo. Desde a deliciosa Débora bas Shebua que Aristo não vira uma mulher tão encantadora e então, silenciosamente, com os olhos, adorou-a como um grego o faz com uma mulher semelhante a uma deusa. Ela percebeu, sorriu modestamente e baixou os olhos.

O pai pegou-lhe ternamente a mão e ela tornou a sorrir, desta vez com profunda afeição; Télis disse:

— Minha Ianthe não é uma verdadeira náiade?

A moça corou e Aristo ficou encantado, pois não lembrava de ter visto uma mulher corar e aquela não era uma virgem e sim uma viúva. Ianthe sentou-se ao lado do pai e ficou claro que ela pretendia dar-lhe toda a atenção, para seu conforto, para ajudá-lo nos pedacinhos mais saborosos, e Aristo, maravilhado com tanta devoção, invejou Télis. A mulher, claro, era uma tola, mas adorável, e Aristo aprovava mulheres bonitas e tolas.

Infelizmente pensou de imediato, todo aquele luxo, todas aquelas joias não eram o resultado, com certeza, de negócios honestos e correção comercial. Aristo desconfiou que seu anfitrião estava metido em alguma atividade nefanda, como o contrabando, sob o nariz dos romanos, ou mesmo abertamente. Assim, Aristo invejou-o e imaginou se seu amigo Télis não lhe falaria confidencialmente quando estivessem a sós.

Aristo viu suas suspeitas confirmadas diante das bandejas de prata, pratos esmaltados, colheres e facas de ouro e os cálices dourados. Os guardanapos eram do mais macio linho egípcio e cheiravam a rosa. A refeição não era como a romana, tristemente aprendida há pouco por Aristo com seus novos amigos romanos. Era grega... embora, graças a Deus, o vinho não fosse resinoso. Mas era de um estilo grego que só poderia ter sido inspirado pelo Olimpo, que os judeus cultos não colocavam acima de suas próprias preferências. Eram minúsculos peixes castanhos, fritos em manteiga, ostras britânicas defumadas, manteiga tão doce como o mel, pão tão branco como a neve e quente como o Hades, carneiro assado num molho divino com cogumelos, com toque de alecrim, louro e raiz de gengibre da China, alcachofras em vinagre e alho — apenas uma sugestão do último, ao contrário dos romanos —, um porco assado tão pequeno que era evidente não ter tido tempo de mamar, avermelhado, crocante, adocicado, recheado de ervas numa bandeja reluzente, com uma romã na boca, folhas de repolho enroladas, com carne temperada e uvas maceradas em vinho e mel, tigelas douradas com misturas de frutas e nozes, uma tábua contendo queijos variados, massas tão delicadas que pareciam feitas de nuvens, contendo recheios doces que escorriam uma geleia grossa e vermelha. E vinho cujas garrafas eram tão empoeiradas que atestavam sua velhice e maturidade.

Ianthe não cessou de murmurar suave e gentilmente enquanto escolhia pedaços para o pai comer, porém esse sussurro não aborreceu Aristo. Só fez aumentar sua satisfação. Ficou olhando as mãos brancas de Ianthe moverem-se e servirem destramente. Ela pouco tempo tinha para comer, embora os rapazes servissem com habilidade, deslizando como belas estátuas em volta da mesa. Em alguma parte, ouviu-se o som musical de cítaras, os lamentos de uma harpa e tudo era harmonia; as lâmpadas brilhavam e o vinho era incomparável.

Aristo reparou que seu anfitrião, tão ternamente mimado pela filha, comeu muito bem e com prazer, sendo seu prato constantemente suprido, e bebeu como um centurião romano. A cada instante era um homem divertindo-se, para quem o divertimento não bastava, e às vezes, quando ela o olhava, o encantador lábio inferior de Ianthe tremia, mesmo quando a moça sorria. Havia algo de muito misterioso ali, refletiu Aristo. A cada instante, Télis tornava-se mais jovem, vibrante e animado, e seus lábios brilhavam de azeite. O homem quase se transformou num rapaz. Aristo começou a sentir-se como Tântalo e sua impaciência cresceu.

O banquete digno de um Baco chegou ao fim e Ianthe retirou-se, após conceder um sorriso tão doce a Aristo que este ficou maravilhado bastante tempo. Quando Télis começou a falar, Aristo fez um enorme esforço para prestar-lhe atenção e entendê-lo. Mas, finalmente, seu espanto e descrença aumentaram.

— Quando você me deixou em Cesareia, caro amigo — disse Télis —, para que eu pudesse visitar meus conhecidos, fiquei muito doente. Acordei um dia, depois de sonhos aflitivos, e vi minha cama empapada do sangue que tinha escorrido de minha boca. Meus amigos chamaram os melhores médicos, inclusive um que tratava de Pôncio Pilatos, e eles anunciaram, balançando as cabeças, que eu estava desenganado por causa do meu câncer. Não pude erguer a cabeça do travesseiro, mal pude engolir um pouco de vinho e preparei-me para morrer.

"Era uma tristeza para mim, pois tinha levado uma vida excitante, se não verdadeiramente alegre, e ainda considero a vida, como nós, gregos, dizemos, os Grandes Jogos. Tenho propriedades e extensas terras em vários países e meus banqueiros e corretores são, comparativamente, pessoas honestas — na medida do possível para gente da sua classe, o que não é extraordinário, infelizmente —, mas ainda desejava participar dos Grandes Jogos e tenho uma filha que é a luz da minha alma. — Télis suspirou. — Você deve ter observado que mulheres inteligentes não são devotadas nem muito ternas, pois têm olhos vivos para as deficiências de caráter dos homens e não se recusam a falar mal deles em todas as ocasiões, mesmo diante de visitas. Se um homem sente-se indisposto, elas costumam olhá-lo friamente e sugerem que ele se levante e vá para seu escritório, seu trabalho ou outros negócios, como se o lar estivesse precisando de dinheiro e os banqueiros pressionando, uma filha necessitando de um dote ou um filho entrando na adolescência, cuja celebração tem de ser preparada. Além disso, os deuses exigem sacrifícios e Deus ajude a casa que não os fizer! Confesso — acrescentou Télis — que sob tal estímulo e pressão, temos de sair de nossas camas de enfermos e, antes do crepúsculo chegar, nossa doença misteriosamente desaparece. No entanto, um pouco de ternura e comiseração, embora atrasem nossa recuperação, confortam a alma de um homem e acalmam seu corpo. Frequentemente, a doença de um homem não é do corpo e sim da alma, coisa que uma mulher inteligente absolutamente não tolera. Temo que uma mulher assim suspeite que os homens não têm alma.

"Por outro lado, a mulher obtusa serve o marido ou o pai com doçura, tolera-o com ternura, não o obriga a levantar-se, vestir-se, sair de casa, dedicar-se aos seus negócios. Ela o convencerá a ficar na cama, lhe levará pedaços de comida deliciosos, o alimentará com suas próprias mãos, mandará servir-lhe o melhor vinho, cantará, se tiver uma bela voz, afagará e refrescará sua testa, manterá a casa em silêncio enquanto durar sua doença, prestará muita atenção aos ruídos do seu corpo, tolerará seus graves pensamentos sobre a vida, a morte e o significado de tudo isso. A doença, nessas circunstâncias, pode tornar-se deliciosa e demorada, mas um homem tem de viver unicamente para o dinheiro ou mesmo para a boa saúde?

Ao dizer isso. Télis piscou e Aristo riu.

— Portanto — prosseguiu Télis — preocupei-me com minha filha, Ianthe, que herdará todos os meus bens. Como é bonita e rica, será uma presa fácil para homens maus e exigentes. Então, veio-me um pensamento: Ianthe é totalmente obtusa, ou é uma dessas raras mulheres inteligentes que fingem ser obtusas para agradar aos homens? Há momentos, quando a vejo aplicadamente examinando as contas da casa, escrevendo com rapidez nos livros, somando, examinando os relatórios dos banqueiros e meus investimentos, vejo-me impelido a acreditar que é uma mulher genial ao pretender ser obtusa, mas sendo, na verdade, uma intelectual. Mas enquanto não exigir ser uma Aspásia, insistindo em ser reconhecida como tal, não me queixarei. No entanto, temo por minha Ianthe, pois mesmo uma mulher inteligente não é capaz de enfrentar coletores de impostos, advogados impiedosos, banqueiros e corretores, que consideram uma mulher sem a proteção masculina como sua presa natural, pronta a ser devorada.

"Também não desejo morrer, pois não cultivo a ideia de extinção nem acredito em deuses ou nos Campos Elíseos... uma região horrível, se acreditarmos nos sacerdotes. Tenho também uma amante encantadora, gosto de boa comida e de vinho excelente e, apesar de minha vida até aos trinta anos de idade ter sido triste ao extremo, agora vivo agradavelmente. Portanto, não raciocino sobre a morte com equanimidade.

"Enquanto lutava com o sangue que, constantemente, aflorava em minha garganta, prejudicando-me a respiração, lembrei-me do que ouvira recentemente a respeito de um misterioso jovem rabino de Jerusalém, que curou tantos só com uma palavra ou gesto. Ele tinha alguns seguidores esquálidos, da sua pobre província da Galileia. Apesar disso, era aclamado como sendo muito mais eficaz na cura instantânea que os outros rabinos judeus sobre quem ouvi falar. Também me disseram que tanto seus seguidores como ele alegavam um misterioso contato direto com Deus, o que não é comum entre esses santos curandeiros judeus. Lembro-me de que, quando parti em viagem, há um ano ou mais, um rude homem do deserto discursou em Jerusalém, profetizando a chegada desse rabino, dizendo que ele viria para 'preparar o caminho'. Todos riram dele. Ora, isso é estranho. Disseram que Herodes não riu e perguntou-lhe se era a reencarnação de um dos seus profetas: um nome singular. Penso que era Elias. Quem conhece esses deuses judeus? Seja como for, o rei Herodes Ântipas pareceu ficar impressionado por aquele homem agitado do deserto, tem dos seus vociferantes essênios ou zelotes, ou como quer que se chamem, embora sejam um grande espinho envenenado no flanco dos romanos, e por isso todos eles têm a minha gratidão.

Télis fez um gesto e um rapaz tornou a encher os cálices. Três dos rapazes estavam ouvindo de perto, com os grandes olhos atentos, mas Télis e Aristo não perceberam.

— Herodes — prosseguiu Télis — é meio judeu e meio grego, como a maioria dos homens cultos de Israel. Era espantoso, portanto, que esse homem, o poderoso tetrarca de Israel, amigo de Pôncio Pilatos, que fazia sacrifícios aos deuses romanos ao mesmo tempo em que observava as leis judaicas, cunhado de Agripa em Roma, homem de mente larga e muito conhecimento, condescendesse em ouvir os desvarios daquele habitante do deserto, barbudo, suado e sujo. Todavia, incrível como pareça, Herodes ouviu-o. Estava até preparado para homenagear aquele rude! Não é espantoso? Mas mesmo o homem mais ilustre costuma ser às vezes supersticioso. Como aquele selvagem retribuiu a inacreditável bondade e condescendência de um rei? Insultou-o, acusou-o dos crimes mais monstruosos, gritou-lhe na cara que era adúltero, assassino e talvez mesmo coisas piores!

— Não! — exclamou Aristo. — É inacreditável. Um mendigo... que era e um rei. Mas, na verdade, quando se trata de judeus, nada me surpreende muito. Observei em Tarso, nos seus Grandes Dias Santos, que os mais nobres percorrem as ruas à procura dos mais humildes e carentes, convidando-os para banquetes e enchendo suas mãos de dracmas. Frequentemente, pensei que eram malucos. Mas continue.

— Obrigado. Acredito que a paciência de Herodes finalmente esgotou-se. Mandou decapitar o louco por suas insultantes profecias e seus desvarios. Depois, Herodes meditou. Ninguém sabe por quê. Mesmo a mulher de seu irmão, que ele tomou e desposou, uma pessoa encantadora chamada Herodíade, não pôde consolá-lo; e ela é uma verdadeira Afrodite, me disseram. Conto-lhe isto porque o rude do deserto falou com o tal santo rabino desconhecido, a quem eram creditados os mais surpreendentes milagres. Esses rabinos amam seu Deus, mas aquele...

Télis balançou a cabeça, pensativamente.

— Continue — disse Aristo, após alguns instantes.

— Está bem. Você sabe que nós, gregos, temos um altar ao Deus Desconhecido. Está dito que, num dia distante, Ele se instalará nesse altar para que O adoremos pela última vez, pois está dito que Ele é maior que o próprio Zeus. Os egípcios, babilônios e persas têm também esta lenda... e O esperam. É uma velha lenda. Ele governará o mundo dos homens para sempre, quando chegar. Os judeus O chamam Messias, porém Ele pertence a todos.

— Ouvi a mesma coisa do meu nobre amigo Hillel ben Borush.

— Ah, sim. Para ser conciso a respeito, corre o boato de que aquele santo rabino, que surgiu recentemente, é o Deus Desconhecido.

Aristo deu uma gargalhada que continuou até lhe virem lágrimas aos olhos. Um dos rapazes, vendo seu rosto avermelhar-se e ouvindo sua respiração ofegante, apressou-se a tornar a encher seu cálice. Aristo bebeu o vinho de um gole e pareceu estar a ponto de sufocar. Olhou alegremente para o anfitrião com uma bruma nos olhos e esperou companhia para seu riso. Porém, para sua surpresa, Télis estava com ar muito sério e totalmente silencioso, olhando as mãos apertadas, não parecendo ter ouvido a hilaridade de Aristo. O rosto novamente corado inchou e contraiu-se, surgindo nele uma lágrima, para surpresa de Aristo.

— Eu vi o Deus Desconhecido — disse Télis.

Ele também ficou louco?, perguntou-se Aristo interiormente, desanimado.

— Por favor, tenha paciência — disse Télis, desta vez olhando para Aristo com tal emoção, com tal paixão, com tal insistência, que este ficou francamente surpreso, pois tinha considerado Télis um homem realista e pragmático, dominado o tempo todo pelo raciocínio e que só tinha desprezo pelo homem de mente excitada e desordenada. — Morei em Israel muito tempo — disse Télis. — Sei que, com muita frequência, aparecem rabinos, cujos seguidores dizem ser ele o Messias dos judeus, pois fazem milagres e são irrepreensíveis. Assim, há uma lei no Sinédrio ordenando que esses rabinos, ou professores, ou habitantes do deserto, devem ser levados ao tribunal para serem interrogados e examinados, pois mesmo os cultos e sábios do Sinédrio estão ansiosos pelo seu Messias. Mas em tempo algum esses rabinos declararam ser o Ungido e ficaram tristes porque seus seguidores afirmaram isso. Desejavam apenas servir ao seu Deus em paz, disseram, e então o Sinédrio liberou-os. Esses homens humildes e gentis não blasfemaram. Como sabe, o blasfemador entre os judeus merece a morte e habitualmente é visitado por ela.

"Mas, ouvi em Cesareia que este novo rabino não negou, para os pobres de sua província, que fosse o Messias, nem repreendeu seus seguidores por espalharem tal coisa. Isso não me interessou. Bastava que fosse um milagreiro. Em minha cama, na casa dos meus amigos, fiquei pensando. Fiz perguntas. O milagreiro estava na província da Galileia, na mísera cidadezinha de Cafarnaum, à beira do mar da Galileia. Meus amigos supersticiosos ofereceram-se para mandar uma comitiva buscar o rabino judeu... eram bondosos demais. Cafarnaum fica muito longe.

"Mas, naquela noite, tive um sonho muito misterioso. Sonhei que uma enorme mão branca como mármore estendeu-se para mim e uma voz — belíssima — me disse: 'Venha! Espero-o em Cafarnaum.' Assim, de manhã, embora ainda estivesse muito fraco para erguer a cabeça, disse aos meus hospedeiros que iria até aquela cidadezinha miserável nas colinas maltratadas. Eles são gregos e ficaram consternados. Chamaram para ver-me um ancião judeu de muito renome em Cesareia, que me disse que, apesar da maioria dos judeus acreditar que o Messias aparecerá em celeste esplendor, de forma a que todas as nações soubessem dEle instantaneamente, foi profetizado que poucos ou ninguém O conheceriam.

"O ancião repetiu as palavras de um dos seus profetas, constante dos Livros Sagrados:

"'Ele foi desprezado e rejeitado pelos homens, Ele, um Homem de sofrimentos, familiarizado com a aflição. E, como um de quem os homens escondem o rosto, foi desdenhado e não o estimamos. Certamente, carregou nossas penas e nossos sofrimentos! Mas nós o consideramos atingido duramente por Deus e angustiado. Contudo, ele foi ferido por nossas transgressões, foi atingido por nossas iniquidades. Sobre ele caiu o castigo que nos tornou indenes e, com seus vergões, ficamos curados.'

"Confesso — continuou Télis — que não compreendo essas palavras, que nada significam para mim. Mas o ancião não insistiu para que eu desistisse de ir a Cafarnaum. Contei-lhe meu sonho. Ele cobriu a cabeça, à maneira dos judeus, pareceu rezar, colocou as mãos sobre mim, abençoou-me e perguntou se me sentia mais forte. Depois que se foi, senti-me de fato mais forte e preparado para a viagem, de acordo com meu sonho.

Aristo ficou mudo. Foi como se ele tivesse subitamente sido tomado por um encanto. Olhou para o rosto cheio e avermelhado do anfitrião, para seus olhos faiscantes e jovens, permanecendo em silêncio.

— Meus amigos foram bondosos — disse Télis. — Parti na manhã seguinte no veículo mais luxuoso, coberto de tapetes, servido pelos criados mais solícitos. Foi uma longa viagem até aquela região de colinas de basalto negro e terra, montanhas desoladas e valezinhos famintos. Mas isso passou como um sonho. Dormi e repousei. Estava tomado do mais ardente desejo de olhar de frente aquele santo rabino. Meu sangue continuava a fluir pela boca. Às vezes delirava, febril, e paramos em diversas estalagens. Houve outras vezes em que acreditei já estar morto, pois tudo era bruma à minha frente, na qual faiscavam brilhantes raios de luz. Frequentemente, estive inconsciente. A morte estava agarrada à minha garganta. Um pesado torpor tomou meus membros e recusei comer.

"Você não conhece essas cidadezinhas judias, tão pobres, tão exauridas pelos cobradores de impostos, tão desesperadas, tão abatidas, tão maltrapilhas, tristes e miseráveis. Vivem cheias de aflição e desespero. Vivem no medo e apesar disso são orgulhosas. Cafarnaum era típica. Eu estava então mudo, os dias eram quentes, as noites frias e a morte estava próxima. Encontramos um pequeno albergue muito rude e nele passamos a noite.

"No dia seguinte, os bondosos criados perguntaram pelo santo rabino e disseram-lhes que o homem podia ser encontrado nas ruas, dirigindo-se ao povo sofredor, levando-lhe uma mensagem de esperança em sua angústia. Eles o amavam. Amontoavam-se em torno dele, tocando suas vestes, suplicando-lhe em lágrimas, e ele sorria suavemente, falando-lhes da misericórdia do seu Deus. Disseram que suas palavras os comoviam menos que seu rosto e maneiras, pois parecia todo amor, força, energia e consolo.

"Assim, no dia imediato, determinei aos criados que me conduzissem numa liteira pelas ruazinhas apavorantes de Cafarnaum, à procura do santo rabino. Pensei que iria encontrar um ancião venerável, de barba branca e passos vacilantes, pois existiam muito poucos santos homens moços! Mas o encontramos subitamente, pois ele estava falando junto de uma fonte, rodeado de uma multidão de mulheres, crianças, velhos, rapazes e virgens, de roupas grosseiras, mãos cheias de cicatrizes, esforçando-se em olhá-lo, chorando, tentando tocá-lo. As mulheres levavam cestos na cabeça, contendo verduras murchas, algumas tinham jarras de água no ombro e seus filhos estavam quase nus em sua pobreza; os velhos, enfraquecidos pela idade e pela fome, sentavam-se nas pedras, aos pés do rabino. Bastava-lhes que ele estivesse ali.

"Levantei-me com grande esforço na liteira e vi-o.

Télis fez uma pausa. Não pôde mais conter as lágrimas. Os escravos, ouvindo, também se comoveram até as lágrimas. Aristo franziu o cenho. Tudo aquilo parecia indigno do seu amigo.

— Garanto-lhe — disse Télis com voz rouca e perturbada — que nunca vi um homem como aquele! Ah, ele era pobre, vestia roupas grosseiras, usava sandálias de sola de madeira com cordas até os tornozelos e uma capa pobre e remendada. Mas parecia um rei! Era belo como o povo da Galileia que não se misturou a nós, belo como os macedônios e o povo de Cós, tinha cabelos e barba louros e olhos azuis como o céu ateniense. Era jovem. Alto, musculoso, varonil, rosto e mãos queimados de sol, transpirava força e majestade. Era um rei em andrajos.

"Reconheci-o logo. Não ria, meu amigo. Reconheci-o imediatamente como o Deus Desconhecido e não me pergunte como. Eu mesmo não sei! Mas tive certeza e fui tomado de uma indizível alegria.

"Em torno dos ombros largos, usava o inevitável xale de rezar dos judeus e sacudiu as borlas quando falou ao povo com o tom mais suave. Não sei o que ele disse. Exultante, não tirei os olhos dele. Vi-o tocar em aleijados, afagar criancinhas nos braços das mães e foi como se um deus transigisse com aqueles pobres destroços; seus rostos fulguraram de alegria.

"Quem sou eu, perguntei-me, para que o Deus Desconhecido se digne olhar-me ou prestar-me atenção? É suficiente que eu O tenha visto, que O tenha conhecido. Fiquei em condições de partir porque uma profunda paz desceu sobre mim, a dor e a ansiedade desapareceram, a morte não tinha mais importância para mim. Eu tinha sido abençoado pelo simples olhar que Lhe dirigi. Eu queria cantar, abraçar, rir, amar, pois era como se eu tivesse remoçado e o cego tornado a ver. Que era minha doença para mim?

"Foi então que Ele virou Seu rosto heroico para minha liteira e nossos olhos se cruzaram através de um grande espaço, em silêncio. Depois, Ele sorriu. Ergueu a mão me cumprimentando, como que reconhecendo um amigo que tivesse feito uma longa viagem para vê-Lo. Imediatamente, caí num sono profundo e demorado. Só acordei algum tempo depois e, nessa altura, já estávamos longe de Cafarnaum.

"Mas, meu amigo! A força e a saúde fluíam no meu corpo! A hemorragia tinha cessado. Eu estava tremendamente faminto. Exigi comida. Quando chegamos a uma estalagem, saltei da liteira e os criados me olharam espantados. Comi como um faminto.

Impossível, pensou Aristo. Ou então ele havia encontrado um feiticeiro mágico.

— Olhe para mim! — gritou Télis. — Estou na mais perfeita saúde! Os médicos ficaram perplexos. Não encontraram nenhum defeito no meu corpo, nenhum câncer! Não aconteceu com o decorrer dos dias. Chegou num piscar de olhos, num instante. O Deus Desconhecido me curou com um simples olhar do Seu Olho compassivo!

Aristo pigarreou e disse:

— Então você vai tornar-se judeu por gratidão?

Télis o olhou com ar estranho.

— Sabemos que os judeus fazem proselitismo, que procuram atrair todos os homens para sua crença em Deus. Mas aquele a Quem olhei não me dirigiu a palavra. Deu-me apenas Sua santa compaixão, como de irmão para irmão. Espero Sua chamada.

— Sua chamada! — exclamou Aristo, cada vez mais incrédulo.

— Certamente ele virá — retrucou Télis. — Enquanto isso, me tornarei mais honesto.

Aristo refletiu. Diziam que os judeus podiam lançar os mais assombrosos encantamentos. Era evidente que um deles havia sido lançado sobre Télis por um rabino judeu, pobre e sem nome. Aristo ficou contente pelo amigo ter recobrado a saúde. Contudo, se ele estava a ponto de tornar-se um homem honesto, isso liquidava todas as ambições de Aristo de aprender novos segredos de conseguir riquezas.

— Você saberá! — disse Télis, com voz alegre, de absoluta convicção. — Você também saberá!

Aristo pensou nessa perspectiva deprimente. Desejava desfrutar a vida e todos sabiam que os judeus não desfrutavam a vida. Aquele rabino anônimo era pobre e andrajoso. Poderia fazer uma fortuna na Grécia e em Roma, cujos habitantes eram supersticiosos.

Télis transpirava felicidade e vigor, coisa que Aristo não podia negar, pois o moribundo recebera novas forças e juventude. Aristo balançou a cabeça, numa negação vacilante.

— Você olhou para minha filha, Ianthe — disse Télis —, e ela para você, com interesse e prazer. Considere-a como sua mulher, Aristo. Deixe que lhe conte. Já fui escravo, mas tive um bom senhor romano que me educou, deixando-me um legado e a liberdade em seu testamento. Por isso não odeio todos os romanos. Mas... já fui escravo.

Aristo ficou profundamente comovido. Respondeu:

— Eu também, Télis. Mas pense no que me ofereceu! Sua filha, que brilha como a lua. Ela pode ter um homem melhor.

Télis estendeu-lhe a mão por cima da mesa e Aristo apertou-a, sentindo como se uma grande força lhe tivesse sido transmitida, fazendo seu coração ficar leve. Sua cabeça foi incendiada por fantasmas brilhantes e sentiu a primeira alegria desde a juventude e o primeiro amor por uma mulher. Nesse estado de espírito, chegou mesmo a dar pouca importância às ilusões do seu querido amigo.

✦ ✦ ✦

Capítulo 20

Saul ben Hillel disse, com amargo desprezo:

— Estou surpreso por você ter dado qualquer crédito à história do seu amigo grego, Télis, que tem uma péssima reputação em Israel. Não — prosseguiu, esboçando um sorriso — que seja muito execrável, considerando que ele engana os romanos, faz ricos contrabandos e é muito conhecido por vender às damas romanas gemas raras que, mais tarde, descobrem ser pedras sem valor ou vidro lapidado. Ele tem amigos entre os funcionários romanos e judeus, a quem suborna com prodigalidade para fazerem vista grossa ou ocultarem essas coisas ignóbeis, mas acho que há uma ordem de proibição contra ele de ir a Roma durante três anos. Infelizmente, parece que ele vendeu a uma senhora romana um magnífico colar egípcio, que afirmou ser de ouro puríssimo, primorosamente esmaltado e incrustado das joias mais finas. Para azar dele, a senhora romana tinha um irmão senador que, por sua vez, tinha um amigo ourives, o qual descobriu, após Télis ter viajado para terras desconhecidas, que o colar não só não valia os vinte e cinco mil sestércios de ouro que a dama havia pagado, mas que era de metal dourado, o esmalte "antigo" não passava de pintura ordinária e as pedras preciosas eram defeituosas ou imitações. Acho que o valor foi finalmente calculado em cinco dracmas ou menos. Esse é o homem que lhe contou a estranha história sobre um suposto Messias existente nas ardentes colinas e estreitos vales da Galileia e de Nazaré!

— Ele garante — disse Aristo — que agora tornou-se um homem honesto. Ou, para citá-lo palavra por palavra, "me tornarei mais honesto".

Mesmo sofredor Saul não pôde deixar de rir.

— Vejo que ele não se comprometeu totalmente, o que é bem grego. Estou disposto a admitir que seu precioso rabino da Galileia tem alguns poderes curativos. Muitos dos nossos pobres rabinos errantes o têm, pois são abnegados e verdadeiramente santos, no sentido de que servem a Deus em vez de servirem ao homem, obedecem aos Mandamentos, os Julgamentos e as sagradas advertências. Você disse que ele contou-lhe que tinha um câncer. Consultou seus médicos? Eles juraram que o grego tinha aquela doença e que está agora misticamente curado? Não. É possível que ele não tivesse câncer, ou seus médicos estivessem enganados. E também é possível que estivesse apenas temeroso de que alguns dos seus crimes fossem descobertos e estivesse a ponto de ser preso. Isso é suficiente para causar a um ladrão dores, arrepios e febres terríveis, talvez mesmo uma hemoptise. Mas quando o perigo passou, ficou bom. Estou lhe dando a oportunidade de explicar, meu Aristo.

— Sei apenas que ele parecia um homem à beira da morte — respondeu Aristo. — Vi muitos moribundos em minha vida, raramente me enganei. Ele tinha todo o aspecto. Télis não é tolo. É um cínico, sem superstições. Apesar disso, está convencido de que houve um milagre.

— Um milagre para um despreocupado, impenitente e descrente infiel? — perguntou Saul, encolhendo os ombros. — Um ladrão? Um criminoso famoso? Deus não concede milagres a pecadores, a menos que se arrependam e digam "Deus, perdoa-me, sou um pecador". Mas que fez seu amigo? Apenas deu ouvidos a um boato; meramente sonhou. Assim, correu para o nefando rabino de Nazaré e foi instantaneamente curado de sua moléstia. E nem mesmo é judeu!

Aristo curvou a cabeça numa humildade zombeteira.

— Sim, compreendo. Seu Deus desdenha todos, menos os judeus, e por isso é muita presunção nossa esperar ou acreditar que Ele possa de vez em quando atirar-nos um olhar bondoso.

Saul tornou a rir, com menor relutância que antes.

— Falo sempre rude e secamente, embora não seja essa a minha intenção. Infelizmente, não sou diplomata. Você sabe que não tive o desejo de insultá-lo. Estava apenas pondo a nu sua história, meu caro Aristo, meu querido amigo e preceptor.

Aristo ficou emocionado, lembrando-se do Saul mais moço, que explodia e depois, com remorso, pedia desculpas, como o Saul mais velho acabara de fazer.

— No entanto — prosseguiu o grego —, o homem estava morrendo. Ouvi repetidas vezes sua tosse angustiante no navio. Vi-o limpar furtivamente o sangue da boca. Mesmo que não tivesse câncer, mas tuberculose pulmonar, não poderia ficar curado num piscar de olhos. Na verdade, o homem estava morrendo. E agora vive, está bom, parece um jovem, cheio de saúde e alegria de viver. Por que obteve essa graça não sei, mas você não disse sempre que Deus trilha caminhos que os homens não podem compreender?

Saul sorriu.

— Dei-lhe minha própria arma, hem? Bem. Você também falou da história do seu ladrão com o selvagem do deserto, que foi executado pelo rei Herodes. Encontrei-o uma vez lá. Um tal Iocanã, filho de dois velhos galileus, um pequeno sacerdote chamado Zacarias e sua mulher, Isabel. Fiquei convencido de que era louco, apesar de sua voz e eloquência de feiticeiro, que enganou até meu amigo José de Arimateia, que me levou a vê-lo. Confesso que ele tinha o aspecto de um jovem profeta, uma forma de falar dominadora, não era ignorante, apesar de galileu, tinha instrução, intimidade com o Pentateuco e todas as outras Escrituras, às quais citava.

"Fascinou-me, como fez com outros, e depois ofendeu-me. Ou talvez eu não tenha compreendido seu tom rude, embora José não tivesse falado nisso. Ele deixou implícito que o Messias já havia nascido! 'Entre nós uma Criança nasceu, entre nós um Filho foi dado!' Ora, isso é blasfêmia. Se o Messias tivesse nascido, Jerusalém teria sido alçada às maiores alturas, num círculo de glória e luz, brilhando ao sol. A santidade abundaria na terra; a verdade, justiça, amor, vida eterna e paz teriam estabelecido seu reino num simples respirar. As portas de Jerusalém teriam ficado repentinamente incrustadas de joias cintilantes, cegando com seu esplendor. Não haveria mais trabalho; os ventos e as chuvas teriam plantado e colhido, cidades teriam sido construídas num segundo, à simples ordem de uma voz. O Messias teria edificado Seu novo Templo entre uma respiração e outra, e nele restaurado, imediatamente, a Arca, com fogo celeste nos altares, o Candelabro de Ouro, e teria havido nesse templo o Shechinah e serafins, para que todos vissem. As nações do mundo, ouvindo essas maravilhas, tendo sido informadas delas e da ressurreição dos mortos, de acordo com as profecias, teriam convergido dos quatro cantos para Jerusalém, anunciadas por vozes de anjos. E Israel teria absorvido o mundo, numa infinita beatitude de amor, e não haveria mais nenhuma nação. Aconteceu alguma coisa dessas?

— Não — respondeu Aristo. — E, sinceramente, isso não me atrai. Sou dos que preferem este mundo, com todas as suas injustiças, caprichos e incertezas. Pelo menos, por ser caprichoso e imprevisível, é interessante, enquanto que o mundo de que você fala me entediará a ponto de desejar a morte... que, como você afirmou, será impossível de conseguir.

— Então você prefere a *yetser hara*, a inclinação para o mal. Ah, meu Aristo! Você jamais mudará. Mas voltemos ao tal Iocanã, o essênio do deserto, bárbaro e louco. Não condeno os essênios e zelotes. Meu coração está com eles, pois não amam a Deus, à sua terra, defendem a Lei, desprezam o opressor e se recusam a obedecê-lo? Mas esse Iocanã era um enganador que acreditava em seus próprios fantasmas. Acreditava que o Messias já está entre nós, o que não é só loucura, mas blasfêmia. Punimos a blasfêmia, o adultério e o assassinato com a morte. Ele fugiu para escapar ao castigo.

"No ano passado, ele surgiu em Jerusalém anunciando, como disse, a vinda do Messias e afirmando estar preparando o caminho. Influenciou muitos iletrados e simplórios, inclusive uma boa quantidade de gregos. Batizou-os na água, dizendo-lhes que já havia batizado o Messias, que é puro, não necessitando ser limpo, bendito seja Seu Nome! Vê como tudo isso é absurdo? Como sabe, os judeus têm o ritual de lavar-se para libertar-se dos pecados. O Messias é pecador? Até fazer essa pergunta tola é uma blasfêmia. No entanto, esse Iocanã, que os gregos chamam agora João Batista, teve a imperdoável impudência de dizer ter executado o ritual com o Messias! Só por isso mereceu a morte e a recebeu.

— Vocês, judeus — disse, com um carinhoso sorriso ao antigo aluno. — Vocês falam do seu Messias como do suposto Ungido do seu Deus, o Cristo, como os romanos O chamariam. Você acha que é o milagre dos milagres. Mas, como sabe, nossos deuses e deusas juntam-se regularmente a mortais e têm uma multidão de filhos e filhas; no entanto, não ficamos maravilhados nem encaramos a ideia com êxtase. Deuses são deuses, têm os atributos dos mortais bem como suas venalidades, ideia que eu considero encantadora e bela. Em nenhum acontecimento, meu amigo, nenhum homem de considerável saber jurou que o rabino que o curou fosse o Deus Desconhecido que esperamos — disse Aristo bocejando.

— Blasfêmia — disse Saul. — Não sorria. Não deram cicuta ao seu Sócrates por ter blasfemado?

— Acho que o verdadeiro motivo foi ter ele insistido com os jovens para que pensassem, não aceitando humildemente as crenças dos pais e do governo como sagradas, e raciocinassem sozinhos. Quem percebesse a tempestade que teria criado deixaria que vivesse? Os bons e os sábios certamente merecem morrer, pois são estranhos a este mundo.

— Você não está falando sério, é claro — disse Saul, com um lampejo da sua habitual impaciência diante de uma brincadeira. — Ah, desejo que esse charlatão, sobre o qual seu amigo e Iocanã, o essênio, falaram, esse farsante que permite aos ignorantes acreditarem ser o Messias, venha a Jerusalém, pois eu o denunciarei cara a cara e o entregarei ao castigo!

— Mas ouvi dizer que ele já visitou a cidade várias vezes. Vocês, judeus, não têm um mandamento que faz os capazes de andar ou cavalgar aparecerem na cidade nos Dias Santificados? Sim. Você me disse. Portanto, esse pobre nazareno, vindo da pobre e triste Galileia, deve ter estado aqui muitas vezes durante sua vida. Ouvi dizer também que fez milagres aqui.

— Nunca ouvi falar desses milagres! — exclamou Saul. Depois parou. Olhou Aristo com olhos que pareciam muito o reluzir azul de uma espada. — Seu amigo reparou na aparência dele?

Estava um tanto pálido e as sardas do seu rosto encovado sobressaíam. Aristo pensou e depois descreveu o rabino como seu amigo o fizera e, a isso, as sobrancelhas ruivas do rapaz tornaram-se um nó sobre seus olhos e seus lábios empalideceram.

— O que foi? — perguntou Aristo, notando finalmente tudo aquilo.

— Nada — respondeu Saul. — Acho que vi esse nazareno duas vezes, uma delas num sonho febril. Vi logo o que ele era. Um feiticeiro. Portanto, merece a condenação, pois é um demônio.

Estremeceu e depois, para seu próprio espanto, sentiu a pontada aguda de um sofrimento sem nome, mas que parecia ligado a uma traição.

Aristo sentiu-se cada vez mais entediado com a conversa. Estavam sentados no apavorante quarto de Saul, com seu chão de terra e seu cheiro acre. Aristo levara com ele vinho e bolos, dos quais Saul partilhara distraidamente. A lamparina baça tremulou; o dia estava se aproximando do crepúsculo.

— Meu amigo me disse mais tarde — falou Aristo — que o rabino, santo ou não, não estava só, mas acompanhado de discípulos ou seguidores. Entre eles, o filho do seu grande e poderoso Anás, que assusta até mesmo o rei Herodes e a quem Pilatos homenageia acima de todos os outros. Quem, a não ser Anás, dirige o Templo, como disse o velho judeu ao meu amigo? Quem pode arruinar ou erguer os homens, quem controla os tesouros do Templo, a não ser Anás? Ele não apenas é o sacerdote-mor, mas sogro de Caifás, o sumo sacerdote em Jerusalém. Procurei me informar sobre essas coisas, que passaram a me interessar, embora confesse que hoje não mais me interessam. Anás tem um filho, Judas Iscariotes, rapaz rico que é seguidor do seu andrajoso santo rabino.

— Tolice — respondeu Saul. — Ouvi falar nesse filho, um essênio, que o pai deserdou, mas que a mãe apoia e manda-lhe grandes somas de presente. Tolice.

Aristo agora bocejou ostensivamente. Desta vez, ficara muito tempo em Israel por causa da Senhora Ianthe, de quem estava noivo e a quem adorava. Era o acerto do dote e embora Télis se proclamasse um homem completamente honesto, agia como um negociante sagaz. Homens, mesmo os de visão, pensou Aristo, sorrindo, continuavam homens. Voltaria para a noiva dentro de seis meses, pois o período de luto da moça pelo marido morto ainda não fora completado. Aristo também tinha a certeza de que Télis, que era um negociante cuidadoso e velhaco, estava fazendo, em silêncio, investigações sobre seu genro em perspectiva. Aristo não ficou ofendido. Teria feito o mesmo e, de fato, já fizera.

Virou-se para Saul, dizendo:

— Você tem coisas do espólio a tratar em Tarso. Não vai voltar comigo?

— Tenho advogados e agentes aqui — respondeu Saul. — Que significa a propriedade para mim? Vou fazer com que ela seja doada ao Templo em Tarso, reservando uma pequena parte para o Templo em Jerusalém.

Aristo olhou-o como se ele tivesse ficado louco.

— Trata-se de uma fortuna! — berrou. — Você é rico, poderoso! E quer se desfazer de tudo! Vamos, meu Saul. Você não está doido, está? Não está falando sério, está?

— Não sou doido e estou falando sério — retrucou Saul.

— Ó deuses — resmungou Aristo, erguendo os olhos para o céu. Lembrou de outra coisa. — E sua bela irmã Séfora e seus filhos? Não pretende reservar-lhes uma parte polpuda?

— Séfora tem seu próprio dote e está casada com um ricaço — respondeu Saul. Depois, mergulhou em meditação. — Gostaria de ver o túmulo do meu querido pai — disse com voz triste. — Quero dizer a *Kaddish* para ele no seu próprio Templo em Tarso. Sim. Sei que minha tristeza vai aumentar em Tarso, mas não posso evitar.

— Pelo menos fique com a casa que seu pai amava — disse Aristo. — Será um refúgio para você em Tarso, quando o mundo for demais para você.

— Talvez — disse Saul com indiferença.

Mas, no fundo, não ficou indiferente. Pensou na casa em que nascera, cheio de recordações agradáveis. Ficaria com a casa, pois também havia sido a de Séfora, que falava dela com saudade.

— Há uma coisa — continuou — que não posso me perdoar: nunca entendi meu pai.

Aristo suspirou.

— Saul, Saul. Você entende a mim, à sua irmã ou aos seus amigos? Pelo menos entende a si mesmo? Não. Portanto, não se acuse por não ter compreendido seu pai. É muito possível que ele também não o tenha compreendido.

— Não sei por que — disse Saul, sorrindo pálida e relutantemente —, mas de certa forma você me conforta mais que qualquer outro, mesmo o Rabban Gamaliel ou José de Arimateia.

— Provavelmente porque falo sensatamente — replicou Aristo — e não por mistérios e símbolos.

Despediu-se afetuosamente de Saul. O rapaz, após a saída do amigo, bebeu distraidamente um pouco do bom vinho, do qual realmente não sentiu o sabor, meditou e ficou ainda mais triste intimamente. Sentiu uma terrível e sombria inquietação, indefinível, semelhante a grandes asas assombrando sua alma.

❖ ❖ ❖

Capítulo 21

Rabban Gamaliel estava discutindo filosofia com seus alunos, entre os quais encontrava-se Saul Tarshish.

— Os gregos — disse — declararam que há grande semelhança entre seus ascetas e nossos antigos crentes, tendo frisado que Deus, bendito seja o Seu

Nome, ordenou-nos não sermos obcecados com o mundo secular, por medo de perdermos nossa espiritualidade e a vida futura, e os ascetas disseram que o mundo dos homens é estranho ao espírito, comandado por mistérios, inspirações e divindades demoníacas.

"Mas há uma diferença de grandes proporções entre nós e os ascetas. O mundo não é irrelevante para nós; é parte do nosso ser, como nosso corpo é da terra e do pó e nossa manifestação física é tão animal quanto a do boi, do cavalo e do pássaro. Nessa manifestação, lidamos com a parte material do mundo e se falhamos nesse dever, também falhamos com o Todo-Poderoso, pois não nos disse Ele que Seu Messias tomaria nosso corpo e iria fazer isso se fosse desprezível e sem valia para Ele... Ele que o criou? Portanto, desprezar o mundo e suas criaturas é, de certo modo, desprezar Deus. Por que esse ar sombrio, Saul de Tarshish?

— Desculpe-me — respondeu o rapaz. — Acho que minha mente, durante um momento, distraiu-se.

O famoso rosto jovial do Rabban Gamaliel contraiu-se levemente. Sabia que Saul não havia sido inteiramente franco em sua resposta, pois o rapaz estava corando. Gamaliel prosseguiu:

— Nós, judeus, reconhecemos que há um espírito do Mal neste mundo, Lúcifer, o arcanjo caído, pois no Livro de Jó é relatado que ele e Deus lutaram pela alma daquele homem de fé. Sabemos todos que, simbolicamente ou não, o bem está sempre guerreando com o mal em nossos próprios corações e que isso não é místico, mas real. Assim como Deus tem Suas Legiões de Bem-Aventurados para apoiá-Lo, Lúcifer também deve ter suas legiões de Malditos para assisti-lo e por isso reconhecemos a realidade dos demônios, embora os saduceus riam superiormente à ideia e falem apenas de uma "consciência" do homem, que eles supõem seja criação das superstições dos pais do homem, sua própria reação ao viver, sua religião particular ou sua não religião. Mas os saduceus não explicam por que o homem tem consciência, seja fantasia ou realidade! Só o homem a possui. Por quê? Não importa. Não é parte desta discussão, apesar dos saduceus afirmarem que o homem é bom, é inclinado ao bem e, portanto, tem a voz interior da Bondade.

"Mas nós não acreditamos que os espíritos do mal, embora malignos, sejam mais ou tão poderosos quanto o Espírito do Bem, que é Deus. Os gregos acreditam que em seu domínio são muito poderosos e, por isso, frequentemente oferecem-lhes sacrifícios para aplacá-los. Os mais religiosos entre nós os exorcizam, caso se manifestem externamente, embora saibamos que a manifestação interna é mais terrível. Em consequência, talvez possamos — e Gamaliel exibiu seu sorriso amável — nos exorcizar!

Os aluncs deram a risada que ele esperava. Retornou o ar sério.

— Sabemos que alguns infelizes são possuídos por demônios. Todavia, são raros. O verdadeiro mal mora no coração do homem. Mas não é essa a discussão. Os ascetas gregos acreditam que, como o mundo é estranho aos homens sob o reinado de divindades demoníacas e, portanto, inóspito ao espírito do homem, é necessário destruir o mundo e todas as suas manifestações, incluindo nosso conhecimento, nossa arte, nossa lei. Em suma, a anarquia. Os ascetas podem crer que isso é desejável... mas o homem pode viver no caos? Não, ele pereceria. Acho que esse é o desejo malicioso dos ascetas. Eles parecem acreditar que se o mundo for destruído e com ele a manifestação física do homem o espírito será liberado. De quê, eles não explicam. O espírito pode viver sem uma certa forma de manifestação? O próprio Deus manifesta-Se em Sua Criação.

"Os ascetas e os judeus, portanto, estão muito separados na explicação do mundo e do mal. Mas agradecemos o Significado de Ouro dos gregos. Um homem pode não ser inteiramente do mundo, com receio de perder a alma, nem precisar ser inteiramente do espírito, receando perder sua humanidade comum, que é uma manifestação do Senhor, bendito seja Seu Nome. Há muito tempo que compreendemos isto e é por isso que desconfiamos do homem de mente absoluta, que não sabe como trabalhar e lidar com as coisas da terra. A mente absoluta pode ser tanto má como boa. Além disso, tem uma tendência à loucura e ao excesso. O homem mantém-se com um pé no materialismo e o outro no domínio do espírito. Sabendo disso, dissemos que o mundo é verdadeiramente o nosso lar, que o Messias o transfigurará e a nossa carne, fazendo deles um abrigo válido para o espírito. Não podemos cercar o pensamento como até agora, pois pensamos no mundo como fronteiras e limitações, mas para o espírito elas não existem. É um grande mistério. É a Verdade, mas sempre um mistério para nossas mentes finitas.

"Concluindo, devemos nos lembrar disto: se Deus não amasse este nosso mundo, mas somente o desprezasse, não nos mandaria o Seu Messias. Pelo contrário, colocaria as almas dos homens acima do mundo, destruindo a terra embaixo, este encantador jardim verde de Deus. Amemos, portanto, o mundo dos homens, não com baixo sentimentalismo ou com lágrimas delicadas de compaixão insincera, mas porque ele é a manifestação do Todo-Poderoso. O homem deve ser julgado justamente, porém nunca com indulgência. Seus pecados jamais devem ser explicados, para que Deus não seja escarnecido. Como o homem irá pagar por seus erros da alma no mundo futuro, deve também pagar aqui os seus erros da carne. Ele é responsável por suas ações, que os caóticos ascetas pretendem negar. Quer seja fraco ou forte, leviano ou sensato, indolente ou industrioso, humilde ou orgulhoso, o homem deve responder apenas por si mesmo, julgado sensata e imparcialmente entre seus pares. Ele não é um escravo das circunstâncias, como os ascetas concluem. Ele é senhor de tudo o que pensa e faz. Outros homens podem oprimi-lo, mas sua alma continua livre. Como reage a essa liberdade, é responsável perante Deus.

"Em suma, nós judeus declaramos que o homem nasce livre e permanece livre, qualquer que seja seu meio ambiente, ao passo que os gregos falam de Destino, especialmente os ascetas, que preferem culpar o Destino por seus próprios pecados e maldades e não a si mesmos, acusando o mundo dos seus pares como responsável por sua situação... e não a própria fraqueza, indiferença, apatia e vontade inferior. Tenho minha própria teoria sobre os ascetas: odeiam-se e têm repugnância de si mesmos, pois sabem o que têm no coração e consequentemente, apesar dos seus protestos de amor pelo homem e sua tristeza por sua sina, na verdade o odeiam como uma extensão de si mesmos.

Suspirou.

— Existe um velho aforismo: Odiamos e condenamos nos outros tudo o que está realmente oculto em nós mesmos. Mas em vez de nos condenarmos, pois o homem é presunçoso sem motivo, preferimos castigar e denunciar nosso irmão e acusá-lo de vilanias existentes em nós. E para ocultar essa vileza apressadamente sacrificamos a reputação, a felicidade e a vida do nosso vizinho.

— Então — disse Saul — o homem é mesmo desprezível?

Rabban Gamaliel o examinou atentamente durante uns momentos.

— Eu não disse isso, Saul de Tarshish. Não me prestou atenção?

Gamaliel raramente repreendia os alunos e foi a primeira vez que admoestou Saul. O rapaz corou de mortificação e seus severos olhos azuis endureceram. Os outros alunos, que não gostavam dele, curvaram as cabeças com falsa seriedade e sorriram entre suas jovens barbas. Isso mortificou-o ainda mais e seus lábios afinaram-se.

Mas tarde, ele disse ao Rabban:

— Sigo amanhã para Tarso, pois preciso resolver umas coisas da herança que foi deixada por meu pai. Pretendo vender tudo, doando o produto ao Templo de Tarso e ao Templo de Jerusalém.

Rabban Gamaliel olhou-o com uma suspeita secreta e disse:

— É um pensamento exemplar, mas Deus, bendito seja Seu Nome, também nos exortou a nos mantermos neste mundo, para que nunca sejamos um peso aos nossos vizinhos e comunidades. Nossa religião é muito sensata e prática.

Não foi essa a resposta que Saul esperava e então lembrou-se de que Rabban Gamaliel, apesar de notável por sua caridade, não descuidava do bem-estar e do luxo de sua casa. Nem José de Arimateia.

— Como já expliquei — disse Gamaliel —, vivemos em dois mundos. Não devemos desprezá-los. Portanto, aconselho-o a conservar uma parte de sua fortuna, para quando chegarem os dias maus e não puder mais trabalhar. Você, então, será um peso para seu povo e isso é manifestamente injusto.

— Mas Deus ordenou-nos fazer caridade e construir Seus Templos.

— Também ordenou-nos que usássemos o bom senso que nos deu — replicou Rabban Gamaliel.

Quando, mais tarde, o rapaz foi embora, olhou-o afastar-se balançando a cabeça. Havia alguém, pareceu-lhe, que acreditava servir a Deus desprezando o mundo e retirando-se dele e que era necessário rejeitar o homem para aceitar o Todo-Poderoso! Que infelicidade ele ter nascido judeu! Devia ser um asceta grego. Então, Gamaliel mergulhou em profundos pensamentos concernentes a Saul de Tarshish; seu espírito meditou e ficou perturbado.

A manhã daquele dia de verão surgiu luminosa e as ruas de Jerusalém pareceram brilhar e estremecer, mesmo a rua dos Tendeiros e a dos Queijeiros, os bazares apinhados e as aleias estreitas. Os ciprestes e as murtas, as alfarrobeiras e as palmeiras, os sicômoros e os pinheiros estavam envoltos em luz, parecendo transpirá-la. A poeira era dourada e dançava no ar, levantando-se a cada passo ou casco de camelo, mula ou cavalo, e as montanhas distantes tinham a brilhante cor acobreada. Cada parede exibia parreiras e flores vermelhas e púrpuras, o povo estava exuberante, pois o dia era muito claro embora não muito quente, avivado pelo ruído e pela pressa. Os campos além exibiam o seu verde mais vivo e fértil, com os cereais nascendo, as parreiras novas expandindo-se discretamente, as uvas verdes engrossando em seus cachos, que mais tarde se tornariam grandes e opalinos. Os bosques de oliveiras em seus terraços brilhavam prateados e às vezes pareciam reluzentes florestas de mercúrio. Os limoeiros exibiam seus globos amadurecendo.

Mesmo o taciturno Saul não ficou indiferente, apesar de tentar, à extensa generosidade do dia e da vida. Estava num grande carro, puxando por quatro cavalos pretos, emprestado por José de Arimateia, que o acompanhava até a Porta de Joppa; ali José desceria, deixando-o seguir na carruagem até Cesareia, onde o navio o esperava para levá-lo a Tarso.

José, naqueles dias, parecia estar repleto de uma excitação e expectativa que intrigou Saul. José não explicou. Mas havia nele uma alegria enormemente perceptível, um brilho no rosto, como se tivesse recebido notícias maravilhosas. Não confiou em Saul. Agora o via muito raramente, pois o rapaz dava-lhe a impressão de permanente retração, mesmo dos seus poucos amigos.

Quando se aproximaram do Templo — que brilhava como uma enorme miragem dourada ao sol, com as cúpulas, espirais e torres incendiadas pelo sol —, viram uma grande multidão na rua. Soldados romanos permaneciam vagando nos arredores, indolentes, ao calor do verão, os polegares enfiados nos cintos de couro, as pernas nuas afastadas. A multidão estava singularmente silenciosa, sem agitação e risos, como de costume quando alguma coisa fora do comum a atraía. José ergueu a mão para o cocheiro e o homem parou os cavalos. José virou-se para Saul, chamando-o com voz calma:

— Venha e veja.

Surpreso, Saul desceu com ele, passando sobre os ombros a capa de lã e andando com suas sandálias baratas. José bateu gentilmente num ombro, o homem virou-se e viu um ricaço de roupas elegantes e o escravo que o acompanhava, ruivo, de lábios duros e queixo anguloso. Então o homem afastou-se seguido por outros, até José e Saul, sem reclamações, atingirem a beira interna da multidão.

Exatamente no meio da larga rua romana estava o estranho de quem Saul se lembrava, o rude nazareno, com suas melenas e barba claras, largos ombros musculosos e enormes olhos azuis. Não usava capa. Sua túnica era de um grosseiro tecido cinzento e seus pés tão humildemente calçados quanto os de Saul. Os braços estavam nus e eram fortes, o mesmo acontecendo com o pescoço queimado de sol. Saul estremeceu à visão do blasfemador, o homem que Aristo afirmou ter curado seu amigo Télis, quase um ano atrás, usando magia negra... se de fato Télis fora curado. Aquele era o homem que o bárbaro Iocanã anunciou, como diziam; o essênio, que os gregos denominaram João Batista, falecera recentemente, tendo livrado o mundo da razão de sua incoerente presença. (O próprio Saul não conseguia compreender sua ferrenha aversão e sua ira inexplicável à recordação daquele dia no deserto, quando Iocanã tinha interpretado tão mal as profecias, nem o fato de que essas emoções cresciam a cada lembrança.)

Havia um pequeno grupo de fariseus na beira interna da multidão, reconhecíveis por suas franjas azuis e algumas liteiras com — era evidente — uns escribas delicados, os homens de "mente pura" que Rabban Gamaliel tinha denunciado tão violentamente. Estavam ouvindo o nazareno com enorme atenção, os fariseus com rostos aborrecidos, os escribas com leves sorrisos divertidos. Mantinham os lenços nos seus finos narizes, aspirando perfume, como se o nazareno tivesse mau cheiro. O que interessou Saul um segundo ou dois não foi o nazareno, mas a tolerância dos fariseus, homens religiosos e instruídos, e dos escribas, que se consideravam instruídos. Por que ouviriam aquele camponês iletrado das províncias, mesmo por um instante?

Então, Saul foi atraído pela expressão do nazareno. Agora não gentil, nem compassivo e misterioso, como naquele dia horrível da crucificação dos essênios e zelotes, nem suas feições estavam com uma tristeza bondosa, como quando Saul o vira pela primeira vez. Saul ficou aturdido pelo fato de que, embora aquele homem devesse estar bem dentro de sua quarta década, parecesse tão moço **como doze anos** antes.

Seu rosto, forte e masculino, exprimia naquele instante raiva, desprezo e repugnância e tinha os punhos cerrados, caídos ao longo do corpo. Seus olhos azuis fulgiam e faiscavam. Olhou para os fariseus, para os delicados escribas, e a multidão ouvia com silencioso prazer. Era evidente que o nazareno estava se dirigindo aos fariseus e escribas numa linguagem desabrida.

O nazareno recomeçou a falar. Suas faces pálidas subitamente ruborizaram-se, sua voz aumentou e vibrou no silêncio ensolarado, na claridade de luz matutina. Parecia — como Saul repentinamente lembrou-se de antes — um trovão abafado e ninguém estremeceu, nem mesmo os insultados fariseus nem os escribas resmungantes.

— Maldição para vocês, fariseus, pois amam os lugares superiores da sinagoga e as saudações nos mercados! Vocês taxam a hortelã, a arruda e todas as espécies de ervas e ignoram o julgamento e o amor de Deus!

— Não é possível aturar! — disse Saul a José, que não se virou para ele, parecendo fascinado pelo nazareno.

Mas José colocou dominadoramente a mão no braço dele e Saul encolerizou-se, continuando a ouvir. A multidão começou a rir com aprovação e a olhar furtivamente para os fariseus e escribas.

Era inacreditável para Saul que os fariseus não fossem embora com desprezo e que os escribas não mandassem seus carregadores de liteira expulsar aquele homem que fazia tais comentários na cara deles.

O nazareno atraíra a atenção dos fariseus, por assim dizer, nos limites dos seus próprios olhos ardentes, condenando-os — a eles, os religiosos que só celebravam o Livro, a Lei — e os escribas — por honrarem apenas homens que pensavam, não dedicando uma consideração civilizada aos trabalhadores úteis. Era estranho para Saul que os fariseus e os escribas, que se desprezavam mutuamente, pudessem ficar lado a lado, como se fossem amigos e aliados, enquanto aquele homem berrava epítetos contra ambos. Mas era o que o tosco aramaico estava dizendo:

— Quando se precisa de um ladrão para pegar um ladrão, corta-se a corda.

Era evidente que, de certa forma, fariseus e escribas tinham isso em mente.

O nazareno falou em aramaico e Saul, com relutância, concordou em que ele deu à "língua do povo", força e eloquência, que seu olhar tinha autoridade e que havia uma estranha luminosidade em sua fronte.

— Amaldiçoados sejam, escribas e fariseus hipócritas! Vocês são como túmulos que não parecem túmulos, por cima dos quais os homens andam sem perceber! Amaldiçoados sejam vocês, advogados, pois colocam sobre os homens cargas penosas demais para serem suportadas, enquanto ficam longe delas!

Então, seu olhar caiu sobre um grupo de coletores de impostos que se misturava aos advogados; seu peito dilatou-se, seu pescoço inchou e Saul aprovou pela primeira vez. Isso porque os advogados eram amigos e sustentáculos dos coletores de impostos, estando invariavelmente ao lado deles nos tribunais contra postulantes desesperados, sendo eles mesmos frequentemente arrecadadores.

— Vocês construíram os sepulcros dos profetas e seus pais os assassinaram! Amaldiçoados sejam, advogados, pois apossaram-se da chave da sabedcria. Não a assimilaram e impediram os que desejavam assimilá-la!

"E digo-lhes, meus amigos: não temam os que matam o corpo! É só o que podem fazer! Mas temam aquele que, após assassinar o corpo, tem o poder de atirá-lo no inferno. Sim, digo-lhes: devem temê-lo — gritou para o povo.

Uma leve névoa flutuou diante dos olhos de Saul e ele ouviu subitamente as furiosas batidas do seu coração crescerem, deixando-o atemorizado, esperando um dos seus ataques não muito frequentes. Mas não tremeu, como antes de um ataque, o suor não cobriu sua testa, nem sua língua colou-se ao céu da boca. Ao invés, sentiu o que se experimenta num sonho, afastado, mas iminente, estranho, mas familiar. Ouviu o nazareno falar, naquela neblina luminosa, mas não escutou as palavras reais até a última ter trovejado sobre sua cabeça:

— Quando eles os levarem às sinagogas, perante magistrados e autoridades, não pensem em como ou o que devem responder, nem o que dizer! Pois o Espírito Santo lhes ensinará no instante preciso o que devem fazer.

O nazareno falou em aramaico claro e sua linguagem não foi clara. Assim, subitamente, Saul concluiu que ele havia falado por enigmas, que precisavam de uma chave, não podendo ser compreendido de imediato oa mesmo depois de meditar. Saul sabia que os judeus tinham essa forma de se exprimir, especialmente os pobres rabinos de rua, de pés lacerados, e por isso não foi novidade para ele. Mas era evidente que aquele nazareno pretendeu dizer que só o Espírito de Deus podia resolver enigmas e não um homem instruído, de grande reputação... não, nem mesmo o Rabban Gamaliel, um dos fariseus sobre quem aquele camponês se referiu com tanto desprezo.

Os fariseus e escribas, silenciosos, continuaram imóveis. Então, um homem moço, modestamente vestido, de rosto sisudo, aproximou-se do nazareno, que se virou imediatamente e aguardou em silêncio atencioso. O nazareno ainda ofegava como quando se está tomado de ira, mas conteve-se visivelmente e curvou a cabeça, prestando atenção.

Os fariseus trocaram olhares e se aproximaram para ouvir melhor a conversa. O rapaz atirou-lhes um olhar rancoroso, mas servil, virando-se depois apenas para o nazareno. Começou a tremer; fez vários esforços para falar, sufocado e depois recuperou-se:

— Mestre, sei do que está falando, pois fui desprezado num tribunal presidido por um magistrado fariseu. Meu irmão mais velho e eu éramos os únicos herdeiros de nosso pai, que repouse em paz no seio de Abraão. Meu irmão roubou a minha parte. Mas ele, que é patife e ladrão, tem um amigo fariseu e magistrado, ao julgamento de quem foi entregue minha queixa. Mestre, fui roubado, meu caso foi recusado pelo tribunal, o fariseu me advertiu e meu irmão riu, cuspindo-me no rosto! Fizeram-me um grande mal... ao abrigo da lei, que é má. Peço-lhe, rabino, que fale com meu irmão e o convença a me fazer justiça, devolvendo a parte da herança que me pertence.

O nazareno olhou-o e um misterioso ar de impaciência e tristeza passou-lhe pela fisionomia. Era como se tivesse falado longamente, eloquentemente e com clareza, sem ser compreendido. Todavia, foi com suavidade que respondeu:

— Homem, quem me fez juiz ou divisor para você? Já disse antes e torno a dizer: meu Reino não é deste mundo. Tome cautela e cuidado com a cobiça, pois a vida de um homem não consiste na abundância de coisas possuídas por ele.

Quando o homem olhou-o, revelando incompreensão, o nazareno continuou:

— Não sou o que causa desunião entre os homens.

Esse homem é ambíguo, enganador e equívoco, pensou Saul. Numa hora, censura os advogados e os cobradores de impostos, usando terríveis palavras por sua injustiça e opressão do povo. E depois, por outro lado, rejeita um pobre homem, tratado injustamente nos tribunais e despojado de sua herança! Não são, de certo modo, muito parecidos?

O nazareno colocou afetuosamente a mão no ombro do rapaz, olhou-o com firmeza e disse, com muito carinho:

— Pois onde está o seu coração, lá estará seu tesouro.

Saul virou-se para José, esperando um comentário divertido, mas o velho estava olhando para o nazareno como se olha o Véu que oculta o Santíssimo no Templo e seus lábios estavam trêmulos. Saul ficou espantado. Sem dúvida, José de Arimateia tinha percebido o sofisma ilusório naquele comentário do nazareno e seu astuto afastamento do tema da justiça.

Mas José comportou-se como se tivesse ouvido um Profeta e um anjo de Deus, fazendo Saul imaginar se ele teria perdido o juízo.

Então, um fariseu falou, com um respeito zombeteiro:

— Rabino, sou pobre de espírito e o senhor me confundiu. Acusou os advogados de injustiça e de sobrecarregar os oprimidos... todavia, aqui mesmo há um pobre homem muito oprimido pelo irmão e pelo juiz, e o senhor diz-lhe: "Não sou o que causa desunião entre os homens." Se há alguma diferença, peço-lhe que a esclareça.

O nazareno percebeu imediatamente que estava sendo escarnecido e a multidão esperou, ansiosa, sua resposta. Mergulhando profundamente os olhos nos do fariseu, retrucou:

— Você não entendeu porque só há confusão em sua cabeça e não quer compreender. Eu lhe digo, a vida é mais que carne e o corpo é mais que vestuário.

Ao ouvir isso, Saul teve uma imediata compreensão e por um momento ficou claro para ele o que aquele empoeirado nazareno quis dizer, da maneira mais sutil e ao mesmo tempo não sutil e mesmo com clareza. Não havia nenhuma ambiguidade! Então, como uma bruma passando sobre uma paisagem clara, plenamente iluminada, a compreensão desapareceu em Saul e ele tornou a ficar desdenhoso, enfadado e confuso.

Agora, inúmeros andrajosos tinham-se reunido em torno do nazareno e Saul viu que eram discípulos. Todos os pobres rabinos de rua os tinham — vagabundos, desesperados mas esperançosos, religiosos, ignorantes e humildes, todos ansiando por justiça e pelo Messias. O nazareno preparou-se para partir e imediatamente virou a grande cabeça nobre, olhando diretamente para Saul; uma coisa profundamente azul e radiante brilhou nos seus olhos e ele sorriu. Depois, partiu com seus amigos.

José disse:

— Ele o conhece.

— De forma alguma! — exclamou Saul. — Vi-o poucas vezes. A primeira vez numa feira, quando eu era jovem, estando ele com alguém que chamou de mãe. Depois na crucificação dos essênios, onde o senhor também estava, e finalmente num sonho. Já lhe contei. — Estava novamente furioso, como antigamente; ainda assim sentia perplexidade e tristeza. Procurou o nazareno com os olhos, porém ele tinha desaparecido na multidão. — Nunca troquei uma palavra com ele. E por que o faria? Quem é *ele*?

— Você saberá — disse José de Arimateia, como dissera anos antes e não mais repetiria.

Os fariseus reuniram-se aos seus amigos, os escribas aos deles e novamente ignoraram a existência dos outros.

Saul virou-se, à procura do rapaz que fora rejeitado com simples palavras e ficou espantado, pois ele estava olhando na direção do nazareno, com um sorriso nos lábios trêmulos, como se tivesse tido uma visão e ouvido palavras celestiais, que o haviam fortalecido e confortado. Ele também é louco, pensou Saul.

O impetuoso Saul tinha aprendido uma lição: quando um homem, discutindo com outro, fala objetivamente, com calma e frieza, além de desapaixonadamente, ambos podem chegar a definir termos aceitáveis e sistemas de referência, e a discussão pode continuar sem animosidade, excesso ou desordem, para satisfação e prazer mútuos. Mas quando alguém discute usando unicamente seu temperamento e emoções, sendo envolvido, como Laocoonte, por suas próprias paixões, das quais não pode livrar-se, discute perigosamente, pois mesmo que perca a discussão num caldeirão de fumegantes incoerências, seu adversário o odiará para sempre depois disso. O pai citado nas Escrituras não se ressentiu tanto da violação e sequestro da filha, como do roubo dos seus objetos de culto, pois disse "Você roubou meus deuses". Tire tudo de um homem e ele poderá perdoá-lo. Tire-lhe sua sensibilidade e suas convicções irracionais e terá um inimigo eterno.

Chamar o homem de racional é provocar o riso irônico do Céu, pensou Saul. Assim, por ter um profundo respeito e estima por José de Arimateia, conteve sua língua habitualmente acerba e não fez qualquer comentário sobre o nazareno, cuja lembrança o tornava ainda mais irritado. (José de Arimateia era fariseu. Como, então, podia ter sorrido tão tolamente diante da acusação do nazareno aos fariseus? Que belo exemplo de irracionalidade!)

A viagem até Cesareia foi agradável e sossegada, tendo Saul procurado cuidadosamente só falar de coisas sem importância. Ele não viu o sorriso disfarçado de José, nem percebeu que o velho tinha compreendido. O velho disse:

— É uma pena que seu navio não o leve diretamente a Tarso, tendo de parar numa das ilhas gregas mais orientais. Mas o tempo está bom, o mar calmo e agradável nesta época do ano e você poderá repousar.

Nunca repouso, pensou Saul. Mesmo dormindo, nunca descanso. Mas forçou um sorriso, para agradar ao amigo. Rabban Gamaliel também havia recomendado serenidade e repouso, o que fez o rapaz meditar a respeito, uma vez que ele continuamente falava no dever do homem viver diariamente na presença de Deus, não desperdiçar seu precioso tempo em distrações e coisas sem importância... pois o homem não tem de prestar contas dessa hora e momento?

Estavam na Samaria, província dos judeus que riam dos judeus e caçoavam deles nos dias santos, acendendo fogueiras nas colinas, de modo que os sacerdotes fossem enganados e, vendo aquelas luzes, acreditassem que o sol estava nascendo. Os samaritanos eram judeus alegres, que amavam a vida dura nas suas colinas rochosas e valezinhos estreitos, pecavam com satisfação e leviandade, cometiam adultério prazerosamente, sendo pouco melhores que pagãos ou infiéis. Assim, quando José e Saul pararam numa grande hospedaria para pernoite, não foi surpresa para Saul — apesar do aborrecimento — ouvir música e o barulho de pés dançando no interior, e muita folia.

— Não é crime perante Deus rir, dançar e cantar — disse José, cujos poucos cabelos estavam agora brancos. — É também um prazer olhar as fisionomias dos jovens, quando cabriolam feito carneirinhos.

Saul não quis ir com José para a sala de jantar, onde estava acontecendo toda aquela diversão. Pediu que lhe servissem leite de cabra, queijo, frutas e pão no quarto em cima da estalagem, fazendo José balançar a cabeça e olhá-lo com ar triste. Mas trocou o leite de cabra por uma garrafa de bom vinho e Saul sorriu um tanto severamente. Todavia, para não ofender o amigo, bebeu o vinho, que o refrescou e aliviou; como os queijos eram excelentes e de variadas qualidades, maduros e abundantes, o pão branco e macio, as frutas frescas e perfumadas, havendo ainda peixe grelhado, Saul acabou saboreando seu jantar. Ele amava a solidão. Podia refletir. Uma vez, Rabban Gamaliel, olhando por cima das cabeças dos outros alunos, dissera: "Há homens que só se sentem felizes quando gozam seu próprio sofrimento." Saul ficara ruborizado e zangado.

O eminente Rabban Gamaliel, pensou, não compreendera. Saul achava a companhia dos outros tediosa, principalmente quando não discutiam coisas cultas e sim falavam de coisas sem importância, nas quais não estava interessado. Portanto, o que havia demais nisso?

Já estava dormindo quando José de Arimateia, meio cambaleante, entrou no quarto, sorrindo pela lembrança da noitada alegre. Uma lamparina iluminava tremulamente a parede de gesso amarelo e o teto baixo. Essa luz permitiu que José visse o rosto adormecido do rapaz no travesseiro baixo. Era o rosto, infelizmente, pensou José, de um dos ascetas gregos, que acreditavam ser o mundo mau e estranho ao homem (José não sabia que Rabban Gamaliel falara a esse respeito recentemente). O perfil de Saul era severo, duro mesmo, com o grande nariz adunco como o bico de uma águia, o queixo anguloso e firme, a boca falando apenas de autorrepressão e disciplina do eu, as grandes orelhas combativas, as pálpebras trêmulas mesmo dormindo, inquietas e insatisfeitas, e a massa dos emaranhados cabelos ruivos coroando o todo. Para José, havia alguma coisa de grandemente trágico na aparência de Saul e lembrou-se de orar, muito sinceramente, para a alegria penetrar novamente aquele espírito sombrio, apaixonado e dedicado, que acreditava ser doloroso o caminho para Deus, construído com pedra, perigo, pavor e lutas... mas nunca com paz, apesar de ocasionalmente com êxtase. José apagou a lamparina e adormeceu, a boca ainda sentindo o gosto do vinho, do pato assado e dos doces.

No dia seguinte, chegaram ao ventoso e cintilante porto de Cesareia. Várias das velas do galeão romano já estavam içadas e ele oscilava e dançava nas águas ofuscantes como um enorme pombo. Os pertences de Saul, as arcas e sua única bolsa foram levados para baixo, para seu pequeno camarote. Despediu-se afetuosamente — mas meio reservado — de José e disse:

— Voltarei dentro de dois meses.

— Descanse — falou José. — Reflita. Medite. Há anos que não visita sua casa.

Uma expressão de intensa dor apareceu no rosto de Saul.

— Então não sei? Não me condenei por isso? Se tivesse retornado mais cedo, teria visto o rosto de meu pai e recebido sua bênção antes que morresse.

— Espero que consiga tranquilidade — disse José de Arimateia.

Saul olhou-o com incredulidade.

— Estou sempre tranquilo! — exclamou. — Que paixões deste mundo me perturbam?

Não foi isso o que eu quis dizer, pensou José. Beijou Saul no rosto, como um pai, o comprido rosto oval e melancólico, os grandes olhos negros úmidos e suaves. Ficou no cais ainda muito tempo, olhando até que a última vela branca e alta desaparecesse no horizonte aquoso azul.

Saul levara com ele livros para examinar, mas uma espécie de languidez, composta de vento marinho e sol, tomou conta dele. Tentou censurar-se. Lutou contra a vontade de dormir, de bocejar, de olhar apenas para o céu e o mar. Era pecado não pensar; era uma ofensa a Deus não meditar constantemente sobre Ele. O homem não tinha motivo para existir, a não ser para pensar profundamente a respeito de Deus e adorá-Lo, esforçando-se para conhecer Sua Vontade. Pois o mundo dos homens não passava de um sonho mau que passaria; não tinha conteúdo nem realidade. Saul tinha-se afastado muito — embora não soubesse — dos ensinamentos da sua seita farisaica. Tinha absorvido a severidade mas não a clareza e, durante aqueles dias a bordo, não lhe ocorreu que aquilo era o que o nazareno Yeshua quisera dizer na rua quente de Jerusalém. Piedade sem alegria, fé sem contentamento, dever sem prazer inocente, adoração sem encanto... eram coisas que não agradavam a Deus, segundo o nazareno.

Apesar dos seus prodigiosos esforços — e eram realmente formidáveis — Saul sentiu-se a cada dia mais irritado e desanimado. Sua mente não era mais a faca afiada libertando o fruto inflexível e nu das frases irrelevantes. Aquilo o afastava dos livros, das sutilezas. Saul ficou algumas vezes surpreendido por estar debruçado na amurada do navio, olhando para o fascinante colorido do mar, para as cores cambiantes, púrpura, turquesa e azul transparente, que se transformavam ao pôr do sol numa infindável planície dourada. Portanto, a conflagração dos céus o apavorava, a terrível e silenciosa manifestação de Deus o fazia tremer. Murmurou então para si mesmo: "Quando olho para os Céus, para a obra dos Seus Dedos... Que é o homem?" E depois: "Os Céus afirmam Sua Glória e o firmamento mostra Sua Obra!"

Mesmo Saul não pôde resistir àquela majestade, apesar de pouco antes ter-se repreendido, dizendo que ao admirar o mundo estava esquecendo Deus. Imagino, pensou então, se não tivéssemos negligenciado muitas coisas relativas aos Salmos de Davi e apenas nos concentrado nos seus gritos de desespero e piedade? Era, para ele, um pensamento pecaminoso, que tratou de pôr de lado.

Saul não soube o nome da ilhota grega onde o navio ancorou na sua longa e sonhadora viagem, que não tinha importância, sendo seu porto tosco e barulhento. Havia pequena carga a ser recebida a bordo, incluídas umas poucas estatuetas cruas destinadas ao cozimento em Tarso. Havia também um único passageiro que estava cercado, no cais, por homens e mulheres que, entusiasticamente, beijavam-lhe as mãos, a capa, a barra da túnica, até mesmo seus pés, chamando-o "Divindade!". As crianças corriam à sua volta, parando para tocá-lo, rindo-lhe com satisfação. Cestas de frutas recém-colhidas jaziam aos seus pés como oferendas. Era alto, evidentemente grego, esbelto mas musculoso, cabelos claros com fios grisalhos, tendo pelo menos quarenta anos. Sua roupa era pobre, a capa remendada, tinha nos pés sandálias grosseiras e uma grande bolsa estava no chão ao seu lado. Tinha um único enfeite, um enorme anel no indicador da mão direita, uma joia nobre, de singular beleza, brilho e enorme valor, que chamou a atenção de Saul.

Olhou o rosto do grego, examinando suas feições esculturais e seus imperturbáveis olhos azuis. O homem tinha uma aparência severa, porém bondosa. Era evidente que não estava contente com as atenções daqueles pobres aduladores — eles o consideravam deus? —, mas não os repreendeu nem rejeitou por causa da sua bondade. Era um belo homem, embora de certa maneira ameaçador, e Saul reparou nisso sem aprovar muito; havia um ar sombrio em suas sobrancelhas lisas.

— Apolo! — gritou alguém do povo, em tom de adoração. — Esculápio! Quílon!

As crianças gritavam, abraçavam seus tornozelos, e os pais o olhavam como se fosse o sol.

Saul reparou que ele levava um bastão com as duas serpentes de Mercúrio enroladas e que a bolsa era, na verdade, uma maleta de médico. Saul sentiu uma leve aversão. O homem, então, nascera escravo e havia sido educado como médico, mais tarde libertado por algum senhor benevolente, pois do contrário não estaria perambulando pelas ilhas com aquela roupa ordinária e naquela liberdade. Como a maioria dos gregos, era provavelmente charlatão. Então, Saul lembrou-se que charlatães não viajavam como aquele, numa pobreza evidente, havendo também aquele anel nobre no seu comprido indicador. Um presente de algum ricaço supersticioso? Ou teria sido roubado? Médicos gregos, nascidos escravos, não estavam imunes à roubalheira.

Saul não se misturou aos outros passageiros do navio nem se dignou a dirigir-lhes mais que uma palavra, mesmo ao capitão, Galo. Repentinamente, viu Galo ao seu lado na amurada, um grande homem rude, que estava olhando para o miserável médico-escravo grego com ar divertido.

— Aquele — disse — é o famoso médico Lucano, filho adotivo do muito nobre romano Diodoro Cirano, cujo nome é venerado por todos os romanos, pois é possuidor do verdadeiro espírito, patriotismo e orgulho romanos, tribuno e procurador na Síria, soldado favorito do César Augusto. Infelizmente, restam poucos como Diodoro. Lucano honra a memória do seu pai adotivo, pois é homenageado ao longo do Grande Mar, sendo homem de considerável fortuna, estimado pelo próprio César Tibério. Não aceita remuneração nem presentes. Basta-lhe atender os pobres. Não aceita pacientes ricos, exceto os abandonados pelos seus próprios médicos como desenganados, e a eles pede que ajudem os desamparados.

Galo sorriu e abanou sua grande cabeça raspada.

Por mais relutante que fosse, o interesse de Saul despertou. Não era típico de um grego recusar dinheiro!

— Ele usa um anel magnífico — comentou.

O capitão atirou a cabeça e ombros para trás.

— É o anel que seu pai adotivo deixou-lhe, um bem de família! — Hesitou, olhou de esguelha para Saul e tossiu. — Ele já viajou neste navio. Temia-se que a peste tivesse irrompido entre os escravos das galés. Muitos dos corpos foram atirados pela amurada à meia-noite, quando os passageiros estavam dormindo. — O capitão tornou a tossir. — Tínhamos içado a bandeira amarela; não nos permitiam entrar nos portos. Mas... esse Lucano curou os enfermos e moribundos numa só noite!

— Como? — perguntou Saul, meio escarnecedor.

(Esses gregos velhacos!)

— Como? não sei — respondeu Galo. — Eu mesmo achei graça nisso e levianamente censurei Lucano por afirmar que era a peste. A peste não se cura em poucas horas e as vítimas estavam em perfeita saúde! Meu próprio médico, a quem mais tarde castiguei, também garantiu que se tratava da peste.

— Bem. Então não era a peste — disse Saul, encolhendo os ombros.

O capitão coçou a sobrancelha grossa.

— Pensei que não — falou e sua voz poderosa ficou subitamente calma. — Mais tarde soube que era.

Saul virou para ele o rosto descrente e quase risonho.

— Impossível!

— Ah — disse Galo, desta vez sério. — Foi o que disseram: impossível. Mas também era verdade. Não sou supersticioso. Não acredito nos deuses. Porém Lucano certamente curou os moribundos e devolveu-lhes a saúde num piscar de olhos. É também estranho que, mais tarde, ele tenha negado que fosse a peste, embora no começo afirmasse que era.

— Compreendo — disse Saul. — Se um médico nega que tenha sido a peste, então não foi.

— Mas foi — afirmou o capitão Galo. — Mais tarde vi alguns casos de peste e os reconheci. Morreram todos.

O médico grego Lucano tinha finalmente se desembaraçado dos seus adoradores e estava subindo a bordo, com seu bastão e a bolsa. Galo foi cumprimentá-lo imediatamente, abraçou-o com ardor, respeito e afeto. Levou Lucano para baixo, a fim de homenageá-lo em seu próprio camarote com iguarias e vinho de qualidade. Quando passaram por Saul na amurada, Lucano sorriu-lhe distraidamente e fez-lhe um leve aceno de cabeça. Mal olhara Saul e nem mesmo era certo que, na verdade, o tivesse visto.

A multidão no cais ajoelhou-se para receber sua bênção antes que descesse e ele a satisfez, viu Saul, com um ligeiro franzir de impaciência e, apesar disso, com amor. Quando ele e o capitão desapareceram, a massa ergueu-se e atirou beijos e flores ao navio, tendo as cestas de frutas sido recolhidas a bordo, o único presente que o povo pôde dar, em sua pobreza.

Saul resmungou. Um rico que recusa mais riquezas, que só atende os que não podem pagar-lhe, não era coisa de grego, nem de qualquer outro homem! Os homens, em sua maioria, não são levados a viver na piedade e para a piedade. Em última instância, desejam a fama. Mas que fama esse Lucano possuía? Só os míseros e famintos, os camponeses e os insignificantes o aclamavam. Não teve guarda de honra para trazê-lo àquele porto, nenhum homem bem vestido para abraçá-lo, nenhuma liteira à sua disposição.

Por algum motivo que irritou Saul, Lucano subitamente fê-lo lembrar-se do nazareno Yeshua, quando era evidente que não havia a menor semelhança entre um grego rico, adotado por uma nobre família romana, e um humilde filho da Galileia, queimado de sol.

◆ ◆ ◆

Capítulo 22

Este é um, pensou o médico grego Lucano, no terceiro dia de viagem, que está em guerra com o homem... como eu estou com Deus.

Ele próprio era discreto, mas a discrição do rapaz, que soube chamar-se Saul de Tarshish, de uma nobre e distinta família judia, não era igual à sua. A de Lucano era decorrente do seu desgosto pela adulação e servilismo e a de Saul — era evidente — provinha de uma aversão muito grande pela humanidade. Galo disse a Lucano, apontando para Saul ao longe, no tombadilho:

— Ele está voltando para casa a fim de dar um destino à sua fortuna, pois mora atualmente em Jerusalém. Fui solicitado por um judeu muito rico e famoso, chamado José de Arimateia, a tratá-lo com toda a cortesia e consideração. Recebi também — o capitão riu — um presente substancial. Esses judeus sabem ser generosos. Tentei fazer amizade com ele, cujas feições estão sempre sombrias, mas fui repelido. Este navio está cheio de passageiros importantes, mas Saul não toma conhecimento deles. Mandei servir-lhe iguarias especiais, mas ele as recusou com educação e também com desdém. Uma quantidade de garrafas de um vinho excepcional foi trazida a bordo para seu uso, presente de José, porém ele as deu a mim, não graciosamente, mas com desdém. Dizem — prosseguiu o capitão — que ele menospreza toda a humanidade. Não há dúvida de que seu olhar é frio, crítico, indiferente, e não responde a nenhuma cortesia.

Lucano não era de se aproximar de ninguém sem ser encorajado, a menos que estivesse doente. Como Saul, era retraído. Mas ficou curioso a respeito daquele jovem judeu, de rebeldes cabelos ruivos, de perfil agressivo, de olhos angustiados, de boca áspera, de pernas tortas que procurava esconder sob a túnica comprida. Saul também era pálido, tinha sardas e o sol havia queimado sua pele clara. Seu andar era vacilante. Seu ar distraído e vago. Lucano franziu o cenho. Nunca o vira sorrir. Não usava qualquer adorno. Tinha mãos fortes e sardentas, como as de um homem trabalhador. Lucano também sabia muito sobre os judeus e por isso compreendeu. Saul excitava cada vez mais sua curiosidade e isso deixou perplexo o discreto grego. Fora o evidente olhar de orgulho sofredor do judeu que o atraíra, sua reserva altaneira, seu passo irresoluto, a fisionomia amarga que mostrara aos outros? A expressão de afastamento, de condenação, de rejeição?

Como eu me afastei de Deus, condenei-O e rejeitei-O, também esse infeliz jovem judeu afastou a si mesmo e condenou e rejeitou o homem, pensou o médico Lucano.

O grego ficou perturbado. Era direito rejeitar Deus, que era impiedoso com Sua criação e tinha, Ele mesmo, repudiado o torturado animalzinho chamado homem, ao qual só restava sofrer e morrer sem esperança ou recompensa. Mas não era direito rejeitar a humanidade, que não era responsável por seu estado e aflição. Se o homem era mau — como tão monotonamente era -, fora criado assim. Poderia, portanto, ser condenado por Quem tinha determinado essa maldade? Não, apenas compaixão e ternura deveriam ser dadas a ele e sua dor mitigada sempre que possível: não vive ele na dor que não pode compreender nem vencer? Prometeu, o titã imortal, que não fora verdadeiramente homem, ficou tão comovido com a angústia da humanidade, que desafiou os próprios deuses, dando luz e calor ao mundo em consequência da sua tremenda piedade. Lucano entendia. Prometeu, mas não Saul de Tarshish, que não tinha ar de ignorante.

Um dia, Lucano aproximou-se de Saul, que estava debruçado na amurada, olhando, meditativo, o mar. Lucano obrigou-se a sorrir, e isso fez-lhe lembrar, divertido, que lhe era tão difícil ser afável quanto era para Saul. Em consequência, seu divertimento deu-lhe uma expressão confiante e alegre, o que deixou Saul um tanto desarmado ao virar-se.

— Desculpe-me — disse Lucano —, mas estou interessado no seu olho. Está cego?

Saul ficou imediatamente ofendido.

— Não — respondeu.

A simples palavra era desestimulante, mas Lucano, mais velho, não desanimava com facilidade.

— Sou médico — disse. — Deve perdoar minha curiosidade profissional.

— Por quê? — perguntou Saul.

A pergunta foi tão imperiosa que a alegria interior de Lucano traduziu-se num riso brando. Saul começou a sorrir sem vontade.

— Toma um cálice de vinho comigo? — perguntou Lucano. — Confesso que não sou um bom julgador de vinhos, mas é possível que seja, Saul de Tarshish.

As sobrancelhas ruivas de Saul ergueram-se.

— Sabe meu nome? Também sei o seu. Como o senhor, também não sou bom juiz.

— Pensei que todos os judeus fossem gastrônomos — retrucou Lucano ardilosamente. Viu imediatamente que o comentário divertira Saul.

— Não — disse o rapaz. — Muitos de nós preferem a aguardente síria.

— Da qual tenho uma garrafa — falou Lucano. — Eu também a prefiro. Vinho, para mim, apesar de maravilhosamente perfumado, sabe a vinagre na língua. Além disso, é impossível beber o suficiente... para esquecer. Apenas conseguimos dormir pesadamente, um sono triste, e acordamos preguiçosos e inquietos. Enquanto que a aguardente é muito rápida, não deixa resíduos, a menos que seja bebida como o vinho. Aceita?

Antes que Saul pudesse responder, Lucano dirigiu-se a um criado que passava no tombadilho e falou com ele. O criado voltou logo com dois cálices de prata e uma garrafa de aguardente. Lucano e Saul instalaram-se sob uma tenda listrada, ao abrigo do sol causticante, e o médico despejou o líquido dourado nos cálices. Saul provou, fez uma careta e depois bebeu um pouco, dizendo:

— É possível que o senhor também, Lucano, queira esquecer?

— Gostaria de poder beber das águas do Lete — disse o grego e seu rosto transformou-se numa tênue máscara de dor. — Há horas em que não posso suportar o sofrimento da humanidade.

Saul olhou-o num silêncio demorado. Finalmente, falou:

— O sofrimento da humanidade é merecido. Não é obra nossa?

Lucano estava familiarizado com a religião dos judeus e por isso não se mostrou surpreso. Olhou para o fundo do seu cálice. Saul continuou:

— Talvez não seja o sofrimento de toda a humanidade o que o atormenta, Lucano, mas o sofrimento de um, dois ou três que o senhor amou.

— É verdade — retrucou Lucano, pousando em Saul seus grandes olhos azuis. — Mas nós, gregos, não devemos dizer que a discussão deve partir do geral para o particular, se é para obter-se verdade e significado? Sim. A discussão geral atinge a todos... e a ninguém completamente. Você tem razão. Amei e perdi; agora não amo mais, a não ser o sentido geral, que confessei não ser absolutamente válido.

Saul não comentou.

— Ouvi dizer — falou Lucano, cheio de compaixão — que há em Israel um homem milagroso. É verdade?

Saul ficou visivelmente espantado e seu rosto enrugou-se. Mas sua voz continuou calma e controlada quando respondeu:

— Temos muitos rabinos errantes em Israel e inúmeros fazem milagres, pois são simples tementes a Deus, a Quem amam, e acreditam poder curar. Não é raro. A fé não é inacreditável.

Seus lábios encresparam-se.

— Mas — disse Lucano que, de certa forma, tinha tocado um ponto sensível em Saul — estou falando especialmente de um, que vem causando muita agitação atualmente na sua terra. Lembre-se que os gregos construíram altares para o Deus Desconhecido nos seus templos e que esperam a chegada dEle. Ouvi dizer que seu compatriota de quem falo é o Deus Desconhecido.

Fixou o olhar em Saul.

Um ar de fúria espalhou-se no rosto de Saul, misturado com repugnância e horror. Mas não revelou surpresa.

— O senhor deve lembrar — começou Saul — que há em Israel, nestes dias calamitosos, muitos gregos, romanos, egípcios e outros supersticiosos que estão sempre à procura do sobrenatural, ansiando por milagre. Pois acham que o atual mundo materialista não satisfaz a alma do homem, por mais confortável e fácil que o materialismo seja. O homem não deve viver apenas pelo pão. É desastroso que o homem moderno tenha se livrado da sua crença no sobrenatural, no Ser além da simples Manifestação, como se esta possa ocorrer sem causa!...

Lucano balançou a cabeça.

— Sim. Lembro as palavras de Aristóteles: "A vida pertence a Deus, pois a atividade da mente é vida e Ele é essa Atividade. A pura autoatividade do raciocínio é a mais bendita e eterna vida de Deus. Nós dizemos que é vida, eterna e perfeita e que a vida eterna e contínua pertence a Deus, pois Ele é vida eterna."

O rosto de Saul tornou a modificar-se, ficando expressivo e comovido. Balançou a cabeça.

— Mas estávamos falando do novo rabino milagroso de Israel — disse Lucano. — Ouviu alguma coisa a respeito?

— Ouvi. É um blasfemador, um embusteiro e um caluniador dos homens de bem.

Lucano franziu os lábios, pensativo.

— Acredito — disse. — Quanto à blasfêmia, não sei com certeza, mas desconfio que o homem é um embusteiro. Perdi para ele um empregado e amigo querido, um negro africano que, tendo ouvido uma história inverossímil a respeito dos seus milagres, abandonou-me na calada da noite e foi procurá-lo. Ramus era mudo. Desde o começo, desconfiei que fosse histeria, embora Ramus fosse instruído, de boa saúde física e mental em outros aspectos. Ele acreditou — e aqui Lucano olhou firmemente Saul — que o seu Deus Invisível não só restauraria sua fala, mas livraria seu povo da maldição jogada em Cam. Assim, procurou seu compatriota e perambulou com ele durante muito tempo.

Saul o olhou fixamente.

— E Ramus morreu ou perdeu-se.

Lucano respirou profundamente.

— Recebi uma carta dele — falou. — Garantiu que procurou o homem, rezou para ele intimamente e sua fala foi recuperada, tendo voltado, com alegria, para a terra dos seus ancestrais. — Lucano hesitou. — O meu Ramus não era tolo nem ignorante. Falava várias línguas. Disse que testemunhou um jovem ser erguido do túmulo, pelo seu compatriota, numa cidadezinha chamada Cafarnaum.

— É mentira! — retrucou Saul tão depressa que Lucano ficou espantado. — O homem é um charlatão! Vi-o em várias ocasiões e garanto-lhe que não passa... não passa de um pobre trabalhador sem instrução, da pedregosa província da Galileia! Estou convicto de que é um hábil feiticeiro, possuído pelo demônio.

— Seu Demônio, então — comentou Lucano com ar sério —, começou a fazer o bem?

A boca de Saul contraiu-se e seus olhos chisparam.

— Está zombando de mim, Lucano. O mal nunca faz o bem. Aquele homem está iludindo o povo e os romanos não encaram o logro com simpatia, pois ele é um incitador que deseja destruir a lei e a ordem tão precárias em Israel. — Agora Saul virou o rosto. — Não me entenda mal. Não sou conciliador nem traidor como os saduceus, que são indulgentes com os romanos. Meu coração está com os essênios e os zelotes. Mas temo agora pela segurança do meu povo, apesar de ter pensado em me tornar um deles. Acima de tudo, temo pela fé pura do meu povo... que aquele homem quer aniquilar na confusão e controvérsia.

Passou a mão no rosto.

— Tenho dificuldade em me exprimir, embora meus professores me considerassem eloquente. Não importa. É a fé do Povo Escolhido, que se recuperou do exílio e da calamidade, tornando-o apto a estabelecer uma nação e um Templo, trazendo-lhe a Promessa de Deus de um Messias. Se essa fé for destruída, então Deus, na Sua ira, tornará a nos castigar. Não podemos permitir a blasfêmia! Não podemos deixar que Deus seja escarnecido! Pois seria destruir tudo o que construímos penosamente através dos tempos, atirando-nos outra vez na selvageria por milênios. Já não sofremos bastante? Sim. Mas o nazareno veio até o centro do nosso país, permitindo que dissessem ser ele o Messias! Podemos permitir essa blasfêmia? Não!

— O Deus Desconhecido — falou Lucano

Saul estremeceu.

— Desculpe, Lucano, mas não sabe o que está dizendo!

— Está claro que ama o seu Deus — replicou Lucano. — Por isso não me perdoa quando digo que O desafio e talvez mesmo O odeie pelo que fez à humanidade, pelos sofrimentos que amontoou sobre ela, pelas trevas, silêncio e aflição. Um animal muito pequeno para que uma Força tão poderosa caia sobre ele!

Era um argumento novo para Saul, que olhou espantado para Lucano. Gaguejou, ao exclamar apressadamente:

— O senhor não compreende! O homem é que é a aflição, o insulto contra Deus, o ser desprezível que, sobre os membros inferiores, ousa encarar o Inefável e interrogá-Lo!

Lucano viu não se ter enganado no julgamento que fizera de Saul, cujo rosto estava contorcido de ressentimento e ira. Assim, respondeu pacificamente:

— Vejo que jamais chegaremos a um acordo, a uma definição de termos. Estou enfurecido com Deus e você com o homem. Levará uma vida chegarmos a um entendimento, a um acordo e temo não dispormos de todo esse tempo. — Sorriu. — Afinal de contas, só podemos discutir baseados em nossas experiências e não nas dos outros, pois quem sabe o que se esconde no coração das pessoas?

Como Saul não respondesse e permanecesse irritado, Lucano prosseguiu:

— Deixo amanhã este navio para me dirigir a outra ilhota, onde procurarei aliviar o sofrimento de vítimas do seu Deus. Não nos veremos mais, Saul de Tarshish, e por isso vamos nos separar amigos.

Saul, de má vontade, apertou a mão do grego, enfrentando durante um momento aqueles sérios e compassivos olhos azuis, pensando involuntariamente: gostaria de ter esse homem como amigo, apesar de ser grego e blasfemar contra Deus, bendito seja Seu Nome. Todavia, nunca mais o verei.

Quando Lucano levantou-se da cadeira sob a tenda, sua túnica abriu-se em cima e Saul viu que ele usava uma corrente de ouro, na qual havia pendurada uma cruz de ouro fina, presa pela parte superior numa argola. Lucano viu o olhar de Saul fixado nela e disse:

— Foi o último presente que recebi de uma moça que amei, que a ganhou de um médico da família. Ele disse-lhe que era o signo do Deus Desconhecido, amado por todos os povos, e o signo da ressurreição dos corpos para a vida perpétua.

Lucano sorriu levemente, mas viu que Saul ficou sério.

— Caiu da mão de Rúbria na minha, quando ela morreu — prosseguiu Lucano. — É sagrada para mim.

Mas Saul continuou calado. Ficou confuso, pois acabava de lembrar-se do seu sonho da grande Semente que caiu na terra e deu lugar a uma plantação.

❖ ❖ ❖

Capítulo 23

— Seu amigo e aluno Saul me faz lembrar da lenda de Íxion, no Hades, o amaldiçoado que girou sobre si mesmo com urros inaudíveis, perseguindo-se e fugindo desesperadamente de si próprio — disse Ianthe ao marido Aristo.

Aristo olhou-a com admiração. Adorava cada vez mais a mulher. Para ele, a moça era ao mesmo tempo Ártemis e Afrodite, ardilosa como uma ninfa e tão forte quanto Hera. Era um encanto permanente. Ele nunca soube se a mulher era obtusa ou muito inteligente e, ternamente, esperava nunca descobrir. Seu comentário sobre Saul era profundo e sutil, porém o fizera com a meiguice de uma criança e com a deleitável brandura de uma tola. Ela era realmente deliciosa e ele agradeceu aos deuses — nos quais não acreditava — ter descoberto tal maravilha... com um grande dote.

— Íxon — disse. — Sim, meu infeliz Saul. Ele não sabe que habita no Hades, passeia nos campos de asfódelos, vive no crepúsculo e dorme com o Desespero. Como inúmeros judeus, é perseguido por seu Deus. No entanto, seu pai, antigamente, era alegre, de coração leve, bem-humorado, tinha uma conversa fascinante e sua irmã era uma verdadeira deusa menor, de grande beleza e encanto. Sua mãe não tinha cabeça, era vulgar e frívola, mas ria alegremente, parecia uma estátua, era graciosa e cantava. De onde veio esse jovem atormentado é um grande mistério. No entanto, quando criança e rapaz, ria expansivamente, tinha uma inteligência irônica, uma bondade muito espontânea, estuava de vida e sua fisionomia agitava-se como o vinho ao sol. Se agora mora no Hades, arriscou-se por vontade própria, sem ser levado pelas circunstâncias, preferindo os gemidos do desespero aos abraços do amor.

— Ele não é bonito — disse Ianthe. — Talvez as moças o evitem. Por que não é casado?

— Dedicou sua vida a Deus, como o rei de Nemi — respondeu Aristo.

Ianthe olhou-o com ar divertido e depois dirigiu-se à cozinha para supervisar a refeição da tarde do marido. Ele descobrira outro prazer nela. Era uma excelente dona de casa e pessoalmente temperava os alimentos no último instante, de maneira a estimular o paladar. Aristo saiu um momento para contemplar com prazer suas terras, seus extensos bosques e pomares, seu gado e ovelhas, seus cavalos e mulas, os edifícios em volta da casa agradável e, além, o largo rio correndo, dourado, sob as montanhas escarlates de Tarso. Pensou em Saul com certa melancolia. Saul adiou sua volta a Jerusalém e morava sozinho na casa do pai, com os criados que libertou de acordo com a Lei, em virtude da morte de Hillel. Mas apesar de Aristo convidá-lo com frequência — conseguiu apenas duas vezes — e outros também, Saul continuou mais solitário que nunca. Disse a Aristo ser sua intenção voltar a Jerusalém antes dos Grandes Dias Santos, no outono, porém já estavam no outono e ele continuou protelando. Havia uma certa fadiga e silêncio nele, impenetráveis à bondade e ao afeto.

Realmente, uma espécie de apatia se apossara do solitário rapaz. A cada manhã, dizia a si mesmo que, no dia seguinte, precisava retornar a Israel, mas os dias passavam e ele permanecia. Sentia-se como se tivesse sido expulso do teatro, no qual estivesse sendo levado um drama, com grandes coros e as portas tivessem sido fechadas para ele, sem que soubesse por quê. Quando essa ideia lhe ocorreu, Saul riu-se. Passou muitas horas na biblioteca do pai e outras mais no jardim, parado na ponte preta sobre o lago, no exato lugar, como lhe disseram, em que seu pai parara e sofrera uma vertigem, caindo na água. Saul mergulhou durante vários momentos seus olhos naquela água e umas poucas vezes imaginou ter visto o corpo de Hillel no fundo, as vestes ondulando suavemente, o rosto branco morto e tranquilo.

Saul esteve no túmulo dos pais, mas sentiu que Hillel não estava lá e sim na água do lago. Procurou imaginar o pai em sua cadeira no outro mundo, louvando Deus com o serafim e o querubim, seu rosto exultante refletido no luminoso mar espelhado. Mas apenas conseguiu ver seu pai dormindo, como que esperando.

Sua irmã Séfora escreveu-lhe da sua habitual forma alegre e ele não percebeu sua ansiedade e seu amor por causa dele, na vivacidade de suas frases. Falou na família, no marido, Ezequiel ben Davi, na sua querida sogra Clódia, nos tios — que estavam notavelmente prósperos —, no avô, Shebua ben Abraão, cuja saúde declinava, perdendo sua velha placidez, calma e urbanidade. "Ele agora é um homem muito idoso", escreveu a jovem Séfora, "que frequentemente fica incoerente e angustiado por causa disso. Fala às vezes no nosso pai com irritação, como se ainda estivesse vivo e fosse um pensamento desagradável para ele. Todavia, repetidamente pergunta quando nosso pai o visitará novamente. É muito estranho."

Na última carta, Séfora escreveu, após as habituais e extensas notícias da família, sem interesse para Saul, que raramente pensava nos parentes da mãe:

"Ultimamente, temos muita agitação e discussões ásperas em Jerusalém, com muito desrespeito e risos. Um jovem rabino da Galileia vem perturbando o povo; os sacerdotes e o Sinédrio ficaram muito aflitos porque os romanos o estão investigando. Estamos muito assustados, pois se esse galileu provocar conflitos e revoltas — corre o boato de que é essênio e sabemos como são apaixonados — os romanos nos destruirão imediatamente, sem mais nem menos. Eles têm sido bons para Israel, como não são com nenhum outro povo, isentando-nos do serviço militar, respeitando nosso Sabá, evitando usar a efígie de César nas bandeiras e mesmo cunhando moedas especiais para nós, sem a efígie dos tiranos deles. Também não levam um judeu perante o magistrado no Sabá, não profanam o Templo, ficando no Pátio dos Gentios respeitosamente, ouvindo nossos homens santos. É verdade que nos taxam acima das nossas possibilidades, porém não mais que a outros povos e seu Império é formidável. Têm mostrado muita tolerância, apesar de provocados pelos nossos jovens bárbaros do deserto, que abandonaram o mundo ordeiro, desprezando-o. Mas tememos que, se esse galileu, que dizem realizar milagres incríveis, incitar o povo, os romanos poderão perder a paciência, colocar-nos sob um regime militar e queimar o Templo. No mês passado, pudemos respirar melhor. O rabino errante saiu espontaneamente do nosso meio, voltando às suas colinas e sinceramente esperamos que fique por lá. Nós, mães, estamos sempre temerosas, vendo ameaças onde possivelmente não existem."

Mesmo Saul, aquele escrupuloso fiscal da própria consciência, dos próprios pensamentos e suas fontes dos próprios motivos, não pôde compreender por que a simples menção do nazareno encheu-o imediatamente de ira e repugnância. Levou a carta de Séfora ao velho rabino, Reb Isaac, agora curvado, com barba e cabelos brancos ralos.

— Antigamente — disse Saul — minha irmã desprezava os romanos como eu ainda o faço e admirava os essênios e os zelotes como eu admiro... embora fique um tanto assustado com seus excessos. Compreende-se que sendo mãe e, portanto, angustiada pelo possível destino deles, esteja assustada. Mas isso não é motivo de zombaria e sim de respeito. Assim, se Séfora, que foi bem-educada por nosso pai e ama Israel como ele amou, está preocupada com esse... nazareno... e assustada, então certamente temos motivos para temer.

O velho pensou, sem tirar seus olhos velados mas ainda irascíveis do rosto ruborizado de Saul. Depois disse:

— Você morou muito tempo em Jerusalém. Diga-me: ouviu falar antes nesse galileu? E o viu? Você nunca o mencionou a mim.

O feio rubor do rosto sardento de Saul aumentou.

— E o vi — respondeu, com voz contida. — Ouvi-o.

O rabino esperou. Contudo, Saul nada mais disse. O rabino perguntou:

— E qual é sua opinião?

— Ele é analfabeto — disse Saul. — É um galileu ignorante, embora confesse que é eloquente. Fala por enigmas...

— Uma característica judaica comum — comentou o rabino.

Saul resmungou, impaciente.

— Mas esses enigmas parecem incitar o povo. Por sua aparência é como a maioria dos galileus. Eu não sou galileu, por parte da família do meu pai? Ele não é... feio, embora não seja bonito. Às vezes, parece muito comum. Outras, me disseram, parece transfigurado.

— Você não o tem em boa conta — disse o rabino.

— Não. É um blasfemador, um charlatão. Com certeza, Reb Isaac, seus amigos de Jerusalém já lhe falaram sobre ele! O homem permite que digam ser ele o Messias! — Saul ofegou e os olhos brilharam de raiva. — Ouvi dizer que ele tem relações com prostitutas, mulheres depravadas e mesmo com arrecadadores de impostos! Se isso for verdade, trata-se do mais degradado dos homens.

Uma expressão curiosa surgiu no rosto de Reb Isaac.

— Quem sabe ele espera conduzir esses infelizes degenerados ao arrependimento?

Saul olhou-o.

— Então o senhor o conhece bem?

O velho rabino, sentado em sua biblioteca, virou a cabeça e olhou pela janela a paisagem dourada.

— Conheço-o. Israel está cheio desses rabinos ambulantes, que às vezes realizam milagres. Ele é um que age assim, entre muitos. Mas não ouvimos falar dos outros. Contudo, ele é extraordinário, não pela fama, não pelo mundo tê-lo notado, mas em pessoa. Obscuro, aparentemente ignorante, falando só em aramaico, sem moradia, lar, dinheiro ou posses, como os outros rabinos pobres. Não obstante, atrai a imaginação dos que o encontram. Por quê? É um profeta?

Saul percebeu algo enigmático na maneira e nas palavras do velho. Começou a ficar rude de impaciência.

— Um profeta! Nunca houve um profeta tão sujo! Nem menos respeitado. Profetas não blasfemam...

O velho sorriu de maneira estranha.

— São com frequência acusados de blasfêmia, não são respeitados, se bem me lembro das Escrituras. Portanto, se o nazareno é insultado por tantos, como ouvi, possivelmente trata-se de um profeta. As pessoas não mudam. Se me pedissem para descrever um autêntico profeta, eu diria: "Ele foi desprezado e odiado, ridicularizado, provocou a maior hostilidade, foi objeto de malícia, escárnio e desprezo, os motivos mais sinistros lhe foram atribuídos e disseram que estava possuído pelo demônio."

O rosto de Saul adquiriu uma lividez transparente, mas a raiva aumentou em seus olhos.

— Ele não é profeta — falou, com voz meio rouca. — Ele não é nada.

— Nada — repetiu o rabino, olhando-o agora francamente — jamais desperta emoções. Sei que esse nazareno o perturba profundamente. Não perguntarei o motivo. Você me deu um: blasfêmia. Não creio que seja isso. Acho que nem mesmo você sabe.

— Eu sei! — exclamou Saul, amarrotando com as mãos fortes o tecido que cobria seus joelhos. — Ele permite que digam que é o Messias! Sabemos que isso é blasfêmia. Dediquei-me a Deus e Sua Verdade revelada e sinto-me ofendido por esse nazareno presumir...

— Que presume ele? — perguntou o rabino, quando Saul parou. Saul não respondeu. Sua testa estava levemente suada, indicando uma intensa agitação. O rabino prosseguiu: — Quando você fala sobre ele quase fica fora de si. Você é um rapaz de grandes emoções, que costuma dominar. Por que, então, fica desabrido de modos e de fala, quase incoerente, quando o nazareno é mencionado?

— Eu o odeio! — exclamou Saul.

O rabino não falou, olhando-o apenas.

— Ele vai destruir Israel! — insistiu Saul, em voz mais alta.

— Como? Um miserável mendigo galileu, embora inflamado? Por acaso não temos guardas, juízes e tribunais para contê-lo e suprimi-lo, caso torne-se perigoso? Não lhe está dando demasiada importância em sua cabeça? — sugeriu o rabino.

— Ele não tem nenhuma importância!

O rabino encolheu os ombros.

— Então, por que o discutimos? Numa hora, você me mostra a carta de sua irmã, evidentemente tão assustado quanto ela; e logo depois me diz: "Ele não tem nenhuma importância!" Meu filho, não tem sido franco comigo. Você diz que odeia o homem e acredito nisso, mas algo agita você simplesmente ao pensar nele.

— É um feiticeiro — disse Saul e, sem perceber, contra sua vontade, começou a falar sobre o nazareno, quando o encontrou e até do seu sonho. Sua voz aumentou e diminuiu, muito agitada; as mãos fecharam-se e abriram-se.

O rabino ouviu sem se mover.

Finalmente, Saul disse:

— É um feiticeiro e nos foi ordenado que matássemos os feiticeiros. Ele me olhou, fiquei fraco e por um instante não resisti e o teria seguido... procurado, como se recebesse uma ordem... lhe teria dado... — Olhou para o rabino, num misto de pavor, compreensão e horror. — Portanto, seduziu minha alma e é feiticeiro!

Reb Isaac olhou para aquela fisionomia pálida, honesta e implacável, com estranha fixidez. Depois levantou-se, foi até a janela, coxeando devagar. Olhou para fora, dizendo:

— Seu pai rezou a vida inteira para estar vivo quando o Messias chegasse. Acredito que sua... doença... que lhe causou a morte, foi resultado do seu desapontamento.

Saul franziu o cenho, pensando intimamente: o velho divaga. Esqueceu nossa conversa. Reb Isaac falou, como que para si mesmo:

— Contaram a seu pai, alguns anos antes de você nascer, uma história estranha de que o marido da prima dele vira uma enorme Estrela sobre Belém, quando estava na torre de guarda em Jerusalém, durante a festa da Saturnal romana, e que ela permaneceu no céu várias noites, desaparecendo depois tão abruptamente quanto aparecera.

— Conheço essa história desde a minha infância — disse Saul. — Era um cometa ou uma estrela cadente.

Reb Isaac voltou trêmulo para sua cadeira e lentamente cofiou a barba, de olhos pregados no chão.

— Ri com a história. Sugeri a Hillel que devia ser uma ilusão do soldado romano bêbado. Entristeci o coração do seu pai. Gostaria de poder lembrar minhas palavras. Ele acreditava ou esperava que a Estrela fosse o sinal do nascimento do Messias.

— Eu sei — retrucou Saul com impaciência cada vez maior. — Mas não era. Sei que outros a viram, entre eles José de Arimateia e meu tio, Davi ben Shebua. Todavia, não se iludiram.

O rabino permaneceu pensativo, massageando os lábios por entre a barba.

— Estou velho. Você deve lembrar que costumamos dizer: "O velho tem sonhos e o jovem tem visões." Tenho sonhos e eles são misteriosos. — Encarou Saul. — Não tenho certeza de mais nada, exceto da existência de Deus, bendito seja Seu Nome. — Meditou. — Quando você era mais moço e foi a Jerusalém pela primeira vez, ficou arrasado de dor porque ninguém chegou para salvar os essênios e os zelotes, crucificados pelos romanos fora das portas da cidade. Você acusou seu avô de pusilânime. Seu coração sangrou. Mas agora, você exprime seu temor de que esse nazareno, esse suposto essênio, incite o povo e atraia a ira dos romanos sobre sua gente. Você fala como falava seu avô e todos os homens cordatos, que você desprezou na juventude.

Saul comprimiu os lábios, irritado.

— Não, não falo igual a eles. Meu coração continua com os essênios e zelotes. Queria que meu povo pudesse expulsar os romanos do solo sagrado da nossa pátria. Queria mesmo que morressem, se necessário, mas por uma causa heroica, a libertação de Israel, ou mesmo numa tentativa de libertá-lo. Mas não por um miserável e blasfemador carpinteiro da Galileia!

Reb Isaac suspirou.

— Você acredita que ele é feiticeiro e declarou que o odeia. Mas também disse que foi atraído por ele, que era como se ele quase lhe tivesse dado uma ordem.

— Taumaturgia — retrucou Saul. — Um atributo da maldade.

— Acha que ele é mau?

Saul sentiu uma vaga confusão. Deixou que a mente fosse invadida pela recordação do nazareno. Ele o vira realmente três vezes. Lembrou suas feições, seus modos, o trovejar surdo de sua voz, os gestos ardentes, e novamente aquela estranha dor desconhecida o atacou.

— Sabemos — disse — que o mal pode vir disfarçado num anjo de luz.

— Contudo, o mal não faz o bem. Destruiria sua natureza.

Saul olhou-o, incrédulo.

— Reb Isaac! O senhor também não se terá deixado enganar pelas histórias daquele homem?

O rabino aprumou os ombros curvos, deixando-os depois cair e abriu os braços

— Já lhe disse. Não tenho mais certeza de nada. Sou velho. Só os moços são enfáticos, veementes, têm visões, gritam quando algo não lhes agrada e atacam o que não entendem. Já vi muitas coisas na vida para negar o que quer que seja, por mais absurdo que pareça, por mais incrível que seja. Se eu fosse mais moço, iria a Jerusalém descobrir aquele homem.

Saul levantou-se e disse entre dentes:

— Voltarei breve para Israel e tornarei a ver aquele homem, denunciando-o cara a cara!

Depois de Saul ter-se retirado, Reb Isaac levantou-se com dificuldade, colocou na cabeça o solidéu de veludo vermelho bordado a ouro, juntou as mãos e rezou alto:

— Senhor, permita que conheçamos a verdade a respeito desse assunto, pois meu coração está perturbado, meus sonhos são estranhos e em mim não há a tranquilidade da velhice, mas a forte inquietação da juventude. — Pensou no que o povo disse a Moisés: — Que Deus não nos fale para que não morramos.

O velho rabino balançou a cabeça e meditou, sabendo que era uma coisa terrível ouvir a voz do Senhor.

Saul, porém, não retornou a Israel como tornara a planejar. Castigou-se, recriminou-se, dizendo que estava perdendo tempo, que Deus estava irritado com ele. Não tinha conseguido perceber a proximidade da presença de Deus, da qual Rabban Gamaliel falara, o silêncio divino não tinha sido quebrado, nem o caminho sido mostrado ainda. Servia apenas tenazmente, como um criado negligente serve, sem amor e devoção. Tinha períodos de êxtase, lampejos de súbita intuição, nos quais tudo parecia explicado e seu espírito ardia, arrebatado. Porém, no momento seguinte, nem mesmo podia lembrar a sensação do que experimentou ou o que tinha compreendido. Nada ouviu. Realmente, nada vira. Apesar disso, a recordação de algo que não podia lembrar continuou queimando sua alma e passou a viver para esses raros episódios. Não gritou mais "Ah, se eu pudesse saber onde encontrá-Lo!". Apenas rezou para ser iluminado. Esperou frequentemente em suas orações, com o coração batendo, mas não obteve resposta. Não sentiu amargura nem zanga impaciente. Acreditava-se ainda não merecedor, que precisava ter mais purificação espiritual. De vez em quando achava que Deus queria que ele destruísse o galileu, o blasfemador que permitia aos seus andrajosos e humildes seguidores chamá-lo Messias, o homem de origem obscura, sem esplendor divino, sem uma coroa na cabeça.

Mergulhou no estudo. Escreveu cartas. Uma vez, a pedido de um amigo do pai, aceitou a causa de um homem falsamente acusado de assassinato e compareceu ao tribunal de Tarso como defensor, após ter-se convencido da inocência dele. Isso o animou, principalmente depois que o homem foi absolvido e o juiz o cumprimentou por sua eloquência jurídica e sua dramática defesa do acusado. Saul pensou: Deus está querendo que eu seja advogado militante, defendendo os inocentes e apoiando a justiça?

Enquanto esperava, não ficou contente. Era como um cavalo indócil. Mas nem assim voltou a Jerusalém. Sentia como se estivesse proibido de voltar até uma determinada hora. Esse pensamento ofendeu seu raciocínio. Acusou-se de preguiça, de gostar demais do silêncio, da paz e do luxo relativo da casa do pai, de sentir muito prazer nos jardins, de passar muito tempo na ponte preta esculpida que atravessava o lago. Havia alguma coisa jacente nele, mas era incapaz de saber o quê, apesar de sua mente insistir na volta para Israel.

Preferiu perambular pelas estradas, na volta para a cidade, pois havia tranquilidade, o sol estava alto e a multidão retornando a casa não enchia o espaço. Pôde pensar um pouco; esses pensamentos eram muito pesados para a quente serenidade da estação outonal. Eles o cansaram.

Um dia, Saul viu um garoto de cerca de treze ou quatorze anos brincando na relva poeirenta que margeava a estrada, com um cãozinho que latia estridentemente. Saul ouviu o riso do menino antes mesmo de vê-lo e percebeu que havia algo familiar naquele riso, como se já o tivesse ouvido antes. Então, surgindo da relva e ervas daninhas secas e amareladas, viu uma cabeça chamando o cão, seguindo-se os ombros juvenis e os braços agitando-se. O cabelo era de um ruivo flamejante, o rosto forte e quadrado, os olhos profunda e brilhantemente azuis, e o nariz bem-feito, embora grande. Tinha a pele rosada, borrifada de sardas castanhas.

Saul viu, estupefato, que não podia tirar os olhos daquela aparição jovem. Era como se estivesse em transe. O cãozinho correu para ele e atacou seus tornozelos, porém ele não percebeu. O garoto pulou para a estrada e Saul viu suas próprias pernas tortas, como rebentos novos e troncudos. Saul também viu, no rosto do rapaz, entusiasmo, exuberância e humor, com os lábios finos e extensos jovialmente abertos, revelando dentes iguais aos seus, largos, quadrados e muito brancos.

O rapaz parou repentinamente, ao ver aquele homem que parecia ter caído do céu. Seu sorriso desapareceu. Olhou Saul em silêncio. Usava uma túnica rubra, quase da cor do seu cabelo, o cinto era de prata e as sandálias, embora simples, habilmente feitas de bom couro. Usava um enfeite no pescoço, que brilhava ao sol fulvo da estação.

A boca e a garganta de Saul ficaram petrificadas e ele não pôde engolir nem falar. O garoto encarou-o, como nenhum camponês ou escravo ousaria; e seu olhar era atrevido, apesar de agradável e inquiridor. Saul viu que a garganta, pescoço e pernas do menino estavam queimados de sol, embora a pele fosse clara como a dele. E soube imediatamente: seu coração pulou e acelerou, fazendo Saul sentir-se ao mesmo tempo apavorado e estranhamente exultante, apesar de muito mais envergonhado do que em qualquer outro momento da sua vida.

O rapaz esperou educadamente. O cãozinho correu para ele. O menino pegou-o ao colo, aninhando seu focinho sob o queixo forte. Olhou interrogativamente para Saul.

Só então Saul conseguiu falar.

— Quem é você, menino? — perguntou. Sua voz estava surda e presa.

— Chamam-me de Bóreas — disse o menino e começou a rir. — É porque sou barulhento, disseram, agitado e provoco tempestades.

Dava a impressão de ser todo movimento, apesar de imóvel com o cão nos braços, e parecia vibrar de energia.

— E quem é seu pai... Bóreas? — perguntou Saul.

Bóreas apontou rapidamente para a estrada, na direção da lagoa que Saul nunca foi capaz de esquecer.

— Meu pai é administrador das terras do nobre romano Centório, além de escriba e contador. É um escravo liberto — disse o menino. Erguendo orgulhosamente a cabeça, acrescentou: — Mas eu nasci livre.

Saul sentiu seu rosto estremecer.

— E sua mãe... Bóreas?

O garoto encolheu os ombros.

— Não me lembro dela. Morreu quando eu nasci.

Dacyl, pensou Saul. E agora sua alma atormentada, sempre pronta a acusá-lo de todos os pecados, de todas as ambiguidades e indolência, estremeceu rispidamente. Não foi bastante, pensou Saul, que tenha saído com Dacyl, a quem amei e odiei, sem que ela tivesse culpa. Mas nela gerei um filho que não sabe que sou seu pai e nunca deve saber.

— Seu pai é um homem bondoso? — perguntou.

O rapaz ficou atônito com a pergunta estranha. Saul reparou que seus modos eram livres e destemidos, alegrando-se enquanto esperou a resposta dele. Viu-o arregalar os olhos.

— Meu pai, Peleu — retrucou —, é um homem bom e digno, amo. Casou com outra mulher após a morte de minha mãe e tenho três irmãs.

Não me chame "amo", pensou Saul no fundo da alma. Tinha reparado que a voz do garoto era igual à dele quando criança, um tanto alta, dominadora, agressiva e rápida. Bóreas estava falando outra vez.

— Tenho um preceptor da própria casa do tribuno Flávio — disse, sorrindo alegremente para o estranho, como se as palavras fossem engraçadas. — Meu pai deseja que eu também seja escriba, fazendo e mantendo as contas.

Saul desejou tomar Bóreas nos braços, apertá-lo contra o peito, abraçá-lo e só nesse momento percebeu como estava solitário, uma solidão além de tudo o que se pode imaginar. Estava cheio de amor e de dor.

— É bom que seu pai seja tão querido — disse, com voz gentil.

— E é rico também — disse Bóreas, com aquela total candura que Saul também tivera quando criança. — Um homem muito rico deu-lhe uma fortuna em sestércios romanos, quando eu tinha apenas quatro anos.

A pulsação de Saul disparou.

— E quem era esse senhor benevolente? — perguntou.

As sobrancelhas ruivas do menino ergueram-se e ele encolheu os ombros.

— Não sei, amo. Ninguém sabe. Veio através de um banco e de advogados. Dizem que ele me viu certa vez e gostou de mim, dando a meu pai grande quantidade de dinheiro para me criar.

Meu pai, pensou Saul, meu pai que só tem este neto saído de mim, meu pai que nunca me disse. E este é meu filho, que nunca dirá a Kaddish por mim, nem ficará ao meu lado na sinagoga ou me olhará de frente chamando-me de "Pai" e que nunca se levantará à minha entrada em sua casa. Nem seus filhos me conhecerão, ou se amontoarão em torno de mim quando eu envelhecer. Chamará outro de pai, que tem o que é meu e eu nada tenho.

— Bóreas, você é grego?

Novamente o rapaz encolheu os ombros. Desta vez não sorriu tão prontamente. Suas sobrancelhas juntaram-se ligeiramente e ele examinou Saul com mais atenção, na sua longa túnica simples, presa com cinto de couro, sua capa de tecido grosseiro, suas sandálias ordinárias. Saul não estava tão bem vestido quanto ele. Assim, com um toque de arrogância, respondeu:

— Meu pai é grego... amo. Nasceu em Atenas e tem instrução.

Pela primeira vez notou parecer-se com Saul. Encarou-o e perguntou:

— Quem é o senhor... amo?

— Meu nome... meu nome... — Saul parou. Peleu sabia que aquele menino não era seu? Dacyl se referira a ele? Pelo bem do garoto, ele não devia ser reconhecido por ninguém da casa do tribuno Flávio; e também para seu próprio bem. Disse, num tom de despedida: — Eu não sou ninguém, Bóreas. Sou de fora, estranho a esta terra, estou a caminho da cidade e não passarei mais por aqui.

Bóreas balançou a cabeça com ar condescendente. O cão estava se debatendo em seus braços e Bóreas riu com Saul da impaciência dele; o cão caiu no chão e fugiu. Quando Bóreas tornou a pegá-lo, o estranho tinha desaparecido. Não havia sinal dele na estrada estreita e sinuosa. Bóreas pensou um momento. Sentira-se atraído por Saul, cuja voz era bondosa e gentil e cujo rosto se abrira para ele. Por outro lado, o homem era pobre, de pés feridos, sem carruagem, sem cavalo, sem mesmo uma mula. Era possível que fosse um escravo fugitivo de uma das grandes casas à beira da estrada, apesar de sua voz não ser a de um escravo. Bóreas balançou a cabeça, confuso. Então, ouviu a voz distante do pai chamando-o e partiu correndo, esquecendo Saul no ato.

Saul, que mergulhara numa moita quando o menino virou-se, voltou mais tarde para a estrada, partindo para casa. Tornou a pensar no pai, que nada dissera, mas reconhecera o neto; e, revelando a grandeza do seu coração, do seu amor e da sua compreensão, garantira o futuro de Bóreas. Quanta dor devia ter sentido, quanto desejo de abraçar Bóreas e reconhecê-lo? O rapaz não era nem mesmo circuncidado. Era judeu e ninguém mais a não ser Saul sabia, porém o garoto jamais saberia. Não iria conhecer o Deus dos seus ancestrais, nem nunca ouviria a respeito do Sinai, de Moisés e de todos os profetas. Adorava os deuses dos pagãos; casaria com uma mulher do sangue de sua mãe e o sêmen de Saul estaria perdido para sempre, definhando em corpos que só existiam por causa daquela semente anônima.

Quando Saul chegou em casa, foi diretamente para o quarto e atirou-se na cama, entregando-se ao sofrimento e ao remorso, lamentando-se pelo filho que nunca poderia reconhecer, que nunca ficaria junto ao seu túmulo, lamentando-se e rezando.

Voltarei de imediato para Jerusalém, pensou, resolutamente. Mas não voltou. Ficou morando perto de Bóreas, sua carne e seu sangue; daí a cansada relutância em partir daquele lugar agora.

❖ ❖ ❖

Capítulo 24

De vez em quando, Saul permitia-se o cruciante prazer de olhar Bóreas a distância, na direção da lagoa que ele, Saul, jamais tornara a ver desde o último dia com Dacyl. Naqueles dias, jejuou contrito por sua fraqueza e pelo perigo que correra junto do rapaz. O jejum não foi muito pesado, pois seu gosto era simples e austero, e portanto procurou um meio de aumentar o tormento. Trabalhou nos jardins com os criados, sem se importar com os ventos frios que desciam das montanhas inóspitas, colheu as uvas, tâmaras e romãs, recolheu as folhas e segou a grama. Quando descobriu que estava sentindo prazer naquilo, parou e verificou que sua saúde tinha melhorado com o trabalho e Deus advertira severamente os homens para cuidarem da saúde, a fim de poderem servi-Lo melhor e não serem um peso para a família e os vizinhos. Assim, tornou a trabalhar. Por natureza um homem tanto de ação como de pensamento, seu corpo enriqueceu no trabalho e dormiu mais tranquilamente à noite.

Chegou mesmo a cortar lenha para os banhos, lareiras e fogões. Os criados balançavam a cabeça, mas admiravam sua habilidade e sua resistência. Parecia alguém, diziam entre eles, que estava treinando para os Grandes Jogos. Aprendeu até a montar e frequentemente galopava por alguma estrada vazia romana, com um grito de satisfação. Durante um certo tempo, sentiu-se voltar à juventude, pareceu mais moço. Descobriu o apetite e a satisfação proporcionada pelo leite frio de cabra, pelo queijo, pela água fresca, pelo bom pão quente, pelas frutas, peixes e carneiro assado. Começou também a gostar de vinho, bebendo-o com prazer. Contudo, raramente visitava os amigos da família, apesar de convidado, e não recebia ninguém. Mas recebeu Aristo com verdadeiro afeto e sentiu um vazio quando o próspero grego, que possuía agora dois cavalos nas corridas, tinha seu próprio cocheiro e estava investindo em navios, voltou para sua casa.

— Saul ben Hillel persegue seu Deus como Cadmo procurou sua irmã Europa — disse Aristo à mulher.

Ela respondeu, com aquele sorriso suave, encantador e tolo:

— E com pouco sucesso. — O marido tornou a deliciar-se. — Ele jamais edificará uma Tebas — completou Ianthe.

Os Grandes Dias Santos chegaram, passaram, e o Dia da Reconciliação teve muita importância para Saul, maior mesmo que a habitual. Dominado pela emoção, na sinagoga, bateu com a cabeça no chão de pedra e orou:

— Ouça minha angústia, Senhor, para que eu possa conhecer Sua Vontade e segui-la, com alegria, sem pecado, sem queixa e só com satisfação.

Pela primeira vez na vida, quando ergueu-se, com lágrimas no rosto, sentiu que Deus não só o ouviu, mas que abriu Seus lábios e quase falou e que Sua fisionomia tornou-se levemente bondosa. Agora, era só uma questão de ocasião.

Então, a neve cobriu as retorcidas formas escarlates das montanhas, o vento ficou gelado, a chuva caiu sobre o vale em longas lanças cinzentas de água arrasadora, ouvindo-se sons como lamentos, punhos batendo nas janelas e as poderosas portas de bronze vibraram. O rio ficou tempestuoso, atirando para o céu escuro esguichos violentos, os grandes navios balançaram no porto e não içaram suas velas. Às vezes, pela manhã, havia geada no chão, nos talos da relva morta, nos ramos das árvores e o sol nascente alaranjado a fazia brilhar, ofuscando os olhos. Depois erguia-se numa névoa, desaparecia e o ar adquiria uma perfeita ressonância, fazendo com que as vozes dos pastores mais afastados pudessem ser claramente ouvidas através dos campos e pastos; a atmosfera parecia saturada por pontinhos de luz turbilhonante.

As cegonhas de pernas vermelhas voaram sobre Tarso e outras nuvens barulhentas de diferentes pássaros passaram sobre a cidade, num movimento migratório, e o inverno instalou-se na terra.

Uma misteriosa paz sonhadora invadiu Saul. Sabia que devia esperar, que a hora estava quase ao alcance da mão. Não havia sido esquecido. Nunca comparecera aos jogos romanos, porém Aristo lhe falara deles, contando-lhe haver em cada biga um cocheiro de reserva, a fim de ocupar o lugar do outro. Sentiu-se como o cocheiro substituto, impaciente para correr, para ganhar, por causa do prêmio. Em alguma parte, o primeiro tinha caído ou estava para cair e Saul seria chamado.

Então, o primeiro botão rosado de amendoeira apareceu e Saul, como alguém deslumbrado, viu que a primavera voltara a imperar "e o canto da pomba-rola ouviu-se na terra". As semanas passaram sem que ele percebesse. Recebeu carta de Séfora, insistindo no seu retorno a Jerusalém para o jantar da Páscoa, que se aproximava. Se ele se apressasse, escreveu a irmã, chegaria a tempo. Por que demorava em Tarso? Seus negócios estavam concluídos. Sua família em Jerusalém ansiava por abraçá-lo.

Caminhou pelos jardins, olhou o céu azul escurecendo, a lagoa que o refletia, a relva ressurgindo, as árvores florindo exuberantemente, o cheiro da terra sagrada e fecunda. Seu coração vibrou como o de um guerreiro ouvindo o som do clarim e gritou, com impaciência cheia de alegria:

— Sim, sim, Senhor, fala!

Às vezes, ficava tremendo. A vida estuava em suas veias, a paixão fazia seu espírito elevar-se. Disse a Reb Isaac:

— Breve ouvirei o chamado.

E Red Isaac respondeu-lhe, com seu cansado sorriso enrugado:

— Lembre do que o povo disse a Moisés. "Que Deus não nos fale, para que não morramos!"

— Mas o senhor, rabino, ouviu falar muitas vezes em sua alma.

O rabino olhou-o um instante e depois murmurou:

— Mas não da mesma maneira como lhe falará, homem infeliz ou... abençoado!

Saul aceitou o convite de Reb Isaac para participar na casa dele do Primeiro Jantar. Certa manhã, Saul acordou e lembrou que ao crepúsculo haveria o banquete da Páscoa, aquele dia santíssimo comemorando a "passagem" dos anjos da ira, que protegeram os Filhos de Israel no seu cativeiro no Egito.

Antes do banquete, iriam à sinagoga e depois as famílias judias de Tarso reuniam-se na mesa em suas casas e, solenemente, tornavam a contar a pavorosa ocasião da primeira Passagem e os avós olhariam para os netos tornando a contar a maravilhosa lenda. Todos se alegrariam em torno das melhores frutas da estação, com vinhos, risos e velas acesas; os pais dariam graças por terem ótimos filhos, belas filhas e mulheres graciosas.

Os jardins agora estavam quentes e Saul perambulou neles extasiado, como nunca lhe acontecera antes, diante do enorme encanto da terra que parecia regozijar--se com os homens. Pássaros cantavam em coro no verde vivo das árvores. As murtas estavam florindo. O vento agradabilíssimo brincava entre os botões e o brilhante céu azul estava matizado de pequenas nuvens brancas. Os rebentos dos lírios pareciam compridos bulbos de alabastro, brilhantes e translúcidos, de folhas como finas lanças verdes. Era meio-dia e excepcionalmente quente. Saul sentou-se num banco de mármore olhando a vida cantante e murmurante à sua volta. Riu ao ver um pequeno lagarto irisado correr junto aos seus pés e depois desaparecer. Os cisnes-brancos e negros, os tolos patos chineses, nadando em seu reflexo, e a água do lago parecia uma safira líquida.

O calor aumentou e Saul, sentindo-se sonolento, voltou para casa e dormiu um pouco. Quando acordou, pediu leite, pão e queijo. Seu coração parecia um címbalo, pronto a ser tocado. O supervisor apareceu e disse:

— Senhor, aproxima-se uma tempestade.

As portas do átrio estavam abertas e, de sua cadeira na sala de jantar, Saul via o jardim. A claridade lá fora estava agora tão intensa que feria os olhos. Não se ouvia som de pássaros ou vento, mas apenas aquele silêncio iridescente. Em meio àquilo, as árvores estremeciam na luminosidade e as colunas do pórtico pareciam ter um núcleo de fogo, tão intenso era o seu brilho. Mas Saul viu que o céu adquirira um tom azul mais intenso e ardente, totalmente sem nuvens.

Depois de ter acabado sua parca refeição, Saul retornou aos jardins e confessou a si mesmo nunca ter visto uma luminosidade tão apavorante, nem sentido calor maior, mesmo no deserto. Ofegou e gotas de suor apareceram em seu sardento rosto claro. Seu olho enfermo doía na paralisante luminosidade e começou a lacrimejar como o bom. A túnica azul colou-se ao seu corpo devido ao suor. Cada objeto, cada árvore, cada flor, cada muro — cheio de cascatas de flores vermelhas e roxas —, as paredes brancas da casa, o próprio lago, queimavam com um brilho cegante, como se estivessem sendo consumidos pelo sol. Um verdadeiro holocausto de cintilação flamejante pairava sobre todas as coisas, parecendo emanar do cascalho dos caminhos. E o calor aumentou.

Mas não havia nuvens, o vento não soprava, nenhum sinal de tempestade. Saul olhou para as montanhas vermelhas. Sem dúvida estavam atormentadas, como que devoradas por fornalhas internas! Saul não conseguiu olhá-las por muito tempo. Caminhou até a estrada, onde podia ver o vale e o rio. A água corrente estava tão brilhante que teve de fechar os olhos e, apesar disso, na escuridão das suas pálpebras, continuou a ver o rio, que agora tinha cor de sangue. Saul foi dominado por uma curiosa opressão, um grande pressentimento, tomado por uma enorme palidez, por um abatimento assustador. Sentou-se no banco de mármore, sufocado pelo calor, e apesar disso suou frio.

Conservou os olhos fechados, pensando nessas sensações que quase o tinham prostrado. Estava confuso. Então, imediatamente, sentiu um frio enorme, ouviu o súbito uivar do vento, que atingiu seu corpo com golpes brutais. Abriu os olhos.

Não pôde acreditar. A noite fechada descera sobre a terra e uma escuridão total o envolvia.

Fiquei cego, pensou, com terror ainda maior. Aquela luz pavorosa roubou minha visão! Suas mãos ficaram inundadas de suor e, quando as juntou, sentiu novamente a frialdade. Cego não posso viver, pensou. De que vale um cego para Deus?, resmungou alto. E então — horror dos horrores — seu resmungo ecoou nos lugares mais vitais da terra num enorme trovão baixo e o solo sob seus pés mexeu-se, tremeu, o vento uivou mais alto e o frio tornou-se arrepiante.

A terra tremia e gemia cada vez mais na tormenta, o vento uivava para o céu vazio e escuro e, subitamente, surgiram vozes humanas amedrontadas e alarmadas e o barulho dos gritos femininos, todos partindo da casa cheia de pavor. A terra cabriolava, deslizava e pulava como um navio e rugia internamente, como se estivesse morrendo.*

Saul, incapaz de mover-se, percebeu que não tinha ficado cego, pois ouviu gritos de "Luz! Luz! Acendam as lâmpadas!", vindos da casa. Devagar, deixou que a respiração presa saísse de seus lábios e agarrou-se ao banco para não cair por causa do deslocamento do solo.

---

* Nessa hora houve um enorme terremoto em Niceia. No quarto ano da 202ª Olimpíada, Phlegon escreveu: "uma grande escuridão cobriu toda a Europa, inexplicável para os astrônomos"; ela também envolveu a Ásia. Os registros de Roma, de acordo com Tertuliano, anotaram uma escuridão universal completa, que atemorizou o Senado, então reunido, e atirou a cidade numa tremenda agitação, pois não havia tempestade nem nuvens. As anotações dos astrônomos gregos e egípcios revelaram que essa escuridão foi tão intensa durante um tempo, que mesmo eles, céticos homens de ciência, ficaram assustados. O povo corria em pânico pelas ruas de todas as cidades, os pássaros recolheram-se e o gado voltou aos currais. Mas não há registro de um eclipse do sol; não era esperado nenhum eclipse. Era como se o sol tivesse recuado pelo espaço e se perdesse. Muitos terremotos, alguns bastante calamitosos, aconteceram por todos os lados. Há também registros maias e incas relatando o fenômeno, com a devida diferença do tempo solar.

Pensou: "Este é o terrível Dia do Senhor, profetizado por Joel." Exultou, mas depois tornou a ficar apavorado, pois o profeta Amós não tinha censurado o povo, dizendo: "Amaldiçoados sejam os que querem o Dia do Senhor! Por que deverão ter o Dia do Senhor? Ela é treva e não luz; é como se um homem fugisse de um leão e encontrasse um urso. Ou chegasse em casa, colocasse a mão na parede e uma serpente o picasse. O Dia do Senhor é treva e não luz, escuridão sem nenhum brilho?"

Apesar do seu pavor, Saul ficou convencido de que aquele era, de fato, o temido Dia do Senhor, quando a ira de Deus varreria com o tufão e o trovão a face da Terra, todas as coisas, todas as cidades e todos os homens sucumbiriam, o solo seria partido por terremotos, devorando para sempre todas as obras dos homens.

Seu fôlego voltou, curto e difícil. A terra acalmou-se, mas o profundo rosnado durou algum tempo, como imensa pedra, deslizando sobre outra no abismo insondável do seu interior, criando o caos, e fendas desapareceram na noite infindável. O frio ar escuro tremeu como uma cortina contra o rosto, braços, garganta e pés de Saul. Não soube se a terra ainda estava tremendo ou se agora era apenas seu corpo.

Olhando a escuridão, ficou à espera do que aconteceria a seguir, mal percebendo os gritos e guinchos vindo da casa. O vento começou a diminuir; tornou-se menos furioso. O frio penetrante moderou-se. Um sopro de calor passou pelo corpo de Saul. Então, pouco a pouco, a noite recuou e uma pálida luminosidade começou a surgir no zênite. Imediatamente, o sol reapareceu, tão radiante e quente como sempre, o rosnado da terra diminuiu e tudo tornou-se calmo, doce e plácido, os pássaros começaram a chilrear e um forte e ardente perfume ergueu-se do solo em flor.

— Graças a Deus — disse Saul em voz alta, levantando-se. Cambaleou por um instante, como um velho entorpecido, e percebeu que tinha sentido o maior medo da sua vida, mais pavoroso que o da morte.

Voltou para casa. Os criados estavam caídos no chão, cobrindo as cabeças com os braços. Choravam, mas se de medo ou alívio Saul não sabia. Ergueram as cabeças e Saul viu-lhes as lágrimas.

— Foi um eclipse do sol — falou-lhes bondosamente. — Agora está tudo bem.

Era uma mentira piedosa, ele sabia, mas não conhecia a causa do fenômeno. Em Tarso e Jerusalém, estudara astrologia e astronomia. Nenhum eclipse fora previsto para a Páscoa. Teria desabado uma estranha tempestade sobre Tarso? Nunca ouvira sobre isso antes, mas, afinal de contas, não vivera tanto assim. No entanto, seu pai jamais falara de uma tempestade assim, nem havia qualquer registro de coisa semelhante. Os terremotos não eram incomuns naquela parte do mundo e sim muito frequentes. No entanto, era muito estranho que o sol tivesse desaparecido e a noite caído — a noite mais profunda que ele vira — e os terremotos acompanharam aquela desaparição.

Foi até o quarto, sentou-se e meditou. O fenômeno teria sido observado no mundo inteiro? Tinha de escrever imediatamente para Jerusalém.

Então, ocorreu-lhe que alguma coisa amedrontadora, terrível, tinha acontecido no mundo, uma coisa inexplicável, calamitosa, aterradora, e Deus tinha pronunciado uma Palavra, fazendo estremecer o firmamento, e as fundações da eternidade tinham tremido e o mundo entrado em convulsões. Saul apertou as mãos e estremeceu.

Resolveu não adiar a ida à casa de Reb Isaac e depois à sinagoga, embora ainda faltasse muito para o crepúsculo. Estavam apenas no meio da tarde. Vestiu uma túnica branca, a melhor que possuía, bordada a ouro na gola, presente de sua irmã, que deplorava suas roupas habituais. Vestiu por cima uma toga castanha de tecido não tão bom quanto o da túnica, e calçou as sandálias novas. Pediu uma pequena biga a um criado trêmulo e dirigiu-se à casa de Reb Isaac. Os campos e riachos do vale estavam envoltos numa luz muito agradável, mas Saul viu grupos agitados reunidos nos pórticos das casas por onde passou ou de pé na relva, discutindo veementemente. Passou pelo templo a Ísis. Estava apinhado, gente circulando pelo pórtico, sentiu subitamente o cheiro de incenso e ouviu os cânticos e preces dos sacerdotes no interior, os lamentos crescentes das flautas e o choro das harpas e cítaras.

A casa de Reb Isaac estava calma, mas o velho rabino se encontrava muito pálido e suas mãos tremiam. Foi logo dizendo a Saul:

— Pensei que fosse o terrível Dia do Senhor.

— Eu também pensei — respondeu Saul. Depois, vendo a agitação contida do velho, abraçou-o impulsivamente. — Tudo será explicado — garantiu, como se falasse com uma criança.

— Será? Será? — murmurou Reb Isaac. — Espero, de todo coração.

Dois dias depois, ao voltar ao seu jardim, Saul viu que os lírios estavam abertos para o sol, com os estames dourados brilhando, saindo deles um perfume de tal intensidade que era como uma oração.

Capítulo 25

Saul escreveu para a irmã, para José de Arimateia e para Rabban Gamaliel, em Jerusalém, perguntando se haviam observado aquele "fenômeno notável e incomum", acontecido na Cilícia na Véspera da Páscoa. Ele, Saul, o considerava um acontecimento local, sem significação, mas "interessante". Fechou a carta e enviou-a a Jerusalém, não sem um certo acanhamento. Nesse ínterim, explicou exaustivamente para si mesmo e em especial para Aristo, que apenas ergueu uma das sobrancelhas, que ornavam seus inquietos olhos negros, e sorriu. Só fez um comentário:

— Meu Saul, acredito que seja um acontecimento muito agourento. Se eu acreditasse nos deuses, o que felizmente não me acontece, diria que o Olimpo foi profundamente convulsionado e que Zeus decidiu destruir este mundo em consequência de uma ira divina, mas desistiu no último instante, provavelmente porque compreendeu que se o mundo fosse destruído, com ele também seriam aniquiladas milhares de donzelas encantadoras. Não é um pensamento a ser tomado levianamente.

Saul não se importou com a frivolidade, nem falou sobre seu pavor naquele dia. Foi uma escura nuvem de tempestade, sugeriu, que pairou sobre Tarso durante certo tempo e depois retirou-se.

— Uma nuvem de tempestade tão escura — comentou Aristo — que fez desaparecer não só o sol mas as estrelas. Também a vi. Não, Saul, estou inclinado a crer que foi um acontecimento sobrenatural — completou, rindo ao perceber que tinha irritado Saul.

A primavera, dourada como a aurora, fundiu-se com o verão verde e copioso, com uma névoa luminosa suavizando as montanhas. Saul tornou-se cada vez mais impaciente e ficou ainda mais convencido de que estava esperando uma chamada que não tardaria. A cada dia resolvia voltar para Israel no dia seguinte. Então, numa manhã cedo, seu supervisor apareceu, muito excitado, para informá-lo de que tinha chegado uma nobre visita, um romano, capitão da Guarda Pretoriana.

— Tito Milo Platônio! — exclamou Saul, saindo apressado do jardim, com as mãos sujas de terra molhada, evidentemente contente, e surpreso, por ver seu belo primo esperando-o no átrio. Abraçaram-se afetuosamente. Milo retirou o capacete, afrouxou o cinto e olhou em volta com prazer.

— E tudo isto para um homem sem mulher e filhos! — disse. — Nem eu, em Roma, tenho uma vila igual.

Seu forte rosto moreno estava extremamente marcado pelo tempo e o revolto cabelo castanho tinha mechas grisalhas; porém conservava sua esbelta elegância, seus graciosos modos militares e, como sempre, tinha um ar digno.

Saul levou-o a um dos quartos de hóspedes e chamou criados para atenderem ao nobre soldado. Saul havia muito não sentia tal prazer, mal podendo lembrar-se. Percebeu com estivera solitário por quase um ano na casa do pai, que agora voltara a estar animada pelo amor e a amizade, esperando ansiosamente que Milo o encontrasse no pórtico, onde flores variadas desabrochavam em vasos chineses e uma fonte refrescava o ar luminoso. Ordenou fossem servidos vinho e refrescos, provocando uma enorme agitação na cozinha, pois "refrescos" normalmente não eram estimulados naquela casa. Mas quando Milo chegou ao pórtico, os cozinheiros tinham improvisado algumas guloseimas, trazido da adega um bom vinho e, numa bandeja, pequenas cebolas verdes, rabanetes e alcachofras nadando em azeite, com uma pitada de alecrim. Num esconderijo misterioso — não tanto que Saul não franzisse o cenho — "descobriram" alguns queijos maravilhosos (os criados tratavam-se bem!, pensou, mas ficou satisfeito meio a contragosto).

Miro tirou a couraça, os braceletes, a farda e a capa, trocando-os por uma túnica amarela, curta, cercadas de motivos gregos em vermelho, e suas pernas morenas ainda eram a de um rapaz forte, assim como seus pés arqueados, calçados com sandálias caras. Como adorno, uma larga braçadeira de ouro puro.

— Imagino, caro primo — disse a Saul —, que está curioso a respeito da minha vinda a Tarso.

Saul ficou espantado. Pensou.

— Não — confessou. — Nem pensei nisso, o que é muito curioso. Apenas fiquei contente em vê-lo.

Milo sorriu, mostrando quase todos os dentes brancos, e examinou Saul astutamente. Provou os refrescos, saboreou o vinho e demonstrou seu agrado. Até suas enormes orelhas salientes estavam morenas e as mãos bronzeadas. Olhou para Saul da mesma forma bondosa do pai, parecendo estar pensando e avaliando esses pensamentos.

— Estou voltando de Jerusalém para Roma — disse, como que pesando cada palavra. — Meus pais estão velhos. Meu pai também quer retornar a Roma, onde espera ser eleito tribuno. Ele é agora um ancião e minha mãe também. Passei quatro anos sem vê-los, e a minhas irmãs e seus filhos, e estou de licença. Não se preocupe com meus soldados; estão instalados numa hospedaria em Tarso; são rapazes que nunca estiveram nesta cidade e agora, sem dúvida, andam examinando as possibilidades femininas locais.

Seu rosto sorridente fechou-se repentinamente; começou a comer pão e queijo como que perdido em seus próprios pensamentos. Saul sentiu-se meio desconcertado diante daquilo Mas Milo disse:

— Meu navio parou em Tarso e resolvi visitá-lo.

— De outro modo, não teria vindo — replicou Saul, surpreso com o próprio desapontamento, pois tinha pensado que a vinda de Milo era por afeição.

— Está enganado — falou Milo, dando ao primo um sorriso rápido e um tanto melancólico. — Preferi aquele navio porque desejava visitá-lo

— Ah — disse Saul e, com sua velha impulsividade, estendeu a mão ao primo, num aperto rápido e leal. Depois disse: — Você tem uma notícia grave a me dar. Em nome de Deus, bendito seja, diga-me imediatamente se é coisa séria!

— Não é uma notícia má — respondeu Milo. — São notícias prodigiosas.

— De minha família?

— De certa forma. Mas refere-se... — falou sem olhar Saul de frente, virando-se para os jardins tremeluzentes. Era como se temesse, como de hábito, uma linguagem extravagante, pois não era romano? No entanto as palavras não extravagantes podiam transmitir o que tinha a dizer? — Referem-se — prosseguiu Milo, com as maçãs do rosto ruborizando-se como se estivesse envergonhado — ao mundo inteiro.

Imediatamente, os pensamentos de Saul voaram para o fenômeno da Véspera da Páscoa e para as cartas que escrevera recentemente. Mas ficou calado. Apenas fixou em Milo seus metálicos olhos azuis, esperando, com uma sensação de extrema tensão envolvendo-o.

— Sou tanto judeu quanto romano — disse Milo, apanhando habilmente com os dedos uma alcachofra, que saboreou, mastigou e engoliu devagar. Depois lambeu os dedos, pensativo, ignorando o luxo da água morna num recipiente de prata, onde boiavam pétalas de rosa, e limpou as mãos num guardanapo. O enfado de saborear era familiar ao judeu Saul, mas a grosseria das maneiras romanas o teria, em outras circunstâncias, deixado aborrecido. Então Milo, como se quisesse fugir aos olhos penetrantes de Saul, inclinou-se para a bandeja de queijos e, deliberadamente, fez uma escolha cuidadosa. Após colocar em seu prato de prata a escolha que havia feito e passado manteiga no pão, prosseguiu erguendo os olhos para Saul apenas por um momento, fazendo o rapaz ficar espantado com o ar severo e pensativo deles, pois nunca os vira assim.

— Faço sacrifícios a Marte, meu patrono, em seu templo — começou Milo. — Dedico a mais profunda devoção a Júpiter, apesar de não poder, na verdade, considerar Júlio César e Gaio Otávio César divindades. Mas também os reverencio nos seus templos, embora ria no íntimo. Acredito nos deuses gregos, nos romanos e nos inúmeros egípcios? Não sei. São cheios de esplendor, de beleza e compreensíveis para os homens. Partilham da nossa natureza. E são tão sutis quanto grosseiros. Por outro lado, sou bem filho de minha mãe e por isso fui circuncidado, apresentado no Templo — acredito que uma pequena quantia foi dada por meus pais aos sacerdotes — e tive o *Bar Mitzvah*, apesar dos outros garotos me insultarem, dizendo que eu era um "romano sanguinário", e quando criança e rapaz aprendi os Cinco Livros de Moisés e de todos os profetas, os costumes judeus e as coisas proibidas, a Torá, os Salmos... e tudo o mais que você estudou, Saul. Naquele tempo, eu era chamado Tito Milo ben Aulo.

Tornou a sorrir e Saul pensou que aquele sorriso era irônico.

— Agora, quando vou à sinagoga ou ao Templo, fico no Pátio dos Gentios, mas o que ouço do Templo agita meu sangue com gritos e movimentos antigos. Porém, quando fico diante do altar de Marte, também me agito e acredito no meu patrono com fé absoluta... exatamente como acredito no Deus de Abraão e Jacó.

— Os gregos acreditam — disse Saul — que todas as religiões contêm um pouco da verdade, mas não toda, Milo.

Milo percebeu uma certa reserva na voz vibrante do primo e retrucou, depressa:

— Mas você não?

Saul hesitou.

— Estaria mentindo se dissesse que acredito nos gregos. Creio que só há uma Verdade, bendito seja Seu Nome, e espero o seu Messias. — Tornou a hesitar. — Desculpe-me se o ofendi, mas não posso mentir.

— Às vezes, fico numa situação muito contraditória — disse Milo. — Às vezes, é um estado insustentável. Em outras, é como se eu visse uma enorme paisagem, não reduzida a uma pequena vista, mas compreendendo o mundo. Não importa. É da minha natureza ser franco e temo não estar sendo agora, pois testemunhei acontecimentos surpreendentes.

O pensamento de Saul tornou a voar para a Véspera da Páscoa e ficou calado.

— Fui feliz — disse Milo — por chegar a tempo em Jerusalém para celebrar a Páscoa com meus pais. Você sabe que duas das minhas irmãs são casadas com judeus. Reúnem-se na casa de meu pai nos Dias Santos. Parece estranho a você que meu velho pai romano use o solidéu nessas ocasiões e chame a atenção dos netos para a história e as glórias de Israel e o Pacto que Deus fez com ele?

— Eu soube disso — respondeu Saul, sorrindo. — E Ana, por gratidão e amor, mantém em sua casa os lares e penates romanos.

— Meu pai, como eu, cultua todos os deuses, embora com mais fervor o dos judeus. O que Roma vai achar disso quando ele voltar, não sei. Mas os romanos são tolerantes com todas as religiões, desde que não incitem à revolta contra Roma. Ergueram mesmo templos a deuses estranhos e os cultuam, como sabe. Tenho muito orgulho dos meus dois povos.

— Você tem uma coisa a me contar — falou Saul.

— Tenho. — Milo tornou a encher o cálice, olhando para o seu conteúdo, agitou o vinho e experimentou o seu buquê. Saul viu que ele estava ganhando tempo e sua inquietação cresceu. — Você ouviu falar do galileu Yeshua de Nazaré, ou Jesus, como os romanos traduziram seu nome?

Uma frieza obstinada fez Saul empertigar-se. Balançou a cabeça, mudo, mas com o rosto tenso.

— Sua irmã, minha prima Séfora, escreveu-lhe a respeito dEle, esse Jesus, e eu lhe trago essa carta, além de outras de José de Arimateia e dos meus próprios pais. — Agora foi a vez de Milo hesitar, mas logo ergueu os olhos castanhos e encarou Saul com firmeza. — Tarso também escureceu na Véspera da Páscoa?

Saul foi tomado por uma enorme excitação, gritando:

— Sim, sim! Escrevi aos meus amigos sobre isso e também para minha irmã! Israel também escureceu? Impossível! Não passou de uma nuvem de tempestade sobre Tarso!

— Uma nuvem muito estranha — disse Milo, em voz surda. — Recebi cartas dos meus compatriotas em Roma, meus colegas soldados. Essa "nuvem" também cobriu Roma durante bastante tempo, na mesma hora em que cobriu a Cilícia e Israel. E, segundo soube, o Egito, a Ásia Menor e as ilhas gregas. Uma nuvem muito estranha.

As narinas de Saul arfaram com a profunda inalação.

— Isso... pode ser explicado — disse. — Com certeza os astrônomos já o estão fazendo.

— Mas sem satisfazer a ninguém, nem a eles mesmos. Há uma tagarelice sobre cometas e sua desintegração súbita, escondendo o sol. Este argumento não resiste ao exame científico, segundo os próprios cientistas. As trevas não duraram muito e acabaram repentinamente, voltando tudo a ser o que era. A não ser por uma coisa...

— Qual? — exclamou Saul, inclinando-se para ele.

— Você não teve notícias de Séfora — disse Milo — algum tempo antes da Páscoa? Não. Preciso dizer-lhe o motivo. Seu filho, Amós, estava chegando ao *Bar Mitzvah* e é o predileto de toda a família; rapaz de grande sabedoria, cultura, ternura, virtude, força e beleza. A família pretendia dar uma grande festa pelo acontecimento. Isso foi poucas semanas antes da Páscoa. Mas faltavam três dias quando o rapaz caiu seriamente enfermo de uma doença misteriosa e seus médicos o desenganaram.

Saul proferiu uma exclamação de dor e grande ansiedade.

— Mas recuperou-se?

— Não — retrucou Milo, tornando a olhar para o jardim. — Morreu.

— Ah, meu Deus! — gritou Saul, angustiado. — Ah, não é possível! Conheci o menino. Tinha uma cara de anjo. Parecia-se com meu pai! — Cobriu o rosto com as mãos e gemeu: — Você me jurou não ter trazido más notícias. No entanto, partiu meu coração.

— Vamos curá-lo — disse Milo em voz suave e Saul, atônito, deixou as mãos caírem.

Seu rosto estava banhado em lágrimas.

— O menino morreu ao amanhecer — continuou Milo, olhando para o rosto pálido de Saul. — Os três médicos estavam lá: um era o famoso egípcio que os gregos chamam Hórus, embora não seja seu nome. Em duas horas a criança ficou gelada. Fecharam seus olhos e lábios lívidos. A casa tinha sido alegremente enfeitada para o *Bar Mitzvah*. Os enfeites foram retirados e seus irmãos, pais, tios, avós e sobrinhos cobriram-se com cinzas e rasgaram as roupas. Séfora foi levada para a cama, arrasada. A casa encheu-se de luto. Roupas, óleos e condimentos para o enterro foram preparados. Foi escolhido um túmulo. O morto estava deitado no chão, a cada instante tornando-se mais lívido e espectral a tal ponto que era um sofrimento olhá-lo. O crepúsculo aproximou-se, hora em que devia ser enterrado.

Saul fechou apressadamente os olhos, como se visse o que Milo vira, e seu coração começou a pulsar vagarosa e doentiamente.

— Parece — dizia a voz de Milo, como que de uma enorme distância — que havia na casa um velho criado que vira Yeshua de Nazaré, tendo caído aos seus pés. Era um velho e dedicado criado. Amava o menino Amós. Assim, sabendo que Yeshua tinha acabado de chegar novamente a Jerusalém, sem dúvida para passar lá a Páscoa, de acordo com a Lei, correu à procura dele. E encontrou-o.

O rosto de Saul mudou tanto que Milo teve dificuldade em reconhecê-lo. Tornara-se raivoso. Milo ficou perturbado. Mas continuou:

— Enquanto as mulheres lavavam a criança morta, o nazareno chegou até a porta da casa, cercado pelos seus andrajosos discípulos, com o velho criado à frente. O nazareno entrou na bela casa do avô, olhando com ar triste os presentes. Não lhes falou. Aproximou-se do cadáver, que estava sendo vestido para o enterro. Contemplou-o. Parecia que esse Yeshua, ou Jesus, como o chamam os romanos, estava a ponto de chorar, não porque o menino estivesse morto...

— Ele profanou a casa do meu avô — sussurrou Saul, baixo, com fúria e horror.

— Ouça-me! — gritou Milo, perdendo pela primeira vez a compostura militar. — Você não esteve me ouvindo, Saul ben Hillel! Esteve ouvindo apenas seus próprios pensamentos, homem obstinado! Mas infelizmente não foi sempre assim? Ouça-me! Jesus estendeu a mão para o menino e falou: "Digo-lhe, Amós ben Ezequiel, levante-se!" O menino agitou-se em seu sudário, abriu os olhos embaçados, olhou em volta com ar estranho, levantou a cabeça, os presentes saltaram numa terrível gritaria, atirando-se depois sobre ele, para sentir sua carne tépida e ver a cor voltando às faces e aos lábios pálidos. Ninguém, a não ser o criado que o adorava, viu aquele nazareno, Jesus, sair e ninguém pensou em dar-lhe ao menos um cálice de vinho ou um siclo!

Saul levantou-se apressadamente, aproximou-se de uma coluna do pórtico e apoiou a mão para sustentar-se, de costas para o primo.

— Não compreende? — perguntou Milo, também erguendo-se, mas ficando junto à cadeira. — Ao morto foi restituída a vida. Ele, que estava morto, teve a saúde recuperada num piscar de olhos e voltou para os braços da família. Ele, pronto para o túmulo, teve seu *Bar Mitzvah* antes da Páscoa. Seu sobrinho está vivo, Saul de Tarshish, vivo!

— Você se enganou — replicou Saul em voz surda. — Ele nunca morreu.

— Eu estava lá — insistiu Milo. — Juro-lhe, pelo Deus de Abraão e Jacó! Eu estava lá e vi, juntamente com muitos outros. Sou militar. Vi a morte vezes sem conta. Conheço o aspecto e o cheiro da morte, mesmo recente. Seu sobrinho estava morto, tão morto quanto qualquer homem num campo de batalha.

— Então — disse Saul, sem voltar-se — foi por obra de algum mau encanto e, nesse caso, teria sido melhor que meu sobrinho continuasse morto. Quem sabe o que fizeram com sua alma?

Milo ficou profundamente abalado e respondeu:

— Você não acredita nisso. Não, não pode acreditar. Do contrário, eu não passo de um tolo e mentiroso, um pobre enganado.

Saul então virou-se e seus olhos lançaram uma terrível centelha azul. Mas sua voz era calma.

— Se o ofendi, Milo, meu primo, imploro seu perdão. Não creio que meu sobrinho tenha morrido. Acredito que seja um caso de letargia, que enganou até os médicos e que o garoto deve ter acordado como aconteceu, mesmo se... não é uma situação desconhecida e sempre houve muito medo que os "mortos" acordassem no túmulo e morressem.

Milo suspirou profundamente. Deixou-se cair pesadamente na cadeira, curvou a cabeça e agarrou os joelhos. Ficou balançando a cabeça. Saul voltou para sua cadeira. Sentiu-se fraco e tonto.

— E esta é outra prodigiosa novidade — disse Saul, com voz sardônica.

— Saul, Saul — disse Milo, tornando a encher o cálice. — Você esqueceu as trevas. Pois saiba: Jesus de Nazaré foi preso por blasfêmia, por instigação do sumo sacerdote, que é amigo de Pilatos, pouco antes da Páscoa. Foi levado às pressas, de noite, perante alguns membros do Sinédrio, pouquíssimos, aliás, pois não foi considerado importante, mas apenas um pobre operário que não valia a convocação do tribunal pleno, tendo sido considerado culpado de blasfêmia. Pior ainda, apesar do tribunal não ter mencionado o fato, de incitar o povo de Israel a levantar-se contra os romanos e assim destruir a lei e a ordem. Eu soube que o sumo sacerdote disse, temendo os romanos: "É melhor que morra um homem a toda uma nação."

Saul mal pôde replicar, mas uma espécie de alegria brutal encheu seus olhos:

— E por isso ele foi crucificado!

— Sim — confirmou Milo, encarando-o de forma terrível. — Foi crucificado. Ao meio-dia, na Véspera da Páscoa. Morreu três horas depois, na cruz, na praça dos Crânios, chamada Calvário, e na hora da sua morte houve uma enorme trovoada, a terra tremeu e o mundo mergulhou nas trevas. E... o Véu no Templo, que cobria o Santíssimo, ficou despedaçado num instante. — Continuou olhando para Saul. — Eu estava lá. Na praça dos Crânios.

E então, deixando Saul estupefato, Milo fez um relato que pareceu, ponto por ponto, igual ao céu sombrio e ao medo dos soldados romanos no seu sonho da crucificação, quando ele mesmo, quase morrera por causa da doença. Seu rosto ficou impassível, os olhos não piscaram. Mal parecia respirar. Em certos instantes, Milo julgou que ele estava no meio de um ataque, inconsciente. Só aqueles olhos ardentes davam sinal de que ouvia, mas nem disso Milo tinha certeza.

— Eu não estava a cargo da crucificação — continuou Milo. — Estava lá por causa do que vi na casa do seu avô, a ressurreição do seu sobrinho Amós. Estava lá para testemunhar a morte de um homem bom, de aparência misericordiosa, de olhar belo e poderoso, um pobre homem apreciado apenas por uns poucos... e mesmo esses o abandonaram, com exceção da mãe e de uns dois seguidores. Ai de mim! Ele não fez mal algum. Muitos o amaram, milhares estavam nas montanhas, aflitos e amedrontados. Mas perto continuava a ralé dos mercados, a lasciva vil, rancorosa, ignorante, eternamente invejosa e maliciosa ralé dos mercados, que adora testemunhar o sofrimento e a morte, que não conhecia aquele homem, sabendo apenas que fora acusado de blasfêmia... e que importava a blasfêmia para aquela multidão ululante, escarnecedora, gargalhante? Bastava ser um espetáculo de sofrimento que pudessem usufruir, transformando-o num feriado. Nós, em Roma, também não conhecemos essa massa de ladrões e a tememos? Tentamos acalmar a canalha viscosa, de nádegas enormes, suada, dependente, suja, preguiçosa, voraz, exigente, ululante, brutal, ignorante, mas cheia de maldade, excitando-se com boatos, adorando a falsidade, desprezando os heróis, os justos e os piedosos... eles sabem que não merecem misericórdia? Sim, em Roma os conhecemos bem e vimos acalmando-os durante todo um século com habitação gratuita sob o próprio olhar do Palatino, sob as vistas do palácio de César, fornecendo-lhes de graça alimentos, favas, trigo, pão, carne bovina e suína, e divertimento grátis. Pois agora sabemos que são a ameaça de impérios, os verdadeiros vândalos no interior das cidades, os destruidores. Maldita seja a nação que lhes dá voz e voto e ouve seus uivos! Foi o que fizemos e Roma fatalmente deve cair.

A contida voz militar tinha-se erguido até um tom de paixão. As mãos do soldado batiam em seus joelhos nus.

— A praga das nações! — quase gritou. — Não há nação que não tenha sido destruída por seus habitantes mais vis e haverá nações no futuro que sofrerão o mesmo destino! Ah, eles também estavam lá na praça, embora Jesus não ter sido, antes, mais que um boato para eles, um galileu de pouca importância, sangue do seu sangue. Mas para eles pouco importava que um judeu fosse crucificado pelos romanos, sob a acusação de que o homem estivera incitando o povo a revoltar-se contra Roma. Era bastante que fosse odiado pela mesma autoridade que eles odiavam! Mas como toda turba... histérica, covarde, ébria e irrequieta... era bajuladora, ansiando por aparecer e denunciar, à espera de um sorriso do opressor. Se eu tivesse meios, se eu fosse César — continuou Milo, cerrando os punhos e batendo no peito —, passaria todos pela espada em qualquer país do mundo, pois sugam a vitalidade do povo e devoram sua substância!

— Prossiga — disse Saul quando Milo, por excesso de fúria e emoção, calou-se. Sua própria voz era baixa, mas fria. — Não gosto da gentalha dos mercados, dos bandos, mais que você.

Milo enxugou o suor da fronte com as costas da mão e balançou a cabeça.

— Enquanto o povo lamentava a morte de Jesus, chorando, em pé, nas outras colinas, erguendo os filhos para um último olhar ao Homem, talvez pedindo-Lhe a bênção, a gentalha uivava como na noite anterior, quando Pôncio Pilatos apresentou-O a eles, que berravam: "Crucificai-o! Queremos Barrabás!" Este era ladrão e ficou assentado que um ladrão seria entregue ao julgamento deles, também ladrões! Chega. Digo-lhe que Ele foi crucificado entre dois ladrões, que um O adorava, recebendo a promessa do Paraíso, mas o outro guinchou: "Se você é o Messias, salve-Se e a nós!" Mas preciso dizer-lhe. Os soldados romanos estavam perturbados não apenas pelo aspecto de Jesus, mas pelos gritos furiosos da multidão exigindo a morte dele. Um procurou mitigar Sua dor, porém Ele não permitiu. Quando a escuridão caiu, a terra tremeu, o terrível vento frio apareceu, os soldados romanos disseram: "Certamente ele é um justo!" Eu estava lá.

Olhou para o rosto lívido e impenetrável de Saul.

— Finalmente, Ele disse: "Está acabado" e entregou Sua alma. Saul, isso não foi profetizado por Davi?

Saul virou a cabeça e olhou para o chão.

— Conheço Pilatos muito bem — continuou Milo, com um suspiro — e não o reverencio, pois tentou várias vezes provocar os judeus, infligindo-lhes castigos à toa, tendo ultimamente mandado pintar nas suas bandeiras cabeças de deuses, césares, animais e outras coisas. Escarneceu dos religiosos, promoveu crucificações em massa sem motivo, apenas "como advertência". Ele quis oprimir de tal maneira o povo para que todos se rebelassem, dando-lhe um motivo para massacrá-los. É um homem perverso? Como disse José de Arimateia, é um homem entediado, em exílio particular, pois Tiberíades não o estima, que odeia Israel por não ter os prazeres de Roma e a licenciosa camaradagem romana. Deve-se temer menos um homem cruel que um enfadado. Foi por causa do que Pilatos fez que fui mandado por César e não apenas por estar de licença. Vim para avisá-lo de que não devia continuar a provocar os judeus. Mesmo seu amigo, o rei Herodes Ântipas, aquela raposa vermelha, aquele inquietante habitante de dois mundos, ficou horrorizado com ele. Escreveu ao seu cunhado Agripa, que levou o caso ao conhecimento de César.

"Como hóspede, fiquei uns dias na casa de Pilatos, antes de ir para a de meus pais, e ele queixou-se de que estava morrendo de tédio em Israel, pedindo que usasse minha influência junto a César para chamá-lo de volta. Depois, falou desse Jesus, dizendo que centuriões e sacerdotes romanos lhe informaram ser Ele essênio ou zelote, organizando uma conspiração contra Roma. Eu estava ao lado de Pilatos quando Jesus foi levado à sua presença para ser interrogado. Foi um prazer para Pilatos contrariar frontalmente os atemorizados sacerdotes, dizendo "Não vejo culpa neste homem" e lavando as mãos em público, como de costume. No entanto, disse para mim: "O homem precisa morrer, pois está criando confusão e inquietação em Israel, como fez seu primo e amigo, um tal de João Batista, executado por Herodes." Em consequência, Pilatos ordenou sua crucificação. Está me ouvindo, Saul?

— Estou — respondeu o rapaz.

Fazia muito calor, porém ele tremia inexplicavelmente.

— Pilatos também me disse, com seu curioso sorriso, que sua mulher tivera um sonho dizendo que ele não devia ordenar a execução de Jesus de Nazaré, ou Yeshua, como você o chama. Disse-lhe que acontecimentos horríveis se sucederiam e que ele, Pilatos, não devia ter aquele sangue nas mãos. Pilatos, apesar de supersticioso, ordenou a execução e depois fez um sacrifício a Castor e Pólux, como precaução contra a ira dos deuses, embora, como me disse, não acreditasse que nossos deuses romanos se preocupassem com a morte daquele judeu. Então, desconfiando dos seguidores desse Jesus, Pilatos pediu-me, como um favor pessoal, que conduzisse os guardas do Templo e os legionários romanos ao túmulo de Jesus, para evitar que Seus seguidores se apoderassem do Seu corpo e proclamassem, de acordo com o que Ele profetizou, que ressurgiria de entre os mortos no terceiro dia.

— Ah — disse Saul e foi como se seu corpo, envolto em ferro, se tivesse libertado. Ergueu a cabeça e esboçou um sorriso. — E tudo terminou.

— Foi o começo — disse Milo, tornando a servir-se de vinho, como se estivesse cansado e precisasse reconfortar-se.

Saul olhou-o, confuso e surpreso. Apesar disso pronunciou interiormente uma apaixonada e tremenda negação. Seu primo, afinal de contas, era meio romano e a superstição faz parte da natureza dos romanos, uma predisposição para acreditar em milagres de qualquer procedência. A egípcia Serápis estava agora na moda e todos os romanos faziam sacrifícios nos templos egípcios para a deusa. Amanhã surgiria um novo deus, supostamente tão poderoso quando Zeus. Podia até mesmo ser esse Yeshua! Saul emitiu um som de zombaria.

— Foi a segunda Páscoa e era noite — disse Milo — e, depois de ter festejado com meus pais, fui ao túmulo de Jesus. Era muito pobre, como Sua Mãe e seus seguidores. Não tinham dinheiro para túmulos. Contudo, José de Arimateia deu--lhes um, muito bom, fora das portas. Você falou? Não. Da mesma forma a mulher untou-O com óleos e fragrâncias, envolvendo-O em um sudário, e depositou-O no túmulo, na véspera. Os soldados e os guardas do Templo rolaram então uma grande pedra contra a abertura, tão pesada que precisaram usar toda a sua força para movê-la, deixando-os ofegantes. Jesus foi enterrado e ficamos de guarda. Era uma noite calma e quente, perfumada e seca. Os soldados tinham acendido fogueiras em torno do túmulo, junto às quais comeram, divertiram-se e jogaram dados, porém não lhes permiti que bebessem muito vinho, temendo que adormecessem. Não era uma noite para dormir. Como Pilatos tinha dito, uma vez que Jesus permanecesse no túmulo e entrasse em decomposição, então seria o fim dos Seus seguidores e da Sua fé, voltando novamente a paz àquela terra convulsionada. Quanto a mim — disse Milo, curvando a cabeça, pensativo —, testemunhei a crucificação e os acontecimentos de Sua morte, desejando provar a verdade a mim mesmo. Consequentemente, não me distraí um instante. Comi em pé o que os soldados me prepararam, acompanhei-os na patrulha em torno da sepultura, que fica num local deserto próximo a um jardim maltratado, e dei notícias de Roma aos rapazes saudosos. Olhei o interior do sepulcro antes de o Homem ser posto lá. Consistia numa prateleira de mármore amarelo-claro e nada mais, porém era grande para um túmulo. Examinei cuidadosamente todas as partes externas, à procura de outra entrada ou saída. Nada havia. Era pedra maciça.

"A lua estava amarelada e baixa quando iniciamos nossa vigília. Tornou-se luminosa e clara à medida que subiu. Ouvimos os ruídos alegres do exterior das portas e vimos o reflexo das fogueiras no monte onde a cidade está construída, ouvimos os címbalos, flautas, harpas e cítaras, o riso e a ida e vinda de pessoas à procura de outros banquetes, ouvimos o som das trombetas do Templo, pés marchando, gritos de alerta, tambores, zoeira de vozes alegres e uivos de animais. Mas onde fazíamos a guarda — fora das portas — estava silencioso e vazio, sem mesmo ouvirmos o pio de uma coruja. Apenas nossas lanternas e fogueiras nos livravam da escuridão. Nem mesmo um seguidor do morto ou uma carpideira aproximaram-se do sepulcro. Ouvi dizer que todos os Seus seguidores haviam abandonado a cidade, temerosos de vingança.

"Os guardas estavam alerta. Haviam dormido de dia para aquela vigília, de modo a não serem dominados pelo sono, pois diziam que no dia seguinte iria acontecer a suposta Ressurreição. Os guardas riram. Alguns tentaram erguer a lápide, porém estava firme, enterrada por seu peso no solo. Outro bateram no túmulo, gritando: 'Está acordado, Jesus de Nazaré? Com a ajuda de Sísifo, vai mover esta pedra? Chamou-o do inferno para ajudá-lo?" 'Não, vai chamar Hércules!', comentou, rindo, outro soldado, tendo alguns mais pronunciado palavras ameaçadoras, brandindo as espadas. Sim, estava muito divertido — e a alegria era quase nula naquele lugar silencioso e desolado — e vi que, apesar dos risos, a guarda estava inquieta. Fiquei contente. Homens inquietos não afrouxam a vigilância.

"As horas passaram. Já era mais de meia-noite. Os soldados começaram a cantar, a renovar a comida nos pratos, a reavivar as fogueiras, a iniciar novos jogos, a contar coisas absurdas, à maneira de militares. A lua estava alta no céu, parecendo agora concentrar seu testemunho luminoso no sepulcro, fazendo com que ele parecesse uma outra lua, agradavelmente branco e brilhante. Aquele lugar despovoado em torno de nós, esbranquiçado e fantasmagórico como a morte, naquela luz lívida, era coberto de cascalho. Andei incansavelmente em torno do túmulo, com uma lanterna nas mãos, à procura de intrusos, mas não havia nenhum.

"Não dormi de dia como os outros — continuou Milo, fixando os olhos castanhos no rosto pálido, cético e atento de Saul. — Mas tinha consciência do meu dever. Bebi um pouco de vinho. Estou acostumado a grandes vigílias sem dormir. Isso não é nada para um soldado. Eu estava lá não apenas de serviço, mas... voluntariamente. Mais de uma vez experimentei a enorme pedra na entrada do sepulcro. Sou forte, porém não consegui sequer abalá-la. Os outros me olhavam e zombaram baixinho de mim. Então, um disse: 'Capitão, só os deuses podem ordenar que ela se mexa sem a ajuda de uma dúzia de homens.'

"A noite estava enfadonha e então comecei a pensar naquela guarda absurda, para que crucificaram aquele homem, se Ele tinha ou não morrido mesmo, se poderia realmente erguer a pedra e sair. Além disso, eu os vira confirmar Sua morte. Uma lança foi mergulhada em Seu flanco, jorrando água e sangue. Não lhe quebraram as pernas, como de hábito. Foi deixado nos braços da Mãe, que o embalou junto ao seio como se embala em filho querido. Juro-lhe, Saul, que me deu vontade de chorar, mas a Mãe não chorou. Ternamente, retirou os espinhos enfiados em Sua testa, alisou-Lhe os cabelos empapados de sangue, beijou-Lhe o rosto e apertou-O contra si. Somente dois ou três seguidores tinham permanecido, apesar de amedrontados, e um disse à mulher: 'A senhora nos foi dada por Ele como Mãe e precisamos tirá-LO daqui e levá-Lo para o túmulo que Lhe foi preparado, onde, com as outras mulheres, a senhora possa untá-Lo e vesti-Lo.' Então O levaram e juro que não pude suportar a visão, pois Ele, que ressuscitou Amós ben Ezequiel, estava morto, mudo, surdo e cego. Vi Seus olhos vidrados parcialmente abertos. Estava mesmo morto.

— O que mais esperava, Milo, daquele blasfemador, charlatão e feiticeiro? — exclamou Saul, cuja palidez agora tinha desaparecido, sorridente e exultante. Abriu os braços — E foi o fim.

Sentiu um enorme alívio, um relaxamento da tensão. Chegou mesmo a dar uma risada. Mas Milo não riu. Seus olhos castanhos fixaram Saul sombriamente.

— Foi o começo — repetiu Milo.

Depois de um instante de meditação, prosseguiu, porém era como se falasse consigo mesmo, espantado, maravilhado e com um medo desanimador.

— Ouvimos os chacais uivando no deserto. Vimos a lua tornar-se mais luminosa contra o céu negro. A noite começou a chegar ao fim. Esperamos como se espera a liberdade, pois meus soldados estavam ficando cada vez mais inquietos. O sepulcro brilhava na luz branca. Pareceu-me tremeluzir, aumentar e diminuir. Num momento pensei ter ouvido o ruflar de asas imensas. Os soldados avivaram as fogueiras, levantaram as vozes para dominar o silêncio, pois agora não se ouvia o menor som, nem mesmo na cidade. Encheram as bocas de comida para lutar contra o medo e jogaram mais encarniçadamente. Alguns amaldiçoaram os judeus por causa daquela estúpida vigília e os guardas do Templo enfureceram-se. Outros, adeptos da religião egípcia, falaram de Osíris ressuscitando dentre os mortos e ainda houve quem risse grosseiramente deles. Muitos levantaram-se e começaram a perambular, esquadrinhando a região e o deserto escuros, franzindo o cenho. Todos olhamos para o céu, esperando a aurora.

Para os soldados ansiosos e inquietos, parecia que o amanhecer jamais chegaria, mas finalmente viram uma coloração rosada coroar as montanhas a leste, a barra da túnica da aurora sendo arrastada e impelida silenciosamente no céu escuro. Diante disso, as estrelas mais próximas começaram a retirar-se. Então, o topo das montanhas ficou orlado de um dourado intenso e brilhante, impondo-se fortemente ao rosado. Os soldados e os guardas viram aquilo com alegria. Dentro de uma hora estariam em casa, livres. A lua, uma simples circunferência descorada, declinou e caiu, perdendo-se por trás da montanha.

Tito Milo, aliviado mas estranhamente deprimido, olhou o sepulcro. Então, soltou um grito abafado. Parecia que o sol havia caído sobre aquele lugar de morte, que brilhava com terrível alvura. Os soldados e os guardas, assustados com o grito de Milo, voltaram-se e viram a mesma coisa que ele viu, o esplendor cegante que emanava do túmulo, iluminando o deserto em volta, parecendo que cada seixo e pedra tinham-se incendiado. Os que haviam ficado perto do sepulcro, tombaram desmaiados junto às fogueiras, com os rostos rubros tremendo, em meio agora a um silêncio absoluto, apenas quebrado pelo estalar de lenha queimando, e numa imobilidade completa, onde apenas mexia-se uma tênue coluna de fumaça escura. Os peitorais, as bainhas e os capacetes refletiam o tremular das fogueiras, sem se mover no chão. As panelas espalhadas luziam fracamente.

Milo e os homens soltaram um enorme grito de terror, como se atingidos por um raio e os soldados caíram no chão, um a um, num sono profundo, semelhante a um transe.

Milo ficou imóvel e viu, com os olhos escorrendo e ofuscado pelo reluzir do sepulcro, que, em meio àquela luz, moviam-se vultos masculinos altos, de luz ainda mais ofuscante, que estavam rolando a pedra da entrada com a mesma facilidade de crianças com uma bola. Viu-lhes as pernas de gigantes, seus rostos de Titãs — belos como deuses —, seus braços nus e ombros viris, o cabelo flutuante. E em toda a sua volta o resplendor palpitava, agitando-se como se fossem multidões de vaga-lumes brancos, reluzentes e irrequietos como estrelas.

Tito Milo Platônio nunca antes sentira pânico ou pavor em sua vida como agora, não, nem mesmo quando lutou com os germanos e partos, na juventude, antes de entrar para a Guarda Pretoriana. Pareceu-lhe, enquanto tentava proteger os olhos daquela luz estranha, que não possuía mais coração, que fugira, deixando em seu lugar apenas o medo mais terrível, e que suas entranhas tinham derretido. Os poderosos músculos de suas pernas e braços tremiam como que tolhidos; sua garganta ardia e sufocava. Era como se estivesse sendo consumido pelo fogo.

Vários dos grandes vultos que estavam removendo a pedra pareceram perceber sua presença e viraram seus rostos majestosos para ele, que lhes viu os olhos bruxuleantes e suas expressões ausentes, percebendo quem eram. Apesar de terem corpos e membros humanos, o contorno de rostos de homens, não eram homens e tinham à sua volta aquele distanciado esplendor e neutralidade impassível com relação a ele, o que anunciava seu afastamento dele. Os vultos não olharam para os soldados e guardas no chão. Mesmo ao olhar para Milo, eram como divindades olímpicas e com o mesmo desinteresse. Foi isso, mais ainda que a presença deles e a formidável luz no sepulcro, que fez o espírito de Milo tremer e mergulhar, pois seu ser tinha sido atingido e ele sentia-se reduzido a menos que um animal.

Viu que a pedra, à medida que se afastava, revelava a escura abertura do túmulo e que o vapor sentido antes nada era diante daquilo. Virou, deixou-se cair repentinamente no chão, cobriu com as mãos a cabeça protegida pelo capacete e aguardou a morte, na expectativa não sabia de quê.

Fechou os olhos por puro pavor, mas o raio de luz adejou em suas pálpebras, apesar de tentar protegê-las com o braço. Não soube quanto tempo se passou, mas, afinal, enquanto jazia trêmulo e abalado no chão, ouviu um passo lento e monumental. Ia na sua direção, parecendo esmagar a terra seca e poeirenta, parando afinal ao seu lado. Fechou os olhos ainda com mais força. Teve medo de olhar, pois lembrou-se subitamente do que lhe fora ensinado pelos professores judeus: os que olham para coisas não permitidas ao homem devem morrer.

Mas o que se aproximou dele não prosseguiu, como implorou incoerentemente no fundo do seu ser. Permaneceu. Então, abriu ligeiramente as pálpebras e viu ao seu lado dois pés de luz, calçados de ouro, faiscando como o fogo alabastrino do sol. Contra todo o esforço de sua vontade, do seu desejo de levantar-se e fugir, da sua ânsia de gritar e rolar para o lado, escancarou os olhos, como se forçado, e eles subiram até uma túnica mais brilhante que a lua, luzindo em cada dobra, refulgindo em pontos luminosos que se fendiam, caíam e desapareciam; depois, ergueram-se até um cinto de ouro e mais acima, até um peito pulsando de luminosidade, para atingir uma coluna de mármore branco que era uma garganta.

E depois até um Rosto, a poderosa, gentil, severa mas terna Fisionomia, o Rosto de um Homem como jamais vira, um conjunto de graça, pujança e realeza.

— Ele — disse Tito Milo ao primo — queria que eu O visse. E vi. Foi o bastante para durar até o fim da minha vida. Foi mais do que bastante.

O rosto de Saul murchou, empalideceu completamente, ficou curtido como que ressecado e encarquilhado por dias de exposição ao sol, tendo sido sugado de todos os seus fluidos.

Procurando sorrir com indulgência, perguntou:

— Você reconheceu aquele... Rosto?

Milo olhou-o sombria e longamente.

— Reconheci. Era o Rosto de Jesus de Nazaré. Reconheci-O imediatamente. — Fez uma pausa. — Morreu e ressuscitou. Foi enterrado e os anjos afastaram a pedra. Ergueu-se... dentre os mortos.

Saul ficou em silêncio.

— Devo ter desmaiado — continuou Milo —, pois quando acordei, todos os soldados e guardas continuavam adormecidos, num transe semelhante à morte. E eu... eu levantei-me e me afastei. Fui ao Templo, onde orei o dia inteiro, sem dizer nada a ninguém.

— E o sepulcro?

— Estava vazio. A luz recuou quando o sol caiu por trás da curva do mundo. Nada mais era que um túmulo. Olhei no interior, à primeira luz da manhã. O sudário estava lá, atirado, e seu perfume forte flutuava no ar denso. Pensei, por um instante, ter visto o contorno brilhante de duas daquelas formas titânicas, mas lembrei-me da sua celestial indiferença e fugi. O túmulo estava vazio.

Capítulo 26

Fazia muito calor à sombra do pórtico, os jardins zumbiam com a profusão de insetos e as fontes jorravam, cintilando preguiçosamente ao sol. O conjunto de ciprestes arquejava sob o forte calor, o lago adquirira uma forte cor prateada e as aves aquáticas o tinham abandonado. Os dois homens no pórtico não percebiam seu próprio suor e desconforto. Olhavam-se fixamente. Então, Saul levantou-se, foi até a beira do pórtico e pareceu estar olhando o jardim. Disse, sem virar-se:

— Há uma explicação. O vinho ou os alimentos estavam drogados quando foram usados por você e seus soldados.

Milo, exasperado, praguejou.

— Quem fez isso? Pilatos? Herodes? Com que fim? Ele foi executado pela vontade de ambos, esse Jesus de Nazaré, para ser enterrado, para apodrecer e assim matar a fé dos Seus infelizes seguidores, restaurando, como disseram, a paz em Israel. Ou você está afirmando que, de algum modo, Seus pobres discípulos drogaram nossa carne e nosso vinho, aos quais não tinham acesso? Fugiram todos para o deserto, para suas aldeiazinhas escondidas, com exceção de uns poucos, entre eles Sua Mãe, tão pobre e tão desamparada quanto eles. Os soldados e guardas foram atirados desfalecidos ao chão. Comi e bebi a mesma coisa que eles e não fui afetado...

— Apesar disso — retrucou Saul, ainda de costas para o primo — você teve alucinações, delírios, que só podem provir da ingestão de drogas. Quem o fez, não sei, como também não conheço o motivo, a menos que tenha havido a intenção de alguém roubar o corpo e depois afirmar que ele... subiu aos céus. Ou então você e seus soldados foram hipnotizados.

Milo tornou a praguejar, incrédulo.

— Não havia drogas! Fui ferido em minhas campanhas, tomei nepente e ópio para a dor e conheço a sensação. Não os tomei naquela noite. Estava acordado como nunca, perturbado e inquieto. Quanto a ser hipnotizado... quem me faria isso? Meus pais? Por Júpiter! Naquele dia, só vi os membros da minha família. E como é possível uma grande quantidade de soldados ser hipnotizada simultaneamente na escuridão, por uma pessoa invisível? Já vi hipnotizadores médicos. Olham dentro dos olhos de quem querem influenciar. Naquela noite só havia os legionários, os guardas e eu. Quem hipnotizou quem?

— Talvez vocês todos esperassem... que ele... se erguesse ou que acontecesse algo de sobrenatural. Por isso sonharam ou imaginaram.

— Você está brutalmente tenso, Saul. Ninguém esperava que Ele ressurgisse. Eu O vi morrer. Os soldados não passavam de gente simples, brincando, comendo, jogando, rindo, esperando o amanhecer. Testemunharam nada ter visto, dizendo apenas terem caído como árvores por força de um raio. Mas eu... eu não cai. E vi. Vi-O. Com estes olhos, vi-O e a ninguém mais.

— Feitiçaria — afirmou Saul.

Milo rugiu, irritado.

— Com uma palavra, misteriosa em si mesma, você rejeita o acontecimento. Os homens dão um nome ao mistério e acham assim que ele está resolvido! Não sou histérico. Não sou mulher. Sou soldado e não um sonhador, nem acredito com facilidade. Falei-lhe da luminosidade que caiu sobre o sepulcro, quase me cegando e cegando os meus homens. Como explica isso, homem de palavra fácil?

— A lua estava excepcionalmente brilhante.

— A lua desapareceu antes.

— Então, a causa foi o sol nascente.

— O sol ainda não tinha aparecido no alto das montanhas. Estava escuro.

Saul virou-se repentinamente e seu rosto sardento estava tenso de fúria.

— Você acredita em quê? Que esse Yeshua de Nazaré, esse Jesus, como o chama, é o Messias dos judeus, esse carpinteiro desconhecido das colinas da Galileia? Se acredita nisso, está blasfemando, pois sabemos que quando Ele chegar, bendito seja Seu Nome, o mundo inteiro saberá num piscar de olhos, pois chegará em nuvens de glória para que todos vejam. Não se arrastará da escuridão como um ladrão na noite, com apenas um miserável punhado de inconsequentes para anunciá-Lo! Tito Milo, você é romano, homem de grande realismo. Como é possível que acredite que... ele... é o Messias?

— Creio que Ele é o Messias — retrucou Milo. — Acredito no testemunho de meus sentidos, visão e audição. Estava em casa do seu avô e vi o menino ser ressuscitado. Vi a morte de Jesus de Nazaré e vi-o voltar dentre os mortos. Isso não foi feito pela mágica habilidosa de impostores desconhecidos, por Castor e Pólux! Se há algum assim, então ele conhece uma taumaturgia desconhecida dos outros homens. E alguém com esse dom não se move às escondidas, nas trevas, quando pode ficar rico.

— Ouça-me — disse Saul —, vi mágicos hindus aqui em Tarso. Vi-os atirarem uma corda comprida para o ar que imediatamente tornou-se rígida como um poste, muito alta, mais alta que quatro homens uns sobre os outros. Vi também vários homens engatinharem por essa corda acima... e desaparecerem instantaneamente diante dos meus olhos! Não tento explicar, apenas sei que não é sobrenatural. E os mágicos do faraó não operaram maravilhas diante de Moisés e a este não foi dada a mágica de superá-los? Isso não é desconhecido.

Milo suspirou, desanimado.

— Você não acreditará.

— Nem sempre acredito na prova dos meus sentidos. Eles são frágeis, facilmente enganados e distorcidos. Há mil explicações racionais para o que você acredita ter acontecido.

— E cada uma é mais incrível que a outra — retrucou Milo. — Trouxe-lhe cartas. Leia-as.

Com o rosto vincado pela desconfiança, Saul leu a carta da irmã, Séfora, com o relato do que aconteceu na casa do avô, igual ao que Milo lhe contara. "Ele é, sem dúvida o Messias", escreveu ela, jubilosa. "Sentimos isso em nossos corações e almas, aqui em casa. Nosso lar está abençoado com a chegada dEle e a devolução do nosso filho. Choramos quando ouvimos que Ele foi condenado por incitação de conflitos e rebeliões contra Roma e por blasfêmia. Mas lembramos as profecias. Esperamos com paciência... e Ele ergueu-se dentre os mortos, como havia feito com o nosso filho. Bendito seja Israel, que viu este dia e bendito sejamos nós, que vivemos na Sua época. Agora, com grande felicidade e satisfação pacífica, podemos dizer: 'Ouve, Israel! O Senhor nosso Deus, o Senhor é Único!'"

Saul estremeceu. Como era possível que sua irmã, educada carinhosamente como uma princesa na casa de seu pai, exigente, mimada e amada, filha de um nome ilustre, acreditasse que aquele galileu era o Messias? Esse simples pensamento horrorizou o jovem fariseu, envergonhou-o, fazendo-o temer por sua alma em face dessa blasfêmia. Seu enorme orgulho estava ferido e encheu-se de raiva, pois Séfora, apenas alguns meses antes, queixara-se desse Yeshua e agora o adorava!

Leu também uma carta breve de José de Arimateia, que dizia:

"Seu primo Tito Milo Platônio lhe contará o que viu com seus próprios olhos e o que ouviu com seus ouvidos. Eu, porém, O conhecia desde o começo. Dei-Lhe o sepulcro onde Seu Corpo mortal repousou por um breve espaço de tempo e eu sabia que seria breve. Vi-O morrer, mas sabia que seria assim, como foi profetizado. Desejaria tê-Lo visto erguer-se do túmulo, como Ele predisse, mas recebi uma mensagem sigilosa de que não deveria estar lá. Meu coração ficou pesaroso, mas agora sei que se tivesse estado presente, iriam dizer que O raptei e escondi-O em minha própria casa! Assim é a infame mente humana, que rejeita a verdade. Alegrei-me! Pois Deus não esqueceu o Seu povo e deu-nos nosso Messias, sendo o mundo sacudido em suas bases e absolvido dos seus pecados. Pois o Messias disse, e eu O ouvi, que veio não para destruir a Lei, mas para completá-la."

Saul largou a carta, sombrio e calado, depois olhou para onde a deixara cair na cama. Sentiu que odiava José de Arimateia por esse insensato disparate; sentiu-se pessoalmente traído, pois não amava José de Arimateia como um segundo pai? Lembrou daquele dia no deserto e do essênio Iocanã, que os gregos chamavam de João Batista. Era sobre aquilo que homens de grandes casas, cultura e nobreza, construíam suas esperanças imortais? E sua fé? Esses homens cultos haviam perdido o juízo, a sabedoria, a ponto de rebaixar-se a cultuar e louvar vagabundos e charlatães? Teriam inconscientemente, absorvido as mitologias gregas de deuses disfarçando-se em homens, fazendo milagres e ressuscitando as pessoas? Ou os mitos egípcios? Adônis e Osíris: eram fantasias, exatamente como esse Yeshua de Nazaré era uma fantasia de mentes febris e esperançosas! Eles também, Adônis e Osíris, voltaram dentre os mortos! Era uma lenda antiga e bela, mas não passava de um conto para crianças.

Saul virou-se para Tito Milo e o capitão pretoriano viu, com enorme tristeza, o grande desgosto, e mesmo aversão e suspeita que o primo revelava com relação a ele.

— Voltarei imediatamente para Jerusalém — disse Saul. — Farei o que puder, usarei toda a minha influência, dinheiro e conhecimento para destruir o mito de Yeshua de Nazaré, pois, se não for destruído, Israel poderá perecer na heresia e blasfêmia. A ira de Deus tem de ser apaziguada.

— Em vez disso — falou Milo —, procure não a provocar, Saul de Tarshish.

✦ ✦ ✦

Capítulo 27

Saul, na sua jovem virilidade, tornara-se desconfiado de suas próprias apreensões, emoções e observações, subjetivas, pois, como Rabban Gamaliel muitas vezes lhe dissera, "é um erro, muitas vezes perigoso, esperar que os outros aceitem nossas conclusões e experiências subjetivas como fatos objetivos. O perigo está aí, como ilustra a história dos homens de bem, convencidos de que suas convicções subjetivas contêm a verdade, têm condições de impor-se — com violência e entusiasmo —, o que quase sempre leva a massacres, a leis cruéis e opressoras coerções, despotismos e loucura universal".

Saul que, pela própria natureza, tendia a exagerar afirmações positivas — ou negativas em dose igualmente intensa e violenta —, relutantemente teve de admitir que Rabban Gamaliel fora muito correto. Ele sempre exercera a autodisciplina, às vezes com sucesso e outras não. Tinha agora uma leve desconfiança das suas impressões subjetivas, suspeitando ter ensombrecido sua mente sobre a realidade, considerando isso um fato que, certamente, seria evidente para os outros!

Todavia, quando entrou em Jerusalém, seus sentidos, intuições ou sua imaginação levaram-no a acreditar que a cidade tinha mudado de forma, de maneira indescritível e sutil. Enquanto dirigia pelas ruas uma biga que alugou em Joppa, viu, ou pensou ter visto, uma certa imobilidade que penetrou em todas as coisas, até mesmo no populacho do mercado, e que a luz tinha se modificado. Disse a si mesmo que isso era absurdo. Esperava certa alteração e sua imaginação o satisfizera. Mas... não havia agora um ar diferente nos rostos, uma espécie de reflexão? Estariam os mercados, as ladeiras estreitas e curvas, menos barulhentas? Seria possível que aquela cidade tivesse vida própria, escondida dos homens, e que seus pensamentos imensos e ocultos modificassem o próprio ar, os ângulos da luz, a projeção das sombras, tornando os homens vagamente conscientes disso?

Chegavam ao fim do verão e as colinas e campos estavam dourados pela próxima safra e as montanhas longínquas tinham uma profunda pulsação violeta; os sinuosos muros da cidade, aos olhos de Saul, estavam mais amarelados do que nunca. Mas, lembrou, nenhum dia, noite ou mesmo hora, era igual ao interior e, dentro de um ano, Jerusalém devia estar inexoravelmente mudada. Isso era o que o viajante percebia, mas o morador não.

Foi diretamente até sua loja da rua dos Tendeiros. Fora sempre tão estreita, escura, malcheirosa... e restrita? O chocalhar e ressoar dos teares dominavam agora as vozes nas lojas. Havia sido assim antes? Deixou cair suas poucas bolsas e o pequeno baú, olhou o ar melancólico de sua empoeirada loja, não como quem volta ao lar, mas como quem vai para o exílio. Sacudiu as cobertas, que cheiravam a mofo. Escancarou os postigos. Os ratos tinham estado em grande atividade aqui e ali, e ele os xingou. Foi até a feira mais próxima e, em pé nas negras pedras redondas, bebeu mais vinho, comeu queijo e comprou uma folha de parreira cheia de carne quente temperada. Um comerciante estava discutindo, ao lado, com outro miserável negociante e apesar de estarem separados de Saul pela parede das suas lojinhas, pôde ouvir com clareza:

— Garanto-lhe que Ele é verdadeiramente o Messias!

— Silêncio! Você pode ser acusado, como Ele, de blasfêmia e heresia. Ou de incitação contra Roma. Se os sacerdotes não o pegarem, os romanos pegam!

— Você está zombando de mim. Mas insisto em que O vi dando luz e visão aos olhos anuviados de um cego pedinte, instalado junto à parede do Templo!

— Ouvi a mesma coisa de muitos dos nossos paupérrimos rabinos, antigamente. Você só tem essa prova?

O mercador gargalhou.

— Não. Há mais. Vi Seu Rosto e conheci-O como o Messias. Meu coração me disse; minha alma estremeceu...

— Se você não cuidar dessa fogueira, sua carne vai estremecer em cinzas!

Ouviu-se um palavrão resmungado e surgiu uma onda de fumaça, que se espalhou pela rua junto com o fedor de carne queimada. Saul, de cenho franzido, comia preocupado. Tito Milo Platônio dissera a mesma coisa: "Vi-Lhe o Rosto e reconheci-O como o Messias." O negociante prosseguiu, ofegante e meio sufocado:

— Ria se quiser, Amós, mas é verdade e um dia verá que é mesmo.

Saul caminhou devagar, passou pela loja e, com fingida despreocupação, deu uma olhada e viu dois homens robustos, com roupas e protetores de cabeça preto e branco, cortando carne num pedaço de tábua não muito limpa, misturando-a com cebola e mexendo-a em panelas. Suas mãos estavam sujas e as unhas pretas. Saul deixou sua folha de parreira com carne cair na rua.

Ficou ali à toa. Sentiu o cheiro dos homens, rançoso e misturado com alho, viu seus rostos rudes, vermelhos pelo calor do fogo, e suas enormes bocas rubras. Riu intimamente com amargura. Era entre esses que Yeshua de Nazaré tinha buscado seus seguidores! Havia sido bem recebido por eles e seus iguais. Entre as famílias, apenas uns poucos como José de Arimateia e seu primo Milo tinham sido enganados.

Voltou para sua loja, banhou-se, vestiu sua melhor roupa e foi à casa do avô, Shebua ben Abraão. Saul tinha comprado em Tarso presentes para a irmã e seus cinco filhos e, apesar da sua parcimônia, gastara bastante. Trouxe também uma doação para o Templo em Jerusalém, como era hábito. O presente para a irmã era uma serpente flexível de ouro, com os olhos de rubis e uma língua brilhante, para ser usada no braço, uma simples bugiganga egípcia, mas que certamente agradaria a Séfora. Para as crianças, comprou imitações douradas da Arca da Aliança, com inscrições religiosas, muito bem-feitas. Enquanto as guardava numa das bolsas, lembrou-se de nada ter comprado para o marido da irmã, aquele simpático e silencioso rapaz de olhos azuis. Saul ficou aborrecido. Mas era fácil esquecê-lo, pois nunca fazia alguma coisa por si mesmo.

Para o filho de Séfora que ele mais estimava, Amós ben Ezequiel, mandou fazer um presente especial, um solidéu preto, vermelho e branco, as cores da tribo de Benjamim, bordado finamente de ouro, com incrustações de pedras preciosas. No cimo, um círculo franjado de azul, o sinal dos fariseus. Aquele objeto caro não representava o gosto de Saul, mas, assim que viu o rosto da irmã, percebeu que a tinha encantado. Séfora colocou-o nos cabelos cacheados de Amós e afastou-se para admirá-lo. O menino riu para ela com tolerância. Embora fosse agora homem, de acordo com a tradição judaica, ainda usava a túnica orlada de púrpura da adolescência.

Saul, numa carta enviada a Clódia Flávio, foi admitido no setor das mulheres da casa do seu avô. Sabia que a senhora romana lhe havia concedido um raro privilégio: os homens quase nunca eram recebidos no setor feminino por senhoras decentes, e mesmo assim especialmente convidados, embora as mulheres, se quisessem, pudessem invadir o resto da casa. Clódia disse uma vez a Séfora: "Os homens são muito tediosos, vaidosos e infantis e uma mulher sensata pode suportá-los apenas de vez em quando. Por isso, as senhoras da minha geração e todas as verdadeiras mulheres destes tempos degenerados aderem ao velho sistema do santuário feminino." Os dois filhos mais velhos de Séfora, Amós e seu irmão de quatorze anos, eram recebidos naqueles simples mas agradáveis compartimentos apenas durante certas horas da tarde. Fora disso, não podiam entrar, a não ser em ocasiões especiais e a convite. Os menores, ainda crianças, e a menina moravam lá com a mãe e a avó.

Clódia havia engordado e se tornado mais calma com o passar dos anos, apesar de seus olhos continuarem claros, observadores e brandamente severos. Estava sentada numa cadeira de ébano, com Séfora ao lado, que todos acreditavam agora ser a mais recatada jovem dona de casa. Mas seus olhos dourados continuavam inquietos, alegres e eloquentes ao olhar para seu querido irmão, embora os cabelos dourados estivessem ocultos por uma touca. Suas vestes eram modestas e severas. Tinha as mãos cruzadas tranquilamente no colo. Saul, pela primeira vez na vida, aprovou-a, apesar de nunca ter deixado de amá-la.

Tinha ido lá com um objetivo definido e Clódia logo o percebera, olhando-o francamente e esperando.

Saul levou Amós, pegando-lhe a mão com firmeza mas gentilmente. O menino sentou-se em seu colo, olhando-o com os suaves olhos castanhos de Hillel, emitindo um brilho interno de inteligência. Amós era alto e magro, com uma bela boca forte e tez rosada. Hillel devia ter sido assim na juventude, pensou Saul, com a costumeira dor no coração.

— Desejo fazer-lhe algumas perguntas, meu sobrinho — falou, olhando para Séfora. — Com a permissão de sua avó e de sua mãe.

As grossas sobrancelhas de Clódia contraíram-se e Séfora inclinou a cabeça.

— Soube de sua doença antes da Páscoa — continuou Saul, agora olhando firmemente dentro dos olhos do rapaz. — Diga-me, você ingeriu ou bebeu alguma coisa... peculiar... antes de sua doença? Alguma coisa não ingerida por seus irmãos e sua irmã?

O rapaz sacudiu a cabeça, confuso. Mas, subitamente, Clódia e Séfora trocaram um rápido olhar, curvando-se para a frente em suas cadeiras.

Ainda fixando o rapaz com seus olhos ardentes e autoritários, Saul disse:

— O velho criado, o grego Céfalo, não lhe terá dado algum doce ou pasteria... antes da sua doença? Um copo de vinho, não partilhado por seus irmãos.

— Não, meu tio — respondeu Amós. — Céfalo não frequenta este setor, não saí daqui antes do meu *Bar Mitzvah*, apesar de vê-lo a distância de vez em quando. Só falei com ele três vezes em minha vida.

— Quando? — A palavra estourou como uma chicotada.

— Uma vez, quando criança — retrucou Amós, o cenho ainda franzido em confusão —, e eu estava passeando no jardim do avô do meu pai, Shebua ben Abraão. Ele me mandou embora. Carregou-me nas costas como um cordeiro. Há um ano tornei a vê-lo, quando entregou à minha avó um recado de meu avô Davi ben Shebua.

Amós fez uma pausa.

— E a terceira vez?

O rapaz mexeu-se, constrangido, a esse interrogatório. Estava com medo de Saul, que podia ser muito intimidante.

— Depois de minha doença, Saul ben Hillel.

Saul juntou as mãos nos joelhos e examinou o jovem com ar sombrio, como se duvidasse de suas palavras, e Amós olhava-o com crescente mal-estar. Olhou uma vez para a mãe, que ficara pálida e imóvel.

— Diga-me, alguma vez aceitou guloseimas ou vinho, mesmo um copo d'água, uma fruta, de qualquer outro membro da casa do meu avô, de algum criado que o tenha procurado às escondidas e lhe oferecido, tendo você comido escondido dos seus irmãos? — perguntou Saul.

— Não — respondeu Amós.

Não ficou exatamente assustado pelo interrogatório, a intensa inquirição de um advogado que havia atemorizado outros mais velhos no passado. Seu lábio inferior tremeu e ele o prendeu rapidamente com os dentes, lembrando-se de que não era mais criança.

Saul recostou-se na cadeira e seus olhos intimidantes não se afastaram do rosto do rapaz. Examinou-o ainda mais severamente.

— Talvez você tenha esquecido — comentou.

O rapaz sacudiu a cabeça.

— Está concluindo, Saul Ben Hillel, que meu neto foi deliberadamente envenenado ou drogado? — perguntou Clódia — Se está, enganou-se.

Saul não a olhou. Continuou com os olhos fixos no sobrinho.

— Amós — perguntou —, quanto tempo ficou abatido ou indisposto antes de ser atacado por aquela grande doença?

O rapaz repentinamente ficou embaraçado e Saul inclinou-se para ele, esperando.

— Talvez durante duas semanas — confessou. — Mas não contei a ninguém, temendo que adiassem as festas do meu Bar Mitzvah e que eu passasse o dia na cama. Não queria isso. Mas acabei sendo atacado, três dias antes, e daí em diante não lembro de nada.

— Nada?

A palavra surgiu, implacável.

As pálpebras brancas do rapaz desceram sobre seus olhos.

— Nada lembro da minha doença, a não ser da hora anterior ao meu desmaio. Acreditei estar morrendo. A febre me consumia como labaredas. A minha cabeça parecia fendida. Nem água eu conseguia beber. Depois, tudo escureceu.

— Ah — falou Saul. — Procure lembrar, Amós, lembrar. Nessas semanas anteriores, você comeu ou bebeu alguma coisa estranha, sozinho? Talvez uma fruta no pomar, que nem os pássaros tenham comido, uma raiz, uma baga encontrada, um doce tentador deixado por acaso numa cadeira do jardim?

Agora o próprio temperamento de Saul cobriu o rosto do rapaz, cujos olhos brilharam, mas não de susto.

— Saul ben Hillel — retrucou com voz firme —, não sou criança. Não ingiro qualquer coisa. Nem sou idiota para enfiar sobras garganta abaixo!

Clódia sorriu assentindo e Séfora, olhando-a novamente, acompanhou-a.

— Você é malcriado — disse Saul. — Sua educação deixa a desejar. Sou seu tio e tenho um motivo sério para interrogá-lo, pois amo-o e é meu desejo protegê-lo de superstições maldosas, ilusões e encantamentos dos espíritos das trevas. Portanto, responda-me sem cinismo ou desaforo, e comporte-se. Responda-me: teve febre e caiu numa letargia doentia que durou três dias e da qual não se lembra. Qual sua lembrança seguinte?

Mas, para surpresa de Saul, o rapaz ficou mudo, surgindo em seu rosto claro uma expressão indescritível, uma melancolia e uma curiosa tristeza. Saul pegou-lhe a mão. Estava fria e levemente trêmula.

— Diga-me, Amós ben Ezequiel — perguntou —, pois gosto muito de você e não quero vê-lo prejudicado. Alguém já lhe fez essa pergunta?

— Não — murmurou o rapaz, que agora tinha os lábios trêmulos.

— Pois é isso o que lhe pergunto — tornou Saul.

— Eu... sonhei — disse Amós, tentando retirar a mão, porém Saul reteve-a com força.

— Sonhou o quê?

— É direito — perguntou Clódia no seu forte sotaque romano — perguntar coisas assim, Saul ben Hillel?

— É — retrucou Saul, sempre sem olhar para ela. — Pelo bem da alma do rapaz. Não estou sendo curioso. Conheço a Cabala. Sei por que pergunto. Amós, sonhou o quê?

O rapaz suspirou profundamente, parecendo quase um lamento.

— Acordei numa região linda, mais bonita que qualquer paisagem de Israel. — Sua voz era baixa e sussurrada. — Lá havia, na distância, montanhas de marfim e ouro, brilhando, embora eu não visse o sol. O céu era muito azul. Entre mim e as montanhas havia vastos vales, jardins, muitas árvores e flores e o ar estava cheio de cantos, mas não vi cantores. Fiquei na margem de um rio verde como a relva, de correnteza veloz. Era muito fundo e largo. E na outra margem...

— Sim? — perguntou Saul.

A sala agora estava em total silêncio.

— Meu avô Hillel ben Borush estava lá, com roupas brancas que pareciam de luz. Reconheci-o imediatamente, pois o vi pouco antes de morrer.

Nessa altura, o rapaz olhou Saul diretamente nos olhos, não desafiador, mas exigindo que acreditasse. Era o olhar imperioso de um homem, severo e reservado.

Saul ficou muito comovido, apesar da ira crescente e da sua convicção de que o rapaz tinha sido secretamente drogado por um criado, seguidor de Yeshua de Nazaré, com o objetivo de criar aquela oportunidade.

— Acredito que sonhou e viu meu pai, Amós.

— Não sonhei, meu tio. Vi-o. Ele sorriu-me, acenou-me chamando, mas o rio interpunha-se. Então, ele ergueu a mão e o rio refluiu até a largura de um córrego; meu avô estendeu-me a mão, peguei-a e atravessei o riacho; rimos juntos, vendo o rio tornar-se caudaloso novamente. — Suas palavras agora saíam altas e precipitadas. — O canto no ar aumentou e tive vontade de chorar de alegria. Meu avô me disse: "Bendito é o homem que morre moço, sem pecar, e que espera aqui a volta do Messias, que está sentado à Mão direita do Pai, bendito seja Seu Nome!"

— Que blasfêmia é esta? — gritou Saul, realmente lívido. — Que significam suas palavras, Amós ben Ezequiel?

— Não sei! — respondeu o rapaz, enfático. — Sei apenas o que disse meu avô.

— Essas palavras nada significam, não têm sentido, pois o Messias ainda não deixou o Céu e não se tornou ainda homem. Não compreende, Amós? Entende o absurdo do seu sonho?

— Sei apenas o que meu avô disse — repetiu o rapaz.

— Todos os sonhos, menos os dos santos e profetas, são ridículos — afirmou Saul.

Mas o rapaz não afastou os olhos dele e os suaves contornos do seu rosto tinham endurecido, refletindo o que seria sua aparência quando homem adulto. Seus olhos castanhos não estavam mais suaves ou sonhadores. Eram resolutos e corajosos.

Saul suspirou, balançou a cabeça devagar e o rapaz esperou. Finalmente, disse:

— E qual é sua recordação seguinte, Amós?

Durante um instante, o rapaz não respondeu. Estava observando Saul com uma expressão incompreensível. Depois, num tom lento e deliberado, como se esperasse ser ridicularizado e se preparasse para reagir, falou:

— Ouvi uma voz. Nunca a tinha ouvido. Era de homem e enchia completamente o ar transparente, e era como se as montanhas, vales e rios escutassem. A voz falou: "Digo-lhe, Amós ben Ezequiel, levante-se!"

Um arrepio inesperado percorreu Saul, que o combateu. Retrucou:

— Acredito, Amós, que não está mentindo ao me contar esse sonho. Mas preciso que me responda: que disse seu avô... quando ouviu essa voz?

— Chorou.

— Chorou?

— Sim. E largou minha mão, caminhando comigo outra vez até o rio, que novamente se estreitou. E ele me indicou que eu devia atravessá-lo e ficar do outro lado, o que me fez chorar, pois não queria deixar aquele lugar de paz, de cantos alegres, nem meu avô. Mas sabia que devia obedecer àquela voz, mas não sabia por quê. A voz não me intimou a atravessar o rio mais uma vez, mas eu sabia que tinha sido intimado. Por isso pulei sobre o córrego que, imediatamente, alargou-se, tornando-se veloz e grande. Meu avô despediu-se com um aceno, virou-se, desceu para o vale e não tornei a vê-lo. Gritei, mas não obtive resposta nem cantos e onde eu me encontrava estava escuro. Escureceu ainda mais e, a meus olhos, era noite; meu coração encheu-se de pena, coisa desconhecida para mim. Então, a luz voltou, mas não a que eu tinha visto. Era fraca e pálida, e vi que estava no chão do meu quarto... — Virou a cabeça para olhar a mãe e a avó, que estavam cobrindo os rostos chorosos com as mãos. — E meus pais, meus parentes e irmãos estavam ali comigo, escondendo as lágrimas, segurando minha mão, beijando meu rosto, chorando alto e gritando meu nome.

Seus olhos afastaram-se. Um enorme silêncio caiu sobre a sala.

Saul comoveu-se outra vez, mas sua raiva continuou a crescer. Pôs a mão no ombro do rapaz.

— E isso foi tudo, Amós? Nada mais viu?

— Eu O... vi — respondeu Amós. — Vi-O antes de olhar para os rostos dos que me amavam. Ele sorriu-me, parecendo triste e arrependido. Seu rosto era muito belo. Virou-se, saiu do quarto e dois ou três estranhos retiraram-se com Ele. Nunca mais O vi, embora desejasse pedir-Lhe que ficasse.

— Por que queria que ele ficasse?

O rosto do rapaz visivelmente contraiu-se de dor.

— Senti que Ele era a minha vida... e quando Ele saiu foi como se o sol se tivesse posto e tudo ficasse indistinto.

Saul agora pegou os ombros do rapaz com ambas as mãos, puxando-o abruptamente contra si.

— Amós ben Ezequiel, você precisa me ouvir, pois sua alma pode depender disso! O homem que viu no seu quarto, aquele miserável nazareno, não é desconhecido para mim! É feiticeiro, embusteiro, charlatão, blasfemador e foi justamente executado por seus crimes, tendo enfeitiçado você de uma forma misteriosa, antes mesmo de ter entrado nesta casa! Não sei o motivo. Tenho certeza apenas disso haver acontecido... talvez para iludir esta casa, muito influente, importante em Israel. Ouça meu conselho. Esqueça-o. Você nunca morreu, Amós. Foi drogado ou colocado num estado cataléptico, provocado por inimigos solertes ou criados do nazareno, que desejava revelar "maravilhas", causando terror e logro. Mesmo que ele nunca entrasse nessa casa, você teria ficado bom. Acredite-me, Amós.

Amós, porém, para maior agitação e raiva de Saul, apenas balançou a cabeça, numa negativa silenciosa. Agora, o choro suave das mulheres podia ser ouvido.

— Acredito, meu tio — falou Amós —, que o senhor crê no que diz e que teme por mim. Não tenha medo. Sei quem Ele é.

— Quem? — perguntou Saul, porém percebeu, aterrorizado, que resposta o rapaz lhe daria.

— Sei que Ele é o Messias, que se ergueu dentre os mortos e que senta-se à Mão direita do nosso Pai, como disse meu avô. Como sei ignoro, mas sei.

As horríveis palavras familiares eram socos violentos no coração de Saul.

— Você sonhou — disse Saul.

O rapaz suspirou.

— Então, gostaria de nunca ter acordado desse sonho.

As palavras sem sentido, ditas com voz adulta, fizeram Saul ter vontade de chorar. Pegou o braço do rapaz e afastou-o, levantando-se. Olhou a irmã com frio ar furioso.

— Você o deixou acreditar em mentiras monstruosas, que ameaçam sua alma — disse. — Que Deus a perdoe, embora eu não, Séfora bas Hillel.

Virou-se e saiu da sala.

A atmosfera da casa havia mudado misteriosamente. Saul percebeu logo, enquanto caminhava para o átrio. Era um ar de serenidade, paz, tranquilidade. Parecia — e o simples pensamento era absurdo para ele — o ar silencioso de um recanto do jardim do Templo.

Seus parentes o esperavam: Shebua ben Abraão, Davi ben Shebua e Ezequiel, o marido de olhos azuis de Séfora, que raramente falava, mas parecia estar sempre gentilmente atento. Os dois mais moços levantaram-se e abraçaram Saul, que recebeu seus cumprimentos com impaciência. Por cima dos ombros deles, olhou o avô, que lhe pareceu muito velho, não mais amável, educado, nem sorrindo com soberba, mas calmo e imperturbável. Parecia um profeta e usava, pela primeira vez até onde Saul se lembrava, o solidéu ritual da tribo de Benjamim, mas não um luxuoso. Era simples e austero. Parecia um verdadeiro patriarca. Aceitou o rápido beijo no rosto do neto e apertou o ombro do rapaz com sua comprida mão branca.

— Bem-vindo a esta casa, meu neto — disse. — Ansiávamos por sua volta.

A boca de Saul esboçou um sorriso meio irônico. A voz de Shebua não era a que ele lembrava: arrogante e polida. Shebua bateu palmas e, quando apareceu um criado, determinou que o criado grego Céfalo se apresentasse imediatamente no átrio, como Saul desejava.

— Você está duvidoso e veio exprimir sua dúvida, Saul ben Hillel — disse Shebua, em tom humilde. — Não o lamento nem censuro, pois se não tivesse visto pessoalmente o que aconteceu nesta casa, eu também duvidaria e provavelmente com maior desdém ainda. Pois jamais acreditei, não, jamais acreditei no Deus dos nossos Ancestrais, no Deus de Abraão e Jacó, uma vez sequer na vida, nem mesmo em minha juventude. Mas agora acredito. — Seus olhos claros pousaram em Saul sem desafio nem rancor. Eram bondosos e francos. Disse, quase num sussurro: — "Ouve, Ó Israel! O Senhor nosso Deus, o Senhor é Único."

Para o irado e divertido espanto de Saul, Davi e Ezequiel repetiram as palavras, de cabeças curvadas, mãos juntas, ao lado de Shebua.

— O feiticeiro, o necromante, é mais poderoso do que eu pensava — disse Saul.

Como se não tivesse ouvido, Shebua falou:

— Bendita seja esta casa, onde Ele entrou, pois não havia entre nós santidade, fé, piedade, humildade, nem confiança. A blasfêmia e todas as ciladas de um mundo mesquinho e secular, cujo nome é confusão e cujas vozes eram como as das feras furiosas da selva, moravam aqui. Porém, Ele veio a nós e ergueu nosso filho de entre os mortos, devolvendo-o uma vez mais aos nossos braços e vi Seu rosto... não sei por que, mas vi Quem Ele era.

— Eu também vi — disse Saul e seus dentes cerraram-se.

O velho criado entrou, postando-se diante do amo, que lhe pegou o braço com o afeto de um irmão.

— Céfalo — disse Shebua —, este é um filho da nossa casa, Saul ben Hillel, sobre quem falei. Ele deseja fazer-lhe algumas perguntas.

Saul olhou o velho com ódio. Ele não era nem mesmo um apóstata judeu, nem mesmo dos amaratzim... os camponeses, a turba do mercado. Tinha sido escravo, comprado quando jovem por Shebua ben Abraão e libertado mais tarde, executando tarefas humildes, como carregar lenha para os banhos, esvaziar o lixo da cozinha, limpar chãos, capinar jardins, apanhar frutas, lavar paredes e carregar pesos. Era iletrado. Magro e curvado, tinha uma barba branca comprida e rala, cabelos também brancos e escassos, nariz adunco, e sua fisionomia exibia o estigma de gerações de trabalhadores da terra e dos campos.

Mas seus olhos eram grandes, brilhantes e castanhos como os de um jovem, e irradiavam alegria.

Saul estava preparado para um escravo velho, abobalhado, dissimulado, hipócrita, cheio de artes como os pobres maliciosos, bajulador, ansioso por agradar e também ansioso para prejudicar. Mas quando Céfalo olhou-o respeitosamente e interessado, Saul não pôde perceber nenhuma falsidade no rosto do velho. Tinha uma estranha dignidade, apesar de sua evidente origem desconhecida. Cruzou as mãos e esperou as perguntas de Saul, sem denunciar qualquer apreensão.

Ficou claro para Saul que Céfalo era um simplório que acreditava no que resolveu acreditar, sem hipocrisia, falsidade ou desejo de ser original.

Antes que pudesse falar, Shebua disse:

— Céfalo, mostre sua mão direita ao meu neto.

O velho imediatamente estendeu a mão direita, enrugada e gasta, para Saul, mostrando o dorso e depois a palma. Saul franziu o cenho. Shebua disse:

— Céfalo chegou aqui moço, com a mão mirrada, torcida, esmagada e curva como uma garra. Teve um senhor mau que, quando ele era criança, castigou-o por alguma falta boba, metendo-lhe a mão no fogo. Comprei-o por pena, quando ambos éramos moços e, desde então, ele mora nesta casa. Você poderá notar, Saul, que a mão, apesar de gasta, cheia de veias e descolorida como a minha, não está deformada, mas saudável e limpa. Sua mão aleijada foi devolvida à presente condição num piscar de olhos... por Quem os romanos chamam Jesus de Nazaré, mas nós de Yeshua.

O rosto de Saul exprimiu seu frio e desgostoso descrédito. Respondeu:

— Esse é um pequeno milagre, meu avô, mas é sabido que nossos rabinos santos e errantes frequentemente curam, quando solicitados.

— Fale, Céfalo — disse Shebua.

O velho olhou-o timidamente e depois tornou a encarar Saul.

— Senhor — disse ao rapaz —, não sou judeu e sim grego e nada sei desses rabinos sobre os quais falou. Não sou moço. Tive motivos para temer meus camaradas e minha saúde vem declinado há muito. Raramente saio desta casa, onde encontrei a única bondade em toda a minha vida. Temia deixá-la. — Sua voz era trêmula e fraca e seu grego iletrado e grosseiro, com sotaque de escravo. — Mas um dia, uma das criadas na sala da criadagem, falou de Jesus de Nazaré. Ela também é grega e contou que diziam ser Ele o Deus Desconhecido, cultuado pelo meu povo, que espera Sua vinda.

"Durante todos estes anos, minha mão não cessou de doer e a idade aumentou o sofrimento, havendo noites em que gemi por não poder dormir. A mão era inútil para mim. Atravessei meus dias cansado e sofrendo, implorando a morte. Então, ouvi falar que o nazareno Jesus estava novamente em Jerusalém, antes da Páscoa judaica, e disse a mim mesmo: vou segui-Lo e, se ele for o Deus Desconhecido, criarei coragem para tocar em Suas vestes sem que Ele perceba, de forma a não ofender Sua majestade, falando com Ele.

O velho fez uma pausa e um tremor percorreu seu rosto como as ondulações da água iluminada pelo sol. Sua alegria transformou-se num luminoso êxtase.

— Havia uma multidão em torno dEle, gritando: "Bendito seja Ele, que vem em Nome do Senhor! Hosana!" Atiravam folhas de palmeiras e flores à frente dEle e as mulheres erguiam seus filhos para que Ele os olhasse e abençoasse, e Ele passou lentamente no meio de todos, montado num burro, um Homem de roupas grosseiras, mas com o aspecto de um rei, de um Zeus, armado com relâmpagos. Seu Rosto era belo e, apesar disso, não era a beleza que conhecemos, pois vi muitos iguais a Ele vindos da Galileia, com Sua aparência. Arrastei-me atrás dele, a distância, me introduzindo nas fileiras dos Seus seguidores e das multidões de homens, mulheres e crianças que gritavam, riam e O adoravam, atirando flores à Sua passagem. Muitos correram a beijar Suas mãos, Seus pés, a olhar Seu Rosto e, em certos momentos, aquele Rosto era como o de um Pai amoroso, sério, aflito.

"Então fiquei por trás dEle, nas pegadas do burrinho que Ele montava, aproximei-me ainda mais, estendi minha mão deformada e toquei em Sua manga. Um simples toque, um roçar dos meus dedos aleijados. A manga era de tecido castanho grosseiro, como usam os escravos, os trabalhadores e os camponeses.

O velho suspirou e seus olhos encheram-se de lágrimas, embora estivesse sorrindo em seu êxtase.

— Jesus não me viu, não me curou nem Se virou. Mas acredito que Ele percebeu que eu tinha tocado na Sua roupa, embora o animal que Ele montava O levasse entre a multidão. Parei, olhando-O. Então, percebi que a terrível dor em minha mão tinha desaparecido como se nunca houvesse existido. E quando baixei os olhos, vi os dedos endireitando como pétalas, o pulso esticando, as cicatrizes desaparecendo devagar, a pele ficando lisa e limpa. Ergui os braços e dei graças ao Deus Desconhecido, agora não mais desconhecido, vivendo entre nós na sua misericórdia e compaixão. Chorei e outros à minha volta olharam-me com sorrisos admirados, sem dúvida pensando que eu tinha enlouquecido.

— Histeria — disse Saul e seu ar era ainda muito mais frio e cheio de repugnância.

— Senhor? — falou o velho, mas Saul não respondeu.

Depois de um instante, o criado continuou:

— Eu bendisse Seu Nome, adorei-O, orei a Ele, apesar de já ter desaparecido. Então, voltei para cá, mostrei a mão aos criados e eles ficaram assombrados. Um dos cozinheiros é judeu, cético, que me conhece há vários anos. Quando ouviu o que contei, disse: "De fato, é o Santo de Israel, bendito seja o Seu Nome", falando-me, então, do Messias dos judeus. E aí vi que era Ele.

"Depois — prosseguiu Céfalo, baixando a voz — o menino Amós ficou à morte, deixando a casa em prantos. Disseram imediatamente que ele estava morrendo e ouvimos, no saguão, que ele havia falecido, aquela encantadora criança com a qual eu falara uma ou duas vezes, e só via de longe, desde bebê. Mas sabíamos que ele era belo, bom e virtuoso e por isso choramos.

"A seguir, lembrei-me de Jesus de Nazaré. Não sei o que aconteceu com minha cabeça! Era como uma forte loucura, uma veemência, uma exaltação que eu não podia explicar. Por isso, saí correndo da casa à procura dEle e vi-O entrando no Templo com Seus seguidores. Corri ao Seu encontro, chorando:

'Senhor, Santo de Israel, uma criança morreu na casa do meu amo e só o Senhor pode trazê-lo à vida!'

Céfalo sacudiu a cabeça, aturdido e espantado.

— Não sou corajoso, impulsivo, de exuberância juvenil, nem entusiasmado. Se me dissessem, dias antes daquilo, que eu sairia correndo desta casa como um rapaz, atrás de um estranho para implorar-Lhe, eu responderia que tinham ficado loucos! Mas foi o que fiz.

"Ele... Ele parou. Seus seguidores me recriminaram. 'Escravo, por que incomoda e para o Mestre? Fora! Ou o expulsaremos!' Mas ele baixou o olhar para o meu rosto e minhas mãos trêmulas, dizendo 'Que ninguém afaste de Mim quem Me procura', e fazendo um gesto de que iria acompanhar-me. — Céfalo curvou a cabeça. — E ele entrou na casa comigo e levei-O ao quarto do menino. Embora não tenha perguntado o nome do garoto, olhou-O deitado na colcha, no chão, com as pessoas chorando em volta, falando: 'Digo-lhe, Amós ben Ezequiel, levante-se!'

Céfalo ergueu as mãos e a cabeça numa atitude de reverência e total adoração.

— A criança abriu os olhos, que ainda estavam velados pela morte, murmurando... e voltando à vida! Mas não havia felicidade no rosto do menino ressuscitado; virei-me para Jesus de Nazaré e seu próprio Rosto estava triste e cheio de aflição. Então, sem mais uma palavra, saiu do quarto e da casa. E é só, senhor — concluiu Céfalo.

Durante o relato, Saul ficou olhando para os parentes e, para seu desgosto, viu os rostos comovidos e os olhos cheios de lágrimas. Então, virou-se implacavelmente para Céfalo.

— Escravo, não tema qualquer castigo, mais intimo-o, em Nome de Deus, a falar a verdade. Estou certo de que sua mão ficou curada porque meus parentes não mentem. Mas curou-se porque acreditou em sua própria mente e não pelo milagre de Yeshua de Nazaré. Ele nem percebeu que você o tocou! Mas em que você acreditou realmente foi num milagre de um santo transferido para sua mente, tornando-o presa de fantasias e êxtases. Isso não é incomum no sofrimento do êxtase religioso... principalmente entre os simples e ignorantes.

"Você ansiava para que seu herói fosse exaltado, que sua atuação fosse uma maravilha, um milagre, para justificar sua adoração. Isso também não é incomum. O zelo é muito forte. Assim, você refletiu. E então deu ao meu sobrinho, pois como criado desta casa todos confiavam em você, uma poção, um doce ou uma fruta, talvez um pouco de vinho, contendo uma droga que levasse ao transe ou a um estado de sonolência, uma condição que se assemelhasse de perto à morte. O menino caiu doente. Pareceu morrer. Isso enganou mesmo os médicos. Quando ele foi colocado no chão para ser untado, tratado e receber os óleos e o sudário, você correu para fora desta casa, à procura daquele que chama de Jesus de Nazaré e, ao encontrá-lo, trouxe-o para cá, onde evidentemente chegou na hora exata em que meu sobrinho estava acordando. Viu isso e aproveitou a oportunidade.

Saul esboçou um sorriso horrível e seus olhos brilharam. Abriu os braços.

— A história é essa, a verdadeira. Céfalo, se você é grato ao seu senhor Shebua ben Abraão, que o salvou e libertou, dando-lhe abrigo e bondade na casa dele, diga a verdade. Não será castigado. Sentiremos simpatia por você, que tanto amou aquele homem, embora não passe de um vagabundo. A devoção é muito comovente. Mas não deve obscurecer a verdade. Pois a mentira é uma desonra, mesmo num criado.

Céfalo ouviu no mais absoluto espanto, olhando para Saul como se ele fosse um basilisco. Depois, gaguejou:

— Senhor, não dei droga alguma ao menino, pois de onde poderia recebê-la? Não lhe falei nem me aproximei desde que ele era criança, pois sou um homem humilde, de aparência desagradável e evito falar com outras pessoas. Nem, senhor, pedi a outro para dar ao menino qualquer poção maléfica, pois quem nesta casa faria tal coisa? Senhor, juro por minha alma e pelo amor que tenho a Jesus de Nazaré.

Saul exclamou repentinamente, numa fúria assustadora:

— Não acredito! Você está mentindo, está procurando enganar, pois essa é a forma de agir dos escravos inferiores, abjetos, infames! Você tornou-se importante nesta casa, foi homenageado como o recebedor de uma clemência divina como um homem diferente, pois seu coração de escravo anseia por ser distinguido! Saia da minha frente, patife, para que eu não lhe dê um pontapé, como o cão que é!

Mas Céfalo olhou para Shebua ben Abraão, não apavorado, porém suplicante. Shebua disse:

— Vá, Céfalo, e obrigado.

Essas palavras quase fizeram Saul sufocar, na sua ira monumental, pois Shebua falou com o velho criado como se fala com um irmão. Incrédulo, viu o grego curvar-se e deixar o átrio, tornando a ficar a sós com seus parentes.

Saul olhou para os rostos comovidos e estranhamente tranquilos e gritou:

— É possível que acreditem nessa bobagem, nesse insulto ao raciocínio de homem inteligente, nessa afronta à decência, nesse ultraje a Deus, ao Próprio Deus?

— Acreditamos — respondeu Shebua, pelo filho e pelo neto.

Davi, o elegante saduceu, repetiu:

— Acreditamos.

Pela primeira vez, com voz vacilante e humilde, Ezequiel falou:

— Creio.

E novamente Saul tornou a ouvir as palavras detestadas.

— Não sabemos por que acreditamos, mas sabemos que Ele é o Messias, o Santo de Israel, bendito seja Seu Nome.

— Ele está morto — retrucou Saul, quase rugindo. — Seu corpo foi roubado, para fazer de uma mentira uma verdade!

— Ele morreu, as trevas caíram, o Véu que ocultava o Santíssimo no Templo esfarrapou-se, o solo trovejou, sacudiu-se, e o pavor dominou a terra. E no terceiro dia Ele ergueu-se dentre os mortos, havendo gente que O viu.

Saul rosnou em sua angústia, ira e repulsa; sem falar, virou-se e saiu da casa do avô. Chamaram-no, mas ele recusou-se a ouvi-los. Imploraram, mas afastou-se correndo.

E Saul foi tomado de um ódio avassalador.

◆ ◆ ◆

Capítulo 28

Saul sentou-se em frente a José de Arimateia num estado de emoção, ira brutal e frustração, tão forte que quase chegava à virulência. Quando conseguiu falar, sua voz surgiu singularmente grave e rouca, com violência contida e enojada:

— Perdoe-me. O senhor tem sido meu amigo, José de Arimateia, e sou-lhe grato, pois sei que não possuo a elegância e facilidade de outros homens, tendo o senhor frequentemente me demonstrado paciência, bondade e paz. Por que, não sei. Fiquei contente e feliz por aceitar-me como sou, o que outros não fizeram, infelizmente. Confio no senhor acima de todos os outros homens, exceto Rabban Gamaliel... confiei no senhor acima do meu pai, que descanse em paz.

"Pensei que o senhor era não apenas um judeu religioso e fariseu, mas acima de se deixar enganar, embora eu tenha percebido uma certa... credulidade... naquele que os gregos chamam João Batista e que nós conhecemos como Iocanã ben Zacarias. Percebi que gostou da sua retirada e da rebelião contra o opressor romano do nosso país, sendo portanto indulgente com os excessos e o zelo dele. É verdade que o senhor referiu-se à iminência do Messias, mas não é o que todos esperamos? Frequentemente, o senhor falou de misteriosos enigmas, mas trata-se de uma maneira dos velhos judeus e posso suportar, apesar de ser pragmático. Sabia que o senhor adorava Deus nosso Senhor tão fervorosamente quanto possível e defenderá Sua honra e Seu Nome até a morte.

"Mas agora, nesta casa, hoje, o senhor me diz na cara que Yeshua de Nazaré, vagabundo, rabino esfarrapado ambulante, impostor, presunçoso, louco, trapaceiro, mentiroso e blasfemador, um galileu ignorante, desconhecido de todos até há três anos, é o Messias, o Santo de Israel! O senhor me diz que 'sabia desde o começo'! Contou-me que lhe deu um belo sepulcro, 'que eu sabia ser apenas por três dias'! Está me dizendo que não só ele ergueu-se dentre os mortos... mas que o tem visto desde sua execução!

"Se outro homem que não o senhor, José de Arimateia, me tivesse dito isso, eu responderia: 'Está mentindo ou está louco.'

Estavam na pequena biblioteca, cuja porta de bronze fora fechada. José olhou amável e silenciosamente para Saul e seus enormes olhos negros pareciam aumentar e diminuir, com um bruxuleio interno. Não ficou zangado. Estava calmo e descansado.

— É? — respondeu. — Então é isso que pensa de mim, Saul de Tarshish?

As pálpebras de Saul semicerraram-se e seus olhos aflitos visivelmente estremeceram, notando-se um tremor em sua boca.

— Não sei o que dizer — retrucou o rapaz —, exceto saber que o senhor não mente. Qual, então, a resposta? Que o senhor, membro de uma grande casa de Israel, um cavalheiro, homem de cultura, gosto e educação, foi horrivelmente enganado e traído por patifes, charlatães e feiticeiros da pior espécie. Qual o objetivo deles? Destruir Israel, para fazer a ira de Deus cair sobre nós. Quem os paga? Os romanos? Os infiéis, pagãos, partos? Não sabemos, porém tenho a certeza de que há alguém! Eles são nossos inimigos. Podem até ser inimigos da humanidade. No mínimo são loucos.

José pegou o cálice de Saul, para tornar a enchê-lo, mas o rapaz, com um gesto bruto, recusou o vinho. Inclinou-se para a frente, para encarar José com o olhar amargo.

— Vi-O — falou José — em Seu primeiro local de repouso, com os pastores montanheses em volta dEle, numa manjedoura, numa gruta, em Belém. Esperei-O, como lhe disse, quando vi a Estrela fulgurante. Eu havia sonhado. Vi-O, com Sua jovem Mãe; ela não tinha mais de quatorze anos, uma menina em plena inocência e virgindade. Vi-O, com Seu jovem pai adotivo, o carpinteiro José. Os pastores O conheciam, pois tiveram a boa--nova dos próprios anjos de Deus, nas colinas invernosas de Belém. Vieram imediatamente, sem dúvidas, sem desdém nem medo, como se aproximam de Deus todos os simples. É uma simplicidade divina. Encontrei-os ajoelhados, orando em torno da menina-Mãe e seu Menino; levei um presente, apesar de Ele, que fez todos os presentes, não precisar de nenhum. Olhei a Criança. Apenas uma lanterna brilhava na escuridão da gruta e lá fora a noite era fria e negra. Não passava de uma criança como o são todos os filhos do homem e todavia... — José fez uma pausa, pois a recordação o comoveu de forma quase insuportável. — Vi logo Quem Ele era. Não tive dúvida nem engano, não pensei duas vezes, não hesitei. Prostrei-me diante dEle, o Santo de Sião, o Santo de Israel.

José alongou o olhar e seus olhos encheram-se de lágrimas. Murmurou:

— Como disse Ele, "Abençoados os que veem e creem, porém mais abençoados ainda os que não veem, mas creem". Antes de vê-Lo, acreditei. Quando O vi, a crença foi imediatamente confirmada. Soube onde Ele esteve durante a infância. Vi-O antes do seu *Bar Mitzvah*, no Templo, um menino interrogando os sábios e respondendo-lhes. Sei onde esteve durante anos, envolto em mistério, mas não posso dizer. Sei para onde foi após Sua Ascensão, um lugar ainda desconhecido para os homens, pois Ele disse: "Tenho ovelhas que não conhecem." Vi quando retomou o ofício de carpinteiro para sustentar-Se e à Sua Mãe. Não se passou uma hora sem que estivesse consciente dele. Saul de Tarshish, é tudo o que ouso dizer-lhe. Mas a promessa dos séculos foi completada. O Cordeiro de Deus livrou Seu povo dos pecados e transformou a morte em vida eterna, bendito seja Seu Nome.

Saul ficou tão horrorizado, tão furioso — pois considerou isso o cúmulo das blasfêmias — e tão amedrontado em face das palavras de José, por temer o imediato castigo de Deus, que se ergueu abruptamente, fazendo a cadeira cair para trás, batendo no chão de mármore. Tapou os ouvidos com as mãos.

— Meu Deus! Meu Deus! — exclamou. — Que coisa monstruosa estes ouvidos escutaram, mesmo do senhor, José de Arimateia! Que Deus me perdoe pelo que ouvi, mas não perdoe os que tão vilmente o enganaram e confundiram! Vingarei meu sobrinho Amós ben Ezequiel, minha irmã, meus infelizes parentes e todos os meus compatriotas que foram tão enganados por um falecido dissimulador, hipócrita, louco e patife! Destruirei seus seguidores, como tentaram fazer conosco ao difamar Deus, atraindo Sua vingança sobre nós.

Saul ergueu a mão e fez o juramento mais solene e terrível da sua vida, dizendo depois:

— Deste dia em diante, ele, o malfeitor morto, não tem inimigo mais encarniçado do que eu, o mesmo acontecendo com seus miseráveis discípulos!

José esperou em silêncio e depois, com voz triste e suave, disse.

— Saul ben Hillel, de uma coisa eu sei: um dia, Ele não terá maior amigo que você.

Com um grito sufocado de dor e desespero, Saul saiu daquela casa para o calor do vento carregado de chuva do verão chegando ao fim. Puxou o capuz para a cabeça, enrolando-se apertadamente na capa simples. Correu sem destino pelas ruas. Pensou incessantemente em ir visitar Rabban Gamaliel, mas, por qualquer motivo incompreensível, evitou o pensamento. O famoso nasi do Templo... deixaria de confirmar o horror de Saul e sua ira contra os blasfemadores? Não iria denunciar aquele homem miserável, Yeshua ben José, de Nazaré? Por que então aquela quase temerosa relutância de ir a Rabban, que lhe poderia dar consolo e um lampejo de sanidade, apaziguando sua dor e fúria? Não sabia.

Em vez disso, Saul foi à casa de sumo sacerdote Caifás, que convencera Pôncio Pilatos, depois de muito implorar e discutir exaustivamente, a ordenar a execução do nazareno Yeshua sob a acusação de incitar o povo e revoltar-se contra Roma. Era uma longa distância até lá, sob a chuva e o vento fortes entre a multidão que corria para os abrigos ou para suas casas. Os camelos guinchavam, ao serem tocados vigorosamente pelas ruas estreitas, os burros zurravam e crianças choravam. Saul meteu-se pelas feiras, na crescente escuridão. Chegou à casa do sumo sacerdote. Na verdade, era um palácio, cercado de muros altos e de guardas, reluzindo no lusco-fusco — molhado e branco — como alabastro. Os jardins exalavam um perfume forte recente e as árvores açoitavam as janelas, que tiniam.

Os guardas ficaram imediatamente desconfiados e suspeitosos daquele homem de aparência selvagem no portão, com o cabelo ruivo empapado caindo sobre a testa, rosto e nuca, seu ar pouco atraente e suas roupas de trabalhador. O homem disse-lhes, em tom imperioso:

— Digam ao seu senhor que Saul de Tarshish, neto do seu amigo Shebua ben Abraão, deseja vê-lo sobre um assunto de muita importância!

Saul esperou, enquanto um dos guardas, resmungando, foi levar o recado. Seu coração estava agitado; respirava com muita força, fazendo os outros guardas olhá-lo com curiosidade, com as cabeças erguidas. Saul ficou pensando. Não havia no mundo ninguém que ele mais desprezasse que Caifás, o genro do lendário e impiedoso Anás, mais poderoso que o próprio Herodes Ântipas. Saul considerava o sumo sacerdote como o mais odioso dos traidores do seu povo, o sicofanta de Roma: as vestes do sumo sacerdote estavam depositadas, por desejo dos romanos, na Fortaleza Antônia, ao lado do Templo. Seria o sumo sacerdote enquanto os romanos permitissem. Era criado deles. Era o refém que respondia pela obediência, docilidade e submissão de Israel. Era pago pelos romanos. Ofender os romanos significaria ser expulso daquele belo palácio, tornar-se mendigo, ser despojado de dinheiro, glória e poder, ficar envergonhado para sempre. (Mas isso não era preferível a trair seu povo, a proceder mal com Deus?) Não obstante, ele, Saul ben Hillel, precisava daquele homem detestável, para proteger seu país e manter o Nome de Deus ao abrigo de blasfêmias.

Caifás, um homem sepulcral mas imponente, de cerca de quarenta e cinco anos, com uma barba grisalha cuidadosamente aparada e belos olhos azuis, aparentemente sinceros, recebeu Saul com inesperada cortesia. Levou-o do átrio — uma peça esplêndida — para uma câmara mais íntima, ricamente adornada de seda, veludo, murais, tapetes persas, onde um guarda obsequiosamente fechou a porta.

— Conheço sua ilustre casa, Saul ben Hillel — disse, numa voz modulada e untuosa. — Sou o mais querido amigo do seu avô.

O vinho foi servido em cálices cravejados de pedras preciosas, mas Saul, lutando para esconder seu ódio e desprezo, afastou o cálice com impaciência. Sentou-se numa bela cadeira, encharcado, sem pedir desculpas. Caifás, astuto e muito sutil, ergueu apenas as sobrancelhas com um sorriso afetuoso. Conhecia a posição social de Saul e não se deixou enganar pelas roupas grosseiras, os gestos e a voz rudes. Caifás ajeitou seu alto chapéu oval e pontudo de fariseu — de seda branca bordada a ouro — e ficou esperando, com ar paternal. Não tinha a menor dúvida de que Saul queria falar-lhe de alguma coisa importantíssima.

Não ficou desapontado. Ouviu atentamente não apenas as palavras, mas também as inflexões de Saul e pensou: foi ele que andei procurando!

Quando Saul terminou e a luz do lampião brilhou em seus olhos, Caifás suspirou, fingiu estar fatigado, curvou a cabeça e passou a mão na fronte. Um belo anel cintilou no seu indicador direito.

— Infelizmente — disse e havia vibração profunda em sua voz —, os dias perigosos não acabaram para a nossa sofrida e santa terra, Saul ben Hillel. Na verdade, temo que o perigo esteja aumentando. Pilatos iradamente me acusa de ter tido conhecimento de que os seguidores de Yeshua de Nazaré retiraram seu corpo do túmulo, embora mais tarde tenha se desculpado. Mas ele ficou louco. Suas acusações, ele sabia, eram injustas e histéricas, pois entreguei o malfeitor nas mãos dele. Por que, então, iria eu conspirar para fazer crer que ele voltou de entre os mortos, como "profetizou"? Ah, estamos vivendo horas tristes! Os infelizes seguidores de Yeshua fugiram de Jerusalém, mas meus espiões diziam que agora estão voltando e que são vistos novamente rezando no Templo, juntamente com seus irmãos judeus, a quem trouxeram a desgraça. Fazem discursos suaves, procurando convencer seus irmãos de que Yeshua ben José era, de fato, o Santo de Sião. Rejeitá-lo, afirmam, é rejeitar Deus, bendito seja Seu Nome. Infelizmente, e para meu horror, centenas estão sendo convencidos! Viram Yeshua e ouviram seus incontáveis discursos nas ruas e no Templo. Sabe que ele teve a audácia e a ultrajante impudência de expulsar do Templo os cambistas, os vendedores de sacrifícios e os banqueiros? Bradou que eles estavam fazendo da casa de seu Pai "um antro de ladrões"!

— Ouvi dizer — respondeu Saul.

Caifás olhou-o por entre os dedos.

— E também ouviu, Saul de Tarshish, que meu mais querido amigo, seu avô, com toda a família, foi seduzido pela crença louca de que Yeshua de Nazaré é o Messias?

Saul ficou muito ruborizado.

— Sei disso — respondeu. — É essa a razão da minha vida. Eles precisam ser convencidos de que são vítimas de um vil feiticeiro, associado a um criado ladrão de sua própria casa.

Caifás suspirou como se sofresse, deixou a mão cair e olhou pesaroso os afrescos do teto.

— Há outros, de famílias igualmente distintas — falou Caifás. — Quem nos livrará dessa loucura?

— Já lhe disse, senhor: eu — retrucou Saul.

— Ah, sim. Você é cidadão romano, defensor da Lei Romana nos tribunais. — Olhou para Saul. — Sabe que meu cunhado, Judas Iscariotes, enforcou-se depois da prisão de Yeshua? Que rapaz estouvado! Essênio, abandonou o lar, o carinho dos pais, para viver no deserto com outras criaturas selvagens como ele. Tornou-se um dos discípulos de Yeshua. Acreditava que ele fosse o Messias. Judas era um rapaz orgulhoso e arrogante. Não sei como convenceu-se dessa blasfêmia assustadora! Mas sempre foi precipitado, incontrolável, e mal acostumado. Para "forçar" Yeshua a revelar-se como o Messias, Judas tramou colocá-lo em minhas mãos. Ele achou que se Yeshua fosse apanhado e preso, os próprios anjos desceriam para libertá-lo! Essa não!

"E quando Yeshua foi açoitado pelos romanos, que lhe colocaram na cabeça uma coroa de espinhos, Judas, pobre rapaz trágico, viu que não havia Messias nem Santo de Sião, mas um mágico barato, mentiroso contador de histórias tolas, enganador, ilusório e presunçoso. De acordo com a Lei, tive de dar a Judas as obrigatórias trinta moedas de prata, que é a recompensa pela denúncia de um blasfemador. Judas irrompeu em lágrimas terríveis, atirou-me o dinheiro na cara e afastou-se de mim, gritando de desespero e tormento. Quando penso no irmão de minha mulher, Judas Iscariotes, tão perturbado por ter traído Yeshua, meu coração sangra de pena.

Pela primeira vez, sua voz revelou uma verdadeira mágoa. Ele mesmo pareceu surpreso. Esboçou um sorriso para Saul.

— Amanhã terei a carta do procurador Pôncio Pilatos, nomeando-o. E um pergaminho proclamando-o, Saul de Tarshish, procurador romano, acusador de perturbadores da ordem e rebeldes em todo Israel. Que Deus, bendito seja Seu Nome, lhe dê forças para executar sua sagrada tarefa, na sua firme determinação de livrar nossa terra sofredora dos blasfemadores que a querem destruir.

Abraçou Saul com secreto júbilo. Saul de Tarshish, cidadão romano e advogado, Saul ben Hillel, neto do nobre Shebua ben Abraão... que homem mais formidável que este poderia estar ao lado dos anjos e, é claro, do sumo sacerdote Caifás?

Mas foi o próprio Pôncio Pilatos quem, benevolente, chamou Saul à sua presença, investiu-o — com as próprias mãos — com a túnica do cargo, entregou-lhe o bastão de autoridade e lhe fez repetir o juramento de fidelidade a Roma. (Este último deixou Saul lívido, mas obrigou-se a lembrar que era apenas o preço que devia pagar para defender seu Deus. Precisava rogar, no próximo Dia da

Reconciliação, para ficar livre do juramento que lhe exigiram.) Depois, Pilatos informou-o de que, como oficial legalmente a serviço de Roma, precisava de um grupo de legionários que agisse e prendesse à sua vontade e que ele, Saul, consequentemente, teria de morar em Jerusalém, numa casa adequada, bondosamente posta à sua disposição pelo procurador.

— Não creio, senhor — disse Saul —, que o assunto vá tomar muito tempo. Talvez algumas semanas, um mês e pouco...

Pilatos era magro e moreno, um tanto alto, calvo, expressão indefinível, grande nariz romano e um sorriso amplo e firme. Sorriu ao ouvir Saul e depois balançou a cabeça.

— Infelizmente, Saul de Tarshish, não sou tão otimista. As notícias sobre Jesus de Nazaré, sua morte e suposta ressurreição, espalharam-se por toda parte, e as conversões aumentam diariamente entre os judeus. Ouvi também dizer que partiram em grande número de Israel, para fazer proselitismo entre seus irmãos judeus em outros países. É como se as informações sobre ele tivessem sido levadas pelo vento e este se transformado num furacão.

Seu palácio era imponente e luxuoso, o saguão onde havia recebido Saul era o maior que o rapaz já vira. Pilatos afastou-se dele, andando, meditativo, para cima e para baixo.

— Acabo de voltar de Cesareia — disse —, onde vi e ouvi coisas notáveis... de um médico grego que foi meu hóspede. Mas não é hora. A paz e tranquilidade de Israel são nossos objetivos, seu e meu, Saul ben Hillel. Ponho o assunto em suas mãos pelo tempo que desejar.

Virou-se para Saul e pareceu que ia fazer uma pergunta, mas recuou. Saul despediu-se. Pilatos viu-o sair, franziu os lábios e depois fez uma expressão maliciosa. Como aqueles judeus adoravam e defendiam seu Deus! Como odiavam a blasfêmia! Era absurdo; risível. Na verdade, fazia um século, em Roma, Marco Túlio Cícero tinha sido acusado de blasfêmia e quase levado a julgamento. Mas Roma descartara essa estupidez, tornara-se totalmente culta naqueles últimos cem anos ou menos. Nenhuma nação civilizada aguentaria tais sentimentos infantis... com exceção desses judeus. Muito antes de Roma, contavam, tinham sido uma nação e um povo, possuindo seu Deus... mas não progrediram nas artes, na urbanidade e na tolerância. Se isso tivesse acontecido, a palavra "blasfêmia" seria agora uma piada e não a mais pesada das acusações. Um assassino, um verdadeiro malfeitor, o pior dos ladrões e degenerados não eram vistos por eles tão desprezivelmente quanto um "herege" e frequentemente eram perdoados. Mas os hereges eram apedrejados nas praças até a morte! Incrível.

Se eu ficar aqui mais tempo, pensou Pilatos, acabo louco. De súbito, tornou a lembrar do homem que fora seu hóspede e sentou-se para pensar, franzindo o cenho, puxando o lábio e ficando com medo, como ficara então.

Naquela noite, Saul orou com o maior ardor de sua vida, com força avassaladora, exaltação e convicção.

"Deus dos meus pais, Deus de Abraão, de Jacó e de Davi, Deus do Sinai e de Moisés, Rei dos Reis, Criador do Universo, Redentor de Israel, meu Senhor e meu Deus: agora sei que é Seu Desejo que eu livre Sua terra sagrada de blasfemadores e idólatras, dos Seus piores inimigos, dos Seus difamadores, como exigiu no passado e exige hoje! Ah, que felicidade ter chegado esta hora, em que me transmitiu Sua vontade! Perseguirei esse Yeshua ben José de Nazaré, que foi tirado de seu túmulo, ainda vivo, e escondido para enganar os simples, e o exporei à luz do Seu inefável dia, para que todos o vejam. Levarei todos à justiça, tornando assim Sua terra limpa e novamente digna de Sua bênção, meu Senhor e meu Deus!"

Sentiu uma enorme ternura à sua volta, uma profunda suavidade, que palpitava em sua carne e ossos, quase consumindo-o de prazer, e que uma gravidade divina o envolvia... e uma espera. Caiu no chão do seu quarto, ficando numa paz total, como há muito não sentia, da qual não podia lembrar-se. Em algum lugar, uma coisa iminente moveu-se em sua direção e olhou para ele. Enterrou o rosto nos braços, tremendo e desejando ao mesmo tempo olhar a visão.

❖ ❖ ❖

Capítulo 29

O povo de Israel lembrava do ditado de que o mais desesperado e implacável inimigo do homem era sua própria carne, seu próprio sangue, sua própria casa, seu próprio nome, sua própria cidade e seu próprio país. E que esse inimigo desesperado e implacável frequentemente oprimia, açoitava, matava, em Nome de Deus, e era justificado à sua própria vista e à vista de muitos dos seus seguidores, sendo enaltecido no fundo do seu coração. Era um mistério apavorante.

— Certamente — suspiraram muito — quem viola as Leis de Deus em Nome do Senhor comete o mais imperdoável dos pecados e devemos deixá-lo ser julgado e não perdoado.

Para o povo de Israel, Pôncio Pilatos era o terror atual, ajudado por Herodes Ântipas e pelas legiões romanas, tolerados pelos saduceus em nome da paz e por alguns fariseus mais exigentes, em nome da Lei. Mas agora um outro terror surgia, chamado Paulo de Tarso pelos romanos, um judeu religioso, um fariseu erudito, aluno do grande Rabban Gamaliel, homem de posição e família, cidadão romano, executor da lei romana, advogado, pertencente a uma notável casa de Israel. Mesmo os imensamente crentes, que acreditavam no castigo dos blasfemadores e hereges, ficaram alarmados e revelaram piedade pelos seus irmãos judeus que, embora enganados por aquele Yeshua ben José, de Nazaré, que se dizia o Messias, e que, apesar de terem proclamado abertamente seu nome no Templo, eram pessoas amáveis, de condição humilde, inofensivas como pombas, pobres e simples, sem violência ou teimosia. Aderiram às Leis dos profetas e aos Mandamentos com devoção ainda maior que a dos judeus, que riam ao nome de Yeshua, visitavam o Templo com mais frequência, eram mais assíduos nos seus deveres religiosos e certamente mais caridosos e pacientes.

Muita gente perturbada disse:

— Não temos muitas seitas em Israel, todas se engalfinhando para determinar qual deve prevalecer? Por acaso vivemos em paz com esses homens enfáticos do nosso próprio sangue e ossos? Por que, então, devem os que acreditam que o Messias realmente já nasceu para nós não serem encarados com igual tolerância, mesmo se rimos deles? Por que essa fúria irrefreada, essa perseguição, essa aliança traiçoeira de Saul de Tarshish com o opressor romano? Quantos excessos vem cometendo em cada província, cidade, campo, arrastando as mulheres e filhos do que os sacerdotes chamam de hereges das suas casas e prendendo-os como reféns até os pais e maridos jurarem não difundir mais a mensagem errônea! Israel nunca viu isso antes! Nossos irmãos judeus são espancados nas ruas, até fugirem para salvar a vida das mãos da canalha, incitada por Saul de Tarshish. Nem mesmo os mais violentos essênios e zelotes, gritando nas feiras, pedindo uma revolta aberta contra Roma, foram tão terrivelmente caçados como esses pobres judeus inofensivos! Saul de Tarshish jogou os legionários romanos contra criaturas indefesas, espancadas e aleijadas nos umbrais de suas próprias casas, recolhendo-os depois a prisões insalubres.

Os rabinos barbudos e empoeirados ficaram mais que assustados com o que lhes parecia inacreditável crueldade e loucura. Uma coisa era discutir com os irmãos judeus nas ruas, feiras, mesmo nos arredores do Templo, chamando a atenção para a heresia, e outra entregá-los à crueldade e castigo dos romanos. Os sacerdotes podiam lidar com a heresia e a blasfêmia, afastando gentilmente os iludidos dos seus erros ou impondo-lhes castigos. Pois hereges verdadeiramente pavorosos, um perigo para Israel, estavam, no Sinédrio. Mas esses "hereges", apesar de errados, dificilmente estavam mais em erro que os membros de tantas outras seitas decadentes que, por sua vez, tinham sido denunciados como blasfemadores.

Alguns argumentavam assim:

— Não é imperdoável discutir uma doutrina ou reinterpretar as palavras de Moisés, dos profetas e dos sábios, pois é uma questão de opinião, e errar é humano. Mas é diferente afirmar com veemência ou com humildade, que o Messias, bendito seja Seu Nome, existiu na pessoa de um pobre rabino itinerante, originário de Nazaré, a quem até os próprios vizinhos desprezavam e que morreu nas mãos dos romanos. Quem foi ele? Carpinteiro numa miserável aldeiazinha, tomado de mania de grandeza! Provocou conflitos, despertou a ira perigosa dos romanos contra todos os judeus, foi executado por isso e está no túmulo. Não me fale dos estranhos acontecimentos da sua morte! Os sacerdotes e nossos sábios os explicaram satisfatoriamente como sendo tudo coincidência, mesmo a desaparição do sol e o terremoto. Yeshua ben José não voltou de entre os mortos, como afirmam seus discípulos. É sabido que José de Arimateia estava entre seus seguidores e que subornou os soldados romanos e os guardas do Templo para permitirem que retirasse o homem ainda vido do túmulo e então, após tê-lo curado de seus ferimentos, foi visto entre seus seguidores, que proclamaram ter ele ressurgido. José, apesar de bom e famoso, tem algum motivo para enganar seu povo, talvez um motivo secreto que um dia saberemos. Mas nesta época não é justo para o povo de Israel, pois os romanos não fazem distinção entre nós e os hereges e estão muito satisfeitos por espancar-nos indiscriminadamente sem provocação nas ruas, apenas para se divertirem. É justo para nós, que queremos paz e que esperamos o Messias? Vamos ficar calmos e procurar compreender por que Saul de Tarshish está procedendo assim, sem condená-lo como inimigo do seu povo. Ele está preocupado com nossa segurança e nossas vidas.

As multidões concordaram, exprimindo seu horror àquela monumental heresia, a de que o glorioso Messias esteve entre eles, perambulou por vários lugares, com os pés feridos, mendigando, sem teto para se abrigar, misturando--se com coletores de impostos, prostitutas e a ralé, e que Deus, bendito seja Seu Nome, permitiu que Seu Ungido fosse vergonhosamente assassinado pelos romanos sem que aparecesse um único anjo vingador com uma espada flamejante, ou uma proclamação do Céu! Esse simples pensamento era ultrajante, uma ofensa a Deus! Mas mesmo os que eram bajulados pelos "hereges", cuja piedade e fé eram insultadas, e que temiam a vingança de Deus, ficaram ainda mais enraivecidos por serem seus irmãos judeus caçados como ratos doentes na Cidade Santa, expulsos de suas casas e exilados. A perseguição passou também maldosamente dos culpados para os inocentes, pois os homens estavam notoriamente inflamados pela sangueira, finalmente caçando e matando por mero divertimento e satisfação maldosa.

E houve milhares que murmuraram para si mesmos, preocupados:

— Se fosse mesmo um feiticeiro blasfemador, esse Yeshua ben José, de Nazaré, não teria morrido na cruz, mas retirado vivo do túmulo e depois devolvido aos milhares que jurariam tê-lo visto e falado com ele; qual o significado da feitiçaria? Como dizem os romanos: "Quem ganha?" Yeshua de Nazaré? Dizem que já desapareceu, que ninguém mais o viu nem ouviu falar a seu respeito. Seus infelizes seguidores? Não parecem ser homens que desejem ser honrados, exaltados, nem ficarem famosos, ricos ou tratados como profetas! Nem mesmo se defendem e lutam contra os romanos, como os zelotes e essênios! Submetem-se, como carneiros, louvando Deus. Se isso é logro, quem então se beneficiou? Serão loucos que sofrem prisão, tortura, infâmia, escárnio e ódio? Nem mesmo os loucos agem assim! Eles procedem como homens de profundas convicções, certeza, fé e enorme devoção. Qual o sentido de tudo isso? Homens não se submetem à prisão, humilhação ou espancamentos em lugares públicos por alguma coisa que sabem ser mentira ou farsa. Consequentemente, eles acreditam. Portanto, mesmo que enganados, não acreditam que o estejam sendo, declarando abertamente que viram Yeshua ressurgir com seus próprios olhos e subir aos Céus ou creem em outros que afirmaram ter testemunhado esses milagres.

Assim, em segredo, trêmulos e temerosos, até mesmo muitos dos sacerdotes do Templo e milhares de judeus em Jerusalém acreditaram nas histórias dos chamados Apóstolos e discípulos, resultando no batismo, na calada da noite, de centenas deles no estreito rio dourado perto da cidade. Estes, por sua vez, saíram à procura de outros a quem dar as "boas-novas". Mas com discreto pavor, tentaram permanecer incógnitos. E como muitos eram pobres e humildes, não foi tarefa difícil. Todavia, as novas espalhavam-se, chegando invariavelmente aos ouvidos de Saul ben Hillel, cuja tristeza e ira aumentavam diariamente.

Aconselhou-se frequentemente com Pilatos e o sumo sacerdote. Pilatos estava começando a achar aquilo tudo muito divertido. Sempre odiara os judeus. Agradava-lhe que um vigoroso judeu, na pessoa de Paulo de Tarso, estivesse perseguindo, denunciando, prendendo e punindo seu próprio povo. Alegrava seus dias de enfado. Conservou para ele mesmo sua sensação de mal-estar e procurou esquecer o médico grego, Lucano, e o que acontecera em Cesareia. Herodes Ântipas também comportou-se como um homem acossado, murmurando para sua barba ruiva que regularmente fazia sacrifícios a Júpiter em seu templo e depois esperava pelo Dia da Reconciliação e da Páscoa. Pilatos achou que a vida começava a ficar interessante.

Saul teve notícias de que uma nova e ímpia seita judaica estava estendendo-se como as asas da manhã além de Israel, estando agora na Síria e na sua própria Cilícia e, por incrível que fosse, dava indicações de estar atingindo a Grécia! Passou outra Páscoa, outra Festa Pentecostal dos judeus e horrenda seita — tão ofensiva a Deus — parecia florescer como as pragas do Egito, aparecendo nos lugares mais inesperados. Correram boatos de que muitos soldados romanos tinham adotado a tal fé, bem como os mais humildes sacerdotes do Templo, e Saul pensou em seu primo Tito Milo Platônio, em Roma com seus pais idosos, e sua raiva atingiu a fúria. Sentiu-se sem amigos. Sabia não ser bem-vindo na casa dos seus parentes em Jerusalém, de quem era inimigo, embora eles não tenham agido abertamente para obter adeptos, mantendo-se retirados. (Mas desconfiou, graças à sua grande intuição, que eles estavam dando ajuda e conforto aos perseguidos.) Acreditava odiá-los e mais que a todos sua irmã Séfora, que tão completamente traíra a fé dos seus pais e a fé de Hillel ben Borrish, que misericordiosamente não tinha sobrevivido para ver essa infâmia, essa degradação e essa blasfêmia pessoalmente.

Por que todos os seus esforços a serviço de Deus, bendito seja Seu Nome, pareciam não dar resultado? Assim que erradicava uma fonte de infecção, ela ressurgia, como fênix, em outro lugar, maior e mais forte que nunca. Abafava um foguinho e, a distância, eclodia um fogaréu, como um mistério surge do inferno. Estava Deus experimentando sua dedicação ao Seu serviço? Ele o estaria pondo à prova, como fizera com os profetas e todos os santos, tornando-o mais merecedor de brandir Sua espada de pureza e vingança? Estaria Ele fortalecendo Seu criado, como fizera com Jó? "Estou angustiado!", lamentou-se em seu quarto na casa que Pilatos pôs à sua disposição em Jerusalém, curvando a cabeça, exausto e frustrado, tentando descobrir onde e como tinha falhado, uma vez que as seitas blasfemadoras ainda floresciam e até espalhavam-se. Temeu a ira de Deus por seu fracasso. Esforçou-se junto ao Todo-Poderoso.

"Sou apenas um homem!", exclamava em suas preces. "Tenho somente uma resistência humana! Claro que tenho ânimo, que me foi dado pelo Senhor, porém ele tem um limite, do qual estou me aproximando. Só Pilatos, o sumo sacerdote e alguns dos partidários deles me dão apoio, além dos delatores velhacos, à procura das trinta moedas de prata: a ralé que sempre desprezei! Pode o Senhor se dignar a dar-me aliados melhores? É preferível nenhum a esses!"

Havia momentos em que ficava convencido de estar mesmo sendo posto à prova, que a tarefa era maior do que acreditava e por isso precisava ficar mais forte, mais resoluto, que o inimigo infernal era mais poderoso do que imaginava, exigindo mais resistência do que havia demonstrado até ali, que Deus o estava preparando, como diriam os gregos, para os Grandes Jogos, para o anfiteatro, para o circo, onde, sozinho, seria forçado a combater, sem ajuda, as potências do mal... para maior glória de Deus. Nessas horas, sentia um orgulho enorme e embriagador, um júbilo inigualável por ter sido escolhido para uma tarefa tão formidável. Então, socava os joelhos com os punhos poderosos, ria alto, louvando a Deus em voz tão forte e apaixonada, que seus criados ficavam ouvindo espantados, encolhendo os ombros, pois eram gregos. Mas alguns estremeceriam, segurando um pequeno objeto de metal que conservavam sobre seus corações e outros rezariam por aquele homem violento e desesperado, na tocante caridade de suas almas.

Mas em outras horas, quando o desespero o dominava, ele resmungava em seu leito: "Fracassei e Deus não me perdoará, embora me esforçasse por fazer

Sua Vontade e lutasse com todas as minhas forças, esgotando meu cérebro com ideias e planos. Qual, então, será meu fim, visto que fui derrotado por patifes rastejantes que dificilmente podem ser considerados humanos, que ainda vivem e espalham sua peçonha, erros e mentiras entre meu povo? Mas... não, não! Não serei derrotado! Não suportarei esse sofrimento! Não deixarei que vermes impeçam meus passos com sua gosma e inundem meu caminho! Esta é a única tarefa que o rei dos Reis me deu. Que eu morra em desgraça, esquecido eternamente pelos homens, se não tiver sucesso! Moisés realizou uma incumbência muito mais formidável. Não sou Moisés... mas farei minha obrigação e mesmo Deus não pode pedir a alguém mais que isso."

Outras vezes, pensava no *nasi* do Templo, Rabban Gamaliel, que não o procurara, não escrevera nem enviara pêsames ou mensagens de encorajamento, ele que, acima de tudo, deveria inspirá-lo. Nesses momentos, Saul ficava cheio de raiva apaixonada, ressentimento e mesmo fúria. Mas tinha de lembrar que Gamaliel quisera que ele perdesse ou vencesse por seus próprios meios, dizendo sempre que cada homem, por sua vez, devia enfrentar Deus sozinho e criar seu próprio destino. Esse confronto, temível e inevitável, acontecia a todos os homens. Outros não ousaram interferir nas horas finais de luta, trevas e combate com os anjos de Deus. A vitória devia ser individual e não de outros, para não ser débil e pouco prolongada. Saul tentou ficar agradecido pelo silêncio do grande Rabban Gamaliel, que sabia mais. Mas... nem uma simples carta, uma palavra de encorajamento... estou fraquejando, repreendeu-se Saul severamente.

Uma vez ou duas, lembrou-se de que não recebera nada de Aristo, em Tarso, apesar de ter escrito várias vezes ao seu antigo professor. Finalmente, escreveu a Reb Isaac, recebendo apenas uma breve carta da sua neta, a viúva Elisheba, que antigamente quis casar com ele, comunicando que Reb Isaac estava no seio de Abraão desde o último Dia da Reconciliação. Não fez menção a Aristo, apesar de Saul ter perguntado por ele. Saul ficou abalado pela notícia da morte do seu idoso mestre, parecendo-lhe ouvir o estalar de outro elo da corrente que o ligava aos que amou e amava.

Estou completamente só, confessou a Deus em sua tristeza. Fui abandonado por todos, menos por meu Senhor e Deus. Devo me contentar. Sou odiado por meu povo pelo que tenho feito em seu benefício e pela salvação de suas almas, com exceção de alguns que desprezo e não quero à minha volta. Mesmo os que deploram a blasfêmia tanto quanto eu evitam-me. Não tenho amigos nem parentes. Mas o Senhor não é bastante para o desejo, a paixão de um homem repleto de alegria? Pois só há o Senhor e se fui abandonado pelos homens, certamente o Senhor, Rei dos Reis, não me abandonou, pois nada mais desejei a não ser o Senhor, meu Pão da Vida, minha Fonte de Existência.

Pareceu a Saul ter ouvido as palavras que Deus dirigiu a Jó: "Cinge teus quadris como homem! Eu te perguntarei e tu me responderás. Orna-te pois de excelência e alteza e veste-te de majestade e de glória. Abate os soberbos onde estiverem. Esconde-os no pó, amarra seus rostos em segredo. Então, também confessarei que Minha Mão direita pode salvar-te!"

— Senhor, Senhor! — exclamou Saul, tomado de humildade e remorso por ter sido tão humano a ponto de preocupar-se e dizer em voz alta que ninguém o ajudou.

Não era Deus seu Advogado, seu General, e não carregava ele a Sua bandeira imortal? Ele, Saul ben Hillel, devia regozijar-se em suas tentativas como uma singular manifestação de graça e nunca duvidar da vitória. Mas, por um terrível e pavoroso motivo, não ficou confortado e lamentou que Deus recusasse seu arrependimento, sentindo-se ofendido em sua fraqueza. Todavia, era o que ele merecia.

Um dia, no fim do verão, Saul ouviu um relatório que o deixou estupefato e tonto, atingindo-o no íntimo tão violentamente que temeu por sua sanidade. E seu espanto foi esmagador.

Soube que os apóstolos de Yeshua ben José de Nazaré e seus discípulos estavam realizando grandes milagres em Jerusalém e nas províncias, principalmente um tal Simão Pedro, pescador pobre da Galileia. Saul enviou muitos espiões e soldados para prender aquele sujeito perigoso que enganava muita gente e corrompia a fé de Israel, mas Pedro sempre fugia, como que se dissolvendo na bruma, levando seus seguidores junto. O relatório dava conta de que muitos ricos e pessoas ilustres estavam ajudando aqueles criminosos blasfemadores, não somente os escondendo em suas casas quando perseguidos, mas enviando-os para propriedades no interior, onde ficavam em segurança.

Pior ainda, muitos membros do Sinédrio, como lhe contou Pilatos, divertido, interrogaram sigilosamente os seguidores de Pedro encarcerados e uma porção deles ficou muito comovida e impressionada com os eloquentes discursos de Pedro, sendo que alguns, corria o boato, foram batizados em nome do nazareno, tornando-se, assim, hereges. Embora a lei fosse clara, dizendo que os hereges, além de blasfemadores, eram inimigos dos romanos e de Israel, incitando as massas à revolta e a conflitos sangrentos, devendo por isso ser entregues à justiça, disciplina e castigo da lei romana, murmurava-se que o Sinédrio não estava obedecendo à lei, com exceção de alguns membros, e que aconselhava aos criminosos que não fizessem proselitismo abertamente, mas usando de discrição, libertando-os depois com advertências suaves. Soube-se que depois de um desses confrontos, Pedro, famoso por sua insolência, rebeldia e falta de respeito, exclamara para o piedoso Sinédrio:

— Se é direito aos olhos de Deus ouvi-los em vez de a Ele, decidam por si mesmos! Pois queremos falar do que vimos e ouvimos.

Evidentemente, os membros resolveram que ele havia falado do que julgava ser verdade, ou sua coragem provocara sua admiração e piedade, comovendo-os, fazendo com que não o entregassem à justiça.

Saul procurou confirmação do fato, pois não tinha acreditado, mas todos os que procurou limitaram-se a erguer as sobrancelhas, a sorrir silenciosamente e a encolher os ombros. Isso, em vez de diminuir sua desconfiança, só fez aumentá-la e à sua angústia mental e confusão. Era como se o inferno se abrisse e derramasse demônios que estavam levando à loucura os mais cultos e religiosos, inspirando-lhes heresia e traição. Pensou em Israel como cercado por inimigos internos, que se tinham tornado loucos e mortalmente concupiscentes. Chegou-lhe ao conhecimento que os blasfemadores estavam pregando e incitando no Pórtico de Salomão, no Templo, e queria apressar-se a chegar lá com seus soldados para prendê-los. Mas quando chegou, descobriu que haviam fugido, como se tivessem sido misteriosamente avisados, restando apenas entre os presentes confusão, gritos e vozes enfáticas, inclusive entre os doentes que os Apóstolos tinham curado naquela última hora. Dispersou a multidão barulhenta e insistente, fazendo os romanos usarem a lâmina das espadas contra os mais recalcitrantes, indo procurar alguns sacerdotes para exigir-lhes explicações, tais como por que permitiram àqueles loucos reunirem-se no Pórtico sem expulsá-los.

Os sacerdotes sorriram desamparados e respeitosos, lembrando-lhe que os judeus tinham acesso a qualquer hora ao Templo sagrado e que as disputas entre seitas eram muito comuns não apenas no Pórtico, mas entre as colunas, jardins, saguões e pátios, não sendo proibidas. Eram até encorajadas pelos anciãos, que acreditavam que as discussões, debates e procura da verdade eram saudáveis e esclarecedores, tornando-se uma defesa contra o erro e a heresia. Se tivessem de ser proibidos, disseram os sacerdotes, então os comentadores da Torá e das Escrituras — os santos comentadores — também deviam ser proibidos, pois não ofereciam frequentemente novas interpretações e comentários? A esse argumento, que lhe pareceu irritantemente impudico, Saul foi obrigado a retrucar:

— Mas os comentadores e os anciãos não propagam a blasfêmia, nem encorajam e permitem aos proscritos espalhar a heresia, a confusão e a desordem.

Os sacerdotes recordaram-lhe então que muitos rabinos itinerantes, mesmo no passado recente, inflamaram o povo também nos arredores do Templo, durante pouco tempo, porém mais tarde seus ensinamentos foram desmascarados como manifestamente falsos e o povo calou-se. Isso aconteceria sem dúvida com os seguidores de Yeshua ben José de Nazaré, se houvesse paciência. Afinal de contas, aqueles homens também eram judeus, extremamente caridosos e

bons, de fala suave, pregando o amor a Deus e obediência à Lei e aos Mandamentos. Não erguiam a mão contra ninguém. Não eram brutais como os
essênios, zelotes e outros habitantes do deserto. Obedeciam meticulosamente
às leis estabelecidas, sem desprezar nenhuma, a não ser a de que não deviam
espalhar seu erro... o que, sabia-se, não obedeciam. Mas o tempo os curaria e
o que era falso seria peneirado, eliminado e tudo acabaria.

Saul viu que os mais humildes sacerdotes e muitos dos anciãos o desprezavam
e receavam como um braço dos odiados romanos, tendo um prazer malicioso
em contrariá-lo e infernizá-lo, com todas as suas maneiras respeitosas e vozes
moderadas. Podia ter prazerosamente assassinado vários quando lhe disseram,
com olhos muito inocentes:

— Nada acontece sem a Vontade de Deus, bendito seja Seu Nome, e confie-
mos na Sua sabedoria, pois sempre combateu Seus inimigos e salvou seus fiéis.
Acreditar que Ele não fará outra vez é escarnecer e pôr em dúvida Seu poder
e Seu amor por Seu povo.

Saul revoltou-se com essa zombaria disfarçada em relação a ele e à sua
autoridade, mas, apesar de sempre pronto a retrucar com palavras candentes,
não encontrou expressões adequadas para responder, a não ser ameaças. A lei
era clara: os hereges foram proscritos pelo sumo sacerdote Caifás, seu sogro
Anás e Pôncio Pilatos. Permitir-lhes falar no Templo era não só blasfêmia como
sedição, além de uma afronta a Deus. Os sacerdotes sorriram humildemente,
curvaram-se e ficaram silenciosos.

— Esses rebeldes reproduzem-se como gafanhotos — disse Pôncio Pilatos,
com manifesto prazer, diante da frustração e raiva de Saul. — Num dia são dez
e no seguinte são milhares! Que fazer com eles?

Saul desconfiava do que Pôncio Pilatos queria fazer com todos os judeus,
incluindo os hereges, e intimamente encolheu-se. Às vezes pensava se estava
ou não pondo em perigo todo o seu povo com essa perseguição aos hereges,
mas imediatamente punha de lado esse pensamento apavorante como uma
tentação de Lúcifer. Só lhe restava prosseguir, diariamente tornando-se mais
desesperado embora mais decidido, servindo a Deus. Bradou, diante de
multidões no Templo:

— Protegendo, escondendo ou silenciando sobre os blasfemadores, vocês estão atraindo a ira de Deus, bendito seja Seu Nome, pois Ele não suportará muito
tempo mais a heresia de tantos membros do Seu povo! Portanto, entreguem-me
os malfeitores para serem castigados e silenciados, fazendo a paz retornar a nós
e o prazer de Deus à Sua terra santa! Fazer outra coisa é chamar a ruína e a
morte para todos nós e provocar a destruição de Israel.

Era ouvido em silêncio, alguns com os rostos preocupados e concordantes,
outros emudecidos e inexpressivos e, retirando-se Saul, gemendo interiormente.

Correu um boato que muitos discípulos e pregadores, encarcerados por ordem de Saul, haviam sido milagrosamente soltos certa noite e tornaram a ir para as ruas, pregando o que chamavam Evangelho, as Boas-Novas. Saul mandou prender os guardas por embriaguez e negligência, apesar das suas afirmativas de que os prisioneiros tinham desaparecido das celas, atravessando as portas fechadas. A esse absurdo, Saul replicou com um acesso muito raro de obscenidades e raiva. Entregou os guardas a Pilatos para que fossem devidamente castigados. Pilatos comentou, francamente divertido, olhando Saul.

— Meus soldados juram que criaturas divinas vestidas de luz abriram os portões da prisão e libertaram os malfeitores, sem que eles pudessem erguer um dedo.

Riu, diante da expressão inflamada de Saul e sacudiu a cabeça. Na verdade, andava tão aborrecido naqueles dias que agradeceu aos deuses, nos quais não acreditava. Mais tarde, diria ao caprichoso e mal-humorado Herodes Ântipas:

— Seu Paulo de Tarso é muito temível. Lamento que ele não aceite seu convite para jantar.

Herodes mordeu o lábio, seus olhos brilharam, mas não retrucou. Seus sonhos naqueles dias eram assustadores.

Então, numa noite, Pilatos convocou Saul e seu rosto inteligente revelava irritação e desagrado. Não ofereceu vinho a Saul, o que era um mau sinal, que não passou despercebido ao rapaz judeu.

— Você frequentemente falou-me do seu famoso professor, o nasi do Templo, Rabban Gamaliel — disse Pilatos. — Conhece-o bem. Já o recebi nesta casa e ele me recebeu na dele. É sábio, inteligente e erudito e sua companhia me deu prazer e alegria, pois este é um país tedioso, incompreensível para um homem do mundo. Há poucos homens de gosto e compreensão cosmopolitas! Não estranhou, Paulo de Tarso, por não o ter visto ultimamente nem ouvido falar nele?

— Sim, senhor — respondeu Saul e imediatamente um arrepio gelado tomou seu espírito, numa premonição agourenta.

— Suspeita-se de que ele seja um novo herege — disse Pilatos.

Saul pulou em pé, trêmulo, o rosto inchado e rubro.

— Senhor! — exclamou. — Essa notícia não é possível de suportar, de aguentar! O senhor conhece Rabban Gamaliel; sabe que ele é o chefe do Sinédrio, o *nasi* do Templo, famoso em Israel e mesmo no mundo exterior, por sua piedade, sabedoria, devoção a Deus, por seus escritos, conferências, explanações, por sua influência! — Saul começou a tremer. Pensou que havia suportado o máximo, mas agora devia enfrentar esse horror, essa blasfêmia, esse pavor e vergonha. — Senhor — gaguejou, suando apesar da noite outonal ser fria —, os que espalham essas notícias maldosas devem ser castigados impiedosamente... e destruídos, pois Rabban Gamaliel é um santo perante Deus, que não pode ser tão flagrantemente insultado na poderosa pessoa do Seu santo! É uma conspiração para esmagar a própria base no nosso Templo, nossa terra santa, nossa crença, nossa própria sobrevivência. Se podem dizer isso de Rabban Gamaliel, então ninguém está livre em Israel, todos estão ao alcance de mentiras, blasfêmias e calúnias, todos estão subornados.

Parou. Sua voz ficou presa na garganta. Seus olhos ficaram estriados de sangue. Temeu ter um ataque, morrendo ali, por causa do seu sofrimento, ódio e pavor. Era como se, perante seus olhos, o Véu do Templo tivesse sido rasgado, a Torá agarrada e profanada, suja por animais que defecassem no Santuário. Apertou as têmporas convulsivamente com as mãos, reprimindo a trovejante catarata que aumentava, ameaçando romper e reduzi-lo a migalhas. Seu coração uivou de dor; não podia respirar. A língua colou-se ao céu da boca; viu à sua frente fogo e fagulhas e sentiu uma oscilação sob os pés.

Pilatos ficou olhando, com interesse curioso e reflexão, e então percebendo a má condição de Saul, finalmente mandou trazer vinho; levantou-se e, pessoalmente, colocou o cálice na mão rígida e trêmula de Saul.

— Beba — ordenou — ou certamente morrerá! Ó deuses! Que exageros, que extravagâncias vocês, judeus, cometem! Eu disse que era um boato, apenas um boato. Mas você saltou como alguém possuído pelas fúrias, pela própria Hécate, ou como se Caronte tivesse aparecido à sua frente! Fiquemos calmos. Beba. Ordeno-lhe.

Sacudido por tremores, mal percebendo a presença de Pilatos, Saul obedeceu. Não pôde falar. As lágrimas, como ácido, assomaram-lhe aos olhos, queimando-os. Ficou com medo de irromper num choro violento diante do romano, que iria apenas rir do seu sofrimento. Pois Pilatos não podia compreender a enormidade da mentira contra Rabban Gamaliel, o mais santo homem de Israel, o mais ilustre. Saul estava sendo atacado por um medo terrível. Não se dedicara o bastante. Tinha falhado ao seu Senhor, seu Deus, pois aquele vergonhoso boato ousara surgir em Jerusalém. Sentiu-se levado para uma cadeira por Pilatos, sentando-se quase desmaiado.

Finalmente sussurrou, com voz rouca:

— O senhor não compreende a monstruosidade dessa acusação!

Pilatos encolheu os ombros, dizendo:

— Meu Paulo, dos judeus posso acreditar em tudo. Vocês são um povo incrível. Mas acalme-se, peço-lhe. Detesto excessos emocionais. São falta de educação. Pensei que você fosse um homem culto, reservado.

Fez um muxoxo. Saul conseguiu controlar-se um pouco. Olhou para Pilatos com ódio.

— E se eu desse curso a um boato de que seu imperador, César Tibério, é pederasta? — perguntou.

Para seu espanto, Pilatos riu.

— Isso não me abalaria — respondeu. — Já ouvi coisas piores. — Olhou para Saul, sorrindo zombeteiro. Depois, continuou: — Permita que lhe conte o que ouvi sobre Gamaliel mas, em nome dos deuses, contenha-se.

❖ ❖ ❖

Capítulo 30

— Todos sabem — começou Pôncio Pilatos — que o sumo sacerdote Caifás e Rabban Gamaliel não eram muito amigos, pois este não respeitava muito Caifás que, por sua vez, ficava perturbado diante dele. Anás, sogro de Caifás, é um tipo hábil e malicioso, que se delicia com as confusões do genro e que por isso cultivava Gamaliel, que não gostava de nenhum dos dois.

"No que concerne aos seus hereges, Caifás tinha importantes motivos para ser implacável, como sabe, meu Paulo, e não apenas por temor a mim e a Roma Resolveu ouvir os julgamentos no Templo e perante o Sinédrio, mesmo nos casos dos mais insignificantes, inclusive simples velhas. É o sumo sacerdote. Está preocupado com a causa da heresia, afirma, e quer manter a fé do seu povo pura e firme. Todavia, parece ter um ódio quase demencial ao nazareno, que não pode explicar nem a si mesmo. Não importa.

"Como *nasi* do Templo, Rabban Gamaliel preocupa-se com a imutabilidade da Lei e de todos os assuntos de conhecimento e ensinamentos ligados à Lei. Como chefe do Sinédrio, raramente é chamado a ouvir as acusações aos que infringem a Lei, pois é assunto da competência dos juízes de instâncias inferiores. Por exemplo, não esteve presente quando Jesus de Nazaré foi levado perante um grupo de juízes, pois quem era aquele homem? Um simples professor ambulante, que só falava aramaico, inculto, carpinteiro, sem lar e paupérrimo, com seguidores tão inexpressivos quanto ele mesmo. Pessoas como Rabban Gamaliel não eram chamadas a julgar uma criatura tão pobre, humilde e sem repercussão.

— Sei de tudo isso! — comentou Saul, impaciente.

Continuava trêmulo por causa do choque. Pilatos tornou a olhá-lo, pensativamente. Não gostava de homens fortes e enfáticos; considerava-os bárbaros.

— Ah, sim — murmurou, brincando com a haste do seu cálice e reclinando-se em sua cadeira acolchoada de madeira de limoeiro. — Mas há coisas que você não sabe! Meus espiões têm-me mantido informado ultimamente de que Rabban Gamaliel, que tem coisas de muita gravidade para pensar a cada instante, deu para aparecer silenciosamente no Sinédrio, quando os seguidores de Jesus de Nazaré são levados a julgamento, ouvindo-os atentamente, apesar de nunca ter feito uma pergunta ou proferido uma reprimenda, ele que é o presidente do tribunal. Não aceitou nem recusou a opinião dos que se reúnem no tribunal, apesar de ser sua prerrogativa. Apenas ouve e depois retira-se, sem uma palavra. Foi o que me disse o sumo sacerdote, que considera a presença dele desconcertante.

— Isso é compreensível — comentou Saul, com desprezo. — Caifás é um tolo, apesar de toda sua erudição, e traidor do seu povo.

Pilatos ergueu faceiramente as sobrancelhas para Saul, mas este era incapaz de reparar em pequenas coisas.

Pilatos continuou. Fora apenas na véspera que o pescador da Galileia, Pedro Simão, considerado o principal Apóstolo de Jesus de Nazaré, compareceu ao Sinédrio com uma quantidade de seguidores. Tinha sido um dos que os guardas bêbados ou subornados havia libertado, guardas esses agora ocupando os lugares deles. Foi encontrado pregando novamente na feira, com seus seguidores vagabundos, e imediatamente preso pelos próprios soldados de Saul, enquanto este fazia rapidamente outra investigação. Alguns membros do Sinédrio estavam sempre reunindo-se apressadamente naqueles dias conturbados e, assim, apenas uns poucos foram convocados para tornar a julgar Simão Pedro, desta vez para terem a certeza de que não fugiria.

Voltaram a interrogá-lo, tentando fazê-lo proclamar audaciosamente sua blasfêmia, o que repetira muitas vezes antes, de que Jesus de Nazaré era o Redentor de Israel, como previsto nas profecias. Era um tema exaustivo e o Sinédrio, não obstante enraivecido, bocejava. Tinha agora decidido o destino do infeliz: sofreria o castigo dado aos blasfemadores. Seria apedrejado até morrer. O Sinédrio proferiu seu veredicto e todos se levantaram, enquanto os guardas seguravam Simão Pedro.

Foi quando Rabban Gamaliel ergueu-se, pequeno na estatura, mas heroico na conduta, irradiando autoridade e grandeza pessoal. Determinou que Simão Pedro e seus seguidores fossem levados para uma sala ao lado do tribunal e lá ficassem até que falasse com eles. Apesar de velho, seus olhos faiscavam como gelo e sua mirada era poderosa.

Então dirigiu-se aos outros juízes, muito inferiores a ele em graduação, de pé, como um advogado e não como o próprio presidente do tribunal, dizendo:

— De que são acusados esses homens? São acusados de blasfêmia. De terem acrescentado outra seita às inúmeras que inundam Israel. Não são acusados de crimes contra o homem, mas contra Deus, por afirmarem que o Messias já nasceu para Israel, tendo sido executado pelos romanos por sedição e por incitar o povo a se revoltar.

"Vejamos o suposto crime contra Deus. Sabemos que Ele não tolera a blasfêmia, bendito seja Seu Nome. Mas esses nossos irmãos judeus, que chamamos hereges, exaltam Deus, não O caluniam, ao contrário da opinião de parte deste tribunal. São mais dedicados nos seus deveres religiosos, como judeus, que a maioria dos membros que vejo aqui à minha volta. Se acreditam que o Messias já está entre nós, que ele cumpriu a Lei e as Profecias, é isso uma aberração tão horripilante? Já tivemos inúmeros rabinos como esse Yeshua de Nazaré, que pensaram ser o Messias; lembrando as profecias de que ele chegaria obscuramente, ferido por nossos pecados e que não o conheceríamos nem estimaríamos, fizemos com que viessem à nossa presença para inquiri-los, mais na esperança que no ridículo e ultraje.

"A única diferença entre Yeshua ben José e os outros rabinos do passado é que ele não negou ser o Messias. Reflitamos. Conhecemos os nossos pobres compatriotas provincianos e sua devoção ao Deus dos seus pais. Alguns deliram e profetizam. Outros perambulam pelos arredores para ensinar o pouco que sabem. E ainda outros, sabemos, são pobres loucos infelizes, obcecados e perseguidos por Deus ou sua concepção de Deus, e desaparecem no deserto, passando a ser ouvidos apenas pelas pedras, pelos chacais e pelas aves de rapina. Outros, como bem sabemos, realizam milagres na pureza, inocência e fé de suas almas, pois o Todo-Poderoso olha com muita ternura Seus filhos que O adoram e que vivem unicamente para servi-Lo.

Rabban Gamaliel permitiu-se esboçar um pálido sorriso.

— Temos uma lenda que diz que o Messias, no Céu, é continuamente ferido por nossos pecados, sofrendo grande dor e agonia, e que os anjos tratam Seus ferimentos e O confortam. Temos lendas que dizem ter sido Ele visto pelos homens, perambulando na terra com Suas ataduras, gemendo, e que ninguém O reconheceu, exceto as crianças de peito e os pequeninos, que O olhavam com pena. Outras lendas afirmam que Ele foi expulso das aldeias pelos que não O reconheceram, aquele viandante sujo de sangue que deveria ter sido reconhecido pelos homens, aceitando Seu amor e Sua redenção.

"Muito bem. Os seguidores de Yeshua ben José de Nazaré acreditam fervorosamente, com todo seu ser, alma e coração, que o nazareno era e é o Messias, que Ele foi açoitado por causa dos nossos pecados e morreu pela nossa redenção, o Cordeiro de Deus. Essa crença deles não é única. Já existiu, de acordo com as palavras de Isaías, e não foi considerada tão terrível.

"Homens de Israel! — exortou Rabban Gamaliel, erguendo a mão majestosa. — Cuidado com o que estão a ponto de fazer a esses homens, que esperam o julgamento na sala ao lado. Há algum tempo, surgiu Teodas, dizendo ser alguém e muitos homens em Jerusalém, cerca de cem, juntaram-se a ele. Contudo, ele foi assassinado e seus seguidores dispersados. E ele foi devolvido ao nada. Depois dele, surgiu o galileu Judas, nos dias do Censo, que arrastou alguns com ele. Também ele pereceu e seus seguidores foram exilados e dispersados. Assim, digo-lhes, afastem-se desses homens e os deixem sós. Pois se esse plano ou obra são humanos, serão derrotados. Mas se forem de Deus, vocês não serão capazes de derrotá-los. Talvez até encontrem-se lutando contra Deus.*

Dando-lhes as costas, saiu do tribunal que, com os juízes, ficou estupefato. Meditaram todos, depois argumentaram e discutiram com veemência. Muitos brigaram. Mas Rabban Gamaliel era ilustre, amado e honrado pelo povo e por eles, que por isso não o criticaram. Limitaram-se a franzir os cenhos em dúvida. No fim, convocaram Simão Pedro e os seguidores para serem açoitados não muito duramente, determinando-lhes que não rezassem mais no Templo e nas ruas, nem proclamassem que Yeshua ben José de Nazaré era o Messias.

Concluindo sua narração, Pilatos esboçou um sorriso indagador para Saul.

— Você, portanto, consideraria Rabban Gamaliel herege pelo fato de proteger aqueles blasfemadores e ter aconselhado que não os fizessem sofrer o castigo da blasfêmia?

Saul ouviu tudo aquilo, com seus instintos e emoções protestando e negando o que estava ouvindo. Não era possível!

— Senhor, quem é seu informante? — perguntou.

Pilatos suspirou.

— O próprio sumo sacerdote. Você pode considerá-lo traidor e mentiroso, mas não é justo. No fundo, é um medroso que deseja apenas a paz para seu país e seu povo. Temendo que eu não tivesse acreditado no que me contou, trouxe com ele membros do Sinédrio, que confirmaram tudo, homens dignos e verdadeiros.

Saul levantou-se e começou a andar de um lado para outro, numa agitação quase incontrolável, gemendo em silêncio. Finalmente, falou:

— Senhor, por que o procuraram em vez de a mim?

Pilatos contraiu os lábios sorridentes.

— Dói-me ser obrigado a dizer-lhe que eles agora o temem, mesmo o sumo sacerdote que o apresentou a mim. Talvez o achem... zeloso demais? — Seu rosto alterou-se, fechou-se e tornou-se malévolo. Levantou-se e enfrentou Saul. — Talvez já tenham ouvido que executei dois mil rebeldes em Tiberíades, na Galileia, há apenas quatro dias! Poderá ser esta a resposta à sua pergunta, Paulo de Tarso?

Saul afastou-se dele com enorme repugnância e ódio violento. Vendo isso, Pilatos disse:

---

* Palavras de Rabban Gamaliel: Atos dos Apóstolos, 5:34 39.

— Qual a diferença entre nós, meu caro amigo? Nós também não perseguimos e acusamos da mesma forma? Pelo mesmo motivo, com a mesma finalidade?

Pilatos riu-lhe no rosto.

— Como? Você recua? Mas você mesmo, Paulo de Tarso, não perseguiu gente de sua própria carne e sangue? Não os condenou, determinando que fossem chicoteados e presos? Eu não o olho com aversão e repúdio. Compreendo-o. Embora — acrescentou suavemente — seu amigo Gamaliel não.

Saul virou-se, saiu e sentiu o rumor de asas agitadas em seus ouvidos. Mas não estava pensando e sim sentindo terríveis emoções; e lágrimas de sangue pareciam agitar-se contra suas pálpebras, embora não pudesse chorar. Voltou para casa, atirando-se na cama como uma pedra, ficando assim durante horas, olhando, sem ver, as paredes até meia-noite.

Não ousou pensar. Pôde apenas apegar-se ao seu propósito, embora morresse de dor por isso. Seu coração estava lacerado e pulsando. Mas não podia recuar. Quando dormiu um pouco, viu uma floresta de cruzes e o crucificado; gemendo no sono, seu travesseiro ficou molhado de lágrimas que não pôde esconder quando acordou.

❖ ❖ ❖

Capítulo 31

As terríveis notícias da execução de dois mil homens e mulheres da Galileia por Pilatos chegou a Jerusalém e não houve uma alma que não ficasse angustiada e horrorizada. As multidões se perguntavam nas ruas: "Qual a culpa desses humildes camponeses e trabalhadores? Terem acreditado que o Messias já chegou, apesar de acharmos que está demorando? Isso foi considerado blasfêmia, mas agora estamos confusos e tristes pelos nossos compatriotas. Ai de nós, que vimos este dia!"

No seu desespero e angústia, o povo caiu sobre os soldados romanos que prendiam "hereges" em Jerusalém, feriu-os, expulsou-os, resgatou seus irmãos judeus, escondeu-os e tirou-os da cidade durante a noite. Agora nada significava para os salvadores que seus irmãos tivessem sido denunciados como profanadores dos próprios arredores do Templo, tendo sido proscritos. Iradamente, o povo disse: "São do nosso sangue, são nossos vizinhos e, se estão errados, que Deus os julgue e não os romanos nem os sacerdotes venais que nos têm oprimido todos estes anos! Por acaso somos a ralé dos mercados, para incentivar as crueldades dos soldados, uivando como hienas? Não! Nossa gente é a nossa gente e nenhum estrangeiro a assassinará mais!"

Caifás mandou chamar Saul e disse, retorcendo as compridas mãos brancas:

— Perdemos o controle da situação. A saída está escura e confusa. Antes era clara como água da fonte. Agora está enlameada e turva. Antes era caso de blasfêmia e Deus ordenou que os blasfemadores fossem mortos. Agora os judeus religiosos protegem os hereges, gritando: "Temos um só sangue, uma só nação e um só Deus!" O povo sublevou-se com as notícias da Galileia. Apedrejam os romanos nas ruas; atacam-nos na escuridão; gritam imprecações contra eles. Reúnem-se para ouvir os hereges, que se dirigem a eles, apesar dos castigos rigorosos. Enchem o rio de noite para serem batizados. Parecem atacados de loucura, sem saber o que fazem. Estávamos em perigo antes de Yeshua ben José ser morto. Hoje estamos num perigo maior e Pilatos espera como um lobo, à espreita. Basta-lhe um pequeno estímulo...

— Precisamos não apenas continuar nossos esforços — respondeu Saul — mas nossa luta, intensificando-a com dedicação. — Agora estava muito magro e encovado, com os cabelos ruivos destacando-se de sua pele clara e caindo sobre o quente brilho metálico dos olhos azuis. — Temos escolha? Os hereges ou nós devem morrer. Na verdade, morreremos todos, a menos que a heresia seja destruída. Por que Deus permite que esse sofrimento nos atinja? Acredito que é castigo dEle por tolerarmos que os saduceus nos governem e tenham colaborado com os romanos, que profanam a sagrada terra de Israel. Estamos sendo castigados com a ira do Altíssimo. Só nos resta aceitar a flagelação, lutar para expiar nossos erros e atirar os blasfemadores ao mar. — Por um instante, cobriu o rosto com suas mãos aflitas. — De fato, antes isso estava claro para o povo, mas agora não está mais. O inferno nublou suas mentes. Mas devemos insistir e chegar à vitória. Senhor, dê-me uma carta para os chefes de Damasco, pois ouvi dizer que a heresia surgiu lá com enorme fúria e está grassando como uma epidemia. No momento, deixemos o povo de Jerusalém em paz, para que recupere o juízo e a compreensão, permitindo-nos lutar não apenas por suas almas, mas por suas vidas.

Em seu desespero, acreditava que Caifás era, no fundo, alguém verdadeiramente igual a ele, tão alarmado quanto ele, e nessa crença havia considerável verdade.

Sentia-se traído e cercado, abandonado por todos, lutando sozinho contra uma legião de amaldiçoados, que não fraquejava nem falhava. Não ousou pensar em Rabban Gamaliel nem em José de Arimateia, para não ficar louco. Mas antes pensavam nele, falando a seu respeito frequentemente em voz baixa e calma.

Numa noite de inverno rigoroso, Caifás convocou Saul e disse, com o rosto sombrio e trágico:

— Temos um problema extremamente delicado.

Saul sentou-se pesadamente, pois seu cansaço crescia dia a dia.

— Outro! — perguntou, aceitando um cálice de vinho.

Caifás sentou-se ao seu lado e cruzou as mãos no colo.

— Você ouviu falar na casa de Tobias, elegante judeu helenista, patrono de arte e de teatro, saduceu cujos filhos são escribas e funcionários do governo romano, possuindo casas luxuosas em Atenas, Roma, Jerusalém e Alexandria, muito culto, estimado, conhecido por seu gosto e discernimento, e tão sofisticado quanto os gregos?

— Ouvi, sim — retrucou Saul. — São amigos do meu avô. De minha parte, não gosto deles.

Seu rosto endureceu, aquele rosto encovado com novas rugas mais profundas sulcando sua magreza, fazendo com que seu agressivo nariz se destacasse ainda mais.

— São muito elogiados por contribuírem para o Sinédrio, para as ciências, especialmente a medicina, e para as profissões, particularmente a lei.

— Também são muito elogiados por seu ateísmo — retrucou Saul — e pelos poemas e livros divertidos que escreveram ridicularizando os fariseus e os aspectos mais severos das leis mosaicas, aproximando-se graciosamente da beira da heresia. — Olhou Caifás com impaciência. — Que têm a ver comigo, e com minha missão perante Deus, esses refinados árbitros de elegância?

— É um assunto muito delicado — insistiu Caifás. — O caçula da casa, ainda solteiro, dizem que de grande beleza, força e encanto, chama-se Estêvão ben Tobias. Estudou em Atenas, Roma e Alexandria. Não usou seus dons e talento, dados por Deus, a serviço de Israel, preferindo ser um cavalheiro à maneira grega e romana, viajando pelo mundo, estudando sua voluptuosidade e divertindo-se. Não apenas parece ter uma alma grega, como assemelha-se incrivelmente a um grego. Isso, claro, não tem importância. Sua família jamais foi contribuinte do Templo, com exceção de algumas doações insignificantes nem tem respeito pelo sacerdócio. Em resumo, sempre foram pagãos nas atitudes e Estêvão ben Tobias é um autêntico descendente dos pais.

— Os saduceus, sua admiração pelos gregos e mesmo seu ateísmo não me preocupam — disse Saul. — Judeus inúteis não têm significação para mim. Que Deus os julgue, não eu.

Caifás tossiu e examinou o anel sacerdotal no seu dedo.

— Todos sabem que Estêvão ben Tobias abraçou a nova heresia dos seguidores de Yeshua ben José de Nazaré.

— Não acredito! — exclamou Saul. — Um membro da inútil família de Tobias, supercivilizado, posudo, perfumado, elegante, rico, usando seda, ouro e joias... juntando-se aos pobres, esfomeados, ignorantes, desprezíveis e covardes hereges!

Caifás tornou a tossir e cravou os luminosos olhos cinzentos em Saul.

— Não é difícil acreditar, pois seu avô e irmãos também aderiram à heresia.

Então, Saul percebeu a leve ameaça sob as palavras tranquilas do sumo sacerdote e um suor frio percorreu seu corpo, um suor de medo e terror.

— Se meus parentes — respondeu — acreditam haver algum mérito nos ensinamentos profanos de Yeshua ben José, não procuram fazer proselitismo nem agem abertamente ou deixam de se devotar ao Templo. Na verdade, estão agora mostrando mais devoção à Lei e aos profetas e ao Templo do que antes! Foi o que ouvi. Não procurei — continuou Saul, com o pavor fazendo brilhar os olhos embaraços — os que são suspeitos de erro, mas os que o promovem, insistem nele, discutem em sua defesa e afirmam a blasfêmia em público. Não entramos na casa de ninguém exigindo provas da sua adesão à nossa fé, pois a casa é privada e sagrada. Nem mesmo perguntamos no que acreditam! Determinamos apenas que mantenham sua própria opinião discretamente, sem provocarem perturbações públicas, nem desafiarem abertamente os sacerdotes no Templo, chamando-os de "mantenedores da palavra da lei, mas assassinos do espírito", e não insistam, pública e abertamente, que Yeshua ben José era o Messias. O que um homem crê fica entre ele e Deus, bendito seja Seu Nome, pois a fé é um presente de Deus e não pode ser forçada ou determinada. Mas a blasfêmia pública, a provocação de conflitos contra a paz de Israel e a traição aberta contra nossa nação e nosso Deus são outra coisa.

Caifás suspirou.

— Acalme-se, meu caro Saul. Nada ouvi contra sua família. Foi como você disse. Mas ouvi com relação a Estêvão ben Tobias. Ouvi que foi citado como um dos Sete entre os hereges, isto é, um chefe, um privilegiado e influente, considerado por eles uma autoridade para ensinar, discursar, destruir nossa fé e nossa segurança. Como a infecção o atingiu, é um mistério. Alguém menos afinado com qualquer crença, embora esotérica, ou menos interessado em assuntos religiosos que Estêvão ben Tobias, não será encontrado em todo Israel. Mas, garantiram-me, ele colocou sua fortuna particular aos pés dos chamados apóstolos e discípulos, escolheu viver abertamente no meio deles, passou a vestir-se com humildade e está cheio de fervor fanático. É como se um pavão se transformasse em corvo, um barulhento e insistente, corvo, pregando a heresia. Ora, caro Saul, que devemos fazer com ele?

— É incrível — disse Saul.

— Estêvão tem uma luxuosa vila em Cesareia — murmurou Caifás — onde recebeu Pilatos e Herodes. Entregou aquela magnífica propriedade aos hereges, para servir de abrigo, de alojamento e lugar de encontro de outros hereges. Quando entre eles, trabalha nos campos que possui, com os mais humildes, arando, falando, rezando, exortando, e come com eles na mesa comum. Porta-se como um possuído.

— E sem dúvida é — retrucou Saul. — Ninguém do seu nível pode descer tanto sem estar louco. Nenhum dos seus parentes pediu a um sacerdote que exorcizasse o espírito mau que o possuiu? Certamente estão perturbados!

Caifás abriu os braços.

— Isso não sei. Aquela família foi sempre aristocrática, patrícia, desdenhosa, soberba, fria... e corrupta. Não se sabe o que pensam de Estêvão, e ai de quem seja bastante impertinente para interrogá-los sobre algum membro da família! São altaneiros, orgulhosos... e muito ricos. É possível que considerem uma aberração temporária num jovem ativo, sorrindo provavelmente com certa indulgência, como sorriram das iniquidades dos outros membros da família, que adotaram a impudência de gregos e romanos. O comportamento deles sempre beirou o escandaloso e houve murmúrios a respeito entre os sacerdotes, no passado. Mas envolveram tudo com discrição graciosa, como era de fato vergonhoso.

O sumo sacerdote olhou o jovem silencioso, cujos lábios estavam lívidos e comprimidos e cujo olhar se fixava no chão de mármore.

— Se Estêvão tivesse mostrado a discrição de sua família, não estaríamos às voltas com este dilema — disse Caifás. — Mas ele não é discreto. Encontra-se agora em Jerusalém e fui informado de que está catequizando enormes multidões nos arredores do Templo, proclamando com ardor que Yeshua ben José é o Messias, fazendo novos hereges aos montes. Isso porque é um homem importante, de fala culta e autoritária, um cavalheiro que foi preparado em retórica e dialética em Atenas, falando com eloquência e emoção, comovendo os mais devotos até as lágrimas e a concordância, segundo dizem. É um verdadeiro Demóstenes da heresia. Convenceu inúmeros sacerdotes, arrastando-os para a blasfêmia. Incrivelmente, consegue ser persuasivo, mesmo entre as pessoas cultas.

Como Saul continuasse calado, prosseguiu:

— Tem uma cabeça incansável e é curioso e perguntador. Tenho a certeza de que está bem-informado das crenças dos pagãos, pois, como disse, é helenista e passou mais tempo na Grécia que em Israel. Fale, Saul. Que devemos fazer, uma vez que Estêvão ben Tobias é perigoso, mais talvez que qualquer outro herege vivo?

— Aconselha-me a prendê-lo e atirá-lo na prisão?

Saul fixou os olhos raivosos no sumo sacerdote, quase com desprezo, pois conhecia a reverência de Caifás para com sua própria casta e sabia como a protegia.

— Seus parentes pulariam na minha garganta — retrucou Caifás e Saul, mesmo zangado, não pôde evitar um sorriso.

— Denuncie-o a Pilatos como um rebelde contra Roma — disse Saul. — Que Pilatos decida o seu destino.

— A família dele é influente e, como lhe disse, conhece bem Pilatos. Essa situação só fará Pilatos divertir-se; nós o divertimos incessantemente. Dirá apenas: "Deixei esse assunto em suas mãos, meu caro Caifás, como você mesmo pediu." É um homem muito caprichoso e assassino. Adora castigar judeus, mas não os do nível da família Tobias. Não erguerá a mão. Gracejará à ideia de Estêvão incitando o povo à revolta contra Roma, pois vários membros de sua família são cidadãos romanos, casados com romanos, residindo em Roma e amigos de César. Quando falei em heresia a Pilatos, ele quase riu na minha cara. Pilatos acha ridícula nossa devoção a Deus. Como sabe, ele pouco se importa com isso.

— No entanto, executou dois mil pobres hereges na Galileia — disse Saul, fazendo uma incontrolável careta de angústia. — Nossos irmãos judeus.

— Você é uma pessoa muito ambígua — disse Caifás. — Caça hereges, mete-os na prisão, manda açoitá-los e adverti-los, mas quando Pilatos castiga-os com a morte — e a morte não é a punição para os blasfemadores? — você berra. Não importa. É muito provável que nem você consiga explicar. É possível que faça uma distinção entre suas ameaças de massacre e a realidade deles! Ou é infame um gentio fazer o que um judeu faria? Em matéria de justiça e lei, não podemos fazer distinções. Pilatos determinou aquelas execuções porque os hereges estavam propagando a rebelião aberta contra Roma.

Saul levantou-se, fazendo um gesto violento.

— Com que armas? Eles possuíam armas, armaduras, espadas, fortalezas, legiões, centuriões, generais, navios de guerra, mercenários e soldados aventureiros, bigas, cavalos treinados para a guerra e bandeiras?

Caifás balançou a cabeça, maravilhado.

— Você fala a esse respeito com as entranhas e não com a cabeça. Voltemos a Estêvão ben Tobias. Ele precisa ser silenciado.

O rosto pálido de Saul foi tingido de vermelho, pois o sumo sacerdote o feriu duramente com aquelas palavras.

— O senhor não tem sacerdotes eloquentes — perguntou — devotados, homens de grande fé, que possam erguer o povo contra esses hereges? Não temos fanáticos, zelotes, entre nós, para proteger o Templo, o Livro e a Lei? Nem temos o exército de Gedeão?

Caifás permaneceu em silêncio.

— Qual a tarefa dos sacerdotes, a não ser manter e proteger nossa fé sagrada contra todos os inimigos, difundindo-a e fortalecendo-a? Mas os sacerdotes agora tornaram-se meros oradores de comentários obscuros; deliciam-se com filosofias sem propósito e coisas inconsequentes deste mundo evanescente! Não se referem aos profetas e à lei. Não falam mais do Sinai, exceto nos Grandes Dias Santificados, e assim mesmo sem interesse. Eles mesmos tornaram-se tão seculares quanto o povo! São ritualistas... mas sem fé. Esconderam Deus do povo em desinteressantes cerimônias e nuvens de incenso, e estão mais preocupados com dízimos e seus privilégios do que com as almas do seu povo. Insistem com os romanos por mais aquedutos, edifícios públicos e estradas e falam disso como de necessidades, mas a imanência e a glória de Deus estão muito longe deles. Acreditam que o luxo do seu viver e sua influência política junto aos romanos são mais importantes que as almas do seu povo.

"Essa heresia não teria surgido entre o povo de Israel, não estivesse sua alma extenuada pela exaltação, renovação e devoção da fé, que os sacerdotes não lhe oferecem! — prosseguiu Saul, ardoroso em sua ira e indignação. — Yeshua ben José deu-lhes novamente um ardor, uma força e uma paixão transcendentes e, mesmo que tivesse permitido que dissessem ser ele o Messias, um blasfemador, portanto, pelo menos agitou suas almas e seus corações desanimados! Mas nossos sacerdotes levaram o povo para o deserto da incredulidade desesperada, virando suas mentes apenas para este mundo, privando-o da verdade. O motivo dessa heresia está, Caifás, na sua cabeça e na de seus sacerdotes!

Caifás olhou-o com súbito e incontrolável pavor, pois pareceu-lhe que Saul, repentinamente, ficara envolto em chamas e profecia, sua estatura cresceu, tornou-se difusa e espalhada e tão além do corpo humano que pareceu ocupar toda a sala, inundando-a de relâmpagos e trovões. Os olhos expeliam raios azuis, o rosto se transformara como o dos profetas e sua voz era terrível.

Saul envolveu-se na capa e, embora não usasse espada, pareceu estar vestido para uma batalha.

— Quanto a esse Estêvão ben Tobias, Caifás, rezarei para ver como lidar com ele. Enquanto isso, procure um ou dois sacerdotes fervorosos que sejam capazes de contrabalançar suas blasfêmias... se o senhor puder.

Saul retirou-se e o som dos seus passos foi, para Caifás, sonoro e reboante como os de um vingador.

◆ ◆ ◆

Capítulo 32

Ele tem o rosto de um anjo, pensou Rabban Gamaliel, quando viu o jovem Estêvão ben Tobias, que jantou com ele em companhia de José de Arimateia. Infelizmente, agora pouco vemos esse resplendor na fisionomia dos jovens, nestes dias agitados de descontentamento e incerteza. Se alguém lhe perguntasse "Quem é você?", ele não pararia para pensar, olhar constrangido e desesperado, como fazem hoje tantos da sua geração. Responderia, com um sorriso orgulhoso: "Sou Estêvão ben Tobias, judeu de uma grande casa, servo de Deus, bendito seja Seu Nome." E dizendo isso diria tudo, pois não haveria mais nada a dizer

Estêvão era moço, tinha vivacidade de espírito e entusiasmo, tão repletos de humor. Sempre tivera tal temperamento, mas agora estava mais rico, mais profundo, o que dava uma bela luminosidade ao seu rosto. Era alto, elegante e atlético. De fato, como Caifás dissera, exibia o tipo de beleza grega masculina vista apenas na Macedônia e não entre os morenos e ágeis atenienses. Seu cabelo crespo era cor de âmbar e brilhava de saúde e vida sobre um rosto pleno, um queixo arredondado e forte, o clássico nariz grego, grandes olhos brilhantes, lábios rubros sensíveis e inquietos, tão elogiados pelos poetas gregos, e uma graça de movimentos que era, em si, um poema. Para essa visita a Rabban Gamaliel vestira-se como de costume, usando roupas finas, uma túnica longa de seda amarela grossa, orlada de flores vermelhas bordadas, um cinto dourado, um punhal alexandrino, sandálias, braçadeiras, muitos anéis com pedras preciosas e até um brinco numa orelha. Contudo, suas mãos, antigamente tão delicadas e perfumadas, mostravam agora as marcas do trabalho rude e estavam tão escuras quanto uma noz, o mesmo acontecendo com o rosto. Sua expressão passava num instante da mais absoluta seriedade a uma alegria amável e calorosa, fazendo com que os velhos sentados com ele sentissem os corações cheios de afeição e suspirassem de saudades da sua juventude, certeza e vigor.

— Apesar disso — falou José de Arimateia, ansioso —, peço-lhe que seja discreto, Estêvão. Falamos de Saul ben Hillel, que Deus tenha piedade dele, que é hoje um homem implacável, inflexível, cheio de dedicação e fanatismo, um verdadeiro leão de Deus. Esperamos o bendito dia em que ele verá a glória do que hoje ataca, pois sempre soubemos, de certo modo, o seu destino. Mas até a chegada desse dia e hora, é bom ter cuidado. Tenho certeza de que ele ouviu falar do seu trabalho de proselitismo, pois nada lhe escapa por muito tempo, nem ele é respeitador de pessoas. Rezo para que não o encontre.

— Agradeço por sua preocupação, José — respondeu Estêvão. Apesar de seu rosto ter-se tornado sério, ainda havia uma cintilação nele. — Lamento que ele não tenha sido convidado esta noite, pois poderíamos discutir. Vi-o a distância e, de fato, ele parece um leão, com aquela juba ruiva, os olhos ferozes, as maneiras autoritárias, a impaciência nervosa, os movimentos suaves e a postura real. Sinto que nossa conversa iria ser, até o fim, violenta, interessante e inteligente, sem o peso das pedras da doutrina ritual. Os homens que habitualmente encontro são hostis e desinteressantes, dóceis e obtusos, rejeitando ou aceitando com a mesma falta de raciocínio positivo. Na verdade, a aceitação dócil e amena perturba meu espírito, pois não são guerreiros de Deus.

Sacudiu os braços.

— O que Ele nos disse não é efeminado, resignado, insignificante nem inerte. É um grito de guerra, igual ao dos profetas e de Moisés. Nossa fé não é para os excêntricos, timoratos, irracionais, plácidos e medrosos. É para gente musculosa e forte; é um apelo às bandeiras, trombetas, tambores, muralhas e toda a energia que o homem pode dar e não palavras suaves, maneiras hesitantes e pregações humildes. É uma bebida forte e não vinho. Ao mesmo tempo em que é terno, misericordioso, com os fracos, os cordeiros, as ovelhas desabrigadas e com os desesperados oprimidos pelos homens, exige que mesmo os que precisam tratar-se após os ferimentos sejam curados e enfrentem sem medo os inimigos, as mentiras e o ateísmo. Exige um "Sim!" diante de Deus, apesar de perseguição, morte ou exílio e um grito de alegria perante o Senhor. Não deixemos que os que temem venham a nós, nem os que desejam esfacelar a força da nossa certeza, nem os que dirão: "Isto pode ser assim, mas, por outro lado, também pode ser assim, e não seríamos homens sensatos se não apenas déssemos respostas, mas ouvíssemos com tolerância as perguntas, pesando-as judiciosamente, lembrando que talvez elas tenham uma verdade intrínseca?"

"A verdade é unitária — prosseguiu Estêvão e agora seu rosto brilhava com a luz fantasmagórica que tantos achavam fascinante e exultante. — É totalmente verdadeira ou inteiramente falsa. Deve exigir tudo o que um homem é ou nada exigir. Foi isso o que os profetas nos disseram e o que o nosso Redentor e nosso Salvador nos disse: 'Quem for amigo deste mundo é inimigo de Deus.' Em suma, o mundo é um grave erro e não se pode servir a um erro de manhã e a Ele de noite. — Sorriu para os amigos. — 'Quem não está Comigo, está contra Mim.'

Rabban Gamaliel passou os dedos sobre os lábios barbados e olhou Estêvão pensativamente e com preocupação.

— Todavia — disse —, os séculos serão infestados de comentadores que darão interpretações novas ou reinterpretações, levando à confusão dos crentes, causando-lhes descrença, enfraquecendo-os, e o surgimento de muitas línguas e muitas opiniões. Cada homem é, interiormente, um espelho e reflete-se nele, mesmo em sua fé.

— A verdade é tão pura e tão simples — disse o jovem Estêvão. — Os anjos não têm dificuldade em aceitar isso. Só os homens cobrem-na com sua sombra.

— Se não estou enganado — disse José, sorrindo —, há mesmo uma quantidade de anjos que não acham a verdade tão simples. Você está exigindo quase demais do homem.

Estêvão riu. Dedicou-se com prazer às excelentes iguarias à sua frente no luxuoso salão de Rabban Gamaliel e os velhos o olharam com muita satisfação. O rapaz falou:

— Quando digo que a verdade é simples e pura, não significa que ela seja sempre evidente, pois nada há tão misterioso e sublime quanto a simplicidade. Um homem precisa, na verdade, tornar a nascer da água e do Espírito Santo para compreender a verdade, pois então seus olhos não estão velados, só ouve uma Voz e não comentários controvertidos, todos irrelevantes e discordantes. Vê as coisas totalmente claras e na sua unidade. É apenas um erro que sua complexidade e eternidade abram-se à mudança. Quem conhece a verdade não é dogmático, no sentido que damos à palavra, nem selado como um dos vasos de Salomão. Está apenas consciente do erro, mas longe dele, e propaga a verdade que conhece com dedicação íntima, modo gentil, mas resolutamente. Ele vê a montanha, enraizada no granito e imóvel, enquanto os que estão em erro dizem "Você diz que aquilo é uma montanha, mas pode ser uma miragem, um muro ou uma ilusão. É uma questão de opinião".

— Temo que seu caminho não será ensolarado — disse José.

— Ele tem todo o brilho da eternidade — retrucou Estêvão. — Seu rosto alterou-se novamente e mergulhou em meditação. Finalmente continuou: — Há alguns entre nós, mesmo os que caminharam com Ele, que dizem não precisarmos do ritualismo. Mas o ritual é necessário, desejável, na medida em que é o símbolo visível da sagrada Coisa invisível que simboliza. Todavia, quando existe como uma entidade em si, formal e completa, a Coisa que simboliza e explica, esquecida ou despercebida, então é uma forma vazia. Concordo com isso. Esse ritual pode mesmo ser perigoso, pois o povo é levado a acreditar que o ritual só é adoração. Porém é válido apenas quando, como a casca de uma noz, lembra e sugere a deleitável e substanciosa Semente no seu âmago. Esquecida ou perdida a Semente, a casca é inútil, mesmo que dourada. Não contém vida. É isso que o Senhor quis dizer quando atacou os fariseus, que achavam ser a forma, em si, suficiente.

Fez um gesto de apreciação ao beber o excelente vinho e examinou o cristal belo e cravejado do cálice alexandrino, com atenta admiração. Rabban Gamaliel disse:

— Acho que percebo um brilho helênico em suas palavras, Estêvão.

— Talvez seja verdade — respondeu Estêvão —, mas então a Grécia e a filosofia grega não tiveram sempre uma profunda influência na nossa fé, desde que o primeiro grego chegou a Israel? O que é belo contém verdade. E variedade. Rejeitar a verdade da beleza é rejeitar um profundo misticismo, pois Deus, bendito seja Seu Nome, é todo beleza, glória e alegria. Fico imediatamente desconfiado e sinto aversão por alguém que ache nossa fé sombria, triste e negativa da vida, em vez de um canto de exaltação ao sol do amanhecer.

— Encontrou-os? — perguntou José, surpreso.

— Inúmeros — respondeu Estêvão. — Também encontrei os fracos, que veem no Salvador do Seu povo um refúgio para suas pequenas adversidades, das quais procuram fugir, em vez de um Templo em cujo recinto sagrado podem encontrar a energia para suportar o mundo e seu peso, sem lamentos ou queixas. Os fracos já derrubaram mais templos e nações do que podemos saber e suas vozes egoístas afastaram-se da verdadeira Voz do Todo-Poderoso. A vida não é uma bolsa de onde os que rezam podem tirar tesouros. É, como dizem os gregos, verdadeiramente como os Grandes Jogos, onde apenas a coragem, a força e a fé podem ganhar e a fortaleza coroa o vencedor.

— Como você disse — frisou Rabban Gamaliel —, o novo Pacto não é para tímidos exigentes e vacilantes. Lembro as palavras do Profeta: "Confie no Senhor de todo o coração e *não se curve à sua própria compreensão*. Agradeça-Lhe de todos os modos, que Ele orientará seus passos."*

— Mas haverá discussões — disse José de Arimateia.

Estêvão riu gentilmente.

— Sempre há — retrucou. — Começaram mesmo antes dEle ser crucificado.

Estava tão cheio de vitalidade e certeza juvenil que os velhos suspiraram e rezaram silenciosamente por ele, coisa que ele descobriu, pois olhou-os com respeitoso afeto. Estêvão disse, antes de despedir-se:

— Ainda vou encontrar seu Saul de Tarshish e então teremos nossa discussão. Vai ser um dia maravilhoso!

Foi apenas, pensou José de Arimateia, uma rigorosa noite de outono nos velhos ossos que o fez subitamente estremecer como diante de um horrível presságio.

Um dia, um centurião foi a Saul e disse-lhe:

— Senhor, há um helenista de grande reputação entre o povo, que não prendemos porque pertence a uma importante casa, é rico e nobre, e sua família é amiga do sumo sacerdote Caifás e mesmo do procurador Pôncio Pilatos. Observamos seus discursos inflamados no Templo e nas sinagogas, mas há agora um tumulto entre os judeus, que lutam, discutem e se esmurram nos arredores do Templo.

— Estêvão ben Tobias — disse Saul e seu rosto incendiou-se. — Ouvi falar nele.

O centurião confirmou com a cabeça e falou:

— Informaram-me que, neste momento, ele está na sinagoga denominada Os Libertinos, onde cirenaicos, alexandrinos, cilícios e asiáticos estão todos ouvindo esse Estêvão, discutindo furiosamente com ele ou escutando-o e aclamando-o. Há uma multidão se atracando do lado de fora da sinagoga. Não puderam entrar, pois ela está transbordando. Dois dos meus legionários tentaram impor a ordem e estão agora sangrando e feridos em nosso alojamento. Que devo fazer?

---

* Provérbios 3:5-6.

Saul levantou-se de sua mesa na luxuosa casa que Pilatos lhe dera, vestiu a capa e pela primeira vez pendurou a espada na cinta. Seus gestos eram sombrios e resolutos. Sua espessa cabeleira ruiva caía solta sobre os ombros e os olhos refulgiam no seu rosto claro e sardento.

— Pegue dez legionários — disse ao centurião. — Vamos à sinagoga. — Fez uma pausa e suas grossas sobrancelhas ruivas franziram-se como as de um leão, com o qual cada vez mais se parecia. — Envie um mensageiro ao Pequeno Sinédrio e peça, em meu nome, que se reúnam imediatamente na casa do sumo sacerdote Caifás, para julgar um herege, um blasfemador.

— E não no grande tribunal das Pedras Esculpidas, no Templo? — perguntou o centurião, que estava há muito em Israel e sabia que os malfeitores ricos, os criminosos e os homens célebres eram normalmente levados àquele tribunal, o Sinédrio pleno, de acordo com sua posição, pois até os juízes tinham de acatar a escala social.

Saul olhou-o com arrogante desprezo.

— Esse Estêvão não é um nazareno, seguidor de Yeshua ben José de Nazaré, que foi levado perante o Pequeno Sinédrio na casa do sumo sacerdote? Um criado deve estar acima do seu amo? O que foi considerado suficiente para Yeshua ben José é suficiente para esse Estêvão ben Tobias, que perdeu o respeito das pessoas importantes e dignas, e que não se sobrepõe ao carpinteiro a quem serve.

O centurião foi enviar o mensageiro e buscar os soldados, após o que Saul juntou-se a eles, que haviam começado a temê-lo, apesar dos gestos obscenos pelas costas dele. Sabia-se que Saul não procurava mulheres, portanto, insinuavam, procurava homens, embora não houvesse evidências em apoio a isso.

A sinagoga não ficava longe. O centurião foi em sua biga, com Saul ao lado, de olhos fixos sanguinariamente na frente, os lábios pálidos numa simples linha entre as faces encovadas. Havia suportado demais! Pensando em seus próprios parentes aristocratas — e temendo por eles — tinha evitado enfrentar aquele Estêvão ben Tobias, pois nada havia de mais fatal, como sabia, que um precedente legal. E Estêvão era o único aristocrata entre os agora chamados Nazarenos que se juntara abertamente ao povo, incitando-o, fazendo discursos no Templo, provocando distúrbios. Mas, uma vez tocado o orgulho patrício, ninguém estava a salvo e mesmo na sua atual disposição de desesperada determinação e ódio brutal, Saul compreendeu isso e suou sob a capa por causa de sua irmã, do marido e dos filhos dela. Senhor, rogou a Deus em seu sofrimento, sou apenas um ser humano e amo os membros da minha casa, apesar de recalcitrantes e blasfemadores. Proteja-os, Senhor, e faça com que se arrependam, senão morrerão e perecerei de dor, pois o Senhor deve sempre ser obedecido!

Pensou especialmente no querido sobrinho Amós, tão tristemente enganado e traído pelos supostos protetores naturais, nos irmãos dele e na bela jovem donzela sua irmã, que era uma estátua de marfim. Pensou também em sua própria irmã Séfora, do seu mesmo sangue, que ele amava ternamente, e seus olhos fecharam-se num espasmo de angústia.

Mas Deus tinha de ser obedecido e servido acima de tudo, mesmo que alguém precisasse morrer com o coração partido e o espírito atormentado. Então, num piscar de olhos, seu ódio atingiu uma altura que o fez curvar-se e cambalear na biga: Estêvão ben Tobias era a verdadeira ameaça contra a casa de Shebua ben Abraão e os filhos de Séfora bas Hillel! Ele, só ele, pusera-os naquela terrível encrenca, quebrara os portões que separavam a ralé dos patrícios, colocando estes à mercê dos patifes, ladrões e escravos idiotas vociferantes! Estêvão ben Tobias era o inimigo da família de Saul. Atraíra a vingança sobre eles. Portanto, precisava morrer.

Os poderosos, influentes e bem-nascidos tinham um imperativo religioso: precisavam manter a lei, a urbanidade e a ordem contra o furor lúbrico dos que eram pouco mais que animais. Tinham de se conduzir judiciosamente, com saúde mental e raciocínio equilibrado, pois o que era o povo? Apenas animais selvagens e barulhentos, como os que os romanos encerravam em jaulas nos circos, de presas brutais e garras vermelhas.

Então, Saul olhou o povo que enchia as ruas, com um ódio irrefreável, sentindo um desejo quase incontrolável de atropelá-lo e esmagá-lo sob as rodas da biga. Afinal, ele era o destruidor dos lugares sagrados, era bárbaro, sedento de sangue, era como as hienas e chacais, provenientes de todas as cidades sob o sol. Por que Deus os criou? Ou era o homem o único responsável, ou o próprio inferno? De repente, lembrou-se do que seu primo Tito Milo Platônio dissera da ralé que matou Yeshua ben José e um dedo gelado, de ferro, tocou o inflamado coração de Saul e uma névoa de confusão passou momentaneamente sobre seus olhos. Pensou: Estêvão ben Tobias é parte deles!

Jerusalém estava banhada por uma clara e forte luz sob o céu de inverno já no fim, como a prata envolta pelos raios do sol. O ar estava limpo, fresco, ligeiramente frio, mas excitante. As sinuosas paredes castanhas estavam quase incolores sob aquele esplendor. A veloz biga foi notada por muitos, que reconheceram nela o vulto encapuzado. Alguns rostos ficaram sombrios ou afastaram o olhar, penalizados, enquanto outros apenas sorriram e ergueram as sobrancelhas. Aquele fariseu caçador de hereges! Agora estava perseguindo sem tréguas aquele novo culto fundado pelo nazareno! Amanhã descobriria nova heresia e percorreria barulhentamente a cidade, ameaçando com castigos, prisões e exílio. Mas alguns, farejando agitação, largaram o trabalho para seguir o estrepitoso veículo, correndo atrás dele. Quando os romanos corriam daquela forma, não era para comparecer a um jantar.

A biga chegou à sinagoga fazendo os cavalos abrirem passagem entre a multidão agitada e uivante; rostos expressivos, tanto pelo ultraje como pelo desespero, viraram-se para Saul. Havia homens sentados nas pedras, segurando cabeça ou narizes quebrados, e aqui e ali havia brigas, pontilhadas de gritos e imprecações. Uns insultavam o pregador lá dentro; outros imploravam, também apaixonadamente que o ouvissem, pois quem sabia através de que lábios Deus, bendito seja Seu Nome, queria ser ouvido? O centurião teve de usar seu chicote prodigamente para afastar do caminho alguns dos mais empenhados em conflito feroz, que começaram a lançar-lhe insultos, mostrando-lhe os punhos cerrados. O centurião riu. Seus soldados estabeleceram um círculo em torno da biga, ameaçando os revoltosos com as espadas desembainhadas.

Sem olhar para o povo, Saul saltou da biga e entrou na sinagoga. Era um edifício grande e grosseiro, de pedra cinzenta, quase redondo, cheio de fumaça vinda da fogueira do altar, onde vários sacerdotes barbudos e desanimados estavam consternados e desamparados. O ar na sinagoga era quente, não só pela fogueira, mas também pela massa humana, apinhada ombro com ombro, cotovelo com cotovelo. Ali havia mais silêncio, pois só um homem falava, parado diante do altar, e sua sonora voz educada podia ser nitidamente ouvida, nos seus puros acentos, nas maravilhosas inflexões e nas cadências musicais gregas.

Saul estacou e olhou para o homem que odiava tão malignamente, o belo rapaz que, realmente, parecia grego, apesar de judeu. Estava usando o xale de orações. Tinha a cabeça coberta com o solidéu da tribo de Daniel. Mas suas vestes eram de tecido cinzento áspero, sua capa de lã castanha e tinha os pés descobertos calçados em sandálias simples de couro. Todavia, nada podia retirar sua auréola de autoridade, doçura e força, nem esmaecer o brilho dos seus olhos abertos ou diminuir sua elegância nata e certeza patrícia.

A luz era bruxuleante e baça, devido às janelas altas e estreitas. O solo flutuava numa semiescuridão. Só a luz vermelha do altar iluminava o interior, refletindo-se nos rostos atentos e na expressão tensa dos sacerdotes. Eles não conseguiam silenciá-lo. A lei judaica determinava que qualquer homem podia entrar numa sinagoga para falar e ser ouvido cortesmente.

Pareceu a Saul que seu coração iria explodir com o poderoso ódio que dedicava àquele homem, aquele herege, aquele indivíduo que ameaçava a casa de Shebua ben Abraão. Aproximou-se, resmungando, para ouvir o que Estêvão estava dizendo e a mão que nunca sentira a atração de uma espada a sentia agora.

— O Messias disse — falava Estêvão — que mesmo que o Templo seja destruído, bem como a cidade santa, a verdade não desaparecerá, mas perdurará eternamente através dos séculos e até o fim do mundo.

Saul parou, profundamente aturdido, pois para um judeu o simples pensamento de que o Templo não possa sobreviver e que a cidade santa de Jerusalém se torne para sempre desconhecida era em si uma blasfêmia mortal, pois Deus não morava em Sião, no seu Templo, na Sua cidade, e não foi dito que Ele jamais os abandonaria? Atordoado, não pôde acreditar que aquele sujeito pudesse falar assim sem ser atirado ao chão e pisoteado. Mas os homens estavam ouvindo.

— Pois a fé é mais do que pedras, mais, sim, do que o ouro guardado nos subterrâneos do Templo. A fé é mais que uma cidade. O que é mortal, o que é feito por mãos humanas, morre a seu tempo como todas as coisas, mas a verdade é eterna. Deram a Moisés as dimensões do primeiro Templo e os aperfeiçoamentos seguintes até a última minúcia, pois é bom que os homens edifiquem a Casa do Senhor não apenas com o melhor que possam usar, mas com os tesouros que obtiveram e juntaram em suas vidas, bem como com o melhor de suas casas. Pois quem se atrever a negar ao Senhor, escondendo dEle, o que exatamente Lhe pertence e que apenas emprestou aos homens? Tudo o que o homem tem, em saúde, sangue, coração e alma, é um pequeno sacrifício, mínimo na verdade, e é apenas a terna bondade de Deus que faz com que não recuse esse sacrifício. Mas aceita o que oferecemos como um pai aceita as pedrinhas bonitas e as flores sem valor que seus filhos lhe oferecem, com ternura e amor. Não é o caso que é realmente valioso, mas apenas o dado com humildade e fé, embora sem valor, se for tudo o que um homem tem para oferecer a Deus. Pois não disse o Messias que o óbolo de uma viúva — que era tudo o que ela possuía — tinha mais valor que o ouro de um ricaço?

Os presentes murmuraram e mexeram-se, inquietos. Então, pensou Saul, aquele refugo desaprova o sacrifício, insulta Moisés e zomba do ouro nos subterrâneos do Templo, que faculta nossa precária segurança e sustenta nossa fé?

— Para ensinar essas coisas, que as obras dos homens não duram, nem as cidades que eles edificam, seu orgulho, sua ciência, sua arte, seu poder, sua força, sua glória, mas apenas as coisas do espírito, o Messias escolheu nascer num estábulo, de uma pobre Virgem da Casa de Davi, viver obscuramente, aprender o trabalho de carpinteiro e trabalhar na Sua profissão. A alma de um homem não é mais que seu invólucro, a piedade dos seus pensamentos não é mais que trajes de seda, seu destino eterno mais que suas posses? Sua alma sobreviverá, embora a própria terra seja esquecida e perdida em sua órbita, transformada em pó. Este mundo não é nossa habitação permanente, não, não o mundo que vemos com nossos olhos. Ele em si não tem valor nem verdade, apesar de suas Romas, Jerusaléns, Damascos, Alexandrias e Atenas, seus edifícios e templos, suas vias públicas, suas cidades marítimas. Este mundo não passa de um ossuário, cemitério de incontáveis civilizações que prosperaram, decaíram e morreram, deixando apenas um monte de pedras, cujo nome, herança e orgulho foram esquecidos. E isso persistirá nos séculos futuros. O homem vangloria-se para o vento, que carrega sua voz. É como se ele nunca tivesse falado!

"Mas o que pertence ao espírito não muda nem morre. É imutável. Por isso, não é louco o homem que deposita sua fé na alvenaria, por mais santa que seja considerada, e nos seus poderes como mortal, e nas suas riquezas nos bancos, mente e conhecimento? Seu destino não lhe pertence, como o Messias não se cansou de nos dizer. Seu destino está na eternidade; sua carne é a de um animal e nada mais. Vive da mesma forma que vivem os animais e ninguém pode fazer distinção, pois o homem como animal é inferior a um bicho, já que não possui sua lealdade, pureza e simplicidade, nem sua sinceridade de objetivo ou mesmo seu valor.

"Só o que morre no homem não tem verdade, pois é um dote de Deus, bendito seja Seu Nome, e a alma pecadora é resgatada da morte e do inferno pelo seu maior Amado, seu Salvador, que morreu na cruz para perdão dos nossos pecados, nossa absolvição, nossa reconciliação com Deus, o Pai, e nossa vida eterna além dessas pequenas e escuras terras dominadas que chamamos nosso lar.

Estêvão ergueu as longas mãos aristocráticas e o olhar bondoso com amor e fervor para os presentes, dizendo:

— Sua paz eu a trago para vocês, como Ele a trouxe para nós, o Guerreiro de Israel, o Santo de Israel. Aquele que nos foi prometido e esperamos através dos tempos, o Redentor de Seu povo, nosso Senhor e nosso Deus!

Saul não pôde mais conter-se. Seu corpo inteiro, sua própria carne pareceram-lhe reunir enorme vigor e fúria, fazendo-o avançar entre a multidão como se caminhasse sozinho, sem ninguém no seu caminho. Chegou até Estêvão ben Tobias, que o olhou com súbito e flamejante sorriso de reconhecimento. Estêvão fez um gesto de falar e meio ergueu a mão, desejoso de tocar no outro homem. Mas Saul pegou um tição no altar e sacudiu-o nos rostos dos sacerdotes; depois bateu com ele no altar, com um gesto violento. Esvoaçaram fagulhas. Os sacerdotes recuaram. A multidão estendeu o pescoço e murmurou, reconhecendo o intruso.

Saul ergueu a voz trovejante e gritou para os sacerdotes:

— Ousam ficar aí, sem protestar contra as palavras deste blasfemador, que lhes disse que nosso Templo será destruído junto com nossa cidade sagrada? Quem os destruirá? Esse indivíduo e seus seguidores, denominados Nazarenos, esses sectários, esses hereges! Não é o bastante que eles tenham trazido a discussão, amargura e ódio entre irmãos nesta cidade sagrada e na nossa terra santa? Não! Trouxeram-nos o medo e a dura atenção dos romanos. Dividiram-nos, confundiram-nos, levaram-nos a cometer o pecado da blasfêmia e da dúvida, a olhar com escárnio tudo o que considerávamos sagrado, a zombar dos profetas, a enfraquecer nossa força de vontade, a dissipar nossa fortaleza na controvérsia e disputas. Afastaram-nos do nosso Deus com sermões mentirosos. Puseram casa contra casa, até que só restassem ímpetos de ódio e os homens atirando-se uns contra os outros. Fizeram falsificações com a ajuda de milagres e prodígios satânicos, para confundirem mentes simples e para a profanação de tudo o que é sagrado. E quem são eles? — gritou Saul, virando-se agora dos sacerdotes para o povo, que murmurava com agitação, apertando-se uns contra os outros.

— Criaturas vis, degradadas, supersticiosas e ignorantes, que duvidam da Lei e do Livro!

Fez uma pausa e a voz de Estêvão soou clara e firme:

— Não é verdade, Saul de Tarshish, você está dizendo falsidades, saiba ou não disso! Não destruímos a Lei nem procuramos mudá-la, mas proclamar seu cumprimento na Pessoa do Redentor de Israel, o Messias de Deus. Ele fez um novo Pacto conosco...

Saul atingiu-o violentamente na face. E quando Estêvão involuntariamente recuou um passo, o rapaz avançou e tornou a esbofeteá-lo. A sinagoga encheu-se imediatamente de gritos e imprecações e a fogueira do altar revelou olhos brilhantes e ferozes.

Saul encarou-os. Seu peito arfava por causa de suas emoções descontroladas, seu desprezo e seu ódio.

— Quem quer testemunhar contra este indivíduo, este traidor, este judeu apóstata, este helenista imbuído do paganismo dos gregos e de todas as suas filosofias pagãs? Quem virá comigo à casa do sumo sacerdote, para onde o Pequeno Sinédrio acaba de ser convocado, a fim de depor contra este homem, nosso inimigo, inimigo de Deus, bendito seja Seu Nome?

Seus olhos lançavam lampejos azuis e os cantos de sua boca espumavam. Tremia visivelmente por causa da ira.

— Homens de Israel! — gritou. — Desejam que a raiva de Deus torne a descer sobre nós, pela prática de cultos estranhos, mentiras e blasfêmias e pela idolatria de um mísero nazareno? Que bem pode vir de Nazaré? Ai de vocês, homens de Israel, homens da cidade santa, que ouviram este herege! Que as próprias pedras sobre as quais estão ergam-se e os atinjam até a morte, o que será um castigo moderado. Pois neste lugar, dedicado a Deus e sua adoração, vocês permitiram que um patife, um ladrão de suas almas, lhes falasse sem protesto. Ai de vocês!

Aos seus agora apavorados ouvintes ele parecia tão alto quanto uma estátua, cheia de fogo até o âmago. Parecia possuir estranhos atributos e que era um profeta, pois via-se à luz do altar um Moisés ruivo, pronto a destruir as Tábuas da Lei por causa dos seus pecados. Sua fisionomia era terrível. Seus olhos, pensaram, eram temíveis em sua força e intensidade, quando passou-os na multidão.

Então, um homem gritou:

— Nós o ouvimos dizer blasfêmias contra Moisés e contra Deus! E também contra este lugar sagrado e a Lei! Ele falou que Yeshua de Nazaré destruirá este lugar e mudará os costumes que Moisés nos deu!*

O homem virou-se para os que estavam à sua volta e exclamou:

— Quem apoia Saul de Tarshish e depõe contra este Estêvão ben Tobias, para que seja castigado por seus crimes contra nós e contra Deus?

Mãos agitaram-se no ar, surgindo um enorme grito, Saul olhou para a congregação e depois, com um sorriso maligno, para Estêvão ben Tobias, que cruzou as mãos sob o xale de orações, movendo os lábios em silêncio.

— Peguem-no, então, homens de Israel, fiéis a Deus! — disse Saul —, e o levaremos à casa do sumo sacerdote Caifás, para ser julgado perante o Pequeno Sinédrio.

A multidão atirou-se para a rua, empurrando os que esperavam fora, como o mar afasta os gravetos, encabeçada por Saul ben Hillel, que parecia uma tempestade furiosa. O centurião olhou-o e disse em voz baixa para seus soldados:

— Nada temos com isso. No entanto, vamos segui-los para vermos aonde vão.

Mas olhou compassivamente para o rasgado e ferido Estêvão ben Tobias, o patrício, meio carregado, meio arrastado da sinagoga, seguido pela multidão uivante e praguejante. O centurião pensou nas multidões romanas, permanentemente temidas pelo César Tibério. Elas de fato governavam a cidade, distorciam a voz da lei e da razão com seus uivos e exigências, que devoravam a carne dos trabalhadores e dos corajosos, para satisfazer seus apetites vis, que guinchavam por pão e circo, por alimentos e alojamentos, por benefícios que não haviam merecido e, ainda por cima, ousavam chamar-se romanos! O centurião balançou a cabeça e, com ar melancólico, fez um gesto a seus soldados, subindo na biga para acompanhar Saul, Estêvão e a multidão inquieta e suada. Obedecia às ordens recebidas de Pôncio Pilatos.

O sumo sacerdote estava aguardando a chegada de Saul e seu prisioneiro acompanhado dos poucos membros do Pequeno Sinédrio, convocados às pressas. Caifás disse:

— Isto certamente será o fim de Estêvão ben Tobias, pois conheço Saul de Tarshish. Ele é vingativo e, sem dúvida, vai livrar-nos dos blasfemadores.

— Conheço a casa de Tobias — disse um juiz, de olhos firmemente pregados no chão de mármore do saguão, com o rosto impenetrável. — Esperemos que aquela casa não exerça sua própria vingança.

— Ouvi dizer que eles, secretamente, denunciaram o filho Estêvão — disse outro juiz. Os outros suspiraram, aliviados. — Não erguerão um dedo para

---

* Atos 6: 13-14.

ajudá-lo ou vingá-lo, pois o rapaz, impudentemente, exorta-os a dar sua fortuna aos pobres para poderem se salvar!

Os juízes riram sem vontade. Um disse:

— Se esse culto idiota pudesse ter um fim!

Ouviram um barulho estranho provocado por um enorme tumulto aproximando-se do palácio e o sumo sacerdote disse, com desgosto:

— Mais uma vez a multidão. Como a detesto!

Sentou-se em sua cadeira dourada, meditando e esperando, pensando em Estêvão ben Tobias nas mãos daquela malta selvagem. Estremeceu.

O comandante da guarda de Caifás entrou correndo no saguão, espada em punho, gritando:

— Senhor, há uma multidão imensa nos portões, exigindo que o senhor a receba, e com ela um tal de Saul de Tarshish, que solicita entrar com seu prisioneiro, Estêvão ben Tobias! Também com ele estão um oficial e soldados romanos!

— Deixe entrar Saul de Tarshish, seu prisioneiro e as testemunhas contra ele — disse Caifás — e ninguém mais, não, nem mesmo os romanos, pois este deve ser um julgamento decente e não um circo pagão.

— Diferente do julgamento de Yeshua ben José — acrescentou um juiz, e Caifás virou-se vivamente para ele, cuja fisionomia era calma.

Não obstante, Caifás irritou-se, pensando em Rabban Gamaliel, em José de Arimateia e nos fracassados sacerdotes do Templo. Pouco depois, ouviu-se uma briga e os berros no pórtico, seguidos de guinchos abafados; Saul então arremessou-se mais e entrou no saguão, parecendo uma tempestade coroada de fogo. Atrás dele irromperam uns doze homens espancando um no meio, espezinhando-o e insultando-o. Suas vestes estraçalharam-se com a brutalidade e seus pés batiam no mármore como aplausos animalescos.

Caifás levantou-se e ergueu a voz irada, encarando Saul, que parara à sua frente.

— São animais ou homens, Saul ben Hillel, esses que se atropelam à minha volta como porcos? Onde está seu decoro na presença do Sinédrio?

— Senhor — respondeu Saul no latim intencional que usou —, perdoe, pois eles estão tomados de fúria por este blasfemador tê-los exortado em sua própria sinagoga, onde se encontravam pacificamente rezando, dizendo blasfêmias que ofenderam seus ouvidos.

Porém virou-se, falando em voz alta e severa para as testemunhas que imediatamente prestaram-lhe atenção com olhos fulgurantes e inquietos, respirando com esforço, finalmente atirando o prisioneiro aos pés de Caifás.

Estêvão ben Tobias estava quase desmaiado, sangrando por diversos pequenos ferimentos no rosto e braços. Sua cabeleira loura, tão encaracolada e brilhante, espalhava-se no chão de mármore, empastada de sangue; os braços e mãos finos e elegantes estavam abertos. Então, um profundo silêncio dominou a sala e os juízes, em suas cadeiras, estenderam os pescoços para olhar aquele descendente de uma família respeitada; alguns o reconheceram, mordendo os lábios e virando os rostos; outros manifestavam curiosidade. Caifás fechou os olhos durante um momento. Tornou a abri-los para olhar as desgrenhadas testemunhas, com suas roupas multicoloridas, vendo o desejo de matar em seus rostos barbados. Pensou: A esses homens não importa o que o prisioneiro tenha feito ou não, se blasfemou ou não, pois o que sabe o rebanho de blasfêmia? Desejam apenas matá-lo. Quando vai terminar esse horror? Por que Israel foi amaldiçoada com outra seita ativa?

Virou-se para Saul:

— O prisioneiro está morto ou apenas desmaiado? Pode ser reanimado para responder às acusações?

— Senhor, ordene que lhe deem vinho — retrucou Saul, ainda em latim. — Ele não está morto.

Caifás bateu palmas e quando um escravo apareceu, ordenou-lhe que trouxesse vinho. Depois, hesitou. Detestava Saul como a todos os turbulentos contumazes, pois não apenas irritavam sua mente como perturbavam sua digestão. De certa forma, habilmente, com uma engenhosidade muito humana, havia transferido a culpa da origem da perseguição dos blasfemadores e sectários para Saul, considerando-se às vezes um sofredor que apenas desejava a paz. Assim, para suavizar um espanto interior, aborrecer Saul e talvez mesmo ofendê-lo, disse ao criado:

— Traga também uma cadeira para o prisioneiro, água e toalhas para limpar seus ferimentos. E dê-lhe o vinho num cálice adequado, pois ele é Estêvão ben Tobias, de uma importante casa de Israel, e não um trabalhador da rua dos Tendeiros, nem um camponês dos vinhedos.

Alguns juízes, com perdoável prazer, viram o rosto de Saul intumescer e o rapaz morder o lábio até aparecer uma gota de sangue. Mas ele ficou rigidamente em silêncio, como se fosse uma estátua de si mesmo, olhando por cima da cabeça do sumo sacerdote para uma das altas janelas por onde entrava um forte raio de sol. Sua fisionomia ficou cinzenta e os lábios lívidos.

O criado ajudou Estêvão a levantar-se, levando-o para uma cadeira posta em frente aos juízes e ao sumo sacerdote; Estêvão deixou-se cair contra o espaldar, pálido como um cadáver, olhos fechados, o rosto sangrando, aparecendo nele e na garganta extensas escoriações. Mas nem mesmo isso e suas roupas grosseiras diminuíam sua aura patrícia. Quando o vinho, servido num soberbo cálice alexandrino, foi colocado contra seus lábios, Estêvão sorveu-o lentamente, e uma leve cor voltou ao seu rosto bonito. Então, olhou para o sumo sacerdote e disse:

— Caifás.

— Sim, sou eu — disse o sumo sacerdote. — É um dia aziago quando o membro de uma casa nobre é apanhado blasfemando, Estêvão ben Tobias, preso como um delinquente e levado perante os membros do Sinédrio. Fale, Estêvão, diga o que tem a dizer em sua defesa, que negativas vai oferecer?

Estêvão pareceu meditar, sem despregar seus lustrosos olhos abertos do sumo sacerdote. Finalmente, disse:

— Ele também foi levado como um delinquente comum e julgado. Por isso não me envergonho. Estou feliz por poder imitá-Lo.

Sua voz educada aumentou pouco a pouco e então, incrivelmente, sorriu. Virou-se na cadeira e olhou Saul, que sustentou firmemente seu olhar.

— Há muito tenho desejado discutir com você, Saul de Tarshish — disse —, pois somos homens da mesma origem e tenho orado para debatermos.

— Comece agora — respondeu Saul, com sua voz clara e amarga —, pois você traiu o que havia de melhor em Israel, a obrigação de um homem de casa ilustre dar um exemplo ao seu povo. Você realmente portou-se como um delinquente comum, como um blasfemador barato e arruaceiro, um sujeito vil provocando intranquilidade e desordem, expondo nosso povo ao perigo e à ira de Deus.

Antes que Estêvão pudesse responder, Saul ergueu a mão peremptoriamente e disse:

— Mas que é você, Estêvão ben Tobias, a não ser um helenista, um judeu apóstata, que não honrou a fé que protegeu Israel através dos séculos, porque pouco ou nada sabe de sua história, de seus santos e profetas! Não, ao invés, adotou levianamente falsos deuses e filosofias maléficas, sendo levado facilmente ao erro e à blasfêmia. Estou preparado — prosseguiu Saul, pois seu coração estava cheio de profunda dor — a receber sua confissão de que pecou por ignorância, por falta de conhecimento e não por convicção. Talvez apenas para distrair um ego esgotado.

Os juízes olharam-se espantados e as bocas das testemunhas ofegantes abriram-se, pois o formidável Saul de Tarshish oferecera ao prisioneiro uma forma de fuga que lhe permitiria sofrer, no máximo, algumas chicotadas, sendo depois posto em liberdade.

Talvez também não tenha conseguido compreender-se nem às suas complexas emoções, que se misturaram como fios emaranhados, levando-o impulsivamente a sugerir a Estêvão que podia evitar o castigo de um verdadeiro blasfemador e receber apenas açoites e uma rápida prisão. Talvez tivesse sido o nome e a família de Estêvão, ou talvez a beleza do seu rosto e a franqueza do seu olhar, sua juventude, pois era mais moço que Saul e apenas no limiar da maturidade, fazendo-o lembrar-se de certa forma de Amós, seu sobrinho. Percebera isso no próprio altar da sinagoga, apesar de sua raiva.

Era possível que Estêvão, com aquele estranho pressentimento que lhe havia aparecido recentemente, compreendesse tudo aquilo; seus olhos ficaram marejados de compaixão, como se ele fosse o acusador e juiz e Saul a vítima.

Caifás disse, rapidamente:

— Confesse, Estêvão ben Tobias, que errou, não por convicção, mas por ignorância, como Saul de Tarshish o... acusou.

Contudo, Estêvão não se virou para ele. Continuou a olhar Saul e agora uma profunda excitação encheu seus olhos e o mais doce dos sorrisos entreabriu seus lábios gregos. Ergueu-se fraca e lentamente da cadeira, ficando ao lado dela, com a mão no espaldar para apoiar-se. Então, virou-se para os juízes, começando a falar em sua voz encantadora e sedutora:

— Fui acusado de ser judeu apóstata, com pouco conhecimento da nossa história sagrada, dos santos e dos profetas, portanto inclinado a más interpretações e erros. Mas, senhores, isso não é verdade. — Olhou firmemente para Saul e prosseguiu: — Há uma traição pior mesmo que a traição a um amigo, um parente ou o povo, que é a traição a Deus, bendito seja Seu Nome, e à Sua verdade. — Virou-se para os juízes e disse: — Senhores, ouçam-me e digam-me, com toda justiça, se sou um judeu ignorante da história do nosso povo.

Entregou-se, então, a uma longa e eloquente dissertação sobre a história do seu povo, dos santos e dos profetas. Agora não havia o menor ruído no recinto, a não ser sua voz dominadora, e nenhum movimento, a não ser seus gestos graciosos. Nem as testemunhas arrastavam os pés; Caifás e os juízes ouviram espantados e o próprio Saul, apesar de seus esforços, não pôde afastar o olhar daquele rosto fulgurante.

Não houve um único acontecimento, por mais obscuro e longínquo nas brumas do tempo que Estêvão não relatasse. Era como se estivera contando uma história absorvente, jamais ouvida antes. Falou de Abraão e Jacó, de José e Moisés, de Aarão e Salomão, de Davi, com precisão e conhecimentos profundos. Tinha a habilidade do homem culto para reunir fatos, apresentando-os logicamente, sem hesitações e incertezas, mas em palavras incisivas e em ordem absoluta. Os momentos e os séculos se sucediam, sustentados por aquela voz como se fossem por suas mãos.*

Fez uma pausa. Perceberam que não havia terminado, mas Estêvão olhou sorridente para os estupefatos juízes e esperou. O próprio Saul parecia estar sob um fascínio, com o rosto vincado e cansado, mas finalmente falou:

— Uma testemunha contra você, aqui presente, declarou que disse no Templo: "Yeshua ben José de Nazaré destruirá este lugar e mudará os costumes que Moisés nos legou." Que tem a dizer?

---

* Atos 6 e 7.

Estêvão, novamente dirigindo-se só a ele, replicou:

— Está escrito nas Escrituras: "Salomão construiu uma Casa para Ele. Embora o Altíssimo não more em Templos feitos por mãos humanas, disse o profeta." "O Céu é o Meu Trono e a terra meu escabelo. Que casa construirás para Mim, disse o Senhor, e qual o lugar do Meu repouso? Não foi Minha mão quem construiu todas as coisas?" O Messias nos falou — prosseguiu Estêvão, com voz mais profunda — novamente dessas coisas, lembrando-nos que casas douradas feitas para Deus podem ser agradáveis para reverências humanas e portanto a Deus, porém os homens podem rezar e serem ouvidos nos campos onde trabalham, nos seus lugares secretos, e não apenas nas sinagogas, templos, camas e sozinhos. Foi o que Ele disse e tenho repetido. Conforme Ele, repeti as palavras de Salomão, pois as esquecemos, como os homens esquecem sempre as palavras de Deus, preferindo ouvir as dos seus próprios desejos. Por citar Salomão, senhores, o Messias foi blasfemo e eu também?

Então, Saul ficou totalmente furioso, exclamando:

— Você é um sofista! Estamos espantados com seu conhecimento do povo e de sua história sagrada, como desejou que ficássemos. Louvo-o por sua erudição! Contudo, você foi acusado de dizer que Yeshua ben José destruirá o Templo...

— Nunca disse isso, nem o Messias, bendito seja Seu Nome. Ele profetizou que nosso Templo seria destruído, nossa nação dispersada, Jerusalém arruinada, com seus muros desmoronados. Mas ele só repetiu o que outros profetas disseram e tornou a predizer que Israel irá novamente florir como a rosa, após os dias de tormenta.

A testemunha contra Estêvão gritou:

— Está mentindo! Está mentindo! — Virou-se violentamente para seus companheiros e disse em voz alta: — Não é verdade, homens, e vocês não juraram pelas barbas dos seus pais que foi como eu disse?

Bateu os pés como um louco e seus olhos se reviraram.

Durante um momento, os homens ao seu lado hesitaram e depois, arrebatados pela paixão e acreditando no que o outro disse, ergueram as vozes numa trovejante afirmação, passando a parecer-lhes que Estêvão de fato dissera que seu Mestre declarara que iria destruir o Templo e a Lei.

— Sim, sim, foi assim, foi assim! — urraram.

Estêvão, ainda ao lado da cadeira, ainda esvaindo-se por causa dos pequenos ferimentos, olhou-os e suspirou, não de impaciência ou desgosto, mas de piedade. Nesse instante, como se tivesse ouvido uma voz imperiosa, sobressaltou-se, ergueu os olhos para uma das janelas, com um inefável sorriso, e levantou os braços em adoração e respeito.

Disse, com voz trêmula:

— Olhem! O Céu abriu-se e vejo o Filho do Homem à Mão direita de Deus!

Está louco, pensou Saul, não mais sofrendo, e disse para si mesmo: ele é um demônio e blasfema.

Virou-se para o sumo sacerdote e para os juízes.

— Acabaram de ouvir suas indefensáveis falsidades e, agora, uma clara blasfêmia, declarando que esse Yeshua de Nazaré está à Mão direita de Deus!

Caifás tornou a hesitar. Virou-se para os juízes. Viu-os meditar. Se anulassem as acusações contra Estêvão ben Tobias, aquelas testemunhas iriam espalhar lá fora que o Sinédrio temia repreender e castigar um ricaço de casa ilustre, embora não tivesse hesitado em condenar Yeshua de Nazaré à morte nas mãos dos romanos, pois não passava de um carpinteiro pobre. Eles iriam berrar: "Uma lei para os poderosos e outra para os pobres!" Pior ainda, proclamariam que o Sinédrio defendera um blasfemador. Seria o caos.

Então, um dos juízes disse:

— Que lhe seja aplicado o castigo máximo.

As testemunhas berraram de alegria e, perdendo toda a timidez e respeito, correram sobre Estêvão, agarrando-o e arrastando-o para fora da sala. Então, o tumulto cessou.

Caifás olhou Saul e disse:

— Como? Não vai acompanhá-los, para dar uma aparência de ordem legal à execução?

Sorriu largamente, com malícia, e seus anéis refulgiram.

Saul não disse uma palavra e saiu da sala. Caifás pensou: retribuí-lhe, meu arrogante amigo, de audaciosos cabelos ruivos e fisionomia leonina, os insultos que amontoou sobre mim desde que o conheci, seus olhares orgulhosos e suas condenações.

A turbulenta procissão de morte, vociferante e ululante, chefiada por Saul ben Hillel e acompanhada resignadamente pelo centurião romano e seus soldados, percorreu as ruas de Jerusalém, juntando-se a ela outros grupos, como um rio a caminho do mar recebe riachos e córregos. O sol de fim de inverno estava desaparecendo no horizonte como um buraco de fogo vermelho no céu esbranquiçado, pois começava a erguer-se nele uma bruma. E agora um vento poeirento apareceu, rodopiando, nas ruas estreitas, produto dos inúmeros pés da multidão apressada. Os montes tinham um tom lilás bronzeado, ainda sem a presença do verde da primavera, embora ilhas de ciprestes escuros exibissem suas pontas aqui e ali.

Os negociantes fecharam as pequenas lojas para se juntarem à retaguarda da procissão e fazer perguntas, e outros incorporaram-se a ela montados em burricos, olhados das ruas laterais por camelos e seus condutores. As mulheres espiaram das janelas estreitas, crianças corriam guinchando, metendo doces na boca e escancarando, excitadas, seus grandes olhos negros.

— Estão levando um blasfemador para o Campo de Apedrejamento! — gritaram. Para as crianças era uma festa, pois ainda estavam novas demais para saber o que é a morte e por método tão horrível. Riam alegremente até que os homens participantes da cavalgada as afastaram dali. Crianças não deviam ver aquilo.

O centurião, como "velho" romano, não amava os Gracos e sua recordação, mas lembrou que eles haviam sido apedrejados até a morte por uma turba semelhante, estúpida, escarnecedora, que se deliciava com o sofrimento. De que os Gracos foram considerados culpados, apesar de enganados? De uma tentativa para elevar aquelas criaturas à condição humana; tinham declarado que a turba tinha "direitos". De que era acusado aquele Estêvão? De blasfêmia. Era verdade que os deuses não gostavam de ser insultados, mas Estêvão não os insultara, a não ser por dizer que um deles havia tomado aspecto humano e guiado a humanidade para a luz e a verdade. Alguém merece a morte por isso? Bem, Prometeu deu o fogo ao homem e os deuses vingaram-se, castigando-o eternamente. Era uma prerrogativa deles. Mas não do homem.

O romano não conseguiu ver Saul encabeçando a multidão cada vez maior. Então, pensou que não ficava bem a um romano acompanhar a turba. E muito menos encabeçá-la! Todavia, os soldados romanos no portão iriam pedir a senha, provocando confusão e provavelmente violência se aquele rebotalho fosse retardado em sua loucura. Assim, o centurião chicoteou o animal da sua biga, abriu caminho entre os corpos comprimidos e seus homens o acompanharam. Quando chegou ao local do tumulto, olhou à esquerda e viu Estêvão ben Tobias sendo arrastado e empurrado por uma dúzia de braços. Parecia quase inconsciente. Estava de olhos fechados. O sangue começou a escorrer dele. Seu rosto era o de uma estátua caída, tingida de vermelho pelo seu fluido vital e suas vestes claras estavam ensanguentadas. Por um momento o centurião pensou em enterrar piedosamente a espada no coração do condenado. Então, lembrou-se que Pilatos lhe ordenara obedecer Saul de Tarshish, aquele homem terrível e persistente, caminhando com incrível velocidade à frente de todos. O centurião ultrapassou-o. Mas Saul nada viu; seus olhos estavam pregados adiante e parecia em transe. O centurião pensou: Ele não é mais um homem. É apenas uma força.

Os soldados nas portas saíram para a estrada, a fim de olharem e apontarem, os capacetes reluzindo na luz clara e, acima deles, os tremulantes estandartes de Roma, as grandes águias de bronze encimando as portas pareciam vivas, prontas a atacar. Vendo o centurião chicotear os cavalos, correram a abrir os portões, fazendo continência. Sem acreditar, viram a ralé caminhar pela ocre planície vazia, coberta de pedregulhos, pedras e cascalho. Pareceu aos soldados que metade de Jerusalém estava correndo, trovejante, para a planície, zurrando feito burros, uivando como chacais, ululando como hienas, uma aparição colorida de mantos esvoaçando e pés correndo. Havia alguma coisa sendo arrastada no meio deles, branca, vacilante, manchada de vermelho, alguma coisa oscilando para cima e para baixo debilmente, que eles não podiam acreditar ser humana até que o brilho do despenteado cabelo dourado atingiu seus olhos.

Depois das ruas da cidade, a desolação exterior era muito grande, aberta e silenciosa para a multidão que, repentinamente, parou, colidindo entre si, numa enorme confusão. Então, Saul assumiu o comando. Não olhou os romanos que se tinham afastado com seu oficial. Levantou o braço e sua voz ressoou, ao gritar em meio àquele silêncio assustador:

— Os que depuseram contra este homem perante o sumo sacerdote e o Pequeno Sinédrio deem um passo à frente, pois assim é a lei: "As mãos das testemunhas devem ser as primeiras." Os que não testemunharam devem dar um passo atrás, calados e em ordem, ou determinarei que sejam levados para o interior dos portões e dispersados! Isto não é uma festa. É uma ocasião solene de corrigir um erro terrível contra Deus, bendito seja Seu Nome.

Era tão formidável o poder de sua personalidade e autoridade sobre-humanas, tão assustadores sua expressão e seus olhos, que a multidão calou-se de imediato, respirando audivelmente como rajadas de vento no silêncio. Viraram seus olhos brutais e impacientes para as testemunhas, que arrastaram seu frágil fardo até Saul, atirando-o aos pés do jovem fariseu.

Estêvão permaneceu caído, ferido e tonto, com o rosto branco encostado no cascalho amarelo, as pernas abertas e os braços estirados como que pregados numa cruz. Não abriu os olhos. As pestanas permaneceram imóveis e os lábios pálidos estavam entreabertos, respirando fracamente. O filho da Casa de Tobias já estava perto da morte, sua beleza despedaçada no pó, seu corpo sem movimento.

Foi Saul quem inspirou, meio gemendo, pois aquele blasfemador era moço, quase criança, cuja fisionomia e olhos brilhavam pouco antes, estendendo a mão em amizade, discutindo, enfrentando orgulhosamente o sumo sacerdote — aquele homem detestável! — não se defendendo, mas sim a Quem amava mais que a própria vida. Que poder tinha aquele carpinteiro, aquele deplorável rabino errante, fazendo com que homens como Estêvão o seguissem, entregassem suas vidas por ele e elevassem seu nome como soldados triunfantes erguiam uma bandeira numa terra conquistada? Houvera outros antes dele, declarando-se possuidores de forças poderosas, fazendo milagres, que tinham seus seguidores; morreram, foram esquecidos e seus seguidores desapareceram com suas mortes. O nazareno, porém mesmo morto, tinha o poder de erguer os homens das lápides para louvar seu nome, convocando uma centena de discípulos onde antes só havia um!

Saul olhou para a cabeça do condenado, tão próxima das suas sandálias empoeiradas, e o golpe que o atingiu era como o de uma espada em sua carne, uma queimadura na garganta. Devia tê-lo poupado, pensou, mas estava louco e agora deve morrer, pois Deus não deve ser escarnecido, a fim de que não pereçamos todos.

O jovem fariseu ergueu as mãos e as testemunhas lançaram-se sobre Estêvão, rasgando a túnica comprida, a capa, o xale de orações, o solidéu e o cinto, deixando-lhe apenas a tanga. Alguns dentre os ávidos observadores ficaram espantados com a simetria marmórea do seu corpo jovem, a perfeição dos músculos sob a pele branca e sedosa, as encantadoras articulações sem falhas. E uns poucos, que tinham estado em templos gregos, pensaram que Estêvão parecia uma estátua de Hermes. Foram estes que começaram a se retirar, perguntando-se o que tinham ido fazer naquele lugar. Esconderam-se por entre a multidão e alguns voltaram silenciosamente pelos portões; outros, horrorizados por se terem incorporado à turba, começaram a fugir.

Como sempre, ali era mais quente que dentro da cidade, pois o ar do deserto estava próximo e as montanhas, refletindo a luz do sol poente, espalhavam uma violenta cor acobreada. As testemunhas, sentindo o súbito calor, tiraram as capas, olharam para Saul e recuaram, atirando suas roupas num monte diante dele.

Então, como escorpiões em suas túnicas pretas, correram a vista em torno, curvados, num grande círculo, apanharam pedras, sentiram seu peso com as mãos, os olhos brilhando antecipadamente de prazer. Surgiram deles, curiosamente reprimidos no silêncio, sons articulados e o rosto de Saul, agora tenso e convulso, estremeceu de repugnância. Cada um apanhou duas pedras, as mais pesadas e contundentes. Voltaram, colocando-se ao redor de Estêvão.

Saul tornou a levantar a mão. Seu desejo, quase incontrolável, era virar-se e fugir, mas havia exigido aquilo e agora teria de ficar, mesmo que morresse por causa disso.

A primeira pedra atingiu as costas de Estêvão, cujo corpo estremeceu de alto a baixo, contudo sem que alguma expressão surgisse na sua fisionomia calma. Saul pensou: Rezo para que fique inconsciente, que não veja nada. O barulho da pedrada foi horrível para todos, exceto para as testemunhas, pois a pedra havia atingido a carne. Então, apareceu um ferimento enorme nas costas de Estêvão, como uma boca vermelha estraçalhada cuspindo sangue.

Vendo o sangue, as testemunhas pareceram ficar loucas. Várias atiraram-se a uma paródia de dança sagrada, os joelhos dobrados, os movimentos desajeitados, semelhantes aos de insetos, como se fossem feitos de madeira. Enquanto circulavam, atiravam as pedras no corpo maltratado, que jazia na terra e no cascalho amarelos, gritando feito mulheres. Um acertou atrás da cabeça de Estêvão e seus cachos louros desapareceram numa torrente vermelha. O apedrejamento tornou-se insuportável, ecoando nos lugares desertos.

Não posso desmaiar, não posso cair, pensou Saul Ben Hillel, e as sinistras fagulhas que conhecia muito bem começaram a explodir por trás de suas pálpebras fechadas; seu corpo começou a tremer, a boca ficou seca e a língua colou-se ao céu da boca. Sentiu as borbulhas de espuma nos cantos dos lábios. E então pensou: Sim, deixe-me cair e nada mais ver!

Contudo, alguma coisa abriu-lhe os olhos, fazendo com que esquecesse os gritos dos assassinos, o pisoteamento da indefesa carne branca; entre as testemunhas rodopiantes e ululantes, viu o vulto alto de alguém que conhecera havia muito, um rosto pálido e anguloso, enormes olhos azuis-escuros, entre uma massa de cabelos louros estriados de prata. O homem postou-se diante da multidão que olhava, envolto numa capa de lã azul, com o capuz caindo sobre as costas. Não estava olhando para o assassino suado ao seu lado. Toda sua atenção e seu olhar meditativo e fixo estavam pousados apenas em Saul.

Mas era acusação, ódio ou condenação o que havia em seu olhar? E quem era ele, aquele estranho, aquele homem evidentemente não judeu? Um anel de fogo capturava a luz do sol poente e era como uma estrela no seu dedo indicador direito.

Saul, tremendo violentamente, virou os olhos para o apedrejamento. Estêvão era agora uma sangrenta massa de carne lacerada, cheio de ferimentos e escoriações. Senhor, disse Saul no íntimo, deixo-o morrer para que isto tenha um fim.

Os apedrejadores estavam arfando, porque seus esforços tinham sido vigorosos. Continuavam apanhando as pedras sangrentas que tinham atingido o corpo caído, arremessando-as novamente, agora com menos força, pois estavam cansados. Pequenos fios vermelhos misturavam-se ao pó e prosseguiam, como serpentes feridas sobre a terra e o cascalho castanhos, brilhando na luz. Ele está morto, pensou Saul, penalizado, tornando a sentir um ataque.

Mas, naquele instante, o corpo esmagado de Estêvão estremeceu e, para espanto e pavor de muitos, ergueu-se sobre as mãos, aquelas mãos finas e elegantes agora sangrando, laceradas, e seu rosto jovem tornou-se novamente o de um anjo, iluminado e refulgindo por um arrebatamento de alegria interior. Tinha erguido os olhos inchados para o céu; estava em êxtase, encantado, cheio de visões. Seu corpo ergueu-se. Era como alguém erguendo-se precipitadamente para atender ao chamado de um comandante querido. O sangue correu de sua cabeça e testa pelo rosto abaixo e também dos olhos e nariz, porém ele estava radiante, brilhando como a luz.

— Senhor, Senhor Yeshua, receba meu espírito! — gritou com voz forte.

Foi sacudido sem parar por sua exaltação. Sorriu de forma amorosa e reverente, parecendo cair um halo sobre ele, tanto estava transfigurado.

Então, apesar de continuar com o sorriso de êxtase, as lágrimas jorraram dos seus olhos ensanguentados e ele disse, com voz suplicante e terna:

— Senhor, não os culpe por este pecado.

Foi novamente sacudido por uma força invisível. Seus braços curvaram-se. Caiu de rosto no chão, murmurou, estremeceu e expirou. Agora estava em paz e ninguém podia mais feri-lo.

O primeiro mártir tinha morrido em Nome de Yeshua de Nazaré, que os romanos chamavam de Jesus e os gregos Jesu. Com a boca aberta morta, parecia beber a areia do deserto e suas palmas das mãos suaves estavam viradas para cima, como que numa prece piedosa.

Saul cobriu o rosto com as mãos. Seu ataque tinha passado. Sentiu um frio mortal, apesar dos ventos do deserto ainda estarem quentes. Sentiu-se mais doente que antes, desde quando quase morrera na puberdade. Ele era um poço de dor.

Então, reuniu forças. Fora feito o que tinha de ser. Onde estava, então, a sensação de dever cumprido, de uma tarefa que devia ser realizada? Onde o sentimento de que havia obedecido a Deus? Estêvão ben Tobias, o iludido, o encantado, o blasfemador, morrera como um alegre herói, como um profeta amado por Deus e ele, Saul ben Hillel, estava imerso em dor.

Quando conseguiu olhar novamente para Estêvão, viu que alguém compassivo havia jogado a capa do morto sobre seu corpo martirizado. Sentiu uma forte sensação de gratidão, tão intensa que mal pôde conter as lágrimas. As testemunhas, ainda selvagens e meio loucas, estavam vestindo as capas com ar de equidade, quase com fanfarronice, mas a turba havia se afastado e se aproximado dos portões, a exaltação acabada e a confusão tomando conta deles.

Foi quando o estranho que Saul havia observado, e que já vira antes, avançou até o corpo imóvel, estendido na areia. Ajoelhou-se ao lado de Estêvão. Afastou suavemente a capa da cabeça estraçalhada. Depois ergueu-a até seu peito como um pai, apertando-a, e as feições do morto pareciam as de uma criança adormecida sobre o coração de um vivo. E por cima daquela cabeça os olhos frios, azuis e pensativos, tornaram a pousar em Saul, que não conseguiu lê-los.

Subitamente, Saul lembrou-se. Aquele era o médico grego, Lucano, filho adotivo de Diodoro Cirano, o legado romano na Síria, o tribuno rico e poderoso em Roma. Era o famoso médico dos mares, o piedoso defensor do homem contra Deus!

E foi então que Lucano dirigiu-se a Saul por cima do corpo do morto e de sua cabeça apertada ao peito, com voz clara e impassível no silêncio:

— Permite que eu leve esse corpo a um cemitério que será indicado por seus parentes, para ser enterrado entre os seus?

Saul foi tomado de tal angústia que pensou morrer, o que o enlouqueceu. E na sua extrema dor, dirigiu palavras brutais ao médico:

— Não somos pagãos romanos nem gregos! Não nos vingamos dos mortos!

Virou-se para o centurião, cujo rosto romano estava severo e prevenido, e chamou-o. O soldado aproximou-se, a armadura retinindo.

— Não me acompanhe — disse Saul. — Coloque o corpo do condenado em sua biga... — Fez uma pausa. Olhou para o médico ajoelhado. — Permita que este... este médico... acompanhe o morto para onde desejar e leve seus soldados consigo.

O centurião chamou seus homens e Lucano largou o corpo, após tê-lo coberto novamente com a capa. Os soldados, então, puseram o cadáver na biga e Lucano subiu no veículo, sentando-se ao lado de Estêvão ben Tobias. Sem um olhar a Saul, partiram junto com os soldados. A biga sacolejava e retumbava nas pedras e no cascalho. Saul viu-os afastarem-se, aquela triste caravana de morte. A última coisa que viu foi a cabeça de Lucano curvada sobre o corpo destroçado e seus pés.

Saul permaneceu imóvel muito tempo, como que em transe, até perceber estar tão gelado quanto um cadáver e tremendo de dor. Viu também que o deserto escurecia rapidamente e que uma luz nublada surgia a oeste, que não havia ninguém à sua volta, um homem sequer, ninguém da turba, nem mesmo uma das testemunhas, que estava só, abandonado. Viu as altas portas distantes da cidade, abertas para ele. Com a cabeça curvada, partiu na direção delas, com o passo de um velho alquebrado. O sangue de Estêvão ben Tobias era uma poça escura no solo do deserto, brilhando fracamente sob o luar.

❖ ❖ ❖

Capítulo 33

"...E houve naquele dia uma grande perseguição contra a Igreja em Jerusalém e todos foram dispersos pelas terras da Judeia e da Samaria, exceto os apóstolos. Quanto a Saul, destruiu a Igreja, entrou em cada casa e, arrastando homens e mulheres, encerrou-os na prisão. Mas os que estavam dispersos iam por toda parte anunciando a palavra."

(Atos 8:1-4)

Rabban Gamaliel e José de Arimateia chegaram junto ao liso túmulo branco de Estêvão ben Tobias e ficaram olhando as flores sobre a lápide, cobertas de orvalho. O sepulcro ficava no cemitério silencioso, na parte destinada à casa de Tobias. Havia outras pessoas lá, homens e mulheres de rostos melancólicos, vestidos com humildade. Mas outros usavam roupas caras. Um homem com cerca de quarenta anos, baixo, troncudo, com uma grande barriga, tinha posto a mão no túmulo. Era gordo, mas não parecia grosseiro; ao contrário, tinha um ar de contida dignidade e autodomínio. Usava uma toga orlada de ouro e vermelho, sapatos vermelhos como um senador e, quando respirava, a toga abria-se um pouco, revelando uma túnica branca da mais pura seda. Tinha, também, um solidéu bordado a ouro, da tribo de Daniel, e nos dedos das mãos gordas — cuidadosamente desprovidas de pelos — anéis belíssimos, braçadeiras cheias de pedras preciosas e um colar de ouro e rubis no pescoço. Dois criados estavam um pouco afastados dele. Parecia não reparar em ninguém. Seu rosado rosto redondo, cheio de papadas, tinha uma expressão disciplinada, embora demonstrasse em outros aspectos ter levado uma vida de luxo e lascívia. Não usava barba; exalava um perfume de verbena e hortelã; suas unhas quadradas estavam lustrosas como opalas. Tudo indicava ser ele um sátiro ou, pelo menos, um homem que amava a vida, nada negando a si mesmo. Mas o rosto revelava uma saúde vigorosa e reflexão.

Sua mão perfumada bateu no túmulo, todavia sua expressão não mudou. Nem mesmo suspirou. Finalmente, virou-se e viu Rabban Gamaliel e José.

— Saudações, Gamaliel e José — disse, com voz firme e modulada.

— Shalom, Tobias ben Samuel — respondeu Rabban Gamaliel e sua famosa voz estava cheia de piedade.

Seus frios olhos castanhos os examinaram e Tobias disse:

— "*Shalom*". Paz. Para quem, meus amigos? Para meu filho, que jaz neste túmulo, assassinado por homens maus, entre os quais Saul de Tarshish é o pior? Para minha casa, minha mulher, minhas filhas? Quem me devolverá meu único filho?

Profundamente emocionados, foram incapazes de responder.

— Dizem que eu, seu pai, afastei-o de mim e de sua família. É verdade que rimos da sua loucura. Porém ele era muito moço, muito ardente, dado a paixões intensas e ligações entusiásticas; por isso pensamos que podia se curar, como aconteceu antes. Aquilo sem dúvida passaria. Senhores, de que crime horrendo meu filho foi culpado? Dirão "blasfêmia" e a blasfêmia não é um crime pavoroso?

Tobias ben Samuel sorriu repentinamente, de maneira amarga e irônica.

— Nesta nossa tão louvada era de grande civilização, foi a isto que chegamos? Um rapaz assassinado por blasfêmia... se realmente blasfemou? Se os que o mataram gostavam tanto do seu Deus, por que não deixaram meu filho nas mãos dele... se realmente existe? Estão temerosos de que ele não seja verdadeiro ou fraco demais para se defender? Ou estão combatendo sua própria descrença e proclamando sua rejeição?

Apertou fortemente as mãos e continuou a olhá-los com aquele sorriso frio e irônico.

— Meu filho. Apedrejado até a morte como um assassino, uma prostituta, um criminoso cruel. Que mal fez ele em sua curta vida? Amou as mulheres, o vinho e as canções, as bacantes, os banquetes, o riso e a música. Amou sua família e seus amigos. Jamais falou mal ou com malícia de alguém. Nunca cometeu injustiças ou feriu seres humanos. Talvez tenha sido louco, mas era como um raio de sol em minha casa desde o dia em que nasceu. Esmola não era uma palavra para ele; era uma vocação. A bondade não era uma simples pretensão, pois não era escritor! Frequentemente fui severo com ele para esconder meu amor e porque seus gracejos e ternas zombarias me aborreciam. Mas nunca deixou de ser uma alegria na casa do pai e seus amigos se deliciavam com ele. Para a mãe, que agora está na cama muda e insone, ele era tudo no mundo. Quem me devolverá meu filho?

Os olhos de José encheram-se de lágrimas e o rosto do velho Rabban Gamaliel estava profundamente comovido. Gamaliel falou:

— Tobias ben Samuel, há uma velha história de um homem que chorava sem cessar por seu filho. Seus amigos, com pena, disseram-lhe: "Por que chora? Nada lhe devolverá seu filho." Ele respondeu: "É por isso que choro." Não temos palavras misericordiosas para consolá-lo, pois há momentos em que o homem está acima disso e suas lágrimas caem em seu coração como chuva gelada. Por isso, não o consolo como fizeram com Jó, pois me tornaria uma pessoa insignificante e superficial, sem compreensão. — Hesitou. — Quem lhe devolverá seu filho? Deus. Você sorri. Porém sei que é verdade. Não digo "acredito que seja verdade". Repito que sei ser verdade, pois vi pessoalmente mortos serem devolvidos à vida...

— Ah — disse Tobias ben Samuel, com um olhar brilhante e zombeteiro. — Devolva meu filho, não num futuro fabuloso e mítico além deste túmulo, mas hoje, em meus braços.

— Seu filho vive como jamais viveu neste mundo iníquo — retrucou Rabban Gamaliel. — Pode considerar isso a ilusão, fantasia e infantilidade de um velho. Mas ouça-me. Sonhei com seu filho na noite passada. Eu o vi apenas cinco vezes em sua curta vida. Só estive em sua casa três vezes e sempre quando chamado com urgência por sua amada mulher em virtude de doença de seus filhos. Nunca estive em seu quarto nem — acrescentou com um sorriso triste — examinei seus tesouros, suas arcas ou tive espiões no seu lar.

Fez uma pausa. Tobias ben Samuel prestou-lhe atenção, apesar de seus grossos lábios vermelhos continuarem com um sorriso de desprezo.

— De que está me falando, Rabban Gamaliel?

— Já lhe disse. Seu filho me apareceu em sonho. Seu rosto era como o sol, mas havia lágrimas em suas faces. Disse-me: "Meu querido pai é descrente e quero vê-lo quando ele partir deste mundo; não quero que lamente ter negado nosso Deus, bendito seja Seu Nome. Mas se lhe disser que sonhou que eu vivo muito mais gloriosamente do que poderia imaginar, ele vai rir do senhor, apesar de toda a sua tristeza. Por isso, vou dar-lhe um recado para ele, que só ele compreenderá e então saberá que vivo."

O rosto de Tobias ficou duro como mármore, corado, teimoso, resistente com o insulto. Mas José percebeu o tremor das suas pálpebras. Tobias perguntou:

— Qual a mensagem, Rabban Gamaliel, que só eu entenderei?

Eles pareceram estar rodeados de um radiante silêncio e isolamento, e os presentes os olhavam, afastados.

— Não compreendi seu filho — disse Gamaliel — o que pretendia ele, juro pelas barbas do meu pai, que descanse em paz. Apesar disso, não posso evitar minha própria interpretação daquelas palavras. Ele me pediu: "Diga a meu pai que pegue o baú dourado que está sob sua cama, que ele me mostrou em meu Bar Mitzvah, e peça-lhe que se lembre das coisas frívolas que ele disse, fazendo-nos rir. E peça-lhe, em meu nome, se ele me ama, que coloque o que está no fundo do baú no lugar a que pertence, uma coisa linda que ele me deu no meu décimo aniversário, na qual estão inscritas as palavras 'Tens o orvalho da juventude'. Pois aquela coisa linda pertenceu ao pai dele e depois a ele, que o deu a mim quando eu era criança, dizendo: 'Guarde-o para seu próprio filho.' A joia está entre o que é meu e tudo me pertence."

Enquanto Gamaliel falava, o rosto do pai cínico e desolado começou a mudar violentamente. A cor fugiu das faces e lábios; a boca abriu-se, os gelados olhos castanhos arregalaram-se e ficaram esbugalhados, como que diante de uma visão, e todo o seu corpo começou a tremer. Mas ficou olhando para Rabban Gamaliel com grande insistência, continuando a fitá--lo durante algum tempo após o velho ter acabado de falar. Pareceu a José que o infeliz pai estava rogando, desesperadamente, em silêncio, que não fosse enganado sem piedade.

— Essas palavras do seu filho vivo significam-lhe alguma coisa. Tobias ben Samuel, ou apenas sonhei-as? — perguntou o velho Rabban suavemente.

Tobias respondeu, cinicamente amargo e cético:

— Significam alguma coisa para o senhor, Rabban Gamaliel?

— Nada, torno a jurar pelas barbas do meu pai. E mesmo que estivesse perante o Santíssimo, repetiria para você essas palavras, Tobias ben Samuel.

Tobias fixou os olhos no chão. Tinha uma palidez mortal. Gamaliel disse:

— Esta é a segunda visita que faz a este túmulo, Tobias ben Samuel, e esses lírios são do seu jardim. Você veio num impulso há uma hora, dizendo-se: "Ele não está aqui, é inútil visitar os mortos, pois são surdos e mudos, e meu filho não está mais aqui."

Tobias levantou os olhos e agora todo o seu rosto estava tremendo. De súbito, estendeu a mão e pegou a manga cinzenta de Rabban Gamaliel, aproximando-se do velho. Seus olhos estavam faiscando: havia um tremor numa de suas faces.

— Deseja saber o que meu filho quis dizer e o que significa? — perguntou, com voz rouca.

— Não, a menos que queira me contar, Tobias.

Tobias inclinou a cabeça.

— No fundo daquele baú, Rabban Gamaliel, esquecido até agora, está o xale de orações dado a meu pai pelo pai dele, antes do meu nascimento. Ele o guardou, pois era tão cético como o resto da minha casa. Há também uma faixa azul, bordada a ouro. Meu pai respeitava a tradição, apesar de não ter fé, e nos Grandes Dias Santos colocava o xale nos ombros e a faixa na cintura. De fato, mostrei os dois ao meu filho, Estêvão, no seu Bar Mitzvah, perguntando-lhe se desejava usá-los e ele... ele encarou-me, viu minha hilaridade e, apesar do seu amor por mim, sacudiu a cabeça e rimos juntos, falando de superstição.

Tobias gemeu e suspirou.

— E envolto neles, pôs de lado infantilmente outras coisas, uma bola de ouro refulgente, um brinquedo encantador com a inscrição que citou. Eu... eu o esqueci, mas quando o pus de lado, pensei: "Sei filho vai tê-lo e amá-lo, como eu, meu pai antes e Estêvão." Durante muitos anos não abri o baú.

— Bendito seja o Nome do Senhor, o Santo de Israel — disse Gamaliel —, pois Ele não abandonará os que O Amam e enxugará todas as lágrimas.

— Meu filho — disse Tobias ben Samuel, que havia se virado e olhado o túmulo, com súbitas lágrimas que angustiaram e aliviaram seu rosto. — Porei o xale de orações do seu avô no seu pescoço, como o senhor desejou, e seu brinquedo está em sua mão e sei que você vive.

Tornou a voltar-se e olhou Rabban Gamaliel, como um demente olha um anjo salvador. Disse, quando conseguiu dominar o arfar do seu peito:

— Meu filho não era dado a ilusões, mas a entusiasmos. E se estava querendo morrer por esse Yeshua de Nazaré, é porque este certamente havia tomado sua alma. Não sei em que acredita, Rabban Gamaliel, nem o senhor, José de Arimateia, mas rezo para que me enviem alguém que possa me falar sobre Yeshua ben José. Eu o ouvirei, pois sei que meu filho deseja que seja assim.

— Eu o farei — disse Gamaliel.

Tobias ben Samuel não era homem de se perder em emoções. Tornou a se controlar como antes, embora seus olhos estivessem límpidos por causa das lágrimas.

— Entregarei, porém, à justiça os homens maldosos que ajudaram a matar meu filho, pois todos jantaram comigo. Escrevi ao meu querido amigo Vitélio, Legado da Síria, pedindo-lhe que castigue Pôncio Pilatos e o sumo sacerdote

Caifás, pois lançaram meu filho à morte com suas proclamações. Antes desta estação terminar, Pilatos será chamado e Caifás perderá seu poder. — Ergueu por um instante o punho fechado. — Quanto a Saul ben Hillel, cuja família respeito, juro que o derrubarei, como derrubei outros.

— Seu filho não clama por vingança, pois não há lugar em seu coração para ela — disse Rabban Gamaliel, muito assustado. — Não imploro por Pilatos nem por Caifás, pois são homens maus, apesar de não erguer um dedo para castigá-los. Quanto a Saul ben Hillel... ninguém pode alterar seu destino, que está nas Mãos de Deus, coisa que sei há muitos anos.

O sorriso irônico voltou aos lábios de Tobias.

— O senhor diz isso e ele destrói os que creem, como meu filho?

— Ele está se destruindo. Mas Deus conterá sua mão — retrucou Raban Gamaliel.

Tobias refletiu. Suas emoções o agitavam. Suspirou.

— O senhor fala por enigmas, caro amigo. Mas agora preciso ver minha mulher para consolá-la com suas palavras.

Fez meia-volta. Depois hesitou. Lentamente, tornou a encarar os dois. Tocou a testa, os lábios e o peito, desta vez sem zombaria.

— Shalom — disse. Depois, em voz baixa: — Ouve, Ó Israel! O Senhor nosso Deus, o Senhor é Único! O Senhor dá e o Senhor tira. Bendito seja o Nome do Senhor!

"E Saul, ainda respirando ameaças e morte contra os discípulos do Senhor, dirigiu-se ao sumo sacerdote, pedindo-lhe cartas para as sinagogas de Damasco, a fim de que, caso encontrasse alguém daquela seita, homem ou mulher, pudesse levá-los presos para Jerusalém. E na viagem, ao aproximar-se de Damasco..."

(Atos 9:1-3)

— Ele vai ficar doente — disse um legionário romano, inclinando-se no cavalo para sussurrar a um companheiro.

— Ele está louco — disse o outro. — Dizem que ele tem a doença divina.

— Os judeus acham que está possuído pelo demônio — comentou, rindo, o primeiro.

Mas o segundo soldado disse:

— As Fúrias o pegaram pelos cabelos e a Medusa transformou seu rosto em pedra.

— Queria muito estar em Roma — confidenciou o primeiro, praguejando e passando as costas das mãos no rosto suado. — Que deserto é isso aqui! É como se Faetonte estivesse guiando o carro do pai muito perto da terra e sugando toda a vida, água, plantas, homens e animais. Olhe aqueles abutres pretos pairando no céu! Estão esperando para pegar nossos ossos.

— Se não forem os abutres, serão os judeus — respondeu o outro romano acidamente. — Em lugar algum somos tão odiados quanto aqui.

— Até o Deus deles nos odeia — disse o primeiro soldado e ambos riram, apesar de seus olhos estarem intranquilos, pois o ódio dos deuses é uma coisa temível.

Como eram muito jovens e supersticiosos, ambos furtivamente tocaram os amuletos sob as armaduras.

Havia seis dias que tinham deixado Jerusalém, atravessando o verde Jordão, estreito mas cheio e, apesar de ser começo da primavera, suas margens estavam repletas de flores de amendoeira, de arruda, hortelã, tomilho e botões silvestres, da folhagem dourada das árvores novas, as folhas recentes dos carvalhos tremulando na luz nascente, os vinhedos em começo, retorcidos e pequenos, mas fortes e escuros, agarrando-se ao solo fumegante, e em volta a esmeralda intensa dos prados fecundos, as águas brilhantes saltando de pedra em pedra, as montanhas distantes arredondando-se e amaciando com o verdor, oliveiras prateadas, o gado pastando e os cordeirinhos saltando em torno das mães. Viram pequenas casas brancas erguidas modestamente entre os sicômoros e romãzeiras, palmeiras floridas, gansos fugindo indignados diante dos seus cavalos, crianças chapinhando em charcos e mulheres ordenhando cabras.

Os jovens soldados estavam encantados com todo aquele riso e alegria da terra, quando atravessaram a Porta de Damasco e o rio. Viram a distante Jericó, com suas altas casas castanhas, silenciosamente enlaçadas. Contudo, no segundo dia a terra já não era tão exuberante de vida nem verdejante. O deserto os rodeava, rigoroso, terrível e detestável, o céu branco de calor, o solo vazio cinzento e cor de oliva, de cascalho grosso, poeira, pedras e pedregulhos, as montanhas distantes dando a impressão de tom acobreado. Ali reinava o silêncio, espinhos, sarças, chacais e aves de rapina, as fontes eram poucas e afastadas e miragens estranhas palpitavam no horizonte: cidades fantasmagóricas, oásis, lagos, trêmulas sombras purpúreas, templos cheios de colunas e até praias de mares sem nome.

À noite, acamparam sob estrelas monstruosas, ao mesmo tempo vívidas e geladas, e o vento do deserto atacou-os através de suas armaduras de couro e mesmo dos cobertores. Dormiram armados, com medo dos ladrões que vasculhavam o deserto à procura de caravanas. Deitaram-se em torno de fogueiras contra as feras do deserto e viram inúmeras vezes olhos amarelos faiscando na luz rubra enquanto urros medonhos cortavam o apavorante silêncio daquela terra abandonada. Comeram juntos, os jovens soldados e seus suboficiais, porém um sentou-se à parte, envolto em sua capa castanha, os olhos fixos na fogueira, parecendo nunca dormir, raramente comendo, bebendo quase nada, o rosto oculto pela dobra do capuz, o queixo apoiado nos joelhos dobrados. Os soldados ficaram sussurrando, encolhendo os ombros, maravilhando-se com sua resistência de dia sobre o cavalo, sua insônia noturna, pois nunca se deitou. E quando falava ficavam espantados, esquecendo o som pouco frequente de sua voz autoritária.

— Este Paulo de Tarso é um homem lúgubre — murmurou o jovem oficial, olhando de esguelha o homem à parte. — Não se pode entender esses judeus; especialmente este. Que estamos para fazer? Prender sua gente em Damasco por blasfêmia! Se não fosse tão misterioso, seria absurdo.

— Todavia — falou um dos seus soldados —, ouvi dizer que seu Deus fica facilmente irado, vingando-se, e move-se numa tempestade de fogo, tem um temperamento exorbitante, ergue montanhas com um olhar, destrói cidades com um simples gesto de mão e pode, se desejar, dividir a terra com a espada, como se fosse uma maçã. Não se deve brincar com essa divindade.

— Contaram-me — falou outro soldado — que o Deus deles é também terno e misericordioso, amando o ser humano. Mas isso é manifestamente ridículo! Que Deus pode amar os homens? A menos que sejam donzelas, ninfas e dríades de grande beleza.

— É possível que ele seja um oráculo — comentou ainda outro — ou um adivinho. E um sábio não se irrita com o temor da morte.

— Ah! — disse um suboficial, erguendo seus poderosos ombros. — Estou nesta terra dos judeus há muito mais tempo que vocês e vi o que eles chamavam de Yeshua e nós Jesus de Nazaré, assisti à morte dele, ouvi muitos chamá-lo de Deus, porém morreu apenas como homem. Dizem que ele ergueu-se do túmulo, mas isso é conversa de mulheres. Também ouvi dizer que os judeus frequentemente são feiticeiros, portanto mantenhamos a paz e cumpramos as ordens.

Os soldados estavam acostumados a campanhas, austeridade, privações, adversidade, injustiças e, apesar de não as desejarem, podiam suportá-las. Mas ficaram maravilhados porque um civil, homem com a fama de letrado e rabino, citadino e não soldado, pudesse sofrer o que eles sofriam sem queixar-se e ser o primeiro a andar a cavalo de manhã. Um ou dois soldados ficaram convencidos de que ele estava louco — portanto com força sobre-humana — ou era semidivino, portanto com força sobre-humana. Nenhum homem comum, pensaram podia ter uma vida como a dele e não ter morrido disso.

Às vezes, encontravam uma gruta onde dormir, o que os deixava gratos.

Outras vezes, ouviam Saul de Tarshish murmurando sob a vasta solidão da lua e das estrelas, e se persignavam antes de dormir, contra os presságios e as Fúrias, contra Hécate e Hécuba, e contra o mau-olhado. Não lhes ocorreu que estavam acompanhando um homem atormentado e sofrendo, com a alma mergulhada em trevas. Viajavam atrás dele, observando seus ombros fortes sob a capa pobre, entrevendo de vez em quando seu rosto pálido, o nariz, sua expressão leonina, o olho enfermo, a boca torturada, parecendo-lhes um enigma e frequentemente motivo de medo.

"Servi-Lhe toda a minha vida, Senhor, Senhor, Rei do Universo", devia rezar. "Sonhei que virou Seu Rosto para mim, sabendo que obedeci a todos os Seus Mandamentos, exceto num dia infeliz da minha juventude; acreditei na Sua atenção. Seria um prazer morrer em Sua Mão! Meu Senhor e meu Deus, como O adoro! Mas agora há sofrimento em meu coração, maior do que jamais tive. Há apenas silêncio onde eu pensava existir uma Voz. Como O ofendi? Se isso aconteceu, mesmo num suspiro... destrua-me, pois não posso viver sofrendo assim! Qual o meu pecado? Não sei. Prendi e vergastei Seus inimigos, os que ousaram blasfemar. Estou a caminho, com o coração em chamas enormes, para corrigir os erros cometidos contra o Senhor. Olhe-me, Senhor, um mendigo, um verme a Seus Pés abençoados, um pardal indo de encontro as barras da prisão dos Seus Dedos, uma boca seca aberta em pranto. Quem sou eu, para que me note? Não obstante, servi-O com todas as forças do meu espírito e do meu coração. Dê-me apenas um radiante sinal de Sua aprovação, para que eu não morra gritando pelo Senhor e por Sua palavra."

Completamente exausto pela dor e inexprimível tristeza, caiu logo dormindo junto à fogueira, com o rosto apoiado nos joelhos dobrados. Às vezes, sonhava com Estêvão ben Tobias e gritava diante da brilhante palidez de seu rosto morto:

— Devia tê-lo salvado, mas você recusou a salvação e lamento por você, por sua juventude bela e sua resignação!

Ao acordar, diria para si mesmo: "Estarei encantado por um demônio? Será essa a razão da escuridão e melancolia do meu espírito, que certamente pecou perante o Senhor?" Mas a depressão e o sofrimento continuavam.

No nono dia, verificaram que estavam se aproximando da fabulosa cidade de Damasco, pois às vezes, ao meio-dia ou ao crepúsculo, viam caravanas ao longe que não eram miragens e o pavoroso ar do deserto levava até eles vozes fracas e o rabugento relincho dos camelos. Num oásis, viram que uma caravana estivera ali bem na noite anterior, pois a fonte estava enlameada e as ervas odoríferas umedecidas. O calor do céu estava mais forte; os jovens soldados tiveram erupção na pele, suas cabeças ficaram empapadas sob os capacetes e tornaram a pensar no ânimo e resistência do homem da cidade que os chefiava, incansável e silencioso. O solo do deserto amarelou, o céu incendiou-se, as nuvens ficaram densas e escuras. Os soldados ansiavam pela cidade mais próxima, pensando em moças, água, perfumes e alguma coisa mais para comer que carne-seca, queijo e pão dormido, algo mais para beber que o vinho ordinário da região e frutas, nos lábios rachados pelo sol e em unguentos para a pele tostada. Sofriam por seus cavalos, cujos olhos estavam fixos e vermelhos e cujo couro exsudava, merecendo mais cuidados nos oásis do que eles próprios. Não viram Saul observando seu esforço juvenil e talvez pensando: Eu não sabia que os romanos, no íntimo, tinham piedade por homens ou animais! Saul ficou envergonhado, lembrando que o Messias devia ser uma Luz entre os gentios e ficou espantado por ter certa vez rejeitado essa profecia, ficando humilhado. Não passavam de meninos, comentou para si mesmo. São mais moços do que eu, que também sou jovem.

Na manhã do décimo dia, Saul falou ao oficial:

— Tenho estado preocupado com muitas coisas da minha missão e por isso não tenho dado atenção a nada mais. Mas na minha bolsa há unguentos e garrafas de bom vinho que não tenho bebido, além de excelentes queijos e tâmaras, embrulhados em seda. Hoje à noite você os terá, pois não necessito deles.

O jovem oficial olhou-o, incrédulo, e depois exclamou:

— O senhor é uma verdadeira divindade por sua bondade!

Seu rosto estava tão queimado de sol que parecia um núbio. Saiu para se vangloriar com os soldados de ter convencido o rico e incompreensível judeu a dividir suas posses com eles. Saul ouviu. Havia muito não sorria, mas agora sorriu, jovial e quase gentilmente. E, com o sorriso, sua angústia desapareceu em parte.

No décimo dia, disse ao suboficial:

— Apressemo-nos, inclusive de noite, pois assim chegaremos a Damasco de madrugada e poderemos repousar, cansados como estaremos. Como sabe, Lúcio, vou ser hóspede de um homem chamado Judas, naquela rua comprida denominada Direita. Mas você deverá ir para o quartel e ficar lá até que o chame.

Lúcio fez continência e concordou em que deviam apressar-se mesmo de noite, pois agora a resistência dos seus jovens soldados estava diminuindo e o cansaço pesava em seus ombros. Mas tornou a espantar-se, porque Paulo de Tarso, como o chamavam, revelava pouco cansaço e porque seus olhos azulados não estavam embaçados nem avermelhados.

As forças dos soldados foram renovadas ao saberem que o fim da viagem se aproximava e que de noite iam banquetear-se com os vinhos e alimentos de Saul. Assim, apagaram as fogueiras, juntaram seus pertences e tornaram a montar.

A noite estava curiosamente luminosa, a grande lua cheia ardendo como fogo branco, o solo do deserto riscado de sombras escuras. O barulho dos cavalos, as vozes dos soldados, o riso ocasional ou arrebatado provocado por uma canção licenciosa despertavam ecos gigantescos no silêncio opressivo, mas agora os jovens não olhavam supersticiosamente de esguelha nem procuravam os inúmeros amuletos. Iam dormir em Damasco.

A lua subiu mais. Meia-noite chegou e partiu. Os arreios dos cavalos tilintavam como sininhos. Os soldados estavam agora em silêncio. Às vezes cochilavam nas suas selas rangentes, novamente cansados. Os cascos dos animais tiravam faíscas das pedras.

Não era possível, pensou Saul, que o silêncio se tornasse ainda mais completo! Olhou em volta. O solo do deserto mais parecia um mar imóvel de brancura leitosa, riscado apenas pelas sombras, com um tremor estranho, flamejando, rodopiando e faiscando. A lua parecia aumentar, avançar sobre a terra. As estrelas pareciam um único manto fremente de luz. Saul olhou em redor com uma súbita pontada de terror e procurou na mente um salmo adequado para recitar. Mas nenhum lhe ocorreu. Era como se sua cabeça tivesse sido esvaziada como uma taça, um vaso, nada havendo dentro dela a não ser uma vibração fina e insuportável. Levou a mão à testa, temendo estar febril, mas o suor do dia tinha secado e sua pele estava fresca. O coração, como que assustado, batia em sua garganta e ouvidos, e seu corpo sobressaltou-se.

Foi então que o medo o atacou, um medo tão profundo que o deixou com um frio mortal. Era um temor enigmático, além da morte, avassalador e inominável. Irei ter um ataque?, pensou, assustado, lembrando-se de sua missão. Estou a ponto de cair do cavalo e talvez mesmo de morrer neste deserto. Senhor, tenha piedade do Seu servo, Senhor tenha piedade...

Mas sua boca não ressecou. Sua língua não saiu de entre os lábios. Sua vista era clara e não distorcida por cintilações irisadas. Não sentiu uma dor de cabeça forte e súbita, nem tremores ou movimentos involuntários nas pernas. Na verdade, sua vista estava melhor que nunca e todos os seus sentidos alerta como soldados acordados por um grito. Olhou o deserto em volta, depois para a lua e as estrelas trêmulas, o medo aprofundou-se até ter vontade de morrer e o sangue gelou. Mas não sabia do que estava com medo. Olhou os soldados às suas costas. Estavam silenciosos agora, alguns bocejando, alguns cochilando. Não estavam com medo.

Mas o pavor medonho cresceu nele. Pôs a mão no pescoço do cavalo e para seu susto crescente sentiu-o tremer como se ele, também, tivesse mergulhado no pavor. O animal estremeceu, cambaleou e olhou para a frente. Mas nada havia ali a não ser o silencioso mar leitoso do deserto. Saul procurou freneticamente uma prece. Sua mente estava tão vazia quanto a de uma criancinha, o que o amedrontou ainda mais, pois seus pensamentos jamais o tinham traído ou abandonado. Estou cansado, muito cansado, pensou, apavorado. É só isso e a enormidade dessa lua do deserto, os lugares desabitados, o silêncio fantasma-górico e o sofrimento que enfrentei. Vai passar.

Saul era muito tenaz e bateu no pescoço do cavalo decididamente. Olhou à frente, esperando vislumbrar a cidade, rezando para que ela aparecesse como uma miragem prateada no infindável deserto branco, para que pudesse ver o brilho dos seus portões. Nada havia.

— Que é isso? — perguntou o suboficial, em voz alta e tensa que estilhaçou o silêncio, puxando as rédeas, e os soldados pararam com ele. — Ouvi um estranho falando, a voz de um homem! Senhor — virou-se para Saul, que continuou cavalgando —, não ouviu alguma coisa, uma voz, uma ordem, uma pergunta que não tenha partido de um de nós?

— Não — respondeu Saul, agora quase fora de si de medo, finalmente convencido de que estava enfrentando um terror objetivo e não imaginado.

Sofreou abruptamente o animal.

E então, aos seus olhos, houve uma enorme explosão de luz inefável, palpitante, um ilimitado clarão, carregado de faíscas móveis de fogo branco, brilhando no interior como ouro cegante, mais forte que o sol.

E então ele O viu, parado no meio daquela nuvem dourada, no solo do deserto.

Era como Saul O lembrava, na feira, com Sua Mãe, na rua, no seu sonho e caminhando entre as cruzes dolorosas, mas glorificado, transfigurado. Ele era o Homem poderoso, o Homem belo e heroico, com toda a Sua monumental grandeza de divindade, rosto majestoso, possuidor de olhos azuis imperiosos, magníficas cabeça e barba de rei e na testa uma pureza branca e severa; a alvura rutilante da túnica, o xale de orações sobre Seus ombros, parecendo entremeado com faixas irisadas e orlado de gemas preciosas. Mas parecia com O que Saul lembrava em seu invólucro mortal. Ou apenas sonhara com Ele? Teria sempre conhecido, desde o nascimento, desde sua existência?

Saul ergueu os braços, sua boca abriu-se e reconheceu, finalmente, a Quem estivera procurando, com ansiedade e desespero, esperança e amor... e com veemente negação. Seus olhos, apesar de cheios daquele esplendor que se derramava sobre ele, não piscaram, não se desviaram, não se apertaram. Uma quietude, imensa como o oceano, envolveu-o. Seu coração cresceu dentro do peito, batendo. Seu corpo estremeceu. Mas o êxtase continuou aumentando e ele tentou falar, sussurrar e finalmente foi demais para os seus olhos.

Então, Ele falou, com a poderosa voz máscula já ouvida por Saul:

— Saul! Saul de Tarshish!

Aquela voz ressoou no deserto, parecendo a Saul que as montanhas sobressaltaram-se e escutaram e a terra prendeu a respiração. Saul viu apenas aquela visão à sua frente e ao mesmo tempo pareceu-lhe ver o mundo inteiro, nação por nação, cidade por cidade, ameia por ameia, mar por mar e depois constelação por constelação, além de faiscantes universos por universos, prostrados, adorando.

A voz, imperiosa, para não ser recusada por nada vivo, tornou a chamar:

— Saul, Saul! Saul de Tarshish!

Saul não tinha percebido que deslizara, sem sentir, para o chão do deserto e que lá estava agora, apenas olhando. O que viu foi toda a vida, todo o conhecimento, toda a certeza e realização circundantes, explicação de mistérios, revelações. Esqueceu de onde estava e mesmo quem era. Esqueceu os soldados à sua volta, amontoados e amedrontados, ouvindo vozes, mas nada vendo.

Saul pensou que iria expirar seu êxtase. Suas mãos mexeram-se à sua frente no cascalho grosseiro, tateando. Não podia afastar os olhos da poderosa Imagem naquele estonteante âmago de ouro, de estatura mais alta que a de um homem, um Colosso de brilho, grandioso, armado com a autoridade do poder divino, de beleza indizível e apesar disso terrível, misturando à virilidade o fogo da força criadora.

A voz tornou a falar, como um trovão se aproximando:

— Saul, Saul de Tarshish! Por que Me persegues?

Oh, não há nada mais amoroso e terno que ouvir esta voz novamente, a voz que comanda os anjos, os mundos, os sóis e todos os homens!

— Senhor — murmurou Saul, arrastando-se para perto Daquele que era o centro da sua vida. — Quem és, Senhor?

Sua excitação aumentou. Só queria tocar naqueles pés divinos, encostar seu rosto cansado neles, repousar na bem-aventurança do saber. Ah, a satisfação do desejo humano!

Teria a voz suave, piedosamente, perdido um pouco da sua determinação e severidade? Ela disse:

— Sou Yeshua de Nazaré, perseguido por você. É difícil para você lutar contra os remorsos, não é, Saul de Tarshish?

Mesmo que me destrua como castigo, matando-me por toda a eternidade, alegro-me por ter falado comigo!, pensou Saul. Que o mundo inteiro desabe sobre mim, reduzindo-me a nada... e chorarei de satisfação, gritando Hosanas por ter lembrado de mim! Basta que eu O tenha reconhecido, visto com estes olhos, como ansiei a vida inteira.

— Senhor — murmurou Saul —, que desejas que eu faça?

— Levanta-te — disse o Senhor —, vai até a cidade e lá te dirão o que fazer, Saul de Tarshish.

Agora sorria como um pai, irmão ou amigo mais querido que alguém possa ter e a felicidade tornou a envolver Saul. Ele foi novamente arrebatado, caiu em êxtase e a eternidade dominou-o.

Aquela incrível luz permaneceu, dourada no centro, agitada por manchas de esplendor, mas o Vulto havia desaparecido. Saul olhou para a luz, sentindo o impulso de atirar-se nela, gemer na sua profundeza, lavar-se, dormir e repousar eternamente ali. Temeu voltar ao mundo de sombras turvas, de sofrimento e carne, de coisas mundanas, de homens, de estradas fatigantes, de necessidades do corpo, de miragens de cidades, de línguas inexpressivas, de vida opaca, humilhações, pedra e pó. Como conseguia ele suportar o mundo após aquela visão esplêndida? Seria melhor morrer lembrando do que voltar a viver. Toda a ansiedade que sempre sentiu nada era diante desse ardente desejo da alma, dessa paixão avassaladora, desse amor angustiado, mas delicioso.

Os soldados, quase fora de si de medo, tendo ouvido uma voz mas não as palavras, sem nada terem visto, desmontaram e correram para o homem prostrado. Viram-lhe o rosto, o olhar fixo, os lábios abertos. Sua fisionomia brilhava mais que a lua. Era como se tivesse visto uma divindade, pois estava transfigurado. Ficaram tão apavorados que recuaram, trêmulos, pois era perigoso tocar em alguém que tivesse visto o divino.

— Ele terá visto Júpiter, Apolo ou Mercúrio? — sussurrou um soldado ao oficial. — Parece alguém que se aproximou dos deuses.

O suboficial dominou o medo após alguns momentos. Tinha de manter sua honra de romano. Pôs a mão no ombro coberto de lã grossa de Saul, que se levantou, não fatigado nem com gestos vacilantes, mas como um jovem. Seus olhos ainda estavam cheios de esplendor, reflexo de alguma coisa não deste mundo. Novamente o soldado encolheu-se e segurou seus amuletos. O rosto de Saul tornou-se sobrenaturalmente exaltado, mudou, dourado, exultante.

Então falou, como se estivesse transmitindo uma mensagem maravilhosa, de tal importância que mal podia exprimir-se:

— Eu não vi. Mas vi. Que eu não veja mais com estes olhos, para que o prazer não me seja tirado!

Os soldados entreolharam-se, agitados. Então, o oficial disse, timidamente:

— Esteve cego, senhor?

Saul juntou as mãos, num êxtase convulsivo e estranha adoração.

— Que importa isso para mim, agora que vi o Messias? — Fez uma pausa. Parecia um homem que tinha olhado o sol durante muito tempo e via agora seu halo, sua imagem eterna impressa na retina e, apesar disso, sem ter medo. — Vi minha vida — prosseguiu, sem ver os soldados. — Vi a verdade, o Eterno! Olhei o Santo de Israel e isso me basta. Minha longa procura terminou. Finalmente encontrei-O! Ó meu Senhor e meu Deus... finalmente!

Esmurrou o peito. Bradou na sua indescritível alegria.

Então, apesar de não poder vê-los, percebeu a respiração agitada dos soldados à sua volta, sentiu o medo deles e uma profunda ternura inundou seu coração. Disse:

— Estou cego, mas levem-me à casa de Judas, numa rua chamada Direita, em Damasco.

Colocaram-no sobre o cavalo, encolhendo-se ao toque de alguém que vira o que não devia ser visto, e seu corpo era como uma harpa vibrando. Em silêncio, guiaram-no todo o resto da noite até a cidade.

Capítulo 34

"E havia em Damasco um certo discípulo chamado Ananias; e disse-lhe o Senhor em visão: 'Ananias!' E ele respondeu: 'Eis-me aqui, Senhor.'
E o Senhor lhe disse: 'Levanta-te a vai à rua chamada Direita e pergunta em casa de Judas por um homem de Tarso chamado Saulo; pois eis que ele está orando e numa visão ele viu que entrava um homem chamado Ananias e punha sobre ele a mão para que tornasse a ver.'
E respondeu Ananias: 'Senhor, de muitos ouvi acerca deste homem, quantos males tem feito aos teus santos em Jerusalém. E aqui tem poder dos principais sacerdotes para prender a todos os que invocam o Teu nome.'
Disse-lhe, porém, o Senhor: 'Vai porque este é para mim um vaso escolhido para levar meu nome a todos os gentios, a reis e aos filhos de Israel. E eu lhe mostrarei quanto deve padecer pelo meu nome.'
E Ananias foi..."

(Atos, 9:10-77)

Judas ben Jonas estava num dilema.

Era um habitante rico e respeitável da antiga cidade de Damasco, tinha cerca de quarenta e oito anos, sério, circunspecto, honrado e educado, banqueiro e negociante. Sua família era antiga e acatada, casara-se com uma dama distinta e piedosa e seus filhos desposaram mulheres idênticas. Suas filhas não o desapontaram em seus casamentos. Podia dizer, com modéstia, que não havia cidade importante no mundo onde não tivesse um amigo dedicado. Tinha inocentes olhos redondos que tudo viam, não subestimava inimigo algum, nem superestimava nenhum conhecido ou mesmo algum membro de sua própria casa. Sua barba castanha era abundante, bem-cuidada, ligeiramente perfumada, e movia-se serenamente, parte por causa do corpo, parte por temperamento. Sua enorme casa na rua Direita era bastante confortável, sem ser luxuosa, e suas recepções não eram pomposas. Costumava dizer, com sua voz grave e macia, que Deus tinha sido bom com ele, bendito seja Seu Nome, e era louvado por suas esmolas e dízimos que pagava ao Templo, por suas viagens a Jerusalém nos Grandes Dias Santos e por sua devoção.

Passara a vida inteira cumprindo a Lei e os Mandamentos, não se sentindo entediado por isso. Embora maçantes, seus conselhos eram invariavelmente sensatos. Dizia que o homem que considerasse a vida precária e caprichosa não tinha organizado a própria bem, desconfiando de excitação, entusiasmo e maravilha. Era amigo não só de Pôncio Pilatos e do sumo sacerdote Caifás, mas também de Shebua ben Abraão. Este dava muito valor a tal amizade e Saul ben Hillel o encontrara algumas vezes na casa do avô. Mesmo tendo descoberto nele um homem de convicções formais e pouco inspiradas, Saul o respeitava. Por isso, comunicou a Pilatos que iria morar na casa de Judas ben Jonas durante sua missão em Damasco, pois ele lhe fizera um convite cordial, porém pouco prudente.

Agora, ele compreendeu. Daí seu dilema. Pois Judas ben Jonas tornara-se seguidor de Yeshua ben José de Nazaré, não com imediata aceitação, alegria, revelação e prazer, mas somente após um exame prolongado e sensato. Era evidente, para sua mente trivial, que o nazareno crucificado era o Messias, mas como ele, homem discreto e precavido que era, que levava muito tempo para chegar sequer a uma convicção insignificante, tinha chegado àquela crença, nem mesmo sua mulher sabia.

— Eu creio — disse à mulher com sua habitual seriedade e foi o bastante. Admitia que alguns menos abençoados não acreditavam e tinha pena deles.

Recentemente notara que muitos de seus irmãos judeus, chegados a Damasco vindos das províncias de Israel, contavam perseguições feitas a eles pelo sumo sacerdote Caifás e por Pôncio Pilatos, porque tinham adotado o novo culto. Auxiliou-os com sua habitual prudência silenciosa, em segredo, não com medo — pois faltava-lhe imaginação para sentir muito medo — e sim com caridade. "Isso também passará", disse, citando Salomão. Basta ter paciência. Quando mencionaram Saul ben Hillel como um dos mais ferozes perseguidores, ficou meio incrédulo e recebeu bem a visita do rapaz, pois gostava de visitas e de mexericos e respeitava Shebua ben Abraão, que lhe fora prestativo no passado.

Dois dias antes de Saul chegar à sua grande casa murada, na rua Direita, ouviu a história completa e, pela primeira vez na sua vida organizada, sentiu profunda aflição. Então ocorreu-lhe que Deus, bendito seja Seu Nome, fizera aquilo a fim de que ele, Judas ben Jonas, pudesse trazer o rapaz à razão, afastando-o da sua intransigente determinação. Como homem de boa vontade, Jonas estava convencido de que a maioria tem tendência à boa vontade, bastava inspirá-la. O mal era banal e trivial; o bem era forte e invariavelmente vencedor. Essa era a convicção de Judas ben Jonas, embora não levasse essa crença a extremos na feira, aumentando assim sua reputação de prudência astuta.

A rua dita Direita não o era e chegava mesmo a ser mais sinuosa que outras agitadas ruas de Damasco. Todavia, tinha um certo decoro e tranquilidade, pois todas as casas pertenciam a gente rica que não ostentava sua riqueza. Judas mandou preparar alojamento para Saul, de quem se lembrava como um rapaz combativo, de flamejante cabelo ruivo, olhos impacientes, impetuoso, sem respeitar os mais velhos como seria de desejar.

Esperou a chegada do hóspede com ansiedade e apreensão admiravelmente disfarçadas. Mas Saul chegou muito depois da meia-noite, na noite anterior, embora só fosse esperado de manhã. Chegou cego, mudo e perturbado, com soldados romanos que deixaram os cavalos no pátio. E, após terem entregado Saul ao seu anfitrião, partiram para seu acampamento. Disseram a Judas, na sua maneira rude e franca, que Saul aparentemente tinha visto um deus no deserto, pois fora instantaneamente privado de visão e seu rosto brilhava como a lua. Judas também observou isso e, pela primeira vez na sua vida séria e calma, foi acossado por tempestuosas conjecturas. Saul ben Hillel teria ficado louco? Judas ordenou aos criados que levassem Saul para suas dependências, providenciando água, toalhas perfumadas, sabonete para limpar a sujeira do deserto, pomadas e um jantar reforçado. Saul, sem protestos e igualmente sem perceber o que estava acontecendo à sua volta, seguiu os criados, e Judas sentou-se no átrio para meditar a respeito.

Não gostava do inesperado nem do insólito. Franziu o cenho, cofiou a barba e remoeu o assunto, girando os anéis caros nos dedos gordos. Deixou passar algum tempo e depois dirigiu-se aos quartos destinados a Saul, sentando-se em frente ao rapaz de olhar fixo, que vestia as roupas grosseiras mas limpas entregues pelos criados. Jonas reparou que o jantar mal tinha sido tocado. Ficou perturbado. Não havia o menor sinal de ferimento nos olhos à sua frente, que mal piscavam à luz das lâmpadas agradáveis. Saul parecia absorvido numa visão, numa meditação profunda, que o tornava inconsciente não só de si mesmo mas do que havia em torno e do próprio anfitrião.

Judas hesitou. Breve iria amanhecer, sentia-se cansado e acreditava ser quase pecado não ir para a cama na hora costumeira. Mas não estava apenas ansioso; estava curioso. Disse, com voz bondosa:

— Está doente, Saul ben Hillel? Por que não enxerga?

— Vi tudo da Vida — Disse Saul e essas foram as primeiras palavras que pronunciou. Subitamente, seu rosto brilhou como um relâmpago e uma faísca de insuportável êxtase passou em seus olhos. — Mas devo esperar. — Fez uma pausa, virou os olhos cegos na direção de Judas e disse, com voz menos exaltada: — Desculpe-me, Judas ben Jonas, por não o cumprimentar nem lhe agradecer a hospitalidade, mas fui assaltado por revelações celestiais e precisarei meditar a respeito.

Uma ruga surgiu entre os grandes olhos castanhos de Judas. Tornou a perguntar-se se Saul tinha ficado louco repentinamente.

— Vi o Messias! — disse Saul e sua voz vibrou como uma trombeta ao mesmo tempo em que sorria exultante, apertando convulsivamente as mãos queimadas de sol contra o peito, como tentando conter o coração.

Judas ficou mais confuso. Era esse mesmo Saul ben Hillel, o que havia sido considerado o mais implacável inimigo do Nazareno?

— Quando? — perguntou, com sua habitual cautela.

— Há poucas horas — replicou Saul. — No deserto, antes de nos aproximarmos das portas de Damasco.

Falou com simplicidade e candura infantis, que Judas não podia lembrar no rapaz.

— O Messias — repetiu Judas, como se refletisse.

— Eu O vi — exclamou Saul, ficando em pé e olhando em volta com enorme sorriso de êxtase, embora não pudesse ver. — Precisa me acreditar, Judas ben Jonas! Vi-O, Ele, a quem tenho perseguido e que não me repreende nem me mata! Ele deu-me uma missão e fiquei cheio de revelações que Ele me deu, instante a instante! Escolheu-me... o mais vil, desprezível e asqueroso, o mais merecedor dos fogos do inferno e de total destruição. Por que não expiro ao pensamento de tanta bondade, tanta piedade, tanto amor?

— Não sei — murmurou Judas, mais confuso que nunca.

Ouvira falar nos discípulos inspirados e nos apóstolos de Yeshua ben José, embora tenha encontrado apenas um deles que o convenceu. Saul era como um sol rubro, um leão vermelho, naquele quarto agradável, com a vacilante luz da lamparina, com o vento quente balançando as cortinas adamascadas e trazendo para o quarto o perfume de flores e pedra aquecida. Ninguém estranho à casa de Judas ben Jonas tinha entrado antes ali e o comerciante ficou perturbado pela violência e esfuziante alegria, pela certeza sobrenatural.

— Por que, então, não enxerga? — perguntou Judas, em tom calmo, como que tentando levar o assunto a um nível racional. — Deus não cega as pessoas por amor.

Saul deu alguns passos. Sua excitação estranha estava aumentando.

— Fiquei cego para poder ver, completamente, pela primeira vez na minha existência! — gritou.

Judas não compreendeu. Não fazia sentido.

— Talvez — sugeriu, num tom paternal — o sol fosse muito forte no deserto. — Olhou para a cama entalhada de marfim e ébano, com seus lençóis perfumados e colcha de seda. — Descanse, Saul ben Hillel, e se sua visão não estiver recuperada de manhã, chamarei meu médico.

O rosto eloquente de Saul exprimiu sua tremenda impaciência, depois controlou-se e sorriu com uma gentileza que Judas considerou espantosa.

— Fui informado de que alguém me procurará dentro de alguns dias, me batizará e minha visão voltará, após o que seguirei o caminho que Ele me traçou, bendito seja Seu Nome.

Era evidente que acreditava estar falando sensatamente e que Judas entenderia essas palavras claras sem necessitar explicação.

— Quem virá procurá-lo, Saul? — perguntou.

— Um homem chamado Ananias.

O rosto de Saul começou a revelar sinais de impaciência.

Judas conhecia Ananias, homem puro e estudioso, que tinha sido o elemento que o pôs em contato com o Messias. Antes de poder perguntar a Saul como o tinha conhecido, o rapaz disse:

— Logo que fiquei cego me disseram que ele viria.

Judas levantou-se, dizendo:

— Permita-me que o ponha na cama, caro amigo, pois está exausto e precisa repousar.

Por um momento pareceu que Saul ia resistir, que não queria dormir, que desejava apenas ficar sentado e meditar sobre a coisa fantástica, incompreensível, que lhe acontecera. Depois, permitiu que Judas o conduzisse até o leito, onde deitou-se, e o cobrisse. O velho contemplou o rosto forte, queimado de sol, e o abundante cabelo ruivo encostado no travesseiro de seda.

— *Shalom* — disse finalmente o velho, apagou a lâmpada e foi para seu quarto, envolto em pensamentos caóticos.

Apesar de Judas ser banqueiro e negociante, respeitava a cultura, o conhecimento e preferia ser conhecido como sábio em vez de rico. Por isso recebeu Ananias com grande deferência quando o ancião bateu à sua porta, fê-lo entrar e mandou servir-lhe bebidas. Fingiu não ver as roupas pobres do hóspede, as botas de couro remendadas, a pobreza da capa fina e a bolsa magra. Ananias fizera um longo trajeto a pé pelas ruas, e seu rosto magro e pálido e a barba grisalha estavam cobertos de poeira dourada, misturada com suor. Contudo, apesar de suas maneiras calmas e do cansaço evidente, sua expressão era viva, jovial e seus olhos os de um rapaz, brilhantes e luminosos.

— Esta casa está honrada com sua presença, Ananias — disse Judas ben Jonas.

Serviu pessoalmente o vinho que o criado trouxera e, como homem que apreciava a vida refinada, viu com prazer a jarra de ouro, adornada com esmalte da Índia de várias cores. Mas Ananias bebeu devagar, com evidente distração, e havia uma ruga de preocupação em sua testa. Recusou os doces, apesar de Judas tê-lo informado de que tinham sido feitos por sua talentosa mulher.

— Tenho uma missão peculiar — disse finalmente Ananias, com voz muito suave. — O senhor tem um hóspede, Saul de Tarshish. — Hesitou. — Judas, ambos adoramos o Messias. Sabemos que Ele nos ordena coisas que não temos a coragem de desobedecer. Afinal de contas, deu Sua sagrada vida por nós e nos ama. Portanto, não me faça perguntas que não posso responder. Fui mandado ao seu hóspede.

— Ele o espera — retrucou Judas. — Confesso compreender pouquíssimo disso tudo. Suas palavras me assustaram, quando ele concorda em responder minhas perguntas. Suas maneiras são um tanto loucas. Está já há três dias em minha casa envolto em sonhos, murmura e reza incessantemente, como um outro Jacó absorvido em visões, ou um jovem Moisés, cego, olhando a Terra Prometida. Às vezes, apesar de não enxergar, anda pelo quarto, dando gritos enormes, soluçando, batendo palmas, e outras chora alto ou ri exultante como se um professor lhe tivesse ensinado uma lição interessante e ele tivesse chegado, sozinho, a uma conclusão. Não se alimenta. Bebe pouco. Se dorme, não sei. Parece estar sendo consumido, febril, inquieto, transfigurado, olhar de fogo, fixo, lábios ressecados. Ofereci-me para levá-lo a apanhar sol e ar no jardim, mas recusa-se a deixar o quarto. Se insisto, provoco uma terrível impaciência, da qual imediatamente se desculpa e pede perdão. Ele me disse: "Preciso ficar só, para que possa compreender e analisar o que vi nas trevas como que através de um vidro escuro brilhando em luz e cor eternas... e eu estava cego!" Uma vez, disse como Jó: "Ah, se eu soubesse onde encontrá-Lo! e olhe, Ele estava sempre à minha mão direita e não O vi, pois recusava vê-lo. Mas agora vejo, não me canso de ver e espero Seu chamado."

Ananias olhou penalizado seu perturbado anfitrião e disse:

— Compreendo o que diz, Judas ben Jonas. A princípio fiquei temeroso, pois não é ele Saul de Tarshish, que os romanos chamam Paulo de Tarso, o terrível inimigo do nosso povo? Há um velho ditado líbio que diz: "Uma vez uma águia, atingida por uma flecha, disse, quando viu a forma de haste, 'Agora somos atacados com nossas próprias penas e não com as de outros'." O povo de Saul ben Hillel foi atacado por ele, porém não com maldade, crueldade deliberada ou ódio, mas por ignorância.

— Não importa o motivo do ataque — retrucou Judas, com ar malicioso. — O ferimento dói da mesma forma.

— É verdade — falou Ananias, erguendo-se. — Mas agora peço-lhe que me leve ao seu hóspede.

Caminharam em silêncio até o quarto de Saul. Encontraram o rapaz sentado em sua luxuosa cama, as mãos agarrando os joelhos, esforçando-se para ouvir. Ananias parou na soleira da porta, para olhar aquele homem aterrador, que viera para destruir os crentes e que tivera uma visão na estrada de Damasco. Era um rapaz de cabelos como o sol poente, revoltos e despenteados, de rosto espectral pela insônia, tremendo muito de excitação, e seus olhos, um deles enfermo, brilhavam com uma estranha luz azul metálica. Tinha a aparência de um jovem leão preso por uma corrente, lutando com empenho e ansiedade para chegar à arena. Inclinou-se para a frente, estendendo o pescoço para olhar a porta, pois ouvira passos do outro lado, e seus olhos eram tão vívidos que Ananias mal pôde acreditar que ele era cego.

O velho falou, com voz suave:

— *Shalom*. Que o júbilo de Abraão, Isaac e Jacó esteja com você, meu filho, Saul ben Hillel, e que a paz de Deus, bendito seja Seu Nome, não o abandone nunca.

Saul ficou de pé num pulo. Deu dois passos na direção de Ananias, gritando:

— Ananias!

— Sou eu — respondeu o velho. — Sei tudo o que poderá me dizer, pois também tive a visão.

Agora, pela primeira vez, sentiu pena daquele rapaz, daquele homem apaixonado, veemente e resoluto, que vira muito numa fração de tempo. Suspirou. Ouvindo, Saul tornou a andar para a frente, com um enorme sorriso, e agora havia lágrimas em seu rosto. Caiu de joelhos perante Ananias, curvando a cabeça.

Ananias olhou suplicante para Judas que, boquiaberto de curiosidade saiu do quarto, fechando a porta. Ananias pôs as mãos na cabeça desgrenhada de Saul e tornou a suspirar. Sabia, sem saber como, que a vida toda de Saul tinha sido uma dolorosa procura, sofrendo, em desespero, em êxtase ocasional, em confusão, em esperança e anseio. Ele encontrou o que tinha procurado, mas Ananias sabia, de forma sobrenatural, o destino que esperava aquele rapaz. Saul não cairia. Jamais vacilaria. Iria sofrer como nunca, contudo aceitaria o sofrimento, não humilde e silenciosamente, como os homens mais comportados o fariam, mas com uma alegria furiosa. Porém tinha de andar muito e nem sempre a luz iluminaria sua trilha e ele tatearia, se debateria e lutaria num deserto mais vasto do que qualquer outro pelo qual tivesse passado em sua curta vida. Era guerreiro, um dos heróis de Deus, e não deporia a espada e o escudo até o último suspiro.

Ananias ergueu a cabeça e rezou quase inaudivelmente, para que a visão de Saul lhe fosse devolvida, se assim Deus quisesse e que Ele sempre o confortasse e amparasse no que estava por vir. Curvou-se e colocou as mãos espalmadas nas faces febris do rapaz e beijou-lhe a testa como um pai, com lágrimas nos olhos. Não sentiu mais perturbações nem se lembrou das cartas do sumo sacerdote Caifás aos chefes das sinagogas de Damasco.

O sol inundou o quarto, no qual pairava uma enorme paz que fluía como água brilhante sobre o homem ajoelhado e sobre o velho sábio que se inclinava sobre ele com ternura. A luz, batendo no mármore branco do chão, refletia-se nas paredes e depois transformava o cabelo de Saul em chamas. Havia como que uma auréola brilhante em sua cabeça e, por um momento, Ananias sentiu medo. Mas a brisa que entrava pelas janelas abertas era suave como seda, perfumada pelas fontes e pelas flores, a sombra das árvores quebrava o fulgor e ouviam-se pássaros cantando.

Saul levantou a cabeça. Sorriu com alegria, encarando o velho.

— Estou vendo — falou. — Não estou mais cego, mas vejo o mundo num esplendor como nunca vi antes! Estou vendo!

— Sim, meu filho — disse Ananias. — Está vendo pela primeira vez em sua vida. *Shalom.*

✦ ✦ ✦

Parte Três

APÓSTOLO DOS GENTIOS

Resista portanto na liberdade que nos foi doada por Cristo e não se deixe subjugar novamente pela canga da servidão.

◆ ◆ ◆

Capítulo 35

José de Arimateia não podia acreditar que aquele homem queimado de sol à sua frente fosse Saul de Tarshish e encarou-o com os olhos enfraquecidos pela idade. Sua boca mexeu-se em silêncio, como fazem os homens muitos idosos, parecendo mastigar, e a barba branca tremulou no queixo. Naquele dia, Jerusalém estava quente e calma, o céu esbranquiçado pelo calor, os ciprestes cobertos de poeira dourada e nem mesmo as fontes nos jardins conseguiam refrescar o ar abrasador. Apesar disso, José estava envolto num xale, os pés calçavam botas altas debruadas de lã, e ele esfregava as mãos como se estivessem geladas.

Se estava espantado com a aparência de Saul, este ficou muito mais horrorizado diante da ruína do homem esplêndido que vira pela última vez apenas cinco anos antes. Mas, pensou Saul, devia acreditar que o tempo havia parado aqui, enquanto séculos surgiram e desapareceram em minha mente, nações apareceram e sumiram, e as revelações do Céu caíram sobre mim como um raio nos desertos da Arábia? José estava envelhecendo quando o vi pela última vez e não percebi. Agora a idade apareceu. Terei mudado tanto? Estou com trinta e três anos, já não sou mais criança, ora! Mas nem a barba me envelhece. Olhou para as mãos, que estavam quase tão escuras quanto as de um núbio e percebeu que sua fisionomia também escurecera, apesar da sua pele clara de antigamente. Assim, devia parecer um leão africano, com sua abundante cabeleira ruiva, roupa castanha ordinária, pés morenos e braços e garganta muito queimados pelo sol. Um dos seus olhos azuis continuava o mesmo, brilhando com a força poderosa do seu espírito e com as emoções que sempre existiram nele.

— E o que fez no reino dos nabateus? — perguntou José.

— Continuei minha atividade de tecelão de pelo de cabra e tendeiro — respondeu Saul, com a mesma voz grave e melodiosa, lembrada por José. — Falei aos camponeses e fazendeiros sobre o Messias. Morei e comi com eles. — Esboçou um sorriso e seus grandes dentes brancos brilharam. — Nunca tive luxos, não fui voluptuoso, mas me ensinaram, como judeu, a purificar-me com frequência. As pessoas com quem convivi não eram difíceis de contentar.

— Posso verificar isso... pelo meu nariz — disse José, rindo. — Nem todos os perfumes da Pérsia podem eliminar o mau cheiro que emana de você, Saul, embora esteja certo de que se banhou muito recentemente.

— Temo estar ainda cheirando a camelo, cabra e, possivelmente, o estrume, leite azedo e queijo. — Saul ergueu as mãos nodosas e cheirou-as atentamente. — Sim, é verdade. Há épocas em que, por necessidade, me banho tão pouco quanto meus pobres e simples companheiros. Além disso, não é esperto alguém parecer diferente.

— É também perigoso — disse José, meditando sobre o que Saul acabara de lhe dizer.

Viu que os ventos e poeiras dos terríveis desertos tinham brunido o corpo de Saul, eliminado qualquer sugestão de gordura, reduzido sua carne a couro, tendões e ligamentos a corda resistente. Mas nunca parecera tão jovem, não, mesmo naqueles dias do passado distante quando tinha visitado Iocanã ben Zacarias no deserto, nem possuíra aquela paz no semblante. Não era a plácida paz da resignação à vontade de Deus, nem a paz da santidade, a paciência gentil ou misticismo, nem a paz do recolhimento. Seu queixo resoluto tinha um contorno tão nítido como se um escultor o tivesse modelado sem a preocupação de arredondá-lo ou suavizá-lo e o nariz era fino e comprido como uma faca, vendo-se depressões sob os malares que pareciam poços secos, escuros, e projetavam-se. Se algum homem tivesse sido amadurecido, afiado e temperado por Deus, era Saul, mas também havia à sua volta aquele humor muito juvenil — desaparecido durante tantos anos — e uma gentileza forte, porém não enjoada.

— E os árabes o escutaram, meu filho? — perguntou José.

— Foram corteses como todos os habitantes do deserto, que devem viver ou morrer por cortesia. Mas me disseram que, há muito tempo, um vidente lhes afirmou que eles, filhos de Ismael, teriam sua própria revelação.

Por um momento, a velha impaciência surgiu nos olhos de José, que disse:

— Estou velho e falho de memória e por isso não posso lembrar onde, há muito tempo, aprendi que é possível imaginar-se Deus, bendito seja Seu Nome, como uma roda imensa, faiscando e girando em relâmpagos, trovões e fagulhas luminosas, de força incompreensível, sendo ao mesmo tempo a roda e o Centro e que todos os raios dirigindo-se ao Centro eram as preces de esperança e fé de toda a criação; e como os raios também eram Deus, como a Beira e o Centro, todos se dirigiam ao mesmo lugar.

Saul também refletiu e franziu o cenho, pensativo, dizendo:

— Deram-nos um novo Pacto, como disse Jeremias há séculos, e nada mais.

José engoliu em seco, antes de replicar:

— Penso que Jeremias também contou que um dia todos os homens conheceriam o Senhor, apesar de talvez ser chamado por milhares de nomes diferentes e não será distinguido entre Seus filhos. Séculos antes de Moisés nos ter trazido os Mandamentos, o Egito tinha um código moral e leis religiosas não muito diferentes, acontecendo o mesmo com os persas. E embora gregos e romanos baseiem suas leis morais e religiosas na ética apenas, o Espírito brilha através delas.

Saul mexeu-se, impaciente. Teria sido para isso que suportara os quentes anos negros e outros sofrimentos no deserto, apenas para ouvir um velho senil, que perdera a fortaleza da alma? Enquanto refletia, José olhou-o, suspirou e percebeu que o novo Saul não era realmente novo, mas alguém constantemente lutando com suas próprias tempestades.

— Somos um povo peculiar — disse José. — Deus escolheu-nos após séculos e não quer abandonar-nos, o que nos torna peculiares.

Saul julgou aquilo muito irrelevante e novo sinal da senilidade de José, tornando a esforçar-se por ser caridoso, como sempre proclamou (embora com frequência compreendesse que ele próprio precisava muito disso).

José falou, gentilmente:

— Deus manda para cada povo a Sua revelação, de acordo com sua natureza e capacidade de compreendê-la em seus próprios termos e almas. Embora tenha sido dito que todos os homens são iguais, isso não é inteiramente verdadeiro, pois um homem é diferente do seu irmão. Partilhamos da mesma carne e do mesmo espírito, somos da mesma espécie, como Aristóteles frisou, porém cada povo tem sua própria espinha dorsal. Já viajei. Conversei muito com sábios chineses e indianos sobre o povo deles. Suas mentes não são as nossas, nem eles consideram a criação como nós, seus costumes não são os nossos e adoram Deus com o Nome que Lhe deram, e Ele lhes negará Sua salvação? Não. Você me contou que um dos apóstolos, Simão Pedro da Galileia, disse-lhe que o Messias ordenou-lhe e a seus companheiros que prosseguissem e alimentassem Seus cordeiros em todas as nações. Mas como essas nações aceitarão a mensagem e em que forma, compete a eles e não devemos discutir.

"A forma que o Messias nos deu é a que se harmoniza com nossas naturezas e mentes, unicamente para ser compreendida pelos fiéis de Israel, entre os gentios da Grécia e Roma, e talvez mesmo nos desertos dos bárbaros da Gália e da Bretanha e nas nações do norte. Esses lugares não são alheios às nossas mentes; o solo já foi preparado. Mas a mensagem foi transmitida a todas as nações e povos: 'Bendito seja o que vem em Nome do Senhor!' Mas quem disputará com o Nome e que homens a espalharão?

Ele está mesmo divagando, pensou Saul. Contudo, José sorria. Lembrava-se de ter ouvido que ninguém em Damasco, entre os judeus, aceitaria a nova e fervorosa posição de Saul, dizendo-lhe de frente e para si mesmo: "Não é o criado dos romanos, um judeu violento e destruidor, que prendeu e vergastou nossos irmãos em Jerusalém, porque acreditavam que o Messias tinha nascido para nós? Devemos confiar nele? Não! É um espião dos romanos. Agora vem com fingimentos, para pegar-nos, submeter-nos, prender-nos e matar-nos. Fora com ele!" Falando assim, incitaram os cínicos gregos em Damasco contra Saul e também outros da comunidade gentia, forçando Saul, para salvar a vida, a meter-se, à meia-noite, num cesto e ser passado por cima dos muros de Damasco, fugindo para o deserto. Para alguém tão orgulhoso, aquilo deve ter sido uma humilhação, uma experiência desastrosa; ser rejeitado foi intolerável, especialmente quando acreditou estar levando a verdade. Ah, Saul, pensou José com carinho, tornando a sorrir. Vendo o sorriso, Saul pensou que estava sendo escarnecido.

O rapaz disse, com tom severo:

— O mundo está escravizado pelos romanos. O mundo está oprimido por Roma. Não há hoje ninguém que possa dizer: "Sou livre, na minha própria terra, na minha própria casa, a salvo da tirania e dos impostos, livre dos mercenários do governo, que me perseguem com perguntas curiosas e com leis maliciosas e insignificantes, livre diante de Deus." O Messias vem para nos livrar dessa opressão e tirania.

Fez uma pausa com impaciência raivosa e intempestiva, pois o velho estava balançando a cabeça, devagar.

— Meu filho — disse José —, o mundo dos homens sempre foi escravizado, oprimido por alguma nação poderosa ou então por seu próprio governo. Ninguém, na verdade, foi verdadeiramente livre por muito tempo, a salvo de impostos, descaramento, burocratas malvados, guerras, massacres, ataques e insultos. Os gregos já disseram que os homens têm o governo que merecem e durante toda a minha vida não encontrei nada que os contradissesse. Se agora os homens são escravos, é com sua própria concordância, por causa de sua própria fraqueza, seu caráter ambicioso e relaxado, sua própria falta de orgulho, sua própria inveja. É sabido que se um rato aceita um bocado de um tigre, em amizade e caridade aparentes, será logo um bocado para o tigre. Não foram os chineses que disseram que se deve temer mais os governos que os tigres?

"Assim, o mundo de escravidão atual não é diferente daquele sob o domínio dos egípcios ou de Alexandre da Macedônia, nem mudará amanhã. Permanecerá sempre na escravidão. Mas se um homem diz em seu íntimo, mesmo com as mãos algemadas, 'Sou uma alma livre e o ferro não pode algemar esta alma', na verdade não é realmente um escravo. Foi essa liberdade de espírito que o Messias nos trouxe e às nações que O ouvirem, pois Ele disse, quando insultado pelos rigorosos fariseus e diante de uma moeda com a efígie do César, 'Dai a César o que é de César e a Deus o que é de Deus'. Para Ele, bendito seja Seu Nome, os governos são sempre opressores, sangrentos, ambiciosos, e sua natureza não pode ser mudada, pois os homens que recebem o poder tornam-se demônios. Mas só o próprio homem pode tornar-se escravo íntimo. É dessa escravidão que Ele vai nos libertar. César será eternamente César. Um homem pode apenas erguer-se e, sabendo estar César louco, evitar dar-lhe todo o poder que ele cobiça.

Contra sua vontade, alguma coisa impelia Saul a ouvir, como não faria alguns anos antes, e novamente meditou, esfregando a testa morena e marcada. Murmurou:

— É verdade: só Deus pode dar-nos a verdadeira liberdade. Todavia, devemos lutar pela liberdade contra governos espoliadores, ambiciosos e sanguinários.

— Também isso é nosso dever — disse José. — É um dever atribuído ao homem desde o começo. Moisés não gritou "Proclamem a liberdade sobre a terra e seus habitantes"? Sim. Todavia, o homem esquece. Alimento, facilidade e segurança são as recompensas ocas oferecidas em troca de sua liberdade de homem, que ele aceitou sem hesitar pelos séculos afora.

Saul pensou no César louco atualmente no trono de Roma e estremeceu. Não correra a notícia, entre gargalhadas, de que ele havia nomeado seu cavalo cônsul de Roma?

— Estamos às vésperas de terríveis acontecimentos — disse Saul.

— Sempre estivemos. Sempre estaremos — retrucou José que, na sua fraqueza, adormeceu.

Saul levantou-se em silêncio, indo para a rua dos Tendeiros, onde havia recomeçado a exercer seu negócio, para sonhar seus grandes sonhos e tramar sua luta.

Saul de Tarshish, chamado pelos gregos e romanos Paulo de Tarso, foi quase incessantemente consumido pela força e pelo esplendor das revelações que lhe foram feitas e que ainda continuavam sendo. Para ele, Saul, parecia andar na luz, contemplando a beleza do mundo com um êxtase avassalador, tão cheio do amor do Messias, que em certos momentos quase desmaiava em suas reflexões e êxtase. Agora também amava o homem e sentia piedade dele — na maioria das vezes quando não sentia sua velha e irascível impaciência — por não ter visto a luz como ele, ou o tenha olhado especulativamente ou com ceticismo, ou lhe voltado as costas com indiferença. No entanto, a verdade era tão clara, tão onipresente! Sem dúvida, todos os homens devem sentir em suas almas a presença do Messias! Que havia de mais importante para o homem do que seu destino eterno, aquecendo-se ao brilho do Messias? E que havia de menos importante que as coisas terrenas, as coisinhas empoeiradas, as insignificantes pequenas fortunas, as preocupações que davam? O homem médio tinha a mente tão pequena que não podia abarcar a incrível diferença? Era como se alguém entrasse num pequeno oásis e pensasse que ele fosse o mundo inteiro e se zangasse ao simples pensamento de que além daquele lugar acanhado existissem cidades enormes, terras extensas e o zumbir fremente da vida sem fim. Esse homenzinho chorou quando lhe disseram que devia partir para uma existência maior, agarrando-se à sua palmeira desfolhada, ao seu pedaço encharcado de relva, ao pequeno poço de água barrenta, sem querer acreditar — não, recusando-se a acreditar — que um destino maior o chamava e que ele precisava ir. (Todavia, alguns momentos piedosos permitiam a Saul refletir que a alma humana era frágil, vulnerável, e que o que lhe era familiar, apesar de superficial, era preferível que panoramas além da sua compreensão e, portanto, deveria ser lamentado em vez de constantemente repreendido, e guiado com ternura, alegria e compaixão, em vez de forçado.)

Para o turbulento jovem, ainda exasperando-se com tanta facilidade, muitos dos nazarenos, que haviam aceitado o Messias, eram mais que um "espinho em minha carne". Eram uma lança envenenada.

Viu-os diariamente, ao pôr do sol, nos agradáveis jardins do Templo e no Pórtico de Salomão, junto com seus amigos judeus e gentilmente explicando com — na opinião de Saul — sua pomposa simplicidade e infantil fé estreita. Para eles, descobriu Saul logo, o Messias não era o Rei dos Reis, o poderoso Príncipe de Sião, a Majestade de infindáveis universos, armado não apenas de amor e piedade, mas com terrível justiça, Rei de anjos, homens e mundos, terrível em Seu poder, eterno e inflexível na aplicação da Lei, coroado de relâmpagos, armado de trovões. Era "gentil e compassivo", sem atributos sensuais, sem virilidade, sem força e terror, um simples Pastor gentil, envolto em roupas esfarrapadas, despojado de Sua pompa e grandeza. Não lhe contaram, olhando-o com enormes olhos infantis, que Ele dissera que o homem devia ser humilde e paciente? Ele não se havia diminuído, lavando os pés dos Seus Apóstolos? Não tinha Ele se submetido à vergonhosa execução, como o Cordeiro de Deus, morto pelos nossos pecados? Não deixou Ele implícito, em toda a Sua vida, que o homem não deve resistir ao mal, deve retirar-se do mundo, ignorar César e seus governos, rejeitar toda a estrutura das instituições feitas pelo homem, "Não se preocupar com o amanhã, com o que vai vestir e comer"? Seus ensinamentos, declararam os inocentes, insistiam na não resistência, comportamento passivo diante de ordens exigentes, e que o homem deve passar a vida apenas adorando, transpirando Amor e sorrindo para todos com suave caridade.

E Sua volta não era esperada a cada instante, talvez no momento seguinte? Ele não dissera claramente "Esta geração não desaparecerá", até Sua Segunda Vinda ter-se consumado? Por que, então, deverá o homem trabalhar e reunir uma fortuna, ou preocupar-se com o amanhã, com o pão, o leite, o queijo e as frutas para sua família, ou meter-se no negócio dos homens mais ignorantes? Não lhes disseram para "esperar", como fizeram as Virgens vigilantes de Sua parábola, pois "quem sabe quando chegará o Noivo"?

Portanto, esperaram no Templo durante todo o tempo permitido, examinando alegre e esperançosamente os céus sobre os jardins, quando não estavam de modo suave exortando seus companheiros judeus que paravam para ouvi-los, e comendo o pão dos trabalhadores.

O quase pior de tudo para Saul era não apenas sua gentil e obstinada ignorância da Lei Judaica, de que o homem deve trabalhar e ganhar seu próprio pão, e sua crença serena de que o Senhor devia ser esperado a qualquer momento, mas que os nazarenos também acreditavam que descuidar das necessidades corporais significava não dar importância ao escrupuloso banho diário, parte da Lei Judaica. Se alguém, apiedando-se deles por causa das roupas sujas que usavam nos arredores do Templo, lhes oferecia, num gesto de caridade, pão, vinho e carne, eles os comiam com as mãos sujas e sem a habitual prece de agradecimento a Deus, aceitando tudo como se lhes fosse devido — pois não eram os seguidores do Nazareno, que desprezou o mundo, suas leis, determinações e costumes? Além disso, como o Messias estava para chegar a qualquer momento, que adiantava ao doador seu excesso de mantimentos? Não viam caridade em nenhuma alma viva, exceto nos que aceitaram o Messias. Tudo o mais era esperteza interesseira.

Embora não fosse permitido a um judeu religioso "aparar os cantos da barba", não lhe era proibido que mantivesse a barba limpa, penteada e livre de piolhos. A barba era, por tradição, uma coisa sagrada. Mas os nazarenos, no seu plácido pouco-caso pelos costumes dos ancestrais e pela Lei, não mais cuidavam de suas barbas ou corpos; para Saul, "fediam demais". Quando recriminados por seus amigos, carinhosamente citavam "A alma é mais que indumentária", trazendo implícito que o homem não devia lavar-se.

Saul era fariseu, erudito, cidadão de Roma, formado pela Universidade de Tarso, conhecedor das filosofias e poesia do mundo, íntimo da história das nações, tendo viajado por lugares distantes. Pela poderosa Graça de Deus, teve uma revelação. Tinha voltado a Jerusalém, depois da catástrofe em Damasco — aquela cidade multicor, quente e agitada — e após sua estada no deserto ficou convencido de que seus amigos nazarenos na Cidade Santa seriam mais agradecidos que os judeus de Damasco e outros lugares afastados, e que eles, tão próximos dos pavorosos acontecimentos passados, iriam ouvi-lo com compreensão. Quem vive junto a um vulcão entende de trovões, relâmpagos, tremores de terra e do rugir da chuva torrencial.

Muitos dos nazarenos de Jerusalém, infelizmente, tinham morado ao lado do vulcão e não compreenderam a voz gigantesca que ouviram. Eram poucos, sem dúvida, contudo Saul ainda não encontrara muitos desses poucos.

Foi em vão que Saul disse aos nazarenos encontrados no Templo — que eram mais assíduos que seus amigos judeus nos deveres religiosos — que haviam, provavelmente, interpretado mal as palavras de Yeshua de Nazaré. Deus não havia acusado severamente a cigarra de esbanjar no verão e depois esperar que a laboriosa formiga a alimentasse, ela, que havia trabalhado o ano todo? "Quem não trabalha não come!", gritou Saul, enraivecido. Mas os nazarenos, timidamente, informaram-lhe que não "queriam pensar no amanhã" e, além disso, os incréus os alimentavam, bem como os indulgentes sacerdotes do Templo.

Saul teve uma pavorosa visão interior do colapso total da civilização, da lei, da ordem e as Leis de Deus deviam prevalecer sobre a visão que os nazarenos espalharam entre si. O homem não era apenas uma alma eterna. Era um cidadão privilegiado deste mundo belo, verde, dourado e púrpura, que Deus havia feito em Seu infinito amor, de cuja natureza partilhava com outros animais, tendo necessidade de sustento. Os animais caçavam e obtinham forragem para si, para a companheira e os filhotes, com empenho. Construíam ninhos e limpavam cavernas; delimitavam seus territórios contra invasores. Preocupavam-se com as crias, amando-as e ensinando-as cuidadosamente, de maneira a poderem se abastecer e às suas famílias. Limpavam-se e arrumavam-se minuciosamente, pois sua saúde precisava ser preservada. Viviam de acordo com a Lei, dada sua natureza e ai do que transgredia aquela Lei! Certamente morreria. Lei também aplicada ao homem como criatura que era daquele mundo.

Essa analogia, apresentada por Saul aos nazarenos, foi recebida com sorrisos piedosos. O homem não era mais que um animal?

Saul ficou furioso. O que o Senhor quis dizer, certamente, foi que não deviam destruir-se e à sua tranquilidade por medo de amanhã, pois quem sabe o que o amanhã trará? Morte, quem sabe?, talvez grandes deveres ou chamados longínquos de terras desconhecidas. O homem, porém, deveria certamente ocupar-se com os problemas e obrigações do dia de hoje! Os nazarenos deram-lhe um enorme sorriso tímido e apenas encolheram os ombros, olhando para o céu, esperando o Messias.

— Se os seus amigos judeus — gritou Saul — não lhes derem pão, azeite, carne, vinho e queijo, quem então os alimentará?

— O Senhor — retrucaram, num doce sussurro.

— Não, se desobedecerem Sua Lei do trabalho! Ele não foi carpinteiro?

— Foi apenas para exibir Sua humildade — responderam.

Saul reparou que os nazarenos estavam fazendo conversões entre os escravos dos gregos, romanos, egípcios e persas e diversos outros em Jerusalém, espantando-se com o fato daqueles perversos doutrinadores dos simples serem recebidos com entusiasmo pelos escravos. Os nazarenos lhes garantiam que, como escravos, eram superiores aos seus donos, mas que precisavam submeter-se com toda a humildade, pois o Messias não era esperado de um momento para outro e não iria exaltá-los como reis e senhores acima dos seus donos? Não ia vesti-los de ouro e amontoar fortunas aos seus pés, dando-lhes ainda o governo do mundo? De fato. Ouvindo isto, Saul agarrou desesperadamente os cabelos. Em suma, os nazarenos estavam propondo que todos os homens não deviam tentar melhorar sua sorte, que deviam submeter-se à escravidão e degradação e não adquirir dignidade e coragem.

— Proclamem a liberdade pelo mundo e seus habitantes! — gritou, como Moisés o fizera antes.

Seus amigos nazarenos perguntaram-lhe:

— Que é liberdade?

Encolheram os ombros e acharam ter feito um epigrama inteligente.

Se seus amigos judeus estavam exasperados consigo mesmos, sua indolência, sua falta de força, de trabalho e de coragem, Saul estava mais exasperado ainda. Veio-lhe à mente, com furor, que não devia empenhar-se com eles em conversas cultas, pois apesar de poderem recitar as antigas orações acrescentadas das novas, e mostrar caracteres hebraicos nos pergaminhos, não passavam de *amaratzim*. Deus não queria homens capazes, intelectuais e cultos entre Seus servidores?, perguntaria Saul às vezes, furioso, a si mesmo. E a resposta ocorreu-lhe: "De fato, pois quem, então, dirigiria o povo?"

Como os nazarenos não passavam de homens, imaginou Saul, e os homens, por natureza, odiavam a responsabilidade, o trabalho, o cansaço e o suor, tinham adotado a nova seita como desculpa para a indigência, a preguiça, a vagabundagem, o comodismo, a falta de orgulho. Ah, eles tinham orgulho!, pensou, enraivecido. Acreditavam que, mesmo nada fazendo, herdariam a terra! Numa visão, percebeu a enorme perversão das palavras de Yeshua de Nazaré espalhadas pelo mundo e ficou desesperado. Que fazer?

— Deus — disse, em suas infindáveis exortações aos sorridentes ouvintes — fala por mistérios e símbolos. Vocês reduziram as palavras do Messias a um código, para justificar sua indolência, aviltamento, aversão ao trabalho e esperança na caridade dos outros que lhes sorriem. Mas a Lei permanece: o homem precisa ganhar o pão com o suor do seu rosto. O Messias lembrou-os de que não veio para quebrar a Lei, mas para cumpri-la. Vocês degradam a Lei! Não basta que acreditem nEle. Devem seguir o exemplo dEle, que foi um Homem poderoso, familiarizado com a ira, dono de uma Voz terrível. Ele não se sentou no Templo sem nada fazer. Trabalhou e produziu. Vocês conheceram Simão Pedro, Tiago e João, além de outros apóstolos e discípulos seus que, embora misturem-se com o povo, pregando, também ganham sua vida. Imploraram a vocês que ficassem aqui, entre seu mau cheiro e os restos das cestas de caridade, esperando pela chegada do Messias? Não, foram chamados a trabalhar no mundo. Afastem-se daqui, seus preguiçosos, corruptores da Palavra!

Finalmente, apesar dos seus sorrisos dóceis, viu que tinham ódio nos olhos. Além disso, seus amigos judeus, que não tinham aceitado o Messias, ficaram aborrecidos com suas exortações no meio deles.

— Não foi você quem perseguiu nossos irmãos? — perguntaram. — Não os amarrou e prendeu? Não foram viúvas, mães espoliadas, irmãos e irmãs lastimando-se que sofreram por sua causa? Você é espião dos romanos? Antigamente, você vivia cheio de rancor contra os nazarenos. Agora prega a eles! Você é um homem de humores e incongruências e somos caridosos por dizer apenas isto a seu respeito. Não confiamos em você, Saul de Tarshish. Saia do nosso meio. Fechamos nossos ouvidos para você e não o ouviremos, pois um homem temperamental é suspeito e alguém que um dia é uma coisa e no outro dia outra coisa não merece que acreditemos em sua sinceridade.

Por que o Messias tinha-Se revelado a ele, quanto mais não seja por esse insucesso? Ele estava fracassando entre seu próprio povo e esse malogro estava fora de conta. Não adiantava dizer: "Eu estava errado e cego. Porém Deus deu-me Sua Revelação, que revelarei por amor e alegria, pois meu coração anseia por vocês e lhes transmitirei as palavras da Sua Salvação. Raciocinemos juntos, pois Ele disse: 'Você é o sal da terra; se o sal perder o sabor, como poderá ser comido o pão da vida? Que homem o partilhará? Ouçam-me, pois por seu intermédio, como disse Ele, vem a Sua Salvação. A Salvação é dos judeus.' Foi o que Ele disse e meu povo não quer ouvir?"

Mas os nazarenos o temiam, pois Saul os exortara a trabalhar, como seu Senhor havia feito e eles não queriam; e os judeus o odiavam por suas antigas perseguições e não confiavam nele.

Antigamente, os mais sectários dos zelotes e essênios haviam assustado seus amigos judeus por seus ataques francos e inúteis aos romanos, que resultaram em medidas punitivas contra os mais moderados. Agora foram tomados de um novo susto. Alguns nazarenos, pensando que imitavam o divino Salvador, provocavam deliberadamente os romanos, congestionando as ruas de Jerusalém com seus corpos estirados no chão, em protesto mudo, não contra as leis opressoras, mas porque os romanos não estavam adotando ansiosamente a nova seita judaica. Disseram:

— Se os romanos tornarem-se nazarenos, partilharão conosco o fruto da paz, o vinho da amizade e todos os homens se abraçarão; quando o Senhor voltar, assim que puder, encontrará um mundo à espera, cheio de bondade e canções.

Por outro lado, quando os coletores de impostos os procuravam, os poucos que possuíam algumas moedas, ou os que tinham uma bolsa dada por uma família tolerante, entregavam a eles não apenas a quantia exata, porém mais, com humildes rostos ternos, esquecendo que o Senhor tinha desprezado esses burocratas como da mais baixa espécie, necessitados de toda a compaixão divina que a justiça pudesse dar-lhes. Quando seus irmãos exasperados perguntaram aos nazarenos porque haviam feito aquela coisa perigosa, responderam que o Senhor lhes determinara que dessem também suas capas ao ladrão que roubava suas bolsas. A lição da parábola havia sido esquecida. Aderiram apenas à palavra, mas não ao conteúdo sutil, coisa que Saul considerava a mais intolerável de todas.

Os romanos perderam a paciência em Jerusalém. Arrastaram aqueles homens e mulheres não resistentes, que coalhavam as ruas com seus corpos deitados, metendo-os na prisão. E muitos destes se regozijaram pelo que consideravam seu martírio, implorando para que os matassem, como fizeram ao seu Senhor.

Saul gritou inutilmente para eles:

— O Messias queria que vocês vivessem e trabalhassem para Ele mais vigorosamente que antes, mas vocês, fracos e covardes, procuram o que Ele poderia lhes evitar em sã consciência! Não disse Ele que a colheita era dura, mas os trabalhadores poucos?

Para Saul, a Fé era muito mais ameaçada pelo riso, indolência e ridículo que por qualquer espada empunhada por um romano irritado. O novo procurador fez os mímicos parodiarem os nazarenos e o novo legado na Síria escreveu divertido ao seu colega a respeito daquelas criaturas, mas avisou que não lhes permitissem alterar a ordem e a vida civilizada. Ao saber disso, Saul envergonhou-se por seus amigos nazarenos. Estes tinham esquecido que um Homem vivera entre eles, comportando-se virilmente. Pensavam nEle como um Salvador submisso e feminino, que só queria que eles fossem tão inertes como eram.

Em consequência, Saul foi confrontado pelos dois oponentes: seus amigos judeus, que desconfiavam dele e por isso o rejeitavam, e alguns nazarenos, também judeus e também amigos, que o consideravam brutal, sem a caridade do Senhor na alma, que lhes falava com palavras contundentes, chamando-os pusilânimes, informando-os de que, enquanto esperavam a Segunda Vinda, deviam apressar-se a ganhar seu próprio pão.

Saul, tendo como certo que a Revelação, na estrada de Damasco, resolveria todas as suas tempestades interiores, impaciências, desespero e iras, agora estava tomado de fúria e impotência praticamente contra todos. Tinha certeza no íntimo de que Deus havia escolhido uma trilha por onde ele devia seguir... Mas onde estava ela? Se ninguém queria ouvi-lo, então era melhor falar aos chacais do deserto, aos burros selvagens e aos abutres!

Estava fora de si.

— Aonde devo ir, Senhor? — perguntou, com mais paixão que reverência, esperando uma resposta.

Sua alma impetuosa não podia suportar a espera. Sua personalidade era mais veemente que nunca. Seu amor pela realidade aumentara e agora, que conhecia a grande realidade do Messias, parecia-lhe incrível que ninguém lhe desse atenção em Jerusalém, mas sim o evitassem como homem violento. Abandonado, ficou meditando sozinho no Templo.

✦ ✦ ✦

Capítulo 36

Shebua ben Abraão morreu quando Saul estava nos desertos da Arábia. Rabban Gamaliel faleceu antes da sua volta e a dama romana Clódia Flávio também. Davi ben Shebua era agora um homem idoso e rico, tão sensato e moderado como sempre. Os filhos de Shebua, Simão e José tinham adotado a nova seita, mas com decidida vulgaridade, que Saul respeitou e compreendeu. (Todavia, eles não o abraçaram, pois lembravam de seu temperamento apaixonado, que agora parecia mais intenso e dogmático que antes, e não queriam meter-se em encrencas, desejando paz para adorar o Messias e cumprir seus deveres religiosos. Suas bolsas estavam abertas aos amigos nazarenos em dificuldades. Acreditavam, não com exaltação violenta, mas com sensatez. Suas almas eram vigorosas e sem incoerências. Não eram enamorados de Saul, seu sobrinho, nem gostavam da sua presença, com as roupas grosseiras que preferia usar, não como exemplo da humildade, mas porque desdenhava o luxo.)

Consequentemente, restou-lhe na casa de Shebua ben Abraão apenas sua irmã, Séfora, cujo marido adoecera e morrera semanas antes.

— Esta é uma casa enlutada — disse a encantadora Séfora, chorando —, mas todos os que amamos morreram cultuando o Messias e agora repousam em Seu seio.

Seus filhos eram jovens encantadores sem grande inteligência, com exceção de Amós ben Ezequiel, que o Messias tinha ressuscitado, e foi para o rapaz, agora com dezenove anos mas ainda solteiro, que Saul virou-se em sua aflição.

Amós era uma espécie de espírito impenetrável, parco ao falar, determinado nas ações, justo, reverente, devotado e aristocrático. Uma vez resolvido a seguir um caminho, nada o demovia. Ouviu com calma as diatribes apaixonadas de Saul contra os amigos judeus, tanto nazarenos como incréus. Com um pouco do objetivo divertimento do seu avô Davi — que todavia não o exibia — percebeu exatamente por que Saul havia sido rejeitado, porém não sabia mais que Saul o que ele devia fazer.

— Deus o iluminará no tocante à Sua Vontade — disse Amós, procurando ser amável com aquele homem pouco amável.

A isso, Saul respondeu:

— Ando procurando Sua vontade desde que nasci e Ele ainda não me comunicou qual é! Vou desperdiçar minha vida entre idiotas ou homens hostis que não querem ouvir?

— Ele lhe dirá — respondeu Amós.

Saul quase explodiu em imprecações quando viu os olhos dourados de Amós brilhando, radiantes como moedas, e ocorreu-lhe, maravilhado, que as palavras do sobrinho tinham caído subitamente no seu coração ardente como uma catarata gelada de água curativa, levando-o a retrucar:

— Você não passa de um rapaz que mal tem barba. E sou seu tio, conheço o mundo e tive a Revelação. Mas alguma coisa misteriosa me diz que você proferiu palavras sábias e que pequei na minha impaciência.

Amós suspirou. Seu tio sempre fora excessivamente emotivo, apesar de, paradoxalmente, mergulhado na realidade. Seria sua culpa essa incapacidade de suportar idiotas com prazer ou pelo menos aguentar sua existência? Nem todos os homens eram chamados para os serviços duros. Por que Saul acreditava que eles eram? Ele, Amós, tinha seus planos, que não comunicaria a Saul.

Os encontros de Saul com Simão Pedro haviam sido os mais felizes dos acontecimentos. Simão Pedro, um pescador vigoroso, não tinha a sutileza e colorido intelectuais de Saul. Era tão teimoso e frequentemente tão obstinado quanto ele e muitas vezes suas vozes tinham atingido alturas desabridas. Pedro expôs sua visão de que aos olhos do Senhor não havia homens "comuns" nem impuros e que não podia recusar os que, entre os gentios, procuravam o conhecimento, o aprendizado e o batismo. Saul respondeu com desprezo:

— Mas isso é mais que evidente! Eu também, antigamente, desprezei e evitei o gentio, considerando-o infiel e pagão, mas agora sei, não através de visões como você, mas por minha inteligência, que Deus é o Pai de todos os homens. Não necessito de uma visão!

Pedro ficou ofendido. Saul teria visto o Messias em pessoa? Andou com ele na terra? Testemunhou sua crucificação? O Messias comunicou-lhe coisas maravilhosas durante vários dias? (João disse e era verdade que, se tudo o que o Messias disse tivesse sido anotado, daria para escrever "muitos livros".) Saul afirmou ter visto o Messias no deserto e Pedro nem por um momento duvidou disso. Mas antes tinha perseguido os seguidores do Messias como nenhum romano o fez. Quem havia dormido com o Messias e dividido o pão em ele, a não ser Simão Pedro? Ele, Pedro, não tinha banhado os pés do Messias? Não havia caminhado com Ele durante quarenta dias, depois que Ele ergueu-se do sepulcro? Mas esse Saul de Tarshish, esse fariseu de cultura grega e romana, viajado, de inteligência arrogante, parecia certo de que compreendia melhor o Messias do que os que privaram com Ele! Era muito irritante!

Por intermédio de Pedro, Saul também conheceu os desconfiados irmãos João e Tiago ben Zebedeu. Eles, como Pedro, eram ativos, familiarizados com o trabalho e mais moços, apesar de todos serem jovens. Todavia, estavam mais próximos do temperamento de Saul, às vezes inclinados a incontinências verbais e de gestos, obstinados e temperamentais. Pedro considerava pecado a ira de Saul contra a docilidade de muitos nazarenos e insistiu com ele para que conhecesse os que trabalhavam tão aplicadamente como sempre, ou mais, e não ficavam nos arredores do Templo em atitudes indolentes, com as palmas das mãos não muito limpas, inutilmente viradas para cima. Disse também a Saul que não se podia culpar completamente os judeus por não aceitarem seus ensinamentos, pois eles o temiam e desconfiavam dele.

— Não somos todos seres imperfeitos? — perguntou-lhe Pedro.

— E a perfeição não é nosso fim? — retrucou-lhe Saul.

Pedro suspirou. Tinha temperamento calmo.

— Só nos resta tentar — disse e Saul achou o comentário superficial.

João e Tiago ficaram ouvindo, com a emoção marcando seus rostos morenos e expressivos e Saul, com satisfação, percebeu que os dois concordavam com ele e não com Pedro. Todavia, também concordaram com Pedro que um gentio, para se tornar nazareno, devia antes tornar-se judeu, ser circuncidado e conhecer as sagradas Escrituras. A não ser assim, poderia compreender o Messias, que tinha sido profetizado através dos séculos, e perceber os sinais da Sua vinda?

— Quando estávamos em Samaria — disse João —, cujo povo recusou Nosso Senhor e não quis ouvi-Lo, implorei-Lhe que fizesse chover fogo sobre a cidade, destruindo-a.

— E o que respondeu o Senhor? — perguntou Saul.

Os grandes olhos castanhos de Pedro tornaram a brilhar com humor.

— O Senhor censurou João — disse, num tom que deixava entrever que a censura não fora suave.

João corou e enrolou-se mais na capa. Tiago levantou a cabeça num movimento vivo. Era evidente que ainda acreditavam que as cidades que tinham rejeitado o Senhor mereciam o fogo do inferno. Por algum motivo obscuro, isso aborreceu Saul. Pode-se sentir pena de cidades e nações e procurar corrigi-las, mas não devorá-las em chamas. Isso era dificilmente um bom método de persuasão.

Seus amigos judeus não rejeitaram Pedro, João e Tiago com desprezo surdo, mas os ouviram educadamente, o que lhes permitiu fazerem várias conversões à nova seita. Além disso, censuraram os dóceis nazarenos por não terem trabalhado, mas simplesmente esperado a chegada iminente do Messias.

— Quem sabe a que horas Ele chega? — perguntou Pedro. — Que Ele não nos encontre inativos, mas executando um trabalho honesto e orando.

Muitos ficaram envergonhados e retornaram ao trabalho.

Isso frustrou Saul. Ele fora rejeitado, mas os outros apóstolos receberam atenção respeitosa. Fizeram até conversões entre romanos e gregos. Mas ele não tinha oferendas a dar ao Senhor, nem flores para colocar em Seu altar.

Percebeu pouco a pouco e desastrosamente que — com exceção agora de uns poucos, todos de sua casa — ninguém falava com ele, todos o evitavam e desviavam os olhos, ou mantinham-se num silêncio distante e zombeteiro, que mesmo os sacerdotes do Templo nada tinham a dizer-lhe, não, nem mesmo durante os Grandes Dias Santos. Pedro tinha partido de Jerusalém, Tiago e João para mais longe ainda e nenhum judeu, ortodoxo ou nazareno, tomava conhecimento de sua existência.

Capítulo 37

Para o tocante prazer de Saul, este recebeu convite para jantar com seu velho amigo José de Arimateia, que sugeriu ficar contente em receber mais um convidado. Saul, com nova humildade, consultou o sobrinho Amós, que aconselhou uma túnica longa, vermelho-escura, de lã, orlada de ouro, cinto dourado, anel, capa azul-escura, botas de fino couro, para se proteger do frio do outono.

— É um pecado vestir-se assim quando há fome na terra. O Messias despreza o luxo — disse Saul que, não obstante, achou sua aparência muito melhorada.

Continuava sem poder deixar crescer a barba por causa da pele que, apesar de queimada de sol, era muito delicada; mas os longos cachos ruivos ao lado das orelhas eram limpos, cuidados e brilhavam de saúde; sua cabeleira era uma refulgente juba vermelha.

— Todo o ouro dos homens não acabará com a pobreza nem matará a fome do mundo — disse Amós, que era tão prático quanto seu bisavô, Shebua ben Abraão. — E Ele sorriu para Maria Madalena, que levou unguentos suaves, caros e perfumados para Seus pés, e censurou os discípulos que disseram a ela ser melhor ter gastado o dinheiro com os pobres. Há tempo para tudo — prosseguiu o rapaz simpático, olhando divertido para o tio, que se observava num espelho comprido no quarto de Amós. — Há um tempo para ser pobre, um tempo para ser rico, um tempo para representar e um tempo para não se fazer notar. Este é o tempo de ser pavão, Saul.

Saul, mesmo naquele traje caro, dificilmente seria um pavão, com o rosto, braços e pernas queimados de sol. Amós havia pensado num único brinco cravejado, naquela época muito usado entre os jovens judeus, ou braçadeiras de ouro e pedras, ou pulseiras cravejadas, ou uma leve aspersão de perfume, mas achou insensato mencionar tais coisas. Já havia lutado bastante com o tio sobre outros objetos.

— Ah — disse Saul.

— Você é rico — falou Amós. — Não gastou nem os juros dos juros, de acordo com minha mãe.

— Tenho outras preocupações — respondeu Saul, com súbita tristeza.

Apesar disso, permitiu a Amós persuadi-lo a usar uma das bigas da família e partiu, ataviado, em almofadas de veludo, com um condutor quase tão bem vestido quanto ele. Séfora bateu palmas para o "esplendor" do irmão e, inocentemente, rezou para que aquilo fosse o começo de sua volta à casa. Saul, apoiando-se no corrimão dourado, não soube por que sentiu um alívio e esperança súbitos. Afinal de contas, ia apenas jantar com um velho senil e um estranho.

José recebeu-o com um abraço no belo átrio da casa. A seguir, um rapaz corado e alegre, de barba e cabelos pretos, encaracolados, com o solidéu da tribo de Levi, surgiu das sombras e Saul, com prazer e espanto gritou:

— Barnabé!

Atirou-se nos braços do rapaz, que o abraçou fortemente, pois ele era Barnabé ben Josué, que lhe falara muito sobre o Messias, de quem fora um dos discípulos, e lhe dera cartas de apresentação a Simão Pedro e aos irmãos José e Tiago ben Zebedeu.

O rosto cansado de Saul brilhou, rejuvenesceu e ficou de novo suave quando abraçou fortemente Barnabé em sua alegria, afastando-o um pouco, logo a seguir, para exclamar:

— É mesmo você, seu tratante?

— Claro que sou — respondeu Barnabé.

Tinha o rosto rechonchudo e muito corado; a boca era a de um garoto travesso e os olhos dançavam num brilho escuro. Nada podia tornar triste ou sombrio durante muito tempo aquele espírito esfuziante, tendo sido para Saul um conforto em momentos de dúvida, um apoio para superar as dificuldades de pensamento, um companheiro que amava comer e beber vinhos finos, tornando-se tão divertido com o efeito deles que mesmos Saul, contra a vontade, arrebentava em gargalhadas, o velho e barulhento riso de sua juventude.

Para Barnabé, o Messias não era terrível, como o era às vezes para Saul, mas um Companheiro terno e alegre, amando uma piada, gostando de uma boa refeição nas casas dos ricos fariseus. Quando Barnabé repetia uma parábola, não o fazia com solenidade, à maneira de Pedro, João e Tiago, mas com uma piscadela e imediatamente Saul via o Messias sorrindo e seus imperiais olhos azuis brilhando de alegria. Barnabé costumava dizer:

— Frequentemente Ele deixa subentendido que o Céu está cheio de riso e divertimento, de humor franco e sutil lado a lado, com joviais e ruidosos toques de sinos, que são bons, felizes e alegres, sem serem absolutamente maus, sombrios e tristes. Confesso que alguns de nós não encaram a ideia com prazer, mas você sabe como, infelizmente, muitos judeus são tristes.

Embora Saul tenha às vezes desconfiado, ao ler as antigas e sagradas Escrituras, que Deus de vez em quando fazia uma brincadeira, essa ideia foi rechaçada como ímpia. Mas agora um Deus risonho o atraía, como um descanso num jardim iluminado e Barnabé frequentemente chamou sua atenção para o fato de haver em determinadas criaturas um humor imenso, uma fantasia, uma imaginação borbulhante, e o sofredor coração sombrio do jovem fariseu ficou impressionado: até bem pouco, em Jerusalém, nada tinha encontrado para exercitar seu humor, nem mesmo o ácido humor de sua juventude.

Também Barnabé tinha encontrado os apáticos nazarenos, de sorriso suave e dóceis, em Damasco, sentados preguiçosamente, olhando para o céu na esperança de verem o Messias voltar imediatamente em nuvens gloriosas. No entanto, não os desprezou como Saul. Pelo contrário, devia ter-lhes dito:

— É verdade que o Messias nos disse para não rasgarmos nossos corações com medo do amanhã, pois hoje tem seus sofrimentos, males e obrigações já em si suficientes, porque o homem vive apenas um dia de cada vez, o futuro é mistério e não lhe pertence ainda. Ele também nos ensinou que a ansiedade é má, pois Deus nosso Pai sabe o que precisamos e desejamos e que, se trabalharmos diligentemente, se formos orgulhosos da nossa atividade, fazendo o melhor possível com as mãos e as mentes que Ele nos deu, sem nunca esquecê-Lo, procurando sempre o Seu Reino, então tudo o mais nos será dado.

Apesar disso não convencer os que preferiam a indolência, a indigência e a caridade, envergonhava os mais inteligentes, apressando-os a retomarem o trabalho e a tornarem a reunir-se às suas famílias. Saul não tivera nenhum sucesso, a não ser despertar o ódio dos desavergonhados.

O rosto de José iluminou-se de prazer com a presença dos jovens amigos e levou-os para a sala de refeições, onde Barnabé, ao deparar com os molhos tentadores, carnes suculentas, vinhos capitosos, caça assada e peixe grelhado, exclamou:

— Ah! É um banquete para anjos! Vejam essas uvas opalinas, ainda cobertas de orvalho e fina geada, essas azeitonas, nadando em azeite puro, esses limões, como sóis, essas ameixas como lábios de meninas, esse repolho condimentado e feijões num molho delicioso, esse pão mais branco que a neve, para não citar os queijos, doces e muitas outras coisas! José, você é um paxá, um verdadeiro paxá persa! — Riu deliciado e acrescentou: — Ah, se pelo menos o Messias estivesse aqui conosco, como antes! Como iria saborear essas iguarias que mesmo os mais ricos dos fariseus que O convidaram a jantar nunca Lhe serviram!

Um Messias que tinha prazer com alimentos deliciosos da Terra, que havia saboreado com satisfação os melhores vinhos, era para Saul um novo Messias.

Não obstante, pensou: "Estou sendo ridículo. Por que não iria Ele gostar da generosidade divina, pois não é obra de Deus? Por que não iria Ele, mais que ninguém, deleitar-se com seus temperos e admirá-los?"

Barnabé podia ser alegre, expansivo, esfregar as mãos antes da hora, mas não era obtuso. Percebeu os novos pensamentos flutuando no rosto cansado de Saul, como mariposas inquietas, e também os lábios severos começarem a esboçar um sorriso. Ah, Saul, Saul, pensou com profundo carinho, o Messias nos trouxe encanto e não só êxtase, fé e trabalho pesado! Não é Ele alegria, glória e júbilo? Ele foi Homem e também Deus e teve afeição e prazeres inocentes, nunca rejeitando um rosto alegre. Na verdade, Ele censurou o pesar dos fariseus mais rigorosos, que pensavam que um ar melancólico e grave e um ritual cansativo, agradavam a Deus. Eles pensavam que os prazeres legítimos dados ao homem para se acalmar e descansar eram maus e que, assim agindo, tinham certamente ofendido ao Senhor. Não falou Ele, aprovadoramente, de banquetes e vinhos aos velhos profetas?

Sentando-se e sorrindo com enorme prazer, Barnabé pensou: "Que paciência Deus precisa ter conosco, que desprezamos Seus presentes ou O interpretamos, o Incognoscível no estreito limite de nossas pequenas mentes, dobrando o Incompreensível dentro das medidas de nossas minúsculas naturezas!"

José ficou contente porque Saul, o austero, estava realmente gostando da refeição, estimulado pelo sorridente Barnabé, que era certamente um dos mais alegres santos do Senhor. Saul chegou mesmo a comentar o buquê do vinho. A refeição chegando ao fim, num clima de tranquilidade e alegria — como Barnabé desejava —, este disse a Saul:

— Tenho uma mensagem para você.

Por algum motivo, o coração de Saul pulou e sua alma expandiu-se; encarou os faiscantes olhos negros do amigo, que balançou divertidamente a cabeça. Saul começou imediatamente a tremer, seus olhos encheram-se de lágrimas e curvou a cabeça para a taça trabalhada que segurava, sorvendo um grande gole para esconder a emoção, pois sabia que Barnabé a transmitiria quando quisesse, sem precisar ser apressado, e também que essa mensagem não era uma coisa vulgar.

— Pode não lhe agradar — disse Barnabé —, mas você não tem escolha. Mas, como você é Saul de Tarshish, vai na verdade agradar-lhe, pelo fato de você não ter escolha.

Voltou então às suas anedotas, fazendo José rir e forçando Saul a sorrir. Depois do jantar, foram para o átrio e então José virou-se para Saul com ar grave, dizendo:

— Peço-lhe que me desculpe, mas estamos esperando outra visita. Ele desejou vê-lo aqui em casa e, como é um velho amigo, cheio de atribulações, não pude recusar.

Olhou hesitante para Saul, como que lamentando e depois a visita foi anunciada. Saul, angustiado, envergonhado e triste, viu que era Tobias ben Samuel. Imediatamente, seus olhos orvalharam-se e ele sentiu como se tivesse recebido uma punhalada. José abraçou o amigo, que retribuiu distraidamente Seus olhos amargos e frios estavam pregados em Saul por cima do ombro de José. Saul percebeu seu ódio silencioso e sofredor, mas não ficou ressentido.

Tobias não o cumprimentou. Postou-se diante do jovem, olhando-o com calmo desprezo, como que examinando e recusando cada traço, cada fio de cabelo, cada membro e cada peça de roupa. O arrogante Saul sentiu-se ruborizar, apesar de seu sofrimento, pensando: sou de casa mais nobre que a dele e, apesar disso, ele me examina como se eu fosse o mais ínfimo dos escravos! Imediatamente, sua angústia e tristeza voltaram e quando Tobias concluiu sua inspeção, Saul caiu de joelhos aos seus pés, juntou as mãos e disse, com voz atormentada:

— Perdoe-me. Eu não sabia o que fazia. Minha desculpa é que eu acreditava estar cumprindo o desejo de Deus...

Tobias o interrompeu com tal aversão e ironia, que Saul estremeceu:

— É possível que alguém da sua laia acredite que Deus estava executando Sua vontade por seu intermédio?

— Eu acreditava. Estava errado. Mas acreditava.

Nunca Saul se rebaixara tanto antes, de humilhação e remorso, e José sentiu por ele, fazendo um gesto a Tobias que, no entanto, não o aceitou.

— Você acreditou — disse Tobias ao homem ajoelhado, com a cabeça inclinada para as mãos juntas — que estava sendo justo assassinando meu filho, meu único filho, meu belo e querido filho, meu gentil e devotado filho? Acreditou que Deus desejava aquele sangue inocente? Acreditou que Ele era tão monstruoso quanto você, Saul de Tarshish?

Saul levantou a ruiva cabeça orgulhosa, mas continuou ajoelhado. Encarou Tobias e falou, com voz contida.

— Tobias ben Samuel, você conhece a antiga punição para a heresia. Acreditei que Estêvão era herege; acreditei com toda a minha alma. Estava errado. Chorei e orei por perdão. Teria poupado seu filho. Tentei. Não adiantou. Passei anos no deserto contemplando o Messias, aprendendo com Ele, o Messias que seu filho amava e por Quem morreu... sim, em minhas mãos. E agora sei que Deus me perdoou, pois o que fiz não foi com maldade, mas apenas porque pensei que estava na Lei. Esta é minha única desculpa: acreditei ser um instrumento de Deus...

— E assim você, no ardoroso prosseguimento do seu erro maldito, também perseguiu, aprisionou e causou a morte de outros inocentes, Saul de Tarshish?

— A voz de Tobias estava cheia de desprezo.

— Não acreditava que fosse um erro. Gostaria de ter mil vidas, para expiar uma a uma em torturas! Deus aceitou minha penitência...

— E quem lhe informou disso, Saul de Tarshish?

Tobias recuou, como se ele estivesse empestado.

— Vi-O no deserto, a caminho de Damasco. Se não tivesse me perdoado, se não soubesse que o que fiz foi por um erro honesto e não por maldade e crueldade, Ele não teria aparecido para mim.

Tobias olhou-o amargamente durante muito tempo e depois disse:

— Sou de opinião que você é louco, Saul de Tarshish. Você não teve nenhuma revelação. Não viu Yeshua ben José a não ser talvez quando vivo. Seu sonho foi apenas o fruto de sua própria consciência louca! No caso, é claro, de você ter consciência, o que não acredito.

— Eu O vi — repetiu Saul, batendo no peito com os punhos fechados e seu rosto ficou brilhante de dor e êxtase.— Eu O vi! Ninguém pode me tirar isso. E ouvi Sua voz me chamando e não era uma voz de ódio!

— Então certamente sonhou, pois de outra forma Ele o teria matado pelos crimes contra meu filho e outros nazarenos! — Tobias apontou o dedo quase no rosto de Saul. — Você sabe o que fez? Tentei crer como meu filho acreditava. Falei com inúmeros nazarenos. Mas não pude me tornar um deles porque o assassinato de meu filho continua impune e, certamente, se Yeshua de Nazaré fosse o Messias, não teria permitido que você profanasse Seu Nome e dissesse que Ele lhe apareceu! O fato de você existir e viver é para mim a prova de que esse Yeshua ben José não é o Messias!

Os olhos de Saul ficaram estriados e cheios de lágrimas, para satisfação de Tobias.

— Assim pensaram centenas de outros. Você é uma maldição tanto para os judeus que não acreditam no Messias como para os que acreditam. Você é uma calamidade nesta cidade, Saul ben Hillel. Você traz a dúvida para os da velha fé e para os da nova, que dizem: "Este não é o impiedoso perseguidor de inocentes, um espião que quer destruir-nos? Se for sincero, é um louco, pois ninguém deve perseguir num dia e abraçar no dia seguinte. E quem ouve um louco, a não ser outro louco?"

Barnabé também ficou ouvindo tudo isso a pequena distância, sentindo uma dor profunda tanto pelo pai amargurado e desolado, como por Saul. E orou para que ambos pudessem ser confortados.

— Acredito que meu filho vive — continuou Tobias —, pois me deram provas que não podem ser negadas. Mas quando sonho com ele, seus olhos estão cheios de lágrimas, embora sorriam. Ele não fala. Creio que lembra como foi assassinado e que devo vingá-lo.

— Ah, não! — gritou o velho José. — Visto que você acreditou e aceitou que deve reunir-se a ele na fé e sabe que ele estava feliz na companhia do Messias!

Os lábios rosados de Tobias incharam e empalideceram de rancor ao olhar para Saul, apesar de responder a José.

— Só sei que odeio este homem e não terei sossego enquanto ele estiver na cidade. Por isso contratei dezenas de indivíduos para açular o povo contra ele, para que não faça conversões — ou vítimas — aqui! Vai ficar só. Nenhum nazareno ou velho judeu lhe dará ouvidos, não, nem mesmo um sacerdote, por caridade. Ele está sem armas e escudo. Está desprezado e rejeitado. Seu nome está amaldiçoado e é um nome nobre. Como membro de uma casa nobre, tenho vergonha por ele. Saul de Tarshish! Tire de seus pés o pó de Jerusalém e deixe a cidade do seu povo, pois para nós você é menos que um rato de esgoto, menos que um chacal!

— Perdão, perdão — implorou o velho José dirigindo-se ao amigo, colocando a mão no braço coberto de seda do outro. — O Senhor foi crucificado e estava inocente. E Suas últimas palavras foram dirigidas ao Pai, dizendo que perdoava "os que não sabiam o que estavam fazendo". Está sendo menos clemente que Deus e isso não e uma blasfêmia?

Tobias ergueu os braços num gesto de sofrimento e desânimo desesperados.

— Não sou o Messias! Não sou Deus! Sou apenas um pai sofredor, privado do seu único filho por este monstro e, perante Deus, bendito seja Seu Nome, derramarei seu sangue se ele não partir desta cidade, amaldiçoada por sua presença!

— Tobias, Tobias — implorou José.

Mas o pai sofredor apenas chorou e cobriu o rosto com as mãos.

— Perdoe-me — disse Saul, também chorando. — Em Nome de Deus, perdoe-me, Tobias ben Samuel.

Tobias respondeu por entre os dedos gordos e cheios de anéis, com voz abafada:

— Deixe-me em paz. Vá embora daqui e farei o possível para perdoá-lo, porém jamais esquecerei. Você pediu que o perdoasse em Nome de Deus e está escrito que quando um ofensor implora dessa forma, deve ser perdoado ou amaldiçoado. Mas, você precisa partir. Não quero mais ouvir o nome do assassino do meu filho.

Virou-se e, apesar de José ter tentado acompanhá-lo, sacudiu a cabeça e saiu do átrio, partindo em sua liteira.

Saul encostou o rosto no chão, chorou, deu gritos incoerentes de sofrimento e tristeza, implorando perdão. José e Barnabé nada puderam fazer para mitigar aquela terrível dor. Apenas rezaram. Mas finalmente Saul recompôs-se, ficou em pé cambaleando e seu rosto estava devastado.

Nesse instante, Barnabé disse:

— Saul, querido amigo, preciso transmitir-lhe a mensagem que me foi confiada por Nosso Senhor num sonho, por intermédio de um dos Seus anjos. Você precisa partir de Jerusalém e voltar para Tarshish, esperando ali Sua Vontade.

Saul teve um sobressalto. Enxugou as lágrimas abertamente com as mãos.

— Devo voltar para Tarshish?

— Sim. Há nazarenos lá, mas se vão aceitá-lo ou não, não sei, pois infelizmente sua fama espalhou-se por todos os lugares onde há nazarenos e também entre os judeus. Deve esperar com paciência. Deus tem um grande destino para você.

— Senti que Ele tinha me abandonado — disse Saul, num tom semelhante ao da juventude e com a mesma angústia.

— Não, jamais Ele abandona os que O amam — retrucou Barnabé, abraçando o amigo. — Ele aceitou sua penitência. Você olhou Seu Rosto transfigurado. Mas precisa deixar Jerusalém, pois seu destino não está aqui.

Dois dias depois, Saul partiu da cidade dos seus pais de madrugada e olhou para trás, para os muros, torres e espiras, para a cúpula dourada do Templo e sua dor quase ultrapassou sua capacidade de suportar, pois estava deixando para trás tudo o que amou e adorou e não sabia se tornaria a vê-los. Pior ainda, falhara com Deus.

◆ ◆ ◆

Capítulo 38

— Fui seu professor desde quando você fazia xixi nas calças — disse o velho Aristo. — O aluno deve agora ensinar o mestre? Deuses! O que os professores têm de aguentar e sem uma real apreciação! Nós vamos com certeza herdar as Ilhas Abençoadas! Ou então não há deuses.

O rosto de Aristo era parecido com o de um velho Pã, cheio de rugas, fissuras e sutilezas, mas os olhos permaneciam jovens como antigamente.

— Para mim, você continua sendo aquele aluninho, insistente como sempre, tão obstinado e, devo confessar, tão aguerridamente eloquente. Mas, meu Saul, estou velho, tenho algum juízo, sou grego, conheço as filosofias e acho seus ensinamentos determinados não mais elevados nem sábios que as palavras de Ésquilo, Sófocles, Aristófanes, Címon, Aristóteles, Demétrio, Teofrasto e outros.

— Não pretendo ser mais culto, nobre ou intelectual que esses homens — disse Saul —, procuro apenas falar a verdade. Não estou competindo com Sócrates! Não proponho charadas nem apresento enigmas.

— Ouça-me — disse Aristo, no jardim de Saul, onde se encontravam em pleno calor do dia, sob tendas listradas, bebendo vinho fresco e comendo bolinhos. — A verdade tem mil faces e vozes, fala através de poetas ou igualmente pela boca de sábios, e tem inúmeros aspectos. Creio que um milagre um tanto misterioso foi efetuado por meu sogro durante sua vida, mas não sei como nem por quê. Dizemos que é mais seguro não ser muito inquiridor a respeito dos deuses e de seus atos, pois eles podem tornar-se insolentes. Minha mulher é nazarena e não gracejo com ela a esse respeito nem me oponho às suas devoções, crenças e práticas peculiares. Peço apenas que a atenção do seu Deus não se fixe nela com insistência, pois também pode ser perigoso! Fico satisfeito em deixar os deuses cuidarem de seus próprios assuntos e espero que permitam que eu cuide dos meus em paz. Se isso lhe parece a filosofia de um sem-vergonha, um preguiçoso, que seja.

"Apesar de haver uma luz estranha em seus olhos e frequentemente em sua fisionomia, meu caro Saul, você não me parece mais feliz que antigamente. Está irritado, parece inquieto e aborrecido. Ah, você me contou! Está esperando um chamado do seu Deus. Bom. Mas não o imponha a mim e evitarei citar Zeus, que me parece mais bonito e forte.

"Minha infância e juventude, até ter sido salvo por seu pai, e que os deuses não o persigam agora como o fizeram em vida, não foram anos de felicidade e travessuras. Mas a partir daí conheci o prazer de viver como só os gregos conhecem, na contemplação da beleza do mundo, das mulheres, da poesia, das nobres estátuas, dos edifícios luxuosos, da harmonia, da música, da pintura, dos tecidos e cores. Os gregos são, certamente, os mais sábios dos homens, pois amam o dia e a hora, com sua glória e felicidade, ou mesmo a sombria tristeza, e não refletem muito a respeito dos deuses, que são invenção deles. (Tem de admitir, caro Saul, que aqueles deuses são mais bonitos que o seu, que me parece um Ser preocupado com o dever.) Nós prezamos boas iguarias, gostamos de vinho e de canções, do encanto das mulheres e da companhia apropriada. Não sei quem criou este mundo nem me interessa. Mas a Quem o criou ofereço minha obediência e O admiro, pois é o maior dos artistas, certamente, e todos os artistas gostam de ser apreciados. Os gregos são os provadores da vida, regozijam-se com ela, lhe são devotados, embora às vezes nos castiguemos com meditações trágicas, exatamente como alguém toma um laxativo para a prisão de ventre. Assim, nada dá melhor moldura à vida que pensar na morte e é por isso que existem os autores gregos de tragédias.

"Observei seus nazarenos em Tarso. É verdade que, em sua maioria, são judeus, o que explica parcialmente sua fisionomia fechada. Ouvi-os, infelizmente, e a você também. Nada encontrei em suas revelações, como vocês as chamam, que me inspire alegria, me dê um novo prazer no mundo ou um coração feliz.

— Você é um velho devasso, um sibarita — retrucou Saul, com um sorriso.

— Se sou, e não negarei a verdade disso, então também não causei mal a ninguém. Ser inofensivo, Saul, é a maior das virtudes. Trato a cada um com o máximo de justiça de que sou capaz e não trapaceio, a não ser no mercado, onde todos são ladrões. Só desejo um epitáfio: "Desfrutou o mundo, amou-o, viu a beleza, a feiura e a dor nele, mas partiu com pena e também com alívio, pois estava idoso e queria dormir."

"Não discuto por que estamos aqui, nem como chegamos ou qual a finalidade, pois não acredito que haja uma finalidade. Estou feliz por estar aqui, por olhar os pendões das estações, a mudança das árvores e das flores, por entregar-me aos braços da minha bela mulher, afagar seu cabelo, comer, ler poesia e admirar vasos. Você dirá que sabe o objetivo de seu ser e que já explicou-o a mim. Confesso que ele me aborrece. Quem desejaria a vida eterna, a não ser um tolo voraz que não consegue satisfazer sua cobiça e apetites? O homem morre quando se empanzina, seja moço ou velho. O quanto vive não importa; mas sim como vive, em meio à maior beleza que possa abarcar com o olhar, tocar com as mãos, escutar com os ouvidos.

"Às vezes lembro as crenças dos indianos, de que tornaremos a nascer incessantemente. Não é uma coisa apavorante de imaginar? Por mais encantador que seja o mundo, uma vida é suficiente e depois o silêncio, a treva e o repouso. Tânatos é um deus mais agradável que qualquer outro e aguardo sua chamada com tranquilidade. Diga-me, meu caro Saul: sua fé é mais alegre que a minha?

Sendo obstinadamente honesto, Saul hesitou. Depois disse:

— Mas nós procuramos uma felicidade ainda maior num eterno apogeu e uma alegria além do nosso conhecimento atual, face a face com a Beatífica Visão de Deus.

Aristo suspirou, alisou o rosto pensativamente, apertou os olhos protegendo-os do sol, que castigava os jardins.

— Confesso que esse pensamento me cansa. Quem desejaria passar a eternidade olhando para uma visão? Repito, ouvi seus nazarenos e seus relatos extasiantes do Céu que está para vir e não fiquei tentado. Eles procuram convencer seus amigos judeus, que normalmente os repelem, coisa que acho muito perspicaz da parte destes...

— Judeus ou nazarenos, acreditamos no mesmo Deus e no mesmo Céu, Aristo.

— É uma pena. Isso não me atrai. Nem me leva a êxtases espirituais, coisa que só a beleza me provoca. Ouvi boatos de que a nova seita judaica está-se espalhando como fogo em relva seca. Acho isso muito triste, por inúmeros motivos, muitos dos quais já lhe expus. Não gosto dos romanos, mas confesso que eles trouxeram ordem e paz ao mundo, são o povo da Lei e de uma natureza rigorosa, mas sem imaginação. Também são cientistas e homens de valor, embora não estimados por sua discriminação, além de serem grosseiros materialistas. Todavia, construíram majestosas e poderosas cidades, estabeleceram o comércio, as trocas, a amizade e a riqueza entre nações e estão enraizados, mais ou menos, como carvalhos. Pode imaginar a desordem, confusão e catástrofe que ocorreriam neste mundo se os romanos algum dia adotassem seu Deus? Tudo o que instalaram iria desaparecer e como os nazarenos não amam a conquista, a espada nem a justiça severa, os cobiçosos bárbaros se apossariam do mundo. Se eu pudesse rezar a algum deus, pediria que esse desastre jamais atingisse os romanos, apesar de tê-los amaldiçoado a vida toda.

— Não adianta — disse Saul, pegando um figo maduro, que começou a comer. — Jamais falaremos a mesma língua.

— Por que vocês, judeus, não conservam o seu Messias, como o chamam, só para vocês, deixando o resto do mundo viver em paz?

— Foi-nos ordenado que alimentássemos os homens com o pão da verdade — retrucou Saul. — Para o bem de suas almas eternas.

Aristo ergueu a mão num fingido gesto de pavor.

— Vamos fazer um trato: cuide de sua alma que eu, por gratidão, cuidarei da minha!

— Gosto de você — disse Saul em voz baixa — e por isso vou levá-lo ao Messias. Já lhe contei como O vi, como é Sua gloriosa aparência e da completa alegria que me envolveu no deserto perto de Damasco. Não sou eloquente, embora ache o contrário, pois então eu o teria convencido e influenciado e você teria ido a Ele.

Aristo ficou comovido. Bateu levemente no joelho de Saul.

— Caro rapaz — replicou — você é eloquente e Ianthe é fascinada por suas palavras. Mas como nem todos os homens desejam morar em Roma ou até em Atenas, também nem todos querem o seu Céu. Fique com ele e que os deuses não o desapontem.

— E você não fica comovido pela ideia de que poderá ver sua querida mulher no outro mundo, se cair aos pés do Messias e aceitá-Lo?

Aristo deu uma risadinha.

— Uma vida com uma mulher, por mais amada, já é suficiente e garanto que no íntimo Ianthe não deseja passar a eternidade comigo, apesar de me amar. Uma repetição de banquetes seria um verdadeiro Inferno, o mesmo acontecendo com o contato ininterrupto com os que estão no nosso coração. O seu Céu deve ser um lugar barulhento e prefiro as águas do Lete; agora, se me permite, caro filho, volto para casa a fim de dormir, pois o dia acabou e a noite fresca chegou. Nenhum homem pode desejar mais que isto.

Havia somente dois lares em Tarso onde Saul era bem-vindo: o de Aristo e o dos filhos e netos de Reb Isaac, falecido havia muito. No último, morava a jovem e bela viúva Elisheba, sem filhos, que um dia quisera casar com Saul, sendo recusada. Os parentes e descendentes masculinos de Reb Isaac foram cordiais e bondosos com o jovem solitário, em parte por deferência à memória de velho patriarca e também pelo fato de que Saul pertencia a uma casa nobre, além de rico e solteiro.

Todos tinham-se tornado nazareno e Saul encontrou conforto na casa onde estudara quando rapaz. Nenhum dos homens tinha a inteligência e sabedoria do patriarca, mas eram almas amigas, levando Saul a domar sua impaciência quando ficavam apenas olhando para ele, com acanhamento, após ter feito uma referência pouco clara a um obscuro profeta ou comentarista. A princípio pensou em ensiná-los, fornecendo-lhes livros antigos, mas apesar deles, no esforço de agradar, aceitarem os volumes e prometerem lê-los, infelizmente não ficaram mais informados que antes. Sua confusão só fez aumentar.

Por que Deus havia limitado a inteligência da grande maioria dos homens? Então, subitamente, Saul lembrou-se de que Rabban Gamaliel lhe tinha dito "O mundo é um conjunto de trabalhos e necessidades físicas. Se todos os homens tivessem nascido professores, intelectuais, artistas, quem cortaria lenha, faria fogueiras, tiraria água, ergueria habitações, construiria estradas, fabricaria mercadorias para o comércio, tripularia as embarcações, limparia as paredes, os esgotos, lavraria, semearia e colheria? Não que", prosseguira Gamaliel, com uma risada, "eu não gostasse de ver alguns desses supostos intelectuais serem obrigados a exercer algumas daquelas funções também! Poderiam tirar de suas cabeças alguns dos sonhos que as enchem — sonhos perigosos —, relacionando-os com a realidade crua, dando-lhes calos onde usam perfumes, mandando-os para a cama não sobre travesseiros macios, mas para dormir profundamente na palha. Ai daquele que menospreza quem trabalha. É um tolo, apesar de instruído. E precisamos considerar se um homem de mãos hábeis não é, pelo menos, tão valioso quanto o de mente aguda, além de ter sua própria inteligência."

A mesa na casa de Reb Isaac, apesar de não mais presidida pela falecida e famosa Lia, era excelente e Saul sempre bem-vindo. As mulheres da casa — as mulheres, as filhas dos homens, e Elisheba — cozinhavam abundante e luxuriosamente, além de servirem ótimos vinhos. Modestamente, como foram educadas, esperavam pelos homens, os rostos desviados, as cabeças cobertas como matronas judias que eram, mas os olhos pretos luminosos de Elisheba pousaram demoradamente em Saul, avivando ainda mais seu branco rosto animado. E, por qualquer motivo sem importância, uma mecha do seu brilhante cabelo preto frequentemente saía da cobertura, caindo sobre o rosto redondo. Esse mesmo descuido era às vezes evidente na justeza da faixa de sua cintura esbelta e nas roupas em torno do seu peito arredondado e dos quadris. Os homens e suas mulheres e filhas não a repreendiam por isso, e muitas vezes Saul captou a fragrância de hortelã e rosa ou jasmim, quando ela passava com os alimentos ou lhe dava outra colher ou faca.

Despreparado para as manobras femininas e inconsciente de uma conspiração familiar, só pouco tempo antes Saul percebeu a clara presença de Elisheba. Sua aversão pelas mulheres, subsequente a Dacyl, não diminuíra com o passar dos anos, e os anseios e perturbações da carne ele atribuía ao pecado e ao desejo proibido, dominando-os. Agora, após um ano em Tarso, esses anseios e perturbações tinham voltado. As mortificações da carne, o trabalho em seus próprios jardins, os estudos infindáveis, as longas caminhadas pelas estradas pouco tinham adiantado. As mulheres eram uma cilada e um mal, embora um mal necessário para a propagação da espécie, tinham ardis e eram libertinas por natureza, devendo por isso ficar sob estreita vigilância dos homens da casa, colocadas severamente em seus lugares, a fim de não ofenderem a Deus, não lhes sendo permitido dar ordens ou erguer as vozes. E os desejos que os homens sentiam por elas fora do leito matrimonial eram apetites que deviam ser criteriosamente desculpados apenas em determinadas ocasiões, como ciladas de Satanás para as almas dos homens sem sorte. Os profetas já não haviam avisado?

Não obstante, Saul tornou-se cada vez mais consciente da presença de Elisheba e todos os seus esforços de encará-la como uma armadilha para sua alma descuidada não conseguiram eliminar essa consciência. Por fim, seu coração pulava de maneira estranha quando ela entrava na sala de jantar com algum alimento, os belos olhos abaixados, os lábios rosados modestamente fechados; e quando ela saía, a luminosidade ia-se com ela. Saul ficou confuso. Ecos distantes do que sentira por Dacyl começaram a perturbá-lo. Sabia que não era amor, porém definiu-os como lascívia. O falecido marido de Elisheba não tivera irmãos e por isso ela ainda continuava viúva, o que Saul achou uma pena, pensando várias vezes porque seus parentes homens não lhe tinham arranjado outro marido. Era muito estranho que, quando pensava em chamar a atenção dos homens para seus deveres, sentisse desejos e ressentimentos.

Então, certa noite em que jantava em casa de Reb Isaac, Elisheba não esperou na mesa, com as outras parentas, nem ele a viu nos corredores, deslizando graciosamente, de cabeça baixa. Passou-se algum tempo antes que ele, com ar desinteressado, perguntasse pela viúva. Seu anfitrião informou-o de que ela estava em Tarso visitando a irmã, que tivera recentemente um filho. Iria demorar um pouco. Saul não notou os olhares sorridentes trocados pelos homens. Percebeu apenas, com súbita consternação, que a ausência de Elisheba o havia arrasado

Como podia ele, que dedicara sua vida a Deus e ao Messias, ter sido tão traído pela própria carne?, perguntou-se, angustiado, durante vários dias e noites. Seria uma nova tentação, outra armadilha de Satanás para afastá-lo de sua obstinada dedicação? Saul caminhou pelas estradas escuras à meia-noite, chorando e retorcendo as mãos. Ficou horrorizado quando descobriu que, inconscientemente, estivera andando em torno da casa onde Elisheba morou, nas horas mortas que precedem a aurora.

Foi numa dessas horas que a encontrou fora dos muros e jardins da casa do seu irmão.

De início, ficou assustado, pensando ser um fantasma; e depois apavorado, diante da sombra de uma moça andando sozinha nas trevas. Dirigiu-se a ela e, à tênue luz das estrelas, viu a fisionomia brilhante de Elisheba, silenciosa, refulgente, cheia de um amor desesperado por ele. Parou, perplexo e trêmulo. Ela estendeu-lhe as mãos e Saul viu-lhe os longos cabelos descobertos, a alvura do seu colo e o arfar agitado do seu peito.

Jamais poderia lembrar de quando atirou-se em seus braços, mas com uma profunda sensação de alegria sentiu a pressão dos jovens seios contra seu peito, o calor do corpo contra o dele e, então, sua cabeça inclinou-se e seus lábios encontraram-se numa paixão terna e abrasadora. Seu corpo inteiro vibrou num êxtase angustiado quando ela rodeou-lhe o pescoço com os braços, as mangas caindo para trás, e sua carne quente e macia ficou livre. Aquilo era muito diferente dos êxtases espirituais que tivera antes, mas de certa forma não era tão dessemelhante.

Apertou-a fortemente nos braços, como que temeroso de que ela pudesse transformar-se em bruma ou desaparecer, mas ouviu seu quente sussurro de encontro à sua garganta, fazendo com que seu coração se rejubilasse e seus olhos se fundissem em lágrimas de felicidade; porém, ainda assim, sua mente rugia contra ele. Estava traindo Deus, a Quem havia dedicado sua mísera vida em serviço total. Estava traindo o Messias, que tinha perdoado seus pecados monstruosos, condescendera em salvá-lo e dar-lhe uma missão... embora esta, após um ano em Tarso, ainda não tivesse conseguido realizar. Outro pensamento aguilhoou seu cérebro: estaria o Messias permitindo a Satanás essa nova, gloriosa tentação, para experimentar seus méritos?

Mas, como era doce um corpo de mulher, seu perfume, sua maciez! Como algo tão desejável, completa, amável e cheia de beleza podia ser pecado? A cabeça de Saul trovejava com uma mistura de paixão e horror a si mesmo.

Agora podia ouvir o que Elisheba estava murmurando: era o canto de amor da rainha da Sabá e para ele nunca tinha soado tão apaixonante:

— "Como a macieira entre as árvores do pomar, assim é o meu amado entre os irmãos. Sento-me, inundada de prazer, sob sua sombra e seu fruto é doce ao meu paladar. Ele me trouxe ao salão de banquete e seu estandarte sobre mim é amor. Sustenta-me com passas e conforta-me com maçãs, pois estou doente de amor! Sua mão esquerda está sob minha cabeça e a direita me abraça! A voz do meu amado...!"

A alma de Saul vibrou e pulou a essas palavras maravilhosas, e seu coração solitário sentiu o calor do amor, o desejo e o êxtase total, fazendo-o apertar Elisheba contra o peito, murmurando-lhe em resposta, os versos de Salomão:

— "Arrebataste meu coração, minha irmã, minha mulher. Arrebataste meu coração com um dos teus olhos! Como é belo o teu amor, muito melhor que o vinho, e o perfume dos teus unguentos superior a todas as especiarias! Dos teus lábios emana o mel como dos favos; mel e leite estão sob tua língua e a fragrância da tuas roupas é como o perfume do Líbano!"

Por um instante — terrível para ele — um pensamento como uma labareda atravessou-lhe o cérebro: não era o amor humano igual a este mais encantador que o amor a Deus e não era o toque da mulher amada mais reconfortante que tudo o mais?

O amor humano não era proibido por Deus. Na verdade, era abençoado. Ele, Saul, só tinha agora essa moça para amá-lo, essa delícia em seus braços, essa fragrante doçura encostada em sua garganta e percebeu que ela o amava não libertinamente, mas verdadeira, humilde e alegremente. Sua solidão o dominou. O vazio dos seus dias era como um lago gelado rastejando em seu coração. Ele só precisava aceitar o presente que ela lhe oferecia e a vida crepitaria, cheia de cores, perfume, riso, prazer e contentamento.

Então, viu a estrada à sua frente, que tinha aceitado com reverência e regozijo, e percebeu que precisava fazer aquela viagem sozinho. Não podia levar Elisheba e suas distrações com ele. Seus votos tinham de ser cumpridos. A estrada era amarga e árdua, mas no fim havia a realização acima do sonhado e imaginado. Embora seja melhor casar que consumir-se, alguns homens não deviam casar e ele estava convencido ser um deles.

Ao total serviço de Deus, devemos negar-nos todas as coisas, mesmo o amor humano e os desejos humanos. Um homem assim dedicado nada pode oferecer a não ser tristeza, confusão e perda a outro ser humano, pois não pode entregar todo o seu coração a esse ser. Elisheba não devia ser maltratada; não devia ser ferida ou ele próprio expiraria de dor e remorso por não poder se dar inteiro, vida e alma.

Então, gentilmente, quase desesperado, mas resoluto, afastou os braços de Elisheba, levou-a para uma mancha de trevas junto ao muro da casa do irmão e sentaram-se juntos. Ela agarrou-se a ele, encostou a cabeça em seu ombro e, apesar de sua firme decisão, não pôde afastá-la. A relva tépida debaixo deles ficou esmagada e uma chuva de botões de jasmim caiu sobre eles; as grandes estrelas, escarlates, azuis, brancas e douradas, pareciam flamejar ao alcance da mão. Perto, um rouxinol cantou de forma tão pungente que seus corações, atentos, abriram-se e estremeceram de tristeza num misto de exaltação.

Um dos seios de Elisheba estava encostado no braço de Saul, ele segurava a mão dela pensando como seria belo e tranquilo morrer assim, nunca mais perambulando, nunca procurando, nunca zangando, nunca se desesperando. Tentou falar, mas seus lábios recusaram-se a abrir. Assim, foi com a presciência do amor que Elisheba falou com suavidade:

— Eu o tenho amado, para glória e delícia do meu coração, desde a infância. E você não passava de um rapaz com seus livros na casa do meu avô. Vi-o antes que me visse. Ouvi sua voz antes de você ouvir a minha. Quando eu era menina, você era meu sonho do Paraíso, a visão de um anjo, um jovem Moisés. Depois afastou-se durante muitos anos e casei, pois era minha obrigação, mas sem amor. Nunca seu rosto esteve longe dos meus pensamentos. Era você e não meu marido quem estava comigo sob o dossel nupcial.

Elisheba deu um profundo e choroso suspiro, continuando na mesma voz baixa e suave:

— Não, nunca o esqueci, meu amado, nem por uma hora. Mas sempre soube que você não podia pertencer a ninguém na Terra, a não ser a Deus. Meu avô comentou a esse respeito para me consolar, mas eu sempre soube. Você não pode me levar, pois o caminho que segue tem de ser trilhado sozinho porque Alguém o ama mais que eu e você não ousa fugir ao Seu chamado.

"Só imploro uma coisa de você, meu amado. Não me negue sua presença após esta noite. Não me recuse olhá-lo. Nenhum olhar meu o perturbará ou distrairá; nenhum sorriso o fará vacilar. Peço-lhe apenas para vê-lo na casa do meu irmão, levar-lhe vinho e carne, toalha limpa e servir-lhe pão. Sua sombra caindo sobre mim parece-me mais brilhante que o sol. O som dos seus passos e da sua voz serão meu consolo, minha alegria. Não passo de uma mulher frágil. Não poderei viver, daqui por diante, se me privar da visão do seu rosto.

Levou a mão aos lábios e humildemente beijou-a. Depois, olhou-o. E, à luz das estrelas, Saul viu que ela sorria palidamente e que seus olhos brilhavam, inundados de lágrimas.

Saul sempre pensara que as mulheres eram fracas, suspeitas, meio desprezíveis e também perigosas, mas agora via resolução, coragem, abnegação, que teriam sido admiráveis no mais bravo dos homens. E, mesmo em seu sofrimento, ficou admirado e humilde, com seu amor por Elisheba tornando--se reverente, profundo e belo, além do imaginado.

Pegou o rosto delgado entre as mãos, inclinou-se e beijou-lhe os lábios, que não estavam tão frios e salgados como os seus. Então, afastou-a, ergueu-se e foi embora. Ela ficou olhando-o desaparecer na noite; depois, com uma leve exclamação, caiu de rosto na relva, gemendo como um cordeiro moribundo e ficou imóvel até que a luz cinzenta da madrugada surgiu a leste.

Capítulo 39

O quarto longo ano chegou em Tarso e Saul continuava esperando, sem um som ou revelação recente. Sentia-se como um barco atirado na praia, abandonado sob o sol, inútil, sem tripulação ou capitão, as velas fustigadas pelo vento, sem movimento no tombadilho ressequido. Tudo teria sido um sonho, uma ilusão? Deus o teria finalmente esquecido e deixado morrer naquele lugar longínquo? O chefe espiritual dos judeus lhe pediu, com hesitante compaixão, para não mais falar na sinagoga, pois enraivecia o povo, que lembrava ter ele antigamente perseguido os seus. Também não era bem-vindo entre os nazarenos, que também recordavam. Não tenho amigos, pensou, a não ser os membros da casa de Reb Isaac, a mulher que não ouso tomar e meu velho preceptor Aristo e sua mulher.

Passeava em seus jardins. Trabalhava com seus criados. Colhia uvas para fabricar vinho. Tinha uma lojinha em Tarso, onde vendia tecido de pelo de cabra para tendas, com poucos clientes. Pareço Caim, com uma marca na testa, devia pensar. Não havia contra ele a furiosa hostilidade que encontrara em Jerusalém, mas era suficientemente profunda para torná-lo um pária entre os seus. Escreveu ao primo Tito Milo, em Roma, tendo sofrido ao saber da morte do velho Aulo e de sua prima Ana. Mas tudo para ele começou finalmente a parecer um sonho e esperou pelo despertar há tanto postergado.

Sua irmã escreveu-lhe, dando-lhe notícias da família cada vez menor, procurando ser divertida e consoladora, como se desconfiasse do seu sofrimento. Ele desejou falar de sua esterilidade de alma e tristeza de espírito, mas não pôde. Só uma pessoa realmente percebeu, Elisheba, e ele passou a ir cada vez mais à sua casa, para ter o consolo de vê-la, com seu sorriso suave e ouvir seus passos. Finalmente, não foi mais, pois os irmãos da moça começaram a ficar mal-humorados, atirando-lhe olhares reprovadores, erguendo as sobrancelhas; e, portanto, mesmo esse oásis no deserto lhe foi fechado. Às vezes gritava, na escuridão da noite:

— Deus me esqueceu mas, por isso devo também esquecê-Lo, dar alegria ao meu coração, viver como os demais, ter filhos, descansar sob minha própria figueira e regozijar-me com a presença de minha mulher?

Saía então de casa, ia até a de Elisheba e ficava diante dela como um ladrão, esmagado de desejo, solidão e amor. Mas a moça, mantendo o pacto entre ele e Deus, não o recebia, embora Saul soubesse, com uma estranha percepção, que ela estava ciente da sua presença. Então voltava para casa, vagamente consolado, como se a mão da moça houvesse pegado a sua na escuridão e seus corações tivessem se unido.

Passaram-se então anos, antes que ele discutisse, implorasse e brigasse com Deus.

— Sou como um cavalo encilhado batendo os cascos e não me chamas para batalha! Sou como uma espada, enferrujando na bainha. Sou como um estandarte esfiapando-se ao vento, o emblema desaparecendo. Meu capacete ficou fosco, minha couraça corroída. Não sou mais jovem. Usa minha força, Ó meu Senhor e Salvador! Usa meus anos, ou murcharei como a polpa seca de uma noz. Onde está o altar para onde querias me chamar? Por que me puseste de lado como a casca de um melão, como refugo, como a palha inútil? Aqui estão minhas mãos, meu coração, meu sangue, minha carne! Usa-me antes que morra na velhice, resmungando um sonho esquecido!

Não recebeu resposta. Confuso, percorria as peças vazias de sua casa. Pesaroso como se eles tivessem acabado de falecer, visitou o túmulo dos pais, onde falaria com o pai, implorando sua interferência junto ao Deus silencioso.

— Você O amava, meu pai — murmurou para a lápide do túmulo —, serviu-O e, sem dúvida, Ele o ouvirá, embora esteja agora surdo aos meus apelos. Como O ofendi, para que Ele vire Seu rosto de mim? Toque no Seu manto, a túnica brilhante do Messias, e lembre-O de que espero Seu chamado como uma vez Ele me avisou.

Um dia, nos seus desesperados passeios no frio da tarde, foi dar num pequeno cemitério onde os gentios eram enterrados, mas gente humilde, como escravos libertos e criados. O muro era baixo, permitindo-lhe ver as tumbas e os ciprestes negros. Então, teve um súbito tremor, pois viu em vários sepulcros cruzes toscas de madeira, amarradas com flores ou fitas. Abriu o portão e entrou com passos suaves, como que para não perturbar os adormecidos na terra.

A estradinha de cascalho rodeava uma moita de ciprestes e ele chegou às novas campas com cruzes semelhantes. Então, teve um sobressalto, quase caindo para trás. Um rapaz estava ajoelhado, de mãos juntas, diante de uma das cruzes, e seu cabelo ruivo brilhava como o fogo ao sol. Seu rosto era o rosto de Saul moço.

Meu filho, pensou. Quis afastar-se em silêncio, mas seu gesto chamou a atenção do rapaz, que ergueu os calmos olhos azuis, tão metálicos quanto os de Saul, para o rosto deste. Bóreas ficou de pé sem deixar de fixar o pai e os dois encararam-se em silêncio. O sol brilhava nos ciprestes e na relva seca do verão. O vento murmurava com as árvores e, ao longe, uma carruagem percorria a estrada quente.

— Eu o conheço — disse Bóreas e sua voz era a voz de Saul.

— Sim — replicou Saul, esboçando um sorriso. Sentiu o coração estalar com a velha dor. — Vi-o quando criança. Você é Bóreas, não é, filho de...?

Bóreas não respondeu. Impávido, como em leão jovem e valente, não se mexeu. Um sorriso estranho pairou em seus lábios. Uma borboleta esvoaçou sobre seu ombro. Examinou Saul com atenção e o sorriso estranho aumentou.

— Nunca o esqueci — falou Bóreas por fim. — Com o passar dos anos, lembrei-o cada vez mais. E vi-o no mercado, Saul ben Hillel, ouvi-o falar e incitar o povo. Segui-o nas sinagogas, onde tudo é ilegal — o sorriso alargou-se ironicamente —, e fiquei maravilhado com a sua eloquência.

Saul não conseguiu falar. Queria fugir, mas o olhar de Bóreas estava pregado nele.

— Sou também nazareno — continuou o rapaz. — Bem como o bom homem a quem chamo de pai, que repousa neste túmulo. — Fez um gesto para a cruz maior. — Digo que era bom porque deve sempre ter sabido que eu não era seu filho, mas amou-me e considerou-me assim. Foi por causa do dinheiro? Mas o dinheiro só lhe chegou muitos anos depois do meu nascimento e lembro que me embalou em seu colo quando eu era bebê, ensinou-me a andar, isso muito antes daquele dinheiro. — O sorriso irônico ficou frio e duro. — O dinheiro do meu avô, Hillel ben Borush.

O rosto de Saul ficou lívido e ele abriu a boca como se não conseguisse respirar. Mas não pôde afastar o olhar daquela fisionomia jovem, irônica e acusadora, que subitamente pareceu divertir-se.

— Você pensou que não percebi, quando criança, você se aproximar silenciosamente de mim depois do nosso primeiro encontro — disse Bóreas. — Fingi não o ver espiando através das cercas ou por cima dos muros. Fui-lhe tão caro, Saul ben Hillel, que não ousou falar comigo, seu filho?

Uma sombra cobriu os olhos de Saul, fruto de sua tristeza e do amor que irrompeu em sua garganta como um tigre.

— Olhe-me! — continuou Bóreas, que deu um passo à frente. — Nega que eu seja seu filho? Sabe o que me dizem os que o viram e me conhecem? Eles riem como se fosse uma boa piada e dizem: "Só há um em Tarso além de você, Bóreas, com sua cor de cabelo e olhos, com suas feições, e esse é Saul ben Hillel, da nobre casa judia. Talvez sua mãe, quando levava você no ventre, tenha-se encontrado com ele, ficando impressionada e assim deixando você marcado!" É o que dizem, Saul ben Hillel, coisa que ouço desde minha mais tenra idade. E às vezes diziam na frente do bom homem que me acolheu em sua família.

Sua voz aumentou e vergastou Saul como um açoite. Saul abriu os braços e disse:

— Condene-me se quiser, Bóreas, mas amei sua mãe e mal tinha quinze anos quando o gerei, muito mais moço que você agora.

— E ela não passava de uma pobre escrava e você um judeu de grande família!

Saul balançou a cabeça.

— Não, não.

Não podia dizer àquele rapaz que Dacyl conhecera outros homens além dele, que não era uma virgem inocente quando se entregara a ele, para quem ela foi seu primeiro encontro com uma mulher.

Os olhos de Bóreas estreitaram-se e seus cílios vermelhos eram como uma chama rubra entre seu cabelo e o rosto sardento.

— Não conheci minha mãe — disse Bóreas. — Mas me disseram que era muito bonita, bondosa e adorável, predileta de sua senhora, que a libertou quando casou-se, dando-lhe um dote. Onde está a mentira?

— Não, não são mentiras — retrucou Saul. Reuniu forças. — Já lhe disse: eu ainda não tinha quinze anos. Sou judeu. Sua mãe não era uma judia... donzela. Não podia ter casado com ela, pois meu pai não teria dado consentimento e eu tinha obrigações com meu povo.

— Ouvi falar dessas obrigações — disse Bóreas —, pois sua fama precedeu sua volta, meu pai.

Saul não pôde suportar essas palavras nem o sorriso que as acompanhou.

— Não sou criança — prosseguiu o rapaz. — Já saí com moças escravas como você fez com uma. Por que então iria condená-lo? Não sei. Talvez tenha sonhado que você me chamou, mas foi um sonho falso, não é? Não sou judeu.

Saul levantou os braços num gesto veemente, deixando cair as mãos vigorosamente sobre os ombros jovens de Bóreas, gritando:

— Você é meu filho, meu fruto, e não o reclamei, temendo o que já aconteceu e desejando apenas o seu sossego!

Bóreas começou a afastar-se dele. Ergueu as mãos para retirar as de Saul dos seus ombros. Mas ao tocar nas mãos do pai, as de Saul pousaram, desamparadas, nas dele. Ambos encararam-se e, lentamente, começaram a sorrir.

Depois, Saul abraçou o filho ardentemente, dizendo:

— Nunca o esqueci, Bóreas, meu filho, você sabe. Senti saudades suas todos estes anos. Mas não queria que fosse magoado nem ridicularizado. Não o procurei para o seu próprio bem. Considere-me covarde, se quiser, mas o fui em seu benefício. Ah, como eu gostaria que meu pai o tivesse posto no colo e beijado seu rosto!

— Vou ao túmulo dele e de minha avó — disse Bóreas, cuja voz ficou embargada. — Tenho orgulho de ser da estripe deles e também da sua. Agora compreendo e peço-lhe que me perdoe.

Saul apertou-o mais, beijou-lhe a testa e depois as faces.

— Você me apareceu como o sol, iluminando minha vida — disse com voz trêmula. — Só tenho você como descendente. Tudo o que é meu lhe pertencerá. Pois agora sou um homem sem lar, sem raízes, sem povo e talvez mesmo sem Deus.

Pareceu-lhe, quando deixou Bóreas no cemitério, que sua carne tinha sido estraçalhada e que uma parte de si tinha ficado para trás. Mas estava também consolado. Tinha combinado com o filho encontrarem-se em lugares solitários, onde pudessem conversar e onde Saul lhe ensinaria as antigas verdades do seu povo. Não estou mais só!, exultava frequentemente, em silêncio. E foi procurar seus advogados para uma consulta secreta.

✦ ✦ ✦

Capítulo 40

— Mas eles o ridicularizarão, meu pai, escarnecerão de você e isso não posso suportar.

— Nunca em minha vida — retrucou Saul, sorrindo — deixei de fazer alguma coisa por medo da opinião pública ou de zombarias. — Seu rosto modificou-se. — Infelizmente, às vezes procedi muito mal. Mas nisto estou certo e você precisa me obedecer.

Assim, foram aos juízes e Saul adotou Bóreas, denominando-o publicamente Enoque ben Saul; os juízes ocultaram seu espanto e os demorados olhares de soslaio, fingindo indiferença e sisudez. Não precisaram fazer suposições; o aspecto de ambos era suficiente. Mas Saul era rico, adotou aquele rapaz que, por sua vez herdaria seus bens, enriquecendo também, e magistrados não riem enviesados da riqueza.

Saul ensinou intensamente ao filho a fé dos seus pais; Bóreas tinha uma mente aguda, perceptiva e bem-humorada, deixando Saul orgulhoso. Mais tarde, Bóreas disse:

— Agora devo ser circuncidado e admitido na congregação de Israel.

— Calma — disse Saul. — Discuti o assunto com Simão Pedro, que continua inflexível, dizendo que um homem precisa antes abraçar a velha fé e ser circuncidado, para só depois ser verdadeiramente considerado nazareno perante a Face do Messias. Pois tive milhares de revelações e sei que o Messias, bendito seja Seu Nome, também foi aos gentios e isso é suficiente a eles para aprender sobre os profetas e patriarcas, todas as Escrituras, Moisés, e saberem por si próprios que as profecias foram realizadas referindo-se ao Messias. É verdade que, sem o antigo conhecimento dos Mandamentos e do Sinai, do Pacto e da fé que Deus deu aos nossos pais, é impossível a um homem compreendê-Lo. Mas não é necessário ser judeu e admitido na congregação de Israel. Ah! Num destes dias, tornarei a encontrar Simão Pedro e iremos esclarecer tudo isto!

Bóreas não duvidou, vendo o rosto corado e bondoso do pai, que aquilo iria acontecer e sorriu carinhosamente para Saul.

Saul estava com trinta e nove anos e Bóreas com vinte e três. Saul pretendia mandar o filho para a grande Universidade em Alexandria. Mas Bóreas disse:

— Meu coração está na terra e tenho trabalhado nas fazendas que meu... Peleu... deixou para os filhos, junto com meus irmãos e irmãs, e não quero sair de casa.

— Eles não são do seu sangue! — exclamou Saul com ciúme.

— Em memória a um homem bom, o pai deles, são mais que do meu sangue — retrucou Bóreas e seu rosto tornou-se a face severa de Saul que, vendo isso, ficou comovido como sempre a essa manifestação. — Só isso era suficiente para me manter junto a eles. Mas há além disso o amor à terra.

Era quase intolerável para Saul que seu filho, seu único filho, não fosse um intelectual. Pai e filho encararam-se com os mesmos olhos implacáveis e finalmente foi Saul quem baixou o olhar, e forçou um sorriso. Poucos dias depois, comprou muita terra vizinha às fazendas de Bóreas, com oliveiras, pomares, gado, prados, florestas de pinheiros, dando-a ao filho, que aceitou o presente em silêncio, com abraços e lágrimas de felicidade.

O quarto ano daquele estranho exílio estava quase no fim e a primavera espalhava-se novamente pela terra. Apesar de Saul se enfadar, suspirar, implorar a Deus, bater os pés com impaciência furiosa ultimamente, percebeu que estivera nesses anos adquirindo conhecimento, não pelo ensinamento dos homens, mas pelo ensino direto do Messias. As lições lhe eram dadas no silêncio da noite, em sonhos, em visões, em súbitos prodígios e intuições, em repentina excitação silenciosa quando gritava baixo: "Certamente é verdade, embora eu não tenha compreendido antes!" Então, durante horas ou dias, ficava animado e exultante, até que sua impaciência tornava a se impor. Mais tarde, disse. "Fui ensinado pelo Espírito Santo e não por vozes humanas e isso é um grande mistério."

Certo dia, ao meio-dia, estava almoçando com o filho, Bóreas, na arejada sala de jantar, quando o supervisor entrou e disse:

— Senhor, há três estranhos querendo falar com o senhor, no átrio.

Saul franziu o cenho, depois levantou-se, acompanhado por Bóreas no gesto carinhoso de um filho que teme pela segurança do pai. Três homens esperavam no átrio, aberto ao calor dos jardins e Saul exclamou, ao reconhecer dois deles:

— Amós! Barnabé!

Correu para o sobrinho, abraçou-o e beijou-o em ambas as faces, e depois abraçou Barnabé, o de rosto sorridente, barba preta e olhos inquietos. Não podia acreditar serem eles e sua alegria quase o matou; pegou-lhes as mãos e estava a ponto de gritar novamente quando se lembrou do estranho com eles.

O homem lhe era vagamente familiar, alto e magro, túnica azul-escura, rosto bem-feito e tranquilo, olhos azuis grandes e audazes, um leve sorriso; o cabelo, antes castanho-claro, estava agora grisalho, desdobrando-se em ondas em sua bela cabeça. Saul hesitou. O homem não usava o solidéu de nenhuma das tribos; a cabeça descoberta e as faces claras estavam levemente avermelhadas pelo sol e não usava barba. Portanto, não era judeu. Nem um romano trigueiro, robusto e cheio de si, nem soldado, nem um egípcio moreno ou outro qualquer. Saul examinou suas feições, procurando lembrar, e sentiu uma pontada no coração, embora não soubesse por que, pensando, vagamente confuso: "Sem dúvida é grego." O homem tinha um ar jovem, contudo era evidente estar chegando aos cinquenta anos.

O estranho falou e então recordou sua voz:

— Não lembra de mim, Saul ben Hillel? Encontramo-nos duas vezes — disse, com voz triste.

Num lampejo, Saul lembrou mar e velas, cheiro de piche quente e cordas, seguindo-se a recordação de sofrimento e sangue, homens gritando e o calor do deserto. Sua mente estremeceu com o ataque violento das lembranças e então recordou. Aquele era o médico grego Lucano, que conheceu no barco para Tarso, encontrado dolorosamente no martírio de Estêvão ben Tobias. Fazia muito tempo. Foi apenas ontem e a dor torturante atacou Saul, que não conseguiu falar.

Barnabé, observando e sabendo de tudo, disse:

— Saul, é o nosso caro amigo Lucano, que foi muito tempo professor do seu sobrinho Amós ben Ezequiel que, como sabe, é agora médico.

Amós, que também sabia, falou:

— Vou ficar em seu lugar como médico enquanto ele propaga a Boa-Nova, como lhe foi ordenado, onde haja homens para ouvi-lo.

— É um companheiro querido — disse Barnabé, colocando o braço no ombro de Lucano.

Este, porém, com o rosto ainda mais triste, estendeu a mão a Saul, dizendo:

— Saudações, meu amigo, meu irmão perante Deus e Seu Messias.

Saul olhou aquela amistosa mão de irmão estendida, olhando depois para a própria, e pareceu-lhe que seus dedos estavam manchados de sangue. Esfregou-os na túnica e de cabeça baixa estendeu a sua, apertando os dedos magros e frios do médico.

— Você e eu percorremos um longo caminho — disse Lucano, como que consolando o outro.

— Um longo caminho — murmurou Saul.

Lucano abraçou-o como um pai, enquanto Barnabé e Amós — este de cabelos louros e barba recente — sorriram um para o outro.

Bóreas ficara olhando na sombra de uma coluna com curiosidade e interesse, principalmente Amós, que sabia agora ser seu primo, sobre o qual Saul falara frequentemente. Amós, sentindo aquele olhar, virou depressa a cabeça e fitou incredulamente o outro rapaz, reconhecendo naquele rosto seu tio quando jovem, notando cada vez mais a espantosa semelhança. O rosto claro de Amós corou de embaraço e viu que Barnabé também estava examinando Bóreas, com as sobrancelhas pretas erguidas e a boca aberta de espanto.

Saul lembrou-se repentinamente do filho. Foi até Amós e virou-o inteiramente na direção de Bóreas, dizendo:

— Amós, meu sobrinho, este é meu filho Enoque ben Saul, seu primo, não só pelo sangue, mas por adoção.

— Saudações a Amós ben Ezequiel — disse Bóreas, adiantando-se com dignidade, de mão estendida.

Amós relanceou rapidamente o olhar do pai para o filho e ficou ainda mais corado. Contudo, com a mesma dignidade de Bóreas, abraçou o rapaz mais velho, dizendo:

— Cumprimento meu primo Enoque ben Saul. *Shalom*, meu primo Enoque.

Saul abriu-se no seu antigo sorriso alegre, dizendo:

— Chame-o Bóreas, pois como o vento, ele gosta da terra e sopra carinhosamente sobre ela, em todas as direções.

Passou o braço pelo ombro do filho. Ficaram lado a lado, enquanto os outros os olhavam.

Lucano mal pôde esconder seu divertimento. Ouvira muitas coisas sobre Saul no decorrer dos anos, ditas pelas línguas maldosas de Jerusalém e Damasco, sem acreditar muito. Reservou sua opinião, quando Simão Pedro lhe disse:

— Tanto os judeus como os nazarenos o chamam "o grande renegado", e não confio inteiramente nele, pois é homem de paixões violentas, que seguirá sempre seu próprio caminho, é impetuoso e impaciente, exagerado. E embora atualmente procure ser humilde, tem um ar altivo e condescendente na presença dos nascidos em camadas inferiores, cuja inferioridade transforma-os em seguidores do Messias.

É possível, pensou Lucano, que haja alguma verdade no que dizem sobre Saul ben Hillel, mas é um homem destemido e corajoso, com um nobre desdém pelas opiniões e restrições alheias, pois posta-se orgulhosamente ao lado do filho, reconhecendo-o.

Lucano lembrou-se repentinamente de um de seus sobrinhos, fazendeiro na Campânia, perto de Roma, percebendo parecer-se ele com Bóreas, apesar da pele clara e braços bronzeados pelo sol; e quando Lucano sentiu os dedos e palma calosos daquela mão, havia familiaridade. Os raios do causticante sol apareciam em torno dos olhos do rapaz, vendo-se ainda neles uma longínqua expressão só existente nos que cultivam a terra, uma expressão de paz, firmeza, confiança, e um conhecimento puro que o homem urbano jamais conheceu.

Barnabé dirigiu-se a Saul:

— Seu exílio, que foi seu aprendizado, agora acabou. Você virá comigo e com Lucano para Antióquia, onde ensinaremos e levaremos os homens ao conhecimento e aos pés do Senhor.

Saul alegrou-se. Sua única tristeza era deixar o filho Bóreas. Na verdade, com o passar dos dias, começou a sentir um sofrimento grande e crescente, pois alguma coisa sussurrava em sua alma que jamais tornaria a vê-lo depois de deixar a Cilícia. Como sentiu aquilo não sabia, porém há muito tinha desistido de investigar suas intuições. Assim, manteve Bóreas ao seu lado o maior tempo possível, enquanto conversava com os amigos e o sobrinho.

Bóreas não sabia por que Lucano, o aristocrático médico grego, e Barnabé, o venerado professor, tratavam Saul com uma deferência tão especial. Não era pela casa, como logo descobriu o esperto Bóreas, nem pelo nome ou riqueza, pois o rapaz agora sabia que o próprio Lucano era rico. Bóreas, apesar de ciumento pelo tratamento dado por todos a seu pai, estava contente e agradecido, embora continuasse sem saber a origem da deferência. O médico era mais erudito e Barnabé mais ardente na fé, além de mais gentil e alegre, que Saul. Não obstante, sentavam-se aos pés de Saul, que estava muito eloquente, podendo conversar ininterruptamente, sem cansaço, durante horas, com voz autoritária, estimulante e sonora, sem que alguém se atrevesse a interromper ou discutir. Era como se estivessem ouvindo um sábio.

Era possível que ele tivesse dormido com minha mãe, uma moça escrava de origem desconhecida e me gerado?, era o que Bóreas se perguntava. Para o jovem camponês, aquele pai apenas quinze anos mais velho que ele, tornou-se um patriarca, um profeta, outro Moisés. Ele sabia da visão na estrada de Damasco, pois Saul não se cansava de exaltá-la, de falar dela, porém Bóreas considerou aquilo como apenas outro milagre da parte Daquele que tinha, em Sua piedade e amor, feito vários milagres e estes eram parte da profunda fé dos nazarenos, que aceitavam as intervenções miraculosas como sinais comuns dados a muitos deles. Alguns tinham caminhado com o Messias durante quarenta dias após Sua crucificação e muitos mais viram-No no Seu corpo redivivo. Mas Saul não caminhara com ele; jamais lhe tinha falado em Jerusalém, como Barnabé. Não aprendera pacientemente com Ele na terra de Israel, viajando ao Seu lado pelas estradas longas e cansativas. Todavia, aqueles visitantes lhe concediam a reverência e cortesia somente dadas a sábios famosos. Sou de sua carne e sangue! Bóreas exultou, ficou orgulhoso, embora não soubesse bem o motivo.

Uma noite, de repente, Saul disse ao filho, após as visitas se retirarem para seus aposentos:

— Antes de eu partir, Bóreas, você precisa casar. Já escolhi sua mulher, a filha de Judá ben Isaac, filho do meu preceptor Reb Isaac, que repouse em paz.

— Não conheço a moça nem a família! — exclamou Bóreas.

— Ora — disse Saul. — Que tem isso? — Parou e um profundo olhar de dor modificou sua fisionomia por um instante. — Conheço a família. Já falei a Judá ben Isaac, embora não sejamos mais amigos, por um motivo que não lhe direi. A moça chama-se Tâmara, tem quatorze anos, é bela e recatada. Seu pai, infelizmente, não é culto, mas a mãe ensinou-lhe a integridade e deveres da mulher casada, o que é suficiente para uma mulher, pois as mulheres são vasos frágeis não destinados à sabedoria. A moça tem um dote considerável e dotes não se desprezam. Chega. Já está decidido.

Bóreas ruminou um instante. Nas reuniões dos nazarenos, era permitido que as mulheres sentassem entre os homens, ao contrário do que acontecia nas sinagogas, e apesar de serem agradáveis e silenciosas, tinham dignidade e os homens não as tratavam como inferiores, mas como irmãs, iguais no amor ao Messias. Muitos rostos bonitos tinham atraído a atenção de Bóreas. Isso o fez rebelar-se por ter seu pai escolhido uma mulher para ele, sobre a qual nunca ouvira falar, esperando que o filho a recebesse humildemente, sem mesmo ver seu rosto antes do dia do casamento. Bóreas também revoltou-se com o tom de leve ou profundo desprezo que se escondia na fascinante voz do pai quando falava das mulheres, mesmo das nazarenas.

— Não casarei com essa moça — disse Bóreas — antes de ver seu rosto, pois não poderei morar com uma mulher que me cause aversão.

— A mulher nasceu para obedecer ao pai, aos irmãos e principalmente ao marido, e para casar, dando filhos a esse marido. Seremos romanos e gregos, para quem nossas mulheres são insolentes, infames, e seguem seu impudente caminho nas ruas e travessas, nos mercados, ladeiras e casas de comércio? Não.

Bóreas, que havia herdado a mesma maneira impetuosa e imprudente de falar de Saul, retrucou amargamente:

— Você está pensando em minha mãe!

Saul empalideceu de raiva. Depois pensou: "É verdade e ofendi meu filho." Assim, depois de um momento, disse, com voz humilde:

— Darei um jeito de você ver o rosto da moça a distância, e iremos falar com o pai dela, embora o pressuposto marido não esteja habitualmente incluído nas conversas entre os pais. Ela pode, de fato, recusá-lo como repulsivo e assim você não precisa casar com ela, apesar do meu desejo mas, como seu pai, posso ordenar esse casamento.

Pois Saul estava agora pensando, com alguma dor e melancólico divertimento, como tinha desafiado o pai com relação a Elisheba, apesar de Hillel ter-lhe ordenado que casasse com ela.

Portanto, estava tudo arranjado e Bóreas manteve-se a distância, vendo uma virgem com um rosto de lírio, olhos como estrelas negras e um alegre sorriso tímido, que amou e desejou imediatamente. Mais tarde, Bóreas disse a Saul:

— Casarei com a moça, se é seu desejo, meu pai — fingindo parecer resignado e obediente.

Ficou tudo acertado com Tâmara ben Judá e o casamento foi marcado para antes da partida de Saul para Antióquia. Bóreas não pôde perceber os presságios no coração do pai de que nunca mais se encontrariam, e que Saul desejava que o filho tivesse o máximo de apoio que uma mulher e família podiam dar.

— Você vai morar nesta casa, que deixei para você em meu testamento, com sua mulher — disse Saul. — A casa e tudo o que tenho lhe pertencem.

Houve uma conversa de Saul com Lucano e Barnabé que perturbou Bóreas, porque, pela primeira vez, os dois olharam friamente para Saul.

Estavam sentados no jardim da casa de Saul ben Hillel ao cair da tarde, depois de ter amainado o calor do dia. O céu não estava mais brilhante nem mais azul que o lago totalmente imóvel, no qual, juntamente com algumas nuvenzinhas rosadas, refletia-se perfeitamente, como também a ponte arqueada de ébano esculpido, com suas formas de dragões, os cisnes-brancos e negros, os patos que espalhavam tranquilidade na água. Um ou dois ciprestes também refletiam-se, nítidos e negros como que rigidamente pintados. As tamareiras já estavam carregadas com seus cachos amarelos, e as romãs vermelhas pendiam entre as folhas verdes; os figos dourados estavam maduros nos galhos e os limões surgiam como bolas de ouro entre a folhagem lustrosa. As fontes refulgiam como jatos de fogo ao sol, cegando, e as paredes estendiam-se em ondas de flores vermelhas, brancas e púrpuras. A trilha de cascalho vermelho brilhava como que semeada de rubis entre a relva e os canteiros de flores, ainda vivos apesar do quente verão que terminava, e um ar de paz resplandecente pairava sobre o jardim.

Saul, o filho, o sobrinho e os hóspedes estavam sentados sob uma ampla tenda listrada, com bebidas ao alcance das mãos, discutindo a difusão da Igreja em Roma, Grécia, África e Ásia Menor.

— A Boa-Nova — disse Lucano — viaja nas asas da manhã e é carregada pelas plumas da noite.

As grandes estradas romanas, que facilitavam a rapidez das viagens e dos boatos, eram em parte responsáveis por isso, bem como o forte comércio entre o leste e o oeste, cujo centro ficava em Israel.

— O momento da história foi escolhido — retrucou Saul, com alegria e excitação agora tão familiares ao seu coração. Gostaria de partir com Barnabé para instalar novas igrejas, para dar ânimo e coragem aos novos, para acalmar discussões, para transmitir suas revelações a todos os que pudessem ouvir. (Havia realmente discussões, mesmo tão cedo, pois, apareciam novos intérpretes como gafanhotos, com dimensões e argumentações, e apesar de Barnabé demonstrar preocupação, Saul foi indulgente.) — Só precisam de correção e explicação — disse, com uma esperança que Bernabé pediu fervorosamente fosse confirmada.

Saul sabia que estaria no seu jardim pela última vez e que a cada dia o fim se aproximava dolorosamente. Uma vez que sua vista tinha-se aguçado tanto após a visão do Messias, estava agora constantemente dominado pela beleza do mundo, não mais achando ser pecado a sua contemplação, mas apenas piedosa reverência encantada.

— Como Elias foi levado para o Céu no carro de fogo — disse Barnabé — e Nosso Senhor ascendeu perante nossos olhos, também Maria subiu quando morreu na casa de João. Estávamos lá quando ela faleceu e foi amortalhada, ajoelhamo-nos junto do seu leito, rezando, ouvindo-se repentinamente um barulho enorme, maior que qualquer trovão, pois sacudiu a pequena casa, viu-se uma luz mais forte que a do sol e caímos de rosto no chão, mudos, cegos e sem sentidos. E quando nos erguemos, aturdidos o leito estava vazio, com apenas um resplendor de luz nele, que esmaeceu enquanto o olhávamos.

Saul ficou instantaneamente incrédulo, embora os outros tenham curvado as cabeças, ficando de rostos iluminados.

— Como! — exclamou. — Uma simples mulher recebeu honra tão divina! Não acredito. Você estava louco de dor e desejando muito um milagre...

— Por que então — perguntou Barnabé — seu corpo desapareceu?

— Quem sabe? — respondeu Saul, encolhendo os ombros. — Os que queriam um milagre ou desejavam mostrar coisas sobrenaturais levaram-na enquanto você estava meio aturdido.

Subitamente, lembrou-se ter proferido palavras semelhantes quando seu primo Tito Milo lhe contara a ressurreição do Messias. Mas encolerizou-se. Que tinha uma mulher, uma simples mulher, a não ser dar seu corpo virgem ao Senhor? Apesar de Lia, Judite, Raquel, Rute e Sara, havia poucas Mães de Israel e nenhuma delas, por mais merecedoras e amadas por Deus, tivera favores tão divinos. Ele havia rezado inúmeras vezes no túmulo de Raquel em Jerusalém e pensou que, apesar de sua evidente nobreza e grandeza, ela morrera e apodrecera como milhares de mulheres antes dela. Era verdade que Maria tinha sido escolhida entre todas as mulheres para dar nascimento ao Messias e O cobrira com sua carne, deu-Lhe seu sangue e seu leite, mas fora apenas, como Lucano lhe dissera, "a criada do Senhor", uma humilde moça galileia, embora da Casa de Davi. Não passara de uma mulher, de pouca confiança, o rio no qual a Graça tinha viajado como uma nave branca. Quem honrava as águas que conduziam as velas e o Passageiro? O rio não passava do caminho inevitável.

Foi aí que uma fria tristeza espalhou-se pelos rostos das visitas.

— Você esqueceu — disse Barnabé. — Mesmo Deus esperou seu consentimento — daquela mocinha recém-saída da puberdade — para gerar Seu Filho! Aquela menina virgem fora anunciada havia séculos. Ela nutriu Deus em seu seio; ensinou-O a andar; ouviu Suas primeiras palavras infantis. Fez Suas roupas; embalou-O nos braços; conversou com Ele como só as mães sabem fazer ternamente com os bebês que ouvem confiantes e felizes. Ela cozinhou Seus alimentos; fez Seu pão. Ordenhou as cabras para Ele e colheu frutas. Atendeu às necessidades do Seu corpo humano. Durante trinta anos Ele pertenceu apenas a ela e quantas maravilhas lhe devem ter sido reveladas! E como deve ter meditado e chorado em Seu berço, sabendo que um dia Ele precisaria abandoná-la para levar as sagradas novas à humanidade e que teria de morrer sob aterradoras circunstâncias. Os apóstolos e Lucano falaram-nos dessas coisas. O Senhor fez Seu primeiro milagre ao amoroso pedido dela. Foi Ele quem a fez Mãe de todos os homens, enquanto pendia moribundo na cruz infame. Ela estava presente quando o fogo do Pentecoste caiu sobre Seus apóstolos e discípulos chorosos. O fogo foi cuidadosamente evitado de se abater sobre a Mãe?

"Ela não foi uma 'mera mulher', Saul. Era a Mãe de Deus. Ele a amou antes de amar a outros em Sua forma humana. Correu para o lado dela como uma Criança; foi irremediavelmente dependente dela para se alimentar. Nós, homens, amamos e reverenciamos nossa mãe. Quanto mais, então, deve Deus amar e bendizer Sua Mãe! Nada é impossível para Deus. Se ele escolheu levar seu corpo impoluto até Ele, como foi levado o Messias, quem ousará discutir? Embora — disse Barnabé, sem alegria no rosto ao olhar Saul — fosse apenas uma mulher.

Saul refletiu. Contra a vontade, admitiu todos os argumentos de Barnabé. Era um mistério. Todavia, Maria não passara de uma mulher e as mulheres não eram muito consideradas pelos profetas e patriarcas, apesar de todas as Mães de Israel. Eram propensas à fraqueza da carne e da vontade. Pensou em sua própria mãe, em Dacyl e nas outras que conheceu.

Então, lembrou-se de ter visto Maria uma vez, quando jovem em Jerusalém, e que ela cochilara, cansada, perto dele, esperando o filho. Lembrou-se da terna veneração do Messias; Ele a alimentara com Suas próprias Mãos. Mostrara tristeza e preocupação com ela. Chamara-a emi (mãe). Se o senhor honrava e amava tanto Sua Mãe, por que deviam os homens objetar? Ele não tinha gritado: "Todas as gerações devem me chamar abençoado?" Saul balançou a cabeça.

— É um mistério — murmurou, apreensivo. — Preciso meditar a respeito.

Os nazarenos recebiam as mulheres com respeito e em igualdade de condições. Encontravam-se em casa de mulheres e mães, para fugir à ira exacerbada dos judeus. Respeitavam as mulheres por causa da Mãe do Messias. Saul mexeu-se na cadeira. Precisava, de fato, "meditar a respeito". Mais tarde, aceitou as mulheres com uma relutância que nunca desapareceu.

O casamento de Bóreas, ou Enoque ben Saul, com Tâmara bas Judá, realizou-se na véspera de Saul partir de Tarso.

Um sacerdote nazareno oficiou a cerimônia na casa de Judá ben Isaac e unicamente perante nazarenos. Saul temia a hora em que devia defrontar Elisheba, a tia da noiva, e ao mesmo tempo ansiava pela ocasião, para um último olhar àquele rosto adorado.

Mas Elisheba não estava entre os membros da família, nem no meio dos convidados. Saul não ousou perguntar por ela e ninguém se referiu a ela. Era como se Elisheba não existisse.

Recebeu o filho, a noiva e os convidados em casa, olhando-os com muita tristeza e com um novo pressentimento de que nunca mais os veria. A estrada fora, finalmente, revelada e ele era um viajante eterno. Ficou radiante. Mas, como homem de carne e osso, também ficou triste.

◆ ◆ ◆

Capítulo 41

No decorrer dos seus anos de solidão em Tarso, Saul percebeu, lenta e inevitavelmente como a paciente queda da chuva, que sua Missão era junto aos gentios. Rejeitou essa convicção milhares de vezes. Havia outros evangelistas, outros missionários, embora fosse certo que seu trabalho entre os gentios dera raros frutos e poucos foram os convertidos. Os judeus não o ouviriam, a ele, Saul ben Hillel, não confiariam nele e os judeus nazarenos tinham aversão semelhante. Ouviam os missionários e evangelistas, mas não a ele!

Foi Barnabé, que nada sabia das revelações lentas e apenas meio compreendidas de Saul nesses quatro anos de exílio, quem lhe disse:

— Você vai ensinar e converter os gentios. Essa é a sua missão. E é por isso que nossos irmãos judeus, sob misteriosas inspirações, não querem nada com você.

Deus, bendito seja Seu Nome, sabe o que é necessário. — E acrescentou: — A vida, as maneiras e os pensamentos dos gentios não me são familiares, como judeu que sou de vida modesta, existência tranquila e pouca cultura, como são para você, Saul. Todavia, tenho dificuldade de falar com eles, em termos que possam compreender, em metáforas adequadas ao espírito deles e numa linguagem que lhes seja familiar. Posso falar e ser compreendido pelos judeus, especialmente os humildes e devotos. (Não acrescentou que a natural impaciência, erudição e cultura de Saul tornava-lhe quase impossível falar àquela gente humilde de pouco conhecimento. Ele se irritava muito facilmente.)

"Mas você é culto, compreendendo o grego e o romano, além de judeu fariseu. Os gentios o ouvirão, como não fariam comigo e outros como eu. Cada vez mais entendo por que e como Deus o escolheu, Saul ben Hillel! Como são maravilhosos os Seus caminhos!

Saul nunca estivera antes em Antióquia da Síria, a cidade natal de Lucano, que o iria acompanhar, junto com Barnabé, em muitas ocasiões.

— Meu pai adotivo — dissera Lucano com um sorriso afetuoso — tinha repugnância da cidade, chamava-a de antro pestilento, exalando a urina, esgoto, frutas podres, cabras, camelos, burros e suores de homens e animais. Era também muito agitada, muito quente, muito estranha ao seu espírito romano. Ele fora enviado para lá como legado e desprezava cada momento do que chamava seu exílio. Era um administrador capaz, o nobre Diodoro Cirano, e um "velho" romano convicto e patriota, um soldado acima de tudo; adorava os velhos deuses e os obedecia, era justo e honrado. Por isso era respeitado pelos habitantes de Antióquia, embora odiado pelos coletores de impostos e incompreendido pela gente da cidade. Para ele, um assunto era totalmente certo ou totalmente errado, de acordo com a lei da velha Roma. Era um anacronismo num mundo de tremenda confusão e de grande quantidade de línguas diferentes. Tinha a natureza pura e simples incompreendida por gente negocista e corrupta. Infelizmente, o mundo ficou mais pobre com sua morte e vai ficar ainda mais com o passar dos anos, quando gente da sua espécie não for mais conhecida.

— Certamente, Deus fará crescer outras gerações iguais à dele — disse Saul. Lucano balançou a cabeça.

— Quem sabe? Roma e todo o espírito romano estão acabando.

Apesar de Saul, durante toda a vida, ter tido a tendência de depreciar as opiniões e impressões dos homens sobre o mundo — como muito subjetivas — descobriu, para seu espanto, que Antióquia era ainda um tanto pior que a descrição de Lucano e que simpatizava com o legado romano Diodoro Cirano.

Os romanos, claro, eram tão onipresentes ali como em Israel e sua multidão de burocratas igualmente detestável. Tudo era regulado, supervisionado, arrumado e torpemente inspecionado por eles; e seus registros precisos, como

Lucano tristemente percebeu, anotavam os passos de cada homem ou animal e cada nova túnica. Tinham prédios atuîhados de registros meticulosos e os burocratas trabalhavam dentro deles como formigas. Para eles, os homens não eram homens. Eram folhas de pergaminho, uma quantidade num livro.

— Nações imperiais tornam-se incômodas e onerosas — disse Lucano — e finalmente sucumbem à completa solidez dos seus regulamentos. Quando uma nação deixa de ter respeito pelo indivíduo e passa a ter pelas massas, está acabada. — Esboçou seu frio sorriso grego. — Foi o que meu pai sempre disse e ele estava certo.

— Também temos burocratas romanos em Israel — disse Saul. — Contudo, eles procuram não abusar muito. Somos um povo temperamental.

— Os habitantes de Antióquia preferem gritar, banquetear-se e dormir com mulheres — disse Lucano, alargando o sorriso ligeiramente ao olhar para Saul. — Por isso não lutam abertamente com os coletores de impostos e outros burocratas. É um jogo: ao contrário, preferem lográ-los, o que eu acho um costume mais divertido.

Só tinha encontrado Saul duas vezes antes e em cada uma vira um aspecto vívido nele. Desde sua visita a Tarso, Saul frequentemente o confundira, apresentando ainda outros aspectos, muitos deles contradizendo os que percebera antes. Havia uma qualidade multiforme naquele homem, claramente atrevida, corajosa e aberta, mas sem disfarce. De caráter e aparência leoninos, era também sutil e versátil, mutável mesmo. Em comparação com o alegre e simples Barnabé, parecia um homem forte ao lado de uma criança agradável e terna. Era evidente que gostava de Barnabé, porém muitas vezes, quando os três estavam juntos conversando e aquele fazia um comentário simplório, Saul não gostava, ao contrário de Lucano, que o aceitava como uma prova de uma natureza gentil e cristalina. Franzia o cenho em súbita irritação, o que magoava Barnabé. Percebendo, então, que ferira o amigo, Saul arrependia-se de imediato e mudava de assunto rapidamente como se achasse o tema muito complicado para Barnabé.

Os três, tão diferentes em tudo, estavam unidos por laços mais fortes que os de carne, sangue, mera amizade ou afeição humana. Os laços eram invisíveis, porém mais sólidos que pedra e ferro. Eram prova de um amor maior que o do homem, de uma fé mais invencível que a morte. Viviam e dedicavam seus seres ao Messias. Como Saul escreveria mais tarde numa carta: "Para mim, o viver é Cristo. Fui crucificado com Cristo. Não vivo e sim Cristo vive em mim; a vida que agora vivo na carne, vivo-a na fé do Filho de Deus, que me amou e se entregou por mim."* Portanto, Lucano e Barnabé eram, para Saul, não homens separados dele, mas inextricavelmente unidos a ele no amor e na salvação de Deus. E assim

---

* Gál. 2:20.

eles também o viam. Para eles, outros que não acreditavam também mereciam suas lágrimas, orações e compaixão, pois não viviam nas trevas das quais Deus queria que fossem resgatados?

Pela primeira vez, e em Antióquia, os nazarenos eram chamados "cristãos", invenção dos gregos gracejadores, pois a palavra Cristo em grego significa "o Ungido". O nome era empregado nem sempre com respeito, mas às vezes com humor grego, pois achavam que os nazarenos levavam-se e à sua missão muito a sério, enquanto os gregos consideravam os deuses como belos símbolos, isso quando os olhavam, e na pior das hipóteses consideravam-nos não apenas inexistentes mas risíveis. Como os nazarenos em Antióquia — e nos outros lugares — pareciam preocupados apenas com uma vida eterna além do túmulo e ansiosamente procuravam atrair outros sob o Crucifixo — em si um símbolo lúgubre — e não pareciam ser felizes como os homens comuns, nem procuravam a beleza e o prazer sensual, os gregos não só tinham pena deles como homens incapazes de alegrar-se e deliciar-se, mas impacientes encolhiam os ombros e afastavam-se. Mais ainda, eram quase invariavelmente judeus e estes tinham a reputação de olharem além dos limites do mundo, contemplando Deus, uma horrível ocupação.

Os pragmáticos romanos, porém, com menos tolerância, também olhavam os cristãos com a mesma atitude. Tinham para os romanos uma virtude: pagavam seus impostos, fenômeno espantoso que mesmo os cidadãos de Roma não praticavam. Além dessa perturbadora virtude, pareciam passivos, muito gentis, pacíficos, não apenas para os romanos, mas para as inúmeras raças em Antióquia, como persas, sírios, egípcios, indianos e milhares de homens morenos, de aspecto feroz, de desconhecidas tribos do deserto, além de bárbaros. Na verdade, não havia muitos nazarenos, ou cristãos, em Antióquia, mas de uma forma incrível pareciam estar ao mesmo tempo por toda parte, inofensivos mas insistentes — carinhosamente insistentes — e preocupados não consigo mesmos ou com negócios, lucros, banquetes, divertimentos, mas com coisas estranhas, muito bizarras para a mente de um homem sensato. Sua incrível inocência, seus sorrisos muito doces e atraentes aborreciam as pessoas ao redor. Por isso, eram muitas vezes insultados publicamente, roubados nas suas pobres lojinhas ou explorados de muitas outras formas. Um escravo cristão servia com humildade, embora sabendo que seus colegas escravos o detestavam e seu amo o desprezava. Era sabido que alguém podia impulsivamente bater num cristão sem que este sequer se defendesse!

Mas a água mole estava começando, de forma muito leve, a imprimir um molde na pedra da humanidade.

Pois para esta cidade oriental, esta cidade lasciva, barulhenta, vociferante, quente e imunda, partiu Saul de Tarso, a fim de inspirar e encorajar a Igreja nascente. Ele era algo novo para romanos e gregos. Era um judeu de aspecto impetuoso, contido mas visível, arrogante e orgulhoso, impaciente, com fulgurantes olhos azuis, sem barba, emanando uma força misteriosa, não pertencia às classes baixas e sim às ricas e poderosas, com uma confiança citadina. Sua cabeleira ruiva, agora com mechas grisalhas, chamava a atenção, o mesmo acontecendo com seus modos e sua voz. Havia algo de militar nele, nos seus gestos bruscos e na sua segurança. Diziam que era tendeiro e tecelão de pelo de cabra, coisa que os romanos e gregos rejeitaram como absurdo.

Não era meigo nem humilde, não recuava diante de outro homem agressivo, podia rugir, era capaz de violência no falar e no agir. Era cristão, mas, com certeza, não da espécie existente em Antióquia!

Os romanos e os outros não eram os únicos dessa opinião. Os cristãos também descobriram por si mesmos e não muito contentes.

Dirigiu-se à nova Igreja em Antióquia — aquela cidade exalando a urina, heterogênea, cheia de ladrões, viajantes, tratantes, ricos, escravos, opulentos, tão imunda quanto tumultuosa — e ficou evidente que pretendia assumir sua direção e não apenas orar. Foi o primeiro em Antióquia que disse à comunidade cristã:

— Apesar de terem inúmeros guias em Cristo, vocês não têm muitos pais. Pois me tornarei seu pai em Jesus Cristo, através do Evangelho. Incito-os, portanto, a imitar-me. Que preferem? Devo aproximar-me com uma vara ou com amor e espírito de gentileza?*

A primeira divergência com a comunidade resultou de sua insistência em que os gentios não precisavam se converter ao judaísmo para aceitarem Cristo. Os judeus-cristãos, claramente dominantes, sentiram-se insultados verbalmente na presença dos gentios levados a eles. A esses gentios, Saul disse:

— Desejo que aqueles que os perturbaram se mutilem!

Não foi menos sarcástico com os cristãos que insistiram que para ser um verdadeiro seguidor do Cristo era preciso viver tão humilde e inofensivamente quanto um escravo, pois mais tarde repetiu, de modo furioso:

— Vocês toleram de boa vontade os insensatos, sendo sensatos! Pois sofrerão se alguém os escraviza, domina, tira vantagem ou irrita, esbofeteando-os!**

Para Saul, muitos dos cristãos de Antióquia eram ainda mais irritantes que os nazarenos de Jerusalém. Os anciãos da Igreja também ficaram ofendidos pela forma severa dele resolver suas dissensões e escrúpulos intensos. Por mais jovem que fosse a Igreja, já estava cercada por uma multidão de intérpretes que afirmavam aos gritos terem recebido a inspiração divina e que suas opiniões precisavam ser aceitas, ou o transgressor sofreria o fogo do inferno. Saul atacou-os com uma paixão tão devastadora quanto impiedosa.

---

* Cor. 4: 15-21.
** Cor. 11: 19-21.

Na véspera da partida do grego Lucano para Filipos, Saul disse-lhe:

— Em Jerusalém, muitos dos primeiros nazarenos eram de famílias importantes, instruídos, educados e eruditos, homens viajados e de nível intelectual. Mas em Antióquia só reunimos os simples, analfabetos e estupidamente obstinados.

Lucano possuía muito mais experiência que Saul entre os ignorantes e humildes e sabia, melhor que ele, que tão logo lhes fosse dado um pouco de autoridade, ficariam mais arrogantes que um homem nascido para isso. Era também mais compassivo, embora menos inclinado a um amor sem crítica. Quando Saul esbravejou, sozinho com os amigos nos seus deploráveis quartinhos de uma pobre estalagem, Lucano disse:

— Fale mais gentilmente, com mais conciliação, meu caro Saul. E mais devagar, com palavras menos cultas. A mente humilde se ofende com facilidade, é frágil e inclinada a acessos de raiva irracionais, não conseguindo acompanhar um argumento rápido e complicado. Por isso, ofende-se e menospreza o orador quando não o compreende. Fale como se fossem crianças analfabetas, numa linguagem simples e pausada.

Correu o boato entre os cristãos de que Saul e Lucano eram consideravelmente ricos. Por que, então, viviam tão modestamente? Lucano era grego e gentio e estes frequentemente eram incompreensíveis, mas Saul, além de judeu, era fariseu. Por tal motivo deixava os outros cristãos perplexos. Sabia-se que ambos davam prodigamente seu dinheiro à nova Igreja e faziam doações à Igreja em Israel, o que, sem dúvida, era exemplar. Mas a caridade de Saul não provocava gratidão nem afeto entre os cristãos. Não tinham eles uma sociedade comunitária, onde cada um dividia com os irmãos, e o pobre, pelo simples fato de existir, tinha direito aos tesouros de um rio, ganhos ou não? Acreditavam plenamente, apesar de contrariar os ensinamentos dos antigos. Ficaram ofendidos quando Saul gritou-lhes, como já fizera antes:

— Quem não trabalha não come!

(Os cristãos de Antióquia, todavia, eram menos inclinados a sentar-se e esperar pela chegada iminente do Messias, e mais inclinados a ganhar seu pão.)

Quanto a Lucano, este os assustava com seus modos frios e afetados, pois era um "estrangeiro". Muitos dos judeus-cristãos ainda abrigavam a convicção de que um gentio devia ser tratado com reserva e desconfiança, mesmo que cristão também. "Respeito mas desconfiança" era o simples lema dos antepassados para com os gentios e seus descendentes inclinavam-se a concordar. Os poucos gregos, sírios e outros "estrangeiros" entre eles eram, por outro lado, levados a imaginar se um gentil desprezo pelos gentios ricos mas que não transigiam com eles, os pobres, fazia com que lhes dessem sua bolsa, bem como sua habilidade. Lembravam que, no amor cristão, ele era levado a fazer isso, mas como eram tão humanos quanto cristãos, ficavam meio incrédulos. O pobre dividia com o pobre, mas para um rico fazer isso deixava os simples e ingênuos desconfiados, decaindo no seu respeito.

Antióquia não era apenas uma cidade de sol e calor aparentemente inextinguíveis, onde as ruas calçadas de pedras negras redondas eram tão quentes como uma fogueira ao meio-dia, mas também uma cidade de muros à maneira oriental, jardins e pátios escondidos por trás deles, estradas sinuosas, sarjetas malcheirosas, céus abrasadores, cachorros, camelos, carneiros e cabras soltos nas ruas, acompanhados de gansos e pombas. Era também uma cidade de mercados, mais ainda que Jerusalém, e a turba era ainda mais agitada, blasfematória e velhaca numa dúzia de línguas, além de impudente acima do suportável. Jamais dormiam; a noite reboava com as flautas, harpas, cítaras, tambores, risos estridentes, gritos, guinchos e latidos e as tavernas nunca fechavam; os barulhentos percorriam a rua a noite inteira em roupas de uma vintena de nações. Os guardas romanos jamais andavam sós: havia pelo menos dois, três ou quatro deles. Os habitantes de Antióquia cuspiam neles, xingavam-nos, mas num jeito divertido, num espírito de camaradagem, e se os romanos sorriam com indulgência, eram frequente e imediatamente convidados a entrar na taverna mais próxima por aqueles que tinham acabado de insultá-los, indo todos de braços dados. Era também um porto importante no rio largo, havendo sempre barcos de muitos países ancorados.

— Tem de admitir que é uma cidade pitoresca, atraente mesmo — disse Barnabé, sempre um tanto inclinado a achar fisionomias simpáticas, por mais deplorável que fosse a pessoa, a cidade ou os costumes.

— Ela é repugnante — retrucou Saul.

— Disseram que não é mais repugnante que Roma — falou Barnabé.

Os cristãos reuniam-se em ruínas abandonadas nos arredores da cidade, em campos, pedreiras, cocheiras, em casinhas pobres. Quando Saul sugeriu uma Casa de Deus, alguns dos anciãos, agora cautelosos por causa do seu mau humor, disseram que o Senhor falara de "um Templo não edificado por mãos". Essa foi outra fonte de irritação para Saul: aquela gente confundia metáfora com realidade. Quando o Senhor disse que os que "tinham sede e fome de justiça seriam satisfeitos", era a clara realidade que Ele tinha prometido para o mundo futuro e após Sua Segunda Vinda. Mas quando falava em parábolas misteriosas — por mais simples que parecessem ao serem ouvidas — e em metáforas, muitos ficavam confusos e apenas os cultos podem interpretá-las para eles, provocando às vezes sua revolta. Saul tinha menos problemas com seus judeus-cristãos, pois estavam familiarizados com os mistérios e símbolos das Escrituras e com as palavras ambíguas dos profetas, que exigiam comentadores. Eram os pagãos convertidos que se agarravam obstinadamente à palavra e não ao espírito.

— O Senhor — não se cansaria Saul de explicar — falou em aramaico, não em grego, latim, sírio, persa, egípcio ou parto. É uma língua sutil, cheia de significados, versatilidade e símbolos interiores.

Assim, comprou uma velha estalagem para os cristãos, retirou as paredes e fez um templo, sacralizando-o com a ajuda dos anciãos, colocando um altar, para o qual as mulheres prepararam uma toalha de linho branco grosso, lindamente bordada, e nesse altar Saul colocou um belo par de candelabros de sete braços, comprado de um negociante judeu que vendia prata de qualidade; por trás do altar pendia um grande crucifixo dourado. Os cristãos ficaram a princípio desconfiados e depois orgulhosos do seu templo.

Mesmo antes de Saul, explicaram-lhes que a consagração do pão e do vinho os tornavam puramente a carne e o sangue do Messias. No entanto, muitos continuaram duvidosos. Alguns dos anciãos argumentaram:

— O Senhor disse. "Façam isto comemorando-Me!"

Ficaram exultantes. Ah! Olharam para Saul, triunfantes. Não passa de um símbolo! Incharam de orgulho; finalmente, tinham vencido aquele homem arrogante.

Saul sacudiu a grande cabeça ruiva.

— Vocês estão prontos a aceitar símbolos quando decidem que são símbolos. Mas este é uma realidade. O pão e o vinho são, de fato, feitos com a substância do Senhor. Quando dito em aramaico, única língua falada por Ele, Suas palavras não significam "imitação" ou símbolo. Significam uma verdade repetida.

— Isto é verdade — disseram os judeus-cristãos, balançando as cabeças.

A afirmação provocou imediatamente uma barulhenta controvérsia entre eles e seus amigos cristãos que não sabiam aramaico e, deploravelmente, alguns ergueram os punhos. Saul achou a situação divertida e observou com indulgência. Eram homens e indefesos. Não iriam realmente agredir-se... iriam? Quando um o fez, Saul baniu-o pelo prazo de cinco dias e os outros ficaram envergonhados, rezando para que ele fosse perdoado.

Enquanto Saul era organizador, intérprete e sacerdote-mor, Barnabé era professor, feliz e alegremente, amando e perdoando, gentil e bondoso. Com frequência evitava que uma transgressão chegasse ao austero Saul e um pecador recebesse uma reprimenda severa e dura. Às vezes, num acesso de desânimo, comum em Saul, confessaria a Barnabé que a Lei de Deus era perfeita, porém era mais que evidente que o homem não era capaz de segui-la. Veja eu, dizia, que tive a inefável Graça de uma visão, um encontro direto com o Messias, que me instruiu diretamente e não pelas palavras dos homens. Não conheço minhas próprias ações.

— Pois não faço o que quero, mas sim exatamente o que odeio. Não faço o bem que desejo, porém o mal que não desejo é o que faço. Porque tenho prazer com a Lei de Deus, no meu íntimo, mas vejo em meus membros outra lei em guerra com a lei da minha mente, tornando-me escravo da lei do pecado, que reside em meus membros. Que infeliz eu sou! O que me libertará deste corpo mortal?*

— Somos todos pecadores — disse Barnabé, com tristeza.

— Mas não devemos ser! — gritou Saul. — Infelizmente, condeno essas criaturas quando sou pior que elas! Pois fui poderosamente abençoado e vi com meus próprios olhos.

— É o conflito do nosso espírito com a nossa carne — insistiu Barnabé. — Deus, bendito seja Seu Nome, compreende. Nossas pequenas vitórias não o são para Ele. São abençoadas, grandes e recebidas com amor, pois Ele sabe quanto nos custaram. O batismo eliminou nosso pecado herdado — prosseguiu. — Nós...

— Nós continuamos a pecar alegremente — disse Saul, homem pouco jovial.

Mas o poder da sua voz, a maravilhosa eloquência dos seus ensinamentos, sua intuitiva compreensão, sua enorme sinceridade e entusiasmo, e o fato de ser rico e instruído finalmente superaram a cautela dos cristãos, reunindo-os num conjunto firme e iluminado, eliminando as demoradas superstições, aumentando seu amor a Deus e aos homens, dando-lhes coragem e zelo. Nunca lhe contaram seus segredos — reservando-os para o terno Barnabé — mas confiaram em Saul mais que em qualquer outro homem, e quando ele os incitou a procurarem os pagãos e trazê-los para o Messias, sentiram seus espíritos animados e sua resolução revigorada.

— Sejam justos, bondosos, humildes e amáveis, falem sempre com honestidade e verdade, sejam como uma coluna brilhante na escuridão, honrados e de fala e modos equilibrados, sejam alegres de modo que os outros possam ver sua alegria, evitem o pecado público ou particular, rezem sempre e deixem que suas fisionomias falem do milagre que Nosso Senhor imprimiu em suas almas. Assim, atrairão outros, maravilhados, para serem iluminados e salvos. Vivemos num mundo mau. Quem puder mostrar o caminho da paz, da justiça, da salvação, da alegria eterna e do amor é um mensageiro de boas-novas, um servo de Deus, pois chega sem pedir dinheiro, posição ou favores pessoais. Pede apenas felicidade para as almas dos outros. Esse, sozinho, é um pedido formidável, diante do qual todos ficarão maravilhados e espantados, pois nunca foi feito antes.

Assim, no trabalho e no descanso, os cristãos fervorosamente faziam conversões como nunca o tinham feito antes, com um entusiasmo e persistência que agradaram até a Saul. Passou a considerá-los seus filhos e amou-os de todo coração.

---

* Rom. 7:15-25.

Mesmo quando o irritavam, o que quase sempre acontecia. Consciente de suas próprias imperfeições, não podia suportar as dos outros. Desprezava-as em si mesmo e neles.

✦ ✦ ✦

Capítulo 42

Saul saiu de sua triste lojinha, onde vendia os produtos do seu tear, e caminhou pela agitada e barulhenta cidade até a casa do famoso médico egípcio Quéfren, amigo e colega de Lucano. Já o conhecia, um homem alto e delicado, com uma expressão sardônica perpetuamente divertida, moreno, olhos oblíquos misteriosos e cabelos pretos que pareciam pintados em sua cabeça estreita. Tinha mãos compridas e exóticas, com as palmas pintadas de vermelho e as unhas tingidas, dando a impressão não apenas de ser sábio, mas exigente e rico, o que de fato era. Era impossível calcular sua idade; poderia ter quarenta e também, a uma certa luz, parecer mais velho. Sua barba era curta e pontuda, tratada com óleo perfumado.

Certa vez, Saul o divisara em companhia de Lucano, quando pregava no pobre Templo novo que os cristãos olhavam com tanto orgulho. Ele tinha ficado no meio da multidão suada, com a luz do poente vermelho incidindo sobre seu rosto moreno, porém nada tinha revelado, a não ser interesse em seus olhos negros. Estava vestindo, rica mas discretamente, manto violeta-escuro e cinza, com um colete sem mangas de um azul forte, com brocados, uma capa curta de seda branca bordada a ouro. Usava um anel caro em cada dedo, um colar de ouro no pescoço e um brinco de pedras na orelha direita. Apesar de egípcio, tinha na cabeça um pequeno turbante violeta, azul e branco, sendo alvo de olhares tímidos, cautelosos, dos pobres cristãos de Antióquia, reunidos para adorar e partilhar o Corpo e o Sangue do Seu Senhor, em amor coletivo.

Quando o cesto de oferendas foi passado entre a congregação, Quéfren despreocupadamente deixou cair nele um anel de pedras preciosas e um punhado de sestércios de ouro romanos. Os que estavam próximos ficaram assombrados com esse luxo. Contudo, ele comportou-se como um faraó preocupado no meio deles, parecendo meditar sobre o que Saul dissera. Depois desapareceu, enquanto os comungantes se dirigiam ao altar para receber e bênção e o Sacramento.

Apareceu mais duas vezes, sempre indo embora com aquela expressão divertida.

Saul disse a Lucano:

— O médico egípcio seu amigo parece impressionado com o que digo e com as palavras de Barnabé. É possível que se torne cristão?

— Acho que não — respondeu Lucano, com aquele seu frio sorriso peculiar que Saul nunca compreendeu. — Ele o considera um orador magnífico. Você lhe interessa. Quéfren não é apenas médico, mas estudioso de várias religiões e da mente humana.

Havia alguma coisa em suas maneiras que achava melhor não discutir com o amigo e Saul não forçou. Todavia, frequentemente ouvia falar da capacidade de Quéfren como médico e por isso, naquela noite, atravessou a multidão barulhenta para ir à casa dele, cercada de muros de pedras amarelas, portão de ferro e dois homens fardados, que olharam sua pobre indumentária com desagrado e cruzaram as lanças, impedindo sua passagem. A luz avermelhada do sol tingia os muros e a rua calçada de pedras e o ar era malcheiroso e quente.

— Conheço o ilustre médico que é seu patrão — disse Saul, impaciente — e peço-lhes que o informem que Saul de Tarso deseja consultá-lo.

Os guardas tinham um ar desdenhoso. Um deles disse:

— Ele não recebe pacientes a esta hora, mas apenas pela manhã. Mesmo os que não podem chegar.

Então, Saul fixou-os com seus terríveis olhos azuis e repetiu friamente o pedido. Um dos guardas partiu correndo e o outro, meio apavorado, ficou apontando a lança para o peito de Saul. O segundo guarda voltou com ar confuso, fez um sinal ao companheiro e, relutantemente, ambos abriram o portão, fazendo-o entrar num belo jardim arejado, com fontes, lanternas recentemente acesas, ouvindo o distante som de uma harpa. Subiu a trilha de cascalho vermelho até o pórtico, cujas colunas brancas brilhavam ao pôr do sol, onde um escravo esperava-o, curvando-se diante dele à maneira oriental, tocando a testa, os lábios e o peito, como se Saul fosse uma visita ilustre. Conduziu-o ao amplo átrio, onde uma fontezinha, exoticamente perfumada, borrifava o ar com água cristalina. Quéfren recebeu-o ali, curvando-se e depois abrindo os braços. Sorriu e disse a Saul, em aramaico.

— Shalom. Cumprimentos e seja bem-vindo a esta casa, Saul de Tarso.

Bateu palmas e apareceu um escravo, a quem mandou trazer vinho e outras bebidas.

— Vim como paciente e não como visita, Quéfren — disse Saul.

O médico sorriu.

— Mas recebo-o como visita. Sente-se, por favor.

Saul sentou-se numa cadeira romana de ébano, incrustada de madrepérola e marfim. Estava calorento, cansado, empoeirado e o luxo à sua volta fez-lhe lembrar como sua vida era dura. Bebeu o vinho temperado, que lhe foi servido num cálice de prata esmaltado de azul, ouro e vermelho, comeu alguns doces e o cansaço começou a desaparecer. Enquanto isso, Quéfren comentava, divertido e de modo superficial, a vida em Antióquia e as novidades chegadas de Roma, que ele considerava risíveis. Sua expressão irônica cada vez mais o destacava das tolices e estupidez da humanidade e Saul, constrangido, considerou-o espectador e não participante da vida. Em comparação com a indumentária de Quéfren, suas roupas pareciam as de um pobre escravo ou trabalhador do campo. Pensou ter visto uma vez, um tanto envergonhado, que o médico olhou-o de soslaio, sardonicamente.

— Disse-me, Saul ben Hillel, que veio visitar-me como paciente — falou finalmente Quéfren. — Não é fora do comum? Ouvi alguns dos seus cristãos dizerem que todas as doenças são "pecados" e que só um homem mau é sujeito às tormentas do corpo.

A fisionomia de Saul ficou irascível. Depositou o cálice numa primorosa mesa de limoeiro.

— Eles interpretam mal! — exclamou. — Porque Nosso Senhor, ao fazer um milagre, dizia aos enfermos "Levante e não peque mais", eles acharam que o Senhor queria dizer que os médicos não eram mais necessários e que um justo não sofreria as moléstias da carne! Não percebem que Ele realizou um milagre duplo, independente um do outro: perdão dos seus pecados como homens e cura dos seus corpos. Cada um era um milagre diferente. Na noite passada, um homem coberto de pústulas, sofrendo, foi ao nosso Templo, onde muitos quiseram afastá-lo da congregação, dizendo: "É um pecador e portanto um amaldiçoado, pois do contrário as pústulas não o teriam atacado!" Mas eu sabia que era um sírio gentil e tímido, com uma oficina de ferreiro. Repreendi minha gente, que no entanto olhou-o sombriamente, e logo depois três anciãos me procuraram e discutiram comigo. — Saul refletiu. — Temo ter esperado que eles, também, fossem atacados, de certa forma, por alguma doença, como castigo por sua arrogância.

Quéfren deu uma risada e depois disse:

— Se essa nova seita judaica espalha-se, ai de nós, médicos! Seremos reduzidos à condição de meros criados e mal tolerados.

Desanimado, Saul ficou remoendo essa ideia e suas sobrancelhas ruivas franziram-se. Esfregou o queixo.

— Certamente — disse — os homens não são tão estúpidos assim.

— Meu caro Saul — retrucou Quéfren. — Não há limite para a estupidez da humanidade e para as consequências dela. Tudo muda, menos a natureza humana.

Ela é grande imutável. As nações podem ruir, mas do interior das ruínas surge o homem novamente, amaldiçoado ou dotado de suas velhas culpas e caráter, laboriosamente construindo de novo para ver, mais uma vez, a queda do que edificou. Acho isso muito divertido.

— A natureza humana pode ser modificada — retrucou Saul, que achou a conversa perturbadora —, mas apenas pelo poder de Jesus Cristo e bondade de Deus, bendito seja Seu Nome. Na sua carne, o homem divide-se entre ele e seu irmão. É a morte espiritual de que fala Nosso Senhor, pois a morte é pecado e o pecado é morte. Deus não pretende apenas isso; o homem o deseja e Nosso Senhor o salvará da corrupção e da tragédia.

— Foi o que ouvi você dizer — falou Quéfren. — A ideia não é nova. Os chineses e outros povos já a tiveram. Pensa que é única? Deus, ou Ptah, como nós, egípcios, O denominamos, ama, dizem, todos os Seus filhos e irá redimi-los. São a nossa teimosia e almas insensíveis que O rejeitam. Vocês, cristãos novos, falam da Regra de Ouro, mas muito antes do Seu Messias lhes ter revelado isso, seus ancestrais judeus haviam declarado: "Não faças aos outros o que não queres que te façam." Os egípcios dizem: "A natureza só é boa quando não fizer a outro o que não é bom para si mesmo." Os indianos dizem: "De cinco maneiras pode um homem servir aos amigos e familiares: pela generosidade, cortesia e benevolência e tratando-o como trata a si mesmo." Dessa forma, é evidente que Ptah, o Pai Todo-Poderoso, Criador do céu, da terra, dos deuses e dos homens, ama e ensina todas as suas criaturas. — Sorriu e prosseguiu: — Não é verdade, portanto, que o seu Messias pertence a todos os homens, que O reconhecem indistintamente em todas as religiões, tanto quanto vocês, cristãos?

— É verdade — retrucou Saul, refletindo, de cenho franzido. Depois acrescentou: — Mas desejamos que todos os homens reconheçam o Messias totalmente e O procurem para sua salvação e mudança espiritual.

— De que sofre, Saul ben Hillel? — perguntou Quéfren.

Saul ficou um tanto ofendido. Respondeu:

— Tenho uma coceira no corpo e bolhas nas costas, já há algumas semanas, e que agora me impedem de repousar.

Quéfren tornou a sorrir.

— E não rezou para eliminá-las do seu corpo?

Saul riu de maneira estrondosa e acompanhou o egípcio à farmácia dele. Afastou as roupas de suas costas largas e Quéfren olhou as pústulas sangrentas e inflamadas da pele, que escorriam. Tirou da prateleira um grande recipiente contendo um pó amarelo que espargiu sobre a inflamação. Imediatamente, a coceira, a ardência e a dor diminuíram, e Saul deixou escapar um profundo suspiro de alívio. Quéfren pôs um pouco de pó numa bolsa, que deixou junto à mão de Saul.

— Isto vai aliviá-lo, mas não o irá curar — falou o egípcio. — O mal-estar localiza-se em sua mente. Diga-me: o que há em sua vida que tanto o irrita, perturba e exaspera, para fazer com que o fogo dos seus pensamentos e sua ira lhe atormentem o corpo? E destroem suas horas de descanso, aparecendo sob a forma de pus?

Saul ficou estupefato. Sabia que os médicos judeus havia muito tinham explicado que os males e sofrimentos da alma frequentemente tornavam-se visíveis no corpo e na loucura. Mas tinha esquecido. Tornou a vestir-se devagar, pensando. Então disse, com aquela sua maneira brusca e confiante:

— Minha gente me irrita porque vezes sem conta explico: "Assim como tudo morre com Adão, em Cristo tudo deve ficar vivo." E eles não se esforçam para compreender. Muitos acreditam que me refiro à morte comum do corpo, que não acontecerá com eles, que seguem o Messias. Acreditam em Suas promessas de que viverão para sempre no mundo, sem antes a intervenção de uma morte natural. O Messias não os salvou da morte de Adão? Consequentemente, não morrerão! Ah, existem muitas ilusões no meu povo e perco a paciência, pensando e imaginando se esta geração algum dia compreenderá.

Quéfren fez um ligeiro gesto de indulgência com a mão morena e magra.

— Por que não aceita a estupidez, cegueira e obtusidade normais do homem como parte do seu ser? Por que você mesmo não compreende que poucos poderão entendê-lo e que outros precisam ser guiados como criancinhas? Você imagina que seu Messias subitamente dotou todos os que O escutam com compreensão e inteligência extraordinárias? Você mesmo não disse que seu Messias perguntou: "Quem, raciocinando, pode acrescentar um côvado à sua estrutura?" Em resumo, a pessoa nasce com capacidades inerentes e se elas são poucas e fracas, nenhum raciocínio as aumentará.

— Nós, judeus, acreditamos realmente que um homem pode aumentar sua sabedoria aprendendo — disse Saul, novamente apreensivo.

— Ele só pode compreender até o limite de sua capacidade e, na maioria das pessoas, essa capacidade é mínima — disse o egípcio. — No Egito, temos uma classe de sacerdotes aristocrática e culta, pois somos mais antigos que vocês e infinitamente mais instruídos. Para os ignorantes temos amuletos, invocações e gestos prescritos, mas para os mais instruídos de nascença temos outras palavras, outros ritos; para os cultíssimos temos introduções aos Mistérios. Nós, por piedade, compreendemos que apesar de todas as almas serem iguais perante Deus, quando se trata da Lei divina, cada alma é única e completamente diferente de todas as outras, em tamanho, sabedoria e compreensão. Certas almas permanecem eternamente infantis. Outras crescem, pois têm capacidade para isso, dada por Ptah, o Pai Todo-Poderoso. Ai de vocês, cristãos, Saul ben Hillel, se seus professores, alguma vez proclamarem que todos os homens são iguais em dimensão de alma, compreensão e inteligência! Se isso acontecer, sua fé se desintegrará e a confusão tomará conta de tudo. — Exibiu seu sorriso irônico. — Acredito que poderá dar ouvidos ao seu Messias em vez de às suas próprias esperanças, Saul ben Hillel. Então, talvez suas aflições desapareçam. Não espere mais do homem comum do que ele tem para dar.

Retornou ao átrio com Saul.

— Certamente é suficiente para um homem — continuou — ser inofensivo, e isso, no entanto, não é um atributo humano. Ao contrário, ele é um animal selvagem. Ensine-lhe a paz; ensine-lhe a não agredir. Essa, em si, é uma tarefa formidável!

— Rezo para convertê-lo ao Messias — disse Saul.

O médico ficou espantado e divertido.

— Meu caro amigo! — exclamou. — Nós egípcios já O conhecemos muito antes dos israelitas ouvirem seus profetas falarem nEle! Com toda a certeza, nos seus séculos de exílio no Egito, seus lábios adquiriram Seu conhecimento por intermédio dos nossos sacerdotes e sábios. Nosso Osíris, assassinado por homens intransigentes, não se ergue quando da enchente da primavera e torna a falar ao seu povo? Não torna a oferecer salvação e paz? Jeová tem milhares de nomes e através de cada um fala aos Seus filhos. Insisto mais uma vez: fale de amor, inocência e paz ao seu povo e qualquer que seja o Nome que lhe dê, Ele é Único. Ele fala eternamente a cada geração, a cada povo.

Do branco portal do átrio o egípcio ficou olhando o crepúsculo violeta.

— É Único — repetiu —, bendito seja Seu Nome e os que O adoram, qualquer que seja o nome que Lhe deem, pois é eternamente o mesmo.

O coração de Saul cresceu e ele estremeceu. Antes que pudesse falar, Quéfren prosseguiu:

— Dirija-se aos ignorantes. Conte-lhes sobre Ele. Pois o mundo está cheio de ateus e infelizes, como sempre estará, e receba a pequena colheita de corações humanos com satisfação, pois mesmo esta é abençoada por Deus.

Olhou para Saul e seus olhos ficaram baços.

— Costumo ter visões — continuou — e frequentemente são mal recebidas. Mas digo-lhe: há raças desconhecidas para você agora que ouvirão sua voz através dos tempos, pois nunca conheceram o Santíssimo e vivem como brutos, adorando animais, árvores, pedras e os elementos. Você levará a eles sua revelação, embora ainda não tenham nascido. Digo-lhe: o sol ergue-se a oeste.

Saul ficou tremendamente comovido e disse:

— Somos do mesmo povo.

O egípcio balançou a cabeça.

— Não somos, não. Nós egípcios pertencemos às raças hebraicas, mas vocês judeus não. Vocês são universais, não têm raça nem nada. E nisso reside seu destino, desespero e, talvez, derradeiro triunfo entre os que chama pagãos. Pois só os homens universais podem falar a todas as nações e a todas as raças e, através de vocês, os homens aceitarão o seu Messias.

Vendo que Saul, abatido, balançava a cabeça, o médico colocou a mão no seu ombro.

— Não desanime — disse suavemente. — O que começa obscuramente no pó e no sangue, você transformará em glória ao olhar do homem.

Saul tornou a sacudir a cabeça, agora mordendo o lábio, e depois exclamou:

— Como insistem eles, os idiotas, que o Senhor é uma pessoa lamuriosa e inferior como eles mesmos e como enfatizam sua humildade! Não, é ele másculo, forte, poderoso, total e terrível em Sua ira, uma figura monumental! Ah, isso os avilta! Não compreendem que Sua humildade consistiu em oferecer-Se como o Cordeiro de Deus, sem resistência, em benefício deles. Insistem na própria humildade e veem nela a estatura da sua santidade em vez de pusilanimidade, porque falta-lhes força espiritual. Fazem da sua fraqueza virtude, dos defeitos uma oferenda, espreitam e bisbilhotam modestamente no que acreditam ser uma imitação do Divino Senhor! São eles os guerreiros de Deus? Não! Pensam que servidão é humildade, falar timidamente, um elogio e falta de orgulho, amor. Acima de tudo, Ele quer ser adorado por homens livres, livres na Sua escolha, mas esses aí não são livres!

— Ah — disse Quéfren —, você é ríspido — mas sulcos de riso cercaram seus olhos. Depois ficou sério. — Gostaria de avisá-lo, meu caro. Os judeus, onde quer que morem, movem-se discretamente, na maioria, em torno dos romanos. São espertos. Não brigam com os romanos ou com quem quer que seja, a não ser nos tribunais de justiça. Viram a cabeça quando passam por templos estranhos, mas não cospem nos seus degraus, nem falam publicamente com desprezo dos que levam incenso e oferendas a altares estrangeiros. Pedem apenas que o mesmo respeito que dedicam às religiões alheias seja também dado a eles e poucos os desafiaram. Isso, também, é esperto.

"Mas tenho sabido que seus cristãos estão começando a denunciar 'deuses pagãos' bem nos pórticos dos templos. Disseram-me que alguns invadiram esses templos e derrubaram as estátuas diante dos seus adoradores. Brigam com estes, apavorando mulheres e moças. Invocam a ira de Deus para os adoradores de 'falsos ídolos'. Da sua fraqueza, como a chamam, fizeram-se arrogantes e isso não é sempre a história de homens fracos?

"Os gregos riem dos seus deuses, mas sentem que na beleza e graça deles reside sua própria glória. Os romanos não acreditam nos deles que, no entanto, representam seu país. O orgulho de um homem pelo seu passado e sua nação é uma coisa poderosa e ai de quem o diminua. Agora mesmo os romanos começaram a olhar os cristãos com desprezo e o desprezo de um romano pode tornar-se perigoso... e fatal. Seu povo corteja a morte, a tortura e o exílio com fervor? Nenhum homem faz isso. Portanto, recomende à sua gente que seja comedida em seu zelo e não insulte nem ofenda os deuses alheios. Em suma, que pratique o que prega e seja tolerante.

Saul olhou-o, consternado.

— Nada ouvi sobre isso!

— Não obstante, é verdade. Os romanos inclinam-se à tolerância das religiões, como sabe, e há romanos entre os cristãos, bem como gregos e muitos outros. Mas atualmente estão mais agressivos que seus judeus-cristãos! Estão ofendendo gente cujas emoções são profundas e as mais primitivas.

As costas de Saul recomeçaram a coçar e esquentar, fazendo-o mexer os ombros incessantemente.

— Disse-lhes mais de mil vezes que a fé é um dom de Deus e que ninguém pode forçar quem quer que seja a acreditar contra a vontade. Disse-lhes: "Embora eu fale com as línguas dos homens e dos anjos e não seja caridoso, torno-me um instrumento de sopro ou um barulhento tocador de címbalos. E embora eu tenha o dom da profecia e compreenda todos os mistérios e sabedoria, e apesar de ter fé e por isso poder mover montanhas, e não tenha caridade, nada sou. E embora tenha disposto de todos os meus bens para alimentar os pobres e tenha dado meu corpo para ser queimado e não tenha caridade, nada lucro. O caridoso sofre muito e é bondoso. Não inveja, não se vangloria, nem fica cheio de si. O caridoso não se comporta de modo indecoroso, não procura, não é facilmente provocado, não tem maus pensamentos. E finalmente mantém fé, esperança e caridade, mas a maior das três é a caridade." Falei assim. De nada adiantou.

— Infelizmente, está lidando com homens — disse Quéfren.

— Sempre esqueço — retrucou Saul.

Novamente desanimado e mais uma vez muito desesperado, voltou para seu quartinho solitário na estalagem miserável, sentando-se, as mãos caídas entre os joelhos e a cabeça baixa. Vez por outra, sua velha e feroz ira contra a humanidade o envolvia e sacudia. Apenas na noite anterior, tinha advertido muitos dos seus que não se vangloriassem de possuírem o dom das línguas e terem sido tocados pelo fogo pentecostal. Pior ainda, eles insistem que podem profetizar. Eles o olharam belicosamente, embora com seu medo habitual.

— Deus dotou os homens de muitos dons, bendito seja Seu Nome — disse —, e ninguém é pobre aos Seus olhos. Os que podem ensinar são abençoados e também os que podem administrar, os que trabalham para Deus e alguns apenas podem mostrar vidas tranquilas, devoção terna, modéstia e amor ao próximo que mudou seus corações. Mas não é isso a maior das bênções? Cada um de nós é parte do outro e nenhuma parte é inferior.

Infelizmente, notara que muitos desejavam, acima de tudo, ser singulares, exibir-se à frente dos outros para seu pavor, porque implicava superioridade na fé. Seriam esses os que estavam começando a provocar os romanos e os de outras religiões em Antióquia, e talvez em diversas nações onde foram morar e pregar? Saul estremeceu. Quando Barnabé retornou do Templo, Saul o inquiriu. O rosto alegre de Barnabé mudou, mas ele retrucou imediatamente:

— Não devemos esquecer sua humanidade.

Amargo, Saul falou:

— Sua "humanidade" pode custar-lhes as vidas ou, pelo menos, a tolerância alheia. E que lucro terão, eles e a Igreja? Estou cheio de pressentimentos.

— Não fiquemos aflitos — disse o outro.

Mas Saul começou a sorrir sombriamente quando lembrou do passado, do que Rabban Gamaliel tinha dito, que Deus devia ser consultado antes dos homens Lhe oferecerem o martírio e que Deus não procurava vítimas, apesar de devotadas, apesar de amar a intenção. Ele, Saul, sentira a revolta nas palavras de Gamaliel. Agora, compreendia.

Virou-se para Barnabé, que o olhava ansiosamente:

— Tenho remédios para as minhas feridas. Ponha este pó em minhas costas.

— Então, sorriu para o outro e continuou: — Foram a minha raiva e impaciência com nosso povo que me deram os furúnculos de Jó. Que geração é esta!

Capítulo 43

— Lutei a boa luta — disse Saul para si mesmo —, disputei a corrida.

Acabava de voltar de uma breve visita a Jerusalém onde calorosamente tinha comprometido Simão Pedro no argumento fulminante referente aos pagãos convertidos à Fé. Simão Pedro insistira em que "os pagãos" primeiro deviam tornar-se judeus para depois serem admitidos ao cristianismo, mas Saul prevalecera, apesar do forte antagonismo dos apóstolos e do seu antigo e claro desprezo por ele. Viu que tanto os judeus como os cristãos ainda desconfiavam dele. Continuava sendo o "grande renegado". Mas apelou a Deus para que o apoiasse e, com a eloquência e força da sua voz dominadora, finalmente convenceu Simão Pedro e os outros, embora não sem alguns olhares sombrios e gestos rabugentos.

Escreveu a um amigo: "O Evangelho da incircuncisão me foi confiado, como a Pedro o da circuncisão, pois Aquele que operou eficazmente em Pedro para o apostolado da circuncisão operou também em mim com eficiência para os gentios... Resisti também a Pedro porque era repreensível, pois comia com os gentios, mas quando chegaram a ele, retirou-se e separou-se, temendo os que eram da circuncisão. Eu disse a Pedro: 'Se você, sendo judeu, vive da maneira dos gentios e não como os judeus, por que obriga os gentios a viverem como os judeus? Nós, que somos judeus por natureza e não pecadores como os gentios.'"*

A fé, para Saul, era a única coisa necessária a alguém ter para ser admitido na adoração do Messias e na Lei. Pois a fé era um dom divino e um crente estava marcado como pertencente a Ele.

Em Antióquia, tinha finalmente convencido aos seus que não precisavam ser desabridos em seus atos e pregações aos outros, nem se opor aos homens de forma desnecessária e inadequada, num esforço de levá-los a Cristo. O zelo era esplêndido, mas o excesso era perigoso tanto à fé como a eles próprios. Em vez disso, deviam trabalhar esforçadamente e falar com bondade. Na época em que Saul conseguiu um relativo sucesso — mas não durante suas brutais demonstrações de ira e aversão e —, a Igreja de Antióquia tinha gentios de dezenas de raças, com uma quantidade considerável de homens instruídos, cultos e ricos. Tinham ido ouvir o "profeta judeu" por curiosidade ou ócio e acabaram ficando para rezar com ele. Pois o Deus dos judeus não era licencioso, cruel, depravado e voluptuoso, nem caprichoso e instável, inclinado a favorecer ou vingar sem motivo. Devia-se temê-Lo porque era o Poderoso e todas as coisas estavam em Suas mãos, mas não se devia temê-Lo porque fosse imoderado, malicioso, imprevisível ou violento, como eram os seus próprios deuses. Não podia ser aplacado ou lisonjeado com amuletos, sacrifícios ou superstições. Desejava apenas contrição e fé nEle e nos que confiavam nEle — e mesmo nos que não confiavam — Ele prodigalizava piedade, bondade, felicidade eterna e justiça. Um Deus em que se podia confiar! Um Deus que movia-se na luz e não nas trevas! Um Deus que era simples como a água e tão misterioso como a vida e a morte! Um Deus que se preocupava com os homens! Não era isso espantoso, um Deus preocupar-se com a pobre criatura que viveu um dia e foi destruída no seguinte, exatamente como a relva morria? Ouvia o sussurrar de uma criança com a mesma atenção com que escutava o grito de milhares de homens perante Seu altar. Ninguém podia fugir ao Seu amor e Sua salvação, uma vez tendo aceitado essa fortuna.

---

* Gál. 2.

Aos homens que temiam e desconfiavam dos próprios deuses, que viviam aterrorizados por eles, ou que absolutamente não acreditavam neles por causa do seu desregramento, malícia e crueldade entre si e contra a humanidade, a mensagem era ímpar, espantosa, estonteante, cheia de esperança, estimulante, incrível.

Mas Saul tornou-A crível para eles. Mesmo os cultos e sábios ficaram convencidos, embora não tão depressa quanto os crédulos e humildes. A Igreja em Antióquia prosperou. Então Saul viu, em sua alma, que devia deixar aquela Igreja, pois o solo arenoso tinha sido substituído por rocha, sacerdotes tinham sido ordenados, convertidos eram procurados com amor e correspondiam. Na verdade, em muito menos de vinte anos desde a Crucificação, a colheita tinha crescido e também os trabalhadores, e o Evangelho espalhou-se até Roma e Atenas, em tranquilas coloniazinhas e também ao Egito e outras terras. Espalhou-se insistentemente como uma plantinha muito despretensiosa, cheia de botões violeta, que cobriu a aridez do solo das vidas humanas, tornando perfumadas suas árduas obrigações e mais suportável sua dor, sob a terrível escravização romana e seus impostos.

Havia em Saul um ser que, de um momento para outro, tinha passado da perseguição à adoração, falando disso com uma voz semelhante a um sino apaixonado e musical. Era impossível duvidar de que ele vira o que viu, quer falasse verdadeiramente ou como loucura. Se louco, era uma insanidade gloriosa, preferível à realidade. Se verdadeiro... então o horizonte acanhado alargava-se infinitamente e iluminava-se com o ouro da esperança e da eternidade. Gritou-lhes, de mãos erguidas como que oferecendo presentes: "Se Cristo não se ergueu, então nossa fé é vã!" E eles viram que Ele morreu e ressuscitou, a fé tocou realmente seus corações com um ardente dedo de prata e gritaram, excitados, como resposta.

Saul parecia ter uma energia inesgotável, embora ninguém percebesse que se tratava da energia do espírito e não da carne fatigada. Mesmo seu olho enfermo possuía força e lhe dava uma expressão impenetrável em certas ocasiões, quando se mostrava mais eloquente. Se seu rosto era encovado, se as mechas brancas no cabelo ruivo ampliavam-se quase visivelmente mês a mês, poucos viram, pois todos estavam extasiados pelo seu tom autoritário, seus gestos imperiosos, se não impacientes, e depois seu súbito sorriso aberto que era ao mesmo tempo satírico, divertido, malicioso e jovial. Ria para eles com o rugir leonino de uma alegria calorosa, máscula, forte e tão livre quanto o vento. E quando censurava ou condenava, eles tremiam.

Para os gregos, que diziam que a vida de um cristão parecia lúgubre e abnegada, sem nada de humanidade e de alegria humana, ele costumava dizer:

— Nossa fé não só nos resgata de uma morte espiritual, como nos dá imensa alegria em nossa vida atual, um êxtase interior não encontrado nos prazeres mundanos ou nas experiências sensuais. Para um homem que ama a Deus, nada mais existe, nem prazer mais sublime, pois o mundo, tanto interior como exterior, transforma-se em glória, cor radiante e música.

Para os pragmáticos romanos, que diziam que o Deus de Saul não parecia oferecer muito em presentes tangíveis, respondeu:

— O que não poupa Seu próprio Filho, mas entrega-O a todos nós, também não nos dá tudo com Ele?... Por intermédio dEle, que nos ama, somos mais que conquistadores.*

A um centurião romano, que riu jocosamente e perguntou se o Deus de Saul proporcionaria a vitória dos romanos sobre os infernais partos, se eles O aceitassem, Saul retrucou:

— Ele também é o Deus dos partos e os ama — resposta que confundiu os romanos, fazendo-os balançar a cabeça.

Deuses participavam das batalhas. Favoreciam um lado ou outro, mas não a ambos simultaneamente. Com certeza, os deuses estavam do lado dos romanos, que trouxeram a ordem e a lei aos bárbaros e defenderam Roma, e não do lado do inimigo, que queria destruir tudo.

— Deus não olha pessoas — disse Saul. — Preocupa-se apenas com o coração e a alma do homem.

Essa resposta fez o centurião murmurar e balançar a cabeça, convencido de que o judeu estava louco. Virou-se para Saul:

— Você vive na penúria e na miséria e, no entanto, me disseram que é rico. Certamente sua vida é dolorosa e sua morte será triste.

Saul retrucou que a morte não era simplesmente tornada aceitável mas tinha de ser destruída num fogo de Amor.

— Essa nova vida não é nossa, mas de Cristo. E isso porque somos parte dEle.

Mas para o romano e outros gentios iguais a ele, a vida após a morte era uma coisa insignificante como um fantasma despojado de sexualidade. Nenhum vidente comunicou que os manes dos mortos parecessem felizes, mas sempre sombrios e melancólicos, mesmo os dos Campos Elísios ou das Ilhas Bem-Aventuradas. Todos ansiavam por tornarem a ser homens. Mas os cristãos encaravam essa vida não com prazer e concentração intensa, como era normal entre os homens, mas com os olhos fixos avidamente num céu inimaginável. Para muitos gentios, eles pareciam insanos. Homens que repudiaram este mundo de prazer só podiam ser contra. Portanto, começaram a olhar os cris-

---

* Rom. 8:31-39.

tãos com desconfiança, como seres que odiavam os homens. Assim, os cristãos eram perigosos. Surgiram boatos de que adoravam a cabeça de um asno, que tinham rituais obscenos que ofendiam os deuses, que realizavam cerimônias particulares criminosas, que blasfemavam, que executaram ataques misteriosos aos outros homens usando práticas malfazejas.

Saul tomou conhecimento disso, mas sem apreensão, até receber uma carta do primo Tito Milo Platônio, agora general da Guarda Pretoriana em Roma, aquartelada no Palatino.

Embora a carta estivesse devidamente lacrada com o sinete do primo, amarrada com fios de seda e levada a Saul por um mensageiro especial, Milo foi cauteloso nas referências ao imperador reinante, o César Tibério Cláudio Nero Germânico, sobrinho do já falecido Tibério, que tinha tal respeito pelos pretorianos, que aumentara seu efetivo e lhes dera uma enorme e rica recompensa por sua fidelidade. (Mas, afinal de contas, foram os pretorianos que o elegeram, ele que não era da estirpe juliana.) "Ele não é o tolo que os augustanos espalham à socapa", escreveu Milo, "e tem muita instrução, o que não se pode dizer dos seus detratores. Deu importância aos libertos, que são altaneiros e desdenhosos diante dos patrícios. Acho que o imperador diverte-se com a ira silenciosa e a frustração deles. Está casado, pela quarta vez, com Agripina, sua sobrinha, o que irrita os augustanos e alguns romanos antiquados. E murmura-se que ela está tentando dominá-lo, para afastar o filho dele, Britânico, para pôr em seu lugar o filho dela, de um casamento anterior (com Cneu Domício Enobarbo), um jovem bonito e elegante chamado L. Domício Enobarbo, que alguns chamam de Nero. Se a imperatriz vai conseguir ou não, é o assunto dos mexericos em Roma, pois Britânico é um rapaz de notáveis qualidades, virtuoso e chefe capaz, e Nero, apesar dos seus encantos, da voz agradável, do rosto que até Apolo invejaria, não tem o caráter e a firmeza de Britânico. Ah, suponho que você tenha ouvido a esse respeito. Como soldado, sou prudente e sirvo o imperador, não espalhando os escândalos. Agir de outro modo é não ser soldado, com disciplina militar.

"Meu caro primo, você deve lembrar que meu falecido imperador, Tibério, não era inclinado a favorecer as religiões orientais e destruiu o templo a Ísis... que o atual imperador reconstruiu. Todavia, permanece em Roma uma certa desconfiança pelas religiões orientais. Os judeus antigamente foram muito zelosos no seu proselitismo na cidade, mas, descobrindo o desagrado de Tibério, desistiram de tentativas abertas de conversão. Isso foi muito sensato.

"Mas agora temos muitos cristãos em Roma, na sua maioria gente pobre e simpática, que mora e trabalha nos trechos mais barulhentos da outra margem do Tibre. Na maioria, são velhos judeus que reuniram em torno deles, e converteram muitos bárbaros, escravos, libertos indigentes, donos de lojas pobretões, empregados e operários das manufaturas. Viveram tranquilamente entre seus professores e os evangelistas vindos de Israel, foram submissos, humildes, diligentes e, até muito recentemente, não despertaram antagonismo, mas sim muito divertimento, tendo sido acusados de cultuarem a cabeça de um burro.

"Como cristão que sou, enviei-lhes muitos presentes em dinheiro, pois a maioria vive em extrema penúria, uma vez que mesmo os judeus-cristãos não têm a vitalidade, independência e fortaleza de espírito dos 'velhos' judeus. Enviei-lhes as doações por intermédio de um jovem pretoriano de confiança, pois não parece ser adequado a um general pretoriano mitigar os sofrimentos dos que são denominados de 'turba oriental', apesar do atual imperador não se importar com eles.

"Mas, há duas semanas, os cristãos provocaram grande ira em Roma. Devotos de Cibele reuniram-se em seu templo e depois levaram a deusa pelas ruas num andor dourado, enfeitado de ouro e escarlate. Os romanos não acreditam em deuses, exceto os 'velhos' romanos e patriotas idosos, mas os temem e são supersticiosos, aplacando os que encontram em procissões ou quando passam por seus templos. A procissão de Cibele era bastante impressionante, com muitos devotos desfilando, todos tocando cítaras, harpas, alaúdes, flautas e estranhos instrumentos orientais. A multidão costuma deter-se com prazer ou mesmo reverência.

"A procissão se aproximava da Via Ápia quando, repentinamente, houve um movimento na multidão e cerca de cem homens apareceram, inflamados de uma justa indignação, com olhos raivosos, gritando: 'Ai, ai da prostituta Roma, das suas abominações, seus deuses e ídolos iníquos! Roma está amaldiçoada e a fúria de Deus está para cair sobre ela!' O povo ficou atônito. A procissão deteve-se imediatamente, a música cessou e houve uma enorme pausa de respiração, tal o espanto. Mesmo os senadores em suas liteiras, a caminho do Senado, mandaram que os carregadores parassem, a fim de que pudessem ver a confusão por entre as cortinas de seda.

"Aquilo já era bastante ultrajante em si, mas os cristãos — pois eram eles — invadiram a procissão, pegaram a estátua da deusa Cibele e a despedaçaram na sarjeta, berrando 'que todos os ídolos sejam destruídos e o Reino de Deus proclamado enquanto ainda há tempo, antes de Roma ser arrancada do solo!' Esmagaram com os pés o andor dourado e os ornatos, na sua ofegante violência. Mulheres e crianças gritavam e os homens rugiam sua fúria. Aconteceu num piscar de olhos. Depois, os cristãos fugiram e pareceram fundir-se nos próprios muros, ninguém pôde ser encontrado, apesar de muitos os perseguirem com porretes e pedras. Os devotos de Cibele caíram de rosto e joelhos, uivando que sua deusa iria vingar aquele ultraje à sua divindade e que Roma estava em perigo. Milhares os ouviram e estremeceram, murmurando imprecações contra os 'blasfemadores'.

"Se esse não passasse de um único incidente, breve teria sido esquecido, mas aconteceram outros, embora de forma não tão espetacular. A multidão romana é muito excitável, adora conflitos e confusões, pois sua vida, como conquistadora do mundo, é muito monótona. Ama os escândalos e boatos. Dezenas atravessaram o Tibre e quando encontraram cristãos os espancaram brutalmente perante os guardas, que desviaram o olhar. Afinal de contas, pensaram, aquilo proporcionava divertimento e se os romanos arranjavam uma vítima, não ficavam tão rebeldes diante dos coletores de impostos.

"Falei secretamente com muitos anciãos entre os cristãos — levando-os à minha casa no Palatino à meia-noite — e expressei-lhes minha preocupação e desânimo, mesmo minha raiva, pois os arruaceiros tinham posto em perigo seus amigos cristãos. Eles concordaram comigo, deploraram o excesso de zelo do seu rebanho e prometeram acalmá-lo e discipliná-lo. Confio em que sejam eficientes.

"Como tantos cristãos são antigos judeus, a comunidade judaica em Roma ficou muito assustada com essas manifestações, pois sabe que os romanos, se irados, não farão distinção entre os 'velhos' judeus e os cristãos. Simpatizo com sua apreensão e temor e por isso tentei acalmá-los, falando-lhes em aramaico. Infelizmente, porém, isso os alarmou ainda mais, pois, sendo um pretoriano romano, não seria possivelmente um espião? Como um povo imaginativo, eles se julgam cercados de inimigos monstruosos como no passado e, durante certo tempo, muitos não ousaram sair de casa. Mesmo os cidadãos importantes entre eles e seus rabinos tremem de pavor. Não é deplorável que alguns zelotes desmiolados possam levar a calamidade aos seus irmãos obedientes à lei? E também não é injusto e lamentável? Temo tanto pelos cristãos como pelos judeus.

"Desejo muito revê-lo, caro primo. Talvez possa levar seu coração a visitar Roma, para acalmar nossos companheiros cristãos e incutir-lhes mais controle."

Saul leu a carta com horror e mau pressentimento. Os que amavam o Príncipe da Paz O estavam proclamando com violência, fúria e tumulto! É verdade que podiam não estar em maioria, porém uns poucos seriam capazes de provocar um desastre para muitos e para os inocentes. (Saul pensou nos zelotes e essênios em Israel, que provocaram massacres e matanças entre os irmãos judeus nas ruas de Jerusalém, porque perderam o controle de suas emoções e procuraram reformar o mundo inteiro num ato de imoderada ferocidade.) Estariam deliberadamente procurando o martírio? Se assim fosse, estavam ficando loucos. Ou tentariam chamar a atenção de todos para sua fé e sua presença entre o populacho? Nesse caso, estavam mesmo loucos, pois uma atenção raivosa era pior que nenhuma.

Meditou durante bom tempo e depois escreveu aos presbíteros e diáconos da Igreja em Roma, censurando-os por terem perdido o controle sobre muitos dos seus membros. Escreveu:

"Toda a alma esteja sujeita aos poderes superiores; porque não há potestade que não venha de Deus; *e as potestades existentes foram ordenadas por Deus*. Por isso, quem resiste à potestade resiste à ordenação de Deus; e os que resistem trarão sobre si mesmos a condenação. Porque os magistrados não são terror para as boas obras, mas para as más. Querem pois não temer a potestade? Façam o bem e terão louvor dela. Pois ela é ministro de Deus para o seu bem. Mas se fizerem o mal, temam, pois não se usa em vão a espada. É ministro de Deus e vingador para castigar o que faz o mal.

"Portanto, é necessário que lhe estejam sujeitos, não somente pelo castigo, mas também pela consciência. Pois por isto pagam também tributo: devolvam portanto a todos o que devem, o tributo a quem o tributo é devido, o imposto a quem impõe, o medo a quem teme, a honra a quem honra.

"Nada devam a ninguém, mas amem uns aos outros, pois quem ama o próximo cumpre a lei. O amor não faz mal ao próximo, portanto o amor é o cumprimento da Lei. Andemos honestamente, como de dia, sem conflitos e bebedeiras, sem reuniões libertinas, sem brigas..."*

Não era uma carta que o Saul mais moço, que ardia de ódio contra os romanos e se regozijou com os sucessos de essênios e zelotes, teria escrito. Mas agora ele via que o mal que morava no homem não podia ser destruído com outro mal e apenas com paciência, fé, amor e esforço infinito pela paz e conciliação. A espada não era o substituto do esclarecimento e da justiça. A missão dos cristãos era a salvação, não a violência, Deus, não negócios seculares, alegria espiritual, não força física, império da alma, não leis humanas. O homem que não tivesse primeiro conquistado a si mesmo e dominado suas paixões — por mais legítimas que ele as considerasse —, era um terrível perigo para sua própria alma e a alma dos seus concidadãos. Isso não significava que um homem bom fosse igual ao leite e à água. Podia ser como um bom vinho, revigorante, confortador, esclarecedor, desalterante e induzindo à camaradagem. Acima de tudo, devia transmitir alegria e o amor, que é o coração da alegria.

Partiu de Antióquia para Corinto com Barnabé, sentindo que a Igreja em Antióquia estava germinando, próspera, sem mais precisar dele.

Capítulo 44

Saul, que nascera num país de calor intenso e que morou e trabalhou em outros semelhantes, achou a Grécia, aquele país verde, dourado, púrpura e prateado, estonteante, não só pela beleza, mas pelo frescor e clima. A luz radiosa, o céu azul

---

* Rom. 13:1-13.

incandescente, a graça e a dignidade o encantaram. Amava os gregos vagamente por causa de Aristo. Tinha desconfiado do seu hedonismo e da sua atitude sutilmente alegre e cínica com relação à vida e às instituições, além de seu humor, forma e estilo. Mas agora lembrou da sua poesia, seus atores de tragédias e sua prosa inefável, e penetrou na grandeza das palavras faladas e escritas. A influência deles sobre os judeus em Israel tinha sido uma afronta para ele e para os outros fariseus. Agora via que a pureza de uma fé é aumentada e não diminuída pela vivacidade da percepção alheia e havia alguma coisa singularmente parecida entre a abstração conceitual dos gregos e as formas de expressão dos profetas nas Escrituras. A religião não era diminuída por uma nova visão, uma vez que não era negada por nenhuma verdade provada. Ao contrário, a enriquecia e revitalizava, tornando-a mais penetrante.

Saul era um citadino por natureza e os gregos citadinos eram homens, pensou com relutância, iguais a ele. Barnabé estava timidamente cansado dos gregos e Saul disse, irritado:

— Nosso Senhor ama o homem culto com certeza da mesma forma que ama os iletrados, os analfabetos e os simples! Não devemos reduzir nossos esforços à plebe dos mercados, embora Deus saiba que eles precisam ser domesticados e disciplinados, e aos homens do campo. Se tivermos de avançar como ordenado, não devemos apelar unicamente para os escravos e os humildes, pois o Messias falou com a força da sabedoria universal, grande conhecimento e abstração sutil, em símbolos muito mais ocultos e abstrusos que um Homero, Virgílio ou Horácio, ou qualquer dos grandes poetas da Grécia. Na verdade, como disse Ele, devemos ser tão astutos quanto a serpente e tão inofensivos quanto uma pomba, mas devemos caminhar entre os pórticos, nas acrópoles e edifícios de aprendizado e cultura, como nas sarjetas e na terra. Não lembro do Senhor ter derrubado uma estátua ou denunciado um templo pagão, nem ofendido os gentios de alguma forma, com ironia, desprezo ou acusação. Nós também não devemos.

Como os cavalheiros gregos gostavam das discussões, argumentos e diálogos socráticos, Saul logo descobriu que aqueles homens se interessavam por ele. Foram até sua pobre hospedaria em Corinto, onde o encontraram, de tarde, sentado ao pôr do sol, enchendo os olhos e a alma com a magnífica beleza à sua volta. Sentiu prazer na conversa com aqueles homens. Ao contrário da gente de Israel e Antióquia, não ficaram surpresos porque um sábio rico preferisse vestir-se pobremente. Confidenciaram-lhe, com um sorriso, que a ostentação, a virtude e a sabedoria eram incompatíveis, embora deixassem Saul com a inconfortável suspeita de que o consideravam afetado, ou excêntrico, como eram todos os "sábios". Em suma, ele estava vestindo um uniforme aprovado de sábio, de modo a se distinguir da raça de homens comuns. Isso o aborreceu, mas curiosamente também o divertiu. Estou me tornando grego, diria para si mesmo. Quando tentou comunicar a Barnabé os meandros do pensamento grego, o outro ficou confuso.

— Nos vestimos humildemente porque somos homens humildes — comentou e Saul nada mais disse.

A planície de Corinto era muito fértil e verde-escura, sem dúvida o celeiro da Grécia, e sua fonte de frutas e hortaliças. O templo na Acrópole rodeada de ciprestes era uma joia em miniatura, constituída de prata dourada, as colunas brilhando o dia todo, tornando-se escarlates ao crepúsculo, seus jardins sinuosos cheios de cercas vivas de inúmeras flores, tudo sob um céu de um azul-pavão tão estonteante que ofuscava a vista. A própria Corinto era tão branca quanto a neve, as pequenas casas quadradas suportando caramanchões de uvas, as ruas estreitas limpas, soando com as rodas das bigas e carroças, as lojas pequenas e cheias. Saul tinha visto o mar Egeu de cor púrpura-real e o mar Jônico, quando passou pelo istmo, vendo também a distância as ilhas verdes e rosadas da Grécia em seus círculos de praias douradas, pensando que o céu devia ser assim. O calor seco perfumado não o incomodou. Aliviou não apenas seu corpo, mas seu espírito, fazendo-o lembrar que a Grécia era o abrigo de inverno predileto dos romanos ricos, que sofriam de reumatismo no úmido clima italiano. Havia no ar não apenas estímulo, mas uma qualidade calmante que sugeria eternidade, deuses e significados além da compreensão humana.

Barnabé, que não era homem da cidade, nem cosmopolita portanto, ficou menos à vontade na atmosfera da Grécia que Saul. Insistiu na sua crença de que todos os homens eram iguais e da mesma forma cultos os humildes de Corinto, os escravos, os camponeses, os lojistas menos prósperos, os trabalhadores do campo, os esmagadores de uvas, os vinhateiros, os pastores, os libertos. Se os gregos pareciam diferentes dos homens do Oriente, de onde ele tinha vindo, Barnabé, em sua simplicidade, acusou-se de preconceituoso e estreiteza mental. Mas Saul divertiu-se com a diferença entre os gregos e os homens que conhecera durante a maior parte da sua vida, pois lhe provava a maravilhosa variedade que Deus criara em Sua sabedoria, amor pela beleza e diversidade. Além disso, como homem de mente ativa e de imaginação, ficava curioso e excitado com opiniões contrárias, além de amar discussões.

Foi frequentemente convidado para casas agradáveis de gregos ricos, tendo saboreado excelentes jantares bem como os resinosos vinhos gregos. Os judeus de Corinto, na maioria comerciantes, negociantes e banqueiros, também eram citadinos, embora, ao lembrarem-se das antigas perseguições de Saul aos seus irmãos nazarenos, tivessem se mostrado menos amistosos com ele. Os rabinos na sinagoga sabiam de sua presença no Sabá e observaram que ninguém reagia mais fervorosamente que Saul de Tarshish, nem com mais êxtase e devoção — usando seu solidéu da tribo de Benjamim — mas ficaram desconfiados. Estavam preparados para enfrentá-lo, se se erguesse na sinagoga e tentasse falar à congregação, pois além de ser fariseu era membro da nova seita judaica, denominada cristã pelos gregos. Os rabinos não se opunham a que os cristãos fossem à sinagoga, pois Israel não estava cheio de seitas novas? Se estivessem temporariamente convencidos de que Yeshua de Nazaré era o Messias, bendito seja Seu Nome, ainda passava. Mas Saul de Tarshish era outra coisa. Falou em Corinto sobre sua certeza de que Yeshua era o Messias e que os homens que O recusaram não podiam ser salvos nem partilhar do outro mundo totalmente, pois Deus não tinha feito um novo Pacto com Israel? Mas Saul não se levantou para discutir com os rabinos. Apenas olhou em volta, com olhos ardentes de amor e desejo fervoroso.

Os judeus-cristãos não eram menos desconfiados dele e por isso Saul tornou a perceber que sua missão era entre os gentios, embora limitasse sua devoção pessoal à sinagoga. Deixou os judeus para Barnabé, que não tinha sua reputação, que falava suavemente e era um verdadeiro judeu. O mais profundo desejo de Saul era não criar divisões entre os judeus-cristãos e sabia que sua simples presença era um motivo de briga.

Enquanto isso, um novo espinho rasgava sua carne. Em Corinto, juntou-se a ele João Marcos, um dos apóstolos, muito mais moço, que vira o Messias de perto e O seguira, dormira nos campos com Ele, partilhara o pão e o vinho com Ele e assistira à Sua Ressurreição. Marcos era um rapaz alto e magro, com imensos olhos castanhos suaves que, espantosamente, tornaram-se frios e duros quando encarou Saul, sua barba e cabelos eram castanhos e sedosos, as mãos e pés claros e compridos, falando com uma lentidão deliberada e tom enfático, que aborreceu Saul desde o começo. Não apenas desconfiava silenciosamente de Saul — o que este logo percebeu, uma vez que Pedro não tivera palavras bondosas para se referir a ele, mesmo após sua reconciliação — mas desconfiava de sua missão entre os gentios.

Apesar de Marcos, reconhecendo que o Senhor também fora aos gentios, não ser contrário a terem convertidos potenciais entre os cristãos em Corinto ou outra cidade, acreditava com todas as forças que os judeus-cristãos eram o círculo íntimo de Israel, os Eleitos, os únicos dignos da Mensagem messiânica, os únicos santos verdadeiros, e que no futuro seriam eles apenas os que teriam o governo do Reino e não os gentios convertidos, que constituiriam um pequeno corpo selecionado. Consequentemente, irritava-se com Saul, que oferecia o círculo interno messiânico e místico aos gentios. Disse a Saul:

— O Senhor recomendou-nos a não atirar pérolas a porcos, nem dar aos cães o que é sagrado.

— Não há empecilho ao Reino de Deus — retrucou Saul, paciente no começo. — A missão messiânica é para todos e não exclusiva, nem exclui os tocados pelo Dedo de Deus, judeus, pagãos ou gentios. — Sorriu friamente. —

Os judeus pedem um sinal e os gregos buscam a sabedoria. Mas nós pregamos Cristo crucificado, que é escândalo para os judeus e loucura para os gregos. Mas para os que são chamados, tanto judeus como gregos, Cristo é o poder e a sabedoria de Deus!* — Acrescentou: — Pois trabalhamos juntamente com Deus. Você é a economia divina, a edificação de Deus. — Como Marcos não respondesse, Saul prosseguiu, com sua natural impaciência irritada diante daquela obstinação: — Porque, assim como o corpo é um e tem muitos membros e todos os membros, sendo muitos, são um só corpo, assim é Cristo também. Pois todos nós fomos batizados em um Espírito formando um corpo, quer judeus, quer gregos, quer servos, quer livres, e todos temos bebido de um Espírito.**

Marcos encarou Saul com um olhar baço e disse:

— Mas você é fariseu... e o Senhor denunciou os fariseus. Ainda os tememos e desconfiamos deles.

Saul ficou furioso com esse argumento capcioso e seu orgulho inflamou-se. Gritou:

— O que quer que alguém ouse alardear, eu também ousarei! Eles são hebreus? Pois também sou! São israelitas? Pois também sou. São descendentes de Abraão? Pois também sou! São servos de Cristo? Sou muito melhor... com mais serviços prestados. Fui espancado e quase morri. Uma vez fui apedrejado. Passei perigos em rios, ladrões me atacaram, meu próprio povo me perseguiu, bem como os gentios, passei por riscos na cidade, no deserto, no mar, perigos vindos de falsos irmãos; no trabalho e na miséria, em muitas noites insones, na fome e na sede, frequentemente sem alimentos, no frio e exposto às intempéries. Além de outras coisas, há a pressão diária sobre mim da minha ansiedade por todas as igrejas.***

Marcos nada respondeu, mas afastou-se. Barnabé ficou aflito. Entre a silenciosa teimosia de Marcos e o arrogante orgulho e certeza de Saul, sentiu-se indeciso. Todavia, sua intuição convenceu-o de que Saul estava certo e justo e que Marcos, mais moço, era provinciano, não passando de um apóstolo. Contudo, para desgosto de Barnabé, aquela dissensão poderia levantar na Igreja uma onda de protestos. Se a Igreja ficasse dividida dessa forma, enfraqueceria e sua missão seria atrasada e distorcida. Sempre havia espaço para discussão, para discussão frequentemente esclarecida, mas não para guerra e revolta. Quando Marcos disse-lhe: "A mensagem só deve ser transmitida nas sinagogas e não nas feiras pagãs nem nas casas dos gregos, que são idólatras", Barnabé tentou explicar, porém Marcos tinha, como Saul, a convicção de estar certo.

---

* Cor. 1:22-24.
** Cor. 12:12-14.
*** Cor. 11:21-30.

— Não tomarei parte nisso! — exclamou Marcos que, sem se despedir de Saul, partiu para Jerusalém, onde foi se queixar a Pedro do arrogante fariseu.

(Passaram-se muitos anos antes que Marcos finalmente compreendesse que Saul estava certo e confessou, em seu Evangelho, que a missão era também para os gentios, sem restrição.)

Marcos disse a Pedro que Saul estava pervertendo a Mensagem do Messias, que estava destruindo e adulterando a fé sagrada, que, sendo um cosmopolita, admitia influências estranhas na Igreja, perdoando práticas estranhas, pregando doutrinas estranhas, para escândalo dos fiéis.

— Deixem-no ostentar o que ele chama de sua autoridade — falaram os presbíteros em Jerusalém, enquanto Pedro ouvia, num silêncio aflito. — Ele pôs a Lei de lado, zombou de Jerusalém, indicou seus próprios presbíteros, colocou-se fora do seio da Igreja. Esse fariseu, esse caçador de inocentes e humildes! Ele diz que foi indicado por Deus e pelo Messias: que prossiga! Deus não será escarnecido, mas destruirá aquele homem orgulhoso e presumido.

Marcos alongou-se no tema. Barnabé era seu tio. Saul de Tarshish tinha subvertido a fé daquele tio gentil e pusera sua alma em perigo. Estava levando para a Igreja hordas de gentios desinformados, vagos e idólatras, apenas para ampliar sua autoridade e impressionar pela quantidade. Não procurava a alma de um homem diligente e laboriosamente, para ter a certeza de que, de fato, ele recebera o dom da fé. Batizava-o numa confissão superficial e apressada! Ele era o novo Jeroboão e sem dúvida um apóstata, se um dia foi nazareno, coisa duvidosa.

— Ele será a nossa morte! — gritou Marcos sinceramente. — Ele atrasará a Vinda do Messias e nos mergulhará nas trevas e no desespero! Devido à nossa tolerância, não partilharemos do Reino. Ai de nós!

Outros, ouvindo Marcos e balançando desconsolados a cabeça, lembraram as perseguições de Saul aos nazarenos. Seria possível que ele tivesse aderido ao cristianismo apenas com a intenção de destruir a Fé?

Pedro falou em voz baixa e hesitante:

— Também duvidei dele por muitos motivos. Mas visitei-o em Antióquia e nada encontrei de errado. Os gentios que ele converteu... espantaram-me e edificaram-me com sua fé e alegria. Já lhe falei disso. Ele me convenceu. Vi a nuvem de luz do Espírito em sua fisionomia. Deve acreditar-me. Antigamente fui como você, mas tive uma visão. Saul tem sua mensagem; eu tenho a minha. Cada um de nós está destinado a fazer sua parte. Evitemos a dissensão. Se Saul continua em erro, Nosso Senhor o corrigirá ou expulsará. Na verdade, ele é orgulhoso e à vontade entre os gentios, mas essas mesmas qualidades não lhe dão força entre eles?

Mas um dos anciãos falou:

— Nós, judeus, ficamos num lugar privilegiado com o Messias, pois aprendemos os Mandamentos e o Pacto foi feito com nosso povo. Somos, de fato, uma nação sagrada. Nosso Senhor era israelita, obedecia às Leis dos nossos pais e foi circuncidado. Portanto, os que quiserem juntar-se a nós têm de ser iguais a Ele.

Com um suspiro, Pedro viu que a velha discussão continuava. A jovem Igreja sobreviveria a essas acaloradas divergências? Virou-se para os outros:

— Confio em Saul, por isso vocês devem fazer o mesmo. Quem não estiver com Deus será expulso. Não o interrogaram em Jerusalém e não foram convencidos por ele? É verdade que ele os hostilizou com sua arrogância e impaciência mal ocultas, por causa de sua falta de conhecimento formal. Mas negou a acusação de estar formando uma nova fé. Estava apenas levando os gentios para Israel, como ele mesmo disse. Israel era a nação escolhida por Deus; aprendera isso com os presbíteros. Mas a comunidade messiânica incluía todos os povos. Não foi isso que o próprio Senhor, Isaías e todos os profetas declararam? Quem ousaria dizer a alguém ansioso por crer e juntar-se à comunidade messiânica "Não pode entrar porque não é circuncidado e limpo"? Seria uma ofensa a Deus, que amou todos os homens e queria-os com Ele no Céu. Alguém poderia arrogar-se o direito de decidir quem podia ser salvo e quem não? Isso era de fato fariseísmo.

A isso, Pedro sorriu suavemente aos entusiasmados presbíteros e disse:

— Se Saul de Tarshish fosse um homem parecido conosco, mais obscuro, mais calmo, mais humilde, nascido onde nascemos, vivendo como nós, e não um fariseu de grande cultura mundial, de uma comunidade cosmopolita... em suma, se tivesse nossas feições, nossa posição e nossa língua, não ficaríamos tão ressentidos nem discutiríamos com ele. Só porque ele não nasceu em Israel, é um cidadão e advogado romano, foi ensinado por um grego, nós os consideramos um pretensioso e estrangeiro, ofendendo-nos com seus ensinamentos aos nossos irmãos. É um erro humano desconfiar do estranho, mesmo quando vem de boa vontade e com sinceridade. Preferimos os nossos. Mas Deus não prefere um homem a outro. — Acrescentou que o profeta Oseias disse que Deus, nos últimos dias, tinha incluído os gentios entre Seu povo. — Olha agora para o Céu e conta as estrelas, se puderes.*

— Assim — continuou Pedro — todos os homens serão as sementes do Messias.

Os presbíteros acalmaram-se, mas não amaram Saul, embora acreditassem nas palavras de Pedro, pois Deus não tinha fundado sua Igreja sobre ele e a Igreja podia estar em erro? Não. O plano de expulsar Saul da comunidade messiânica foi abandonado.

---

* Gên. 15:5-6.

Tiago levantou-se e disse que, na sua opinião, os gentios que se tinham voltado para Deus não deviam ser molestados nem afastados da comunidade messiânica e da Mensagem, mas dessa data em diante deviam abandonar os ídolos, o adultério e a fornicação, deviam deixar de comer animais estrangulados e de derramar sangue. Os gentios estavam quase obedecendo às leis primitivas de Moisés e se desejavam obedecer à Lei com mais fervor, deveriam ser alegremente aceitos como membros da comunidade israelita e dos Eleitos.

Contaram a Saul sobre essa reunião e novamente ele ficou irritado. Aceitou a decisão dos presbíteros, mas no íntimo ficou furioso. Os judeus-cristãos chamavam os gentios convertidos de "irmãos", mas para eles ainda continuavam apenas gentios. Não eram verdadeiros israelitas, como o Senhor o era. Eram apenas tolerados. Saul disse-lhes:

— Quem aceita o Messias é israelita da maneira mais sagrada e quem rejeita-O não é israelita.

Tendo instalado totalmente a Igreja em Corinto, Saul ficou ansioso para penetrar nas vastidões desertas onde o Nome do Messias ainda não tinha sido proclamado e nas comunidades cristãs onde ainda era fraco. Barnabé, na sua maneira gentil, sugeriu-lhe que convidasse Marcos a juntar-se a ele. Os faiscantes olhos azuis de Saul pousaram nele, zangados.

— Não — respondeu. — Ele me causou bastantes problemas, provocando divergência na Igreja, onde tudo deve ser harmonia.

— Se o fez — disse Barnabé, quase em lágrimas —, foi por zelo.

— Não tenho paciência com zelosos — disse Saul, homem extremamente zeloso.

Desprezava Marcos por ter tentado interferir com ele. As calmas alegações de Marcos não estiveram a ponto de provocar ataques nele, que o enfraqueciam? Quem enfraquecia um mensageiro insultava Deus. Barnabé argumentou, mas em vão. Saul era firmemente oposto a Marcos, não apenas por convicção, mas por incompatibilidade humana.

Assim, quando Marcos chegou, Saul recusou-se a vê-lo, lembrando ofensas. Barnabé, dividido entre seu amor pelo sobrinho e por Saul, seu amigo, finalmente partiu com Marcos para Chipre. Saul, orgulhoso e inflexível como sempre, ansioso para dar amor, mas aparentemente rejeitando-o, fez outros planos.

Seu primeiro impulso contra Barnabé foi que seu amigo o abandonara, largara-o pelo sobrinho, pondo-o em segundo plano. Mas como Saul era uma pessoa racional, apesar do seu temperamento e dureza de expressão, acabou por dizer-se: afasto os que quero abraçar. Provoco ira nos que quero amar. Deito com a raiva, quando desejaria consumar minhas maiores paixões. Eu toleraria a estupidez se ela não fosse tão peremptória! Infelizmente, sou corrupto.

Sentia saudades amargas de Barnabé, daquela voz suave de equilíbrio, bondade e caridade. Sentia falta dos seus olhos castanhos, do contato da mão consoladora. Mas não podia agora pedir a Barnabé que voltasse. Um dia pediria, mas não naquele instante, pensou. Enquanto isso, num gesto de reconciliação, concordou com certos termos da comunidade de Jerusalém transmitidos por Pedro, que crescia em sua estima.

Agora, seu desejo era chegar à Europa depois de visitar Atenas, para onde viajou, aquela sede da sabedoria, poesia e profunda filosofia ocidentais, aquele trono de beleza, aquela coroa de ética e raciocínio refinados.

◆ ◆ ◆

Capítulo 45

A terra e as colinas prateadas de Atenas extasiaram Saul. Tudo era iridescente aos raios do sol mais ardente, sob o céu incrivelmente brilhante e profundamente azul. Percorreu a Ágora, examinando as lojas, os negociantes. Deteu-se no templo da música para ouvir os instrumentistas ensaiando. Visitou academias e tribunais de justiça, onde as discussões dos advogados o encantaram e divertiram e os juízes maliciosos o fizeram rir, com simpatia. Esteve em bibliotecas, criadas havia muito por Marco Túlio Cícero, parando para examinar alguns livros. Subiu uma colina para olhar a água violácea do porto de Pireu e os navios ancorados. Ali, naquela luz, naquela vivacidade, naquela atmosfera faiscante e saborosa, até mesmo os romanos lhe pareciam mais amistosos e instruídos. Dominando tudo, ficou fascinado pela Acrópole e pela gigantesca estátua de Atenas Pártenos diante do Partenon, subindo até o topo para perambular pelo chão de mármore, fontes e colunatas entre os templos e olhar a cidade branca embaixo. Ficou encantado e respeitoso. Pela primeira vez pensou: "Como são nobres a mente e a alma do homem quando libertas da vulgaridade, do materialismo e do utilitarismo! Como é profética e grandiosa a própria sombra no mármore, quando supera sua natureza! Aqui, a beleza firmou seu pé monumental na pedra e foi evocada do próprio espírito do homem. Sempre considerei o homem vil e imundo, malicioso e cruel, tolo e velhaco, mau e libidinoso, traidor e depravado e, na verdade, ele é isso tudo. Mas também sei — e quão profundamente — que igualmente é divino na Divindade de Deus, que a imortalidade ecoa nos recantos do seu cérebro e que nada lhe pode ser negado se se render ao Santíssimo e tornar-se parte dEle. Só Deus pode libertar o homem para que seja ele mesmo, se desejar essa liberdade, pois o cativeiro e toda a sua fealdade e vileza são autodeterminados."

As estátuas na Acrópole não o irritaram como teria acontecido antes; encantou-se com sua graça, ficou fascinado pela sua incrível majestade e minúcia. Para ele, eram deuses, passando a compreender porque os homens frequentemente adoravam o que tinham feito com as próprias mãos, reconhecendo, nas trevas misteriosas e lugares místicos neles, que o que criaram fora-lhes inspirado e não era totalmente deles. O Deus da Luz e da Beleza sorriu naquela colina íngreme e Fídias foi Sua língua pétrea, para falar com ela por um homem que deseja, infinitamente, perfeição e excelência. Sócrates, que só se expressava através de palavras, era menos que Fídias, que indubitavelmente tivera anjos como arquitetos. A adoração tocou o vulnerável coração de Saul. Ficou olhando entre as imensas colunas brancas o apaixonante azul do céu e o ar flamejante e pensou que mesmo no Templo de Jerusalém não sentira tal respeito, tal admiração, tanta alegria irresistível, tal êxtase e compreensão.

A Grécia desapareceria como tantas outras nações, mas a memória da sua sabedoria, glória e beleza permaneceria eternamente, enquanto houvesse um homem para celebrá-la. Um poeta era maior que um rei; um sábio sobrepunha-se a um rico; um império pode ser imortal pela qualidade dos homens que produziu. A Grécia, pela poesia, sabedoria, estrutura mental, superava todas as outras nações. Saul ouvira dizer que existiam países mais belos que aquele, maiores e grandiosos. Mas da Grécia, por um misterioso desígnio, surgira a mais completa forma de Beleza em mármore e em palavras.

Infelizmente, tanto a comunidade judia como a gentílica em Atenas não partilharam da sua excitação e prazer em relação à cidade. Os judeus consideravam o formidável espetáculo da Acrópole uma "armadilha do diabo" para afastar o olhar e o espírito do homem das verdades eternas e Saul, a ponto de repreendê-los com sua língua vergastante, lembrou-se de que, na juventude, também ele exprimira esses sentimentos a Aristo. Os gentios eram simples, antigos libertos, trabalhadores, camponeses cobertos de terra, cansados do trabalho e, apesar de gregos, o orgulho não fazia parte da sua herança nem seus olhos podiam abarcar o que Saul via. Olharam-no com leve surpresa e enfado. Que tinha aquilo a ver com sua existência presente ou futura? As obras humanas, apesar de esplêndidas — embora não lhe vissem o esplendor —, eram pó, cinzas e indignas de um cristão, cujos pensamentos deviam estar voltados somente para a eternidade.

Os judeus-cristãos tinham mais conteúdo que seus semelhantes gentios, sendo mercadores, lojistas e banqueiros, como o eram em Corinto. Podiam não compreender Saul, embora corresse nas suas veias a mesma linguagem. Eram homens bons e acreditavam que, como cristãos, seu único dever na Terra era aliviar a sina dos pobres, encorajar os sofredores, alimentar os famintos e desabrigados, corrigir a injustiça, proclamar a liberdade e denunciar a escravidão, pedir nos tribunais — também havia advogados entre eles — por compaixão pelos criminosos e piedade para os pecadores. Suas emoções e crenças, garantiram francamente a Saul, eram liberais e bondosas e sofriam pelos infelizes. Saul sacudiu a cabeça, com sua velha impaciência. Sem dúvida, devemos amar e ajudar nosso próximo, pois não é um mandamento de Deus? Mas esse amor e ajuda surgem naturalmente, independente da fé e das obrigações que ela impõe, como uma rosa nasce do galho da roseira. Sem fé, adoração e a verdade de Deus, todo serviço ao próximo não passa de infantilidade hipócrita.

Saul citou-lhes Isaías:

— "Ao vil nunca mais se chamará liberal e do avarento nunca mais se dirá que é generoso. Porque o vil fala com vileza e seu coração pratica a iniquidade para usar de hipocrisia e para proferir erros contra o Senhor, a fim de deixar vazia a alma do faminto e fazer com que o sedento venha a ter falta de bebida. Os instrumentos do avarento são maus. Ele engendra invenções malignas para destruir os mansos com palavras falsas. O liberal planeja coisas liberais e por elas será perpetuado!"*

Ficaram horrorizados com estas palavras, embora Saul tenha explicado, com um sorriso irônico:

— Não fui eu quem as disse e sim o profeta Isaías. Como! Vocês não conhecem suas próprias sagradas Escrituras? — Prosseguiu: — O Senhor disse que, primeiro, devemos procurar seu Reino e tudo o mais virá a nós, mesmo a caridade, mesmo a piedade pelos enfermos. Que essa procura encha seus dias e noites e, como a água que mana da pedra sagrada, o fluido do seu amor correrá de suas almas para matar a sede dos sedentos e, como o maná caído do Céu, também o maná de suas doações caridosas cairão dos seus corações.

Os presbíteros da Igreja o censuraram, achando dura a sua visão, dizendo que seu espírito não tinha sido tocado pelo sofrimento predominante e que certamente isso era o mais profundo apelo do homem para entregar-se a coisas seculares e mudá-las para melhor. Reprimindo a ira, Saul replicou:

— Vou citar-lhes o profeta Ezequiel, que falou desse assunto. "Os sacerdotes de Israel violaram Minha Lei, profanaram os objetos sagrados, pois não souberam distinguir entre o sagrado e o comum, nem aprenderam a diferença entre o puro e o impuro: assim, degradei-os." Suas vidas, meus amigos, estão em Jesus Cristo, que disse que não veio para dividir os homens e que seu reino não era desta terra. Ponham a luz da sua fé perante os homens e todas as nuvens negras fugirão e o calabouço se abrirá, pois foram homens sem fé que criaram a infelicidade, a pobreza, a fome, o sofrimento e tiraram o teto das viúvas e órfãos. O crente é um refúgio para os desabrigados, uma despensa cheia para o faminto, um poço para os sedentos, pois é levado por sua fé a aliviar os sofredores.

---

* Isa. 32: 5-8.

Ficaram apavorados, como multidões antes deles, pela sua voz sonora e insistente, suas fascinantes inflexões e imagens, seu humor súbito e sua ternura, seguindo-se imediatamente à ira, sua eloquência, o misticismo do seu ser e aparência. No entanto, como todos os homens, eram presas de suas convicções e Saul teve de recomeçar a cansativa tarefa do esclarecimento. Só havia vida em Jesus Cristo, repetiria cada vez mais e essa vida era um Dom. Não havia salvação no trabalho e sim na fé que o determinava.

Após algumas semanas em Jerusalém, Pedro, sem dúvida inspirado pelo Espírito Santo, enviou a Saul, como companheiro, um rapaz chamado Timóteo, filho de um professor grego e de mãe judia. De acordo com a lei judaica, no entanto, o rapaz era judeu, embora não circuncidado. Mas era um problema para os judeus nas sinagogas, que frequentava como judeu e como cristão, e Saul, lembrando seu acordo com a comunidade de Jerusalém — embora suspirando —, disse a Timóteo que precisava ser circuncidado, "pois iremos visitar sinagogas onde quer que viajemos, para falar aos nossos irmãos, e é pecado humilhar outras pessoas, ofendendo-as e forçando-as a serem grosseiras. Tenho dito e ensinado que não é necessário a um gentio tornar-se judeu e ser circuncidado para ser admitido na comunidade cristã. Mas você, meu caro Timóteo, meu jovem amigo, é outra espécie de gente".

Saul suspeitou que Pedro, que tinha humor, estava caçoando dele. Timóteo, porém, que parecia um jovem Hermes, obedeceu-o alegremente, o que Saul julgou tocante e confortador, lembrando Marcos. O próprio Saul realizou o ritual e a cerimônia da forma israelita mais escrupulosa e foi padrinho de Timóteo. A partir daí, passou a referir-se ao rapaz como "meu caro filho, meu filho legitimamente nascido da fé". Seu amor pelo jovem tornou-se igual ao dedicado a Bóreas, seu verdadeiro filho, cuja mulher, Tâmara bas Judá, acabara de ter duas belas crianças, um filho e uma filha. O filho chamou-se Hillel ben Enoque, a menina, Dacyl bas Enoque. Ao receber a notícia, Saul chorou com um misto de felicidade e dor; felicidade porque Bóreas se lembrara do avô e dolorosa tristeza — com orgulho do filho — porque Bóreas homenageara sua jovem mãe, falecida muito jovem. Saul ficou ansioso para ver os netos e o filho, uma angustiante ansiedade que povoava suas noites, embora soubesse que não devia ser assim. Contou sua tristeza a Timóteo, que imediatamente demonstrou uma viva emoção, fazendo Saul se perguntar se Marcos teria sido tão bondoso e intuitivo. Achou que não. Vivo suspirando ultimamente, pensou Saul, e isso é um mau hábito, significando desespero.

Em certa ocasião, o jovem Timóteo dizia em desespero a Saul:

— Os pagãos são ateus, corruptos, libertinos, amantes da carne e das bebidas fortes, zombando das coisas sagradas, maldosos crônicos, descrentes. Como vamos poder trazê-los a Deus e ao Messias?

— Você não foi compreensivo com eles, meu filho — retrucou Saul. — Ao contrário do que pensa, os gentios não são ateus, apesar de viverem e adorarem de forma errada. O enorme movimento de religiões provenientes do Egito e do Oriente para o Ocidente, sim, mesmo Roma, mostra que o coração do homem está sempre pronto a receber e venerar a Verdade. Nenhum tirano, nenhum louco, pode extirpar do coração do homem o desejo de Deus, pois ele nasceu com a humanidade. A corrupção, falta de fé, amor à carne, mesmo a maldade são sintomas de desespero em suas almas de homens que não conhecem Deus, mas apenas a fome espiritual que nenhuma procura do prazer ou do lucro pode satisfazer. Aceitam os males do vício e o veneno das bebidas fortes para aliviar seu sofrimento e angústia, sem saber que O que conforta, cura e alimenta está esperando por eles. É nosso dever dar-lhes o pão da vida e as águas vivas. Depois de aceitá-los, jamais desejarão os substitutos vis e decepcionantes, simples ilusões de trigo, carne e leite.

Por outro lado, Timóteo ficou exaltado quando se referiu ao destino da Igreja no futuro, quando todas as divergências acabarem e todos os homens, como carneiros, estiverem sob a guarda do único Pastor. Infelizmente, não veremos isso acontecer... mas as futuras gerações verão e o que atualmente perturba a Igreja terá acabado e a paz reinará eternamente".

Saul retrucou, de maneira estranha:

— Não quero diminuir o otimismo e a esperança, se são baseados na realidade da natureza e probabilidade humanas. Mas para mim o otimismo é covardia, pois os otimistas preferem a fábula à realidade e a esperança à rocha dura do fato... e o esperançoso é um mentiroso, exceto quando sua esperança está baseada em Nosso Senhor. Durante a Saturnal romana, os homens presenteiam seus filhinhos. Contudo, quando estes se tornam adultos, precisam saber que os presentes não caem do céu em circunstâncias misteriosas, sem seus próprios esforços e trabalho. Acreditar no contrário, não é otimismo: é loucura. Na verdade, a fé é um dom que provém unicamente da mão de Deus, porém o homem precisa procurá-lo diligentemente e preparar seu próprio solo para a semente. Nós, designados por Jesus Cristo, devemos carregar essa semente; todavia, apenas podemos oferecê-la. Não podemos sequer ser otimistas, nem esperar muito. Podemos apenas rezar.

"Você fala dos tempos futuros, quando não mais houver a divergência atual da Igreja. Ai de mim! Caro Timóteo, pregue a Palavra, repreenda, exorte com toda a intensidade e doutrine. Pois virá a hora em que eles não suportarão a doutrina sã; mas tendo comichão nos ouvidos, amontoarão para si doutores conforme as suas próprias concupiscências e desviarão os ouvidos da verdade, voltando às fábulas. Portanto, seja sóbrio em tudo, faça o trabalho de evangelista e cumpra plenamente o seu ministério.* — Acrescentou, mais suavemente: — Como os homens são homens, sujeitos a erros e rebeliões, não podemos esperar que a Igreja se livre da divergência e da discussão, bem como de zangadas vozes briguentas. Podemos unicamente firmar pé na verdade, não tolerando falsas doutrinas, não conciliando com mentirosos, loucos, violentos e com os que querem mudar apenas pelo amor da mudança. Pois o que é novo no mundo pelo qual o homem deve esforçar-se? Como disse Salomão, 'Não há nada de novo sob o sol' nem haverá jamais e as gerações que gritarem 'Isto é novo, somos o novo e o que dizemos é novo e verdadeiro hoje!' são insensatas no fundo, ignorantes da história, sem cultura e compreensão. São imaturos, ignorantes, histéricos e quem os ouvirá, a não ser bodes iguais a eles? Não obstante, poderão ser destrutivos e confundir os crentes. Mas temos a promessa de Deus de que eles não predominarão contra a Igreja.

Pensou em silêncio: "Os jovens exigem perfeição. Não é o que eu mesmo peço? Mas a única perfeição é Deus. Os jovens exigem soluções para todos os problemas, mas que os satisfaçam, nunca se perguntando se essas soluções são satisfatórias para Ele, Que é a única Solução. Soluções teóricas que os moços consideram 'boas' são palhas ao vento, cegando e engasgando, mas nunca um sustento. Os jovens sensatos compreenderão mais tarde. Mas os que se tornam adultos ainda acreditando em soluções para todos os problemas humanos, sem que invoquem Deus para serem instruídos e iluminados, acreditando que o homem sozinho pode encontrar soluções, são homens idosos mas sem compreensão. São dementes e um perigo para todos."

Saul, que nunca se iludira com os homens, tinha seus períodos de desespero. Só lhe restava confiar na vitória derradeira de Deus, como fora prometido.

Acabou tendo uma profunda afeição pelos atenienses, não apenas por ter sido recebido por eles com mais respeito do que os judeus-cristãos e os ortodoxos, mas porque sentira afinidade com eles, por serem conhecedores do mundo e cosmopolitas. Observou, porém, que os inteligentes e cultos atenienses só estavam interessados em Deus como uma hipótese filosófica, que não devia ser considerado como uma realidade nas prosaicas atividades humanas. Deus, como dissera Aristóteles, era o Princípio da criação, mas o criado, depois de tocado pelo Dedo divino, tornou-se seu próprio destruidor ou salvador. Parecia incrível à maioria dos atenienses cultos que Deus tivesse condescendido, com amor, ter nascido do homem e andar entre os homens, guiando-os para se afastarem do erro, que foi autodeterminado. O Princípio era, sem dúvida, mas importante que isso, preocupado como estava Ele com a criação de universos, sóis, planetas e galáxias.

---

* Tim. 4: 2-5.

— Ele se preocupa com a queda de um pardal — disse Saul, fazendo-os balançar as cabeças, sorrindo. — Ele observa a mosca que só vive um dia e o besouro que se move segundo as leis da sua própria natureza.

Os atenienses desviaram o olhar e tornaram a sorrir, pensando que Saul tinha profanado seu próprio Deus atribuindo-Lhe os mais ínfimos propósitos. As leis da natureza, uma vez postas em movimento pelo Princípio, não podiam ser alteradas e ai de quem, homem, inseto ou animal, se atravessasse no caminho do Destino inexorável.

Em seus últimos dias em Atenas, Saul falou à cidade na colina de Marte, na Acrópole, no perfumado calor do meio-dia, onde as colunas e ciprestes projetavam nítidas sombras azuis. Acima dele, o grande Partenon e os templos menores, brancos e reluzentes como a neve sob o céu ardente, e perto da Rocha da Justiça, gigantesca, cinzenta, o templo romano de Júpiter, com frisos coloridos nos frontões e pórticos; e diante dele a imponente estátua dourada do deus, brilhando na luz, dando a impressão de coroada por relâmpagos ardentes. Abaixo de Saul, o teatro de Dionísio, circular como uma bacia, repleto de assentos como terraços de mármore estreitos, uns sobre os outros até a beira, muitos vistosamente forrados, as paredes ornamentadas com baixos-relevos de inenarrável beleza, descrevendo os deuses, suas fábulas e sucessos. As laterais da Acrópole refulgiam com os enormes degraus de mármore branco que iam até o cimo, percorridos para cima e para baixo por multidões com os braços cheios de flores e outras oferendas para os templos, os que desciam conversando com seriedade misturada à sagacidade e alegria, notável entre os atenienses. E Saul viu, bem embaixo, na própria cidade, o telhado vermelho-rubi do imenso mercado, a Ágora, as repletas repartições oficiais, ouro e branco, a enorme quantidade de casas claras e quadradas aglomeradas, com seus jardins e muros cobertos de vinhas. Tudo era cor, vitalidade, vivacidade, movimento, vida e barulho, a lógica exuberância da mente ocidental. Apesar da aparente violência de matizes, alarido e diferenças, o contínuo vaivém, o barulho, a música, o vozerio, a profusão quase intolerável de luz, o ardente azul do céu, havia uma certa ordem, uma certa reserva.

E, apesar da distância, Saul viu o mar violáceo, o verde-escuro das colinas cobertas de bosques, a terra ocre, os campos esmeraldinos além da cidade, o lampejo dos córregos dourados. Para ele, Atenas era como uma rápida visão do Paraíso. Pois uma brisa fresca chegou do mar, apesar do calor, e a luminosidade do ar, juntando-se a tudo aquilo, provocou-lhe uma profunda e grata excitação. Mesmo a movimentação de carroças, carretas, bigas e carros nas ruas estreitas lá embaixo tinham uma espécie de alegre determinação. Não é de admirar, pensou Saul, que meu avô amasse esta cidade, apesar de eu, quando jovem, tê-lo desprezado por isso, pensando que nada fosse mais belo e importante que

Jerusalém. Depois de Sião vinha a Lei, como sabia, mas esta também continha variedade e beleza, que são universais.

Os gregos puseram um apelido divertido em Saul: "O Sócrates judeu." Ele descobriu que os gregos se deliciavam com o uso de palavras e eram tão grandes em discussões e argumentações quanto os judeus, gostando da precisão de linguagem. Não ficou ofendido com o apelido. Olhou para baixo, para a colorida multidão reunida para ouvi-lo, para os ricos em suas liteiras e com seus escravos, para os negociantes, banqueiros, advogados, médicos, todos elegantemente vestidos e para os pobres e trabalhadores, os camponeses e os errantes, os artesãos, os operários das cidades e dos campos. Estavam todos instalados nos íngremes e altos degraus de mármore que levavam ao cimo da Acrópole, muitos procurando abrigar-se na sombra dos vizinhos para fugir ao sol, outros com guarda-sóis de várias cores. Falavam sem parar, é claro, como faziam os atenienses, mas quando Saul começou a discursar, com sua voz alta e eloquente, prestaram-lhe atenção educadamente, pois era homem de boa reputação. Além disso, era possível que os deuses — nos quais acreditavam apenas abstratamente — falassem através dele. Era certo que tinha um ar completamente diferente, com aquela flamejante cabeleira ruiva mesclada de branco, o rosto apaixonado e enrugado, e os olhos azuis selvagens. Vestia-se humildemente com uma comprida túnica castanha, como as que os operários das fábricas usavam, e seu cinto não passava de uma corda, material com que também amarrava as sandálias. Mas tinha uma presença imponente, quase divina, inspiradora, e seus gestos eram amplos e intimidantes, fluindo dele uma força e convicção sobre-humanas. Não era um demagogo ignorante como os que conhecia muito bem, nem um político venal à procura de cargos ou votos. Procurou-os, como constava, por amor ao seu Deus, de Quem, como Deus dos hebreus, tivera notícias. Nem todas inspiravam admiração, porém. Parecia muito um Deus da ira e pouquíssimo um Deus da beleza. E Seus devotos eram tristes, parecendo desprezar a vida, o riso, a alegria, falando de semblante fechado. Mas este era um judeu de aparência comunicativa, alegremente inspirado, que olhava Atenas com prazer, tornando-se assim um judeu mais interessante, cuja voz era enriquecida pela abundância de humor áspero, falando num grego impecável.

— Homens de Atenas! — gritou, abrindo os braços num gesto envolvente, com a voz calorosa e os olhos rebrilhando mesmo naquele ar excitante. — Não sou estranho para os que me ouviram nas feiras, nas sinagogas, no Pátio dos Gentios e nas ruas; portanto, a mensagem que lhes dirijo não é nova aos seus ouvidos. Muitos de vocês me perguntaram, com todo o respeito: "Seu Jesu é o Deus Desconhecido de Quem ouvimos falar através dos séculos?" Respondi-lhes: "De fato, ele é o seu Deus Desconhecido e o Deus Desconhecido de todos os homens, que O adoraram nas trevas, com esperança e humildade. Mas agora lhes falo do que não é mais desconhecido, mas surge à luz da ressurreição, finalmente revelado ao mundo inteiro, no esplendor, dignidade, poder terrível, grandeza, amor, ternura e beleza. Não há uma religião humana, morta ou viva, que não contenha o germe dourado da Promessa e todos os homens O esperaram, embora multidões não soubessem por Quem estavam esperando. Tinham apenas esperança e esta é suficiente, pois foi satisfeita.

"Foi o que lhes disse e preguei em muitos lugares da sua cidade. Muitos riram e disseram: 'Quem é este judeu errante que fala de assuntos complicados de maneira tão simples e não é filósofo, mas um homem de roupas modestas e pés empoeirados?' Contudo, muitos mais ouviram educadamente e agradeço-lhes, embora não tenham aceitado meu testemunho.

Mais uma vez contou àqueles homens sua visão na estrada de Damasco. Eles ficaram totalmente silenciosos, com as paredes protegendo-os do barulho externo, apenas concentrando o silêncio existente dentro do grupo. Alguns já tinham ouvido aquilo antes, mas foram novamente atraídos. Outros nunca tinham ouvido e ficaram fascinados, pois lhes pareceu que Saul não apenas se tornara poeta — e reverenciavam os poetas acima de tudo — mas de certa forma divino. Suas descrições, ardentes como se provenientes do próprio sol, dotadas de majestade e poder, comoveram-nos profundamente, se não numa súbita fé, pelo menos na veneração da beleza. Era como se um novo Homero lhes recitasse uma nova e até então inédita poesia. Seus olhos encheram-se de lágrimas à visão do Messias, colocado tão vividamente diante dos seus olhos por Saul, sua glória e poder, mas também de satisfação diante de tanta perfeição maravilhosa. Jesus era uma nova manifestação de Apolo, Zeus ou Hermes, de membros gloriosos, fisionomia cintilante, dotado de autoridade, com um brilho maior que o sol, mais terrível que uma tempestade, mais invencível que um tufão. Eram presas de tumultuosas emoções; alguns superaram; outros murmuraram; uns juntaram as mãos com força: outros simplesmente encararam Saul, extasiados e trêmulos. Acreditaram em cada palavra. Não duvidaram de que tinha visto um deus, provavelmente mesmo o próprio Zeus. Foi uma visão que pareceu fazer o ar em volta deles dourado e trêmulo de luz. Mesmo os mais sofisticados e educados, que estavam convencidos de que Saul fora tocado pela divina e temível loucura — dos deuses, talvez, ou de sua própria poesia mais provavelmente — estavam trêmulos e extasiados.

Em silêncio, o homenagearam como fariam com um poeta cujos cantos já tinham ouvido, mas cujas imagens eram inesquecíveis. Não lhes importou se a visão tinha sido verdadeira ou não, ou apenas imaginada. Ela era Beleza e sua nação não era a verdadeira pátria da Beleza e esta sua lógica e razão de ser?

Mas outros ouvintes — e não apenas os humildes — foram tocados pelo dedo da fé como um dedo de fogo em seus corações e comovidos pelo Espírito Santo.

Alguns pensaram: "É irracional, louco, sem lógica, sem motivo, sem a revelação de uma mente racional... mas acredito. Não sei dizer por que, sei apenas que esse homem diz a pura verdade, além de qualquer raciocínio, qualquer dúvida. Ele viu Deus e falou com Ele e o que ele diz devo aceitar, para não morrer. Pois minha alma é iluminada com a grandeza de Deus e o que vejo apenas escuro agora é uma visão que pode expandir-se em inevitável prazer, numa delícia além de todos os sentidos, num êxtase impossível de ser imaginado, mas unicamente suportado e lembrado."

Para outros, contido, seu evangelho de redenção era muito simples, muito infantil, muito simplório para a verdadeira sabedoria, muito facilmente compreendido e guardado pelo vulgo, muito imaturo e mesmo um tanto sentimental. Era poético, mas absurdo como verdade. Aquele homem devia publicar sua poesia e ser aclamado, pois os poetas não tinham o dom divino e alegria para os corações fatigados dos homens? Mesmo seus absurdos e excessos eram encantadores. Todavia, o que Saul de Tarshish estava dizendo não tinha aplicação na vida diária, na intransigência de mulheres e filhos, na competição no mercado, nem nos negócios bancários e comerciais. Os deuses governavam seu império. O homem os dele. Não devia haver mistura de fronteiras. Quando os deuses se intrometem no domínio dos homens e vice-versa, o resultado é a loucura. Os homens de Atenas preferiam a racionalidade e esperavam que os deuses se mantivessem distanciados, pois o que o Olimpo entendia de cotações da bolsa, de bancos, de políticos e arrecadadores de impostos? Ou, nesse assunto, da desesperada condição do homem?

Saul não tinha meios de saber que coração fora tocado pelo Espírito Santo e que coração frio, educado e racional permanecera intocado, a não ser pela poesia de suas palavras. Próximo e por trás dele estava o jovem Timóteo, o Hermes de rosto de querubim, compreendendo dos dois mundos, angustiado por ambos e com um conflito premente no coração. Timóteo queria gritar: não há judeu, gentio, pagão, divisão entre os homens, raça, ateniense, romano, parto, persa, egípcio, bárbaro, nem obscurantismo! Somos apenas homens... e o que Saul e eu lhes trouxemos foi uma verdade relativa a todos. Ouçam e abram seus corações. Os que nos dividem são inimigos. Os que atiram irmão contra irmão são assassinos. Só há uma verdade, estabelecida a todos os homens. Prestem atenção a ela. Deus é o Pai de todos e, além disso, nada mais precisam saber!

Saul ficou espantado, ao final do seu discurso, ouvindo os calorosos aplausos de aprovação dos que o ouviram, os mesmos aplausos que teriam dado a um excelente ator, cuja interpretação tivessem elogiado e cujas palavras de tragédia e alegria tivessem excitado sua inteligência e inspirado seu senso de beleza e grandeza. Saul compreendeu imediatamente, com tristeza a ao mesmo tempo com um riso de escárnio interior, mas consolou-se porque o Messias tivera Sua própria Sabedoria e sabia que corações desejava atingir. Sou um leão frente aos homens, pensou Saul, apesar de um verme diante dEle.

Saul incumbiu Timóteo de falar aos poucos que desejavam saber mais e que estavam pensando no batismo e desceu, cansado, os altos degraus. Como sempre, sua própria eloquência e paixão o deixaram exausto. Muitos tocaram em seu braço para felicitá-lo pelo discurso excelente, por sua poesia, e Saul percebeu que não estavam zombando dele, evitando por isso uma resposta impaciente. Foi nesse instante que avistou o médico Lucano próximo à multidão, olhando-o com uma expressão inescrutável. O coração de Saul pulou num impulso de alegria, o cansaço o abandonou e ele desceu correndo os degraus para abraçar o amigo.

✦ ✦ ✦

Capítulo 46

— Nosso querido e famoso médico! — exclamou Saul, sem se cansar de abraçar o grego. — Que prazer para os olhos! Quando chegou? Como está passando, queridíssimo amigo? Está com ar cansado, mesmo doente. Como! Andou esgotando-se de maneira impiedosa entre os pagãos? Essas palavras lhe escaparam incontidamente, tal era sua felicidade e prazer, e por isso, com evidência, deixou de ver que os olhos azuis de Lucano estavam cheios de tristeza e seu rosto macerado. Lucano colocou as mãos nos ombros do amigo e tentou falar, mas não conseguiu. Saul, no entanto, pareceu não ver. Acenou com impaciência para Timóteo, acima dele nos brilhantes degraus de mármore, e gritou:

— Venha já! Lucano chegou, meu caro amigo!

Seu rosto atormentado, cansado, queimado de sol, coberto de sardas casta- nhas, encimado por aquela espessa e arrogante cabeleira ruiva e grisalha, brilhava de alegria. Enquanto Timóteo atirava-se degraus abaixo, Saul, como um irmão caçula, apertava sem cessar o braço de Lucano. O grego, agora entrando nos sessenta, ainda exibia a mesma altura e magreza, ereto e orgulhoso, com seus cabelos de neve encaracolados sobre a cabeça delicada, os mesmos olhos jovens, contrastando com as rugas de dor em torno da boca. Estava com os pés feridos e empoeirados.

— Vou levá-lo imediatamente para a minha modesta hospedaria — excla- mou Saul —, que apesar de humilde é limpa. Lá poderá banhar-se e descansar antes de mais nada e depois, apesar de eu não gostar de comida, o levarei a uma estalagem esplêndida, onde os alimentos são maravilhosos como anunciam, e o vinho e as aguardentes da melhor qualidade!

— Saul — começou Lucano em voz baixa, parando quando Timóteo juntou-se a eles e os espectadores ccmeçaram a passar, lançando olhares curiosos ao verem que Lucano era grego.

Alguns se lembraram vagamente dele como um médico, que morou em Atenas de tempos em tempos, e o cumprimentaram cortesmente, gesto que ele retribuiu. Contudo, pareceu perturbado e muito cansado. O jovem Timóteo nunca o tinha visto, mas percebeu imediatamente que era grego, olhando simplesmente para Lucano, que o examinou rápida mas penetrantemente, com olhos que não podiam ser enganados.

— Nosso Lucano, o evangelista! — gritou Saul ao jovem amigo.

Os dois abraçaram-se, dizendo ao mesmo tempo:

— Que a paz de Jesus Cristo esteja contigo.

Saul parou, olhou-os já sem cansaço e depois retomou a caminhada entre os dois, de braços dados, pela longa estrada que levava à Acrópole, passando por muitos templos, jardins, fontes e colunas. Nem por um instante deixou de soltar gritos de prazer e apertar os braços que segurava, rindo como um garoto. Muito intuitivo, sua alegria evidentemente impedia-o de logo perceber que Lucano estava silenciosamente distraído, mas Timóteo, menos entusiasmado, começou a ficar cada vez mais calado, passando a olhar o grego constrangidamente.

— Minha hospedaria não fica longe — disse Saul. — Lá adiante, depois daquele bosque de ciprestes e do menor de oliveiras, onde o azeite é fabricado. Aviso-lhe, Lucano, não é uma hospedaria luxuosa!

— Não tem importância — disse o grego e suas sobrancelhas brancas contraíram-se com algum pensamento triste.

— Mas conte-me! — gritou Saul. — Por onde andou? Que notícias traz? Como vai a Igreja nessas lonjuras?

— Primeiro deixe que me lave e tome um copo de vinho — disse Lucano, procurando sorrir. — Depois, sentaremos num lugar fresco e contarei tudo...

Encolheu-se um pouco e Timóteo, apesar de estar do outro lado de Saul, sentiu o encolher do médico, tornando mais profunda sua preocupação.

A hospedaria era de fato humilde e barulhenta, com o pátio cheio de burros, cavalos, cabras e patos, cheirando fortemente. Os homens gritavam enquanto cuidavam dos animais, praguejando no calor e cuspindo nas pedras arredondadas. Lucano acompanhou Saul ao interior úmido, escuro e cheio de odores. Saul chamou aos gritos o hospedeiro, exigindo o melhor quarto disponível para o médico. O dono, um sujeito imundo, com um avental de couro, olhou de soslaio para Lucano, curvou-se e disse:

— Mas o nobre médico chegou há duas horas e já está num quarto, o meu melhor, garanto-lhe, amo, pois ele não curou minha mãe, há trinta anos, sem cobrar um dracma? Ele manda aqui.

— Ah — disse Saul, com ar aparvalhado.

Lucano sorriu-lhe afetuosamente e falou:

— Eu não sabia que era esta a sua hospedaria, meu caro Saul, mas também você não me deixou dizer uma palavra!

— Eu falo muito — retrucou Saul.

Olhou para o hospedeiro e Lucano disse:

— Não estou com fome, acho, por isso prefiro uma refeição leve e não ir a outra estalagem.

— A comida — disse Saul olhando o dono — é incrivelmente atroz aqui.

— Senhor — falou o estalajadeiro —, seu gosto é que é atroz e não minha cozinha, pois sempre pede o mínimo e o pior. Se o nobre senhor autorizar, servirei a todos o mais fino banquete, aguardente, cerveja, excelente vinho italiano, não o dos pobres soldados rasos romanos, mas o dos capitães, e mais alcachofras em azeite, carne com molho de vinho dourado, uma sopa de fazer inveja aos deuses, pão tão branco quanto a neve, verduras ainda cobertas de orvalho, com molho de vinho, limão, sal, mel e alho, um peixe recém-tirado do mar, para ser assado o mais depressa possível, torta de frutas, doces e gelados da minha adega, queijos que a garganta hesita em engolir, com medo de privar a boca do prazer, e pastelaria como ambrosia, que derrete como um floco de neve na língua, enchendo os olhos de lágrimas de felicidade.

— Ah — disse Saul, incrédulo —, de onde vêm esses tesouros?

O estalajadeiro encolheu os ombros, piscou e passou o indicador sujo no nariz.

Timóteo e Lucano ficaram ouvindo com um ligeiro sorriso.

— Pagarei — disse Saul — o que for por esse banquete, mas se alguma coisa faltar, nada pagarei. Avie-se, tratante! — continuou, batendo calorosamente no ombro do homem, que se afastou. — Claro que está mentindo — disse Saul. — Vai mandar os sacripantas dos filhos à melhor estalagem, com cestos, e nos servirá seu jantar falso por um preço exorbitante. Não importa. Não é todo dia que você chega, Lucano.

Saiu para banhar-se e trocar sua longa túnica empoeirada por alguma coisa mais própria. Timóteo ia segui-lo, mas Lucano pegou-lhe o braço.

— Tenho notícias horríveis para Saul ben Hillel — disse Lucano — e não sei como nem quando transmiti-las.

Timóteo balançou a cabeça e retrucou:

— Desconfiei disso, Lucano. Porém minha mãe, que descanse em paz, sempre dizia que um homem pode suportar melhor a dor com o estômago cheio.

— Como médico, não recomendo que se dê más notícias a alguém com o estômago cheio, porque pode provocar-lhe um ataque cardíaco. É melhor que ele beba.

Timóteo considerou o assunto.

— Nunca vi Saul bêbado; não, nem mesmo na Páscoa ou no Ano-Novo, quando a embriaguez é desculpada como celebração. Ele tem ido a casamentos e só bebido meio copo de vinho. É muito severo.

— Trago no bolso uma coisa que deixarei cair na sua bebida, quando você atrair-lhe a atenção por um instante — disse Lucano — e outra para acompanhar o vinho, que aumenta o desejo de bebê-lo. Sei que ele é severo e por isso não comerá em excesso. As pílulas coibirão suas emoções por várias horas e depois nós as renovaremos.

Os jovens olhos azuis-claros de Timóteo umedeceram-se, ele curvou a cabeça, afastou-se e, suspirando, Lucano foi para seu próprio quarto.

Tornaram a se encontrar logo depois e o estalajadeiro levou-os a uma mesa afastada na barulhenta sala de jantar, que exalava a esterco do pátio, a doce, vinagre, calor e poeira. Os inclementes e brilhantes raios solares penetravam pelas janelas abertas. A refeição dos três tinha uma certa privacidade naquele canto, que não era tão quente nem tão claro. Saul sentou-se entre os amigos e novamente seu rosto iluminou-se.

— Conte-me tudo! — intimou a Lucano.

Olhou desconfiado para as três tacinhas, manchadas e engorduradas, que o estalajadeiro colocou diante deles com um floreio.

— A melhor aguardente síria, de um lugar secreto na minha adega! — disse o homem.

— Excelente — falou Lucano e ergueu a taça. Relanceou o olhar de Saul para Timóteo. — Timóteo, você é o mais moço e por isso peço-lhe que faça um brinde, pois neste momento devemos homenagear a juventude.

— Agradecemos a Deus, Rei do Universo, por esta refeição — disse Timóteo.

Um brinde feito pelo mais moço era coisa nova na vida de Saul e ele achou que devia ser um costume grego para uma ocasião especial. Timóteo, que nunca fingira, ficou corado. Começou a gaguejar, olhando para Saul.

— Penso que há cinco que podemos batizar — disse.

A tacinha em sua mão tremeu. Saul sorriu-lhe com bondade.

— Falei a pelo menos cento e vinte — disse Saul — mas contentemo-nos com uma pequena colheita, pois esses gregos são de fato muito enganosos.

Timóteo viu, de soslaio, que Lucano deixou cair disfarçadamente alguma coisa na aguardente de Saul. Murmurou, procurando sorrir:

— Mas Lucano é grego e meu pai também, que descanse em paz.

— Lamento meu comentário idiota — disse Saul.

Olhou com repugnância para a aguardente, começou a afastá-la para o lado de Lucano, mas este disse:

— Como! Está recusando beber este néctar comigo? Se bem me lembro, você e eu saboreamos aguardente semelhante a bordo de um certo barco, há muito. Beba, caro amigo. Exijo. Apenas por cortesia.

— Não me desagrada — comentou Saul. — Faço careta por um hábito tolo, para que outros suponham que a carne e a bebida me sejam secundárias. — Riu com exagero, como um garoto e outros, longe, ouvindo, viraram--se e o olharam, também rindo, pois pareceu-lhes que Saul estava bêbado. Timóteo e Lucano por sua vez, forçaram-se a rir, não sem uma verdadeira alegria, pois a autorridicularização de Saul era comovente. Saul bebeu a aguardente, olhou para a taça e disse: — Não tem o sabor da aguardente síria, como garantiu aquele tratante. Foi provavelmente destilada de maneira ilegal em algum lugar das colinas da Macedônia, tendo sido falsificado o selo da alfândega romana.

— Uma atividade divertida dos meus compatriotas: falsificação — disse Lucano.

Serviu outra taça a Saul, que bebeu, dizendo:

— Está melhor.

— Notei isso a respeito da aguardente — disse Lucano. — Ah, eis o vinho. Vamos prová-lo e ver se corresponde ao prometido.

O estalajadeiro, com muitos gestos, limpou o interior dos cálices de vidro baratos com um pano razoavelmente limpo e serviu o vinho como se o estivesse fazendo num altar, sob o olhar fascinado de todos.

O vinho, embora pouco báquico, era tolerável e o jantar, apesar de pouco digno de Lúculo, não era para ser desprezado. Timóteo observou que Lucano deixou cair magicamente outra pílula na taça de vinho que Saul sustinha na mão ao fazer uma pergunta ao médico, sob o olhar atento de Saul, pois a pergunta era inoportuna. Saul comeu pouco, como de costume, mas bebeu mais copiosamente. Havia agora um intenso rubor em seu rosto e seus olhos azuis estavam dilatados como se as pálpebras estivessem frouxas.

— Lucano — disse Saul —, você ainda não me contou o que o trouxe aqui, nem por onde andou, pois não recebo carta sua há mais de um ano.

— Viajei por muitos lugares — retrucou Lucano —, muitas cidades, e descobri o que você mesmo deplorou: apóstatas, cismáticos, dissidentes, tolos complacentes, oráculos por conta própria, que interpretam Nosso Senhor de maneira a justificar suas posições, seus vícios ou suas virtudes... e frequentemente não sei quem é quem! Como Cícero disse, não há nada tão absurdo quanto o que falou um filósofo e isso, infelizmente, é notavelmente verdadeiro nos membros da Igreja. Não há um bispinho obscuro numa aldeia poeirenta que não possa explicar-lhe exatamente o que significa esta ou aquela parábola e sorri de modo superior quando se menciona a Comunidade de Jerusalém ou Pedro, que é o bispo de todos. Nosso Senhor não aboliu a lei da natureza humana, que continua tão obstinada e egoísta como sempre e se arroga a prerrogativa divina de definir a lei divina. Pode-se conjeturar se esses pigmeus de vez em quando não fazem preleções a Deus antes de se permitirem dormir e severamente chamam Sua atenção para algum erro que desejariam ver corrigido de imediato.

A expressão de Lucano era tão desanimada que Saul riu. Ele não reparou, mas estava rindo agora de quase todo comentário e Timóteo o observou, duvidando se as pílulas de Lucano eram tão eficientes assim.

— Parafraseando Calígula — disse Saul — eu gostaria que os encrenqueiros tivessem todos apenas um pescoço.

— Felizmente — retrucou Lucano — sou médico e nada me surpreende muito em relação ao homem. Sabemos que a Igreja sobreviverá e que as portas do inferno não prevalecerão com relação a ela... pois não foi isso que disse Nosso Senhor? Mas isso não acontecerá com a ajuda do homem! Mas trago-lhe uma carta do seu sobrinho Amós ben Ezequiel, que é digno do tio e não apenas melhor médico que eu, porém muito mais eloquente. Nunca fui muito paciente, mas Amós não só o é... como tem uma natureza radiante que conquista corações.

O rosto de Saul iluminou-se de orgulho e afeto.

— Parece com meu pai — comentou.

Falou carinhosamente da irmã, a viúva Séfora, que tinha agora apenas os filhos, um deles evangelista.

— Irei breve visitá-la — disse —, pois minha irmã vive sozinha e não somos mais jovens.

Lucano falou de suas viagens, das coisas que encontrou, dos perigos por que passou e Saul escutou com ávida simpatia. As rugas profundas do seu rosto desapareceram. Bebeu outro copo de vinho, comeu queijo, frutas e pão, prestando o máximo de atenção, e Lucano olhava-o disfarçadamente enquanto falava. O cansaço de Saul parecia ter desaparecido. Uma certa serenidade e calma, estranhas à sua natureza, o dominaram, uma espécie de lassidão nas mãos e ombros. Achou alguns comentários de Lucano mais divertidos que irritantes, quando o grego referiu-se frequentemente à teimosia e rebeldia das igrejas divididas e ao ressentimento dos presbíteros quando ele procurara corrigi-los, bem como ao conhecido sorriso de mofa dos diáconos.

Depois Lucano, com o rosto sombrio, disse:

— É muito trivial e humano e pode ser tolerado. Mas o que não pode ser tolerado são a pompa e barulhenta pretensão de suprema virtude e justeza em alguns dos nossos irmãos militantes em certos lugares, que desperta a ira dos não convertidos. Se eles não as exibissem tão às claras, se não procurassem tão manifesta e ruidosamente ocasiões para ser de público ouvidos, não seria tão perigoso. Não é bom para os fracos inspirar ódio nos fortes; raciocínio suave e fala gentil não são covardia, mesmo nos poderosos, e significam prudência nos indefesos. A verdade não deve tocar uma trombeta aguda nem escrever frases nos templos alheios, pois as trombetas não despertam admiração nem as garatujas atraem uma atenção tolerante. Os juízes há muito aprenderam isso e também a viver em paz com seus semelhantes. Mas nossos irmãozinhos fazem-me lembrar que Nosso Senhor disse que devíamos levar o Evangelho a todas as nações e eles estão decididos a fazê-lo imediatamente, com fanfarras, sozinhos, não importa a ira que despertarem e as sensibilidades que ofenderem.

— Eu sei — falou Saul e seu tom não era irascível como de costume, o que fez Timóteo encará-lo. — Cada homem é um pequeno Moisés, gritando do seu próprio pequeno Sinai. É isso o que resulta da autointerpretação: uma nova torre de Babel. Sei que é perigoso, porém os homens têm tantas religiões agora, tantos templos e deuses, tantos devotos e sacerdotes teimosos, que na confusão talvez os cristãos não sejam muito ameaçados.

Timóteo ficou espantado. Esse não era Saul ben Hillel, que podia rugir como um animal selvagem contra os homens tolos, obstinados e teimosos. No entanto, Saul estava mesmo sorrindo bondosamente e, recostando-se na cadeira, tomou um ar de preguiça feliz e conforto físico. Seus olhos, todavia, estavam vidrados e estranhos; de súbito, bocejou expansivamente, sacudindo a cabeça como que divertindo-se. Depois, olhou Lucano com ar inescrutável.

— O calor me perseguiu o dia todo e agora o vinho — disse, como que desculpando-se. — Além disso, não sou mais jovem.

— Vamos para nossos quartos — propôs Lucano — a fim de descansar até a fresca da tarde.

— Ai de mim — retrucou Saul —, tenho de ir hoje à casa de uns amigos e já está ficando tarde. Venha comigo, Lucano, e você também, Timóteo. São pessoas inteligentes e cultas e apesar de não serem cristãos, estou rezando para que se tornem, pois são influentes em Atenas.

Tornou a bocejar, escancarando tanto a boca que todos os seus grandes dentes brancos apareceram e seus olhos começaram a encher-se de lágrimas. Sacudiu a cabeça e tornou a rir.

— Uma hora de descanso — insistiu Lucano. — Venha. Sou médico. Não quer me obedecer, caro amigo, e me fazer esse favor?

Levantou-se. Seu rosto estava tão sério, severo e insistente que Saul disse:

— Muito bem. Mas só uma hora. — Ficou em pé, cambaleou, agarrou-se à mesa, forçando-se a ficar ereto. Mostrou-se consternado. — Estarei bêbado? — perguntou, envergonhado.

— Não — respondeu Lucano, pegando-lhe o braço. Os presentes na sala de jantar riram, piscando os olhos uns para os outros. — Você está cansado.

Venha. Tenho uma coisa bem séria a lhe dizer, caro Saul, e este não é o lugar apropriado. Quando estiver na cama, lhe darei algumas notícias.

As pálpebras de Saul estavam fechando e ele sacudia cada vez mais a cabeça. Lucano colocou na mesa uma pilha de moedas de ouro, coisa que Saul agora era incapaz de perceber. Então, Lucano fez um gesto de cabeça para o pálido e mudo Timóteo. Este pegou o outro braço de Saul e ambos o retiraram da sala. Ouviram às suas costas uma risada barulhenta, outra coisa que o sensível Saul não escutou.

Subiram os degraus sujos de terra para os quartos quentes em cima. As pernas de Saul estavam pesadas e seus pés pareciam afundar no chão.

— Nunca fiquei bêbado — disse ele. — Não bebi muito. Estarei doente? Não pode ser! Não posso ficar doente!

— Você não está doente — retrucou Lucano —, mas muito cansado e mesmo um cavalo de batalha precisa deitar a cabeça, dormir e não ouvir nenhum tambor.

— O corredor está oscilando — murmurou Saul, como se não tivesse ouvido. — O ar está cheio de névoa. Mas não sinto enjoo nem fraqueza. Quero só dormir um pouco. Garanto que nunca estive tão sonolento assim e só pensar na cama me dá prazer.

Caiu na cama com um enorme suspiro de satisfação e um murmúrio de conforto. Lucano puxou a única cadeira existente no quarto desprezível para perto da cama não menos desprezível, com cobertas sujas, sentando-se ao lado de Saul, que ficou momentaneamente surpreso em sua sonolência. Timóteo, trêmulo, ficou aos pés da cama, as mãos fortemente apertadas. Depois, a um gesto de cabeça de Lucano, puxou a esfarrapada cortina de lã sobre a pequena janela, cortando a luz, mergulhando o quarto imediatamente numa quente penumbra.

Então, Lucano curvou-se para Saul, colocou a mão no rosto ruborizado do outro e disse:

— Abra os olhos, Saul, e mergulhe-os nos meus, pois preciso de toda a sua atenção. — Pegou sobre a mesa uma vela que entregou a Timóteo, dizendo, em tom categórico: — Vá depressa, sem demora, e acenda esta vela no fogão da cozinha, voltando imediatamente!

Saul ouviu e ergueu parcialmente a cabeça, olhando para Lucano, que lhe apertou a mão com força como que transferindo seu vigor fatigado para Saul. Logo após, a porta abriu-se de súbito e o ofegante Timóteo entrou com a vela acesa, que tremulava na penumbra como um rubro olho ferido.

Lucano passou lentamente a vela de um lado para outro diante das pupilas dilatadas de Saul, que continuava meio erguido na cama.

— Fixe o olhar nesta chama — murmurou Lucano —e quando eu estalar os dedos, adormeça. Mas ouvirá tudo o que eu disser e acordará ao meu sinal, ficando calmo e aceitando tudo.

Para seu espanto, Saul bateu na vela com as costas da mão, sentou-se ereto e encarou o amigo com olhos não mais lânguidos nem úmidos. Brilhavam como uma chama azul.

— Meu caro Lucano — disse suavemente —, não sou tolo. Já vi o hipnotismo executado por sacerdotes-médicos egípcios para o bem dos seus pacientes. Embora não o demonstrasse, percebi, desde sua chegada, que você está pesaroso e por isso sei que traz notícias terríveis. Vi também você colocar pílulas na aguardente e no vinho, pelo que sou grato, pois estava fatigado e vi que iam me acalmar. Afinal, sou uma criança ou um adulto? Preciso ser acalmado com drogas e hipnotismo, por medo de que eu não consiga suportar outro peso, outro sofrimento, outro desespero? Se pensa que sou criança, ficarei ofendido. Se me considera um homem, diga-me tudo o mais depressa possível.

Lucano largou a vela, seu rosto ascético estremeceu e Timóteo tornou a tremer.

— Assim é melhor — disse Lucano. — Lamento ter desejado poupá-lo, Saul, pois de fato é um homem entre os homens e não um fraco, cujas emoções precisem ser suavizadas, por medo de histeria e loucura. Mas, acima de tudo, sou médico e o hábito de receitar é difícil de superar. Frequentemente, achamos que é melhor evitar aos outros a espada da tristeza e da angústia e assim a minoramos e com isso diminuímos a humanidade. Somos homens... ou crianças choronas.

Falava tranquilamente, mas seus grandes olhos encheram-se de lágrimas, sua cabeça pendeu e começou a falar em voz baixa.

Dois meses antes, Lucano estivera visitando a comunidade cristã de Tarso, a pedido de Pedro, por causa de defecções e disputas ali ocorridas. Era também preciso um evangelista para os pagãos. Pedro lhe escrevera: "A comunidade cristã em Tarso começou a discutir minha autoridade, estão opondo-se aos gentios e aos ainda não convertidos." Portanto, Lucano obedeceu.

Os cristãos ainda eram aceitos na comunidade judaica, pois a maioria era constituída de antigos judeus, orando juntos nas sinagogas, guardando todos os Dias Santos como antigamente e celebrando juntos. Quando os diáconos e os sacerdotes falaram de Yeshua de Nazaré e de Sua Ressurreição, os renitentes judeus ouviram de modo educado e, finalmente, muitos O aceitaram e à Sua Missão, entre eles alguns rabinos. Os não convencidos olhavam com tolerância indulgente a consagração da Hóstia e os que participavam do Sacramento, e quando os cristãos cantavam os Salmos de Davi em aramaico ou mesmo hebraico, os judeus participavam com profunda reverência. Para eles, todavia, os cristãos não passavam de uma seita anômala em Israel, que poderia sobreviver ou não, dependendo da verdade que proclamavam. Os que vinham em Nome do Senhor deviam ser respeitados, mesmo que sua mensagem fosse errônea.

Apesar de nem tudo estar perfeitamente calmo entre os jovens judeus esquentados, de profundas crenças tradicionais, e os igualmente esquentados judeus-cristãos, era geralmente aceito que estes falavam no amor e desejo de salvar as almas dos homens e por isso não deviam ser desprezados nem atacados. Mas era irritante ouvir que, a menos que mesmo o mais santo e piedoso dos homens aceitasse o Messias anunciado, estariam destinados a passar a eternidade no inferno e que todos os seus fiéis ancestrais estavam agora assando naquele lugar doloroso, mesmo crianças sem culpa, os profetas e o rei Davi, donzelas virtuosas e matronas obedientes. Toda a devoção, fé, amor e obediência a Deus que os judeus haviam conservado durante séculos, disseram-lhes, de nada lhes valia. Foram amaldiçoados; ainda eram amaldiçoados; continuariam sendo amaldiçoados. Seu amor, fé, obediência e devoção podiam da mesma forma ter sido dados a Moloch ou ao Diabo. Para os judeus, isso era um ultraje e um insulto a Deus. Contudo, os mais sensatos entre os diáconos cristãos aplacaram sua ira e assim estes últimos puderam ainda ser aceitos nas sinagogas.

Os cristãos gentios eram um caso diferente. Excessivamente zelosos, seu zelo não foi sabiamente diminuído pelo fato de nada saberem sobre que Origem teve sua Fé. Consequentemente, referiam-se às palavras do Messias como "mistérios", inconscientes do contexto hebraico no qual Ele havia falado. Quando Ele se referiu a Elias, Isaías, Davi, Moisés, Salomão e Abraão, consideraram esses homens poderosos como vagos anjos míticos de deuses gloriosos, habitando brevemente a terra para elevar as almas dos homens, ao mesmo tempo em que se livraram dos filhos dos deuses e deusas ou de suas antigas divindades rústicas. Na verdade, muitos deles incorporaram alegremente as belas divindades na sua nova religião e uma quantidade considerável confundiu Maria de Nazaré com Ártemis ou Diana — pois não eram todas virgens sagradas? Jesus começou a ter a aparência de Apolo, o aspecto de Zeus. Não podiam compreender os protestos dos judeus e dos judeus-cristãos e ficaram aborrecidos com eles; quando os velhos deuses e deusas, dríades e ninfas foram chamados de "demônios", uma certa apreensão apossou-se deles, fruto de memórias ancestrais. Muitos tinham sido devotos de Ísis e ficaram perturbados quando os cristãos recusaram-se a dar-lhe os atributos da Mãe do Messias.

Muitos dos diáconos e sacerdotes judaico-cristãos assumiram a árdua tarefa — com amor e ternura — de instruir os gentios cristãos sobre a Fé da qual surgirá o Messias, contando-lhes como Ele tinha declarado chegar não para derrubar a Lei, mas para completá-la. Por isso, os convertidos deviam conhecer a Lei ou jamais acompanhariam os ensinamentos do Messias. Precisavam saber de Moisés e dos patriarcas. Mas alguns dos novos cristãos disseram, com desdém:

— Isso é o passado, já acabou. Precisamos apenas do Messias.

— Mas se não conhecerem o que Ele falou, como poderão compreender Suas palavras e Sua missão?

Os diáconos e presbíteros não obtiveram muito sucesso, pois suas palavras eram incompreensíveis para os convertidos, que achavam tudo aquilo um tanto aborrecido e nada tinha a ver com a próxima Segunda Vinda, sua própria glorificação, seu esplendor, seu domínio sobre a terra, a entrega dos incréus a um inferno eterno, que iriam contemplar dos parapeitos do Céu, numa alegre justificação e complacência. Isso fez sacerdotes e diáconos estremecerem.

— Mas você conhece tudo isso. Já os encontrou pessoalmente — disse Lucano ao intensamente atento Saul.

— Infelizmente, é verdade — retrucou Saul. — Com frequência fico pensando se Pedro não é mais sensato do que eu.

— Talvez seja suficiente aceitar o Messias como Senhor, Deus e Salvador — disse Lucano. — Aquela pobre gente ignorante é crente, pelo menos, e lembro ter ouvido que nem todos os velhos israelitas respeitavam os profetas também.

Riu ironicamente e Saul sorriu em resposta.

— Apenas os sábios e cultos herdarão o Céu? — perguntou Saul. — Céu proibido! Pelas controvérsias que provocarão, mesmo no Céu, este virará um inferno. Ninguém é mais teimoso e intolerante do que os que se consideram intelectuais, como tive ocasião de observar pessoalmente em Israel, entre os saduceus e fariseus.

Apesar de sua calma aparente, estava começando a ofegar e seus olhos fixaram-se com uma mistura de terror e fortaleza em Lucano, esperando o golpe da espada. Sentou-se na cama, com os braços em torno dos joelhos.

As controvérsias teriam continuado na comunidade cristã de Tarso sem perigo — exceto da parte dos militantes, apóstatas, autointérpretes, cismáticos e divergentes — se não fosse pelos superzelosos que estavam convencidos de terem a missão de destruir toda a fé que encontrassem, menos a própria. Zombavam dos ensinamentos, persuasões e argumentos dos moderados, gentis e amáveis. O mundo pagão devia ser convertido imediatamente, seus ídolos derrubados, ou Deus não os consideraria sem culpa. Portanto, como fizeram seus irmãos em Roma, atacaram frontalmente procissões religiosas, invadiram templos, derrubaram as estátuas de deuses e deusas, gritaram nas esquinas que todos os homens seriam condenados se continuassem a cultuar os antigos habitantes do Olimpo e que os que não aceitassem o Messias imediatamente seriam amaldiçoados e condenados a tormentos eternos — quando Ele voltasse, o que provavelmente seria no dia seguinte — e que os teimosos eram imundos, vis, execrados, devendo ser evitados por todos os bons. Ainda pior, as leis e os legisladores de Roma ou qualquer outra autoridade local deviam ser desobedecidos passiva ou abertamente, como "sinal" do afastamento da comunidade cristã da dos outros homens.

— Somos a Testemunha! — gritaram nos mercados, nos foros e nos templos "pagãos". — Acreditem-nos ou morrerão e se contorcerão eternamente nas chamas do inferno! Quem é César, para que o obedeçamos? Ele representa a decadência, o passado, o efêmero, a maldade, a injustiça, a licenciosidade, a volúpia, o profano, a depravação, a maldade oficial. Oferecemos-lhes liberdade de César, da sua monstruosidade e de suas leis! Somos outro mundo, governado pelo Messias... que está sendo esperado com certeza nos dias em que vivemos!

Os militares romanos, homenageando o maior dos seus generais, César Augusto, e tendo-lhe coberto com o manto de divindade, ergueram-lhe um templo em Tarso — como fizeram em muitas outras cidades —, nele colocando uma gigantesca e magnífica estátua do falecido César, que muitos consideravam maior que Júlio, que também fora declarado deus. Destacaram sacerdotes para servir e receber sacrifícios nesse templo, que ficou cheio de capitães, centuriões e soldados reformados, suspirando por causa daqueles dias decadentes, em que as proezas militares eram menos homenageadas que um político medíocre de língua ferina, negociantes espertos, banqueiros, comerciantes e corretores. Apesar de muitos deles, como "velhos" romanos, não acreditarem na divindade de César Augusto, tinham prazer em homenagear um símbolo de integridade, nobreza, orgulho em Roma, a própria Roma, e os dias gloriosos, quando Roma aparecia entre nações menores como um colosso de lei, honra, ordem e probidade.

Foi nesse templo que um monte de cristãos penetrou num crepúsculo, quando alguns idosos capitães reumáticos e centuriões estavam homenageando Augusto e sua nação. E não só gritaram "Maldição!" contra os presentes no altar como agarraram e derrubaram a estátua do César morto. O alabastro translúcido, magnificamente trabalhado, fragmentou-se no mármore dourado e preto do chão, arrastando com ela o altar, produzindo um som de trovão e destruição e as luzes do altar pularam para cima em meio ao emaranhado de seda, como verdadeiras chamas saídas do Hades, perfumadas com incenso e queimando flores. Os sacerdotes correram horrorizados para examinar as ruínas, erguendo os braços e gritando para os consternados crentes:

— Que esta infâmia seja vingada ou não somos romanos, mas apenas burros e cães!

Os romanos, tolerantes e cínicos com relação aos seus deuses, tinham deixado passar os antigos excessos dos cristãos, apesar dos protestos dos habitantes de Tarso. Quem se importava com Ísis, Cibele, Osíris, Hórus e a multidão de outros deuses orientais? Mas quando César Augusto foi atacado, a paciência e a tolerância deles chegou a um fim frio vingativo. A religião podia ser atacada, pois cada sacerdote — como todos sabiam — acreditava só ele conhecer a verdade. Mas um ataque a Augusto era um ataque a Roma, um desafio à sua autoridade, governo e lei, uma demonstração de enorme desprezo por tudo o que fosse romano. Os centuriões, os generais, os capitães e os soldados apresentaram-se em bloco ao legado, exigindo justiça e vingança contra aquela "seita judaica" e contra todos os outros judeus em Tarso. Não tinham infamado Roma? Os romanos eram simples asnos que podiam ser abertamente difamados e ridicularizados? A desonra exigia ser lavada com sangue. A nobre história de Roma tinha sido vilipendiada e, com ela, todos os seus filhos. Pior ainda, se os profanadores não fossem presos imediatamente e punidos, Roma podia muito bem enrolar suas bandeiras, recuar para dentro dos seus muros e render-se aos bárbaros, deixando o mundo organizado mergulhar num caos ululante.

O legado, homem gordo e pacífico, odiava discussões e por isso habilmente perguntou aos soldados o que sugeriam. A sugestão foi que a comunidade judaico-cristã juntasse uma quantia suficiente para repor a estátua sagrada e depois lhes fosse ordenado que a adorassem. Aquilo pareceu ao legado perfeitamente razoável. Chamou os dirigentes das comunidades judaica e cristã para uma audiência, onde lhes disse:

— Roma é uma cidade poderosa e pacífica e suas legiões percorrem o mundo para manter a Pax Romana e sua lei. Membros de suas seitas maculparam e destruíram a estátua sagrada do deus César Augusto, desafiando as ordens de Roma para que todas as religiões sejam respeitadas e cultuadas. Devem pagar em ouro para a restauração daquela estátua e outras avarias feitas ao templo, depois do que seu povo deve adorá-la, homem, mulher e criança, aleijados ou velhos, uma vez por semana, fazendo um sacrifício justo no dia determinado.

As comunidades judaica e cristã concordaram em restaurar a estátua. Um rabino e um presbítero argumentaram:

— Foi obra de jovens delirantes, que repudiamos e à sua vergonhosa violência; se os descobrimos, serão castigados. É muito possível que esses descontentes não sejam verdadeiros crentes, pois se o fossem, teriam obedecido à lei de respeito ao próximo, sua religião e opiniões. É também possível que sejam inimigos da humanidade e desejem atirar irmão contra irmão, para seus próprios objetivos obscuros e sinistros.

— Ouvi dizer — comentou o legado — que os cristãos odeiam os homens.

— Amamos os homens — retrucaram os presbíteros cristãos, ficando muito pálidos. — Foi determinado por Deus, bendito seja Seu Nome, sob a Lei Mosaica, e por Seu Messias.

— Temos vivido em paz com Roma — falaram os rabinos judeus, ficando ainda mais pálidos. — É verdade que temos nossos zelotes e essênios, como os cristãos têm seus fanáticos descontentes, mas não os aprovamos.

O legado começou a ficar impaciente.

— Não compreendo as seitas judaicas, nem quero — começou. — Todavia, como romano, respeito sua religião. Mas, em troca, vocês devem respeitar a minha. Vocês têm de adorar a estátua do divino César Augusto, quando for restaurada com seu dinheiro. Falei e não falarei mais.

Os dirigentes judeus e cristãos apressaram-se a garantir uns aos outros que, com a restauração da estátua, o legado esqueceria que exigiu sua adoração pública pelas comunidades judaica e cristã. Mas sua esperança foi vã, como podem ser todas as esperanças humanas, pois os soldados romanos não permitiram que o legado esquecesse, uma vez que a honra de Roma não podia ser humilhada, sob pena de todas as nações subjugadas tomarem conhecimento e também os desafiarem. Assim, foi estabelecido um dia para judeus e cristãos adorarem a estátua castigando-se severamente os que se recusassem, como rebeldes e traidores.

Os muito ricos judeus e cristãos partiram silenciosamente para longas estadas em outros países, protegendo sua fortuna, e os que não tinham uma fé sólida não os acompanharam ou acharam que sua religião valia uma simples reverência diante da estátua, com restrições mentais, pelo amor à paz, à segurança e à tranquilidade.

— Afinal de contas — disseram uns aos outros — não temos sido forçados, pelos séculos afora, a adorar Baal, Moloch e outros deuses pagãos? E não temos, no Dia da Reconciliação, repudiado os votos que fomos obrigados a proferir, sendo perdoados por Deus, bendito seja Seu Nome?

Porém os homens de fé mais forte, tanto judeus como cristãos, declararam preferir a morte à adoração de falsos ídolos, fazendo com que sua decisão fosse amplamente conhecida por Tarso inteira. Foram veementes nos seus pronunciamentos públicos e nas sinagogas. Isso irritou os soldados e também o populacho que jamais gostara dos judeus e desprezava particularmente os cristãos, os supostos inimigos da alegria, dos deuses, da vida e dos homens. Para eles, não havia diferença entre judeus ortodoxos e cristãos. Eram ambos judeus e todos sabiam que os judeus eram um povo brigão. O fato de existirem cristãos gregos, sírios, cilícios, egípcios, persas e mesmo romanos pouco importava à turba.

Assim, numa noite de Sabá, quando as sinagogas maiores e mais próximas estavam atulhadas de judeus e cristãos, todos adorando seu único Deus, a infantaria e dezenas de bajuladores incendiários, sedentos de sangue, reuniram-se diante da sinagoga e a queimaram, primeiro barricando as portas para que ninguém pudesse sair. As janelas eram simples frestas na pedra sólida, tornando a fuga impossível. A cúpula da sinagoga ficou incandescente e do seu interior surgiram gritos de sofrimento e orações desesperadas.

Lucano, arrasado, não pôde continuar. Curvou a cabeça e chorou. Então, ouviu-se apenas o som do seu choro e o de Timóteo no quartinho sufocante. Mas Saul continuou ereto, olhando a parede descascada. Seu rosto era o de um cadáver.

— Continue — disse Saul. — Sei que meu filho Bóreas está morto e veio para dizer-me.

Sua voz era calma e sem vida.

— É verdade — retorquiu Lucano, quando conseguiu conter-se. — E também sua jovem mulher, Tâmara bas Judá, seus filhinhos e todos os da casa de Judá ben Isaac, a mulher do seu velho preceptor Aristo e mais duzentos. Bóreas... tentou salvar sua filhinha de colo e esperou que alguém no exterior fosse caridoso. Passou-a por uma fresta mais larga...

— E a criança também foi assassinada — completou Saul.

Lucano não conseguiu falar. No quarto pairava um silêncio de morte. Então, Lucano hesitou:

— Seu preceptor Aristo estava velho. Preciso contar-lhe tudo. Quando sua mulher morreu no incêndio, enforcou-se. Tudo o que você amava em Tarso, Saul, pereceu.

Saul virou a cabeça leonina, fixando sem lágrimas a vela que fumegava e queimava firmemente na mesa às suas costas. Podia estar refletindo ou indiferente.

— Sou cristão, mas também sou homem — disse Lucano e agora sua voz era baixa e mortal. — Um dos que pereceram era a amada filha única do legado. Ele não sabia que a donzela e sua mãe eram cristãs, recém-batizadas. Quatro mulheres de centuriões e capitães foram incineradas. Os maridos não sabiam que eram cristãs. Os incendiários e seus incitadores foram presos e morrerão por seus crimes.

Saul levantou-se da cama como alguém hipnotizado, tirou o punhal e começou a rasgar suas roupas, devagar e metodicamente. Depois sentou-se num canto afastado, curvou a cabeça e começou o longo lamento pelos mortos, proferindo:

— Deus dá. Deus tira. Bendita seja...

Mas não pôde dizer as palavras finais, ficando apenas balançando-se para a frente e para trás, gemendo como um animal mortalmente ferido, até que todas as paredes começaram a ecoar seus gemidos.

— Bendito seja o Nome do Senhor — disse Timóteo, com voz fraca, mas Saul não repetiu as palavras.

Então, Lucano levantou-se e caminhou para Saul, dizendo com voz sentida e trêmula:

— Eu sou a Ressurreição e a Vida...

Como Saul não lhe desse atenção, o médico ajoelhou-se e abraçou-o. Mas com um gesto convulsivo, como um moribundo nas vascas da agonia, Saul empurrou-o. Depois caiu de rosto no chão, como morto, e o gemido aterrador parou.

Juntos, Lucano e Timóteo levantaram-no e o puseram na cama. O médico tomou seu pulso fraco e vacilante, enxugou-lhe o suor frio do rosto. Agora

Lucano lembrou-se de ter ficado fora da sinagoga, ouvindo os gritos das crianças e suas mães e de também ter visto as paredes caírem finalmente sobre elas piedosamente, numa última e terrível explosão de chamas rubras. O médico foi encontrar a lembrança no fundo do coração, para tornar a odiar mais fortemente que naquela noite apavorante. Olhou para Saul e pensou por que aquele homem, que dera sua vida e alma a Deus, fora escolhido para sofrer tanto, como se um castigo diabólico tivesse desabado sobre ele.

Lucano virou-se para Timóteo.

— Talvez ele morra antes de voltar a si! Mas isso, indubitavelmente, não é certo. Tem de continuar até o fim. É um lutador maior do que eu, pois confesso que se tudo o que amei morresse assim, inocente e indefeso, viraria as costas...

— Eles ainda vivem na Visão do Messias, bendito seja Seu Nome — disse Timóteo. — Só nós ficamos para lamentar e lembrar.

Mas Lucano não replicou.

◆ ◆ ◆

Capítulo 47

Lucano permaneceu na hospedaria com Saul por vários dias, inclusive aqueles em que Saul ficou na cama, calado e quieto, quase imóvel. Lucano o alimentou como a uma criança e Saul comeu e bebeu um pouco como se apenas seu corpo estivesse presente e a alma a uma distância enorme. O médico deu-lhe banho e mudou-lhe a roupa. Comprou o melhor vinho para o enfermo, misturando-o em certas poções e nos ovos de gansa batidos, forçando-o gentilmente entre os lábios apertados. O jovem Timóteo era como um irmão mais moço, cujo pai tivesse ficado doente e o acalmava levar recados e escrever cartas. Olhava para Saul com pena, torcendo as mãos.

Pedro soube e escreveu carinhosamente ao homem sobre quem declarou uma vez ser um espinho em sua mão, uma pedra na sandália, um cisco no olho. Lembrou a Saul o que disse o Messias, que os homens, apesar de morrerem, tornariam a viver na radiante sombra do Seu Ser e os que perecessem em Seu Nome, Ele os assumiria imediatamente. Séfora escreveu uma carta lacrimosa e amável e também muitos membros da comunidade de Jerusalém, bem como diáconos e presbíteros que o combateram e agora sofriam com ele. Lucano leu essas cartas generosas a Saul, que nada disse. Então chegaram membros da comunidade cristã de Tarso para confortá-lo, mas não quis vê-los. Prometeram-lhe rezar para aliviar sua dor e ele não lhes respondeu.

O frio inverno luminoso envolveu Atenas e Lucano comprou um pequeno braseiro para o quarto de Saul e agora dormia num colchão no chão, perto da cama dele, maneira melhor de ouvi-lo e cuidá-lo. Embora Saul fosse muito silencioso e calado, Lucano percebeu nitidamente o sofrimento que suportava, grande demais para ser dito, para piscar um olho, verter lágrimas ou se lamentar.

— Ele foi um nobre apóstolo — disseram os cristãos.

— Ele é um nobre apóstolo — retrucou Lucano e eles afastaram-se em silêncio.

— Ele é nosso irmão e apesar de não aceitarmos o que nos disse, continua a ser nosso irmão, um judeu entre judeus. Rezaremos por ele e que Deus, bendito seja Seu Nome, dê-lhe nova vida para que possa tornar a viver — disseram os judeus.

— Rezarei com vocês — falou Lucano — em Nome do Que também era judeu.

Uma noite, Saul saiu da sua letargia e tornou-se imediatamente consciente. Viu Lucano dormindo cansado ao seu lado. Reparou na chama fraca da vela. Memórias confusas procuraram vir à tona, porém Saul afastou-as. Depois, tornou a adormecer. Começou a sonhar.

Sonhou que estava perambulando num grande jardim, onde árvores enormes flutuavam numa névoa dourada e todas as flores brilhavam com um orvalho prateado. Ouvia-se o som de cachoeiras e via-se a distância colinas douradas e cor de marfim e também fontes. Fazia calor, o ar suave estava perfumado e o céu radiante de um azul luminoso. Continuou andando e viu que precisava lembrar de uma coisa que poderia ser a causa da sua angústia, mas agora era-lhe suficiente caminhar naquela felicidade, naquela luminosa solidão, naquela calma alegria, naquela certeza de amor e companheirismo, embora não visse ninguém. A relva sob seus pés estava fresca, nova e reluzente de verdor e ele viu clareiras oferecendo frescas sombras azuis e muitas árvores floriam em milhares de cores. Como tudo era abençoado, como era cheio de paz. Quem tinha dito "A paz que ultrapassa a compreensão"? Saul não conseguiu lembrar, mas as palavras ecoavam em seu coração e ele sentiu paz. Um ramo de árvore pendia sobre sua cabeça e ele viu que estava carregado de frutos redondos, vermelhos; pegou um e comeu, sabendo-lhe a mel e vinho e reconfortando sua alma.

Então, viu um rapaz aproximar-se pela relva, com enormes asas de luz adejando em seus ombros. Suas vestes brilhavam como o luar em suas pernas maciças, surgindo de sua túnica raios de fogo branco. Seu rosto era mais belo que o de qualquer homem, com mechas de cabelos lisos, pretos e lustrosos, olhos profundos, escuros, com uma expressão que nenhuma criatura humana podia entender. Era enigmático, distante, bondoso e reservado. Seus pés, com sandálias prateadas, mal tocavam a relva e por onde andava ia deixando uma tênue luminosidade. Uma espada curiosa pendia de uma estranha bainha no cinto de pedrarias, uma espada forjada como um corisco denteado e havia um relâmpago em sua testa.

Saul não ficou amedrontado, mas sentiu no íntimo uma profunda pulsação e respeito. O rapaz aproximou-se dele e era mais alto que qualquer um; usava braceletes cravejados de pedras. Olhou para Saul com ar pensativo e seu leve sorriso não era humano, apesar de continuar gentil. Saul viu sua forte garganta branca e a pulsação nela.

— Saul ben Hillel — disse o estranho com voz ao mesmo tempo íntima e distante, que encheu o ar silencioso. — Trago-lhe uma mensagem.

Saul se ajoelhou diante dele com as mãos juntas e esperou, olhando aquela fisionomia celestial.

— Há um tempo para lamentações e esse tempo passou — disse o estranho. — Você esqueceu muito, mas isso lhe foi perdoado, como tudo é perdoado aos que amam. Agora precisa preparar-se como um homem e prosseguir no que lhe foi determinado, para evitar que os que o amam se preocupem com o fato do passamento deles ter terminado sua vida e sua missão. Multidões demonstraram seu pesar antes de você e multidões sentirão pesar depois de você, mas o pesar é vão, pois apenas Um pode curar e você não Lhe pediu.

— Meu coração não é mais que humano — disse Saul. — Sinto pesar com um coração humano.

— Ele também tem um Coração humano — disse o estranho, severo. — Está e continua aflito como nenhum outro homem pode estar. A humanidade do Seu Coração ultrapassa o seu, Saul ben Hillel, e Seu sofrimento tem o tamanho de uma montanha. Quer fugir e traí-Lo ou erguer-se e dizer: "Não há mais ninguém, ó meu Senhor e meu Deus"?

Saul começou a chorar. O estranho prosseguiu:

— Deus também tem um Filho e viu Seu Filho oferecer-Se pela infeliz humanidade, viu Sua carne ser ferida, pregada e rasgada, viu Sua humilhação, o medo e a contração no Seu Coração mais que humano, viu a maldade que O cercou e presenciou Sua morte.

Saul ergueu o rosto cheio de lágrimas, estendeu os braços, olhou o céu e disse:

— Perdoe-me, meu Senhor e meu Deus, e me fortaleça para que possa suportar e não mais esquecer. E estenda Suas Asas sob meu débil esvoaçar e me carregue. Pois não sou Deus. Sou apenas um homem e o Senhor me fez para sofrer como homem.

Quando procurou o estranho, este havia desaparecido e agora uma fétida escuridão cercava Saul, que acordou e viu que a manhã surgia fria e que Lucano estava espevitando o carvão no braseiro.

Saul falou com voz fraca, mas clara:

— Caro amigo, vi um anjo e ele me censurou.

Agora, na realidade, chorou as primeiras lágrimas e Lucano continuou abraçando-o sem constrangê-lo, mas reconfortando-o em silêncio.

E agora começa a longa jornada missionária. Acompanhado por Timóteo e Lucas, Saul recomeçou a colossal tarefa que lhe parecia infindável, frequentemente decepcionante, dolorosa, desesperada, áspera pela oposição, ressentimento, perseguição, ridículo e teimosia dos membros da jovem Igreja. Ao receber uma carta de Corinto para não tornar a visitar a cidade, respondeu, triste e carinhosamente: "Mudei de ideia de não lhe fazer outra visita dolorosa. Pois se lhes causo dor, quem lá, a não ser o Único, a quem sempre fiz sofrer, me dará alegria? E assim escrevi para que, quando chegar, não sofra com os que me deviam fazer ficar contente... Pois escrevi com muita aflição e angústia do coração, com muitas lágrimas, não para lhes causar dor, mas para que conheçam o abundante amor que lhes tenho."*

Com o passar do tempo, seu olho enfermo começou a escurecer e sua força, que havia sido durante anos o sustento e energia do coração, espírito e vontade, diminuiu assustadoramente. Lucano, em vão, implorou-lhe para não trabalhar tanto e descansar entre as viagens.

— Se devo levar a ordem à teimosia e ao caos doutrinário, preciso apresar-me — respondeu. — Há uma hora para morrer e não quero que essa morte me apanhe dormindo, no repouso luxuoso e no esquecimento. Minha tarefa não está completa.

O sofrimento e os anos levaram as últimas labaredas audaciosas dos seus cabelos e sobrancelhas brancas e seu rosto estava sulcado pela tristeza e dor; sua grande e firme boca mostrava um tremor leve, mas constante. Porém caminhava ereto e forte nas pernas arqueadas e seu olhar, apesar do olho enfermo, ainda era leonino e dominador; a voz mantinha um fascínio e um tom imperioso que chamavam a atenção de todos. Ninguém tinha uma opinião indiferente a seu respeito. Era querido intensa e devotamente, ou odiado intensa e devotamente na Igreja. Censurando, castigando, exortando, condenando, elogiando, amando, explicando, ensinando, convertendo, consolando, rindo ou chorando, gracejando ou zombando, viajava aparentemente sem cansaço, os olhos brilhantes, fogosos ou ternos, de acordo com a ocasião, de maneiras abruptas, violentas, impacientes, conciliatórias, dependendo dos que encontrasse. Se ficava frequentemente assombrado com a estupidez cega, o pecado e o erro do homem, do qual se sentia parte, abraçando os mortos de espírito que tanto o apavoravam, Saul também viu a lastimável condição do homem, o sofrimento sem esperança, a confusão, a

---

* Cor. 2: 1-4.

dolorosa ansiedade, as doenças, mas também maravilhou-se mais uma vez que essa criatura tão frágil possuísse uma fortaleza, uma resistência, uma ânsia da verdade e uma certeza que deviam comover os corações dos anjos.

Certa vez, disse a Lucano:

— Se me fosse permitido descrever o homem com uma só palavra, diria que é bravo. Pois o é, apesar de sua inteligência, a qual o torna consciente do ambiente e do mundo hostis, que aparentemente é sem esperança, segurança ou ajuda para o sofrimento, que é cheio de pedras, tristeza e desapontamento. Os bichos não têm essa consciência e por isso possuem uma coragem animal para as necessidades diárias. Mas o homem conhece os anos e a recordação deles, sabendo que o tempo futuro não lhe assegura nenhuma promessa de esplendor e satisfação, mas apenas uma repetição do passado; apesar disso, ele tem a coragem de suportar e por isso devemos cumprimentá-lo.

Sua compaixão aumentou durante a viagem pelas terras ásperas de Listra, pelo dourado Éfeso, pela Macedônia, por Filipos, das montanhas de pedra cinzenta e das rubras planícies de papoulas. Foi em Filipos que os romanos — cada vez mais provocados pelos cristãos — tendo ouvido que havia um homem violento que insultava os deuses e profanava seus templos, provocando rebeliões entre os escravos, os libertos e a malta, incitando-os a erguer-se contra Roma e seus donos, agarraram-no e meteram-no na prisão para aguardar julgamento e provavelmente a execução como traidor. Isso aconteceu num dia em que Lucano e Timóteo estavam ausentes.

Os romanos o levaram a um juiz para ser ouvido antes do julgamento. Ele disse ao juiz, com seu velho orgulho:

— Sou cidadão romano não por escolha, mas por nascimento, e exijo um júri de meus iguais. Não tenho culpa das acusações despeitadas que me fazem, das mentiras e das calúnias. Vim em paz. Quero partir em paz.

O juiz ficou impressionado tanto pelas maneiras como pela fala de Saul e também pela declaração de cidadania romana. Por isso, mandou tirar as algemas que prendiam seus pulsos — usadas nos escravos e súditos —, ordenou que lhe fosse dado um cálice de vinho, pão, queijo e carne, que lhe seriam servidos três vezes por dia na cela, enquanto aguardava o julgamento formal. O juiz o teria libertado, mas durante muitos anos os excessos dos cristãos mais fanáticos o tinham irritado, apesar de sua tolerância romana, e havia queixas dos habitantes de Filipos contra eles, reforçadas pelos sacerdotes dos templos, que também tinham sido convertidos àquela seita judaica, que estavam perdendo rendimentos e os templos não andavam mais cheios. Como os templos pagavam uma parte daqueles rendimentos aos cobradores de impostos romanos para manutenção das guarnições de soldados na cidade, aquilo era um assunto sério. Corria também o boato de que uns cristãos mais moços e mais apaixonados tinham o hábito desagradável de zombar abertamente dos deuses de Roma, recusando-se a homenageá-los.

E diziam que Saul fora a Filipos para provocar tumultos ainda maiores, rebeliões mais inflamadas e que também escrevera cartas à comunidade cristã, incitando-a a resistir às leis e às ordens romanas, mesmo antes da sua chegada. O juiz, interrogando Saul, chegou à conclusão de que era tudo mentira, mas como os sentimentos na cidade eram intensos contra ele, não teve outra escolha senão prendê-lo para que aguardasse o julgamento.

— É humilhante para um cidadão romano ficar preso por causa da palavra de um mero liberto, que não conta para nada em Roma — disse o magistrado aos colegas. — Mas sabemos como o populacho é apaixonado e facilmente levado aos conflitos e a incêndios e por isso precisamos acalmá-lo, embora só os deuses saibam o motivo! Eu não sei. Apenas cumpro ordens recebidas de Roma.

— Em dias mais fáceis e menos decadentes, teríamos simplesmente caído em cima deles ao primeiro sinal de revolta e comportamento perigoso — falaram seus colegas, com um suspiro. — Mas hoje é tudo conciliação, compreensão, tolerância sorridente, desculpas e uma espada leve. Isso significa a morte de Roma. Se a lei e sua autoridade forem escarnecidas, seguir-se-á a barbárie e o caos.

Saul sentou-se na cela, encolerizado. Não temia por si mesmo, mas estava angustiado pelo atraso da sua missão, que podia, mesmo, ser destruída. Lucano, também cidadão romano, teve permissão para visitá-lo e levar-lhe cobertores e outros pequenos confortos, tendo impressionado os romanos por seu ar grego, sua voz e profissão.

— Que bom ter-me encontrado — disse Saul que, imediatamente, perguntou sobre a comunidade cristã.

Lucano não lhe disse que era igual a todas as jovens comunidades cristãs, lacerada por dissensões, cismas ameaçadores e discussões doutrinárias, inclusive com processos contra alguns membros nos tribunais romanos, e de jovens ansiosos que falavam "da espada de Deus". Em vez disso, contou a Saul que a comunidade era grande e florescente — o que era — e que muitas conversões foram feitas entre os gentios. Garantiu ao amigo que logo estaria livre das falsas acusações e libertado, embora pessoalmente não tivesse certeza. Quanto a Lucano, precisava agora prosseguir sozinho em suas viagens como evangelista.

Os dois abraçaram-se, encorajando-se. Saul, pelas grades da cela, viu Lucano afastar-se pelo úmido corredor de pedra. Deixou-se cair sobre as cobertas e chorou, deixando os soldados romanos de guarda perplexos, pois Saul os impressionara por sua coragem e calma.

Saul tornou a pensar em tudo o que havia amado e perdido: o filho, Bóreas, sua mulher, Elisheba e os filhos. Por que eu, pensou, velho, abatido, cansado e sem esperança, estou vivo e os moços e belos morreram? Eles tinham sonhos e esperanças que não mais povoam meu sono, ilusões encantadoras enfeitadas de arco-íris e luares, seus olhos eram iluminados pelo sol, usavam flâmulas com insígnias maravilhosas e marchavam ao som de tambores que nunca existiram, mas que eram gloriosos aos seus ouvidos. O que têm é ilusão... mas como é mais doce que esta triste realidade, com sua sugestão de ossos e iminente decadência! Infelizmente, quando penso que meus queridos jovens estão mortos, o próprio Céu parece menos brilhante, menos desejável, pois o que uma criança sofre na agonia às mãos do homem deve estragar o esplendor da vida futura eternamente para ela.

Ai de mim, meu Deus!, pensou, comporto-me e sofro como homem, pois não sou outra coisa e meu coração nada mais é que uma ferida. Pudesse eu morrer esta noite!

— O rabino cristão está chorando — falaram os soldados, uns para os outros —, mas de tristeza e não por si mesmo.

Saul pensou no velho Aristo, seu irônico professor e, em meio às lágrimas e dor, começou a sorrir.

— Ai, Aristo — murmurou alto —, um dia, na minha infância, você me ameaçou de acabar preso por causa do meu temperamento e outras imperfeições de caráter e respondi rindo, divertido, pois naqueles anos dourados o mundo me parecia uma opala cheia de nuvens delicadas, luz brilhante e infinitas cores vibrantes, flamejante pela Presença de Deus. E agora você me encontra aqui, caro amigo. Não posso acreditar que você não esteja no Céu, pois todos os professores devem erguer-se lá imediatamente, em consideração aos seus alunos, e assim olhar para baixo, dos brilhantes parapeitos azuis e me consolar... se quiserem.

Os soldados bocejaram no fundo do estreito corredor de pedra. Saul ocupava uma das celas que tinham uma janelinha alta dando para a cidade, pois era cidadão romano e por isso não podia ser encarcerado nas masmorras subterrâneas, escuras e sem ar. Era também o único prisioneiro naquela ala. Os soldados estavam acocorados à luz de uma lanterna e uma tocha e começaram a jogar dados e cantar, para passar as horas mortas da noite. Alguns cochilavam, encostados às enormes pedras úmidas das paredes, enrolados em suas capas. Outros comiam suas grosseiras rações militares, bebiam vinho ordinário e falavam de mulheres; alguns empenhavam-se em lutas de boxe ou romana. Saul ouvia suas jovens e estrondosas vozes, seu riso rouco e ficou tomado de amor por eles, aqueles jovens que ainda não sabiam o que era ser velho, cansado, ansioso e abandonado.

Um ou dois foram até a cela para conversar com ele, pois o achavam espirituoso, rindo da mesma forma rude e barulhenta que eles, tendo frequentemente histórias estranhas para contar, referentes à sua Divindade, que morreu em Jerusalém crucificado por incitar o povo e rebelar-se contra os romanos. Ouviam fascinados o relato de sua visão no deserto de Damasco e ficavam maravilhados, mas não tocados pela fé. Acreditavam nele sem discussão. Era uma história magnífica. O Deus judeu não era menos belo e poderoso que os deles e nem para ser mais acreditado. Porém era uma história fantástica e eles tinham respeito pelo homem que teve a visão.

— É um poeta — disseram. — Um verdadeiro Homero.

Disseram-lhe que não podiam compreender os cristãos, que não desejavam ser soldados, que não cobiçavam alimentos, nem moças e não se empenhavam nas agradáveis formas de intercâmbio ou roubo nas feiras. Não eram homens nem tinham as partes dos homens? Ou odiavam as condições de homens e consequentemente os próprios homens, uma vez que desdenhavam os prazeres do mundo? Ouviam Saul, mas balançavam as jovens cabeças. Não tinham ódio aos cristãos, pois quem sabia qual o deus mais poderoso? Mas lhes haviam ordenado conservar a paz e os cristãos nem sempre eram pacíficos, pois denunciavam francamente os deuses como "ídolos" e recusavam-se, nos tribunais, a jurar por Apolo que falariam a verdade, jurando apenas pelo seu próprio Deus, que não era ainda reconhecido como participante da hierarquia das divindades. Portanto, quem podia confiar no seu testemunho e promessas? Saul explicou de modo incansável mas, como falava num contexto inteiramente estranho aos seus ouvidos e mentes, não obteve sucesso. Todavia, eram bons com ele, cedendo-lhe vinho e frutas. Afinal, um homem culto, apesar de prisioneiro, não devia ser desprezado.

Naquela noite, perguntaram-lhe:

— Por que estava chorando tão alto, rabino?

Curvaram-se para as grades da cela e o olharam com seus rostos francos, pois Saul não lhes parecia a espécie de homem capaz de chorar.

Olhou-os à luz fraca da lanterna que seguravam e disse gentilmente, procurando conter as lágrimas:

— Tive um filho, que tinha um filho e uma bela mulher e uma filhinha e todos morreram... num incêndio. Por isso choro.

— Ah — falou um soldado, com simpatia. Estendeu seu odre de vinho por entre as grades. Saul não queria beber, porém ainda menos ferir os sentimentos do rapaz. Portanto, agradeceu e bebeu um gole, contendo uma careta por causa do gosto avinagrado. O soldado disse, com a candura da juventude: — Não adianta chorar pelos mortos. Foram para o reino de Plutão, para os Campos Elíseos ou então para as Ilhas dos Bem-Aventurados. Não nos conhecem mais nem se importam conosco.

— É uma coisa boa e meritória rezar pelos mortos — retrucou Saul — e pedir-lhes que rezem por nós em troca. — Como sempre, deixou-os confusos.

— Suas preces — continuou — são mais eficazes que as dos vivos, pois estão mais perto de Deus.

Os soldados assentiram grave e educadamente com a cabeça, mas não acreditaram. Os judeus eram muito estranhos. Voltaram a juntar-se aos companheiros. Saul viu-os se afastarem. Não tenho força, pensou com tristeza. Esses rapazes ouvem-me dia e noite e apesar disso não consigo interessá-los.

Sentou-se nas cobertas, ficou ouvindo o riso e vozes barulhentos dos soldados e chorou seus mortos na parte mais sombria da sua alma. Então, subitamente, percebeu que havia um silêncio total em torno da sua cela, nem mesmo quebrado pelos passos dos patrulheiros. Ouviu com atenção. Estava mortalmente silencioso, como se tivesse sido encarcerado sozinho no lugar mais escuro do ventre da Terra. Ergueu-se com dificuldade das cobertas e introduziu a cabeça o mais longe possível por entre as grades, olhando ao longo do corredor.

Viu uma coisa incrível. Os soldados não estavam adormecidos, mas imóveis como estátuas em meio ao que estavam fazendo. Uns recostados rigidamente contra as paredes; um imobilizado no ato de atirar os dados, outros em pé, com os odres de vinho nas bocas ou no ato de mastigar, outros paralisados como se tivessem visto a própria Medusa, nas posições de boxear ou lutar. Um jovem soldado estava parado no ar, exatamente sobre as costas do seu camarada que o jogara por cima do ombro, e outro ficou, joelhos dobrados, elmo na cabeça desviada, com o punho atingindo a boca de outro soldado.

Saul não pôde acreditar. Viu que os soldados não estavam inconscientes, pois percebeu o tênue brilho dos olhos abertos, olhando apavorados na tremeluzente luz vermelha da tocha presa à parede e da lanterna pendurada na pedra. Só seus olhos estavam conscientes e móveis; pelos rostos jovens corria o suor do esforço que faziam para se livrarem da pedra invisível que envolvia seus corpos.

Então, eles e Saul viram a porta preta, de ferro, abrir-se lentamente. Os soldados ouviram o ruído e voltaram os olhos para aquela direção, embora fosse a única parte deles capaz de mover-se. O suor caía-lhes sobre o rosto como lágrimas, pingando sobre seus peitos encouraçados. Saul, tão temeroso e fascinado quanto eles, viu a abertura escura alargar-se à medida que a porta se abria. Então, um rapaz vestindo uma longa túnica branca parou na soleira, belo, digno, sereno e indiferente como um deus.

Olhou com amabilidade desinteressada para os soldados imobilizados, passou por cima de suas pernas facilmente e rodeou-os. Desceu o corredor até a cela de Saul e não se ouviu o ruído de suas sandálias nas pedras úmidas. Era como se andasse no ar, logo acima do chão. Parou junto às grades da cela de Saul, encarando-o com aquela calma e ausência que eram mais aterradoras que a violência, mais terrível mesmo que a fúria, pois não eram humanas e o que era humano não podia perturbá-lo.

Saul viu a leve auréola luminosa que o rodeava, como ouro fosco e móvel, iluminando suas feições, manto, mãos e pés. Esboçou um sorriso para Saul, mas não com a amizade e preocupação de um homem. Disse, e sua voz ecoou pelo corredor como uma longa nota musical:

— Calce as sandálias, Saul de Tarshish, vista a capa, pois vim para libertá-lo.

Saul, como que sofrendo um ataque paralisante igual ao dos soldados, ficou imóvel um momento ou dois. Um medo frio e obscuro invadiu-o e ele pensou: "Estará me libertando pela morte, apesar de todo o meu trabalho ainda estar à espera?"

O jovem falou, com majestosa determinação:

— Depressa. — E seus olhos tiveram um fulgor de impaciência.

Saul reuniu suas cobertas, a capa, um rolo de pergaminho, e calçou as sandálias com mãos trêmulas. Enquanto isso, não pôde afastar os olhos do visitante, cheio de perguntas que sabia não seriam respondidas. Depois, levantou-se.

O rapaz segurou as grades da cela e sacudiu-as, não vigorosamente mas como uma criança o faria, com um leve esforço. E, nesse instante, a terra foi abalada por um trovão, o chão oscilou sob os pés de Saul com tal ímpeto que ele cambaleou, caiu pesadamente contra a parede e seu coração humano contraiu-se de terror. O trovão reboou, as paredes foram sacudidas e a tocha e a lanterna do corredor balançaram como que atingidas por uma ventania. Os soldados não se mexeram, mas Saul, correndo para as grades e olhando-os no corredor, não só viu o pavor em seus jovens rostos como o horror sobrenatural nos seus olhos. Continuaram sem mover-se como que petrificados.

Saul ouviu um tinido. A porta de sua cela arrebentou-se. Ficou pendurada nos gonzos, quebrada, mas não por mãos humanas. O visitante havia desaparecido. Saul saiu da cela com as pernas trêmulas. Percorreu lentamente o corredor. Disse para os jovens soldados que o viam passar:

— Nada temam. Breve serão libertados.

Eles, porém, apenas o olharam, tão imóveis quanto suas sombras.

Saiu da prisão para a escuridão da cidade, iluminada apenas pelo resplendor vermelho das tochas e das lanternas balançantes, que se espalhavam pelas ruas. O terremoto causara poucos danos, mas havia grupos agitados nas ruas e soldados assustados. Saul dirigiu-se à sua hospedaria, onde encontrou Timóteo.

— Saul! — gritou o rapaz, levantando da cama e caindo sobre Saul com um rugido de alegria e alívio. — Eles o soltaram!

— Não — retrucou Saul. — Foi Deus. — Colocou as mãos nos ombros do rapaz e disse: — Eu estava me lamentando por estar perdido e esquecido, mas Deus enviou seu mensageiro para me tirar da prisão.

Mas, como romano e advogado, conhecia seu dever. Na manhã seguinte, após um sono breve e tranquilo, foi ao juiz que o mandou para a prisão. Todavia, o boato do que acontecera na noite anterior havia-se espalhado e o juiz olhou-o gravemente.

— Ouvi os soldados — disse imediatamente. — Se os deuses não querem que você fique na prisão e seja julgado e condenado, que homem poderá fazê-lo? Se os deuses creem que você é inocente de tudo, quem sou eu para declará-lo culpado?

Agora havia medo e superstição em seus olhos. Os soldados lhe tinham dito, na sua própria excitação e medo, que Apolo, em pessoa, ou no mínimo Mercúrio, tinha provocado um tremor de terra para libertar Saul de Tarshish e eles tinham sido incapazes de evitar sua fuga. Os deuses, ao que parecia, gostavam dos cristãos. O juiz fez uma careta.

— Não admiro o gosto deles — disse e lançou nos registros que Saul de Tarshish tinha sido considerado inocente e libertado.

✦ ✦ ✦

Capítulo 48

A notícia da miraculosa libertação inflamou a comunidade cristã, que nunca se cansava de ouvir a respeito disso e do mensageiro celeste. Se Saul fora resgatado dessa forma por tão indizível personagem, certamente a Segunda Vinda do Messias estava para acontecer.

— Nada tem a ver — disse Saul. — E se os trabalhadores dos campos dissessem: "Achamos que o patrão voltará esta noite e nos convidará para comer com ele; por isso, por que devemos trabalhar e nos cansar, em vez de ir para o portão esperar a vinda dele?" O patrão voltaria para descobrir que a colheita apodrecera porque não fora segada. E ai do trabalhador que deixou sua foice guardada! Não sabemos quando Ele voltará. Contudo, Ele não pode encontrar sua colheita perdida e os ratos entre os cereais e o pão comido pelos insetos.

Para muitos, Saul era demasiadamente áspero e não acreditava que o Senhor estivesse para chegar e por isso havia muito descontentamento. Mas Saul exortou-os e instruiu-os como a crianças e após uma longa estada em Filipos, recomeçou suas viagens. Alegrou-se com a reunião de milhares de gentios convertidos, a quem ensinou com paciência e amor paternal. Batizou-os, orientou-os, instruiu-os, levando-os alegremente para a comunidade cristã. A maioria dos cristãos recebeu-os com quase o mesmo profundo amor que Saul lhes dedicava, mas houve também olhares sombrios de suspeita e discórdia e sussurros entre a maioria. Coisas às vezes muito válidas, porquanto alguns dos novos cristãos estavam a princípio excitados pela ideia da chegada quase iminente do Messias em nuvens de glória, para julgar os vivos e os mortos, os tímidos e os tolos, mas quando Ele não apareceu, continuando o trabalho penoso, o cansaço diário, os mesmos problemas de impostos, de alimentação, de habitação, de mulheres descontentes, crianças intolerantes, salários, discussões, doenças físicas, os cristãos novos começaram a duvidar e frequentemente a dúvida era seguida de defecções, desprezo, ódio e ridículo, chegando até a maldade, e desejo de vingança contra os "enganadores".

Saul tentou em vão instruir aqueles homens e mulheres. Olharam e sorriram para ele tensamente. Saul tinha-lhes prometido o êxtase espiritual e um lugar no Céu... mas o mundo continuou o mesmo e o Messias demorando, se alguma vez pretendeu mesmo voltar ou se havia alguma verdade nas palavras de Saul. Viu que eles tinham procurado não o enlevo da identidade com Deus, nem a libertação do pecado e da morte, ou o prazer de servir e da virtude, mas riqueza mundana, conforto e vitória.

— Você não nos transmitiu as palavras de Cristo, de que se aceitássemos o Reino do Céu tudo o mais nos seria dado? No entanto, nada foi dado! O mundo continua o mesmo, bem como nosso sofrimento e desesperança, apesar de nossa aceitação.

— Seu Reino não é deste mundo — iria Saul repetir.

No entanto, eles o contradisseram com suas próprias citações das palavras do Messias e ofendiam-se com suas explicações e interpretações. Assim, alguns desertaram. Outros judeus-cristãos disseram-lhe, com amarga satisfação:

— Que mais podia esperar, Saul ben Hillel? Eles não podem compreender o Messias, nem sentir Suas parábolas, que são o eco de velhas Escrituras.

Os mais educados dos gentios convertidos, especialmente os gregos, disseram:

— Eles são ignorantes e venais, escravos da pior espécie, libertos ou camponeses. Suas antigas religiões ensinaram-lhes apenas alegrias e vitórias mundanas se agradassem aos deuses, e assim não podem entender as recompensas espirituais.

Mas Saul afligia-se por causa dessas ovelhas errantes, chorando e rezando por elas e algumas voltaram por não terem encontrado no mundo nenhuma esperança, amor ou companheirismo, amigos nem preocupação por seu bem-estar. Na comunidade cristã, tinham pelo menos amizade. Eram alimentados se famintos e recebiam vinho se sedentos; sem um teto como abrigo, arranjavam algum para eles.

— Não expulsemos mais esses pobrezinhos, como gado intrometido — disse Saul aos irritados cristãos. — Ele não procurou as ovelhas desgarradas e levou-as para o abrigo? Há lugar na Casa dEle para os mais baixos, humildes e estúpidos e Suas asas podem cobrir a humanidade. Sejamos pacientes, ensinando e ilustrando os de poucas luzes e quem sabe se um dia eles não brilharão subitamente como o sol?

Na sua viagem pela Ásia Menor e Europa, Saul não só fundou novas igrejas, como melhorou e encorajou as existentes. Escreveu sem cessar cartas enormes, cheias de eloquência, poesia, paixão, fé e amor, especialmente para os caros amigos em Corinto, o tecelão Áquila e sua mulher, Priscila, que uma vez o acolheram. Suas cartas eram apreciadas e guardadas como tesouros, porém muitas perderam-se para sempre, embora seu espírito tenha sobrevivido. Em suas viagens foi apedrejado, espancado, enfrentou inundações e naufrágios, pois para os judeus crentes ainda era o "grande renegado" e muitos cristãos lembravam suas antigas perseguições à Igreja. Os sacerdotes de religiões locais guardavam rancor de suas conversões, o que diminuía suas rendas e os romanos desconfiavam daquele homem de juba branca, que falava de maneira educada, mas vivia como escravo. Homens assim eram perigosos, como a história registrou, pois não amavam as coisas do mundo e incitavam os homens contra este, que era o teatro da lei, da ordem e da prosperidade romanas; e que mais existia além do mundo dos homens... e talvez dos deuses? Além disso diziam que ele falava da "conquista do mundo" e isso era traição.

Mas enormes quantidades de romanos também se converteram, incluindo soldados e seus oficiais da guarnição de Filipos, que espalharam a lenda maravilhosa da sua libertação do cárcere. Como muitos eram ricos, a Igreja pôde expandir seus caridosos esforços e socorro aos doentes, moribundos e abandonados, às crianças deixadas para morrer, escravos fugitivos, anciãos e antigos prisioneiros. Damas ilustres de várias cidades converteram-se ao cristianismo, encontrando na nova fé a salvação para o enfado e o medo, uma inspiração além da mera beleza física e prazeres da carne. Tornando-se cristãs, eram caridosas no íntimo, pela primeira vez em suas vidas fúteis, comovidas pela miséria dos seus semelhantes, a quem tinham considerado inferiores a vermes.

Um dia, Saul disse a Timóteo, agora não mais jovem.

— Meu tempo encurta. Tive uma visão. Preciso voltar a Jerusalém e quando a visão apareceu, vi uma escuridão sobre a cidade querida... e nunca mais depois disso a verei.

— Você está cansado — disse Timóteo. — Quem fala é seu corpo exausto e não sua alma.

Mas Saul tivera premonições.

— Desejo muito ver minha irmã e os netos dela, que não conheço — retrucou evasivamente. — Contaram-me o sucesso do meu sobrinho Amós em suas viagens e sacerdócio e posso encontrá-lo em Jerusalém. — Sorriu para

Timóteo. — Sou apenas um homem e necessito do refrigério humano, embora ninguém pareça perceber.

Saul recebeu cartas de Lucano e respondeu-as. Ambos alegraram-se com suas conversões e sucessos. "Um dia", escreveu Lucano, "não haverá povo ou nação ignorante do Seu Nome e da vitória que, previu, iria acontecer. Continue, caro amigo, embora você se queixe de fraqueza física e cansaço que não passam! É só o corpo, que pode ser dirigido e dominado, pois Ele dará apoio às nossas almas e não nos deixará morrer antes de termos cumprido nossa missão."

Saul suspirou ao receber essa carta. Estava num período de insensibilidade, onde o caminho não era mais plano e toda a inspiração tinha desaparecido. Conhecia a Verdade, porém sua mente sentia-se entorpecida e sua vontade vacilante. Às vezes sonhava com a casa de Tarso, agora vendida a estranhos, e sentia novamente o perfume das rosas e jasmins, via a ponte preta sobre o lago tranquilo, as enseadas e grutas. Todo o seu ser ansiava pelo fim, por calmas vozes agradáveis e o toque de mãos amorosas, o sol pondo-se atrás de palmeiras, ciprestes, romãzeiras e sicômoros, música suave no átrio, sorrisos e a voz do filho morto, cujos filhos nunca vira. Às vezes sonhava que voltara a ser criança, rindo para Aristo e implicando com sua irmãzinha Séfora. Outras, sonhava com Dacyl e o amor da moça por ele e o dele por ela não mais parecia impudico e pecaminoso, mas sim o de um jovem Adão por sua Eva; e o lugar da cachoeira era o Jardim do Éden.

Havia horas em que era assaltado por terríveis sofrimentos que conhecia, mas contra os quais só podia lutar, debilmente, apesar de saber onde estava sua fonte. Toda a sua vida tinha sido uma ilusão, um sonho? Às vezes resmungava como Jó:

— Meu olho é também turvo pela tristeza e todos os meus membros são como uma sombra.

Durante dias e mesmo semanas perambulou nessa confusão e tudo o que disse e fez durante esse tempo foi como se estivesse lutando com algemas de ferro. Achou seus seguidores tediosos e estúpidos; até seu devotado Timóteo considerou obtuso. Sua impaciência nata, alimentada pela doença e a idade, seria como uma chama em seu coração; seu corpo coçava, fazendo-o meter-lhe as unhas até sangrar. Todos procuravam seu consolo, ensinamento e esclarecimento; todos acreditavam que era mais que um homem. Se percebessem sua exaustão, teriam ficado desanimados e perturbados, mas sentiriam pouca pena, pois não era ele o pastor e eles apenas as ovelhas que deviam ser eternamente consoladas e mantidas ou o pastor considerado culpado? Quando viu-lhes os rostos, Saul levantou-se por puro esforço de vontade, pois se as ovelhas ficassem em dúvida ou se sentissem perdidas, poderiam perder-se. Eram frágeis e vacilantes na solidão de suas vidas e iriam tropeçar. Por isso devia falar-lhes com firmeza, com um sorriso em seus lábios macilentos e elas ficariam aliviadas.

Certa noite, recebeu a ordem de voltar a Jerusalém e acordou dizendo-se:

— Chegou o princípio do fim e breve descansarei.

Capítulo 49

Tudo tornou-se o contrário de tranquilidade em Jerusalém durante as longas e frequentes ausências de Saul.

Os cristãos — ou nazarenos, como os judeus continuavam chamando-os na cidade —, especialmente os moços, juntaram-se aos essênios e zelotes, sendo levados a uma situação desesperada pelo zelote Eleazar. Ele os atraiu a uma luta turbulenta e mortal com os romanos, dizendo que chegara a hora de libertar seu amado país. Se ele era ou não um verdadeiro cristão, Saul não foi capaz de perceber pelas cartas que recebeu de Jerusalém, mas estava claro que Eleazar era violento e estava usando os nazarenos "para tirar nosso povo da servidão", como o Messias tinha prometido. O levante foi tão feroz e selvagem que cerca de trinta mil judeus, tanto "fiéis" como nazarenos, foram trucidados sangrentamente nos arredores do Templo e o procurador romano declarou estado de revolução e anarquia. Eleazar foi apanhado e executado publicamente. E o mais amargo dos ódios surgiu no povo.

As famílias dos judeus assassinados culparam os nazarenos por essas mortes, passando a considerar os "hereges" como seus inimigos mortais, que provocaram o assassinato, a morte e a ruína de todos os judeus. Detestavam mais profundamente os judeus "renegados" do que os nazarenos gentios, pois estes não eram geralmente os mais humildes e pacíficos dos trabalhadores em seu meio? Mas os "hereges" incluíam alguns dos mais inteligentes, ricos e educados membros do povo judeu e, consequentemente, deveriam ter coibido Eleazar e seus zelotes, não fazendo causa comum com eles contra os romanos.

— Revolucionários! Bandidos! Fora da lei! — gritavam aos cristãos. — Vocês traem seu próprio povo e o levam ao extermínio!

Agora dizia-se que todas as igrejas instaladas pelos apóstolos e evangelistas por todo o mundo civilizado eram subversivas, instigadoras de conflitos e levantes contra Roma. Uma vez, Saul foi denunciado aos romanos em Jerusalém:

"É um criador de problemas, fomentador de revoltas entre todos os judeus do Império, aos quais detesta." Isso foi levado tão a sério pelo imperador em Roma, que aconselhou os judeus de Alexandria a não receber missionários, a menos que desejassem ser condenados como participantes de "uma praga que agora ameaça o mundo inteiro". Para os romanos, não havia diferença significativa entre os judeus nazarenos e os judeus "fiéis', pois a nova seita "não passava de uma seita judaica, agora chefiada pelos mais irresponsáveis e criminosos zelotes e essênios".

Saul soube disso; sabia que era considerado zelote, tanto por judeus como por romanos. Sua presença em sinagogas judaicas no mundo inteiro, no decorrer de suas viagens, era recebida a princípio com desânimo, depois tolerada e finalmente amaldiçoada. Ele traria morte, perseguição e exílio forçado ao seu povo... portanto, devia a todo custo ser evitado. Tinha sido o causador da "primeira guerra judaica" contra os romanos. Os judeus estavam decididos a evitar que ele causasse outra. Ouviram com tristeza e desespero que as sinagogas em Roma, as mais prósperas, tinham sido fechadas pelo imperador "por medo a uma revolução em marcha". Quando os nazarenos deixaram de ir orar nas sinagogas em Roma, o imperador permitiu sua reabertura. Contudo, a amargura e o terror continuaram e agora o abismo entre os nazarenos e seus companheiros judeus era completo. O historiador Josephus escreveu mais tarde: "Os jovens nazarenos são desleixados, selvagens intolerantes, sem lei, infelizmente, e sua simples aparência excita a animosidade romana, pois parecem bárbaros e não membros de uma comunidade civilizada. Andam e falam de forma ofensiva, resmungando para a autoridade e desafiando o governo estabelecido em todas as nações. Combatem os guardas nas cidades, atirando coisas não mencionáveis sobre eles e os soldados, gritando que a volta do Messias é iminente e que eles são a vanguarda do seu exército."

Em Israel, os essênios e zelotes (muitos deles agora nazarenos) tornaram-se alvo especial do ódio apavorado dos judeus. Estes consequentemente recusaram-se a ouvir sua mensagem e toda a sua simpatia por eles, como judeus patriotas contra os romanos, desapareceu. Em outras partes do mundo, Saul foi recebido com ressentimento e fúria pelos seus compatriotas judeus, como um perturbador e revolucionário em potencial, portanto uma ameaça às suas vidas. Em vão, ele pregou que "Seu Reino não é deste mundo" e que "libertação da servidão" significa libertação do espírito, da morte e do pecado. Consideravam isso um mero sofisma, o mesmo acontecendo aos romanos.

Portanto, Saul voltou a Jerusalém para reconciliar judeus e judeus-cristãos, no sentido de ali salvar a Igreja. Na viagem, foi frequentemente dominado pelo desespero. Temeu pela comunidade cristã em Israel e deplorou os excessos dos cristãos zelotes e essênios. Escrevera-lhes ainda em Atenas: "Ao mesmo tempo em que proclamamos a Era Messiânica — que de fato chegou —, insistimos em que a Lei ainda está em vigor, pois é imortal e foi dada por Deus, bendito seja Seu Nome. É uma pena que os zelotes acreditem que a Era Messiânica os obriga a livrarem-se de todos os freios para se meterem em conflitos, incêndios, ataques físicos e desobediência! Pois o Senhor é o Príncipe da Paz e não o Condutor da violência, do assassinato e ódio entre irmãos."

Ficou ainda mais perturbado ao receber informações de Jerusalém de que os gentios convertidos estavam interpretando erroneamente o Messias e usando-Lhe o Nome para provocar desordens. Como esses convertidos eram em geral antigos escravos e libertos, de raças diversas, artesãos e descontentes, desejosos das riquezas "prometidas" pelo Messias, zombavam com maldade dos romanos militares nas ruas de Jerusalém, causando muita agitação e hostilidade.

Os romanos sentiam-se, e ao seu Império, ameaçados no mundo inteiro, ficando espantados com a incrível difusão da Mensagem Messiânica em cada nação.

Saul encontrou em Israel coisas muito piores mesmo que a sua fértil imaginação pudesse imaginar. Simão Pedro, bispo da comunidade cristã, partira para Roma, com o desejo de levar ordem aos cristãos e acalmar os terrores dos judeus. Saul soube de tudo isso em Joppa, porto marítimo onde ficou alguns dias.

Joppa, embora malcheirosa como todas as cidades, continuava varrida pelos ventos do mar, refrescantes e estimulantes. As ruas eram como degraus, umas sobre as outras, muradas e calçadas com blocos de mármore e arenito e serpenteavam de forma íngreme, tão estreitas que se projetavam sobre as sacadas, quase tocando-as. As janelas que se debruçavam sobre as ruas eram gradeadas e estreitas, com modestas lojinhas incrustadas nas paredes abaixo. Imensos bandos de gaivotas pairavam como metálicas fatias douradas contra o céu cor de jacinto, brilhando. E por toda parte onde houvesse um pedaço de chão livre, erguiam-se nuvens verdes de tamargueiras e sicômoros, folhas esmeraldinas e como lâminas de facas das palmeiras. Os balcões das lojinhas estavam cheios de limões verdes e amarelos, bolos, carnes, panos e especiarias. Coroando tudo, o vaivém do mar, os fortes ventos marinhos, os gritos das crianças e as queixas dos animais.

Saul encontrou a casa de Simão o Curtidor, lá ficando durante algum tempo, enquanto discutiam a situação precária da Comunidade de Jerusalém, acossada de dentro e de fora. Simão era um homenzinho curvo com um riso satírico, olhinhos irrequietos e mãos hábeis, que fazia bolsas e sacolas bem-acabadas, além de sandálias, botas e finos ornamentos de couro, trabalhados com ouro e prata. Não era homem de levar a vida muito a sério, como explicou a Saul. O que resultava de uma fisionomia fechada, medos, premonições e pavores? Má digestão. E era sabido que a má digestão entristece a alma que, dessa forma, fica separada do sol fecundo de Deus, bendito seja Seu Nome. Ter medo era duvidar de Deus, pois todas as coisas não estavam em Sua Mão? Saul olhou aquele rosto pequeno e malfeito, imaginando se Simão não estaria zombando dele secretamente.

— Amei muito e perdi muito — disse Simão, em sua aguda voz feminina. — Mas aguentei e sobrevivi. Que adianta me lamentar? A Comunidade de Jerusalém sobreviverá, se Deus quiser, e não sobreviverá, se Ele não quiser.

— As "falhas" de Deus são, na verdade, falhas humanas — disse Saul com amargura. — É muito fácil atirar tudo sobre os Ombros de Deus e nada fazer. Mas fomos chamados a trabalhar, mesmo que o resultado seja dEle. Que mais podemos fazer?

Simão foi até a porta da sua perfumada lojinha, olhou o céu, as gaivotas e depois, por cima das prateleiras de ruas, para o mar azul brilhante. Ondas aproximavam-se, altas e rápidas, e quando arrebentavam na praia eram um puro jato de fogo branco e feria os olhos. Simão piscou.

— Que mais podemos fazer? — repetiu Simão. — Apenas podemos fazer o máximo e se falharmos não é nossa culpa, pois recebemos ordens.

Depois de um momento, prosseguiu:

— Perdi para os romanos muitos que amei. Mas sei que o destino do homem é morrer um dia, como você mesmo disse, Saul de Tarshish. Que importa quando morre um homem? A vida é tão bela, tão desejável, que precisamos extrair dela todos os sucos, mesmo das sementes, cascas e o mais, como as mulheres extraem o suco de limões e romãs? Não nos lamentemos pela polpa e amargura da recusa, cobiçosamente, como cabras, sem vontade de largar a taça. O doce primeiro suco é bastante.

Pareceu a Saul a exata repetição das palavras do seu velho professor Aristo, pois tinham um tom cínico e um ar de riso. Mas olhando para o rosto sulcado de Simão, para a profunda tristeza em seus olhos, Saul percebeu que ele falou sinceramente e não por zombaria. Todavia, aquilo não era consolador e Saul logo depois despediu-se. Viajou para Jerusalém numa pequena carruagem alugada numa estalagem em Joppa e, na viagem para a cidade amada, refletiu e pensou.

A casa de Séfora, onde seu marido e o pai dele tinham nascido, assim como seus próprios filhos, era como um abrigo para Saul, um refúgio encantador. O cabelo louro de Séfora estava agora quase tão branco quanto o dele e os netos da irmã rodeavam-na como rebentos em torno de uma velha árvore. Séfora abraçou o irmão com risos e lágrimas e os beijos das crianças eram puros e afetuosos, fazendo com que as inúmeras cicatrizes que tinha na alma se suavizassem e sua dor parasse.

— Não somos mais jovens — disse a Séfora, ao passearem pelos jardins calmos e encantadores dos quais se lembrava, até pararem no mesmo banco onde sentara-se e chorara doloridamente quando moço, sendo encontrado e consolado pelo pai, falecido havia muito.

Ali se curvara, angustiado, na primavera e era primavera outra vez, a estação Pentecostal. Nada mudara, a não ser ele e o mundo dos homens. A natureza e sua lei prosseguiam seu caminho indiferentemente, tão indiferente ao homem como as próprias nuvens mais remotas.

— Não somos velhos, a menos que o desejemos — disse Séfora e seu rosto vincado era suave. — Sinto no íntimo que ainda sou uma menina, alegre e esperançosa, ansiosa pelo dia seguinte, e o amor ainda domina meu coração.

Pegou-lhe a mão delicadamente, lembrando o quanto ele perdera e como seu caminho era fatigante e difícil, incompreendido, cheio de perigos e escolhos. Mas continuava sendo Saul, seu irmão, cujo olhar persistia em mostrar paixão e firmeza, o espírito ininterruptamente brilhando, com o corpo nada significando.

Saul contou-lhe sobre as cartas que recebeu do primo Tito Milo Platônio, o general pretoriano em Roma, pois não mais acreditava que as mulheres fossem superficiais, levianas, vulgares e incapazes de compreender assuntos importantes. Viu uma sabedoria maternal nos olhos dourados de Séfora, que eram imortalmente jovens e alegres, o valor intrépido de sua alma, pensando que ela se parecia com o falecido pai, que ele havia julgado tão mal.

— Milo — disse ele — está muito infeliz em Roma, sob o jugo de Tigelino, o vil comandante da Guarda Pretoriana, que é seu superior imediato e que, por instigação de Popeia, a mulher do César, assassinou o antigo comandante, Burso. Ah, é uma mulher diabólica, uma verdadeira prostituta da Babilônia, pois não induziu Nero Cláudio César Augusto Germânico a assassinar sua mãe Agripina, por ciúme e medo da influência materna? Tigelino odeia Milo, que não teme a morte, mas é amado pelos seus soldados. Por isso Tigelino evita cometer outro assassinato... talvez não por muito tempo. Infelizmente, homens como nosso primo estão se tornando cada vez mais raros e mais raros ainda homens como seu pai Aulo. Milo é uma repreensão viva para a corte romana e para Nero, pois é virtuoso e cristão, embora outros não saibam. Não podemos convencer nosso primo a voltar para Israel, onde nasceu na mesma noite do Messias? Está velho, mas é indomável. Se permanecer em Roma, morrerá com certeza.

— Também lhe escrevi sobre isso — retrucou Séfora —, mas respondeu-me que seu dever está na cidade de seus pais, pois não é também romano, além de judeu? — Suspirou e sorriu. — Como ele dançou no meu casamento! E como bebeu! — Pensou na época da sua mocidade e isso pareceu-lhe o sonho de outra pessoa e não o seu, do qual ouvira apenas um comentário. — Por que não o visita, Saul, e lhe implora para voltar, pelo menos por um tempo?

— Eu? Visitar Roma? — Saul ficou incrédulo. — Aquele antro de vício, infâmia, assassinatos, luxo, terror, de indizível lascívia, crime e degeneração? Deus me livre!

— Mas Simão Pedro está lá — disse Séfora. — Não sabia? Partiu há cerca de um mês, pois a comunidade cristã de Roma está em desordem. A turba romana está detestando os cristãos, sobre quem espalha coisas maldosas e a quem faz as piores acusações. Judeus e cristãos são igualmente odiados em Roma e são a zombaria do povo, que lamenta o fato de Cláudio ter expulsado os judeus, mas Nero permitido sua volta. Disseram-me que este é um homem cheio de vícios e decadente desde a mocidade e imagina-se por que permitiu aos judeus voltar para seus lares em Roma e recuperar uma parte das suas propriedades.

— Talvez — retrucou Saul, sombrio — ele deseje fazer deles o bode expiatório, como governantes de outras nações fizeram. — Mesmo para ele, aquelas palavras pareciam incríveis e, nesse instante, um calafrio percorreu-lhe as costas, fazendo-o estremecer. — Sei que Pedro foi a Roma. Nunca nos estimamos, pois cada um acreditava que seu caminho era o melhor. — E Saul sorriu. — Mas nos reconciliamos em Seu Nome, apesar de Marcos, que também jamais gostou de mim.

Séfora pegou-lhe a mão morena e calosa, dizendo:

— Meu irmão, você é tão facilmente amado como odiado, pois nunca vacilou, suas opiniões são inflexíveis e seu julgamento, ai de mim, habitualmente exato.

Séfora então, tornando a suspirar, falou de Jerusalém e seus habitantes, cujo desespero aumentava a cada instante. Félix, o novo procurador, odiava os judeus mais ainda que Pôncio Pilatos, conspirava com o sumo sacerdote e seus favoritos, a fim de oprimir o povo, roubá-lo e abalar seu ânimo. O que tinham suportado sob Pilatos nada era comparado com agora, pois seus próprios sacerdotes se viravam contra eles, conspiravam e os levavam a um temor angustiante. Eram roubados nos seus últimos recursos pelos impostos enviados para Roma e obrigados a manter o Templo, profanado pela simples presença dos sacerdotes. Estes exigiam enormes dízimos, mesmo dos necessitados, e ai do homem e de sua família se o dinheiro não chegasse quando pedido. Agora, assassinos desconhecidos enxameavam nos arredores do Templo, deixando sangue e cadáveres à sua passagem, sem que ninguém soubesse que vingança estavam executando, se contra os crentes ou contra os opressores. Disseram que o rei Agripa era o responsável, que desejava reduzir seu povo à condição de escravo para agradar os romanos. Outros, porém, disseram que os assassinos eram zelotes ou essênios, que vingavam o insulto ao Templo. Outros ainda disseram que eram cristãos ou nazarenos, como continuavam a ser chamados em Jerusalém, rapazes que tentavam derrubar o governo de Félix e de Roma e do rei Agripa.

— Só sei que vivemos apavorados — falou Séfora. — O povo implora a Deus numa só voz, para se ver livre dos tiranos, judeus e nazarenos juntos, e o desejo de Deus nos corações do nosso pobre povo está em baixa. O povo vê os sacerdotes vivendo no luxo, com o dinheiro roubado, arrancado dele, e os mais chegados ao sumo sacerdote divertindo-se com os romanos nas orgias e celebrações mais indecentes, em espetáculos sangrentos nos circos, em peças imorais nos teatros.

Quando o povo, periodicamente, não podia mais suportar, havia assassinatos misteriosos de romanos e sacerdotes judeus, com a imediata acusação de que os fanáticos zelotes os tinham cometido. Estes então passavam a ser caçados e crucificados e o povo era precipitado em renovado terror, mantendo-se calado algum tempo.

— Nunca nosso povo e nossa nação estiveram em condições tão desesperadas — disse Séfora.

Saul olhou para o agradável céu azul, depois para as rosadas flores da amendoeira, para as palmeiras e romãzeiras em botão, pensando como o mundo era belo e como o homem era imensamente mau, que criou o assassinato, o ódio, a ruína e a feiura dentro do próprio coração, sentindo prazer com o sofrimento e opressão dos inocentes, vitimando seus próprios irmãos. Por ele o Messias viera e dera Sua vida inocente!

— Talvez tenha sido boa a minha volta — disse Saul. — Isso me foi ordenado numa visão, mas sou apenas um homem e nem os judeus nem os cristãos quererão me ouvir, aqui, minha própria nação e entre meu próprio povo. Não sei por que estou aqui. Deixo nas Mãos de Deus, pois não sei onde devo começar e o que direi!

Meditou sobre o mundo moderno de sangue e saque, de césares monstruosos e sacerdotes ateus, de devassidão e guerras, de ódio entre os povos, de desespero, lágrimas e pavor, de ira e crueldade irracionais, de exploração e escravidão, de maldições aos fracos e glorificação dos ricos. Sem dúvida, o mundo que conhecera quando moço não tinha sido tão mau! Nem tão depravado e cruel! Era como se o Messias nunca tivesse nascido e que as legiões do inferno agora governassem a terra

Com certeza, disse a si mesmo, quando esta era passar, haverá paz e bondade entre os homens. O presente passará como um sonho horrível e os séculos futuros se aquecerão ao sol do Messias. Foi para isso que trabalhou, esperou e rezou. "E não haverá mais guerra." Nem inimizade, maldade, lascívia, fúria e ódio. Tudo passaria e os homens se alegrariam na nova forma.

✦ ✦ ✦

Capítulo 50

— O grande renegado amaldiçoou-nos outra vez com sua presença — disseram os judeus da cidade.

— O homem que nos perseguiu e prendeu voltou — comentaram os nazarenos.

— O perturbador da paz está novamente entre nós — falaram os sacerdotes do Templo — e o que esse zelote está tramando agora?

— Ele nos censurou e repudiou — afirmaram os jovens zelotes e essênios —, embora tenha antigamente fingido amar-nos, como dizem nossos pais. Voltou para nos massacrar?

Mesmo Félix, o procurador romano, passando a agradável primavera em Cesareia, à beira-mar, recebeu notícias de Saul de Tarshish, que ele chamava Paulo de Tarso. Foi informado por soldados que se lembravam de Saul e por inúmeros sacerdotes bajuladores.

— Ele provocou uma enorme briga em Jerusalém e toda a Judeia — disseram os soldados — e seu povo o odeia e insulta, apesar de também judeu.

— Foi ele quem provocou o levante de nazarenos ou cristãos, por toda Ásia Menor e a Europa contra o poder de Roma — declararam os sacerdotes. — Encabeçou conflitos, levantes e blasfêmias por onde passou. Dizem que é membro dos zelotes e essênios, cujo único objetivo é destruir.

— Se todos o detestam — falou Félix preguiçosamente —, por que não foi morto por alguém antes disso?

Achou a situação divertida e varreu Saul da cabeça.

Enquanto isso, Saul passeou pelas ruas da cidade, por onde fazia anos não andava. Demorou-se no espaço murado onde vira pela primeira vez o Messias com Sua Mãe e sentou-se no banco em que descansara, olhando para o banco vazio defronte. Passeou pelo mercado, onde ouvira seu nome chamado por aquela voz masculina trovejante: "Saul! Saul de Tarshish!" Entrou no Templo numa hora em que não estava muito cheio e postou-se no mesmo lugar onde tinha sentido a Presença do Messias. Saiu da cidade para o descampado onde os jovens zelotes foram executados e onde Jesus Cristo os consolou e eles O sentiram, embora outros não. Parou na encruzilhada onde tinha ouvido o Messias dirigir-se aos escribas e fariseus e também ao povo. Caminhou por onde o Messias tinha andado, com a cruz, até o lugar do seu infame assassinato. Visitou o túmulo dado por José de Arimateia ao corpo do Messias e de onde ele ressurgiu. Foi ao monte de onde o Messias ascendeu aos céus e à gruta onde Sua menina-Mãe Lhe dera nascimento.

E maravilhou-se, com uma estupefação tão nova como se acabasse de ouvi-la, que Deus realmente tivesse estado naqueles lugares sagrados, se dignasse a nascer como Homem, com as humilhações e funções corporais de todos os homens, com os sofrimentos comuns da humanidade, suas dores, atribulações, fomes e anseios. Saul tocou na terra que as sandálias de Cristo pisaram, dizendo-se.

— Sem dúvida, este é um lugar sagrado.

Homem ele mesmo, tornara-se santo pela Santidade do seu Redentor, embora nada tivesse merecido por seus próprios esforços. A vida humana era santa porque Um tinha adotado o corpo da humanidade, resgatando o homem do pecado e da morte. Às vezes, ao contemplar aqueles lugares, Saul era tomado de uma vertigem que o mantinha imóvel e trêmulo, fazendo com que os passantes parassem para olhar aquele rosto iluminado e os desvairados olhos fixos, sorrindo com malícia à visão daquele trabalhador com sua túnica da cor da terra vermelha, alva cabeleira leonina, e aparência estranha. Mas Saul, consumido pelo amor e desejo apaixonado de rever o Messias, podia apenas pensar, em seu êxtase: "Ah, certamente os homens jamais esquecerão que Ele viveu e andou em Israel, aqui morrendo, e que conservará esta pequena terra sagrada e inviolada!"

Havia ocasiões em que não sentia êxtase nem esperança, pois tudo à sua volta era confusão em cima de confusão, onde os homens deviam ser irmãos na alegria e no prazer e não inimigos mortais. Outras vezes, parecia-lhe que Israel era uma taça de onde pingava violência, espanto e assassinato entre irmãos e, como dizia para si mesmo, isso era a maior de todas as blasfêmias, pois Israel era santo além da santidade e seu povo profeta. Que tivesse havido brigas, rivalidades, disputas, ódios, rebeliões e traições naquela terra sagrada era uma afronta a Deus, que a abençoara tanto através dos séculos e a protegera, dando-lhe Seu único Filho.

— Se eu te esquecer, Ó Jerusalém, que eu fique cego e minha mão direita murche.

Saul citava os profetas, com o coração a ponto de estourar, debulhando-se em lágrimas.

Estava se tornando cada vez mais incrível para ele que a nova igreja pudesse ser fendida por brigas doutrinárias, pequenas interpretações sectárias, autoglorificação, raiva, rejeição, dissensão e discussões que levavam a uma verdadeira violência, pois o Caminho era muito plano e simples. Mas afinal, pensaria também, somos apenas homens, mesmo redimidos, e carregamos no Santíssimo nossas imperfeições, vícios e egoísmos, infelizmente. Frequentemente não entregamos nossas almas e vidas a Ele, a quem pertencem, porque assim fazendo estamos nos privando dos pecados deliciosos que tanto amamos.

Sua alma chorava por seu amado povo e sua querida terra, berço de profetas e heróis, a glória da revelação, as montanhas sagradas, a terra santa, o solo acima de todos os outros, que foram muito abençoado, e ele lembrou que o Messias tinha também chorado pelo mesmo país.

Ordenaram-me que voltasse aqui, pensou, mas não sei para que, pois ninguém quer me ouvir, tanto judeus como cristãos, e sou amaldiçoado por ambos. Hesito em esperar. Enquanto isso, brincava com os netos de Séfora, passeava nos jardins da cada dela, meditava com impaciência e sofria.

Então, numa noite de Sabá, sentiu a necessidade de ir ao Templo. Vestiu suas escassas roupas finas, com o coração aos pulos, calçou suas melhores sandálias, pegou o xale de orações e os talismãs e frisou os cachos sobre as orelhas. Dirigiu-se a Séfora, que estava no átrio com dois netos. Quando a mulher olhou-o, pareceu-lhe que ele tinha um aspecto grave e sobrenatural. Ergueu-se pesadamente e encarou-o. Saul abraçou-a e beijou-lhe a testa. Subitamente, Séfora agarrou-se a ele mas não conseguiu falar. Porém sentiu-lhe a tristeza, profunda e muda. Ele a afastou e saiu da casa de cabeça baixa, pois sabia que jamais tornaria a ver a irmã.

— Saul! Saul! — gritou ela, recuperando a voz e correndo para o pórtico.

Mas ele já estava longe na rua e não respondeu. O poente rubro tinha incendiado as montanhas, as ruas e o céu sobre a cidade, como que devorando tudo. Séfora nem mesmo conseguiu chorar. Levou a mão à boca e ficou olhando o irmão até ele desaparecer, recostando-se depois numa coluna, rezando, e então suas lágrimas correram. Começou a tremer. Viu que as foscas nuvens vermelhas do céu atiravam sombras escuras na terra e lembrou das profecias: o Templo seria destruído, Israel devastado, e em meio a sua mente perturbada, a imagem do irmão e de profetas. Seu coração encheu-se de aflição e pareceu-lhe que o mundo inteiro estava em chamas.

Se os presbíteros e diáconos cristãos estavam precavidos com relação a Saul e só o consultaram rapidamente em poucas ocasiões, de noite e às escondidas, e se os judeus tinham-no medrosamente evitado, tanto como "herege", como um suposto zelote violento, que podia trazer novas complicações a Israel, se todos esperavam que sua presença passasse despercebida aos romanos, tinham motivo para desânimo, com milhares rezando para que ele partisse e os deixasse em paz. As guarnições e os oficiais romanos sabiam da sua presença e espiões, encorajados pelo sumo sacerdote, Ananias ben Nebedeu, conheciam cada passo que dava e com quem falava. O sumo sacerdote estava determinado a evitar que Saul provocasse mais levantes em Israel. Tinha um ódio especial por aquele idoso fariseu, um ódio pessoal, pois sabia do desprezo de Saul pelo decadente sumo sacerdócio e suas denúncias em muitas cidades. O Sinédrio tinha conhecimento da sua presença. Se Saul às vezes ouviu arrastar de pés durante a noite, a sensação desagradável de um olho inimigo vigiando-o durante o dia e sombras à sua volta, deve ter atribuído à sua imaginação.

Os sacerdotes sabiam que o crente judeu Saul não ficaria muito tempo sem ir ao templo e que tinha como dirigir-se aos fiéis nas sinagogas, como era permitido pela Lei. Portanto, mantiveram uma estrita vigilância sobre ele e na noite em que se vestiu e partiu para o Templo, todos foram avisados, especialmente a guarnição romana, de que Saul era perigoso para Roma. Enquanto caminhava sem pressa no crepúsculo violeta, viu outras pessoas também caminhando a seu lado nas ruas repletas, homens com capas e capuzes, mas nada pensou de mal. Eram apenas judeus curvados em sua missão, para orar no crepúsculo e no Sabá. Que sua morte tinha sido determinada pelo sumo sacerdote seria considerado um total absurdo e ele teria sido informado. Saul não odiava ninguém, exceto mentirosos, hipócritas e malfeitores, e mesmo por esses rezava todas as noites, com lágrimas e esperança, para que mudassem e suas almas fossem redimidas.

Os sacerdotes não encontraram ninguém, nem mesmo entre os mais sectários e devotados judeus, nazarenos ou cristãos, zelotes e essênios, que concordasse em aparecer em público ou no Templo, para denunciar Saul de Tarshish. Todos foram contatados e ameaçados, mas recusaram com firmeza.

— Se ele pertence a Deus — disseram os judeus —, não deve ser perturbado. Se pertence ao Demônio, Deus o golpeará.

Os presbíteros cristãos falaram:

— Ele é um dos nossos e, apesar de batizar gentios que não leram a Torá e brigar com nossa própria seita farisaica, nada vemos de errado nele, a não ser seu zelo excessivo.

Os zelotes e essênios responderam:

— Ele ama e cultua nosso profeta, Iocanã ben Zacarias, sempre fala nele, a quem conheceu na juventude, gosta do seu povo e do seu país, e apesar de nos ofendermos por suas denúncias do que chama nossos "excessos" e de nos declarar "extremistas", não temos queixa importante contra ele. Temíamos sua volta, acreditando que iria incitar o povo contra nós, mas Saul tem vivido em paz. (Não citaram que muitos zelotes queriam a morte de Saul, que se opôs a eles.)

O sumo sacerdote fervia de raiva, pois aquela mesma gente antes havia frequentemente se queixado a ele de Saul ben Hillel. Agora estavam querendo que ele ficasse em paz, sem ser castigado por uma vaga violação de alguma lei. Sem uma demonstração pública contra Saul, que inflamasse os romanos, ele não poderia ser preso e executado. Caifás tinha avisado os sacerdotes sobre aquele homem e o atual sumo sacerdote jurara destruí-lo... mas aquele povo covarde e queixoso recusava-se a cumprir seu dever!

— Gostaria — disse Ananias ben Nebedeu — que um raio caísse em Israel por sua covardia!

Como isso foi dito apenas aos seus familiares, os judeus não ouviram.

Só havia uma coisa a fazer: reunir um bando do mercado e denominá-lo "judeus da Ásia", fazendo-o denunciar Saul tanto no Templo como na rua, para depois proceder à sua prisão. Havia milhares no populacho para fazer isso, com gorjetas e promessas de excitação e violência. Assim, muito antes de Saul ir ao Templo naquele Sabá, o cuidadoso plano tinha sido estabelecido. Faltava apenas a presença de Saul ben Hillel em público. Naquela noite, tinha aparecido e estava a caminho do Templo.

Percorrendo as ruas, Saul viu as velas do Sabá já acesas no crepúsculo rubro, colocadas nas janelas, viu o povo andando pelas ruas laterais, com roupas domingueiras, a caminho do Templo. A Rainha do Sabá estava novamente presidindo as lareiras e as casas do povo de Deus, e o coração de Saul encheu-se subitamente de alegria e esperança. Se alguém aproximou-se muito dele, se o empurraram, não se importou. Tinha esquecido as premonições.

Agora viu o Templo, brilhando dourado contra o céu escarlate e os montes acobreados mais além. Viu a cúpula dourada, as espirais esguias, os jardins e as colunas, tudo tão querido e familiar. Seu coração comoveu-se profundamente, como alguém que volta para casa depois de uma viagem demorada. Naquele Sabá o Templo já estava cheio, inclusive o Pátio das Mulheres e o dos Gentios, fazendo com que Saul não percebesse por alguns momentos que estava incapaz de erguer os braços, parecendo carregado por uma onda. Quando percebeu, procurou diminuir o passo, olhando em volta, para os recintos do Templo, para os homens encapuzados, e viu olhos ferozes brilhantes fixos nele e dentes aparecendo entre lábios repuxados, como os dentes de lobos. Seus instintos despertados gritaram-lhe que estava a ponto de ser morto e tentou parar naquela massa de ombros, cabeças, cotovelos, braços, pernas e pés, porém apertaram-se em torno dele e o moveram para a frente. Agora ele ouvia o som que apavorava qualquer homem: o rosnar de ódio e de sede de sangue do lobo. O som ecoou pelas colunas, baixo, intenso, odioso, mortal.

A multidão não estava mais andando para a frente. Tinha refluído, para fazê-lo o centro de um pequeno círculo. Sua cabeleira branca ficou em pé e a frialdade da morte percorreu seu corpo. Viu as tochas e as lanternas acesas nas paredes ao fundo, as distantes portas de bronze abertas e, além delas, rostos pálidos, aglomerados, olhando. Então virou sua atenção para a resfolegante multidão junto a ele e seu rosto tornou-se firme e desafiador.

— Que querem? — perguntou e agora o rosnar cessou, ouvindo-se apenas o sibilar das tochas no silêncio imenso.

Então um homem gritou:

— Você! Abominável inimigo de Israel, renegado, traidor, ladrão, herege, blasfemador, traidor do povo!

A multidão rugiu e punhos ergueram-se no ar quente. Muitos cuspiram em Saul, que continuou imóvel e aparentemente desassombrado.

— Homens de Israel — disse Saul, quando o último eco morreu —, vocês profanam o Templo com seus gritos, insultos e imprecações!

Um homem, dono de poderosa voz sonora, era evidentemente o chefe e os outros apenas o coro, permitindo a Saul perceber que não se tratava de uma manifestação espontânea contra ele e sim uma cilada, que redundaria em sua morte. Seus lábios estavam gelados e insensíveis, mas os olhos enfrentavam os inimigos sem medo aparente, havendo uma chama azul neles.

— Você é o profanador, você é a profanação! — gritou o homem, com voz dominadora e novamente a multidão rugiu, lançando sobre Saul um forte ar quente de respiração e de suor fétidos, que o revoltou, mas se manteve firme.

Então, viu o chefe, mais alto que os outros, rosto moreno magro, escura barba rala, olhos pretos ardentes, a pele tisnada por muitos sóis. Tinha um aspecto de irrefreável excitação, fisionomia maldosa e levava não só os outros à fúria, mas também a ele próprio. Suas vestimentas eram escarlate vivo e azul e Saul viu na sua cinta o punhal meio desembainhado.

Era esse homem que agora gritava para os outros:

— Ajudem, homens de Israel! Este é o homem que, em todos os lugares, ensina todos os homens a ficarem contra o povo, a Lei e o Templo, que maculou este lugar santo! Trouxe gregos para o Templo e toda a espécie de impuros!

A multidão gritou e ululou raivosamente, fazendo Saul olhar rapidamente em torno. Onde estavam os guardas do Templo, os sacerdotes? Quem os afastara dali para que ele ficasse desprotegido? Então compreendeu. Foram os próprios sacerdotes que o condenaram à morte.

— Vamos expulsá-lo deste lugar santo! — gritou o chefe. — Pois seu sangue não deve macular as pedras do Templo, nem sua cabeça descansar nelas! vamos levá-lo para as ruas!

Uma dúzia de mãos brutais agarraram Saul e o arrastaram do recinto do Templo para as ruas, onde os soldados romanos e seu capitão, avisados, esperavam. Os romanos tinham sido aconselhados discretamente a não entrarem no Templo, mas se houvesse distúrbios fora deviam agir. Os soldados à espera viram a massa humana pelas portas de bronze, arrastando Saul, cujo nariz e boca sangravam.

Os disciplinados romanos detestavam as turbas, onde quer que estivessem, pois elas eram uma ameaça não apenas para a lei e a ordem, mas para a própria civilização. O sumo sacerdote sugerira claramente ao capitão que se Saul morresse "nas mãos dos turbulentos", seria lamentável, mas era o que merecia, pois não tinha ele, pessoalmente, incitado conflitos e incêndios por onde passou? Não tinha, havia muitos anos, levado Jerusalém quase à beira do caos?

Mas o capitão agiu instintivamente, em consequência dos seus anos de disciplina. A turba estava agora jogando Saul para lá e para cá no meio dela e a cada vez os homens o espancavam, mas não o deixavam cair, mantendo-o em pé entre eles, socando-o e dando-lhe pontapés. O ar quente e escuro da noite de Sabá estava cheio de resmungos, berros, pancadas, imprecações, braços e cabeças agitados, olhos que brilhavam como os de animais na escuridão e, sobrepondo-se, a voz tonitruante do chefe, rouca, ofegante:

— Matem-no! Matem o blasfemador, o herege, o inimigo de Israel!

Tentou aproximar-se de Saul para enfiar-lhe o punhal.

Foi nesse instante que os romanos agiram. Seus legionários fizeram uma cunha, penetrando na turba. Os homens furiosos cuspiram neles também e tentaram pisoteá-los, temerosos de perderem sua vítima. Mas os romanos eram mais fortes e treinados, atacaram a malta com a lâmina das espadas e seus rostos estrangeiros eram terríveis à luz das tochas. Atiraram os quase assassinos de Saul no chão, chutaram suas cabeças, pisotearam-nos e usaram seus escudos como aríetes. Os capacetes lustrosos, com cristas de crina de cavalo, brilharam à luz das tochas e as espadas faiscaram quando abriram caminho como uma falange na direção de Saul.

O capitão então pegou seu braço, quando Saul foi atirado para trás, na direção dos ansiosos e ofegantes castigadores, mantendo-se ereto, sangrando e quase desmaiando. Até seu cabelo branco estava manchado de sangue e o rosto parecia o de um cadáver. O capitão colocou-lhe algemas nos pulsos e atirou-o para os braços de dois dos seus soldados. Então, voltou-se para encarar a ululante, odiosa e frustrada multidão, reparando com desprezo os olhos brutais, a baba inumana nos lábios molhados, os peitos agitados, as barbas que pingavam saliva. Houve um súbito silêncio e logo a seguir um zumbido como se abelhas gigantescas tivessem invadido a rua.

A lei romana não permitia que alguém fosse castigado ou executado sem julgamento e por isso o capitão romano disse, com raiva fria:

— Que fez este homem, para caírem em cima dele?

Desencadeou-se então um tumulto infernal. O chefe guinchou:

— É um profanador, mentiroso, herege, destruidor de Israel!

Outros fizeram novas acusações; mãos como garras surgiram das mangas para pegar Saul, que jazia, meio desmaiado nos braços dos soldados, como que para rasgá-lo ao meio. O capitão tentou selecionar as uivantes acusações, mas era como se todos os animais nas jaulas do circo estivessem berrando, guinchando e rugindo ao mesmo tempo. O rapaz forte ficou parado, com as pernas nuas bem afastadas, as mãos, à maneira italiana, colocadas nos quadris, o rosto largo cínico e feroz. Inclinou a cabeça, com os lábios entreabertos. Depois, ergueu a mão couraçada e o barulho caiu novamente a um nível de zumbido.

— Ouçam-me — começou o capitão. — Nenhuma turba, em minha jurisdição, irá matar homem algum, não importa quem deseje sua morte! — Ergueu mais a voz áspera, para que os sacerdotes à espreita pudessem escutar e depois fazer um relatório aos seus senhores. — Vou levar este homem para a Fortaleza Antônia, ao lado do Templo, onde ficará à espera de um julgamento justo. Quanto a vocês, se começarem outro conflito, vão se arrepender... se ficarem vivos.

Fez um gesto de cabeça aos soldados. Estes carregaram Saul nos braços para a Fortaleza Antônia, ao lado do Templo. Outra multidão havia-se aglomerado na rua, não judeus, mas pessoas de outras raças, e ficaram olhando a tropa de soldados romanos, viram Saul sendo carregado no alto por dois legionários, acompanhando o capitão, e depois a multidão ainda furiosa, afastada com dificuldade pelas ameaças do capitão. Não fizeram gestos ostensivos, mas xingaram alto. Agora, uma luz amarelada surgiu sobre a cidade em camadas, dourando com sua luz as paredes e o calçamento.

— Fora com ele! — gritou a multidão.

Os soldados chegaram aos degraus da Fortaleza Antônia e Saul virou o rosto ensanguentado para o capitão, dizendo, com voz fraca:

— Peço-lhe que me ponha no chão, pois preciso falar ao povo.

Falou num latim perfeito, fazendo o capitão prestar-lhe atenção, pois lhe tinham dito que o homem era um camponês ignorante e analfabeto, um zelote das colinas improdutivas da Galileia. O capitão fez um gesto aos soldados, que puseram Saul em pé nos degraus da fortaleza, acima das cabeças da multidão, dizendo a Saul, com voz rude:

— Quem é você? Acho que fui mal-informado a seu respeito e por isso diga a verdade.

Saul falou e sua bela voz começou a voltar:

— Sou judeu de Tarso, na Cilícia, seu cidadão e também de Roma. Imploro-lhe, deixe-me falar ao povo.

O capitão olhou-o com incredulidade, mas Saul repetiu.

— Sou de fato cidadão de Roma, advogado romano, formado na Universidade de Tarso.

O capitão disse asperamente aos seus soldados:

— Ponham-no no chão, mas o protejam.

Puseram-no em pé e, por um momento, ele cambaleou, estonteado, levando um soldado a segurar-lhe o braço, mantendo-o firme. Saul reuniu suas forças, olhou para a multidão ondulante à luz rubra das tochas e dirigiu-se a ela como um pau dizendo-lhes que podiam aproximar-se. Agora falava em hebraico, com ressoante impostação:

— Homens, irmãos e pais, ouçam minha defesa, que ora faço perante vocês. Sou realmente judeu, nascido em Tarso, cidade da Cilícia, trazido a esta cidade aos pés de Gamaliel...

— Gamaliel! Gamaliel! — gritaram muitos, espantados, trocando olhares, pois ignoravam o fato; seus rostos ficaram sérios e eles se aproximaram de Saul.

— ...e ensinado de acordo com as maneiras perfeitas da Lei dos ancestrais, zeloso com Deus, como estão sendo todos vocês hoje.

— Ele mente! — gritou o chefe, temeroso que sua vítima, pela qual já havia sido pago, pudesse escapar-lhe e a vingança cair sobre ele mesmo.

Mas a multidão ficou subitamente silenciosa, pois a voz de Saul, como de costume, exigia atenção, suas palavras retiniram em seus ouvidos e eles ficaram assombrados, pois lhes tinham dito que Saul era não só um blasfemador, mas um descontente, amigo dos romanos e inimigo de Israel.

Agora a voz de Saul, ressonante, alta, eloquente, contou a história de sua antiga perseguição aos nazarenos, fruto de zelo e erro, e sua viagem a Damasco. A enorme multidão não se mexeu; todos os olhos estavam fixos naquele rosto manchado de sangue e ninguém viu os soldados e suas armaduras em volta de Saul. Estavam fascinados pelo relato, que nunca tinham ouvido. Saul contou como o Senhor lhe ordenara partir de Jerusalém, após ter voltado à cidade.

— Ao orar no Templo, entrei em transe e tornei a ver o Senhor, que me disse: "Ande depressa e saia de Jerusalém, pois seu testemunho a Meu respeito não será aceito aqui." E eu respondi: "Senhor, eles sabem que prendi e espanquei em todas as sinagogas que acreditavam no Senhor e quando o sangue do Seu mártir Estêvão foi derramado, eu também estava perto, permiti sua morte e garanti o vestuário dos que o mataram." E ele falou dentro de mim: "Parta, pois vou enviá-lo aos gentios."

Saul fez uma pausa. A multidão resmungou, murmurou inquieta e entreolhou-se. Uns estavam espantados, outros confusos, excitados ou novamente sequiosos por uma vítima. Os soldados, sem compreender, olhavam enfezados para os homens embaixo, arrastando seus pés ferrados.

Então, o chefe berrou:

— Ouviram seu próprio testemunho de que perseguiu seu povo e o abandonou pelos gentios, que ele introduziu nos lugares santos numa profanação zombeteira! Morte a esse indivíduo, pois não é justo que ele viva!

A multidão berrou, inclinou-se e levantou-se com as mãos cheias de terra, que foi atirada em Saul. Alguns despedaçaram suas roupas num acesso de fúria e raiva renovadas.

O capitão, enojado por toda aquela emoção indisciplinada, que lhe lembrava as heterogêneas multidões romanas, ordenou secamente que Saul fosse recolhido à prisão, dentro da Fortaleza. Depois, sentou-se, de pernas estiradas, enquanto o homem ainda algemado ficou à sua frente, com o sangue seco no rosto e os olhos fechando de exaustão. Franziu os olhos, fixando-os em Saul incredulamente.

— Acho que vou saber a verdade, nem que tenha de açoitá-lo.

Esperou a reação de Saul, que ainda estava ofegante, e procurou acalmar-se. Limpou as mãos sangrando nos lados da túnica. Olhou as paredes cinzentas e úmidas do interior da fortaleza, o chão molhado e o cético capitão que o fixava tão atentamente. A juventude do romano, o reluzir dos grandes joelhos nus, seu rosto largo e pouco refinado, o eriçado cabelo preto comoveram Saul por sua juventude e ele sorriu, argumentando suavemente:

— É legal para você açoitar um homem que é romano e ainda não condenado?

O capitão tornou a apertar os olhos diante do que evidentemente considerou uma esperteza.

— E o que faz um cidadão romano incitando a multidão a massacrá-lo?

— Nada fiz que você pudesse compreender, pois é inacreditável, embora verdade. É um assunto doutrinário, que não lhe interessa.

— Vocês, judeus, estão sempre radiantes com assuntos doutrinários — retrucou o capitão —, enquanto os deuses riem. Bem, então você é um romano nascido livre!

Levantou-se, retirou as algemas dos punhos de Saul, atirando-as com um retinir no chão de pedra.

— Se tivesse falado antes, Paulo de Tarso, eu não o teria manietado, pois é ilegal fazer isso com um romano. Não é assunto meu, mas unicamente de vocês, judeus. Não posso libertá-lo por temer que seu próprio povo o mate e por isso deve permanecer na Fortaleza esta noite e depois comparecer ao seu próprio Sinédrio. Como romano, isso é ultrajante, mas você também é judeu. É um assunto delicado.

Levou Saul para uma cela seca e confortável, reservada para prisioneiros ilustres, ordenou vinho, carne, queijo e frutas para Saul, cobertas limpas para o catre e uma lanterna para afugentar as trevas.

— Confio em que entenda minha posição — disse o oficial a Saul.

— Sim e obrigado — respondeu Saul, e o capitão, que poderia ser castigado por maltratar um cidadão romano, sorriu pela primeira vez.

✦ ✦ ✦

Capítulo 51

Na manhã seguinte, Saul foi apresentado ao pequeno Sinédrio.

O dia estava quente, sombrio e trovejante; porém não chovia. Os juízes, suarentos, em sua fila de cadeiras, olhavam Saul com ar severo, fechado e amargo. O sumo sacerdote Ananias estava lá, um homem alto e magro, cuja aparência, sob os mantos cerimoniais, era deformada por uma barriga espantosamente grande. Mas seus membros e o rosto eram finos. Usava o alto chapéu sacerdotal, as vestes eram esplêndidas, cravejadas de pedras, a barba castanha, perfumada, e tinha no dedo o anel do cargo, fulgindo nas trevas quentes. Suas feições eram inteligentes e vivas, mas curiosamente fracas e vacilantes e os olhos eram malignos ao fixarem-se no homem que ele mais odiava no mundo.

Saul inclinou-se para o Sinédrio, tocou a testa, depois os lábios e finalmente o peito, dizendo:

— Homens e irmãos, vivi com a consciência tranquila perante Deus até hoje.

Ananias fez um sinal aos dois guardas do Templo parados ao lado de Saul e um deles golpeou-o violentamente na boca, fazendo Saul cambalear. Porém não afastou os olhos do sumo sacerdote, a quem falou:

— Deus o castigará, por querer me julgar segundo a Lei e me mandar espancar contra a Lei!

Alguns membros do Sinédrio gritaram: '

— Ousa insultar o sumo sacerdote?

Saul olhou-os asperamente e retrucou alto:

— Eu não saiba, irmãos, que ele era o sumo sacerdote! Pois está escrito. "Não falarás mal do soberano do teu povo."

O capitão romano e vários soldados tinham insistido para ficar no recinto com Saul e postaram-se um pouco afastados, perto das altas portas douradas. O capitão sorriu às audaciosas palavras de Saul. Na verdade, aquele era um romano e não um insignificante judeu!

Saul, entretanto, ficara examinando seus julgadores e viu que muitos eram saduceus e outros fariseus. Então, dedicou sua atenção aos fariseus, pois continuava detestando os saduceus, mundanos e ateus.

Sua voz tornou-se mais forte ainda quando dirigiu-se apenas aos fariseus.

— Homens e irmãos! Sou fariseu, filho de fariseu! Tenho minhas dúvidas sobre a esperança de ressurreição!

Era um apelo astuto, pois os saduceus não acreditavam na outra vida nem na ressurreição e o resultado tinha sido sempre amargo entre eles e os fariseus, a quem detestavam. Por isso os fariseus entreolharam-se, consternados, e um murmurou:

— Ele pregou a ressurreição, de acordo com os ensinamentos dos seus ancestrais e por isso deve ser considerado culpado?

Subitamente, Saul e tudo o que ele representava eram de menor importância tanto para os fariseus como para os saduceus, que não acreditavam na vida, anjo nem espírito, e a antiga inimizade tornou a surgir entre os fariseus. Olharam raivosos para os saduceus, que lhes devolveram o olhar com frio desprezo. Por que aquele homem fora levado ao Sinédrio? De fato, disseram que era nazareno, mas também era fariseu de casa nobre, nunca tinha repudiado seu povo nem sua seita, mas apenas tentara levar a verdade aos bastardos gentios. Era um crime tão ofensivo? Os fariseus não tinham durante séculos feito proselitismo entre os gentios, levando milhares deles para a Casa de Israel, tendo deixado só agora, porque os romanos lhes deram ordem de parar?

Os escribas entre os fariseus ficaram repentinamente furiosos porque Saul, que era fariseu, estivesse sendo julgado por aqueles saduceus, tivesse sido atacado no Templo sagrado por ordem deles, quase assassinado pela turba do mercado e — que vergonha! — tivesse de ser resgatado pelos pagãos romanos das mãos do seu próprio povo! E tinha sido metido na prisão. Todas as outras acusações contra Saul, feitas em Israel durante anos, foram esquecidas.

Assim, os escribas dos fariseus, os intelectuais, que desprezavam a brutalidade e a violência, ergueram-se com um enorme brado de raiva:

— Não há maldade neste homem! Mas se um anjo ou espírito falou-lhe, não nos ponhamos contra Deus!

Instantaneamente, Saul foi de todo esquecido. Os saduceus levantaram-se de seus assentos e começaram um furioso debate com os fariseus, tão alto e cheio de gestos, que o capitão tornou a temer pela vida daquele cidadão romano, que não demonstrava medo dos que podiam ter ordenado sua morte. Por isso, avançou com seus homens e, educadamente, cercou Saul, a quem retiraram da Câmara. Ninguém os viu sair, pois agora os querelantes estavam trocando golpes, escribas, intelectuais e todos, cavalheiros e mestres; o capitão olhou para trás uma vez e riu. O próprio sumo sacerdote estava sendo golpeado por cotovelos duros e seu chapéu imponente tinha sido derrubado.

Após Saul ter sido reconduzido à sua confortável cela na Fortaleza, o capitão sentou-se à mesa, mandou buscar vinho, frutas e pastelarias para ambos. Vibrou de divertimento. Alisou a cabeleira eriçada, sacudiu a cabeça.

— Que sábios e juízes imoderados! — comentou.

Ele e Saul riram. O nariz e uma de suas faces ainda estavam inchados pelas pancadas recebidas na noite anterior e continuavam doloridos, mas Saul riu.

— Alguém escreveu que não há ninguém tão estúpido quanto um sábio — falou Saul.

Bebeu o vinho e comeu pensativamente as frutas e a pastelaria. Sentia-se bem na presença do jovem romano e começou a contar-lhe suas viagens; seu relato foi tão fascinante que o capitão relutou em sair e voltar às suas obrigações. Quando ficou só, o capitão pensou: Por que um homem de boa família e riqueza, abandonou seu país para viajar como um escravo pobre por outras nações, levando-lhes uma mensagem de redenção? O jovem capitão era recém-nascido quando da Crucificação e nada sabia até ser mandado para Israel. Era uma história terrível e sedutora e absolutamente não acreditou nela, como não acreditava em deuses. De que devia alguém ser redimido? Do pecado e da morte, diziam os nazarenos e este Paulo de Tarso, que era advogado e romano. O capitão estava perplexo. Era evidente para ele que os nazarenos morriam tão fácil e frequentemente quanto os outros homens; deste modo, onde estava sua libertação da morte? Quanto ao pecado, os judeus, tanto "fiéis" quanto nazarenos, achavam que todo o prazer era pecado e isso não era uma doutrina absurda e um insulto aos deuses, que fizeram de sua inteira existência um prazer?

Uma grande tranquilidade envolveu Saul. Não dormira muito na noite anterior por causa da dor dos ferimentos, apesar de pomadas e loções que o capitão mandara passar nele para curá-lo. Agora estava sentindo uma agradável exaustão; deitou-se no catre e começou a sonhar.

Tornou a ver o Messias, o rosto forte e pujante, os olhos másculos e vitoriosos, a boca heroica e a testa irradiando clarões dourados. E Ele disse a Saul:

— Ânimo, Saul, pois testemunhou a Meu favor em Jerusalém e precisa fazê-lo também em Roma.

O jovem capitão, Cláudio Lísias, estava num dilema. Não podia manter Saul indefinidamente preso, nem o soltar, facilitando a vingança do sumo sacerdote Ananias. Não estava acostumado a dilemas, pois a vida era simples para ele. Enquanto remoía isso no seu alojamento na Fortaleza, bebendo vinho com melancólica determinação, seu centurião entrou e disse:

— Capitão, há um homem que deseja falar-lhe e seu nome é Amós ben Ezequiel, de família importante e rica, pois suas vestes são luxuosas, e ele declara ser sobrinho de Paulo de Tarso, tendo chegado a Jerusalém ontem à noite. E também médico e cidadão de Roma.

— Ah — disse o capitão, conjeturando que seu dilema talvez tivesse chegado ao fim. — Faça-o entrar imediatamente.

A visita entrou e, ao vê-lo, o capitão romano levantou-se lentamente, pois Amós era alto e imponente, vestido de seda azul e escarlate, com as mãos cheias de anéis e as sandálias douradas. O cabelo e a barba eram uma mistura de ouro e prata foscos, pois Amós não era mais criança, tendo entrado na meia-idade. Seu ar de majestade, orgulho e segurança mereceu o respeito do capitão, que tocou levemente a fronte numa saudação rápida, oferecendo à visita uma cadeira e mandando servir vinho.

Amós sorriu-lhe gravemente, sentou-se, e o capitão viu a nobreza das suas feições e a tranquilidade dos seus modos.

— Agradeço-lhe, capitão Lísias, por receber-me. Disseram-me que tem tratado meu tio, Saul ben Hillel, com bondade e discrição e que, por duas vezes, salvou-lhe a vida. Posso demonstrar-lhe minha estima?

Assim dizendo, tirou do dedo um belo anel e o colocou na mesa. O capitão enrubesceu.

— Só fiz a minha obrigação, senhor — falou.

— Mas a obrigação não pode ser recompensada? Peço-lhe que aceite. Do contrário, sentir-me-ei muito ofendido, assim como meu tio, por não aceitar a demonstração de nossa gratidão.

Amós falou no mais perfeito latim. O capitão lembrou que a visita era um cidadão romano e não se insulta romanos. Portanto, retrucou:

— Aceito com gratidão.

Num piscar de olhos o anel estava na sua bolsa e Amós reprimiu um sorriso indulgente.

— Trago notícias tristes — disse Amós — que preciso contar logo. Ouvi esta manhã que um bando de homens, quarenta, havia-se juntado — a serviço de quem pode conjeturar —, fazendo um juramento de sangue ao sumo sacerdote e aos presbíteros, dizendo: "Juramos, sob pena de grandes maldições, que não comeremos nada até matarmos Saul ben Hillel." Assim, o sumo sacerdote está lhe enviando um mensageiro, que deve chegar antes do pôr do sol, pedindo que seu prisioneiro seja levado ao Sinédrio, no Templo, amanhã cedo, para ser mais bem interrogado. Porém meu tio jamais chegará lá, pois os homens ficarão à espreita para matá-lo nas ruas.

— Ele é romano! — gritou o capitão, ultrajado, pousando a mão na espada. — Não ousarão assassinar um romano antes de ser julgado e condenado!

Amós curvou a cabeça e fez um gesto rápido e eloquente com a mão.

— No entanto, é o que aqueles sanguinários pretendem fazer, desaparecendo como gafanhotos após o ato e ninguém ousará dizer tê-los visto.

O capitão atirou-se numa cadeira, apoiou o cotovelo na mesa, o queixo na mão e fez uma carranca para a parede, resmungando. Podia lidar com simples estratagemas militares, mas não com civis maldosos. Amós pigarreou:

— Não seria melhor mandar meu tio para algum lugar seguro, rápida e silenciosamente? Em suma, já?

— Ah! — fez Cláudio Lísias, batendo na mesa com a palma da mão.

Chamou o centurião, que veio imediatamente, pedindo-lhe uma pena e pergaminho, cera para o selo e uma vela. Começou a escrever, lenta e trabalhosamente, com floreios, e quando terminou e jogou areia sobre a tinta, sacudindo o pergaminho a seguir para retirá-la, deu a mensagem a Amós.

"Cláudio Lísias, em Jerusalém, envia saudações ao excelentíssimo governador Félix·

Este prisioneiro foi tomado aos judeus, que desejavam matá-lo. Então cheguei com uma tropa e salvei-o, tomando conhecimento de que ele é romano. Desejei saber de que o acusavam e por isso levei-o primeiro para um tribunal deles. Soube que foi acusado por coisas da Lei deles, mas nada sendo apresentado como acusação válida, merecedor de morte ou grilhões. Agora acabo de saber que um bando de assassinos está à espera dele pela manhã e por isso o estou enviando ao senhor por segurança e para fazer com que os acusadores compareçam à sua presença para dizer de que o culpam. Adeus."

Amós comprimiu os lábios levemente diante do juvenil militarismo do bilhete, mas admitiu que expunha o problema, embora de modo primário. Falou:

— Capitão Lísias, o senhor é um nobre romano, de fato, e meu primo, que é também primo do meu tio, e general da Guarda Pretoriana em Roma, Tito Milo Platônio, saberá do seu procedimento e da sua exatidão, por meu intermédio.

O queixo do capitão caiu e ele arregalou os olhos para Amós.

— Tito Milo Platônio? Por que não fui informado antes? — Ficou intensamente ruborizado. — Pensar que aquele abominável sumo sacerdote ousou ordenar a morte do primo do grande e distinto general, cujo nome é famoso em Roma, assim como o nome dos seus ancestrais! É um insulto que precisa ser lavado com sangue!

Pôs-se em pé de um pulo. Amós nunca tinha visto um homem espumar, mas agora estava vendo. Ergueu a mão rapidamente, pois derramamento de sangue não estava nos seus planos.

— Capitão Lísias — disse —, meu primo, além de herói, grande soldado e romano de enorme orgulho, é também um homem discreto. O senhor sabe como meu povo é excitável e como está sendo atormentado atualmente pelo sumo sacerdote e seus bajuladores. Qualquer ação contra eles ou mesmo contra esse abominável Ananias, pode causar ao meu tio, Saul ben Hillel, o maior sofrimento, pois são o seu povo, apesar de tudo. Assim, o general Platônio não determinará uma ação para atingi-los, por amor a Saul.

— Não compreendo esse tipo de amor! — exclamou o capitão, tornando a bater na mesa.

Amós inclinou a cabeça numa atitude de afirmação.

— Nem eu — disse, rezando em silêncio para que Deus perdoasse sua falsidade. — Infelizmente, essa é a situação.

O capitão, ainda engasgado de raiva, olhou Amós sombriamente, depois selou a carta com vigor desnecessário, tornou a chamar o centurião e deu-lhe a mensagem, dizendo:

— Prepare duzentos infantes para irem a Cesareia, com setenta cavaleiros e duzentos lanceiros, na terceira hora da noite, fornecendo-lhe cavalos para que possam levar Saul ben Hillel, que chamamos de Paulo de Tarso, nosso ilustre prisioneiro, são e salvo à presença do governador Félix.*

Amós ficou apavorado com essa formidável proteção ao tio e pediu para vê-lo; o capitão levou-o até a cela e abriu a porta com um floreio. Saul pulou do catre e olhou piscando para Amós, a quem não reconheceu imediatamente, pois

---

* Atos 23:23-30.

havia anos não o via. Então, deu um grito de alegria e atirou-se nos braços do sobrinho. Beijaram-se, abraçaram-se, choraram juntos e mesmo o capitão ficou comovido. Certamente, aquele Paulo de Tarso era um grande homem e um romano de valor. O capitão tateou o anel na bolsa. Havia uma certa vilazinha logo à saída da Porta Equestre, em Roma, com a qual sonhava, e uma moça encantadora incluída nesse sonho.

O governador ou procurador Félix era um homenzinho impaciente, de rosto agitado e moreno, com um corpo ainda mais agitado. Como muitos homenzinhos, era arrogante e beligerante. detestava complicações e minúcias e gostaria de dizer asperamente aos postulantes:

— Sim, sim, mas de que se trata? Por que me aborrecem com trivialidades e explicações?

Como era da natureza judaica explicar e, cuidadosamente, tornar a explicar, de modo a que nenhum ponto de importância fosse negligenciado e todas as sutilezas ordenadas, Félix não gostava dos judeus, porém menos que Pôncio Pilatos, embora sua mulher fosse judia. Costumava apontar para um relógio de água, quando tinha uma delegação à sua frente, marcava nele um limite e declarava que além daquela hora deixaria de ouvi-los. Na hora marcada, mesmo em meio a uma discussão complicada, levantava-se, corria para as suas moças e não voltava.

Quando Saul lhe foi entregue, franziu o cenho, passou os dedos no pescoço cabeludo e disse:

— Lísias pode não achá-lo culpado. No entanto, os judeus têm queixas e ouvi-as muito antes de você ser trazido para Cesareia. Por conseguinte, como procurador, sou obrigado a ouvi-los e o deterei a fim de que eles possam vir à minha presença. Todavia, se você não violou nenhuma lei romana, como romano não estou preocupado com outras acusações que não se aplicam a você... como romano.

Ficou gostando de Saul porque este não se atirou imediatamente a explicações complicadas e defesas, mas apenas curvou-se como um homem sensato diante de um outro. Assim, encerrou-o na Mansão de Herodes, em Cesareia, que era realmente uma casa pequena mas bela, com jardins, ao sopé de uma colina dando para o mar calmo e brilhante e para os dois portos gêmeos, um que recebia a carga dos navios e o outro fazendo o carregamento. Saul tinha apenas um guarda, um antigo soldado e uma velha criada, nativa da cidade, uma sensata judia que preparava suas simples refeições. Ali estava em paz, silencioso e meditando, esperando e sentindo sua força esgotada retornar. Iria ficar durante horas debruçado no muro baixo que dava para o mar, olhando o suave movimento da água, o que lhe lembrava Tarso, e suspirava. Escreveu muitas cartas no pequeno átrio fresco e Félix foi bastante cordato para deixá-las ir, depois de examiná-las com assombro. Eram todas para a multidão de igrejas que Saul fundara e ampliara. E a linguagem extasiada mas sensível intrigou vagamente o procurador, que gostava de poesia.

Pouco depois, como Félix temia, as delegações de judeus enviadas pelo sumo sacerdote começaram a chegar, com longos e detalhados relatórios das desobediências de Saul à Lei judaica. Félix ouviu com seu ar exagerado de muita paciência.

— Chega — disse. — Meu prisioneiro é romano e suas queixas são todas eclesiásticas. Seu próprio Sinédrio não o condenou com uma culpa específica. Podem retirar-se.

Então, o sumo sacerdote Ananias foi a Cesareia com um homem de grande eloquência, um orador chamado Tértulo. Félix imediatamente disse:

— Se trouxeram mais queixas eclesiásticas, não os ouvirei. Se têm uma acusação contra meu prisioneiro, prevista na lei romana, então os ouvirei, se não sobrecarregarem minha paciência com irrelevâncias.

Tértulo inclinou-se e disse:

— Senhor, sou também cidadão romano e judeu. Venero Roma. Desejamos viver em paz com ela. Minhas acusações contra Paulo de Tarso têm respaldo na lei romana.

Félix olhou para Ananias. Ele detestava o sumo sacerdote porque, além de ser alto, tinha uma aparência nobre, o que não acontecia com ele. Além disso, Ananias não levava Félix em grande conta, o que era evidente no brilho frio dos seus olhos azuis e na expressão da sua boca. Félix aguardou que Ananias falasse, porém o sumo sacerdote esperou por Tértulo.

— Senhor — disse Tértulo —, desde que o senhor veio para Israel temos desfrutado de grande tranquilidade e muitas obras valiosas foram realizadas nesta nação, graças ao senhor. Sempre as aceitamos, onde quer que fossem, muito nobre Félix, com toda a gratidão.

"Não quero ser tedioso e espero que, em sua clemência, o senhor ouça minhas breves palavras. Pois consideramos este homem, Saul de Tarshish, um sujeito pestilento e um provocador de levante entre todos os judeus pelo mundo afora e cabeça da seita dos nazarenos, que esteve a ponto de profanar o Templo. Nós o pegamos e o teríamos julgado de acordo com a nossa Lei, mas o capitão Lísias chegou e tirou-o com violência de nossas mãos. Ele então determinou que os acusadores deste homem viessem aqui, para que o senhor tivesse conhecimento de nossas acusações.*

---

* Atos 24: 1-8.

Félix fez um gesto para que Saul falasse e ele disse:

— Senhor, capitão Lísias não usou mais violência do que a necessária para salvar minha vida.

Essa afirmação agradou Félix, que se irritava quando criticavam os soldados romanos. Sorriu para Saul e fez-lhe sinal para que continuasse. Saul negou as acusações de sedição. Afirmou que ninguém o encontrou no Templo brigando ou discutindo com alguém, incitando o povo ou mesmo fazendo agitação contra Roma, ou profanando lei alguma, judaica ou romana.*

Saul então desafiou Ananias diretamente a contradizê-lo, mas Félix, com ar cansado, levantou sua mirrada mão morena e disse:

— Ele apenas repetirá o que outras delegações disseram contra você, Paulo de Tarso, e nenhuma delas é importante para um romano.

Saul inclinou-se e sorriu. Depois, seu rosto macilento ficou sério e falou:

— Esses homens, inclusive o que se intitula sumo sacerdote, só têm acusações doutrinárias para apresentar contra mim, embora as doutrinas que defendam sejam falsas como parte da minha seita, e dos fariseus. Pois acreditamos na ressurreição dos mortos e os saduceus não. E proclamei minha fé, que é antiga e nos foi dada por Deus, bendito seja Seu Nome, através dos Seus profetas. Mas os saduceus, que agora governam a cidade santa, consideram essa fé ridícula e desejam impor seu secularismo a um povo devoto e piedoso, dizendo que só o homem é importante e governador do universo e que Deus está morto. Mas — e virou-se diretamente para o sumo sacerdote — nos oporemos a esse edito do demônio com nossas vidas, se necessário, e se isso for sedição, que seja.

Félix bocejou, dando uma olhada no relógio de água. Usou um tom virtuoso:

— Quem quer que diga que os deuses morreram é um blasfemador e idiota. — Virou-se subitamente para o sumo sacerdote. — O senhor é um desses saduceus?

O rosto pálido de Ananias ficou rubro. Olhou com raiva para Saul e depois virou-se para Félix.

— Senhor — respondeu —, o assunto não é tão simples.

— Nunca é, com vocês, judeus — disse Félix. Alisou a orelha. — Minha própria mulher Drusila jamais expõe alguma coisa simplesmente, em poucas palavras, e nisso é ainda pior que as outras mulheres. Elas falam durante horas sem nada dizer, mas minha mulher pode falar durante dias e terminar com a mesma frase com que começou. Acho que todos os judeus e todas as mulheres nasceram advogados, e detesto advogados.

---

* Atos 24: 10-16

Franziu as sobrancelhas pretas para Ananias, que estava olhando com ar sofredor para Tértulo, que parecia ter perdido seu eloquente talento de orador. Félix continuou:

— Se têm apenas matéria de doutrina para acusar este homem, que também as nega, devo detê-lo apenas pelas acusações concernentes a Roma, coisa que julgaremos mais tarde. Está agora fora de sua jurisdição. — Virou-se para Saul: — As acusações de sedição contra Roma são sérias e apesar desses homens não terem provas, mas apenas suas maliciosas opiniões, nas quais não confio, e como nenhum romano já o acusou, devo detê-lo por algum tempo para examinar o assunto.

◆ ◆ ◆

Capítulo 52

A mulher do procurador romano Félix, chamada Drusila, era da casa ou tribo de Benjamim, como o próprio Saul. Drusila era baixa como o marido, gorda e agitada, com um ar de compreensão e competência, sem filhos, na meia-idade. Era espantosamente semelhante a Clódia Flávio, sogra de Séfora, a irmã de Saul, com a diferença de que seus olhos eram como bolinhas de vidro preto, inteligentes e desiludidos. Dirigia a casa energicamente e não se aborrecia com os avanços do marido nas escravas jovens; de fato, concordava, pois ele tinha uma forma de interferir nos assuntos domésticos, examinar as contas bancárias, reclamando das despesas, pois era um homem impaciente. As moças o mantinham ocupado e agradavelmente cansado e por isso Drusila não reclamava. Amava o violento romanozinho e ele também a amava e respeitava, tinha-lhe medo e se queixava dela a todos os dispostos a ouvir. Escutando aquelas queixas, Drusila sorria com indulgência e preparava uma sobremesa especial para agradá-lo no jantar.

Ela pensou muito sobre Saul ben Hillel, pertencente à sua tribo, que estava detido na Mansão de Herodes, e conhecia sua história. Da mesma forma que ela, Saul era fariseu. Drusila mandou uma velha judia cozinhar suas refeições e servi-lo, pois os fariseus eram muito rigorosos quanto à comida. Ouviu as anedotas meio jocosas de Félix sobre os poderes milagrosos de Saul. Dizia-se que tinha ressuscitado um morto em Éfeso e que tinha restabelecido a saúde de centenas apenas estendendo as mãos.

— Não é uma coisa estranha — disse ela ao marido. — Muitos rabinos errantes, existentes em nossa história, possuíam esses poderes, dados a eles por Deus, bendito seja Seu Nome.

— Mas nenhum conseguiu ser tão amplamente odiado quanto Paulo de Tarso — retrucou Félix. — Assim, é possível que não seja santo. Por que vocês, judeus, são tão obcecados com seu Deus?

— Já lhe disse muitas vezes — falou Drusila. — Ele nos escolheu. Não fomos nós que O escolhemos.

— Ah! — exclamou Félix. — Vocês, judeus, não são mais nem menos virtuosos ou piores que os outros homens e parecem-se com todas as raças. Por que seu Deus não escolheu a nós, romanos? Já possuíamos um império para Ele mais bem administrado, é evidente, que seu Israel, governado por sacerdotes.

Havia muito que Drusila esperava que Félix se tornasse judeu, porém ele tinha feito um certo comentário impudico a esse respeito, acrescentando que suas escravas prediletas poderiam queixar-se disso. Drusila sorriu à vontade, sem se ofender. Mas pensou muito em Saul. Então, um dia, foi até a Mansão de Herodes, acompanhada de duas mulheres de meia-idade da sua casa e Saul a recebeu com grande deferência.

— Saudações à Senhora Drusila — disse —, o que me deixa duplamente honrado, pois somos da mesma tribo, como me disseram, e a senhora também é fariseia.

Drusila explicou em aramaico que ela queria examinar seus aposentos e torná-los confortáveis. Fez perguntas sobre inúmeras minúcias e enquanto isso examinava-o disfarçadamente com seus olhinhos espertos. Depois, pediu-lhe que a acompanhasse ao jardim, onde ela queria ver se as hortaliças e flores estavam recebendo cuidados adequados, deixando as escravas para trás. Caminhou ao lado de Saul, arfando por causa do calor, enxugando o rosto suado com o pano de cabeça e suspirando. Saul a impressionou, apesar de não ser de grande estatura nem bela aparência, mas era velho, seu cabelo abundante estava branco e não usava barba por causa da pele doente. Ela percebeu que Saul tinha pernas tortas, apesar da longa túnica de linho castanho, e um olho doente. Todavia, quando falou, chamou-lhe imediatamente a atenção e Drusila refletiu que nunca ouvira voz tão forte e bela, persuasiva, firme e eloquente.

— Rabino — disse ela, depois de terem examinado o jardim. — Espero que não tenha animosidade contra meu marido por ter sido confinado aqui.

Saul ficou surpreso. Olhou para Drusila e respondeu, gentilmente:

— Senhora, seu marido tem sido muito justo comigo, compreendo sua situação e agradeço a ele. Só pode fazer o que fez. Apelei para César, em Roma, para que examine meu caso, pois sou cidadão romano. O procurador Félix encaminhou imediatamente meu recurso. — Sorriu-lhe. — Tenho aqui paz e descanso, tempo para meditar e minha saúde, fortemente afetada, está em recuperação. Por isso sei que é a Vontade de Deus que eu permaneça aqui até estar em condições de voltar ao campo de batalha.

Drusila meneou a cabeça.

— É um pensamento sensato — disse hesitando. — Você é nazareno. Fale-me sobre sua fé. Acredita mesmo que o Messias já esteve na Terra em pessoa, que morreu por nossos pecados e está sentado agora à Mão direita do Pai?

O coração de Saul acelerou. Levou Drusila para um banco sob uma grande tamargueira verde, onde estava mais fresco, e sentou-se ao lado dela. Tornou a contar-lhe a velha história da sua visão, que para ele era eternamente nova, acabara de acontecer, ainda continuava extasiado, alegre, maravilhado. Enquanto ouvia, Drusila ficou de olhos fixos no rosto dele e então aqueles olhos, tão duros e espertos, suavizaram-se com lágrimas quando Saul falou — tinham-se passado muitos anos desde que chorara pela última vez —, sua alma ficou profundamente comovida e disse para si mesma, em silêncio: "De fato, esse homem fala a verdade."

Saul tornou a contar suas primeiras perseguições a cristãos, ou nazarenos, e depois suas viagens missionárias, brincando um pouco com seus apuros, apedrejamentos e espancamentos. E ela pensou: "É um homem intrépido, corajoso e de valor, coisa rara entre os homens."

Após um momento em silêncio, Drusila olhou para os cais, visíveis por cima dos muros, e depois para o escarlate incrível do pôr do sol, cheio de velas celestiais, douradas e verdes, a vermelha esfera de Marte brilhando solitária no silencioso tumulto de cores. Seguindo o olhar dela, Saul disse:

— "Os Céus exibem Sua Glória e o firmamento mostra Seu trabalho!"

— Bendito seja Seu Nome — disse Drusila.

Ela teve vontade de chorar sem saber por que e seu coração, tão realista e árido, intumesceu como que com o nascimento de uma fonte.

— Rabino — disse, com voz que o marido não teria reconhecido —, preciso meditar sobre as coisas estranhas que me contou.

Depois, ficou pensando em si mesma, por que estava tão trêmula. Ergueu-se devagar e deliberadamente do banco, caminho para os muros em silêncio, com Saul ao seu lado, e ambos olharam para o intimidante espetáculo do céu e do mar, manchado de vermelho pelo poente, e para a vastidão da água. O enorme amontoado de rochas que separava os dois portos estava úmido e a luz escarlate fê-lo parecer como que banhado de sangue. Surgiu um vento da terra, que exalava a resina, solo, campos férteis e uvas.

Em voz baixa Saul disse, citando o profeta:

— "Pelo bem de Sião, não ficarei calado. Pelo bem de Jerusalém, não descansarei."

Drusila inclinou a cabeça — a enorme cabeça redonda — e também orou como não fazia desde menina. Depois olhou Saul e disse:

— Precisa contar-me mais, em outra ocasião, e talvez meu marido também ouça, pois tem boa vontade com você, Saul de Tarshish.

Subitamente, sorriu com júbilo, seu rosto pareceu o de uma donzela e suas feições grossas e vulgares tornaram-se belas.

— É uma tolice — disse Félix, bocejando à mesa de modo expansivo, pois a mulher lhe preparara o jantar pessoalmente, com competência, temperos, molhos de vinho, para agradá-lo e amaciar sua belicosidade. — Mas é um verdadeiro conto de fadas, cheio de mistério. Não sou como muitos romanos, que negam os deuses. Contudo, mais um deus seria redundante.

— Só há um Deus — disse Drusila, agilmente tornando a encher o cálice do marido.

(Como Félix fosse frugal e comprasse sempre os vinhos mais baratos, ela mandara buscar no mercado um delicioso vinho antigo e sua própria alma parcimoniosa estremecera com o preço.)

— É uma tolice — repetiu Félix, levando o cálice aos lábios e sorvendo- -o. — O vinho daqui está melhorando. Como é possível que um Deus possa governar não apenas o mundo, mas todo o universo além? Teria de empregar deuses e deusas menores e você vê como é ridículo afirmar que há um só Deus. Ele nunca descansaria.

— "Quem guarda Israel não cochila nem dorme" — citou Drusila.

Félix sacudiu a cabeça e deu uma gargalhada.

— Pensei ter feito de você uma boa romana — comentou. Drusila deu-lhe outro doce, recheado de sementes de papoula e tâmaras. Félix mastigou-o pensativamente, mas apreciando. — Todavia, é muito para um só Deus.

— Ele tem anjos e arcanjos — falou a mulher.

Félix espalmou a mão na mesa, vitorioso.

— Isso! Deuses e deusas auxiliares!

— Não é a mesma coisa — disse Drusila. — Seu prisioneiro, Paulo de Tarso, tem uma fala fantástica e está cheio de lendas, como todos os judeus. Deixe suas garotas de lado durante uma tarde, converse com ele e lhe parecerá outro Jeremias, ou Homero, falando.

Félix proferiu uma palavra grosseira e cínica. Depois acrescentou:

— Gosto de poesia, pois nosso imperador Nero também não gosta? — Riu para a mulher. — Julgarei pessoalmente o prazer que seu poeta Paulo de Tarso oferece... se não houver espiões em volta para informar àquele abominável sumo sacerdote Ananias, que não se satisfará com coisa alguma que não seja a morte de Paulo. Nem desejo incorrer na ira do rei Agripa.

Mas naquela noite a saudável e robusta Drusila ficou gravemente doente, começando a delirar. Escravas apavoradas correram para o procurador pela manhã, o mesmo fazendo os dois médicos da família, um grego e outro egípcio.

— Senhor — gritou o grego —, atendemos a Senhora Drusila a noite inteira, mas agora está morrendo e nada mais podemos fazer!

Judeus e romanos importantes de Jerusalém tinham audiência com Félix naquela manhã e o átrio estava lotado; além disso, tinham chegado duas cartas de Roma, ambas com o selo imperial. Seus escribas estavam presentes, atarefadamente anotando a reunião, e Félix estava em meio a uma diatribe quando as escravas, o grego e o egípcio desabaram sobre ele sem se anunciar. Sabiam do seu grande devotamento à Senhora Drusila e não enviaram antes um pedido de entrevista.

Félix sobressaltou-se, com os olhos escuros consternados. Gritou:

— Eu não sabia que ela estava doente!

Esqueceu os visitantes, que se entreolharam expressivamente.

— Ela nos pediu para não o perturbar de noite — disse o grego —, e obedecemos. Depois, ela ficou insensível.

Todos da casa gostavam de Drusila e a respeitavam, mas havia os que a amavam por sua rude bondade e senso de justiça. Os dois médicos começaram a chorar e torcer as mãos.

— Agora só os deuses podem salvá-la — disse o egípcio.

Félix proferiu impropérios contra os deuses e tanto judeus quanto romanos ficaram lívidos. Depois, o procurador, como que se descartando deles, arrancou o traje do cargo e correu do átrio para o alojamento das mulheres da sua bela casa, que tinha sido construída para Pôncio Pilatos pelo rei Herodes.

O quarto de Drusila estava quente e na penumbra, pois as cortinas de veludo tinham sido cerradas e ela jazia suando, moribunda, na cama, com o cabelo preto emaranhado espalhado sobre os travesseiros de seda multicores. Ela estava estirada, descuidada, o corpo rechonchudo vestindo apenas uma roupa de noite de pano branco; seus grossos membros alvos contraíam-se constantemente. Respirava com um grasnido que vinha do fundo da garganta e seu enorme peito dilatava-se à procura de ar. Suas mãos agarravam-se convulsivamente nas cobertas, em sofrimento. O rosto estava contorcido de dor, os olhos escuros fixavam-se sem ver ou reviravam-se, e a língua inchada estava fora dos úmidos lábios lívidos.

Félix caiu de joelhos ao lado da cama e procurou pegar uma das mãos da mulher, porém ela arrancou a mão quente do aperto dele.

— Drusila! — gritou. — Minha amada mulher Drusila!

O calor no quarto estava insuportável. Apesar do perfume de flores, já se sentia o doce e doentio cheiro da morte e Félix, que tinha sido soldado, reconheceu-o imediatamente. Seu cabelo áspero ficou em pé de pavor e pareceu-lhe que seu coração ia parar. Debulhou-se em lágrimas, bateu com os punhos cerrados na testa, virou-se furioso para os médicos e disse, quase gritando:

— Se não a salvarem, morrerão!

— Senhor — disse o egípcio —, sou médico e cidadão de Roma. Não sou escravo. A Senhora Drusila está nas últimas e fizemos o que pudemos. Se não for o bastante, é porque Ptah quer que ela morra.

— Você e seus malditos deuses! — urrou Félix. — Que me importam seus deuses ou os meus? Eles não existem! Assim, a quem devo recorrer se não a você, porco inútil, que não pode salvar minha mulher!

Estava fora de si. Balançava a cabeça para a frente e para trás nos travesseiros ao lado da mulher e depois começou a gemer, estendendo os braços sobre o corpo agitado de Drusila.

— Querida — disse. — Você me é mais preciosa que a vida, pelo seu modo de falar, seus avisos e sua extravagância. Você não me deu filhos, mas dez filhos não valem sua vida, caríssima. Não está me reconhecendo, Félix, seu marido? Não me ama? Quer me deixar desolado? Tenha piedade, minha querida. Tenha piedade!

Parecia aos romanos que Drusila era não apenas sua mulher, mas sua mãe e filha, e acima de tudo sua amiga mais querida, pois não o consolava constantemente, não o aconselhava sabiamente, com rude ternura, abraçando-o depois com simpatia?

Drusila não reagiu às suas carícias e palavras. O vibrante e profundo grasnar em sua garganta e peito tinha aumentado, ouvindo-se agora um terrível chocalhar. Félix, não obstante sua descrença, começou a invocar Asclépio e sua irmã Higeia, Apolo, Mercúrio e Quílon, para não falar no seu patrono Marte, que ele amava acima de todos. Em torno dele, estavam as escravas e os médicos chorando. O egípcio tomou o gordo pulso de Drusila entre os dedos, depois curvou-se e escutou seu coração. Murmurou para o grego:

— Está moribunda ou morreu.

O calor aumentou. O suor de Drusila escorria dela como água cinzenta. Seus olhos escancararam-se, fixando-se no teto pintado sem piscar.

Félix proferiu as mais brutais imprecações e ameaças, sacudindo os punhos, ajoelhado, prometendo tortura e morte para todos à sua volta se Drusila não se salvasse. Os médicos encolheram os ombros, mas estavam preocupados. Esses romanos eram capazes de tudo na sua ira absurda e na sua arrogância.

Foi nesse instante que uma escrava, curvada e apavorada, aproximou-se de Félix e disse, com voz trêmula:

— Senhor, há um rabino na Mansão de Herodes que tem a fama de ressuscitar os mortos e curar os doentes em estado desesperador. Mande chamá-lo imediatamente, peço-lhe.

— Aquele judeu supersticioso e condenado? — gritou o egípcio, olhando em volta com ressentimento e orgulho ferido, empinando sua negra barba rala.

— Aquele nazareno! — exclamou o grego. — Ainda não morreu?

Suas feições rechonchudas expressavam o desprezo que sentia.

Porém Félix estava olhando para a escrava, com olhos apertados e brilhantes.

— Traga-o imediatamente! — gritou. — Depressa! Chame o supervisor do átrio!

A escrava voou. Os médicos aproximaram-se de Félix, com os braços abertos e implorantes.

— Nenhum judeu charlatão pode salvar a Senhora Drusila com encantamentos — disseram. — Não permita que ele profane seu leito de morte. Veja! Ela já está moribunda; está exalando seu último suspiro.

Nesse instante, Drusila realmente gritou alto, tremeu toda como se um machado a tivesse decapitado, sacudiu os membros e depois desabou imóvel na cama. Seu corpo imediatamente pareceu encolher, tornar-se menor, como se o seu habitante o tivesse deixado e restasse apenas a casca.

Félix deu um berro ululante e dissonante, agarrou a mão dela, beijou-a com loucura, chorando com soluços, como uma criança maltratada. Contorceu-se; agarrou; implorou incoerentemente a todos os deuses que conhecia ou dos quais ouvira falar. Ameaçou; ofegou; pareceu estar morrendo.

Os médicos nem mesmo ousaram aproximar-se do leito, com medo de serem agredidos por Félix, no seu desespero feroz. Queriam fechar os olhos da morta, arrumar seus braços e pernas de forma adequada, puxar o lençol sobre sua cabeça. Mas temiam aquele louco. As escravas começaram o longo lamento pelos mortos, ajoelhando no chão e curvando as cabeças. Os médicos trocaram olhares infelizes. Só a infortunada Drusila estava calada e imóvel. Um penetrante raio de sol quente atravessou as cortinas e caiu sobre o rosto pétreo e de olhar fixo de Drusila, ouvindo-se em alguma parte o zumbir horrível de moscas voejantes, cheirando a morte, e os murais nas paredes, coloridos, pareciam mover-se com vida própria, arrastando-se silenciosamente. Félix, chorando de maneira incontrolável, deixou cair a cabeça ao lado da de sua mulher, abraçou-a de modo selvagem, chamou-a usando muitas palavras ternas, como que para reter sua alma. Implorou-lhe sem cessar que não o abandonasse. De que valia a vida sem ela? Sua voz, aduladora, persuasiva, tornou-se a de um garotinho convencendo a mãe, uma voz apavorada e assustada, fazendo com que os médicos desviassem ou baixassem os olhos, embaraçados. Os homens não imploram aos mortos. Aquele romano era, agora, mais insignificante ainda aos seus olhos, porém mais terrível, pois suas emoções eram caprichosas e sua dor exagerada e excessiva.

As cortinas de seda abriram-se e Saul entrou com a escrava; instantaneamente, Félix estava ao seu lado, agarrando-lhe o braço, sacudindo-o e proferindo ao mesmo tempo maldições e apelos. Saul colocou a mão no ombro do romano e disse, alto:

— Fiquemos calmos, senhor. Disseram-me que a Senhora Drusila adoeceu de noite e vim imediatamente.

Afastou Félix e aproximou-se da cama, com os médicos olhando-o de forma ofendida.

— A Senhora Drusila morreu — disse o egípcio.

— Não sou médico — retrucou Saul, que colocou rapidamente a mão na testa em sinal de respeito.

Depois, virou-se e examinou Drusila, cujas escravas tinham ajeitado seus ombros, coberto o corpo e fechado seus olhos. Saul ficou triste. Tinha sido objeto de muitas bondades daquela dama de sua tribo e sangue. Ela lhe enviara acepipes da sua própria cozinha, iguarias que preparara pessoalmente para confortar seu espírito e dizer-lhe que não estava de todo abandonado; ela havia conversado inúmeras vezes com ele desde sua primeira visita e sempre o ouvira com respeito.

Agora tinha morrido repentinamente. Pegou sua mão fria, como se estivesse viva e quisesse consolá-la. A mão inerte pesou na sua e Saul abriu a boca para recitar a oração dos mortos. O marido desolado estava atrás dele, agarrando seu ombro, mas Saul não sentiu o aperto.

Então Saul ouviu alto e distintamente dentro da sua cabeça: "Mande que a mulher se levante."

Reconheceu aquela Voz querida e todo seu corpo tremeu. Falou e todos o ouviram:

— Sim, Senhor, obedeço.

Seus lábios ficaram subitamente frios e dormentes, clarões passaram por seus olhos e ele sentiu-se enfraquecido como se seu sangue tivesse sido transferido para a mulher. Apertou com força a mão dela e disse, para todos ouvirem:

— Levante, Drusila, e desperte para o dia, em Nome de Jesus Cristo, que tem o poder de ressuscitar os mortos!

Os médicos ouviram, incrédulos, virando-se imediatamente um para o outro e o grego murmurou:

— Ele está maluco!

O egípcio soltou um som de zombaria e aversão. Mas o procurador olhou para a mulher, as escravas curvaram-se até a cintura e olharam para a senhora na cama, cuja mão estava segura por aquele estranho judeu.

Os momentos se passaram e havia um silêncio mortal no quarto. Então, Drusila exalou um profundo suspiro de aflição e mexeu-se ligeiramente. Os médicos aproximaram-se imediatamente da cama, seus olhos escancararam-se e o egípcio cofiou a barba, enquanto o grego empalidecia.

Depois Drusila, suspirando cada vez mais, abriu devagar os olhos e seus grossos lábios cinzentos adquiriram um leve colorido rosado; seus olhos voltaram inteiramente à vida, claros e brilhantes. O romano gritou de alegria, correu para a mulher, meio ergueu-a nos braços, porém ela olhava apenas para Saul, com ar pesaroso, sem prestar atenção aos beijos, carícias e palavras alegres do marido.

— Desculpe-me — disse Saul. — Alguém que é o mais sábio dos sábios ordenou-me que a chamasse.

Os olhos dela inundaram-se de lágrimas. Afastou o cabelo emaranhado, depois olhou para o marido, tomou-lhe a cabeça nos braços, apertando-a contra o peito, como uma mãe. Então, tornou a prestar atenção a Saul.

— Você precisa fazer o que deve — disse —, porém teria preferido não voltar.

— Sim — falou Saul, curvando a cabeça, lamentando com ela por tê-la devolvido ao mundo. — Mas você voltou como testemunha.

Os médicos esbarraram nele, sem poder acreditar que aquela mulher, que tinha morrido, estivesse agora viva, falando com voz forte, ela que pudera apenas resmungar durante a noite toda. O egípcio tocou-lhe a fronte, que estava fresca, o grego tomou seu pulso, que estava batendo saudável. Confusos, recuaram e o egípcio virou-se para Saul:

— Ela não estava de fato morta.

— Não sou médico — repetiu Saul, com um leve sorriso. — Mas vocês a declararam morta e vi mortos muitas vezes para me enganar — prosseguiu, pensando no sobrinho Amós, que morrera e voltara à vida, fazendo com que Saul dissesse as mesmas palavras que acabara de ouvir. — Ela ressuscitou para que possa ser testemunha dEle, que dominou a morte, o pecado e redimiu nossas almas.

— Sei que percorri o caminho que todos os homens devem percorrer — disse Drusila —, mas o que vi e com quem falei, me é proibido contar.

Inclinou o rosto gorducho, agora corado de saúde, sobre a cabeça do marido, fechou os olhos e as lágrimas caíram por entre seus cílios negros e curtos.

Saul deixou o quarto e ninguém o acompanhou. Enquanto caminhava, sua força voltou e deixou de tremer.

Naquela tarde, antes de Saul colocar seu xale de orações e seus amuletos, foi visitado por Félix e Drusila, com o romano segurando a mão dela, de medo de perdê-la. Mas quando viu Saul, soltou a mão da mulher, atirou-se ao pescoço dele e abraçou-o, exclamando:

— Peça qualquer coisa que eu possa dar, Paulo de Tarso, e será sua! Pois devolveu-me minha mulher, que me é mais querida que qualquer outra criatura e mais preciosa que um tesouro!

— Não fiz isso — disse Saul. — Só Deus pode ressuscitar os mortos e Ele me ordenou que erguesse a Senhora Drusila para que fosse Sua testemunha.

— Sacrificarei dois bois brancos a Ele, com colares de ouro no pescoço e anéis no nariz! — gritou o romano. — Irei de madrugada ao templo de Zeus para isso, pois seu Deus é maior que Zeus e mais piedoso.

— Ele não deseja tais sacrifícios — disse Saul —, mas apenas um coração humilde e contrito. Deseja apenas o seu amor, senhor.

Drusila inclinou a cabeça para as mãos unidas e virou-se para Saul:

— Ensine-nos sobre Ele, que é o Messias de Deus, que se tornou Homem por amor a nós.

E quando falou em honradez, temperança e julgamento futuro, Félix estremeceu...*

Capítulo 53

Os meses passaram e as estações mudaram. Saul não estava mais confinado em sua casa e jardim, mas podia passear na pequena cidade e ir até o porto olhar o mar e os barcos. Batizou Drusila, mas Félix era outro assunto. Estava meio convencido de que os médicos tinham razão e que sua mulher não havia realmente morrido e sim ficado inconsciente. Além disso, era romano e apesar de Saul tê-lo informado de que multidões de romanos eram agora

---

* Atos 24:25.

cristãos, Félix não conseguiu aceitar sua fé. Sentia que, de certa forma, seria um insulto a Roma e seus experimentados ancestrais, que tinham reverenciado os velhos deuses. E começava a receber notícias cada vez mais insistentes de ações turbulentas dos cristãos, que o deixaram furioso. Não queria promulgar editos e castigos contra eles, como Ananias insistiu em várias cartas, pois não desejava ofender e entristecer Saul. Ia frequentemente ouvir Saul falar sobre o Messias, porém a fé não tocou sua alma cética. Tinha uma explicação racional para tudo e não se acanhava de expô-la. Às vezes, ficava imaginando por que Saul — se realmente possuía poderes milagrosos — não deixava crescer asas brancas e subia aos céus, ficando livre, longe de Cesareia e dos seus inimigos, em vez de continuar como prisioneiro, esperando o julgamento de Roma.

Um dia, fez uma pergunta a Saul a esse respeito e ele sorriu.

— Se o Messias realmente desejasse, eu poderia de fato voar como uma cegonha e ir embora deste lugar. Mas Ele não quis e eu não fui consultado. Ele tem caminhos misteriosos e espero Seus planos. Estava cansado, idoso, enfadado e doente quando me mandaram para Cesareia, mas a cada dia que passa e vejo o mar, ando pelos cais e pela cidade, durmo como uma criança, alimento-me com prazer, tenho calma e tranquilidade e tempo para meditação; minha alma e meu corpo fortaleceram-se como se a juventude me fosse novamente dada. Sou como alguém esperando os Grandes Jogos.

Félix despediu-se e meditou sobre o assunto. Era um Deus muito estranho aquele, que não dava aos Seus adoradores riqueza, honrarias, belas mulheres e poder, como os deuses romanos quando resolviam favorecer um mortal. Em vez disso, dava-lhes sofrimento, ignomínia, humilhações e não os livrava de seus inimigos. Os velhos deuses compreendiam que a vida era justa e favores se trocavam, como devia ser. As descrições de Saul das alegrias interiores, da paz de espírito, só deixavam Félix impaciente. Não podia aceitá-las e disse francamente.

— Sua fé não comove minha alma — disse a Saul. — Ouço com estes ouvidos, porém minha mente está fechada a ela.

— É possível que a Senhora Drusila — retrucou Saul —, que tem tantas virtudes e adora o Messias, possa levá-lo à Sua Presença como quem guia uma criança.

Ao ouvir isso, Félix riu.

— A religião dos judeus é muito triste — falou — e o seu Céu não me seduz. Prefiro minhas jovens escravas e o além-túmulo não tem importância.

Com o passar dos meses e luas, Saul perdeu um pouco da sua tranquilidade, pois pareceu-lhe que passara anos demais esperando, como rapaz, como adulto e agora como velho. A colheita era árdua e os trabalhadores poucos. Recebeu cartas de igrejas, cheias de alegria, havia milhares de conversões e confissões e cada mão e voz fiéis se faziam necessárias.

— E eu definhando aqui! — gritou Saul, furioso.

Agora encontrava-se cheio de saúde e vitalidade, seus membros estavam fortes... porém era como se ele tivesse sido esquecido.

Foi à sinagoga em Cesareia, pequena mas como uma joia perfeita, onde havia muitos cristãos orando entre seus irmãos judeus e gentios. O rabino viu-o e, reconhecendo-o, dirigiu-se a ele pedindo que Saul não falasse na sinagoga.

— Vivemos em paz com os romanos — disse — e você tem a reputação de, imploro seu perdão, imoderado, que provoca dissensões e controvérsias.

— Minha reputação me prejudica — respondeu Saul. — Venho em paz e amor e não com intenções maléficas. Não obstante, farei o que pede.

Os cristãos o cercavam nas ruas em torno da sinagoga e ele era suave e terno com eles, curando muitos. Contudo, lembrando a ansiedade do velho rabino, que temia por seu povo, não se dirigiu à congregação no interior da sinagoga, como a Lei permitia. E estava sempre consciente da presença dos dois soldados romanos que o seguiam por toda parte, não desejando que Félix recebesse relatórios dizendo que sua confiança no prisioneiro tinha sido violada e que Saul provocara brigas nas sinagogas e nas ruas. Muitas eram as coisas erradas ditas pelos cristãos, mas Saul esperava que se aproximassem dele, fora das portas, para corrigi-los em voz baixa mas persuasiva. Os velhos judeus da congregação não gostaram da presença dos gentios cristãos entre eles na sinagoga, mas seus filhos e filhas pediam tolerância, alegando que aqueles gentios liam a Torá com dedicação para melhor compreender Yeshua o Nazareno. O rabino respondeu:

— Vivemos dias estranhos. — E, assustado, relembrou seu povo de que Roma tinha determinado que os judeus não fizessem mais proselitismo. — Mas os judeus nazarenos recusam-se a obedecer esse edito, pondo-nos em perigo.

Um dia, Félix irrompeu pelo átrio da casa de Saul, chamando-o, irritado. O agitado homenzinho atirou-se numa cadeira, examinou furioso uma bandeja com frutas, escolheu uma e sombriamente comeu-a. Quando Saul voltou do jardim, onde estivera colhendo tâmaras douradas, Félix explodiu:

— Você está aqui há quase dois anos e nem uma palavra de Roma a seu respeito!

Saul inclinou-se e respondeu:

— Lamento, nobre Félix, que minha estada forçada aqui não seja bem-vinda.

Félix proferiu um palavrão, pegou outro figo, examinou-o com desconfiança, atirando-o no chão de mármore branco.

— Como distorce minhas palavras, Paulo! No que me respeita e à Senhora Drusila, pode ficar aqui para sempre, pois sua companhia é fascinante. É o sumo sacerdote Ananias! Nunca passam mais de três dias sem que chegue uma carta dele a respeito dos seus abomináveis cristãos... e você. Especialmente você. Como Roma, segundo ele, evidentemente não está interessada em você ou seu destino, deixando-o apodrecer antes de julgá-lo, e como há funcionários que declaram não compreenderem as acusações contra você, e como o próprio rei Agripa fica aborrecido à simples menção do seu nome, por que não o entrego à sua misericordiosa justiça? Posso libertá-lo imediatamente, mas seria como libertar um bando de tigres, na opinião de Ananias, embora eu confesse que o acho bastante pacífico.

— Como informam os seus soldados — disse Saul, sorrindo.

Félix riu alto, balançando a cabeça.

— Isso mesmo — confirmou. Deu outra olhada nas frutas. — Bem, que farei com você? Promete-me que, se eu o libertar, para me livrar do assédio dos sacerdotes infernais, parte imediatamente de Israel, livrando-a para sempre do prazer da sua presença?

Saul respondeu em voz baixa:

— Tive uma visão do Messias, que me ordenou ir a Roma para depor sobre Ele.

— Excelente! — exultou Félix. — Vá logo!

— Ainda não recebi a ordem — disse Saul. — Ele me dirá quando ir.

— Provavelmente ele o esqueceu, como Roma — disse o cínico procurador.

— Há ainda outra coisa — insistiu Saul. — O senhor está esquecendo o rei Agripa, comprometido com Ananias. Se eu... desaparecesse... Ananias iria se queixar a Agripa, que procuraria Roma. E ouvi dizer que o imperador o tem em alta estima...

— Se isso é verdade, por que o próprio Agripa, em nome de Roma, não o prende e entrega a Ananias, com uma ordem do imperador?

— Agripa é tão romano quanto judeu, obedece às leis romanas e não entregará um romano à afetuosa misericórdia de Ananias.

Félix ficou sombrio.

— Preciso dizer-lhe que temo por sua vida — falou. — Meus homens que o seguem não são apenas espiões; têm a missão de protegê-lo. Ou não sabia disso?

— Não.

Félix subitamente gritou, com o rosto agitado quase roxo:

— Se eu gostasse menos de você e se não acreditasse, no fundo, que ressuscitou minha mulher, já o teria silenciosamente envenenado ou estrangulado. E seu corpo estaria enterrado em meus jardins ou atirado no mar, para me livrar do incômodo da sua presença!

— Ananias ficaria muito angustiado — disse Saul, rindo. — Não se satisfaria com meu assassinato ou meu desaparecimento. Ele quer presenciar minha morte.

— Então você permanecerá aqui e continuarei a ouvir as lamentações de Ananias. — Olhou Saul pensativamente. — Tive uma ideia. Mandarei envenenar ou estrangular o próprio Ananias.

Saul não acreditou, mas viu que Félix estava falando sério.

— São poucos os que gostam de Ananias — replicou —, com exceção dos saduceus. E estes são atualmente muito poderosos em Israel, com acesso ao rei Agripa a qualquer hora. Ananias é saduceu e portanto um falso pastor, pois não acredita nas palavras do Próprio Deus, bendito seja Seu Nome, no tocante à ressurreição dos mortos e vida do espírito. Está me pondo à prova como homem, nobre Félix, não há dúvida! Mas somos proibidos de matar, embora possa desprezar isso tratando-se de Ananias. O povo detesta o sumo sacerdote, mas seu... assassinato... levantaria todo Israel, pois para o povo ele representa o país, não importa quão desprezível seja e merecedor de morrer. Os saduceus ficarão furiosos e não são burros. Vão denunciá-lo a Agripa.

— Com você complicou minha vida! — lamentou-se Félix. — Você é um verdadeiro dilema para mim.

— Tenho um primo em Roma — disse Saul — e pensei em apelar para ele, mas repugna-me fazer isso, temendo também complicá-lo, pois a acusação que me fizeram não está sob sua jurisdição.

Félix ficou imediatamente interessado.

— Banqueiro? Corretor? Milionário?

Passou a língua nos lábios e pensou num resgate. Poderia ser feito com habilidade e dinheiro não era para ser desprezado, uma vez que tratara Saul bem e tudo podia ser feito com boa vontade de parte a parte.

Saul leu seus pensamentos e sorriu com indulgência.

— Infelizmente — falou — ele não é nada disso, apesar de rico e da nobreza romana. O capitão Lísias não lhe disse?

— O capitão só fala o estritamente necessário e assim mesmo diretamente referente ao assunto. — Félix empertigou-se. — Quem é esse seu famoso primo?

— É general na Guarda Pretoriana, sob o comando de Tigelino.

A esse nome odiado, Félix estremeceu e levou algum tempo para lembrar que Saul tinha mencionado um primo naquela famosa Guarda Pretoriana. Depois, gritou:

— Como se chama, como se chama?

— Tito Milo Platônio.

Félix deu um pulo, encarando Saul. Seu rosto moreno ficou amarelo.

— Tito Milo Platônio! — repetiu, quase sussurrando. — É seu primo?

Saul ficou confuso pela mudança de expressão de Félix, que ele não pôde entender.

— Sem dúvida. Somos do mesmo sangue. Ele nasceu em Israel e seu pai foi um soldado famoso.

Félix tornou a sentar-se devagar, sem tirar os agitados olhos pretos do rosto do outro. Parecia estar muito perturbado. Então, ainda sussurrando, disse:

— Aulo Platônio foi o amigo mais íntimo de meu pai.

Desviou os olhos com firmeza de Saul. Era quase como se estivesse escondendo o rosto e Saul ficou subitamente assustado, aproximou-se dele e seu coração sentiu a premonição de uma doença.

— Se tem más notícias para mim, nobre Félix, é melhor que as dê logo — falou, hesitante.

Félix não respondeu imediatamente, mas depois tornou a levantar-se e encarou Saul. Não era homem de delicadezas e bondades, mas naquele instante pôs a mão no ombro de Saul, encarou-o e seus olhos escancararam-se com simpatia.

— Ouviu falar de Fênio Rufo, colega de Tigelino, envenenador e assassino, e Pláucio Laterano, cônsul eleito de Roma?

— Não, não ouvi.

— Eram ambos membros da Guarda Pretoriana, como seu primo, muitos centuriões e uma quantidade de tribunos. — A voz rouca de Félix suavizou-se. — Disseram que eles foram descobertos numa conspiração para liquidar Nero, há uns quatro meses. Eles, e uma quantidade de outros pretorianos, foram executados.

Saul pensou que ia cair no chão e agarrou-se à beira de uma mesa para evitar. Seu rosto tornou a envelhecer, perdeu a juventude.

— E Milo era um deles?

— Era. Se eu soubesse, quando recebi a notícia de Roma, teria lhe contado imediatamente, mas não sabia que Tito Milo Platônio era seu primo.

Saul gritou, desesperado:

— Milo era cristão e por mais odioso que Nero seja, Milo não podia ter sido induzido a participar de uma conspiração para matá-lo!

Félix balançou a cabeça.

— Os outros também não eram culpados. Há um boato de que Sabina Popeia, mulher de Nero, instigou os assassinos por motivos pessoais. Ela é uma Fúria, apesar de sua famosa beleza. Provocou a morte de Britânico e Otávia, filhos de Cláudio, a última casada com Nero, tornando este também matricida. — Apertou o ombro de Saul. — Milo não era jovem, se lembro bem.

— É verdade — respondeu Saul com voz fraca. — Mas o mundo fica menor com a morte de homens como meu primo. Fica infinitamente mais pobre. E eu não soube! Não tive nem mesmo uma pequena premonição, um sonho sequer!

— É possível que seu Deus o tenha poupado o mais possível.

Mas Saul não o ouviu. Disse, em lágrimas:

— Ele era o mais honrado dos romanos e morreu desonrado!

— Não! — disse Félix. — Ninguém assassinado por Nero é considerado desonrado! Na verdade, é um sinal de honra. — Tornou a balançar a cabeça. — Roma não é mais a mesma. É uma prostituta.

Então, olhou rapidamente em volta, temeroso de ter sido ouvido, apavorado mesmo com Saul. Porém este caíra numa cadeira, com as mãos no rosto, e Félix deu um grande suspiro de alívio. Apesar disso, foi na ponta dos pés até a porta do átrio, examinando o pórtico. Ninguém lá. Caminhou silenciosamente para a porta mais afastada, que dava para o interior da casa, e abriu-a repentinamente. Mas ninguém estava ouvindo através dela. Félix enxugou o rosto com as costas da sua morena mão peluda e voltou para perto de Saul.

— Sacrifique três bois pretos com colares de prata ao seu Deus — disse, em tom de consolo — a fim de que seu primo seja libertado do Hades e levado para as Ilhas da Bem-Aventurança.

Saul levantou a cabeça.

— Não temo pela alma de Milo, que não só era cristão, mas um dos homens mais nobres e verdadeiros. Infelizmente, não o vi durante anos e ele me escreveu com frequência. Mas por causa do meu trabalho, esqueci-me e respondi apenas a poucas cartas!

Félix ficou comovido, emoção rara nele, que não a percebeu. Queria encorajar Saul e por isso perfilou-se como um soldado, dizendo:

— Paulo de Tarso, somos romanos!

Mesmo em sua dor, Saul quase sorriu ao ver aquele homenzinho rigidamente perfilado, que tinha assumido uma expressão heroica. Também perfilou-se e repetiu:

— Somos romanos.

Apertaram-se as mãos solenemente e Félix partiu, deixando Saul com sua tristeza, sentindo que o mundo estava vazio para ele e totalmente desolado.

Saul acordou de manhã e encontrou um cipreste, sinal de luto, no pórtico e esse tributo silencioso da parte de Félix à sua dor, uma homenagem ao grande morto, o comoveu.

Foi à sinagoga rezar pela alma do seu primo e ergueu-se com os presentes quando o rabino enalteceu "os que dormem no pó... sua memória é uma bênção" e falou da paz das suas almas. Muitos dos presentes ficaram curiosos ao verem Saul, seu rosto devastado pelo sofrimento, e imaginaram por quem estaria rezando. O rabino disse:

— Os mortos estão nas Mãos abençoadas de Deus, que está cheio de bondade e a perda é nossa e não dos que já partiram.

Uma tarde, Félix voltou a procurar Saul e disse:

— Fui transferido para Roma, graças aos deuses! Partirei com minha mulher dentro de alguns dias. Vou entregar esta casa, e você, a Pórcio Festo, esperado a qualquer momento em Cesareia.

— Que pena, pois perco outro amigo — disse Saul.

Félix franziu o cenho.

— É possível que ele traga notícias de Roma a seu respeito. Conheço-o bem. É muito estúpido, porém amável, de boa vontade, o que não é muito bom para ele. Estou lhe deixando uma carta sobre você.

Drusila também apareceu para se despedir e disse:

— Rabino, como me ensinou e aos meus parentes antes de você, tudo é a Vontade de Deus.

— Que acho incompreensível às vezes — retrucou Saul.

Não iria perceber a falta que esses amigos lhe fariam até sua partida, com a casa de Pôncio Pilatos esperando novos habitantes. Pois jantara muitas vezes naquela casa, ouvindo divertido as fanfarronices de Félix e suas briguinhas com Drusila.

Certa manhã, ouviu-se uma grande agitação em torno do palácio e Saul aproximou-se, verificando que Pórcio Festo acabara de chegar, com a família, séquito e guardas.

Dois dias mais tarde, Festo mandou chamar Saul e dois soldados o levaram à casa de Pôncio Pilatos.

❖ ❖ ❖

Capítulo 54

Pórcio Festo estava sentado no átrio, com as roupas do cargo. Era tão baixo quanto Félix, porém também desmedidamente gordo, calvície rosada, enorme rosto avermelhado com várias papadas, olhinhos azuis, penetrantes como pedras polidas. Saul parou à sua frente e Pórcio o examinou atentamente, acariciando uma de suas papadas e zumbindo baixinho como uma abelha. Suas mãozinhas rechonchudas estavam cobertas de anéis faiscantes e usava roupas do mais fino linho branco e perfumes. Finalmente falou:

— Então você é Paulo de Tarso, odiado por seu próprio povo, que deseja sua morte, mas amado por Félix e sua família.

Saul inclinou-se e respondeu:

— Nada fiz para merecer o ódio do sumo sacerdote Ananias e certamente não mereço a afeição do nobre Félix.

Festo sorriu ao ouvi-lo e Saul pensou que Félix tinha subestimado sua inteligência e talvez mesmo sua boa vontade. O recém-chegado disse:

— Recebi uma mensagem do seu sanguinário Ananias, pedindo que você lhe seja entregue em Jerusalém para julgamento. Mas determinei a ele e ao seu tribunal que venham cá para que possa ouvi-los.

Saul suspirou.

— É bastante cansativo, senhor, tornar a ouvir as antigas acusações contra mim.

— Não obstante — retrucou Festo —, é necessária sua presença, pois você é cidadão romano e tem direito a isso.

Sua voz assemelhava-se a de um ruminante amistoso e Saul despediu-se com outra curvatura, retirando-se para sua casa.

Poucos dias depois, Ananias e seu tribunal de saduceus chegaram a Cesareia e fizeram suas queixas ao novo procurador.

Festo detestou imediatamente o sumo sacerdote, por suas sobrancelhas levantadas, seu ar altaneiro e a expressão de exagerada paciência e resignação diante do romano. Saul foi chamado. Ananias desviou o olhar, como se estivesse se confrontando com uma obscenidade. Seus juízes recuaram ligeiramente também, formando-se em torno de Saul um grande círculo, que o deixou só diante de Festo. Os olhinhos azuis penetrantes pousaram ligeiramente em Saul e depois fixaram-se no sumo sacerdote, a quem Festo ordenou tornar a fazer suas queixas diante do acusado.

Saul fechou os olhos, profundamente fatigado e Festo, divertido, alisou as papadas até ficarem rubras, enquanto ouvia Ananias. Quando este terminou suas queixas, Festo disse:

— Não passo de um romano ignorante, além de não muito inteligente. Parece-me que Paulo de Tarso é culpado de alguns erros doutrinários judaicos, com os quais nada tenho a ver. A acusação de sedição contra Roma é vaga e sem base. — Virou-se para Saul. — Fale, Paulo de Tarso, cidadão de Roma! Responda se é culpado.

Como Ananias e os seus não eram romanos, seus rostos ficaram gelados, ofendidos, e perceberam que Festo os insultara deliberadamente. Mantiveram os rostos virados quando Saul começou a falar.

— Estou diante do tribunal de César, onde devo ser julgado. Nada fiz contra os judeus, como o senhor sabe. Pois se fiz ou cometi alguma coisa que mereça a morte, não me recusarei a morrer, porém se não houver nada de que me acusem, ninguém pode me entregar a eles. Apelo a César.*

Festo zumbiu como uma abelha gigantesca no silêncio da sala, examinou seus anéis, esfregou-os no tecido que lhe cobria os joelhos, bocejou e coçou a orelha. Depois levantou-se, fez um gesto de dispensa e disse:

— Você apelou a César. Em consequência, irá à sua presença.

Ananias e seu séquito, que haviam esperado outro julgamento da parte do novo procurador, ficaram insultados e tentaram protestar, porém Félix pesadamente desceu da cadeira e saiu sem um olhar para trás. Saul, acompanhado pelos dois soldados, voltou à Mansão de Herodes. Sozinho no jardim, orou:

— Senhor, quanto tempo mais deve esta farsa continuar e qual sua finalidade?

Numa tarde dourada e rubra, Saul ouviu uma ruidosa agitação na casa de Pôncio Pilatos e foi até o muro do jardim para saber o motivo. Viu o rei Agripa e seu séquito, vindos para homenagear Festo. Com o rei estava a bela rainha Berenice e suas inúmeras escravas e amigas. Os banquetes e comemorações duraram vários dias e noites. O ar suave e vivo de Cesareia vibrou com música, risos, gritos e alegria. Depois, passaram-se dias de embriaguez, a exaustão apossou-se de todos, fazendo-os adormecer e o silêncio imperou novamente.

Festo e o rei Agripa eram velhos amigos fanfarrões. Depois de recuperar-se dos excessos e celebrações que tinha preparado para Agripa, Festo falou-lhe sobre Saul:

— Enviei outro correio a Roma, pedindo que esse homem seja levado à presença de César para julgamento, pois é cidadão romano. Enquanto isso, o seu sumo sacerdote está exigindo que ponha Paulo de Tarso em suas mãos gentis.

Agripa desprezava Ananias, que o tratava com uma arrogância respeitosa que era quase um insulto, visto que o sumo sacerdote era saduceu e a família do rei pertencia à tribo de Dan, comparativamente humilde.

— Ananias pode ser o chefe dos gladiadores no circo — comentou —, pois certamente tem sede de sangue. Vamos chamar portanto Saul de Tarshish, que o senhor denomina Paulo, para que eu o ouça pessoalmente.

---

* Atos 25:10-11.

Festo bocejou.

— Esqueci de dizer-lhe, meu amigo, que Ananias chega amanhã, outra vez, com seu tribunal de acusadores contra meu pobre prisioneiro e por isso o senhor também terá de ouvi-lo.

Agripa ficou aborrecido.

— Mas ouvi-os em Jerusalém! Eu lhes disse: "Não é esta a maneira dos romanos entregarem alguém à morte, antes que o acusado enfrente seus acusadores e lhe seja permitido responder pessoalmente a respeito dos crimes que lhe são imputados." Peço-lhe, Festo, traga-o imediatamente à minha presença.

Assim, Saul foi novamente convocado ao átrio e ficou assombrado pela quantidade de gente, pois a comitiva de Agripa e da rainha Berenice estava lá, com o sol provocando reflexos cambiantes nas roupas de seda e joias. Saul lançou um olhar em Agripa e viu um homem bonito e corado, uma fisionomia verdadeiramente semita, como a de um fenício, vestido de ouro e escarlate. Sua rainha tinha um rosto encantador, com brilhantes olhos cinzentos, vestida à moda egípcia, com os cachos pretos trançados com pedras e fitas, os seios quase que inteiramente descobertos. Seu séquito feminino ficou atrás de sua cadeira e ela estava sendo abanada com um leque de plumas de avestruz. Seu rosto tinha a brancura do leite e seus lábios eram vermelhos como papoulas.

Quando o amplo átrio ficou em silêncio, Festo disse a Agripa:

— Rei Agripa e demais presentes, estão vendo o homem sobre quem muitos judeus se dirigiram a mim, tanto em Jerusalém como aqui, dizendo que ele não mais deve viver. Porém, como achei que ele nada havia feito merecedor de morte e o próprio apelou para César, resolvi enviá-lo. Mas não sei o que escrever a César sobre ele. Por isso trouxe-o à sua presença, rei Agripa, para que, após ser examinado, eu possa ter o que escrever, pois parece insensato mandar um prisioneiro sem exemplificar os crimes de que é acusado.[*]

O rei Agripa examinou Saul pensativamente e ficou desapontado, pois tinha esperado ver um homem mais imponente, como os profetas, mais soberano. Contudo, Saul pareceu-lhe velho, cansado, esgotado, pouco atraente e vestindo-se como um trabalhador dos vinhedos. Agripa, com ar desdenhoso, levou o perfumado lenço ao nariz adunco e aspirou-o, como se Saul exalasse a campo e estábulos. Seus abundantes cílios negros tocaram-lhe o rosto em sinal de indiferença.

---

[*] Atos 25: 24-27.

— Permito-lhe que se defenda — disse.

(Por que era constantemente importunado com relatórios sobre esse judeu insignificante, acusado por Ananias de possuir os maiores atributos de Satanás e por isso merecedor da morte?)

Saul estendeu a mão na direção do rei e falou. Imediatamente, todos foram cativados por sua voz, que encheu o grande salão e ecoou nas faiscantes paredes de mármore. Mesmo as damas esqueceram de abanar Berenice, que agora inclinou-se para olhar Saul. Agripa deixou o lenço cair e Festo passou a mão nas papadas.

— Acho que estou feliz, rei Agripa — disse Saul —, porque poderei responder por mim mesmo hoje na sua presença, tocando em todos os pontos de que sou acusado. Sei que é especialista em todos os nossos costumes e nas disputas existentes entre nós. Não obstante, peço-lhe que me ouça com paciência.

Falou então de sua família, seu nascimento, sua tribo. Expôs a divergência longa dele e do pai com os seculares saduceus.

— Por que considerar-se incrível que Deus possa dar vida aos mortos? — implorou e lembrou a Agripa que aquele era o ensinamento dos fariseus e que um dia Deus abriria todos os túmulos.

Agripa não gostava dos saduceus e sua mulher era muito devota, embora se vestisse sempre como egípcia. Apoiou o cotovelo no braço dourado da cadeira, cobriu parcialmente seus belos lábios vermelhos e a barba com a mão enquanto ouvia Saul e pensou: "Assim deviam ser as vozes dos profetas, eloquentes, sonoras e cheias de verdade!"

Saul continuou a falar, com gestos amplos, os olhos faiscando como fogo azul e sua figura magra e cansada pareceu ficar enorme. Contou toda a sua vida, a procura e descoberta de Deus, a perseguição aos nazarenos. Depois falou de sua viagem a Damasco e agora o silêncio era absoluto no átrio, e mesmo Festo parou de resmungar, ouvindo-se apenas o farfalhar das árvores no jardim e a voz imperiosa e sonora de Saul. E quando chorou, ao relatar a Visão do Messias, outros choraram com ele, apesar de não saberem por que, os lábios rosados da rainha Berenice tremeram e seus cílios dourados ficaram orvalhados de lágrimas. Mas Festo parecia divertido.

Saul falou de sua missão entre os gentios e as sobrancelhas pretas de Agripa cerraram-se, sem que seus olhos jamais deixassem de fixar o rosto trêmulo de Saul.

— Por causa desta missão fui condenado, pois alegaram que profanei o Templo e as sinagogas, mas Cristo mostrou a luz ao Seu povo e aos gentios, como foi profetizado por Isaías. — Fez uma pausa e depois alteou a voz. — Rei Agripa, o senhor acredita nos profetas? Sei que acredita!

Agripa resmungou. Havia uma luz sombria sob as sobrancelhas e sua fisionomia estava séria. Finalmente, olhou para as portas do átrio, como que meditando, depois para o teto, para as paredes cintilantes e finalmente para sua mulher, que lhe atirou um longo olhar de súplica e adoração.

— Saul de Tarshish, você quase conseguiu me convencer a ser cristão! — disse o rei.*

Festo parou de sorrir e todos ficaram imóveis. Saul retrucou, com voz suave:

— Gostaria de pedir a Deus que não só Vossa Majestade, mas também todos os que me ouvem hoje fossem como eu!

Agripa fez um gesto a Saul para se afastar, levantou-se com Festo, reuniu os conselheiros e discutiram longamente.

— Este homem — disse Agripa — nada fez que mereça a morte ou grilhões! E poderia ser libertado se não tivesse apelado a César.**

— Se não tivesse — comentou Festo com um grande sorriso — há muito teria sido assassinado por Ananias!

✦ ✦ ✦

Capítulo 55

Ficou então decidido mandar Saul para Roma, a fim de ser julgado por César, e devia partir na manhã seguinte.

Na noite anterior à sua partida, teve uma visão terrível e fantástica. Pareceu-lhe estar nos mais elevados parapeitos da terra observando o mundo, a cidade de Roma; havia um som vasto e ressonante, com profusão de cores, clarões, movimentos, exércitos, caravanas, trovões e súbitas explosões de terror humano, de coriscos reluzindo no mármore, de luz de sol, chamas e poeira, de estradas infinitas e montanhas indistintas, de águas vermelhas como sangue, paredes e colunas espatifando-se. Seus olhos vaguearam por cidades estranhas, mas sempre voltavam a Roma. E então, enquanto olhava a poderosa cidade, viu-a erguer-se num fluxo de fogo e as colunas brancas — como florestas alvas — ficaram iluminadas, telhados ruíram, a terra tremeu e de uma infinidade de vozes saiu um grande grito:

---

* Atos 26: 28.
** Atos 26: 31-32.

— Maldição a Roma!

Então, um coro ainda maior respondeu, como que vindo de cada canto do mundo.

— Maldição a toda a humanidade!

— Maldição ao mundo! — ergueu-se o holocausto de vozes. — Maldição, maldição!

Saul levantou-se de madrugada, trêmulo, encharcado de suor e ajoelhou-se para rezar, a fim de que a visão não acontecesse e que todos os homens se aproximassem do Cordeiro de Deus para salvação. Porém um sofrimento cruel persistia em sua mente e coração e ele disse, alto:

— O tempo é escasso. Preciso me apressar!

Poucas horas mais tarde, estava a bordo de um barco para Roma, no cais de Cesareia.

Debruçou-se na amurada, observando a agitada e colorida cidadezinha. Viu o palácio de Pôncio Pilatos, a casa onde ele mesmo tinha passado quatro longos anos, as estradas, as feiras, as ruas sinuosas, os teatros e edifícios públicos, o circo afastado e, à sua volta, barcos com velas desfraldadas, o cheiro de piche quente e resina, os gritos de marinheiros e estivadores, a ofuscante água azul e o extenso horizonte liso.

Então soube que jamais veria seu amado país e seus queridos patrícios, nem o Templo dourado, a cidade santa, Jerusalém. Começou a chorar e murmurar.

— Se eu te esquecer, ó Jerusalém, que meu braço direito seque...

Atravessou o convés, com receio de ficar muito atingido pelo sofrimento e olhou a planície de luz que era o Grande Mar que o levaria para Roma. Era só um homem. Como podia suportar não mais ver seus parentes, o som do seu país, viver eternamente no exílio, caminhando para um futuro e uma morte desconhecidos? Não seria enterrado em seu solo sagrado. Tinha certeza disso como a certeza de que estava partindo. Que terra guardaria seus ossos? Que amigos o chorariam? Olha o céu, que estava ofuscante em excesso para ser olhado, apoiou o queixo nos braços cruzados e pareceu-lhe ter vivido muito e estar cansado demais. De que serviria agora a Deus, já velho, quando a juventude era necessária? Deus precisava de jovens para serem Suas testemunhas.

Então, ao descansar a cabeça nos braços apoiados na amurada, numa prostração de tristeza humana, pareceu-lhe ter ouvido a voz do pai, Hillel ben Borush, como a ouvira na mocidade, terna, forte, amorosa e implorante:

— *"O Deus, és meu Deus!*
Cedo irei procurar-Te.
Minha alma está sedenta de Ti
Numa terra seca e sedenta
Onde não há água;
Para ver Teu poder e Tua glória,
Assim Te vi no Santuário,
Porque Tua bondade
É melhor que a vida!
Meus lábios Te louvarão,
Portanto Te bendirei enquanto viver!
Erguerei minhas mãos em Teu Nome,
Minha alma se satisfará
     como com tutano e gordura.
E minha boca Te bendirá com lábios
prazerosos..."

— *"Minha alma segue-Te impavidamente...!"*

Saul ergueu a cabeça e lançou um último olhar para sua terra, pois o barco se movia e as velas estavam enfunadas pelo vento e cheias de luz. Seus olhos turvaram-se com as lágrimas, mas seus lábios sorriram, amorosos, e ele ergueu a mão, dizendo:

— Ouve, ó Israel! O Senhor nosso Deus, o Senhor é Único!

Sua alma voltou a ficar forte e jovem. Viu seu país desaparecer na curva do mundo e compreendeu que o Messias tornaria a voltar para Seu povo e a terra inteira se alegraria, gritando:

— Hosana!

Pois todas as nações Lhe pertenciam.

Este livro foi composto na tipografia Caslon OldFace
BT, em corpo 11,5/13,5, e impresso em papel off-white
no Sistema Cameron da Divisão Gráfica
da Distribuidora Record.